JOHN CONNOLLY

Âgé de 32 ans, John Connolly est né à Dublin. Il est actuellement journaliste à l'*Irish Times*. *Tout ce qui meurt* (Presses de la Cité, 2001), son premier roman, a été un best-seller aux États-Unis et en Grande-Bretagne. Il est d'ailleurs en cours d'adaptation pour le cinéma par la MGM.

Deux autres livres avec le même héros sont à paraître.

TOUT CE QUI MEURT

JOHN CONNOLLY

TOUT CE QUI MEURT

Traduit de l'anglais
par Philippe Hupp et Thierry Arson

PRESSES DE LA CITÉ

Titre original :
Every Dead Thing

ISBN : 2-266-11956-7

I

Je suis tout ce qui est mort... Me revoici
Fruit de l'absence, des ténèbres, de la mort ;
Choses qui ne sont point.

John Donne
« A Nocturnall upon S. Lucies Day »

1

Je suis tout ce qui est mort... Me revoici
Engendré de l'absence, des ténèbres, de la mort;
Choses qui ne sont point.

John Donne
A Nocturnal upon S. Lucie's Day

PROLOGUE

Il fait froid dans la voiture, un froid glacial. Je préfère laisser la climatisation à fond pour rester en éveil. La radio marche en sourdine. Je perçois vaguement un refrain lancinant, presque couvert par le ronronnement du moteur. Un des premiers morceaux de REM, une histoire d'épaules et de pluie. J'ai parcouru une douzaine de kilomètres depuis Cornwall Bridge. Je serai bientôt à South Canaan, puis Canaan même, et juste après, ce sera le Massachusetts. Devant moi, le soleil sombre lentement dans le ciel rougeoyant.

La nuit où elles sont mortes, la voiture de patrouille est arrivée la première sur les lieux. Les gyrophares éclaboussaient les ténèbres de rouge. Deux hommes en tenue sont entrés sans perdre de temps, mais avec des gestes prudents, sachant qu'ils répondaient à un appel lancé par un des leurs, un policier devenu victime alors qu'il ne devait être que le recours des victimes.

J'étais assis dans le couloir, la tête dans les mains, lorsqu'ils ont pénétré dans la cuisine de notre maison de Brooklyn et vu ce qui restait de ma femme et de ma fille. Je suis resté là, à les regarder. Pendant que l'un inspectait brièvement les chambres du haut, l'autre jetait un coup d'œil dans le salon et la salle à manger. Le téléphone de la cuisine n'arrêtait pas de sonner : on leur demandait de tout consigner, car ils seraient appelés à témoigner.

Je les ai écoutés appeler par radio la brigade criminelle pour signaler qu'il s'agissait vraisemblablement d'un double meurtre. Je sentais à leurs voix qu'ils étaient sous le choc, mais, en bons flics, ils s'efforçaient de communiquer ce qu'ils avaient vu aussi calmement que possible. A ce moment-là, il n'est pas impossible qu'ils m'aient soupçonné. En tant que policiers, ils savaient mieux que personne ce dont les gens étaient capables, même dans leurs propres rangs.

Alors ils sont restés là, sans rien dire, un près de la voiture et l'autre dans le couloir, à côté de moi, jusqu'à ce que les enquêteurs arrivent suivis de l'ambulance et entrent alors que devant leurs maisons les voisins se rassemblaient déjà et que certains s'approchaient pour voir ce qui s'était passé, ce qui avait bien pu arriver au jeune couple d'en face, le couple avec la petite fille blonde.

— Bird ?

Je la connaissais, cette voix. Mes mains ont glissé sur mes yeux, un sanglot m'a fait frissonner de la tête aux pieds. Walter Cole se dressait devant moi, et McGee, un peu plus loin, le visage balayé par les reflets des gyrophares mais encore blême, accusait le coup. Dehors, j'entendais d'autres véhicules arriver. Une équipe médicale s'est présentée à la porte, et Cole m'a enfin quitté des yeux. « Le légiste est là », a annoncé l'un des hommes en tenue. Ce n'était qu'un grand gosse maigre et livide. En acquiesçant, Cole lui a indiqué la cuisine.

— Birdman, répétait Cole, le ton cette fois plus ferme et plus pressant. Tu veux me dire ce qui s'est passé ici ?

Je me gare sur le parking, devant le magasin de fleurs. Il y a un petit vent, et le bas de mon manteau me caresse les jambes comme des mains d'enfant. A l'intérieur, il fait frais — trop, même — et des parfums de rose embaument l'air. Les roses ne se démodent jamais, et s'offrent toute l'année.

Un homme est en train d'examiner les feuilles épaisses et lustrées d'une petite plante verte. Quand j'entre dans la boutique, il se redresse lentement, en grimaçant.

— B'soir. Peux vous aider ?

— Je voudrais des roses. Celles-là. Donnez-m'en une douzaine. Non, disons plutôt deux douzaines.

— Deux douzaines de roses, bien, m'sieur.

Trapu et chauve, il doit avoir une petite soixantaine d'années. Il se déplace avec raideur, en pliant à peine les genoux. Les articulations de ses doigts sont gonflées par l'arthrite.

— La climatisation déconne, me dit-il.

En passant devant le boîtier de commande qui est au mur, une véritable antiquité, il règle un bouton. Rien ne se passe.

Au fond du vieux magasin, sur toute la largeur, il y a une petite serre. Il ouvre la porte et prend les roses dans un seau, une à une. Lorsqu'il en a vingt-quatre, il referme la porte et pose les fleurs sur une feuille plastifiée.

— C'est pour offrir ?

— Non, emballez-les-moi comme ça, ça ira.

Il me dévisage un instant et là, j'ai l'impression d'entendre cliqueter une serrrure à combinaison : il est en train de me reconnaître.

— On s'est déjà rencontrés, non ?

En ville, les gens ont la mémoire courte. Dès qu'on s'éloigne, ils se souviennent mieux.

Rapport criminel complémentaire

NYPD Affaire n° :	96-12-1806
Faits :	homicide
Victime :	Susan Parker, sexe féminin, race blanche Jennifer Parker,

sexe féminin, race blanche

Lieu : 1219 Hobart Street, cuisine

Date : 12 déc. 1996

Heure : vers 21h30

Type d'agression : coups répétés

Arme : objet tranchant, peut-être un couteau (non retrouvé)

Rapport rédigé par : Sergent inspecteur Walter Cole

Description :

Le 13 décembre 1996, à la demande de l'agent Gerald Kersh, je me suis rendu 1219 Hobart Street afin d'enquêter sur un meurtre qui venait de nous être signalé.

L'auteur de l'appel, l'inspecteur de deuxième classe Charles Parker, a déclaré avoir quitté son domicile à 19h après s'être disputé avec sa femme, Susan Parker. Il dit être allé au bar Tom Oak's et y être resté jusqu'à 1h30, le 13 décembre. En rentrant – par la porte principale –, il a remarqué que les meubles avaient été bousculés. Il est allé dans la cuisine où il a découvert sa femme et sa fille. Toujours selon lui, sa femme avait été attachée à une chaise, mais le corps de sa fille avait apparemment été déplacé de la chaise d'à côté pour être placé sur celui de sa mère. Il a appelé la police à 1h55 et a attendu sur place.

J'ai fait les constatations suivantes : les deux victimes, que Charles Parker a identifiées devant moi comme étant Susan Parker (l'épouse, 33 ans) et Jennifer Parker (la fille, 3 ans), se trouvaient dans la cuisine. Susan Parker était attachée à une chaise de cuisine, au milieu de la pièce, face à la porte. Juste à côté, il y avait

une autre chaise, avec des brins de cordelette fixés aux deux pieds arrière. Jennifer Parker était allongée sur les genoux de sa mère, sur le dos.
Susan Parker était pieds nus. Son chemisier blanc avait été arraché et tiré jusqu'à la taille, de sorte que l'on voyait sa poitrine. Son jean et son slip étaient baissés jusqu'aux chevilles. Jennifer Parker avait les pieds nus et portait une chemise de nuit blanche à fleurs bleues.
J'ai demandé à la technicienne Annie Minghella de procéder à un examen complet de la scène du crime. Le médecin légiste Clarence Hall a constaté le décès des deux victimes et autorisé la levée des corps. J'ai accompagné les dépouilles à l'hôpital, où le Dr. Anthony Loeb a, devant moi, effectué un certain nombre de prélèvements afin, notamment, de déterminer s'il y avait eu viol. J'ai recueilli les pièces à conviction suivantes :
96-12-1806-M1 : chemisier blanc du corps de Susan Parker (victime n°1)
96-12-1806-M2 : jean bleu, victime 1
96-12-1806-M3 : slip de coton bleu, victime 1
96-12-1806-M4 : poils pubiens, victime 1
96-12-1806-M5 : prélèvement vaginal, victime 1
96-12-1806-M6 : prélèvements sous les ongles, main droite, victime 1
96-12-1806-M7 : prélèvements sous les ongles, main gauche, victime 1
96-12-1806-M8 : cheveux, avant droit, victime 1
96-12-1806-M9 : cheveux, avant gauche, victime 1
96-12-1806-M10 : cheveux, arrière droit, victime 1

96-12-1806-M11 : cheveux, arrière gauche, victime 1
96-12-1806-M12 : chemise de nuit de coton blanc et bleu du corps de Jennifer Parker (victime n° 2)
96-12-1806-M13 : prélèvement vaginal, victime 2
96-12-1806-M14 : prélèvement sous les ongles, main droite, victime 2
96-12-1806-M15 : prélèvement sous les ongles, main gauche, victime 2
96-12-1806-M16 : cheveux, avant droit, victime 2
96-12-1806-M17 : cheveux, avant gauche, victime 2
96-12-1806-M18 : cheveux, arrière droit, victime 2
96-12-1806-M19 : cheveux, arrière gauche, victime 2

Nous n'en étions pas à notre première scène de ménage, mais celle-ci était d'autant plus violente que nous venions de faire l'amour. Les braises de nos querelles précédentes avaient rapidement et superbement repris vie : je buvais trop, je ne m'occupais pas suffisamment de Jenny, je devenais aigri, j'avais trop tendance à m'apitoyer sur mon sort. Je me suis littéralement enfui, poursuivi dans la nuit glaciale par les cris de Susan.

Vingt minutes à pied, et je suis arrivé au bar. Le premier verre de Wild Turkey à peine ingurgité, j'ai commencé à me détendre et je me suis lentement laissé glisser sur la pente douce et ô combien familière de l'ivresse, passant de la colère au larmoiement, à la mélancolie, au remords, puis au ressentiment. Quand je me suis enfin décidé à quitter le comptoir, il n'y avait plus que les piliers, quelques éméchés et autres pochetrons qui braillaient presque aussi fort que Van Halen sur le juke-box. À la porte, j'ai trébuché, je me suis cassé la gueule jusqu'en bas des marches et je me suis écorché les genoux en atterrissant sur le gravier.

Je suis rentré chez moi en titubant, le cœur au bord des lèvres, sans faire la différence entre le trottoir et la chaussée. Les automobilistes, furieux et épouvantés, donnaient des coups de volant pour m'éviter.

Arrivé devant la maison, j'ai miraculeusement réussi à mettre la main sur mes clés et comme d'habitude, en essayant de trouver la serrure, j'ai rayé la peinture blanche.

Dès que je suis entré, j'ai compris que quelque chose n'allait pas. Au moment de mon départ, il faisait bon ; nous laissions le chauffage à fond pour Jennifer, qui était assez frileuse. C'était une petite fille magnifique mais fragile, aussi délicate qu'un vase de porcelaine. Et voici que maintenant il faisait aussi froid à l'intérieur qu'à l'extérieur, un froid glacial. Un guéridon d'acajou gisait sur la moquette ; entre les deux fragments de pot de fleurs mêlés à la terre, le poinsettia exhibait à présent ses ridicules racines.

J'ai appelé Susan une fois, puis une deuxième, plus fort. Les brumes de l'alcool commençaient déjà à se dissiper. J'avais le pied sur la première marche de l'escalier lorsque j'ai entendu la porte de derrière claquer contre l'évier de la cuisine. Instinctivement, j'ai voulu dégainer mon Colt DE. En fait, il était en haut, sur mon bureau, là où je l'avais volontairement posé avant d'affronter Susan et une nouvelle page de l'histoire de notre couple moribond. Je me souviens de m'être insulté. Ce petit détail allait plus tard symboliser l'ampleur de mon échec, chacun de mes regrets.

Prudemment, je me suis approché de la cuisine en frôlant du bout des doigts, à ma gauche, le mur si froid. La porte était à peine entrouverte, je l'ai poussée tout doucement. « Susie ? » Je suis entré dans la cuisine et là, mon pied a glissé sur quelque chose de poisseux et d'humide. J'ai regardé. J'étais en enfer.

Le vieux fleuriste me dévisage, perplexe, les yeux plissés. Il m'agite un doigt sous le nez, l'air bonhomme.

— Je suis sûr que je vous connais de quelque part.

— Cela m'étonnerait.

— Vous êtes d'ici ? De Canaan, peut-être ? Ou alors de Monterey ? D'Otis ?

— Non, je viens d'ailleurs.

Je lui lance un regard pour lui faire comprendre qu'il ferait mieux de renoncer à son interrogatoire, et il n'insiste pas. Au moment de sortir ma carte de crédit, je me ravise. Je sors la monnaie de mon portefeuille et je la pose sur le comptoir.

— Ailleurs, répète-t-il en hochant la tête comme si l'expression avait pour lui un sens profond et caché. Ça doit être grand, comme ville. J'arrête pas de croiser des types qui en viennent.

Mais moi, je suis déjà en train de sortir de la boutique. En repartant, je le vois qui m'observe derrière sa vitrine. Sur la banquette arrière, l'eau s'égoutte doucement des tiges et commence à former une petite flaque sur le plancher.

Rapport criminel complémentaire (suite)
Affaire n° : 96-12-1806

`Susan Parker était assise sur une chaise de cuisine en pin, face à la porte, côté nord. Le haut de son crâne se trouvait à trois mètres vingt du mur nord et à un mètre quatre-vingt-six du mur est. Ses bras étaient repliés dans le dos et...`

attachés aux barreaux de la chaise à l'aide d'une cordelette. Chaque pied était attaché à une patte de la chaise et son visage en grande partie dissimulé par la chevelure semblait couvert de sang. Je ne voyais plus la peau. Elle avait la tête rejetée en arrière. Sa gorge ouverte faisait comme une deuxième bouche figée dans un hurlement muet, rouge sombre. Notre fille gisait sur les genoux de Susan, un bras pendant entre les jambes de sa mère.

Autour d'elles, la pièce était rouge, telle la scène d'une terrible tragédie où le sang appelle le sang. Il y en avait partout, au plafond comme au mur, comme si la maison elle-même venait d'être mortellement blessée. Et mon reflet semblait s'enfoncer dans la pénombre écarlate de la mare qui engluait le plancher.

Susan Parker avait le nez fracturé, blessure vraisemblablement provoquée par un choc contre le mur ou le sol. Les taches de sang relevées sur le mur, près de la porte de la cuisine, présentaient des traces de fragments osseux, de poils et de mucosités d'origine nasale…

Susan avait tenté de fuir pour trouver de l'aide, sans réussir à dépasser la porte. Il l'avait rattrapée, l'avait saisie par les cheveux, lui avait envoyé la tête contre le mur avant de la traîner, ensanglantée et brisée de douleur, jusqu'à la chaise sur laquelle elle allait mourir.

Jennifer Parker reposait sur les cuisses de sa mère, étendue sur le dos, et une deuxième chaise en pin se trouvait contre celle de sa mère. La cordelette retrouvée autour du dossier de cette chaise semble être à l'origine des marques relevées sur les poignets et les chevilles de Jennifer Parker.

Il n'y avait pas énormément de sang autour de Jenny, mais sa chemise de nuit était trempée. On lui avait tranché la gorge. Elle était face à la porte. Ses cheveux pendaient devant son front et certaines mèches étaient restées collées au sang qui lui maculait la poitrine. Ses petits doigts de pied étaient en suspens au-dessus du carrelage. Je n'ai pu la regarder qu'un bref instant, car Susan captait déjà mon regard dans la mort comme elle l'avait fait dans la vie, même au beau milieu de ce grand naufrage que fut notre couple.

Et là, en la voyant, je me suis senti glisser le long du mur tandis qu'une longue plainte, mi-animale, mi-enfantine, jaillissait du plus profond de moi-même. J'ai contemplé la belle femme qui avait été mon épouse, et dont les orbites vides et ensanglantées semblaient vouloir m'aspirer et me noyer dans les ténèbres.

Les yeux des deux victimes avaient été mutilés, sans doute à l'aide d'une lame extrêmement tranchante, telle que celle d'un scalpel. La poitrine de Susan Parker était partiellement incisée. De la clavicule au nombril, la peau avait été partiellement soulevée, rabattue sur le sein droit et étirée sur le bras droit.

Derrière elles, à travers les vitres, la lune baignait d'une lueur blafarde le comptoir luisant, la céramique des murs et les robinets en inox. Frôlant les cheveux de Susan, elle nimbait d'argent ses épaules nues et, à certains endroits, transperçait la fine membrane de sa peau déployée sur son bras telle une cape, une cape trop légère pour la protéger du froid.

Les parties génitales des deux victimes avaient été largement mutilées et

Et ensuite, il leur avait découpé le visage.

La nuit tombe très rapidement et dans le pinceau des phares, je distingue des branches d'arbres dénudées, des bordures de pelouses parfaitement tondues, des boîtes à lettres toutes blanches, un vélo d'enfant couché devant une porte de garage. Le vent a forci, et dès que je suis sur une portion de route exposée, je le sens fouetter la voiture. Maintenant, je me dirige vers Becket,

Washington et les monts Berkshire. Je suis presque arrivé.

`Aucune trace d'effraction n'a été relevée. Les mesures de la pièce ont été prises, un croquis des lieux a été effectué. Les ambulanciers ont été autorisés à emporter les corps.`
`Les relevés d'empreintes ont donné les résultats suivants :`
`Cuisine/couloir/séjour : empreintes exploitables, ultérieurement identifiées comme étant celles de Susan Parker (96-12-1806-7), Jennifer Parker (96-12-1806-8) et Charles Parker (96-12-1806-9).`
`Porte de derrière (cuisine) : aucune empreinte exploitable. Des traces d'eau sur la surface de la porte indiquent qu'elle a été essuyée. Rien ne laisse penser qu'il y a eu vol.`
`Aucune empreinte exploitable n'a été relevée sur la peau des victimes.`
`Charles Parker a été conduit à la brigade (voir déposition ci-jointe).`

Je savais ce qu'ils faisaient dans la salle d'interrogatoire où on m'avait demandé de m'asseoir : je l'avais si souvent fait moi-même. Ils m'ont questionné comme j'avais déjà questionné bien d'autres témoins, en utilisant ces étranges tournures bureaucratiques propres aux interrogatoires de police. « Avez-vous souvenir de ce que vous avez fait ensuite ? » « S'agissant du débit de boissons, pourriez-vous nous dire dans quelles dispositions se trouvaient les autres consommateurs ? » « Avez-vous prêté attention à l'état de la serrure quant à la porte de derrière ? » C'est un langage très particulier, obscur et ampoulé, préfigurant le jargon juridique qui noie les prétoires telle la fumée dans un bar.

Lorsque j'ai fait ma déposition, Cole l'a comparée avec celle de Tom et a confirmé que je me trouvais bien là où j'avais déclaré me trouver, que je ne pouvais pas avoir tué ma femme et ma fille.

Cela n'a pas empêché certains murmures. On m'a interrogé encore et encore sur mon couple, sur mes rapports avec Susan, sur mes déplacements au cours des semaines précédentes. Le montant de l'assurance-décès de Susan, dont j'étais le bénéficiaire, représentait une somme considérable, et on m'a également interrogé à ce sujet.

Selon le médecin légiste, Susan et Jennifer étaient mortes depuis environ quatre heures lorsque je les avais découvertes dans la cuisine. La rigidité cadavérique avait déjà gagné la nuque et la mâchoire, ce qui indiquait qu'elles étaient mortes vers vingt et une heures trente, peut-être un petit peu plus tôt.

Susan était morte d'une section de la carotide, mais Jenny... Jenny, elle, était morte de ce qui était décrit comme un afflux massif d'adrénaline ayant entraîné la fibrillation ventriculaire du cœur, puis l'arrêt cardiaque. Jenny, si gentille, si sensible, Jenny qui avait un cœur si fragile était littéralement morte de peur avant que son assassin ne lui tranche la gorge. Selon le médecin légiste, elle était déjà morte lorsqu'il lui avait arraché le visage. En revanche, il ne pouvait pas en dire autant en ce qui concernait Susan. Pas plus qu'il ne pouvait expliquer pourquoi le corps de Jennifer avait été déplacé après sa mort.

D'autres rapports suivront.
Sergent inspecteur Walter Cole.

J'avais un alibi d'ivrogne : pendant que quelqu'un me prenait ma femme et ma fille, j'étais dans un bar, en train de m'imbiber de bourbon. Mais elles continuent à venir me voir dans mes rêves, parfois belles et souriantes comme elles l'étaient dans la vie, parfois privées de visage et couvertes de sang, telles que la mort les a laissées, et elles me font des signes, et elles me demandent de les suivre dans un lieu de ténèbres où l'amour n'a pas sa place, un lieu où est tapi le mal. Avec, en guise d'ornements, des yeux aveugles par milliers et les figures écorchées de tous ceux que la mort a conviés.

Il fait nuit lorsque j'arrive, et le portail est fermé à clé. J'escalade alors sans peine le muret. J'avance à pas prudents pour ne pas piétiner pierres tombales et fleurs, jusqu'à ce que je sois devant elles. Même dans l'obscurité, je sais où les trouver et elles, de leur côté, peuvent me trouver.

Parfois, elles viennent à moi, dans ce court intervalle qui sépare le sommeil de l'éveil, lorsque les rues livrées à la nuit sont encore silencieuses, ou quand l'aube s'insinue entre les rideaux pour répandre dans la pièce un semblant de clarté. Elles viennent à moi et je distingue leurs silhouettes dans la pénombre, ma femme et ma fille, ensemble, qui m'observent sans un bruit, empourprées du sang de leur mort brutale. Elles viennent à moi, et leur haleine accompagne le vent léger qui glisse sur ma joue, et leurs doigts se mêlent aux branches d'arbres qui frappent à ma fenêtre. Elles viennent à moi, et je ne suis plus seul.

1

La serveuse, qui accusait la cinquantaine, portait une minijupe noire moulante, un chemisier blanc et des chaussures à talons hauts noires. Elle débordait de partout, ce qui lui donnait l'air de s'être mystérieusement dilatée entre le moment où elle s'était habillée et celui où elle était arrivée sur son lieu de travail. Elle me donnait du « mon grand » chaque fois qu'elle me resservait du café. Elle ne disait rien d'autre, ce qui me convenait parfaitement.

Cela faisait plus d'une heure et demie que je surveillais le vieil immeuble d'en face, collé à la fenêtre, et la serveuse devait se demander si je comptais rester encore longtemps et si j'allais finir par payer ce que je lui devais. Dehors, les rues d'Astoria grouillaient de gens en quête de bonnes affaires. J'avais même réussi à lire le *New York Times* du début à la fin sans piquer du nez. J'attendais que Fat Ollie Watts émerge de sa tanière, et ma patience commençait à s'émousser.

Plusieurs fois, dans des moments de faiblesse, l'idée me vint de renoncer au *Times* en semaine et de ne le prendre que le dimanche, jour où je pouvais au moins me dire que je l'achetais au poids. L'autre solution consistait à lire le *Post*, l'inconvénient étant que cela m'aurait obligé à découper les bons de réduction et à aller jusque chez le marchand en pantoufles.

En râlant contre le *Times* ce matin-là, je ne faisais

peut-être que tuer le messager. Je venais de lire un article annonçant que Hansel McGee, juge à la Cour suprême de l'Etat et, selon certains, l'un des pires magistrats de la ville, prenait sa retraite en décembre et avait de bonnes chances d'être nommé membre de la Commission de la santé et des hôpitaux.

Le simple fait de voir le nom de McGee me rendait malade. Dans les années quatre-vingt, il avait présidé un procès en réparation intenté par une femme violée à l'âge de neuf ans par un employé du parc de Pelham Bay, James Johnson, cinquante-quatre ans, déjà condamné pour vol, voies de fait et viol.

McGee avait rejeté la décision du jury d'accorder à la jeune femme trois millions et demi de dollars de dommages et intérêts, en justifiant son arrêt ainsi : « Une enfant innocente a été victime d'un viol, un crime épouvantable et gratuit, mais ce drame fait partie des risques que chacun encourt dans une société moderne. » A l'époque, ce jugement m'avait paru d'une incroyable dureté, et fondé sur un motif absurde. Aujourd'hui, en revoyant son nom, je trouvais cette attitude rétrospectivement encore plus révoltante. Pour moi, elle symbolisait la déroute du bien face au mal.

Après avoir effacé McGee de mon esprit, puis soigneusement plié mon journal, je composai un numéro sur mon téléphone mobile et braquai mon regard sur l'une des fenêtres du haut de l'immeuble d'en face, qui avait visiblement connu des jours meilleurs. Quelqu'un décrocha au bout de trois sonneries. Un « allô ? » soupçonneux, une voix de femme cassée par la cigarette et l'alcool, comme une porte de bar qui raie un parquet sale.

— Dis à ton connard de gros lard que je passe le prendre et qu'il a pas intérêt à essayer de me semer. Je suis vraiment crevé et j'ai pas l'intention de courir des kilomètres par cette chaleur.

Un message très succinct. Tout à fait moi. Je raccrochai, laissai cinq dollars sur la table et sortis attendre dans la rue que Fat Ollie Watts panique.

C'était l'été. Encore un jour, et des orages accompagnés de trombes d'eau mettraient enfin un terme à la vague de chaleur lourde et humide qui accablait la ville, mais pour l'instant, l'heure était aux tee-shirts, aux pantalons flottants et aux lunettes de soleil pour frimeurs. Ceux qui, en revanche, avaient le malheur d'occuper un poste à responsabilités étaient condamnés à suer comme des bœufs dans leur costume-cravate dès qu'ils quittaient leurs bureaux climatisés. Il n'y avait même pas un souffle de vent pour déplacer les masses d'air brûlant.

Je revoyais encore ce malheureux ventilateur à pied s'épuisant à lutter, deux jours plus tôt, contre la moiteur qui régnait dans le bureau de Benny Low, à Brooklyn Heights. Par une fenêtre, j'entendais parler arabe sur Atlantic Avenue et je sentais les effluves d'épices que la cuisine du Moroccan Star répandait à cent mètres à la ronde. Benny, qui tenait une officine de cautionnement, avait eu la faiblesse de s'imaginer que Fat Ollie faisait suffisamment confiance au système judiciaire de son pays pour attendre sereinement la date de son procès. Ce manque de clairvoyance expliquait d'ailleurs en partie la modestie de l'entreprise que gérait Benny.

Le montant de la prime offerte pour la capture de Fat Ollie Watts n'était pas négligeable et il y avait au fond de certains étangs des têtards plus intelligents que la plupart des prévenus indélicats. La caution de Fat Ollie se montait à cinquante mille dollars. Un malentendu opposait Fat Ollie aux représentants de la loi et de l'ordre, qui lui contestaient les droits de propriété d'une Chevrolet Beretta de 1993, d'une Mercedes 300 SE millésime 1990 et de divers autres fort beaux coupés et cabriolets, véhicules qu'Ollie s'était procurés de manière illégale.

La carrière de Fat Ollie avait commencé à décliner le jour où un agent de patrouille au regard d'aigle, connaissant la réputation d'Ollie qui, dans la nuit de la délinquance, ne passait pas pour une étoile, avisa la Chevrolet sous une bâche et voulut en vérifier l'immatriculation. Les plaques étaient fausses. Perquisition, interpellation, interrogatoire. Ollie demeura résolument muet mais plia bagage, dès sa libération sous caution, pour éviter des questions gênantes. Son fournisseur présumé n'était autre que Salvatore « Sonny » Ferrera, le fils d'un *capo* bien connu. De récentes rumeurs faisaient état d'une détérioration dans les relations entre père et fils au cours des dernières semaines, sans que l'on sût pourquoi.

— Encore une histoire de petits mafieux à la con, m'avait dit Benny Low, ce jour-là.

— Tu crois qu'il y a un rapport avec Fat Ollie ?

— Comment veux-tu que je sache ? Tu veux appeler Ferrera pour lui demander ?

Je le regardais. Il était complètement chauve, et ce, à ma connaissance, depuis l'âge de vingt ans ou presque. De minuscules perles de transpiration brillaient sur son crâne lisse et, sous ses joues sanguines, la peau de son menton et de sa mâchoire pendait comme de la cire fondue. Je ne savais même plus trop pour quelles raisons j'avais déclaré vouloir ce job. De l'argent, j'en avais. L'argent de l'assurance, l'argent de la vente de la maison, l'argent du compte commun, plus du liquide de mon fonds de pension. Ce n'était pas l'argent de Benny Low qui allait me rendre heureux. J'avais peut-être simplement besoin de faire quelque chose.

Benny Low avait dégluti bruyamment.

— Quoi ? Pourquoi tu me regardes comme ça ?

— Tu me connais, Benny, non ?

— Qu'est-ce que tu me joues, là ? Bien sûr, que je te connais. Tu veux une attestation ? Quoi ? (Il riait sans conviction, étalait ses mains grassouillettes comme pour me supplier.) Quoi ?

Sa voix trembla et, pour la première fois, je vis passer sur son visage l'ombre de la peur. Je savais qu'on avait raconté des choses sur moi pendant les quelques mois qui avaient suivi le drame, des choses que j'avais faites, des choses que j'avais peut-être faites. Au regard de Benny, je comprenais qu'il était au courant et que pour lui ces bruits pouvaient bien être fondés.

Le départ précipité de Fat Ollie m'intriguait. Ce n'était pas la première fois qu'un juge inculpait Ollie de vol de voiture. Certes, la présence de la famille Ferrera dans le dossier avait entraîné une subite inflation du montant de la caution, mais Ollie avait un bon avocat, sans lequel ses liens avec l'industrie automobile se seraient limités à la fabrication de plaques minéralogiques dans les ateliers du pénitencier de Rikers Island. Ollie n'avait aucune raison sérieuse de prendre la fuite, ni de risquer sa vie, dans un contexte aussi bénin, en balançant Sonny.

— Rien, Benny. Ce n'est rien. Si tu as du nouveau, tu m'appelles.

— Bien sûr, bien sûr, fit-il en se détendant. Tu seras le premier informé.

En sortant de son bureau, je l'entendis marmonner quelque chose. Difficile d'être vraiment sûr, mais j'avais bien l'impression qu'il venait de me traiter de tueur, comme mon père.

J'avais passé presque toute la journée du lendemain à localiser la nouvelle copine d'Ollie grâce à un judicieux sondage, et cinquante minutes le matin même pour savoir si Ollie se trouvait chez elle. Pour cela, il m'avait suffi d'appeler le restaurant thaï du quartier en demandant s'ils avaient livré des plats à telle adresse au cours de la semaine.

Ollie était un inconditionnel de la cuisine thaïe et, comme la plupart des types en cavale, il n'avait rien changé à ses habitudes. La plupart des gens ont du mal à modifier leur comportement, ce qui fait qu'en général, les plus idiots sont assez faciles à retrouver. Ils s'abonnent aux mêmes revues, mangent dans les mêmes endroits, boivent la même bière, téléphonent aux mêmes femmes, couchent avec les mêmes hommes. Il m'avait donc suffi de brandir la menace d'une inspection sanitaire pour que le gérant d'un repaire de cafards du nom de Bangkok Sun House reconnaisse avoir livré des repas à une certaine Monica Mulrane, à une certaine adresse à Astoria. D'où ma cure de café, le *New York Times* et mon coup de fil pour réveiller Ollie.

Quatre minutes après mon appel, comme prévu et avec l'énergie d'une ampoule de dix watts, Ollie ouvrit la porte de l'appartement 2317, sortit la tête et dévala maladroitement l'escalier. Il avait l'air ridicule avec ses quelques mèches plaquées sur le crâne et la ceinture élastique d'un pantalon caramel tendue autour de son ventre pour le moins imposant. Monica Mulrane devait beaucoup l'aimer pour rester avec lui, parce qu'il n'avait pas d'argent et ce n'était pas son physique qui pouvait compenser. Bizarrement, j'avais une certaine tendresse pour Fat Ollie Watts.

Il venait à peine de poser le pied sur le trottoir lorsqu'un joggeur en survêtement gris, capuche sur la tête, surgit au coin de la rue, courut jusqu'à lui et fit feu à trois reprises avec un pistolet muni d'un silencieux. La chemise blanche tachetée de rouge, Ollie s'effondra. Le joggeur, un gaucher, se figea au-dessus de lui et lui tira une dernière balle en pleine tête.

Quelqu'un poussa un hurlement et je vis une jeune femme brune, vraisemblablement Monica Mulrane, en deuil depuis quelques secondes, s'arrêter à la porte de son immeuble avant de se précipiter vers Ollie pour caresser sa tête chauve et ensanglantée en pleurant toutes les larmes de son corps. Le joggeur, qui battait déjà en retraite en sautillant comme un boxeur dans l'attente du coup de cloche, revint sur ses pas et abattit la jeune femme d'une balle dans le crâne. Elle s'effondra en travers du cadavre d'Ollie Watts, le dos sur sa tête. Les passants pris de panique se réfugiaient derrière les voitures ou dans les magasins, la circulation s'était arrêtée.

J'avais presque traversé la chaussée, mon Smith & Wesson au poing, lorsque le joggeur prit la fuite. Il courait vite, tête baissée, et n'avait pas daigné lâcher l'arme qu'il tenait à la main gauche, alors qu'il portait des gants noirs. Soit ce pistolet présentait une particularité, soit celui qui venait de l'utiliser manquait de discernement. Je penchais pour la seconde option.

Je gagnais peu à peu du terrain lorsqu'une Chevrolet Caprice noire, aux vitres teintées, déboucha d'une petite rue dans un hurlement de pneus et s'arrêta pour attendre le tueur. Si je ne tirais pas, il allait s'enfuir. Si je tirais, les flics allaient m'en faire voir de toutes les couleurs. Il avait presque atteint la voiture quand je fis feu à deux reprises. La première balle frappa la portière de la Chevrolet, l'autre toucha le joggeur au bras droit. Je vis une fleur rouge éclore sur son survêtement. Le type tourna sur lui-même en tirant deux fois dans ma direction, au jugé. A ses yeux écarquillés et trop brillants, je compris qu'il était chargé.

Il se retourna pour rejoindre la Chevrolet mais le chauffeur, affolé par mes coups de feu, démarra en trombe et l'abandonna sur place. L'assassin de Fat Ollie Watts tira encore une fois, et la vitre de la voiture qui se trouvait à ma gauche vola en éclats. J'entendais des cris et, dans le lointain, des ululements de sirènes qui se rapprochaient.

Le joggeur détala en direction d'une ruelle et, en entendant mes pas juste derrière lui, lança un regard par-dessus son épaule. Au moment où je m'engageais dans le passage, une balle ricocha en sifflant sur le mur, juste au-dessus de moi. Une fine pluie de gravats m'aspergea. Je relevai la tête, vis l'autre qui rasait le mur et avait déjà parcouru la moitié de la distance. Dès qu'il passerait l'angle de la ruelle, j'étais certain de le perdre dans la foule.

Au bout, une portion de jour et, l'espace d'un instant, personne. Je pris le risque de tirer. J'avais le soleil dans le dos. Je fis feu deux fois, très rapidement, en position droite. Autour de moi, je sentis les gens se disperser comme un attroupement de pigeons vers lequel on vient de lancer une pierre, lorsque l'épaule droite du joggeur partit en arrière sous l'impact d'une de mes balles. Je hurlai au type de lâcher son arme, mais il fit volte-face malgré ses blessures et leva le bras. En léger déséquilibre, je pressai encore deux fois la détente, à six ou sept mètres de lui. Une de mes ogives à pointe creuse lui explosa le genou gauche. Il s'écroula contre le mur tandis que son pistolet glissait, inoffensif, vers un amoncellement de poubelles et de sacs plastique noirs.

En m'approchant, je vis son visage blême, sa bouche tordue de douleur et sa main gauche qui agrippait l'air au-dessus du genou fracassé, sans toucher la blessure, mais ses yeux étaient toujours aussi brillants, et je crus entendre un petit rire lorsqu'il se redressa en s'appuyant contre le mur et tenta de repartir sur une jambe. Cinq mètres me séparaient peut-être de lui lorsqu'un crissement de freins couvrit ses ricanements. C'était la Chevrolet noire ; elle bloquait la ruelle, vitre abaissée côté passager. L'éclair d'un coup de feu troua la pénombre, à l'intérieur du véhicule.

Le meurtrier de Fat Ollie sursauta violemment avant de s'effondrer. Un spasme lui secoua le corps, et je vis une grande tache rouge envahir le dos de son survêtement. Il y eut un autre coup de feu. Un geyser de sang jaillit à l'arrière de son crâne, et son visage heurta le ciment crasseux de la ruelle. J'étais déjà en train de me mettre à couvert derrière les poubelles quand une balle perfora littéralement le mur de brique, juste au-dessus de ma tête, en me couvrant de poussière. Puis la vitre de la Chevrolet remonta et la voiture repartit en trombe, vers l'est.

Je me précipitai vers le joggeur. Le sang qui ruisselait de ses blessures formait déjà une mare rouge sombre. Les sirènes n'étaient plus loin et j'apercevais les badauds, dans le soleil, qui m'observaient.

La voiture de patrouille arriva quelques minutes plus tard. J'avais déjà les mains en l'air, mon arme et mon permis posés devant moi. L'assassin de Fat Ollie Watts gisait à mes pieds. Sa tête baignait à présent dans une petite flaque de sang rejoignant la marée rouge qui se coagulait lentement dans le caniveau central de la ruelle. Pendant que son équipier me tenait en joue, l'un des policiers me plaqua contre le mur et me fouilla avec une vigueur excessive. C'était un jeune flic, qui ne devait pas avoir plus de vingt-trois ou vingt-quatre ans, un vrai roquet.

— La vache, Sam, on est tombés sur Wyatt Earp. Il a canardé comme dans *Le train sifflera trois fois*.

— Wyatt Earp n'était pas dans *Le train sifflera trois fois*, le corrigeai-je tandis que l'autre vérifiait mes papiers.

Pour toute réponse, il m'expédia un coup de poing dans les reins si violent que je tombai à genoux. D'autres sirènes se rapprochaient, et je reconnaissais la plainte lugubre d'une ambulance.

— Tu sais que t'es un rigolo, le tireur d'élite ? fit le jeunot. Pourquoi tu l'as descendu ?

— Vous n'étiez pas là, rétorquai-je en serrant les dents de douleur. Si vous aviez été là, c'est vous que j'aurais descendu.

Il s'apprêta à me passer les menottes lorsque j'entendis une voix qui ne m'était pas inconnue. « Laisse tomber, Harley. » En me retournant, je reconnus son équipier, Sam Rees. Nous nous connaissions, du temps où j'étais dans la police. Je crois que tout cela ne lui plaisait pas trop.

— Il a été flic. Laisse-le tranquille.

Et nous attendîmes tous trois, en silence, l'arrivée des autres.

Une deuxième, puis une troisième voiture de patrouille arrivèrent sur les lieux avant qu'une Nova couleur boue dépose sur le trottoir une silhouette en civil. En levant les yeux, j'aperçus Walter Cole. Je ne l'avais pas vu depuis près de six mois, depuis qu'il était passé lieutenant. Il était affublé d'un long manteau de cuir fauve, totalement incongru par cette chaleur.

— Ollie Watts ? fit-il en désignant le corps du tueur d'un mouvement de tête.

J'opinai.

Il me laissa seul, le temps de parler aux hommes en tenue et aux enquêteurs du commissariat local. Manifestement, il transpirait à grosses gouttes sous son manteau.

— Tu peux monter dans ma voiture, me dit-il à son retour tout en lançant un coup d'œil en direction du jeune flic nommé Haley.

Visiblement, il ne le portait pas dans son cœur. Il fit signe à d'autres inspecteurs de venir, leur dispensa quelques derniers commentaires d'un ton calme et mesuré, puis m'invita à le suivre jusqu'à sa voiture.

— Pas mal, le manteau, le complimentai-je. Tu as combien de filles dans ton écurie ?

Je vis une lueur briller fugitivement dans son regard.

— C'est Lee qui m'a offert ce manteau pour mon anniversaire. Pourquoi crois-tu que je le porte par une chaleur pareille ? Tu as tiré des coups de feu ?

— Quelques-uns.

— Tu sais, je présume, qu'il existe des lois interdisant l'usage d'armes à feu dans les lieux publics ?

— Moi, je le sais, mais je ne suis pas sûr que le type mort, là, ait été au courant. Et à mon avis, celui qui l'a descendu n'était pas informé non plus. Vous pourriez peut-être lancer une campagne d'affichage.

— Très drôle. Monte.

Je fis ce qu'il me demandait. La voiture démarra lentement. Les curieux nous regardaient, la bouche ouverte Les rues étaient noires de monde.

2

Cinq heures s'étaient écoulées depuis la mort de Fat Ollie Watts, de sa copine Monica Mulrane et de l'inconnu qui les avait abattus. Deux inspecteurs de la criminelle, que je ne connaissais pas, m'avaient interrogé. Walter Cole ne s'en était pas mêlé. On m'apporta deux fois du café, mais quand ce fut terminé, on me laissa seul. Lorsque l'un des inspecteurs quitta la pièce pour parler à quelqu'un, j'aperçus un grand type mince en costume de lin sombre, les pointes du col de chemise nettes comme des lames de rasoir, la cravate de soie rouge parfaitement repassée. Il avait l'air d'un agent du FBI, dans toute sa vanité.

Dans le coin gauche de la table de bois de la salle d'interrogatoire, usée, gercée, oblitérée à la caféine par des centaines, des milliers de fonds de gobelets, quelqu'un avait gravé un cœur brisé, sans doute avec un clou. Et ce cœur, que j'avais déjà vu, fit ressurgir le souvenir de mon dernier passage dans cette pièce…

— Attends, Walter…

— Walt, c'est pas une bonne idée qu'il soit là.

Cole regarde les inspecteurs adossés au mur, ceux qui sont autour de la table, vautrés sur leur chaise.

— Il n'est pas là, leur dit-il. Vous tous, ici présents, vous ne l'avez jamais vu.

La pièce était bourrée de chaises et on avait amené

une table supplémentaire. J'étais toujours en congé de deuil et quinze jours plus tard, j'allais démissionner. Ma famille était morte depuis deux semaines et l'enquête n'avait pour l'instant donné aucun résultat. Avec l'assentiment du lieutenant Cafferty, qui s'apprêtait à prendre sa retraite, Cole avait décidé de réunir tous les enquêteurs concernés ainsi qu'un ou deux autres inspecteurs considérés comme faisant partie des meilleurs éléments de la criminelle. Ce devait être une séance de réflexion assortie d'une conférence, dispensée par Rachel Wolfe.

Wolfe, experte en psychologie criminelle, jouissait d'une excellente réputation, et pourtant la hiérarchie refusait obstinément de faire appel à ses services. C'est que nous avions notre propre cerveau, le Dr Russell Windgate, mais comme le fit un jour remarquer Cole : « Windgate ne serait même pas fichu de faire le profil d'un pet. » C'était un connard mielleux et condescendant, qui se trouvait également être le frère du préfet de police, ce qui faisait de lui un connard mielleux, condescendant et influent.

Windgate assistait à un séminaire de freudiens purs et durs à Tulsa, et Cole avait profité de son absence pour consulter Wolfe. C'était elle qui présidait la table. Elle n'avait pas beaucoup plus de trente ans. Ses longs cheveux roux-châtain ruisselaient sur les épaules de son tailleur bleu nuit, elle avait les jambes croisées et une chaussure bleue en suspens au bout du pied droit. Malgré ses traits un peu sévères, on pouvait lui trouver un certain charme.

— Vous savez tous pourquoi Bird tient à être présent, poursuit Cole. Si vous étiez à sa place, vous feriez la même chose.

Je l'avais bousculé, je l'avais cajolé pour qu'il me laisse assister au briefing. J'avais sollicité des faveurs auxquelles je n'avais même pas droit, et Walter avait fini par céder. Je ne regrettais pas mes efforts.

Les autres n'avaient pas l'air très convaincus. Je le voyais sur leurs visages, à cette façon qu'ils avaient de détourner le regard, de hausser une épaule, de crisper la bouche. Cela ne me gênait pas. Ce que je voulais, moi, c'était entendre Wolfe. Cole et moi, on s'assied et on attend qu'elle commence.

Wolfe prend une paire de lunettes sur la table, les pose sur son nez. Tout près de sa main gauche brille un cœur fraîchement gravé dans le bois. Elle jette un coup d'œil sur ses notes, sort deux feuilles de la liasse et se lance.

— Bien, je ne sais pas quelles sont vos connaissances dans ce domaine, je vais donc y aller doucement. (Elle marque un temps d'arrêt.) Inspecteur Parker, ce qui va suivre vous sera peut-être parfois pénible à entendre. (Elle ne s'excusait pas, c'était une simple observation. Je hoche la tête et elle continue :) Il semble que nous ayons affaire à un crime sexuel, un meurtre à connotations sadiques.

Du bout du doigt, je suivis le tracé du cœur et la texture du bois me ramena brièvement au présent. La porte de la salle d'interrogatoire s'ouvrit et, par l'entrebâillement, je vis passer l'agent fédéral. Un employé entra avec un gobelet « I Love New York » blanc. Vu l'odeur, le café devait bouillir depuis le matin. Lorsque je versai le lait, la couleur changea à peine. Je bus une première gorgée en grimaçant.

— Dans le cas d'un meurtre sexuel, reprend Wolfe en sirotant son café, on constate généralement qu'il y a eu une certaine activité sexuelle avant l'enchaînement des actes conduisant au crime. Le fait que les victimes aient été dénudées, la mutilation des seins et des parties génitales indiquent que ce crime comporte un élément sexuel, et cependant nous n'avons relevé aucune trace de pénétration chez l'une ou l'autre victime, que ce soit par un pénis, des doigts ou un objet quelconque. L'hymen de l'enfant était intact et aucun traumatisme vaginal n'a été constaté chez l'adulte.

« Nous avons également la preuve que ces meurtres

comportent des éléments sadiques. L'adulte a été torturée avant de mourir. Le torse et le visage ont été écorchés. Si l'on ajoute cela aux éléments sexuels, on se retrouve face à un sadique sexuel qui tire du plaisir d'actes de torture physique et, je crois, mentale extrêmes.

« Je pense qu'il — je présume qu'il s'agit d'un homme, pour des raisons que j'expliciterai ultérieurement — voulait que la mère assiste à la torture et au meurtre de sa fille avant qu'elle soit elle-même torturée et tuée. Ce qui intéresse le sadique sexuel, c'est la réaction de la victime à la torture ; dans le cas présent, il avait à sa disposition deux victimes, une mère et son enfant, qu'il pouvait mettre en opposition. Il traduit des fantasmes sexuels en actes de violence, de torture, qui débouchent sur la mort. »

De l'autre côté de la porte, j'entendis soudain des éclats de voix. L'un des interlocuteurs était Walter Cole ; l'autre, je ne le connaissais pas. Le ton s'apaisa très vite, mais je compris que j'étais l'objet de la discussion. Ce qu'ils voulaient, je le saurais bien assez tôt.

— Bon. Les sadiques sexuels s'attaquent principalement à des femmes, de race blanche, et qu'ils ne connaissent pas, bien que parfois les cibles puissent être des hommes et, comme c'est le cas ici, des enfants. Il arrive également qu'il y ait une relation entre la victime et une personne ayant joué un rôle dans la vie de l'agresseur.

« Le sadique choisit soigneusement ses victimes en les suivant, en les épiant. Notre tueur a dû passer un certain temps à observer la famille. Il connaissait les habitudes du mari, savait que si celui-ci se rendait dans son bar habituel, il serait absent suffisamment longtemps pour lui permettre d'accomplir ce qu'il avait à faire. Et je ne pense pas qu'ici, il soit entièrement parvenu à ses fins.

« La scène de crime est inhabituelle. Tout d'abord, la

nature même du crime suppose un lieu isolé, pour que l'agresseur puisse avoir le temps de s'occuper de sa victime. Dans certains cas, l'agresseur a modifié son domicile pour accueillir la victime, dans d'autres il se sert d'une voiture ou d'une fourgonnette qu'il a spécialement préparée. Ici, le tueur a procédé différemment. Je pense que le fait de prendre des risques lui plaît. Je pense également qu'il a cherché... je dirais, faute de mieux, à “se faire remarquer”. »

Se faire remarquer. Comme, par exemple, mettre une cravate de couleur vive pour un enterrement.

— Le crime a été savamment mis en scène de manière à créer un choc traumatique maximum au retour du mari.

Walter avait peut-être raison. Je n'aurais peut-être pas dû assister à cette réunion. Les explications prosaïques de Wolfe réduisaient ma femme et ma fille à un chiffre de plus dans les effrayantes statistiques d'une ville livrée à la violence, mais j'espérais, envers et contre tout, qu'elle finirait par dire quelque chose qui résonnerait en moi et me mettrait sur une piste susceptible de faire progresser l'enquête. Deux semaines, c'est long lorsqu'on travaille sur une affaire de meurtre. Au bout de deux semaines sans progrès notables, l'enquête s'enlise et il ne reste plus qu'à compter sur la chance.

— Tout cela nous oriente vers un tueur d'une intelligence supérieure à la normale, un amateur de jeux et de paris. Le fait qu'il ait apparemment cherché à créer un choc psychologique pourrait nous amener à conclure que son acte comporte un élément personnel, dirigé contre le mari, mais il ne s'agit là que d'une spéculation et, sauf exception, la logique de ce genre de crime est impersonnelle.

« On distingue généralement trois catégories de scènes de crime : organisées, désorganisées, ou les deux à la fois. Un tueur organisé prépare son meurtre, cible soigneusement sa victime, et la scène de crime reflétera cette volonté de contrôle. La victime répondra à certains critères déterminés par le tueur : âge, parfois couleur des cheveux, métier, style de vie. L'utilisation d'entraves, comme c'est le cas ici, est symptomatique. Elles prouvent qu'il y a eu contrôle et préparation, puisque c'est le tueur qui les a généralement apportées sur la scène de crime.

« Dans les cas de sadisme sexuel, le meurtre est le plus souvent érotisé. Il s'accompagne d'un rituel, généralement long, et tout est fait pour que la victime demeure consciente et lucide jusqu'à l'instant de sa mort. En d'autres termes, le tueur ne veut pas mettre prématurément un terme à la vie de sa ou ses victimes.

« Dans le cas qui nous concerne aujourd'hui, il a échoué, parce que Jennifer Parker, l'enfant, avait un cœur fragile qui n'a pas résisté à l'afflux massif d'adrénaline dans son organisme. Si l'on ajoute que la mère a tenté de s'enfuir et que son visage a subi un choc violent qui lui a peut-être fait perdre provisoirement conscience, je suis portée à croire que le tueur a senti que la situation lui échappait. D'organisée, la scène de crime est devenue désorganisée et peu après avoir commencé à écorcher la mère, le tueur a cédé à la colère et à la frustration et a mutilé les corps. »

A ce moment-là, j'avais voulu partir. Je m'étais trompé. Tout cela ne donnerait rien, rien de bon.

— Comme je l'ai dit plus tôt, la mutilation des parties génitales et des seins est une constante de ce type de crime, mais le cas qui nous préoccupe diffère du schéma habituel par différents aspects cruciaux. Je pense qu'ici, les mutilations traduisent un sentiment de colère et une perte de contrôle, ou bien qu'elles servent à essayer de masquer autre chose, un autre élément du rituel qui a déjà commencé et dont le tueur cherche à détourner l'attention. Selon toute vraisemblance, il faut chercher la réponse du côté de cette peau partiellement arrachée. Il y a là une très nette volonté de mise en évidence — l'acte est inachevé, mais flagrant.

— Pourquoi êtes-vous aussi sûre qu'il s'agit d'un homme de race blanche ? demande Joiner, un inspecteur noir avec lequel j'ai déjà travaillé une ou deux fois.

— Les auteurs d'actes de barbarie sont presque toujours des hommes de race blanche. Pas des femmes, pas des Noirs. Des hommes de race blanche.

— Te voilà hors de cause, Joiner, lance quelqu'un.

Tout le monde éclate de rire. La tension retombe aussitôt. Je vois un ou deux collègues se tourner vers moi, mais en gros, tout le monde fait comme si je n'étais pas là. Ce sont des professionnels. Pour eux, ce qui compte, c'est d'accumuler toutes les informations possibles pour tenter de mieux cerner la personnalité de l'assassin.

Wolfe attend que les rires s'estompent, puis :

— Des études ont établi que quarante-trois pour cent des auteurs de crimes sexuels sont mariés. Cinquante pour cent ont des enfants. Ne commettez pas l'erreur de vous imaginer à la recherche d'un déséquilibré qui vit seul. Ce type peut très bien être la vedette des réunions syndicales locales ou l'entraîneur d'une équipe de baseball junior.

« Il est susceptible d'exercer un métier qui le place en contact avec le public. Il est sans doute à l'aise en société et utilise peut-être cet avantage pour cibler ses victimes. Il est possible qu'il ait déjà eu un comportement antisocial, sans pour autant commettre des infractions suffisamment graves pour figurer sur un casier judiciaire.

« Les sadiques sexuels sont souvent des fans de la police ou des amateurs d'armes. Il peut vouloir suivre le déroulement de l'enquête ; ayez donc à l'œil tous les individus qui vous appellent pour vous fournir des indices ou monnayer des renseignements. Sachez également que les papiers de sa voiture sont en règle et que le véhicule est bien entretenu. En règle pour ne pas attirer l'attention, bien entretenu parce que notre homme doit être sûr de ne pas tomber en panne à proximité de la scène de crime. Le véhicule peut avoir été modifié pour le transport des victimes : il aura enlevé les poignées de porte et les manivelles de lève-glace à l'arrière, le coffre peut être insonorisé. Si vous pensez avoir mis la main sur un suspect possible, regardez si vous trouvez dans le coffre des bidons d'essence et d'eau, des cordes, des menottes, des entraves.

« Si vous demandez un mandat de perquisition, stipulez bien que vous recherchez tout objet en rapport avec le sexe ou la violence : revues pornographiques, cassettes X, journaux à deux sous pour amateurs de crimes sordides, vibromasseurs, pinces, vêtements, et plus particulièrement sous-vêtements féminins. Certains de ces objets peuvent avoir appartenu aux victimes, mais il peut leur avoir pris d'autres objets personnels. Cherchez également des journaux intimes, des notes manuscrites : on y trouve parfois des renseignements sur les victimes, des fantasmes, le récit des crimes eux-mêmes. Ce type peut aussi avoir tout un attirail de police et il est presque certain qu'il connaît les procédures policières. »

Wolfe reprend son souffle et se radosse à son siège.

— Va-t-il recommencer ? demande Cole.

Silence dans la pièce.

— Oui, lui répond Wolfe, mais vous faites une supposition.

Cole la regarde sans comprendre.

— Vous supposez que c'est la première fois qu'il passe à l'acte. J'en déduis qu'on a fait un VICAP ?

Le VICAP avait été lancé par le FBI en 1985. Il prévoyait l'établissement d'un rapport dans les affaires de meurtres ou tentatives de meurtres, notamment les crimes assortis d'enlèvements, ceux apparemment commis au hasard ou sans mobile, ceux présentant des connotations sexuelles, ainsi que dans les cas de disparitions suspectes ou après la découverte de corps non identifiés quand la mort était manifestement d'origine criminelle. Ces rapports étaient ensuite soumis au Centre national d'analyse des crimes violents à Quantico, siège de l'académie du FBI, où l'on s'efforçait de déterminer s'ils présentaient des analogies avec d'autres éléments du fichier.

— On en a envoyé un.

— Avez-vous demandé un profil ?

— Oui, mais il n'a pas été fait. Officieusement, le mode opératoire ne correspond pas. Parce que les visages ont été arrachés.

— Ouais, au fait, les visages ?

De nouveau Joiner.

— J'essaie d'en savoir plus, lui répond Wolfe. Certains tueurs conservent des souvenirs de leurs victimes. Dans le cas présent, il y a peut-être également un élément pseudo-religieux ou sacrificiel. Je suis désolée, je tâtonne encore.

— Vous pensez qu'il a peut-être déjà sévi par le passé ? demande Cole.

— Possible, acquiesce Wolfe. S'il a déjà commis d'autres meurtres, on peut supposer qu'il a dissimulé les corps et que le double crime qu'il vient de signer correspond à un changement de cap. Après avoir tué discrètement, il a peut-être cherché à exercer ses talents en pleine lumière, pour attirer l'attention sur lui. Mais comme, de son point de vue, il n'est pas parvenu à ses fins, il risque de revenir à ses anciennes méthodes. Ou alors, il peut très bien mettre ses activités en sommeil pendant un certain temps. C'est une éventualité.

« Cela dit, si je devais avancer une hypothèse, je dirais qu'il a soigneusement préparé le coup suivant. La dernière fois, il a commis des erreurs et je ne pense pas qu'il ait réussi à obtenir l'effet souhaité. La prochaine fois, si vous ne le coincez pas avant, il va vraiment faire des étincelles. »

La porte de la salle d'interrogatoire s'ouvrit et Cole entra, accompagné de deux personnes.

— Voici l'agent spécial Ross, du FBI, annonça-t-il, et l'inspecteur Barth, du bureau des Attaques à main armée. Barth travaillait sur Watts. L'agent Ross s'occupe du crime organisé.

De près, le costume de lin de Ross, du sur-mesure, avait visiblement coûté cher. Barth, en comparaison, avec son veston de grande surface, avait l'air d'un pauvre type. Chacun devant son mur, les deux hommes opinèrent. Lorsque Cole s'assit, Barth l'imita. Ross resta debout.

— Tu nous caches quelque chose ? me demanda Cole.

— Non. Vous en savez autant que moi.

— L'agent Ross est persuadé que c'est Sonny Ferrera qui a commandité le meurtre de Watts et de sa copine et que tu en sais plus que tu veux bien le dire.

Ross saisit quelque chose sur sa manche de chemise, du bout des doigts, et le laissa tomber à terre avec une expression de dégoût. Je pense que c'était censé être moi.

— Sonny n'avait aucune raison de tuer Ollie Watts, rétorquai-je. On parle de quoi ? De voitures volées et de fausses plaques d'immatriculation. Ollie n'était pas en situation d'arnaquer Sonny sur des montants importants et il n'en savait pas suffisamment sur ses activités pour qu'un jury lui consacre dix petites minutes.

Ross s'anima et s'avança pour venir s'asseoir au bord de la table.

— C'est bizarre. On n'entend plus parler de vous pendant... je ne sais pas, moi... six, sept mois ? Et le jour où vous vous repointez, c'est l'hécatombe.

Comme s'il n'avait pas entendu un mot de ce que je venais de dire. Il avait quarante, peut-être quarante-cinq ans, mais paraissait en excellente condition physique. Les rides qui lui creusaient le visage ne devaient pas être dues à des excès de rire. Woolrich m'avait un peu parlé de lui après avoir quitté New York pour rejoindre les fédéraux en qualité d'agent spécial adjoint chargé de l'antenne de La Nouvelle-Orléans.

Un silence. Ross me dévisagea puis, me voyant soutenir son regard, détourna les yeux d'un air las.

— L'agent Ross, ici présent, pense que tu nous dissimules certaines choses, me dit Cole, les traits sans expression, le regard vide. Et il aimerait bien te cuisiner un peu, à tout hasard.

Ross s'était remis à me dévisager.

— L'agent Ross me fait peur. S'il essaie de me cuisiner, Dieu sait ce que je suis capable d'avouer.

— Tout ça ne nous avance à rien, fit Ross. M. Parker n'a manifestement pas l'intention de nous aider et je…

Cole leva la main et l'interrompit :

— Vous pourriez peut-être nous laisser un instant seuls, le temps d'aller chercher un café ou autre chose.

Barth haussa les épaules et quitta la pièce. Ross demeura assis sur son coin de table, prêt à ajouter quelque chose, puis se leva brusquement et sortit en refermant brutalement la porte derrière lui. Cole expira bruyamment, desserra sa cravate et ouvrit le premier bouton de sa chemise.

— Evite de charrier Ross, sans quoi il va te pourrir la vie. Et la mienne aussi.

— J'ai dit tout ce que je savais, lui répondis-je. Benny Low en sait peut-être un peu plus long, mais ça m'étonnerait.

— On est déjà allés voir Benny Low. A l'entendre, il ne connaissait même pas le nom du Président avant qu'on le lui dise. (Il tordit un stylo entre ses doigts et imita l'accent de Benny :) « Hé, j'fais tourner la boîte, c'est tout. »

C'était assez réussi. Je parvins à esquisser un sourire et l'atmosphère se détendit très légèrement.

— Il y a longtemps que tu es revenu ?

— Deux, trois semaines.

— Tu as fait quoi, pendant ce temps ?

Que lui dire ? Que j'avais passé des jours à traîner dans la rue, que je m'étais rendu sur les lieux que Jennifer, Susan et moi avions fréquentés, que j'étais longtemps resté le nez à la fenêtre, à penser à celui qui avait supprimé les miens en me demandant où il pouvait être, que j'avais accepté de travailler pour Benny Low parce que je savais que, si je ne trouvais pas rapidement un exutoire, j'allais me tirer une balle dans la bouche ?

— Pas grand-chose. Je compte relancer quelques informateurs, voir s'il n'y a rien de neuf.

— De notre côté, rien de nouveau. Tu as quelque chose ?

— Non.

— Je ne peux pas te demander de laisser tomber, mais…

— Non, tu ne peux pas. Viens-en au fait, Walter…

— Tu ne devrais pas être ici en ce moment. Et tu sais pourquoi.

— Ah bon ?

Il jeta son stylo si violemment que celui-ci rebondit jusqu'au bord de la table où il demeura un instant en suspens avant de tomber par terre. L'espace d'une seconde, je crus que Cole allait m'expédier son poing dans la figure, mais la fureur de son regard ne tarda pas à se dissiper.

— On en reparlera.

— D'accord. Tu comptes me donner quelque chose ?

Sur la table, il y avait un rapport émanant du service de la balistique. Cinq heures seulement après la fusillade, le labo avait déjà rendu ses conclusions… Quand l'agent Ross voulait quelque chose, visiblement il l'obtenait.

D'un signe de tête, j'indiquai les documents.

— Que dit la balistique sur la balle qui a descendu le type, celui qui a flingué Watts et sa copine ?

— Cela ne te regarde pas.

— Walter, je l'ai regardé mourir, ce mec. Le type qui l'a dégommé m'a tiré dessus, et la balle a carrément traversé le mur. On a affaire à un amateur d'armes éclairé.

Cole ne broncha pas.

— On ne se procure pas de la quincaillerie de ce genre sans que quelqu'un le sache, repris-je. Dis-m'en un peu plus, et je pourrai peut-être te rendre service.

Cole réfléchit une minute avant de feuilleter son rapport.

— Ce sont des balles de pistolet-mitrailleur. Calibre 5,7 mm. Des ogives de moins de trois grammes.

J'émis un sifflement.

— Une munition pour fusil raccourcie pour pouvoir être tirée par une arme de poing ?

— La balle est presque entièrement en plastique, mais blindée pour ne pas se déformer à l'impact. Le corps du type a absorbé presque toute l'énergie ; en ressortant, elle n'avait quasiment plus de force.

— Et celle qui a frappé le mur ?

— La balistique estime la vitesse initiale à plus de six cents mètres à la seconde.

Il s'agissait d'un projectile à très haute vélocité. Un Browning 9 mm, en comparaison, tire des balles de sept grammes à près de trois cent trente mètres à la seconde.

— D'après eux, cette balle est capable de transpercer une protection en Kevlar comme du papier de riz. A deux cents mètres, elle peut encore passer à travers plus d'une quarantaine de couches.

Même avec du 44 Magnum, il faut presque tirer à bout portant pour traverser un gilet pare-balles.

— Mais dès qu'elle frappe une cible molle…

— Elle s'arrête.

— C'est fait chez nous ?

— Non. Pour la balistique, ça viendrait d'Europe. Une arme belge. Un Five-seveN, avec un F et un N majuscules, les initiales du fabricant. Un prototype conçu par FN Herstal pour les opérations antiterroristes et de libération d'otages. C'est la première fois qu'on en voit en circulation. Normalement, seules certaines unités d'intervention en sont équipées.

— Tu vas contacter le fabricant ?

— On va essayer, mais je parie qu'on va se perdre dans la jungle des intermédiaires.

Je me levai.

— Je me renseignerai de mon côté.

Il ramassa son stylo et l'agita devant moi comme un prof mécontent en train de faire la leçon au petit malin de la classe.

— Ross veut ta peau.

Je sortis un feutre et griffonnai mon numéro de portable au dos du bloc-notes de Cole.

— Il est toujours allumé. Je peux y aller, maintenant ?

— A une condition.

— Vas-y.

— Je veux que tu passes à la maison ce soir.

— Je suis désolé, Walter. Les dîners entre amis, pour moi, c'est fini.

Je l'avais vexé.

— Arrête tes conneries. Le dîner, on s'en fout. J'ai des choses importantes à te dire. Tu rappliques, ou je laisse Ross te boucler jusqu'à la fin des temps.

Je me levai.

— Tu es sûr de nous avoir tout dit ? demanda Cole derrière moi.

Je ne fis pas l'effort de me retourner.

— Je vous ai dit tout ce que je pouvais, Walter.

Ce qui était vrai, du moins d'un point de vue technique.

Vingt-quatre heures plus tôt, j'avais retrouvé Emo Ellison.

Emo vivait dans un hôtel miteux de la périphérie d'East Harlem, le genre de palace où les seules personnes admises dans les chambres sont les putes, les flics et les truands. Un écran de Plexiglas protégeait le bureau du gérant, désert. Je montai et frappai à la porte d'Emo. Personne ne répondit, mais je crus percevoir le cliquetis caractéristique d'un chien qu'on arme.

— Emo, c'est Bird. Il faut que je te parle.

J'entendis des pas se rapprocher.

— J'sais rien, me fit Emo à travers la porte. J'ai rien à dire.

— Je ne t'ai encore rien demandé. Allez, Emo, ouvre. Fat Ollie a des emmerdes. Je peux peut-être faire quelque chose. Laisse-moi entrer.

Au bout de quelques secondes, un bruit de chaîne. La porte s'ouvrit et je pénétrai dans la chambre. Emo avait reculé jusqu'à la fenêtre, sans lâcher son arme.

— Tu n'as pas besoin de ça, je lui dis.

Il soupesa le pistolet dans sa main avant de le poser sur un placard, à côté du lit. Il avait l'air plus à l'aise sans. Les flingues, ce n'était pas son truc. Je remarquai qu'il avait les doigts de la main gauche bandés, avec des taches jaunes au bout des pansements.

Emo Ellison était un homme d'une quarantaine d'années, maigre et pâlichon, qui travaillait par intermittence pour Fat Ollie depuis environ cinq ans. Mécanicien aux compétences moyennes, il était loyal et savait se taire.

— Tu sais où il est ?

— Il m'a pas contacté.

Il se laissa lourdement tomber sur le rebord du lit, qui venait d'être fait. La chambre, propre, sentait le désodorisant. Il y avait un ou deux cadres au mur, et des livres, des magazines et quelques objets personnels parfaitement rangés sur leurs étagères Home Depot.

— On m'a dit que tu bossais pour Benny Low. Pourquoi tu fais ça ?

— C'est un boulot comme un autre.

— Tu vas livrer Ollie et il se fera descendre. C'est ça, ton boulot ?

Je m'appuyai contre la porte.

— Je peux ne pas le livrer. Benny Low s'en remettra. Mais il me faut une bonne raison.

Sur le visage d'Emo, je lus le dilemme qui le torturait. Ses mains se nouaient, se chevauchaient nerveusement. Une ou deux fois, il regarda son arme. Il avait peur. Je lui demandai doucement :

— Pourquoi s'est-il enfui, Emo ?

— Il disait que t'étais un type bien, un type réglo. C'est vrai ?

— Je ne sais pas, mais je n'ai pas envie qu'il lui arrive malheur.

Emo me dévisagea un moment et sembla se décider.

— C'était Pili, Pili Pilar. Tu le connais ?

— Je le connais.

Pili Pilar était le bras droit de Sonny Ferrera.

— Une ou deux fois par mois, jamais plus, il passait

prendre une voiture. Il la gardait quelques heures, et puis il la ramenait. Chaque fois une caisse différente. C'était un deal qu'Ollie avait passé avec Sonny pour pas avoir à le payer. Il mettait des fausses plaques sur la voiture et elle était prête quand Pili arrivait.

« La semaine dernière, Pili débarque, prend une voiture et s'en va. Ce soir-là, je suis arrivé en retard, j'étais pas bien. Mon ulcère. Pili était déjà parti.

« Enfin, bref, il est minuit passé et je suis là à bavarder avec Ollie en attendant que Pili ramène la caisse quand, brusquement, dehors, on entend un grand bruit. On sort, et on voit la voiture pliée contre le portail, Pili couché sur le volant. L'avant est esquinté aussi, alors on se dit que Pili a eu un accident et qu'il s'est tiré sans demander son reste.

« Pili a la tête bien amochée là où il a tapé le pare-brise et il y a plein de sang dans la voiture. Ollie et moi, on pousse la caisse dans le garage, Ollie appelle un toubib qu'il connaît et le type lui dit d'amener Pili. Pili bouge pas et il est vachement pâle, alors Ollie le trimballe chez le toubib dans sa voiture perso et le toubib veut absolument le faire hospitaliser parce qu'il pense qu'il a une fracture du crâne. »

Emo se lâchait. Il avait commencé son histoire et il fallait qu'il la finisse, comme si le fait de tout dire à voix haute pouvait le soulager du poids qu'il avait sur la conscience.

— Alors ils discutent un moment, mais le toubib connaît une clinique privée où on posera pas trop de questions, alors Ollie accepte. Le toubib appelle la clinique et Ollie, lui, revient au garage.

« Il a le numéro de Sonny, mais ça répond pas. Il veut pas laisser la voiture là — avec les flics, on sait jamais. Alors il appelle le père et il lui raconte ce qui s'est passé. Et le père lui dit de pas bouger, il envoie quelqu'un.

« Ollie sort pour planquer la bagnole en attendant et quand il revient, il a l'air encore plus amoché que Pili. On dirait qu'il est malade, il a les mains qui tremblent.

Je lui fais : “C’est quoi, le problème ?”, mais il me répond juste de me tirer et de dire à personne que j’étais là. Il me dit rien d’autre, juste de mettre les voiles.

« Après, j’apprends que les flics sont venus perquisitionner, qu’Ollie a été libéré sous caution et qu’il a disparu dans la nature. J’ai jamais plus eu de nouvelles, je te le jure.

— Le flingue, alors, c’est pour quoi ?

— Un des types du père est passé ici il y a un ou deux jours. (Il déglutit bruyamment.) Bobby Sciorra. Il voulait savoir où était Ollie et si j’étais là le soir de l’accident de Pili. Je lui ai dit que non, mais ça lui a pas suffi. »

Emo Ellison fondit en larmes. Il leva ses doigts bandés et lentement, tout doucement, il commença à défaire un pansement.

— Il m’a emmené faire un tour. (Il tendit le doigt, et je distinguai une marque en forme d’anneau couronnée d’une énorme ampoule qui avait l’air de palpiter sous mes yeux.) L’allume-cigare. Il m’a brûlé avec l’allume-cigare.

Vingt-quatre heures plus tard, Fat Ollie Watts était mort.

3

Walter Cole habitait Richmond Hill, le plus ancien des quartiers du Queens qu'on appelle les Seven Sisters — les Sept-Sœurs. Sorti de terre après 1880, avec son petit centre et son pré communal, il devait ressembler à une reproduction de l'Amérique profonde aux portes de Manhattan lorsque les parents de Walter avaient quitté Jefferson City pour s'y établir, peu avant la Seconde Guerre mondiale. Et quand ils étaient partis s'installer en Floride pour profiter de leurs vieux jours, Walter avait conservé la maison sur la 113e Rue, au-dessus de Myrtle Avenue. Presque tous les vendredis, Lee et lui allaient dîner au Triangle Hofbräu, une vieille brasserie allemande de Jamaica Avenue, et en été ils se promenaient à l'ombre des denses frondaisons de Forest Park.

J'arrivai chez Walter un peu après neuf heures. Il m'ouvrit lui-même la porte et me fit visiter ce qu'un homme de moindre éducation aurait appelé ses quartiers privés ou son bureau, termes qui ne rendaient pas justice à la petite bibliothèque qu'il s'était constituée en un demi-siècle de lecture intense : les biographies de Keats et de Saint-Exupéry y côtoyaient des ouvrages sur la police scientifique, les crimes sexuels et la psychologie criminelle. Fenimore Cooper se frottait à Borges, et Donald Barthelme, cerné de plusieurs Hemingway, n'en menait pas large.

Un Powerbook Macintosh trônait sur un bureau

recouvert d'un sous-main de cuir et flanqué de trois casiers. Des œuvres d'artistes locaux ornaient les murs et, dans un coin de la pièce, une petite armoire vitrée renfermait des trophées gagnés lors de concours de tir, exposés pêle-mêle un peu comme si Walter, tout en étant fier de son adresse, éprouvait quelque honte à exhiber ce genre de récompenses. La fenêtre du haut était ouverte ; une odeur d'herbe coupée me chatouillait les narines, et j'entendais des gosses jouer au hockey de rue dans la chaleur de la soirée.

La porte du bureau s'ouvrit, et Lee fit son apparition. Lee partageait la vie de Walter depuis vingt-quatre ans et il émanait de leur complicité une sorte de grâce naturelle que Susan et moi étions loin d'avoir connue, même aux plus beaux jours de notre couple. La fine silhouette de Lee, en jean noir et chemisier blanc, avait survécu aux rigueurs de deux naissances et à la passion que Walter vouait à la cuisine asiatique. Elle portait une queue-de-cheval ; reflets de lune sur des eaux sombres, des mèches grises dansaient dans ses cheveux d'un noir d'encre. Lorsqu'elle s'approcha de moi pour m'embrasser délicatement sur la joue et que ses bras s'enroulèrent autour de mes épaules, un parfum de lavande me recouvrit tel un voile et je me rendis compte, même si ce n'était pas la première fois, que j'avais toujours été un peu amoureux de Lee Cole.

— Ça fait du bien de te revoir, Bird, me dit-elle en laissant sa main droite s'attarder légèrement sur ma joue.

Les rides d'angoisse de son front démentaient le sourire de ses lèvres. Elle lança un regard à Walter et entre eux quelque chose passa.

— Je reviendrai plus tard avec du café.

Et elle referma sans bruit la porte derrière elle.

— Les enfants, ça va ? demandai-je tandis que Walter se servait un verre de whiskey — du Redbreast irlandais, toujours la même bouteille avec son bouchon à vis.

— Bien. Lauren a toujours horreur du lycée. Ellen s'est inscrite en droit à Georgetown, ce qui fait qu'à partir de la rentrée, il y aura au moins un membre de la famille qui comprendra comment ça fonctionne.

Il porta le verre à ses lèvres en inspirant profondément et but une gorgée. Machinalement, ma gorge se serra et une soif soudaine s'empara de moi. Walter, remarquant mon désarroi, devint écarlate.

— Oh, merde, je suis désolé.

— Pas de problème, lui répondis-je. C'est à moi de tenir. Mais je remarque que tu dis encore des gros mots chez toi.

Lee, qui avait une sainte horreur des jurons, répétait à son mari que la grossièreté était l'apanage des beaufs, à quoi Walter répliquait généralement en lui faisant remarquer qu'un jour, au beau milieu d'une vive discussion d'ordre philosophique, Wittgenstein avait brandi un tisonnier à la face de son contradicteur, preuve absolue, à ses yeux, qu'un discours érudit ne permettait pas toujours aux hommes les plus grands de s'exprimer comme ils le souhaitaient.

Il se rapprocha d'un fauteuil de cuir, d'un côté de la cheminée — l'âtre était vide —, et me fit signe de m'asseoir dans celui d'en face. Lee entra, les bras chargés d'un plateau sur lequel se trouvaient une cafetière d'argent, du lait et deux tasses, et s'éclipsa presque aussitôt en lançant à Walter un regard vaguement inquiet. Je savais déjà qu'ils avaient discuté avant que j'arrive, puisqu'ils se disaient tout. Leur malaise m'incitait à penser qu'ils ne s'étaient pas contentés d'évoquer l'état de ma santé.

— Tu veux peut-être me mettre une lampe dans les yeux ? fis-je.

Un petit sourire glissa comme un courant d'air sur le visage de Walter.

— J'ai entendu des choses, ces derniers mois, commença-t-il en scrutant son verre comme un voyant devant sa boule de cristal, sans que je réagisse. Je sais que tu as appelé les fédéraux, que tu as demandé un renvoi d'ascenseur pour pouvoir consulter des fichiers. Je sais que tu as essayé de retrouver l'homme qui a tué Susan et Jenny.

Là, enfin, il me regarda. N'ayant rien à dire, je servis le café, je pris ma tasse, je bus une première gorgée. Du café de Java, aussi fort que noir. Je respirai à fond.

— Pourquoi me dis-tu ça ?

— Parce que je veux savoir pour quelle raison tu es ici, pour quelle raison tu es revenu. Si certaines des choses que j'ai entendues sont vraies, je suis face à quelqu'un qui a beaucoup changé.

Il déglutit, et j'eus pitié de lui, de ce qu'il avait à me dire, des questions qu'il se sentait obligé de me poser. Si j'étais en mesure de fournir certaines réponses, je n'étais pas certain de vouloir le faire, pas plus que je n'étais certain que Walter eût envie de les entendre. Dehors, les gosses avaient cessé de jouer, chassés par l'obscurité, et dans cet étrange silence, les paroles de Walter prenaient valeur de présages.

— On raconte que tu as retrouvé le type, reprit-il, sans hésitation cette fois, comme s'il s'était armé de courage pour faire sa déclaration. Que tu l'as retrouvé et que tu l'as tué. Est-ce vrai ?

Tel un collet, le passé me permettait de bouger un peu, de me déplacer en cercle, de me retourner, mais il finissait toujours par me tirer à lui. De plus en plus de choses à New York — restaurants préférés, librairies, parcs ombragés, et même cœurs gravés dans le bois d'une vieille table — me rappelaient ce que j'avais perdu, comme si l'oubli, aussi bref fût-il, était un crime contre leur mémoire. Je ne cessais de trébucher dans le temps, glissant du présent au passé, et comme des serpents digérant leur proie, mes souvenirs m'entraînaient lentement vers ce qui avait été et ne serait plus jamais.

Et c'est ainsi que la question de Walter me ramena à La Nouvelle-Orléans, fin avril. Elles étaient mortes depuis près de quatre mois.

La scène se déroulait au Café du Monde. Woolrich était assis dans le fond, près d'un distributeur de chewing-gum, le dos au mur de la grande salle. Devant lui, sur la table, une tasse de café au lait fumant et une assiette de beignets chauds saupoudrés de sucre. Dehors, dans Decatur, on se bousculait devant le pavillon vert et blanc du café pour rejoindre la cathédrale ou Jackson Square.

Il portait un costume havane mal coupé et une cravate de soie trop étirée, aux couleurs passées, qui pendait tristement à mi-hauteur et maintenait à grand-peine un col qu'il n'avait pas jugé bon de boutonner. Autour de lui, le sol était couvert de sucre, tout comme la seule partie visible de sa chaise en vinyle vert.

Woolrich était agent spécial adjoint, responsable de l'antenne locale du FBI, au 1250 Poydras. C'était aussi l'une des rares personnes avec lesquelles j'avais gardé un semblant de contact après mon départ de la police et l'un des très rares agents fédéraux de ma connaissance qui ne me faisaient pas maudire le jour où J. Edgar Hoover était né. Mais il était surtout mon ami. Il m'avait soutenu au lendemain de la tuerie, sans jamais poser la moindre question, sans jamais douter. Je le revois encore figé devant la tombe, totalement trempé, avec son feutre trop grand qui s'était transformé en gouttière. Il avait été muté à La Nouvelle-Orléans peu après, une promotion qu'il avait décrochée pour avoir brillamment fait ses classes dans au moins trois antennes différentes et réussi l'exploit de conserver ses facultés mentales dans l'environnement particulièrement agité du bureau new-yorkais, en plein centre de Manhattan.

Son couple, en revanche, avait lamentablement capoté. Le divorce remontait déjà à une douzaine d'années. Sa femme avait repris son nom de jeune fille, Karen Stott, et vivait à Miami avec un décorateur qu'elle venait d'épouser. Leur fille unique, Lisa — aujourd'hui Lisa Stott, grâce aux efforts de sa mère —, avait rejoint, selon lui, une sorte de secte religieuse au Mexique. Elle avait à peine dix-huit ans. Sa mère et son beau-père ne semblaient guère se soucier d'elle, contrairement au père qui, lui, malheureusement, ne parvenait pas vraiment à traduire son soutien moral en actes concrets. Woolrich vivait très mal, je le savais, la désintégration de sa famille. Il venait lui-même d'un foyer brisé, mère immonde et sans éducation, et père bienveillant mais trop inconséquent pour réussir à garder sa mégère de femme. A mon sens, Woolrich avait toujours voulu faire mieux. Et surtout, j'en avais la conviction, lui savait la détresse dans laquelle m'avait plongé la disparition effroyable de Susan et Jennifer.

Il avait encore grossi depuis la dernière fois et je voyais les poils de son torse à travers sa chemise trempée de sueur. De la lisière de sa tignasse plus que grisonnante, des ruisselets rejoignaient les replis de son cou. Pour un homme aussi fort, les étés de Louisiane devaient être une véritable torture. Cela étant, Woolrich avait peut-être l'air d'un clown ou voulait peut-être s'en donner l'apparence lorsque cela l'arrangeait, mais à La Nouvelle-Orléans, quand on le connaissait, il n'était pas question de le sous-estimer. Ceux qui s'y étaient hasardés dans le passé moisissaient à présent au pénitencier d'Angola ou, à en croire certaines rumeurs, pourrissaient sous terre.

— J'aime bien la cravate, dis-je.

Une cravate rouge vif, avec des agneaux et des anges.

— Je l'appelle ma cravate métaphysique, me répondit Woolrich. Ma cravate George Herbert.

Nous nous serrâmes la main. En se levant, il chassa les miettes de beignet qui constellaient sa chemise.

— On s'en met partout, de ces cochonneries. Quand je mourrai, on me retrouvera encore des miettes de beignet dans la raie du cul.

— Merci, je vais essayer de garder ça en tête.

Un serveur asiatique coiffé d'un calot en papier blanc s'empressa de prendre ma commande. Je voulais un café.

— Vous voulez beignets, missieur ?

Woolrich sourit. Non, je me passerais des beignets.

— Comment ça va ? me demanda Woolrich en

engloutissant une large rasade de café brûlant qui aurait scarifié la gorge de tout homme normal.

— Ça va. Et toi, la vie ?

— Comme d'habitude : un vrai cadeau, avec un bel emballage et un nœud rouge, qu'on offre à quelqu'un d'autre.

— Tu es toujours avec… comment elle s'appelle déjà… Judy ? Judy, l'infirmière ?

Woolrich se renfrogna soudain, comme s'il venait de découvrir un cheveu dans son beignet.

— Tu veux dire Judy la cinglée. On n'est plus ensemble. Elle est partie bosser à La Jolla un an, peut-être plus. Je vais te raconter. Il y a deux mois, je décide de nous offrir des petites vacances romantiques quelque part. Je nous trouve une chambre dans un petit hôtel de charme à deux cents dollars la nuit, près de Stowe — tu vois, le genre d'endroit où tu peux ouvrir la fenêtre pour respirer l'air de la campagne. Bref, on se pointe là-bas et on tombe sur une baraque plus vieille que Mathusalem, tout en chêne noir, avec du mobilier ancien et un lit assez large pour y perdre toute une équipe de pom-pom girls. Et voilà que Judy devient blanche comme un cul d'ours polaire et qu'elle recule devant moi. Et tu sais ce qu'elle me sort ?

J'attendis qu'il poursuive.

— Elle me dit que c'est dans cette même chambre que je l'ai assassinée dans une vie antérieure. Elle est le dos à la porte, elle cherche la poignée et elle me regarde comme si j'allais me transformer en tueur en série. Il me faut deux bonnes heures pour la calmer, mais elle refuse toujours de dormir avec moi. Je me retrouve à passer la nuit sur un canapé, dans un coin de la pièce, et je te garantis que ces divans d'époque, t'as l'impression que ça coûte un million de dollars et en fait, ça coûte peut-être encore plus, mais c'est pas confortable pour un sou. Une vraie dalle de béton.

Il enfourna ce qui restait de son beignet et se tamponna la bouche avec sa serviette.

— Au milieu de la nuit, je me relève pour aller pisser et je vois l'autre assise dans le lit, réveillée, avec la lampe de chevet à l'envers dans la main pour m'assommer si je m'approche d'elle. Autant te dire que ça a mis un terme à nos cinq jours d'amour torride. On est repartis le lendemain matin, et cette petite plaisanterie m'a coûté plus de mille dollars.

« Mais tu sais la meilleure ? La psy qu'elle voit pour sa "thérapie régressive" lui a conseillé de m'attaquer en justice pour violences dans une vie antérieure. Je vais devenir un cas d'école pour tous les tarés qui regardent un documentaire sur PBS et qui s'imaginent avoir été un jour Cléopâtre ou Guillaume le Conquérant. »

Ses yeux s'embuèrent à l'évocation de ses mille dollars perdus et des pièges que Dame Fortune tend à ceux qui vont se perdre dans le Vermont pour faire des concours de galipettes.

— Tu as eu des nouvelles de Lisa ?

Son visage s'assombrit. Il agita la main.

— Toujours avec les Adorateurs de Jésus. La dernière fois qu'elle m'a téléphoné, c'était pour me dire que sa jambe allait bien et qu'elle avait encore besoin d'argent. Jésus est peut-être notre sauveur, mais en attendant c'est aussi lui qui nous plume. (Lisa s'était cassé la jambe l'année précédente en faisant du patin à roulettes, juste avant de découvrir Dieu. Woolrich était persuadé qu'elle ne s'était toujours pas remise du choc. Il me dévisagea quelques secondes, l'œil inquisiteur.) Ça ne va pas vraiment, hein ?

— Ecoute, je suis vivant, et je suis là. Dis-moi juste ce que tu as.

Il gonfla les joues, puis expira lentement, le temps d'ordonner ses pensées.

— Il y a une femme, de la paroisse de St Martin, une vieille Créole. Elle a un don, d'après les gens du coin. Elle éloigne les mauvais esprits, ce genre de conneries. Elle prétend pouvoir soigner les enfants malades, rapprocher les amoureux. Elle a des visions.

Il s'interrompit, passa sa langue sur ses lèvres, me fixa des yeux.

— C'est une voyante ?

— Une sorcière, à en croire ses voisins.

— Et toi, tu y crois ?

— Elle a rendu… une ou deux fois service, dans le passé, d'après les flics d'ici. Je n'avais encore jamais eu affaire à elle.

— Et aujourd'hui ?

Mon café arriva, et Woolrich demanda à être resservi. Nous attendîmes le départ du serveur pour reprendre la conversation ; Woolrich avait déjà, d'un trait, vidé la moitié de sa tasse.

— Elle a une dizaine de gosses et des milliers de petits- et d'arrière-petits-enfants. Il y en a qui vivent avec elle, ou pas loin, ce qui fait qu'elle n'est jamais seule. Sa famille est plus grande que celle d'Abraham. (Il esquissa un sourire, comme pour se détendre brièvement avant ce qui allait suivre.) Elle raconte qu'une jeune fille a été tuée dans le bayou il y a un bout de temps, dans les marais où sévissaient les pirates de Bataria. Elle est allée voir les hommes du shérif, mais elle n'a pas pu préciser l'endroit, elle leur a juste dit qu'une jeune fille avait été tuée dans le bayou, qu'elle l'avait vue en rêve.

« Le shérif n'a rien fait. Enfin, pour être tout à fait honnête, disons qu'il a demandé à ses hommes d'ouvrir l'œil et qu'ensuite il a un peu oublié toute l'histoire.

— Et pourquoi on en reparle aujourd'hui ?

— La vieille prétend que la nuit, elle entend la fille pleurer.

Je ne savais pas si Woolrich était simplement gêné de me dire tout cela ou si quelque chose l'effrayait, toujours est-il qu'il se tourna vers la fenêtre et s'essuya le visage à l'aide d'un mouchoir géant qui n'avait pas l'air très propre.

— Mais il y a autre chose.

Il replia le mouchoir et le remit dans la poche de son pantalon.

— Elle dit que la fille a eu le visage arraché. (Il respira profondément puis ajouta :) Et qu'on l'a aveuglée avant de la tuer.

Nous suivîmes la I-10 vers le nord, après le centre commercial et jusqu'à la banlieue ouest de Baton Rouge, avec ses relais routiers et ses tripots, ses bars où se retrouvaient tous les ouvriers des chantiers de forage et, partout ailleurs, les Noirs qui buvaient tous le même whisky local, un vrai tord-boyaux, et la même flotte bon marché pompeusement appelée bière. Un vent brûlant et chargé d'effluves — odeurs de pourriture du bayou — malmenait les branches des arbres au bord de l'autoroute. Puis nous rejoignîmes enfin le fameux tronçon de l'Atchafalaya suspendu au-dessus des eaux. Nous pénétrions dans les marais du pays cajun.

Je n'étais venu là qu'une seule fois, à l'époque où Susan et moi étions plus jeunes et plus heureux. Sur Henderson Levee Road, je revis la pancarte du McGee's Landing, où j'avais mangé du poulet insipide alors que Susan se débattait avec une friture d'alligator si coriace que même d'autres alligators auraient eu du mal à la digérer. Ensuite, un pêcheur cajun nous avait emmenés faire un tour en barque dans les marais et nous avions traversé une forêt de cyprès à demi submergés. Le soleil sanguin qui rasait l'eau transformait les chicots de troncs d'arbres en silhouettes sombres, tels des morts pointant vers le ciel un doigt accusateur. C'était un autre monde, aussi éloigné de la ville que la Lune l'était de la Terre, et cette sensation d'ailleurs, avec nos chemises collées à la peau, nos fronts qui dégoulinaient, créait entre nous comme un courant érotique. De retour à l'hôtel, à Lafayette, nous avions fait l'amour avec une frénésie et une passion qui dépassaient l'amour, et je revoyais encore nos corps trempés glissant à l'unisson dans cette chambre où l'air était aussi épais que l'eau.

Cette fois-ci, Woolrich et moi ne sommes pas allés jusqu'à Lafayette. Nous quittâmes l'autoroute pour nous engager sur une route à deux voies qui serpentait dans le bayou avant de se réduire à une vague piste essentiellement fréquentée par des millions d'insectes qui tenaient séminaire au-dessus des innombrables nids-de-poule où stagnait une eau pestilentielle. Entre les cyprès et les saules qui bordaient le chemin, on apercevait, émergeant du marécage, tous ces troncs déchiquetés, témoins endeuillés des moissons du siècle précédent. Les nénuphars abondaient le long des rives, et lorsque nous ralentissions, si la lumière s'y prêtait, je pouvais même voir des perches languides se déplacer dans leur ombre et troubler parfois la surface de l'eau d'un coup de queue.

Un jour, on m'avait raconté que c'était ici que les brigands de Jean Lafitte avaient jadis établi leurs quartiers. Aujourd'hui, d'autres les avaient remplacés, tueurs et trafiquants de tout poil auxquels canaux et marais offraient de magnifiques planques pour l'héroïne et la marijuana, et de vertes et profondes tombes pour ceux qu'ils massacraient. Les cadavres ne faisaient qu'ajouter à l'exubérance de la nature, et les parfums puissants de la végétation masquaient sans peine les relents de leur décomposition.

Encore un détour, et cette fois la route passait sous les cyprès. Nous nous engageâmes sur un vieux pont de bois dont les bruyantes planches, sous ce qu'il leur restait de peinture, retrouvaient peu à peu leur teinte d'origine. Une fois de l'autre côté, au milieu des ombres, je crus voir une silhouette géante nous regarder passer, avec des yeux blancs comme des œufs dans la pénombre des taillis.

— Tu le vois ? me demanda Woolrich.

— C'est qui ?

— Le plus jeune des enfants de la vieille. Tee Jean, qu'elle l'appelle. Petit Jean. Il est pas très rapide, mais il s'occupe d'elle. Les autres aussi, d'ailleurs.

— Les autres ?

— Ils sont six à vivre dans la baraque. La vieille, son fils cadet, les trois enfants de son deuxième fils, mort avec sa femme dans un accident de voiture, il y a trois ans, et une fille. Elle a cinq autres fils et trois autres filles qui habitent tous dans un rayon de quelques kilomètres. Et les gens du coin veillent également sur elle. C'est un peu la matriarche locale. L'experte en magie.

Je me tournai vers Woolrich. Non, il n'y avait pas d'ironie dans sa phrase.

Nous atteignîmes une clairière avant d'apercevoir une maison d'un étage, tout en longueur, et posée sur billots. Elle paraissait vieille mais très joliment bâtie, avec une façade dont les planches, bien planes, se chevauchaient parfaitement. Aux taches sombres du toit, on voyait que des bardeaux avaient été remplacés. La porte était ouverte, mais j'apercevais le châssis d'une moustiquaire métallique. La terrasse, qui longeait la façade et disparaissait derrière la maison, était envahie de chaises et de jouets d'enfants. On entendait, de l'autre côté, des bruits d'enfants qui s'amusaient dans l'eau.

La moustiquaire s'effaça, et une jeune femme à la silhouette mince apparut en haut des marches. Elle devait avoir une trentaine d'années. Les traits fins, la peau café au lait, elle avait une belle crinière noire nouée en queue-de-cheval. Une fois sorti de la voiture, en m'approchant, je remarquai qu'elle avait le visage grêlé de cicatrices, souvenirs probables d'une adolescence marquée par l'acné. Elle dut reconnaître Woolrich car avant que nous ayons prononcé le moindre mot, elle tint la porte ouverte pour me faire entrer. Woolrich ne me suivit pas. Je me retournai vers lui.

— Tu entres ?

— Ce n'est pas moi qui t'ai amené ici, si on te pose la question, et je ne tiens même pas à la voir.

Il posa ses fesses sur une chaise, ses pieds sur la rambarde, et se mit à contempler les eaux qui miroitaient sous le soleil.

A l'intérieur, le bois était noir et l'air frais. Il y avait un petit couloir donnant sur deux chambres et un séjour de style traditionnel dont le mobilier était ancien, visiblement artisanal, mais de très bonne facture. Un antique poste de radio au cadran éclairé, sur lequel on pouvait lire des noms d'émetteurs aussi lointains qu'exotiques, diffusait un nocturne de Chopin qui nous accompagna jusque dans la dernière pièce, où nous attendait la vieille femme.

Elle était aveugle. Deux pupilles blanches fichées dans une face de lune dont les replis de graisse dégringolaient jusqu'au sternum. Ses bras, que l'on distinguait à travers le voile des manches de sa robe multicolore, étaient plus volumineux que les miens, et ses jambes boursouflées, qui ressemblaient à des troncs d'arbres nains, s'achevaient par des pieds étonnamment petits, presque délicats. Soutenue par une montagne d'oreillers, elle était assise dans un lit gigantesque, et seule une lampe-tempête éclairait la chambre aux rideaux tirés. La vieille devait peser, selon moi, au moins cent vingt kilos, et sans doute beaucoup plus.

— Assieds-toi, mon enfant, me dit-elle en prenant l'une de mes mains dans la sienne et en suivant à tâtons le dessin de mes doigts. J'sais pourquoi t'es ici, couina-t-elle comme une poupée qui parle dont la puce électronique aurait été intervertie avec celle d'un modèle plus petit. T'as mal. Tu brûles en d'dans. Ta p'tite fille, ta femme, p'us là.

Dans la pénombre, cette vieille femme sembla crépiter d'une énergie venue je ne sais d'où.

— Tante, parle-moi de la fille dans le marais, la fille sans yeux.

— Pauv' gosse, gémit la vieille, le front creusé par le chagrin. Elle est v'nue en premier. Elle s'sauvait à cause de que'que chose et elle s'est perdue. L'est allée avec lui, et l'est jamais rev'nue. Il y a fait très, très mal. Mais y l'a pas touchée, sauf avec le couteau.

Pour la première fois, ses yeux se tournèrent vers moi et je compris alors qu'elle n'était pas aveugle, pas au sens où on peut l'imaginer. Tandis que ses doigts suivaient les lignes de ma main, mes yeux se fermèrent et je sentis qu'elle avait été là, aux côtés de la fille, dans ses derniers instants, qu'elle lui avait peut-être même apporté un certain réconfort alors que la lame faisait ce qu'elle avait à faire.

« Chut, p'tite, viens avec la tante. Chut, p'tite, viens, prends ma main. C'est fini, maintenant, y t'fera p'us mal. »

Et au plus profond de moi-même, j'entendais, je sentais la lame couper, gratter, séparer le muscle du tendon, la chair de l'os, l'âme du corps, je sentais l'artiste travaillant sur sa toile, je sentais la douleur danser à travers moi, zébrer comme un éclair cette vie en train de disparaître, s'élever comme les notes d'un chant maudit à l'intérieur de cette fille égarée dans les marais de Louisiane, cette fille que je ne connaissais pas. Et dans son supplice, je ressentis le supplice de ma propre fille, de ma propre femme, et je sus avec certitude qu'il s'agissait bien du même homme. Lorsque la douleur s'estompa enfin, la fille des marais se trouvait déjà dans les ténèbres, et je compris alors qu'il l'avait aveuglée avant de la tuer.

— Qui est cet homme ? demandai-je.

Elle parla, et dans sa voix il y avait quatre voix différentes : les voix d'une femme et sa fille, la voix d'une vieille obèse qui gardait le lit dans une chambre obscure, et la voix d'une fille anonyme sauvagement assassinée dans les eaux boueuses d'un marais de Louisiane.

— C'est le Voyageur.

Walter changea de position dans son fauteuil, et la cuiller tinta comme un carillon contre la tasse de porcelaine.

— Non, lui dis-je. Je ne l'ai pas retrouvé.

4

Walter n'avait rien dit depuis un moment, et son verre était presque vide.

— J'ai un service à te demander. Pas pour moi, mais pour quelqu'un d'autre.

J'attendis.

— C'est lié à la fondation Barton.

La fondation Barton avait été créée conformément aux dispositions testamentaires de Jack Barton, un chef d'entreprise ayant fait fortune après la guerre en fournissant des pièces détachées à l'industrie aéronautique. La fondation subventionnait des programmes de recherche sur les maladies infantiles, des cliniques pédiatriques et, d'une manière générale, finançait toutes sortes d'aides à l'enfance lorsque l'Etat était défaillant. Officiellement dirigée par Isobel Barton, veuve du vieux Jack, elle était gérée, au quotidien, par un avocat du nom d'Andrew Bruce, et son président, Philip Kooper.

Tout cela, je le savais parce que Walter avait en plusieurs occasions prêté son concours à des collectes de fonds au bénéfice de la fondation — loteries, concours de bowling — mais aussi parce que, quelques semaines plus tôt, la fondation avait fait parler d'elle dans des circonstances beaucoup plus tragiques. Un jeune garçon, Evan Baines, avait disparu lors d'une fête de charité organisée à Staten Island, dans la propriété des Barton.

Toutes les recherches étaient restées vaines et la police avait fini par abandonner l'espoir de retrouver l'enfant. On supposait qu'il avait dû s'égarer avant d'être victime d'un enlèvement. Les journaux parlèrent de l'affaire pendant un certain temps avant de l'oublier.

— Evan Baines ?

— Non, du moins je ne pense pas, mais il s'agit peut-être également d'une disparition. Une jeune femme, une amie d'Isobel Barton, n'a pas donné de signes de vie depuis plusieurs jours et Mme Barton est inquiète. Elle s'appelle Catherine Demeter. Aucun lien apparent avec l'affaire Baines ; à l'époque, elle ne connaissait pas les Barton.

— *Les* Barton ?

— Apparemment, elle serait sortie avec Stephen Barton. Tu le connais ?

— C'est un connard. Cela mis à part, il deale un peu pour Sonny Ferrera. Sonny était un voisin de la famille, à Staten Island, et Stephen est tombé sous sa coupe quand il était encore lycéen. Il vend des anabolisants et aussi de la coke, je crois, mais c'est du petit business.

— Depuis combien de temps sais-tu tout ça ? me questionna Walter, le sourcil incrédule.

— Difficile à dire. Des ragots de vestiaire…

— Je rêve. Tu as raison, évite de nous donner des infos qui pourraient nous servir. Moi, je ne suis au courant que depuis mardi.

— Tu n'es pas censé être au courant. Tu fais partie de la police, personne ne va te dire des choses que tu es censé savoir.

— Toi, tu as été flic, bougonna Walter. Je trouve que, depuis, tu as pris de mauvaises habitudes.

— Attends, Walter, comment veux-tu que je sache sur qui tu enquêtes ? Tu voudrais que je passe te voir chaque semaine pour te faire des aveux ? (Je repris un peu de café chaud.) Enfin, peu importe, tu crois qu'il pourrait y avoir un rapport entre cette disparition et Sonny Ferrera ?

— C'est possible, me répondit-il. Les fédéraux pistaient Stephen Barton depuis assez longtemps, peut-être un an, bien avant le début supposé de son histoire avec Catherine Demeter. Comme ils tournaient en rond, ils ont laissé courir. D'après le fichier des stups, la fille n'était pas impliquée, du moins pas de façon flagrante, mais qu'en savent-ils ? J'en connais, chez eux, qui sont infichus de faire la différence entre un joint et un havane. Elle pourrait avoir vu quelque chose qu'elle ne devait pas voir.

Il suffisait de regarder sa tête pour comprendre que l'existence d'un lien entre Ferrera et la disparition de la fille lui paraissait hautement improbable, mais c'est à moi que revint l'honneur de mettre les points sur les « i ».

— Soyons sérieux, Walter. Des stéroïdes et un peu de coke ? D'accord, ça représente de l'argent, mais c'est négligeable en comparaison de toutes les autres affaires que brasse Ferrera. Si Sonny a supprimé quelqu'un pour une histoire de produits dopants, c'est qu'il est encore plus con qu'on l'imaginait. Même son père pense qu'il lui manque un gène. (Ferrera père, toujours respecté malgré son âge avancé et une santé déclinante, avait plusieurs fois, en public, qualifié son fils de « petit merdeux ».) C'est tout ce que tu as ?

— Comme tu viens de le dire si bien, rétorqua-t-il sèchement, nous, on est la police. Personne ne nous dit jamais rien d'utile.

Je lui fis un cadeau.

— Savais-tu que Sonny était impuissant ?

Il se leva, agita devant son nez son verre vide et sourit pour la première fois de la soirée.

— Non, non, je ne savais pas. D'ailleurs, je me demande si ça m'intéresse vraiment. T'es qui, son urologue ?

Il me lança un regard en tendant le bras vers la bouteille de Redbreast. Pour toute réponse, j'eus un début de geste de mépris.

— Pili Pilar est toujours avec lui ? tentai-je.

— Pour autant que je sache. J'ai entendu dire qu'il

y a quelques semaines, il a balancé Nicky Glasses d'une fenêtre parce qu'il avait pris du retard dans ses paiements.

— Pas de bol pour Nicky. Cent ans de plus, et il aurait eu fini de rembourser. Pili ferait bien de se calmer un peu, sans quoi il va bientôt manquer de candidats au vol plané.

Walter ne sourit pas. Il se rassit :

— Tu veux bien parler à Isobel Barton ?

— Tu sais, Walter, fis-je en soupirant, les personnes disparues…

Chaque année, rien qu'à New York, on signalait la disparition de quatorze mille personnes. On ne savait même pas précisément si cette jeune femme avait disparu — auquel cas elle ne souhaitait pas être retrouvée ou quelqu'un d'autre ne souhaitait pas qu'on la retrouve — ou si elle était simplement introuvable à son adresse habituelle, ce qui signifiait qu'elle avait tout bonnement décidé de s'installer dans une autre ville sans prévenir sa grande amie Isobel Barton ni son gentil petit copain Stephen Barton.

Ce sont les hypothèses que doivent envisager les détectives privés face à ce genre d'affaire. Retrouver la trace de personnes disparues, c'est ce qui fait vivre la plupart des détectives mais moi, je n'étais pas détective. J'avais accepté le contrat de Fat Ollie parce que c'était facile, ou du moins ça le paraissait. Je n'avais aucune intention de déposer un dossier de demande d'agrément au service des licences d'Albany. Je ne tenais pas à rechercher des personnes disparues et à en faire un métier. J'avais peut-être peur que cela m'accapare trop. Ou peut-être m'en fichais-je un peu, à ce moment-là.

— Elle ne veut pas aller voir la police, m'expliqua Walter. Officiellement, il n'est même pas question de disparition, puisque personne n'a signalé l'absence de la nana.

— Comment se fait-il, alors, que tu sois au courant ?

— Tu connais Tony Loo-Loo ?

J'opinai. Tony Loomax était un petit détective bègue qui n'avait jamais dépassé le cap des prévenus en cavale et des petits divorces fauchés.

— Loomax ne cadre pas avec l'univers d'Isobel Barton, dis-je.

— Il semblerait qu'il ait travaillé pour l'une de ses employées de maison, il y a un ou deux ans. Il a retrouvé le mari, qui s'était tiré avec les économies. Mme Barton lui a dit qu'elle aimerait lui confier une mission du même genre, mais à condition que rien ne se sache.

— Je ne vois toujours pas ce que tu viens faire là-dedans.

— J'ai deux trois bricoles sur Tony, des petites infractions, et il aimerait autant que je lui fiche la paix. Alors il s'est dit que les démarches discrètes d'Isobel Barton pourraient peut-être m'intéresser. J'ai parlé à Kooper. Il pense que la fondation peut se passer de ce genre de publicité. Et moi, j'ai la possibilité de lui rendre service.

— Si Tony est sur le coup, pourquoi vouloir me contacter, moi ?

— C'est nous qui avons encouragé Tony à passer l'affaire. Il a dit à Isobel Barton qu'il ne pouvait plus prendre le contrat, mais qu'il allait la diriger vers un homme de confiance. Apparemment, sa mère vient de mourir et il faut qu'il aille à l'enterrement.

— Tony Loo-Loo n'a pas de mère, il sort d'un orphelinat.

— Enfin, bon, la mère de *quelqu'un* est morte, répliqua sèchement Walter, et ce n'est pas nous qui allons l'empêcher d'aller à son enterrement. (Il s'interrompit, et l'ombre d'une hésitation lui traversa le regard tandis que les rumeurs qu'il avait entendues refaisaient surface dans son esprit.) Et voilà pourquoi je te sollicite. Même si j'essayais de régler la question le plus discrètement possible, mais par les voies habituelles, quelqu'un finirait par être au courant. Attends, au QG, tu bois un verre d'eau, et t'as dix mecs qui vont pisser.

— Sur la famille de la fille, on sait quelque chose ?

Il haussa les épaules.

— Je n'en sais pas beaucoup plus, mais je n'ai pas l'impression qu'elle en ait, de la famille. Ecoute, Bird, je te propose ça parce que tu fais partie des bons. Tu étais un grand flic et si tu étais resté dans la police, nous, on en serait à t'astiquer les chaussures et l'écusson. Tu as toujours eu du flair, et ça n'a pas changé. En plus, tu me dois une faveur : les types qui s'amusent à tirailler dans la rue ne s'en sortent pas en général aussi facilement.

Je restai un moment sans rien dire. J'entendais Lee déplacer des ustensiles dans la cuisine, et une émission de télé en fond sonore. Peut-être était-ce le contrecoup des récents événements, le meurtre apparemment absurde de Fat Ollie Watts et de sa copine, puis celui de leur assassin, mais j'avais l'étrange sensation que le monde s'était désarticulé et que plus rien ne collait. Même là, quelque chose me paraissait bizarre. Je soupçonnais Walter de ne m'avoir pas tout dit.

On sonna, et je perçus vaguement un échange de mots. La voix de Lee et une autre, plus grave, une voix d'homme. Quelques secondes plus tard, Lee frappa à la porte et fit entrer un homme d'une cinquantaine d'années, assez grand, aux cheveux gris. Il portait un costume croisé bleu nuit — un Hugo Boss, à première vue — et une cravate Christian Dior rouge ornée des initiales CD entrelacées. Ses chaussures brillaient comme si elles avaient été lustrées à l'ancienne, à la salive, mais s'agissant de Philip Kooper, c'était sans doute quelqu'un d'autre qui avait craché dessus.

Extérieurement, Kooper n'avait guère un profil de président et porte-parole d'association d'aide à l'enfance. Maigre, le visage blafard, il avait les lèvres, chose unique, à la fois fines et ourlées, et ses longs doigts fuselés ressemblaient presque à des griffes. On aurait dit qu'il venait d'être déterré, dans le seul but de mettre les gens mal à l'aise. S'il s'était avisé d'assister à l'un des goûters organisés par la fondation, nul doute que tous les enfants se seraient enfuis en criant.

— C'est lui ? demanda-t-il à Walter après avoir refusé un verre.

Il projeta sa tête en avant comme une grenouille happant une mouche. Je pris le parti de jouer avec le sucrier en m'efforçant d'avoir l'air profondément vexé.

— C'est Parker, confirma Walter en hochant la tête.

J'attendis de voir si Kooper allait me serrer la main. Peine perdue. Il garda les mains nouées devant lui, tel un professionnel du deuil devant la tombe d'un défunt sans intérêt particulier.

— Vous lui avez expliqué la situation ?

Walter acquiesça une nouvelle fois, mais il avait l'air gêné. Même un enfant mal élevé ne se serait pas comporté comme le faisait Kooper. Je préférai rester assis et ne rien dire. Kooper renifla et resta planté là, l'air méprisant. Tout laissait penser qu'il était coutumier de ce genre d'attitude.

— Il s'agit d'une situation délicate, monsieur Parker, et je suis sûr que vous en avez conscience. Toute communication concernant cette affaire passera d'abord par moi, avant que vous ne transmettiez la moindre information à Mme Barton. Est-ce bien clair ?

Je me demandais si Kooper valait la peine qu'on l'ennuie un peu, mais un coup d'œil en direction de Walter, visiblement mal à l'aise, me dissuada de passer à l'acte. Mieux valait sans doute attendre. Je commençais à avoir pitié d'Isobel Barton alors que je ne l'avais pas encore vue.

— J'avais cru comprendre que c'était Mme Barton qui faisait appel à mes services, répondis-je enfin.

— C'est exact, mais c'est à moi que vous rapporterez.

— Je ne pense pas. Il y a l'aspect confidentiel, qui n'est pas négligeable. Je vais étudier la question, mais sauf à découvrir un lien avec l'affaire du petit Baines ou la famille Ferrera, je me réserve le droit de ne divulguer ce que j'apprendrai qu'à Isobel Barton.

— Cela ne me convient absolument pas, monsieur Parker, s'insurgea Kooper dont les joues rosirent très légèrement, créant fugitivement deux taches de couleur dans la toundra de son visage livide. Peut-être ne me suis-je pas fait bien comprendre : dans cette affaire, c'est d'abord à moi que vous rendez compte. J'ai des amis puissants, monsieur Parker. Si vous refusez de coopérer, je veillerai à faire annuler votre licence.

— Vos amis doivent effectivement être extrêmement puissants, parce que je n'ai pas de licence. (Je me levai, et les poings de Kooper se crispèrent légèrement.) Vous devriez essayer le yoga. Vous êtes beaucoup trop tendu.

Remerciant Walter pour le café, je fis un pas vers la porte.

— Attends, me dit-il.

Il fixait Kooper des yeux. Au bout d'un instant, d'un mouvement presque imperceptible, l'autre haussa les épaules, puis alla à la fenêtre sans me regarder. L'attitude de Kooper et l'expression de Walter m'incitaient à renoncer. Je pris malgré tout la décision de rencontrer Isobel Barton.

— J'imagine qu'elle m'attend ? demandai-je à Walter.

— J'ai dit à Tony que tu étais un bon et que si la fille était en vie, tu la retrouverais.

Encore un bref silence.

— Et si elle est morte ?

— M. Kooper m'a lui aussi posé la question, m'avoua Walter.

— Que lui as-tu répondu ?

Il vida le fond de son verre. Les glaçons s'entrechoquèrent contre le verre comme de vieux ossements. Derrière lui, à la fenêtre, la silhouette noire de Kooper avait tout d'une sinistre promesse.

— Je lui ai dit que tu ramènerais le corps.

Au final, tout se résumait à cela : des corps — ceux que l'on avait trouvés, ceux que l'on n'avait pas encore trouvés. Et je me revoyais avec Woolrich, ce fameux jour d'avril, devant la maison de la vieille, face au bayou. J'entendais l'eau clapoter doucement le long de la berge et je regardais une petite barque danser au loin, avec ses deux pêcheurs lançant leurs lignes de part et d'autre. Mais mon regard, comme celui de Woolrich, s'enfonçait bien au-delà de la surface comme si, en nous concentrant suffisamment, nous pouvions descendre jusque dans les profondeurs des eaux noires pour y découvrir le corps d'une fillette sans nom.

— Tu la crois ? me demanda-t-il enfin.

— Je ne sais pas. Je ne sais vraiment pas.

— Je vois mal comment retrouver ce corps, à supposer qu'il existe, avec aussi peu de précisions. Si on commence à draguer les bayous, on va très vite patauger dans les squelettes. Il y a des siècles que les gens bazardent des cadavres dans ces marais. Si on trouve quelque chose, ça tiendra du miracle.

Je m'éloignai. Il avait raison, bien sûr. Si ce corps existait bien, il nous fallait autre chose que les maigres indices que la vieille nous avait donnés pour espérer le retrouver. J'avais l'impression de vouloir saisir de la fumée, mais ce que je venais d'entendre n'en restait pas moins le seul début de piste dans mon enquête sur l'homme qui avait assassiné Jennifer et Susan.

Etais-je devenu fou, pour croire aux paroles d'une vieille aveugle qui percevait des voix dans son sommeil ? Probablement.

— Savez-vous à quoi il ressemble, tante ? lui avais-je demandé.

Et elle avait lentement secoué la tête de droite à gauche.

— Vous l'verrez juste quand y viendra vous prendre. Là vous saurez qui c'est.

De retour à la voiture, en me retournant, j'aperçus quelqu'un à côté de Woolrich, sur la terrasse. C'était la fille au visage vérolé. Gracieusement perchée sur la pointe des pieds, elle se penchait vers lui. Woolrich lui caressa la joue du bout du doigt puis prononça doucement son nom : « Florence. » Il déposa un petit baiser sur ses lèvres et me rejoignit sans la regarder. Pendant le trajet du retour, jusqu'à La Nouvelle-Orléans, nous ne fîmes pas le moindre commentaire.

5

Il plut toute la nuit, ce qui libéra la ville de son étau de chaleur. Le lendemain matin, les rues de Manhattan respiraient apparemment déjà mieux. L'air me parut presque frais lorsque je fis mon jogging. Mes genoux encaissaient mal la dureté du béton, mais les grands espaces verts étaient rares dans le quartier. J'achetai un journal en rentrant, puis pris ma douche, m'habillai et déjeunai en lisant. Peu après onze heures, j'appelai un taxi pour me rendre chez les Barton.

Isobel Barton vivait à l'abri des regards dans une villa que son défunt mari avait fait construire dans les années soixante-dix près de Todt Hill. Il avait voulu recréer dans un décor très côte Est l'une des belles demeures anciennes de sa Géorgie natale, à échelle réduite. Le résultat laissait à désirer, mais la tentative était louable. Apparemment, le vieux Jack Barton, être en tous points charmant, compensait par l'argent et une détermination sans faille ses lacunes en matière de bon goût.

Le portail de l'allée était ouvert et les fumées d'échappement d'un autre véhicule flottaient encore dans l'air. Le taxi s'engagea à l'intérieur de la propriété juste au moment où la grille à commande électronique allait se refermer, et nous suivîmes une BMW blanche aux vitres teintées jusque devant la maison. Le taxi paraissait un peu déplacé dans ce décor de luxe, et j'osais à peine imaginer ce qu'on aurait pensé, ici, de ma vieille Mustang en réparation.

Une femme mince vêtue d'un tailleur gris très strict émergea de la BMW et me regarda avec curiosité tandis que je réglais la course. Son chignon gris ne faisait rien pour adoucir la sévérité de ses traits. Un Noir imposant en tenue de chauffeur apparut à la porte de la villa et s'empressa de m'intercepter alors que je m'approchais.

— Parker. Je crois que je suis attendu.

Il me lança un regard sans ambiguïté : si je mentais, il allait me faire regretter de ne pas être resté au lit. Il me demanda de patienter, se tourna vers la femme en gris. Elle me regarda brièvement et sans aucune amabilité avant d'échanger quelques mots avec le chauffeur, qui disparut derrière la maison. Elle vint vers moi.

— Monsieur Parker, je suis Mme Christie, la secrétaire particulière de Mme Barton. Vous auriez dû rester à la grille jusqu'à ce que nous nous soyons assurés de votre identité.

A l'étage, juste au-dessus de la porte, un rideau frémit, puis s'immobilisa.

— S'il y a une entrée de service, à l'avenir je l'emprunterai.

Quelque chose, dans l'attitude de Mme Christie, m'incitait à penser que cette éventualité ne la réjouissait guère. Elle me dévisagea froidement puis pivota sur ses talons en lâchant : « Si vous voulez bien me suivre », et se dirigea vers la porte. Remarquant que son tailleur gris était élimé, j'eus une inquiétude soudaine. Mme Barton allait-elle discuter mes honoraires ?

En tout cas, si Isobel Barton manquait de liquidités, il lui suffisait de vendre une partie des antiquités qui meublaient la maison. L'intérieur ressemblait à un fantasme de commissaire-priseur. Deux immenses pièces flanquaient un hall de réception dont le mobilier ne devait servir que lors des funérailles présidentielles. Le large escalier qui s'incurvait vers la droite donnait sur une porte fermée. Il y en avait une autre, nichée sous les marches. Mme Christie l'ouvrit et m'entraîna dans un bureau qui n'était pas grand, mais étonnamment lumineux, et très moderne. Ordinateur, étagères avec télé et magnétoscope intégrés. Finalement, Mme Barton ne discuterait peut-être pas mes honoraires.

Mme Christie prit place derrière un bureau en pin, sortit de sa mallette des documents qu'elle feuilleta avec une évidente irritation avant de trouver son bonheur.

— Voici un protocole d'accord de confidentialité rédigé par les conseillers juridiques de la fondation, commença-t-elle en poussant d'une main les feuilles vers moi tout en appuyant sur son stylo de l'autre. Vous vous engagez à ne communiquer aucun détail de cette affaire à d'autres personnes que Mme Barton et moi-même. (De la pointe du stylo, elle indiqua les passages du contrat concernés, tel un démarcheur en assurances essayant d'embobiner une ménagère, et conclut par :) J'aimerais que vous signiez avant que nous poursuivions.

Visiblement, la fondation Barton n'était pas fondée sur la confiance.

— Non, lui répondis-je calmement. Si vous craignez les indiscrétions, vous n'avez qu'à recruter un prêtre. Sinon, vous devrez vous contenter de ma parole : tout ce qui se dira restera entre nous.

Peut-être aurais-je dû avoir honte de ce mensonge, mais ce ne fut pas le cas. J'étais un bon menteur. C'est l'un des dons que Dieu accorde aux alcooliques.

— Cela n'est pas acceptable. Je ne suis déjà guère convaincue qu'il faille vous engager, et je pense, en tout état de cause, qu'il serait malvenu de le faire sans...

La porte du bureau s'ouvrit. Je me retournai, et vis entrer une belle femme, assez grande, à laquelle la bienveillance de la nature et la magie des arts cosmétiques ne permettaient pas de donner un âge. Au premier coup d'œil, j'aurais dit qu'elle approchait de la cinquantaine, mais s'il s'agissait d'Isobel Barton, elle avait forcément au moins cinquante-cinq ans. Elle portait une robe bleu pastel d'une simplicité si subtile qu'on la devinait chère, et offrait une silhouette qui soit devait beaucoup à la chirurgie esthétique, soit était étonnamment bien préservée.

Lorsqu'elle s'approcha et que je pus distinguer les fines rides de son visage, je compris que la deuxième hypothèse était la bonne : Isobel Barton ne ressemblait pas à une adepte du bistouri. Un collier d'or et de diamants scintillait autour de son cou, et ses boucles d'oreilles appartenaient à la même parure. Elle avait les cheveux gris, elle aussi, mais elle les laissait tomber sur ses épaules. C'était encore une très belle femme et à voir sa façon de marcher, elle le savait.

C'était Philip Kooper qui avait affronté les journalistes après la disparition du petit Baines, mais l'affaire n'avait pas fait énormément de bruit. L'enfant venait d'un milieu défavorisé et miné par la drogue. Son enlèvement, si c'en était un, n'intéressait la presse que dans la mesure où la fondation Barton était concernée, et avocats et donateurs avaient fait pression pour limiter la mise en cause de l'institution. Les parents de l'enfant, séparés, étaient en conflit.

La police essayait toujours de retrouver la trace du père, susceptible d'être l'auteur de l'enlèvement, car tout indiquait que cet homme, souvent condamné pour des délits mineurs, détestait son fils. On ne pouvait donc exclure l'hypothèse d'une vengeance. Lorsque j'étais jeune policier, j'avais un jour découvert dans un immeuble délabré le corps d'un nourrisson dans une baignoire. Le père avait noyé sa fille parce que son ex-femme avait refusé de lui laisser le téléviseur après leur séparation.

Une des photos publiées par la presse au moment de la disparition du petit Baines m'était restée en mémoire : on y voyait Mme Barton, tête basse, rendant visite à la mère d'Evan dans une cité misérable. Il s'agissait d'une visite privée. Le photographe s'était trouvé sur les lieux par hasard, alors qu'il rentrait de reportage après une fusillade entre dealers. Un ou deux journaux avaient passé la photo, en petit.

— Merci, Caroline. Je m'entretiendrai seule un instant avec M. Parker.

Si elle parlait en souriant, le ton était sans équivoque. La secrétaire fit mine de prendre congé avec indifférence, mais elle me lança un regard noir. Lorsqu'elle eut quitté la pièce, Mme Barton s'assit sur une chaise à dossier droit, à l'écart du bureau, me fit signe de prendre place sur un canapé de cuir noir et braqua son sourire sur moi.

— Je suis vraiment navrée. Cette proposition vous a été soumise sans mon accord, mais Caroline se montre parfois un peu trop protectrice à mon égard. Pouvons-nous vous offrir du café, ou préféreriez-vous un verre de quelque chose ?

— Ni l'un ni l'autre, je vous remercie. Avant que vous n'alliez plus loin, Mme Barton, je dois vous avertir que la recherche de personnes disparues ne figure pas vraiment dans mes activités habituelles.

Je savais, par expérience, qu'il valait mieux confier ce genre de mission à des agences spécialisées ayant les moyens d'enquêter sur une grande échelle. Les détectives travaillant en solo n'avaient pas, dans le meilleur des cas, la logistique nécessaire. Et dans le pire, ils se comportaient en parasites, exploitant les espoirs des proches de la victime pour leur soutirer des honoraires sans leur apporter de résultats concrets.

— M. Loomax m'a prévenu que vous risquiez de me dire cela, par pure modestie. Il m'a dit de vous dire que vous lui rendriez service en acceptant.

Je ne pus m'empêcher de sourire. Le seul service que j'acceptais de rendre à Tony Loo-Loo serait de ne pas pisser sur sa tombe le jour de son enterrement.

Mme Barton me raconta qu'elle avait fait la connaissance de Catherine Demeter par l'intermédiaire de son fils. Elle travaillait dans un grand magasin, DeVries's, il l'avait vue et avait tout fait pour sortir avec elle. Mme Barton entretenait avec son fils — ou plutôt, pour être tout à fait précis, son beau-fils, puisque Jack Barton s'était une première fois marié avec une femme du Sud qui avait divorcé au bout de huit ans de vie commune pour s'installer à Hawaï avec un chanteur — des rapports distants. Sachant qu'il se livrait à des activités « douteuses », selon ses propres termes, elle s'était efforcée de le faire changer « pour son bien autant que celui de la fondation ». Je hochai la tête d'un air compatissant. La compassion est le seul sentiment que l'on puisse éprouver pour un proche de Stephen Barton.

Lorsqu'elle apprit qu'il avait une nouvelle petite amie, elle lui demanda s'ils pouvaient se rencontrer. Une date avait été fixée mais, le jour dit, le fils n'était pas venu. Catherine, elle, était au rendez-vous. Après un moment de gêne, les deux femmes avaient fini par sympathiser et, très rapidement, une véritable amitié s'était développée entre elles, une relation beaucoup plus chaleureuse que les rapports qui existaient entre Catherine et Stephen. Elles s'étaient revues de temps à autre autour d'un café, ou au déjeuner. Mme Barton avait plusieurs fois invité Catherine chez elle, mais celle-ci avait toujours refusé, et Stephen Barton ne l'avait jamais amenée.

Puis, un jour, Catherine Demeter s'était volatilisée. Elle avait quitté son magasin de bonne heure le samedi. Le lendemain, elle devait dîner assez tôt avec Mme Barton, mais elle n'était jamais venue. Depuis, selon Mme Barton, plus aucune nouvelle. Deux jours s'étaient écoulés.

— Compte tenu, me déclara-t-elle, de… comment dire… de la publicité dont nous avons souffert après la disparition de ce malheureux garçon, je ne tenais pas à ameuter tout le monde et revoir le nom de la fondation cité dans la rubrique faits divers. J'ai donc appelé M. Loomax et, d'après lui, il est possible que Catherine ait simplement décidé de poser ses valises ailleurs. Je crois savoir que ça se produit souvent.

— Pensez-vous qu'il pourrait y avoir autre chose ?

— Je n'en sais vraiment rien, mais elle adorait son

travail et apparemment, elle s'entendait bien avec Stephen. (A la mention du nom de son beau-fils, elle marqua un temps d'arrêt, comme si elle hésitait à poursuivre, puis :) Stephen fait n'importe quoi depuis un certain temps — depuis la mort de son père, en fait. Connaissez-vous la famille Ferrera, monsieur Parker ?

— J'en ai entendu parler.

— Stephen est tombé sous la coupe de leur fils cadet, malgré tous nos efforts. Je sais qu'il a de mauvaises fréquentations et je sais qu'il est mêlé à des histoires de drogue. J'ai peur qu'il ait entraîné Catherine dans je ne sais quelle aventure. Et... (Elle s'interrompit une nouvelle fois, brièvement.) J'aimais bien être avec elle. Il y avait chez elle une telle gentillesse, et parfois elle me paraissait si triste. Elle me disait qu'elle avait hâte de se fixer ici après avoir si souvent changé de ville.

— Vous a-t-elle dit où elle avait vécu ?

— Un peu partout. Je crois qu'elle a travaillé dans plusieurs Etats.

— Vous a-t-elle parlé de son passé, a-t-elle fait allusion à ce qui aurait pu la perturber ?

— J'ai l'impression qu'il s'est passé quelque chose dans sa famille quand elle était jeune. Elle m'a raconté qu'elle avait une sœur qui était morte. Elle n'a rien ajouté. Elle m'a dit qu'elle ne pouvait pas en parler et je n'ai pas voulu insister.

— M. Loomax a peut-être raison. Elle est peut-être simplement repartie s'installer ailleurs.

Mme Barton secoua la tête avec détermination.

— Non, elle m'en aurait parlé, j'en suis certaine. Stephen n'a pas eu de nouvelles, moi non plus. J'ai peur pour elle et je voudrais m'assurer qu'elle va bien. C'est tout. Elle n'est pas obligée de savoir que je vous ai engagé, ni même que je me suis fait du souci pour elle. Acceptez-vous de vous charger de cette affaire ?

La perspective de faire le sale travail de Walter Dole et de profiter des largesses d'Isobel Barton m'enchantait moyennement, mais je n'avais pas grand-chose à me mettre sous la dent, hormis une audience au tribunal le lendemain pour le compte d'une compagnie d'assurances — encore un contrat que j'avais pris pour ne pas me rouiller.

S'il y avait un lien entre Sonny Ferrera et la disparition de Catherine Demeter, cela signifiait très certainement que celle-ci était en danger. Si c'était Sonny qui avait commandité le meurtre de Fat Ollie Watts, il était manifestement en train de perdre les pédales.

— J'y consacrerai quelques journées, répondis-je. A titre exceptionnel. Voulez-vous connaître mes tarifs ?

Elle rédigeait déjà un chèque, sur son compte personnel, et non celui de la fondation.

— Voici trois mille dollars d'avance et voici ma carte. Mon numéro de téléphone figure au dos.

Elle avança sa chaise.

— Bon, maintenant, que souhaitez-vous savoir de plus ?

Ce soir-là, je m'offris un dîner au River, sur Amsterdam Avenue, près de la 70e Rue. Pour moi, c'était le meilleur restaurant vietnamien de New York. Le bœuf y était grandiose et le personnel circulait si discrètement qu'on avait l'impression d'être servi par des ombres ou des brises passagères. A une table proche, un jeune couple se livrait à des jeux de mains. Ils nouaient leurs doigts, se caressaient les phalanges, traçaient délicatement des cercles au creux de leurs paumes, puis s'empoignaient en pressant violemment leurs mains l'une contre l'autre. Et tandis que je les regardais simuler l'amour, une serveuse passa sans toucher terre et me lança un sourire entendu.

6

Le lendemain de ma rencontre avec Isobel Barton, je fis un saut au tribunal pour mon affaire d'escroquerie à l'assurance. Une société de téléphonie était attaquée en justice par un électricien sous-traitant qui prétendait avoir fait une chute dans une tranchée alors qu'il inspectait des câbles souterrains, accident qui ne lui permettait plus d'exercer son activité professionnelle.

Il ne pouvait plus travailler, mais cela ne l'avait pas empêché de soulever deux cent cinquante kilos à l'arraché lors d'un concours doté de prix en espèces organisé par un gymnase de Boston. J'avais utilisé un caméscope Panasonic pas plus gros que ma main pour immortaliser son exploit. La compagnie d'assurances présenta la cassette au juge, qui ajourna sa décision d'une semaine. On ne me demandait même pas de témoigner. Une fois libéré, je pris un café dans un petit restaurant, le temps de lire le journal, puis me rendis chez Pete Hayes, qui tenait depuis toujours une salle de sport à Tribeca[1].

Je savais que Stephen Barton allait de temps en temps y faire de la musculation. Si sa petite amie s'était envolée, il y avait de bonnes chances pour qu'il sache où et

1. Pour « *Tri*angle *Be*low *Ca*nal », quartier du sud de Manhattan. *(N.d.T.)*

également, ce qui était tout aussi important, pourquoi. J'avais le vague souvenir d'un type assez costaud, style nordique, dont la musculature gonflée aux stéroïdes avait quelque chose de grotesque. Il approchait la trentaine, mais l'effet cumulé des exercices et des UV lui avait tanné le visage comme un vieux cuir, et on lui donnait aisément dix ans de plus.

Quand les artistes et les juristes de Wall Street avaient commencé à s'installer à Tribeca, attirés par les lofts des anciens immeubles industriels de brique et d'acier, Pete avait transformé sa vieille salle sans prétention. On y trouvait maintenant des miroirs, des palmiers en pot et, ô sacrilège, un bar qui servait des boissons vitaminées. Les crétins amateurs de gonflette et les haltérophiles assidus côtoyaient à présent des contrôleurs de gestion bedonnants et des femmes cadres aux tailleurs hérissés de téléphones mobiles. Le panneau d'affichage de l'entrée vantait les joies du « spinning », qui consistait à rester le cul sur un vélo pendant une heure et à transpirer jusqu'à la mort. Dix ans plus tôt, la simple perspective de voir la vénérable salle accueillir ce genre d'activités aurait conduit la clientèle habituelle de Pete à saccager les lieux.

Une appétissante blonde en body rouge me fit entrer dans le bureau de Pete, dernier témoin d'un passé glorieux. Les murs étaient tapissés de vieilles affiches annonçant des rencontres d'haltérophilie et des concours de monsieur Univers, et de photos de Pete en compagnie de Steve Reeves, de Joe Weider et, étrangement, du catcheur Hulk Hogan. Une petite vitrine renfermait des trophées de body-building. Pete était assis derrière un bureau en pin qui en avait vu de toutes les couleurs. Si l'âge lui avait ramolli les muscles, son physique puissant impressionnait encore. Ses cheveux poivre et sel coupés en brosse lui donnaient un côté militaire. Je m'étais entraîné dans sa salle pendant près de six ans, jusqu'au jour où, promu inspecteur, j'avais commencé à me détruire.

Pete se leva et hocha la tête, les mains dans les poches. Son maillot, même trop large, dissimulait difficilement le volume de ses épaules et de ses bras.

— Ça fait une paie, me dit-il. Je suis désolé pour ce qui est arrivé à…

Il laissa sa phrase mourir, réussit à combiner un haussement d'épaules et un mouvement du menton, geste envers le passé et ce qu'il recouvrait.

Je fis un signe de tête avant de m'adosser contre une vieille armoire métallique grise couverte d'autocollants publicitaires vantant des revues d'haltérophilie et des numéros spéciaux pour amateurs de pectoraux.

— Alors, Pete, ça donne, le spinning ?

Moue désabusée.

— Oui, je sais. N'empêche que le spinning me rapporte deux cents dollars de l'heure. J'ai quarante vélos d'exercice à l'étage et je pourrais pas gagner plus avec une presse et de l'encre verte.

— Stephen Barton est dans le coin ?

Pete donna un coup de pied dans un obstacle imaginaire sur le plancher de bois usé.

— La dernière fois que je l'ai vu, ça remonte à environ une semaine. Pourquoi, il a des emmerdes ?

— Je ne sais pas, répondis-je. Il en a ?

Pete s'assit lentement et étendit les jambes en grimaçant. Trop d'années passées à s'accroupir lui avaient laissé le genou faible et arthritique.

— Tu n'es pas la première personne à venir me poser des questions sur lui cette semaine. Deux types en costards bon marché sont passés hier, ils le cherchaient. J'en ai reconnu un, Sal Inzerillo, qui était un bon poids léger-poids moyen avant de se mettre à déconner.

— Je me souviens de lui. (Je m'arrêtai une seconde.) Maintenant, il bosse pour le père Ferrera, d'après ce qu'on m'a dit.

— Possible, acquiesça Pete. Possible. Peut-être même qu'il a aussi bossé pour le vieux sur le ring, si j'en crois certaines histoires. Une affaire de drogue ?

— Je ne sais pas. (Pete me jeta un regard en biais, pour voir si je mentais, se dit que non et se remit à examiner le dessus de ses baskets.) Tu aurais entendu parler d'un problème entre Sonny et son père, un problème auquel Stephen Barton serait peut-être mêlé ?

— Un problème entre eux, c'est sûr. Sinon, je vois pas pourquoi Inzerillo serait venu esquinter mon parquet avec ses semelles en caoutchouc noir. Mais je sais pas si Barton est dans le coup.

J'abordai la question de Catherine Demeter.

— Te rappelles-tu avoir vu une fille récemment avec Barton ? Elle est peut-être venue dans le coin. Cheveux châtains, courts, une grande bouche, une petite trentaine d'années.

— Barton a beaucoup de copines, mais celle-là, elle me dit rien. La plupart du temps, je fais pas attention, sauf quand elles sont plus futées que lui et là, je me pose des questions.

— Ce n'est pas difficile, dis-je. Celle-là était sûrement plus futée que lui. Barton, c'est un violent ?

— Oh oui, il a un caractère de chien. A force de se gaver d'anabolisants, il s'est cramé le cerveau. Il a complètement pété les plombs. Avec lui, c'est la castagne ou la baise. Enfin, surtout la baise. Ma femme, elle pourrait lui foutre une raclée. (Il me regarda droit dans les yeux.) Je sais ce qu'il bricolait, mais il ne vendait pas ici. S'il avait essayé, je l'aurais forcé à bouffer ses saloperies jusqu'à ce qu'il explose.

Je ne croyais pas Pete, mais à quoi bon le lui dire ? Les stéroïdes faisaient désormais partie du paysage et il pouvait tout juste se contenter de râler.

Il soupira, replia lentement les jambes, et reprit :

— Ce qui attirait beaucoup de femmes, c'était sa taille. Barton était balaise et grande gueule. Il y a des femmes qui pensent qu'un type comme lui va les protéger. Il y en a qui veulent se faire un balaise, et il y en a qui veulent qu'on les protège. Elles se disent que si elles donnent au mec ce qu'il veut, il va s'occuper d'elles.

— Dommage pour elle qu'elle ait choisi Stephen Barton.

— Ouais, convint Pete. Elle était peut-être pas si futée que ça, après tout.

Ayant apporté ma tenue de sport, je m'offris une heure et demie d'exercice. Je n'avais pas pratiqué sérieusement depuis très longtemps. Pour éviter de me ridiculiser, je fis l'impasse sur les haltères et me contentai de travailler les épaules, le dos et un peu les bras. L'état lamentable du banc de rameur ne m'empêcha pas de retrouver avec plaisir cette sensation de puissance et de mouvement, tout comme la pression sur mes biceps aux anneaux.

Je faisais encore bonne figure, me dis-je, ce qui trahissait davantage un manque de confiance en moi qu'un véritable sentiment de vanité. Je mesurais pas loin d'un mètre quatre-vingts et j'avais en partie conservé ma carrure d'haltérophile — épaules larges, biceps et triceps bien dessinés, torse volumineux — et je n'avais presque pas repris le poids perdu au cours de l'année. J'avais toujours mes cheveux, même s'ils commençaient à grisonner aux tempes. Des yeux gris-bleu et un regard assez vif, un visage légèrement allongé que les blessures du passé avaient raviné autour de la bouche et des yeux. Rasé de près et bien coiffé, correctement vêtu et judicieusement éclairé, je pouvais avoir l'air presque respectable. Si la lumière était bonne, je pouvais même me faire passer pour un homme de trente-deux ans sans déclencher de monstrueux ricanements. Je n'avais que deux ans de plus sur mon permis de conduire, mais ce genre de petit détail devient important avec l'âge.

Quand j'eus terminé, je remballai mes affaires, déclinai le cocktail aux protéines offert par Pete — il sentait la banane pourrie — et optai pour un café. Pour la première fois depuis de nombreuses semaines, je me sentais détendu. L'endorphine m'irriguait généreusement le cerveau, et mes épaules et mon dos étaient en train de se raffermir agréablement.

L'étape suivante était DeVries, le grand magasin. Le chef du personnel s'était octroyé le titre de directeur des ressources humaines et, comme tous les chefs du personnel de la planète, il s'avérait être extrêmement antipathique. Assis face à lui, on avait tendance à se dire qu'un homme capable de réduire sans états d'âme des êtres humains à de simples ressources, comme le pétrole, les briques ou les canaris dans les mines de charbon, ne méritait sans doute pas de connaître d'autres relations humaines que celles des prisons. En d'autres termes, Timothy Cary était un connard fini, des cheveux, qu'il avait teintés et coupés court, aux pieds, chaussés de souliers vernis.

J'avais pris rendez-vous en début d'après-midi en racontant à sa secrétaire que je représentais un avoué dans une affaire d'héritage dont Mlle Demeter était la bénéficiaire. Ladite secrétaire n'avait rien à envier à son patron. Elle était aussi serviable qu'un molosse, encore qu'un molosse m'aurait sans doute laissé passer plus facilement.

— Mon client tient à entrer en contact le plus rapidement possible avec Mlle Demeter, déclarai-je dans le petit bureau propret. Le testament est extrêmement détaillé et il y a un nombre de documents non négligeable à remplir et à signer.

— Et votre client est... ?

— Désolé, mais je ne suis pas autorisé à vous communiquer son nom. Je suis sûr que vous comprenez.

Cary avait l'air de comprendre, mais de ne pas vouloir. Il se renfonça dans son fauteuil et se mit à faire glisser sa luxueuse cravate de soie entre ses doigts. Elle était forcément luxueuse, pour être d'aussi mauvais goût. On voyait encore les plis de sa chemise, comme si elle venait d'être déballée, à supposer que Timothy Cary pût s'abaisser à manipuler un vulgaire emballage de cellophane. S'il lui arrivait de passer dans les rayons de son magasin, ce devait être comme un ange descendu des cieux. Enfin, un ange au nez pincé.

Cary consulta un registre sur son bureau.

— Mlle Demeter devait reprendre son poste hier. Elle était en congé lundi, et nous ne l'avons pas revue depuis.

— Elle est souvent en congé, le lundi ?

Ma question n'avait rien de vital, mais elle me permit de détourner l'attention de Cary. Isobel n'avait pas l'adresse de Catherine Demeter. C'était généralement Catherine qui la contactait, ou la secrétaire laissait un message chez DeVries. Ravi d'aborder enfin un sujet qui lui tenait à cœur, Cary s'illumina et commença à parler horaires de travail, ce qui me permit de jeter un coup d'œil discret sur le registre et de mémoriser l'adresse et le numéro de sécurité sociale de la jeune femme. Puis je réussis à l'interrompre suffisamment longtemps pour lui demander si Catherine Demeter avait été souffrante le dernier jour, ou si elle s'était plainte d'un problème quelconque.

— Je n'ai pas été informé d'une communication de ce genre, rétorqua-t-il avant de conclure d'un ton suffisant : Nous réétudions le statut de Mlle Demeter au sein de la société, suite à son absence. J'espère pour elle que cet héritage est conséquent.

A mon avis, il n'en pensait pas un mot.

Après quelques manœuvres dilatoires assez classiques, Cary me donna enfin la permission de m'entretenir avec la vendeuse qui avait travaillé aux côtés de Catherine lors de sa dernière prise de service. Âgée d'un peu plus de soixante ans, Martha Friedman était une femme assez forte aux cheveux teints en rouge et au visage si maquillé que le sol de la forêt amazonienne devait recevoir plus de lumière naturelle que sa peau, mais elle fit ce qu'elle put pour m'aider. Elle avait travaillé avec Catherine Demeter au rayon porcelaines, le samedi. C'était la première fois qu'elles étaient ensemble. L'assistante de Mme Friedman était tombée malade, et il avait fallu trouver quelqu'un pour la remplacer la dernière heure.

— Avez-vous remarqué quoi que ce soit d'inhabituel dans son comportement ? lui demandai-je tandis qu'elle profitait de sa présence dans le bureau de son responsable pour tenter de déchiffrer les documents qui s'y trouvaient. Avait-elle l'air abattue ou angoissée ?

Le front de Mme Friedman se creusa légèrement.

— Elle a cassé un vase, un Aynsley. Elle venait d'arriver et elle était en train de le montrer à une cliente quand elle l'a laissé tomber. L'instant d'après, je l'ai vue courir vers les escalators. Je me suis dit que ce n'était pas très professionnel, même si elle ne se sentait pas bien.

— Elle était effectivement malade ?

— Elle a juste dit qu'elle ne se sentait pas bien, mais dans ce cas-là, pourquoi courir vers les escalators ? Il y a des lavabos pour le personnel à chaque étage.

J'avais le sentiment que Mme Friedman ne me disait pas tout. Enchantée de l'attention dont elle était l'objet, elle avait visiblement envie de faire durer l'entretien. Je me penchai vers elle et lui demandai, sur le ton de la confidence :

— Mais vous, Mme Friedman, que pensez-vous ?

Elle bomba alors la poitrine et se pencha vers moi à son tour, en me touchant la main pour souligner ses mots.

— Elle a vu quelqu'un, quelqu'un qu'elle a essayé de rattraper avant qu'il sorte du magasin. Tom, le vigile de la porte est, m'a dit qu'elle était passée devant lui en courant et qu'elle regardait partout dans la rue. On est censé demander la permission si on veut sortir du magasin pendant le service. Normalement, il aurait dû la signaler, mais il me l'a juste dit à moi. Tom est un *schvartze*, mais il est sympathique.

— Savez-vous qui elle a pu apercevoir ?

— Non. Elle n'a pas voulu en parler. Elle n'a pas

une seule amie dans le personnel, pour autant que je sache, et maintenant je comprends pourquoi.

Je pus échanger quelques mots avec le vigile et le supérieur de Mme Friedman, mais ceux-ci ne m'apprirent rien de plus. Le temps de prendre un café et un sandwich à un coin de rue, puis de passer chez moi prendre un petit sac noir que mon copain Angel m'avait donné, et je sautai dans un autre taxi pour me rendre chez Catherine Demeter.

7

Elle habitait à Greenpoint, dans un bâtiment en briques rouges reconverti en appartements. Ce quartier de Brooklyn était essentiellement peuplé d'Italiens, d'Irlandais et de Polonais, lesquels comptaient parmi leurs rangs un grand nombre d'anciens militants de Solidarité. C'était ici, à l'époque où Greenpoint était le centre industriel de Brooklyn, qu'on avait construit le cuirassé *Monitor* qui allait affronter le navire sudiste *Merrimac*.

Fonderies, faïenceries et imprimeries avaient toutes disparu, mais les descendants des ouvriers qui y travaillaient jadis étaient restés en nombre. Les petites boutiques de vêtements et les boulangeries polonaises côtoyaient aujourd'hui les delicatessen casher et les marchands de matériel électrique d'occasion.

Les immeubles de la rue où vivait Catherine Demeter étaient encore délabrés ; assis sur les perrons, des jeunes en baskets et jeans tombants fumaient, sifflaient et interpellaient les passantes. Je cherchai l'appartement 14, qui se trouvait sans doute au dernier étage. Je sonnai, mais l'interphone resta évidemment muet. J'essayai alors le 20, et j'entendis la voix d'une vieille dame. Je lui dis que j'étais de la compagnie du gaz, qu'on avait signalé une fuite, mais que le gardien n'était pas là. Un silence, et puis elle m'ouvrit.

Elle allait sans doute appeler le gardien pour vérifier

le bien-fondé de ma visite, ce qui me laissait peu de temps pour inspecter l'appartement dans l'espoir d'apprendre où Catherine Demeter avait pu aller. Si je ressortais bredouille, il me faudrait de toute manière interroger le gardien, les voisins, voire le facteur. En passant dans l'entrée, j'ouvris la boîte à lettres du 14 pour n'y trouver que le dernier *New York* et ce qui ressemblait à deux envois publicitaires. Je laissai la boîte se refermer et pris l'escalier jusqu'au troisième.

Le silence régnait. Il y avait trois portes fraîchement vernies de chaque côté du couloir. Je me dirigeai tranquillement jusqu'au 14 et sortis le sac noir dissimulé sous ma veste. Après avoir frappé à la porte, juste au cas où, je pris le crochet électrique qui se trouvait dans le sac. Je ne connaissais pas de meilleur cambrioleur qu'Angel et il m'était même arrivé de faire appel à ses talents lorsque j'étais dans la police. Moyennant quoi je ne le harcelais pas et il s'arrangeait pour ne pas croiser ma route. Il avait tout de même fini par tomber, et j'avais alors fait de mon mieux pour lui faciliter la vie derrière les barreaux. Le crochet était en quelque sorte son cadeau de remerciement. Un cadeau parfaitement illégal.

Cela ressemblait à une perceuse électrique, en plus petit et plus mince. Au bout, une sorte de pointe à angle droit qui faisait levier. J'introduisis la pointe dans la serrure et pressai la détente. Le crochet ferrailla bruyamment durant quelques secondes, et la serrure céda. Je n'eus plus qu'à me faufiler à l'intérieur de l'appartement et à refermer discrètement la porte. Quelques secondes plus tard, j'entendis une autre porte s'ouvrir dans le couloir. Sans bouger, j'attendis qu'elle se referme, puis je remis mon instrument miracle dans son sac, rouvris la porte, sortis de ma poche un cure-dent que je brisai en quatre et enfonçai les morceaux dans la serrure. Cela me laisserait le temps de m'échapper par l'escalier de secours si jamais quelqu'un essayait de pénétrer dans l'appartement. Et enfin, une fois la porte fermée, je pus allumer la lumière.

Je me trouvais dans un petit couloir avec un tapis à poil ras. Au bout, le séjour, propre, mais chichement meublé d'un vieux téléviseur, d'un canapé et de fauteuils dépareillés. D'un côté, une petite cuisine, de l'autre une chambre.

Je commençai par la chambre. Près du lit, quelques livres de poche sur une petite étagère. Les autres meubles se limitaient à une armoire et une coiffeuse style IKEA. Sous le lit, je découvris une valise vide. Il n'y avait pas de produits de beauté sur la coiffeuse, ce qui signifiait qu'elle avait probablement emporté un petit sac de voyage. Elle n'avait manifestement pas prévu de s'absenter longtemps et certainement pas de partir définitivement.

L'armoire ne contenait que des vêtements et quelques paires de chaussures. Dans les deux premiers tiroirs de la coiffeuse, je trouvai d'autres effets personnels, mais le troisième renfermait des papiers. Tous les documents, avis d'imposition, bulletins de paye accumulés au cours d'une vie passée à changer de ville, changer d'emploi.

Catherine Demeter avait souvent travaillé comme serveuse entre le New Hampshire et la Floride, en fonction de la saison. Elle avait également séjourné à Chicago, à Las Vegas, à Phoenix ainsi que dans d'innombrables petites villes, à en juger par la masse de bulletins de salaire et d'imprimés fiscaux. Il y avait également des relevés de compte. Elle disposait d'environ dix-neuf mille dollars sur un compte-épargne, ainsi que de quelques actions et participations soigneusement liées par un gros ruban bleu. Enfin, je trouvai un passeport récemment renouvelé, dans lequel étaient glissées trois photos.

Conformément à la description d'Isobel Barton, Catherine Demeter était une belle petite brune d'environ trente-cinq ans coiffée à la Jeanne d'Arc, avec des yeux bleu azur et une peau claire. Je pris les photos pour les mettre dans mon portefeuille, avant d'examiner ce qui semblait être le seul objet vraiment intime figurant dans le tiroir.

Il s'agissait d'un gros album photo aux coins élimés. Il renfermait ce qui devait être l'histoire de la famille Demeter. Photos des grands-parents, couleur sépia, photos de mariage — les parents, vraisemblablement —, photos de deux petites filles à différents stades de leur vie. Parfois entourées de parents et d'amis, parfois ensemble, parfois séparément. A la plage, en vacances, lors d'anniversaires, à Noël ou à Thanksgiving. Souvenirs de deux sœurs lancées dans la vie. Elles se ressemblaient très nettement. Catherine, la cadette, avait déjà sa grande bouche. Sa sœur présumée, qui devait avoir deux ou trois ans de plus qu'elle, soit onze ou douze ans, avait des cheveux blond-châtain ; c'était déjà une très belle fille.

Après, on ne la voyait plus. Il n'y avait plus que Catherine, seule ou accompagnée de ses parents. Les intervalles dans le temps s'allongeaient, l'impression de fête et de joie avait disparu. Et en guise de point final, il y avait cette photo de Catherine le jour de la remise de son diplôme de fin d'études secondaires : une jeune fille à l'air grave et aux yeux cernés, comme au bord des larmes. L'attestation jointe émanait de la directrice de Haven High School, Virginie.

Il manquait quelque chose dans les dernières pages de l'album. Des coupures de presse semblaient avoir été arrachées ; il ne restait que quelques filaments de papier, et un fragment d'environ trois centimètres sur trois, jauni, avec d'un côté un bulletin météo et de l'autre un bout de photo sur lequel on distinguait, dans le coin, le haut d'une chevelure blond-châtain. A la dernière page, il y avait deux certificats de naissance : Catherine Louise Demeter, 5 mars 1962, et Amy Ellen Demeter, 3 décembre 1959.

Après avoir replacé l'album dans le tiroir, je passai dans la salle de bains, juste à côté. Elle était propre et bien rangée, comme le reste de l'appartement. Savons, gel douche et bain moussant soigneusement disposés près de la baignoire ; serviettes empilées sur une petite étagère, sous le lavabo. J'ouvris l'armoire à pharmacie murale. D'un côté, il y avait du dentifrice, du fil dentaire et de la lotion pour bains de bouche, ainsi que des médicaments disponibles sans ordonnance, contre le rhume, la rétention d'eau ou les douleurs menstruelles. Pas de pilules contraceptives ni de préservatifs. Peut-être Stephen Barton se chargeait-il de la question, mais j'en doutais, car il n'avait pas le profil de l'homme moderne.

L'autre partie de l'armoire ressemblait à une vraie pharmacie en miniature. Il y avait là suffisamment d'excitants et de calmants pour que Catherine puisse joyeusement tanguer entre l'euphorie et la dépression. Librium pour les changements d'humeur, Ativan contre l'agitation, Valium, Thorazine et Lorazepam contre l'angoisse. Certains flacons étaient vides, d'autres à moitié pleins. L'ordonnance la plus récente provenait du cabinet du Dr Frank Forbes, un psychiatre. Ce nom, je le connaissais. Frank Forbes, que l'on surnommait désormais Fucking Frank, avait si souvent couché ou tenté de coucher avec ses patientes qu'on leur disait parfois que c'était à lui de payer des honoraires. Il avait failli être radié à plusieurs reprises, mais grâce à une judicieuse utilisation de ses ressources financières, les plaintes avaient chaque fois été retirées, classées sans suite ou rejetées. Je m'étais laissé dire qu'il se montrait particulièrement discret ces temps derniers, depuis qu'une de ses patientes avait intenté une action en justice pour avoir contracté une blennorragie lors d'une séance d'analyse. Une affaire que Fucking Franck allait apparemment avoir du mal à étouffer.

De toute évidence, Catherine Demeter était une femme très malheureuse et ce n'était pas en consultant Frank Forbes qu'elle risquait d'améliorer sa situation. Je n'avais guère envie de passer voir Forbes. Un jour, il avait dragué Elizabeth Gordon, la fille d'une amie de Susan, divorcée, et je lui avais rendu une petite visite pour lui rappeler ses devoirs de médecin et le menacer de le jeter par la fenêtre de son cabinet s'il s'avisait de recommencer. Après cet incident, je m'étais efforcé de suivre sa carrière d'un œil relativement professionnel.

Il n'y avait pas d'autres objets notables dans la salle de bains ni dans le reste de l'appartement. Au moment de partir, je m'arrêtai près du téléphone, décrochai et enfonçai la touche de rappel automatique. Au bout de quelques sonneries, une voix répondit :

— Bureau du shérif de Haven County, je vous écoute.

Je raccrochai et appelai un type que je connaissais à la compagnie du téléphone. Cinq minutes plus tard, il me communiquait la liste des appels locaux passés depuis ce poste entre vendredi et dimanche. Il n'y en avait que trois. Rien que de très banal — un restaurant chinois qui faisait des plats à emporter, une blanchisserie de quartier et une ligne d'information sur les horaires des cinémas.

Le réseau local ne pouvant me renseigner sur les appels longue distance, je composai un second numéro. C'était celui d'une de ces nombreuses officines offrant aux enquêteurs privés et à tous ceux que la vie des autres intéresse au plus haut point la possibilité d'acquérir, en toute illégalité et moyennant finance, des renseignements confidentiels. J'appris ainsi en vingt minutes que quinze appels à destination de Haven, en Virginie, avaient été passés samedi soir via Sprint — sept au bureau du shérif et huit chez un particulier. On me communiqua les deux numéros, j'appelai le second et tombai sur une annonce laconique :

« Vous êtes bien chez Earl Lee Granger. Je suis actuellement absent. Merci de laisser un message après le signal sonore. Pour joindre la police, vous pouvez contacter le bureau du shérif au… »

Je fis le numéro, obtins une nouvelle fois le bureau du shérif de Haven County et demandai à parler au shérif.

Le shérif Granger n'étant pas disponible, je demandai à parler à la personne qui le remplaçait en son absence. Il s'agissait de l'adjoint Alvin Martin, lequel, malheureusement, avait été appelé à l'extérieur pour les besoins d'une enquête. L'adjoint que j'avais au bout du fil ignorait quand lc shérif serait de retour et, au ton de sa voix, je devinai qu'il n'était pas simplement parti chercher des cigarettes. Il me demanda mon nom. Après l'avoir remercié, je raccrochai.

Tout indiquait que quelque chose avait poussé Catherine Demeter à contacter le shérif de sa ville natale, mais pas la police new-yorkaise. Faute d'éléments supplémentaires, j'étais condamné à me rendre à Haven. Mais d'abord, je décidai d'aller rendre une petite visite à Fucking Frank Forbes.

8

Je fis un arrêt chez Azure, sur la Troisième Avenue, le temps de m'acheter de l'ananas et des fraises à prix d'or, puis allai pique-niquer à l'intérieur du Citicorp Building. J'aimais bien cette tour, avec ses lignes simples et son étrange sommet en biseau. C'était l'une des rares constructions récentes qui pouvaient s'enorgueillir d'être aussi originales à l'intérieur qu'à l'extérieur : son atrium haut de sept étages abritait une véritable jungle d'arbres et de plantes vertes, boutiques et restaurants ne désemplissaient pas, et dans la petite église souterraine, une poignée de fidèles priaient en silence.

Deux rues plus loin, dans un immeuble aux parois de verre fumé, très années soixante-dix, Fucking Frank Forbes possédait un luxueux cabinet. Enfin, pour l'instant. Je pris l'ascenseur et tombai, à l'accueil, sur une accorte jeune fille brune qui pianotait sur son ordinateur. Elle leva les yeux, m'offrit un grand sourire que je lui rendis en m'efforçant de ne pas laisser pendre ma langue.

— Pourrais-je voir le Dr Forbes ?

— Avez-vous rendez-vous ?

— Je ne suis pas l'un de ses patients, Dieu merci, mais nous nous connaissons depuis très longtemps. Dites-lui que Charlie Parker veut le voir.

Son sourire s'estompa légèrement, mais elle appela

son patron pour lui transmettre le message. Elle blêmit un peu en entendant sa réponse mais, tout bien considéré, parvint à garder contenance d'une manière tout à fait remarquable.

— Je crains que le Dr Forbes ne puisse vous voir, me dit-elle.

Son sourire s'évaporait rapidement.

— C'est vraiment ce qu'il vous a dit ?

Ses joues rosirent.

— Non, pas tout à fait.

— Vous êtes nouvelle ?

— C'est ma première semaine.

— Frank vous a personnellement recrutée ?

Elle parut perplexe.

— Euh… oui.

— Trouvez-vous un autre job. C'est un pervers, et il sera bientôt au chômage.

Sur ce, je passai devant elle et pénétrai dans le bureau de Frank en la laissant en proie à ses interrogations. Il n'y avait personne dans le cabinet de consultation, hormis le bon docteur lui-même feuilletant des documents derrière son bureau. Visiblement, mon arrivée ne le réjouissait guère. Sa fine moustache se rétracta de dépit, tel un ver noir, et une fleur rouge s'épanouit depuis son cou jusqu'au dôme de son large front, avant de disparaître dans la broussaille raide de ses cheveux noirs. Il était grand — plus d'un mètre quatre-vingts — et faisait du sport. Il avait belle allure, mais c'était tout ce qu'il y avait de beau chez lui. Fucking Frank Forbes était pourri jusqu'à la moelle. Quand il vous donnait un dollar, l'encre bavait avant que vous n'ayez eu le temps de mettre le billet dans votre portefeuille.

— Foutez-moi le camp, Parker. Au cas où vous auriez oublié, vous n'avez plus le droit de faire irruption dans mon cabinet quand bon vous semble. Vous n'êtes plus flic et je pense que c'est une chance pour vos anciens collègues. (Il se pencha vers l'interphone, mais sa secrétaire m'avait emboîté le pas.) Marcie, appelez la police. Non, mieux, appelez mon avocat. Dites-lui que je veux porter plainte pour harcèlement.

— A ce qu'il paraît, Frank, vous lui donnez beaucoup de travail en ce moment, lui dis-je en prenant place dans un fauteuil droit en cuir, face au bureau. J'ai également appris que Maibaum et Locke assuraient la défense de cette malheureuse femme affectée d'une maladie mondaine. Il m'est déjà arrivé de travailler avec eux et ils sont redoutables. Je pourrais peut-être les brancher sur Elizabeth Gordon. Vous vous souvenez d'Elizabeth, hein, Frank ?

Instinctivement, il se retourna vers la fenêtre et en éloigna son fauteuil.

— Ça va, Marcie. (Il la congédia d'un petit signe de tête. J'entendis la porte se refermer doucement derrière moi.) Que voulez-vous ?

— Vous avez une patiente du nom de Catherine Demeter.

— Allons, Parker, vous savez bien que je n'ai pas le droit de parler de mes patients. Et même si je pouvais, je ne vous dirais pas un mot.

— Frank, vous êtes le pire psy que je connaisse. Je ne vous confierais même pas un chien, vous essayeriez sûrement de le baiser, alors gardez votre déontologie pour le juge. Je crois que cette femme a des ennuis et je veux la retrouver. Si vous ne m'aidez pas, je vais contacter Maibaum et Locke si vite que vous me prendrez pour un télépathe.

Frank fit mine de lutter avec sa conscience, alors qu'il n'aurait pas pu la trouver sans une pelle et un permis d'exhumer.

— Elle n'est pas venue à son rendez-vous hier. Elle ne m'a pas prévenu.

— Et elle vous consultait pour quelle raison ?

— Mélancolie d'involution, essentiellement. Une forme de dépression, si vous voulez, qui se manifeste en général à partir de la quarantaine. Du moins, au début, c'est ce que j'ai cru.

— Et puis… ?

— C'est confidentiel, Parker. Même moi, j'ai des principes.

— Arrêtez de plaisanter. Je vous écoute.

Frank soupira, promena un stylo sur son agenda, se leva pour prendre un dossier dans une armoire, se rassit, l'ouvrit et le feuilleta.

— Catherine avait huit ans quand sa sœur est morte. Elle a été tuée, plus exactement. Vers la fin des années soixante et au début des années soixante-dix, un certain nombre d'enfants ont été assassinés à Haven, en Virginie. Elle en faisait partie. Des garçons et des filles, enlevés et torturés. On a retrouvé ce qu'il en restait dans la cave d'une maison abandonnée, à l'extérieur de la ville. (Il s'exprimait avec un parfait détachement, sans la moindre émotion. C'était le médecin parcourant un dossier médical aussi loin de ses préoccupations personnelles qu'un quelconque conte de fées.) Sa sœur était la quatrième victime, mais la première victime blanche. Après sa disparition, la police a commencé à s'intéresser sérieusement à l'affaire. Une femme de la région, une femme très aisée, a vite été soupçonnée ; on avait vu sa voiture près de la maison après l'un des enlèvements et elle a essayé de kidnapper un petit garçon dans une autre ville, une trentaine de kilomètres plus loin. Le gosse lui a griffé le visage et a donné une description à la police.

« Les flics ont donc lancé des recherches, mais c'est la police locale qui est arrivée la première sur les lieux. Le frère de la femme était là. Il était homosexuel, d'après la police, et on était persuadé qu'elle avait un complice pour conduire la voiture quand elle enlevait les gosses. Il faisait un beau suspect. On l'a retrouvé pendu au sous-sol.

— Et la femme ?

— Carbonisée, dans une autre baraque abandonnée. Et au bout d'un moment, l'affaire a fini par… par se tasser.

— Sauf pour Catherine, je suppose ?

— Sauf pour Catherine. Après le lycée, elle est partie ailleurs, mais ses parents sont restés. Sa mère est morte il y a une dizaine d'années, son père un peu après. Et Catherine Demeter n'a pas arrêté de déménager.

— Elle est retournée à Haven ?

— Non, pas depuis l'enterrement de son père. Elle disait que pour elle, tout était mort, là-bas. En gros, voilà. Tout part de Haven.

— Des petits copains, des aventures ?

— Elle ne m'a rien dit, et l'interview s'arrête là. Maintenant, fichez le camp. Si jamais vous refaites allusion à cette histoire, en privé ou en public, je vous poursuis pour agression, harcèlement et tout ce que mon avocat pourra trouver.

— Une dernière chose, dis-je en me levant. Pour Elizabeth Gordon et pour qu'elle continue à ne pas solliciter les services de Maibaum et Locke.

— Quoi ?

— Le nom de la femme qui a brûlé.

— Modine. Adelaide Modine et son frère William. Maintenant, faites-moi le plaisir de disparaître de ma vie. »

9

De l'extérieur, le garage délabré de Willie Brew n'inspirait guère confiance. Cela sentait le trafic. A l'intérieur, ce n'était pas beaucoup mieux, mais Willie, un Polonais dont le nom imprononçable avait été abrégé en Brew au fil des générations, restait pour moi le meilleur des mécaniciens.

Je n'avais jamais beaucoup aimé cette partie du Queens, juste au nord de l'autoroute de Long Island, et son vacarme incessant. Enfant, déjà, je n'y voyais que des enclos de voitures d'occasion, de vieux entrepôts et des cimetières. Le garage de Willie, qui se trouvait juste à côté de Kissena Park, constituait une source d'informations non négligeable, car les copains zonards de Willie qui passaient le plus clair de leur temps à écouter ce qui se disait autour d'eux finissaient toujours par s'y retrouver, mais le quartier avait le don de me mettre mal à l'aise. Ce jour-là encore, alors que je le longeais en revenant de l'aéroport Kennedy, la vision de ces immeubles dévastés et de ces boutiques d'alcool me glaçait le sang.

Manhattan, en comparaison, avait quelque chose d'exotique. Suivant la manière dont on l'abordait, cette ville offrait un panorama sans cesse renouvelé. Dès qu'il en avait eu les moyens, mon père s'était installé dans le comté de Westchester ; il avait acheté une petite maison près de Grant Park. Manhattan, on y allait le week-end, mes copains et moi. Il nous arrivait de traverser l'île sur toute sa longueur pour aller nous planter sur le passage piétons du pont de Brooklyn. Là, on se retournait pour contempler les gratte-ciel, véritable mer en mouvement. La circulation faisait vibrer les planches sous nos pieds, mais pour moi, c'était plus que cela : ces vibrations et ce bruit de fond symbolisaient la vie. Et devant nous, les câbles reliant les haubans du pont cisaillaient l'image de la ville comme si un bambin l'avait découpée avec ses ciseaux de plastique pour la poser sur un fond de ciel bleu.

Après la mort de mon père, nous étions revenus habiter dans le Maine, à Scarborough, d'où ma mère était originaire. A la place des gratte-ciel, il y avait des arbres, et seuls les turfistes venus de Boston et de New York pour assister aux courses des Downs nous apportaient les images et les odeurs de la grande ville. Peut-être était-ce pour cela que je me sentais un peu dans la peau d'un touriste lorsque je contemplais Manhattan : j'avais toujours l'impression de voir la ville d'un œil neuf.

Le garage de Willie était situé dans un quartier qui se battait bec et ongles pour rester ce qu'il était. Le propriétaire du restaurant de nouilles japonais dont il était voisin avait acheté tout le pâté de maisons — il possédait d'autres affaires dans Little Asia, au centre de Flushing, et semblait vouloir s'étendre vers le sud — et Willie était prêt à employer tous les moyens, même légaux, pour éviter la fermeture. En représailles, les Japonais lui expédiaient leurs odeurs de poisson par les fenêtres d'aération. Et Willie, parfois, contre-attaquait en demandant à Arno, son chef mécanicien, de boire des bières, de manger chinois, puis de sortir en titubant, de se fourrer les doigts dans la bouche et de vomir devant le restaurant. « Chinois, vietnamien, japonais, toutes ces saloperies se ressemblent quand on les recrache », disait Willie.

A l'intérieur, Arno, un petit gars maigre comme un clou et à la peau bien foncée, travaillait sur le moteur d'une Dodge déglinguée. Une lourde odeur de poisson et de nouilles stagnait dans l'air. Ma Mustang cuvée 64 était juchée sur un pont élévateur, et des dizaines de pièces retirées des entrailles et strictement impossibles à reconnaître jonchaient le sol. A première vue, elle n'avait guère plus de chances de reprendre la route que James Dean. J'avais appelé un peu plus tôt pour prévenir Willie que je passais. Il aurait au moins pu faire semblant de s'occuper de ma voiture au moment de mon arrivée.

J'entendis une bordée de jurons s'échapper du bureau de Willie, en haut de l'escalier en bois, à droite. La porte s'ouvrit violemment et mon Willie dévala lourdement les marches, toujours aussi chauve, le visage maculé de graisse, le bleu de travail ouvert jusqu'à la taille et le ventre triomphant sous un T-shirt qui avait dû être blanc. Il escalada en soufflant des caisses savamment disposées sous la fenêtre d'aération et colla la bouche contre la grille avant de hurler à pleins poumons :

— Je vous préviens, bande de bridés de mes deux ! Si vous continuez à m'empester le garage avec vos poissons pourris, je vous fais sauter la baraque !

A l'autre bout de la gaine de ventilation, on entendit quelqu'un crier quelque chose en japonais, puis une salve de rires asiatiques. Willie assena un coup monstrueux sur la grille du plat de la main avant de redescendre. Il me scruta d'un œil méfiant dans la pénombre avant de me reconnaître.

— Bird, comment ça va ? Tu veux un café ?

— Je veux ma voiture. Ma voiture. Celle que je t'ai laissée il y a plus d'une semaine.

Willie prit un air abattu et me répondit, moqueur, à la manière d'un vieux sage :

— Je comprends ta colère. La colère, c'est bien. Mais ta voiture, elle, n'est pas bien. Ta voiture est même très mal. Le moteur est fusillé. T'as mis quoi dans le réservoir, des boulons et des vieux clous ?

— Willie, j'ai besoin de ma voiture. Les taxis me traitent déjà comme un vieux copain. Il y en a qui ont même arrêté d'essayer de m'arnaquer. Je me suis demandé si je n'allais pas louer une voiture pour m'éviter la honte. En fait, si je ne t'ai pas taxé une bagnole, c'est uniquement parce que tu m'as dit que la réparation prendrait au maximum un jour ou deux.

Willie se traîna jusqu'à la voiture et poussa de la pointe de sa botte une pièce métallique de forme cylindrique.

— Arno, t'en dis quoi, de la Mustang de Bird ?

— C'est une poubelle, répondit Arno. Dis-lui qu'on lui prend en épave et qu'on lui file cinq cents dollars.

— Arno dit qu'on la prend en épave et qu'on te file cinq cents dollars.

— Je l'ai entendu. Dis à Arno que je vais foutre le feu à sa baraque s'il ne répare pas ma bagnole.

— Après-demain, fit une voix sous le capot. Désolé pour le retard.

Willie abattit sur mon épaule une main bien grasse.

— Monte boire un café, tu sauras ce qui se raconte en ce moment. (Puis il ajouta à mi-voix :) Angel voudrait te voir. Je lui ai dit que tu serais dans le coin.

J'acquiesçai et le suivis. Dans le local, qui était étonnamment propre, quatre hommes assis autour d'un bureau buvaient du café et du whisky dans des gobelets de fer-blanc. Je saluai du menton Tommy Q, que j'avais arrêté une fois pour trafic de cassettes vidéo pirates, et un voleur de voitures surnommé logiquement Groucho en raison de ses grosses moustaches. A côté de lui se trouvait l'autre employé de Willie, qui avait soixante-cinq ans, soit dix de plus que son patron, mais en paraissait soixante-quinze. Et puis il y avait Ed Harris, que tout le monde appelait Coffin Ed — le Roi du cercueil.

— Tu connais Coffin Ed ? me demanda Willie.

J'opinai.

— Alors, Ed, toujours branché macchabées ?

— Que non, me répondit-il. Y a longtemps que j'ai laissé tomber. Rapport à mes problèmes de dos.

Coffin Ed Harris avait élevé le kidnapping au rang d'art. Il estimait que les otages vivants posaient trop de problèmes, car on ne savait jamais ce qu'ils risquaient de faire ni qui était susceptible de venir les récupérer. Les morts étant beaucoup plus faciles à gérer, Coffin Ed s'était décidé à cambrioler des morgues et des funérariums.

Il lisait les avis nécrologiques, choisissait un mort appartenant à une famille raisonnablement riche, puis allait voler le corps à la morgue ou au funérarium. Avant les exploits de Coffin Ed, ces établissements étaient généralement assez mal gardés. Coffin Ed entreposait les corps dans une chambre froide installée dans son sous-sol et demandait une rançon dont le montant n'était jamais exorbitant. La plupart des familles étaient ravies de verser ce qu'il leur réclamait pour récupérer leurs chers disparus avant qu'ils ne commencent à se décomposer.

Tout allait bien jusqu'au jour où un vieil aristocrate polonais s'offusqua de voir la dépouille de sa femme ainsi prise en otage et engagea une armée privée pour retrouver Coffin Ed. On le retrouva effectivement, mais il parvint à s'échapper de justesse par une porte dérobée qui, du sous-sol, lui permit de rejoindre le jardin du voisin. Et ce fut lui qui rit le dernier. Trois jours auparavant, on lui avait en effet coupé le courant parce qu'il n'avait pas payé ses factures. Lorsque les sbires du vieux Polonais mirent enfin la main sur le cadavre de sa femme, il puait comme un opossum crevé. Depuis, la chance avait tourné pour Coffin Ed. Il était là, au fond du garage de Willie Brew, profil bas.

Silence gêné. Willie ouvrit le bal.

— Tu te souviens de Vinnie No-Nose ? me demanda-t-il en me tendant un gobelet de café brûlant dont l'intérieur puait encore l'essence. Attends que Tommy Q. te raconte. Tu vas voir, c'est gratiné.

Vinnie No-Nose était un cambrioleur de Newark qui, après s'être fait serrer une fois de trop, avait décidé de se ranger. Enfin, autant qu'il est possible pour un homme ayant passé quarante ans de sa vie à piller les appartements des autres. Son surnom — « Sans Nez »

— résultait d'une longue et décevante pratique de la boxe amateur. Vinnie, que sa petite taille exposait à la vindicte de tous les rebuts du New Jersey attirés par la violence, avait, comme bien d'autres personnes de gabarit modeste issues de quartiers sensibles, entrevu son salut dans l'usage de ses poings. Hélas, la défense de Vinnie était d'un niveau déplorable et son nez s'était rapidement réduit à un flan de cartilage avec deux narines à demi fermées en guise de raisins de Corinthe.

Tommy Q. entreprit de raconter une histoire mettant aux prises Vinnie, une entreprise de décoration et un client homosexuel mort, histoire qui, rapportée sur un lieu de travail respectable, aurait pu le conduire devant un tribunal. « Et voilà l'autre tante dans la salle de bains, raide morte, avec sa chaise dans le cul, et Vinnie qui se fait embarquer pour avoir fourgué les photos et piqué le scope du type », conclut-il en secouant la tête, déconcerté par les étranges mœurs des adultes non-hétérosexuels de sexe masculin. Il se tenait encore les côtes lorsque, brusquement, son sourire s'effaça et son rire se mua en une sorte de gargouillis inquiétant. Je me retournai et vis Angel dans la pénombre. Ses cheveux noirs bouclés débordaient sous une casquette bleue, et le chaume de sa barbe clairsemée aurait fait rigoler un gamin de treize ans. Sur son tee-shirt noir, il portait une veste de docker ouverte et son jean s'achevait sur des Timberland sales et râpées.

Angel ne mesurait pas un mètre soixante-dix, et un spectateur non averti aurait pu légitimement se demander ce que Tommy Q. lui trouvait d'aussi effrayant. A cette peur subite, il y avait pourtant deux raisons. La première était qu'Angel, bien meilleur boxeur que Vinnie No-Nose, aurait aisément transformé Tommy Q. en hachis s'il l'avait souhaité, ce qui aurait pu être le cas puisque Angel, étant gay, devait avoir modérément apprécié son humour.

La seconde, et sans doute la plus importante, était que le petit ami d'Angel se trouvait être un homme que l'on appelait simplement Louis. Louis n'avait officiellement aucune source de revenus, ce qui lui faisait un point commun avec Angel. Tout le monde ou presque savait néanmoins que ce dernier, en préretraite à l'âge de quarante ans, était l'un des meilleurs voleurs du circuit, capable d'escamoter le duvet dans le nombril du Président si l'affaire était financièrement rentable.

Plus rares, en revanche, étaient ceux qui savaient que Louis, grand, noir et toujours vêtu avec une certaine recherche, avait fait de l'assassinat sa spécialité. Il exerçait ses talents de tueur professionnel d'une manière toute particulière. Sa rencontre avec Angel l'avait métamorphosé et on pouvait dire qu'une certaine conscience sociale présidait désormais au choix de ses rares cibles.

La rumeur lui attribuait le meurtre d'un ingénieur-système allemand du nom de Gunther Bloch, à Chicago, l'année précédente. Bloch était un adepte du viol et de la torture qui s'en prenait à des filles souvent très, très jeunes dans les complexes touristiques du Sud-Est asiatique voués au commerce du sexe, où il réalisait la plupart de ses affaires. L'argent lui permettait d'agir en toute impunité, et il arrosait les proxénètes et les parents aussi bien que la police et les politiques.

Malheureusement pour lui, dans les hautes sphères gouvernementales d'un de ses pays préférés, un responsable refusa de se laisser corrompre, surtout après qu'on eut retrouvé dans une poubelle le corps d'une gamine de onze ans morte étranglée. L'Allemand prit la fuite. L'argent déjà versé fut réaffecté à un « projet spécial » et Louis noya Gunther Bloch dans la baignoire de sa suite à mille dollars la nuit.

Enfin, c'était ce qu'on racontait. Que ce fût vrai ou non, Louis avait une méchante réputation et Tommy Q. tenait à pouvoir prendre son bain, même si cela lui arrivait rarement, sans craindre la noyade.

— Super, ton histoire, Tommy, fit Angel.

— C'est juste une histoire, Angel. C'est pas pour dire quoi que ce soit. Je voulais pas te vexer.

— Vexé ? Moi, non.

Derrière lui, dans le noir, quelque chose bougea et

Louis fit son apparition. Son crâne chauve luisait sous la lumière faiblarde et son cou formidablement musclé émergeait d'une chemise de soie noire, sous un complet gris impeccablement coupé. Il dominait Angel de plus d'une tête. Il fixa Tommy Q.

— Tante… Drôle de mot, monsieur Q. Tu entends quoi, exactement, par là ?

Tommy Q., livide, mit une éternité à trouver suffisamment de salive pour déglutir. Et lorsqu'il y parvint, on aurait dit qu'il venait d'avaler une balle de golf. Il ouvrit la bouche, mais rien n'en sortit. Il la referma et contempla le plancher en espérant vainement qu'il s'entr'ouvrirait pour l'engloutir.

— Tout va bien, monsieur Q., c'était une bonne histoire, ajouta Louis d'une voix aussi soyeuse que sa chemise. Mais fais attention à la manière dont tu la racontes.

Sur quoi il lui sourit de toutes ses dents, comme un chat de dessin animé face à la souris qu'il s'apprête à faire passer de vie à trépas. Une gouttelette de sueur roula le long du nez de Tommy Q., demeura un instant suspendue à la pointe, puis s'écrasa au sol. Louis était déjà parti.

— N'oublie pas ma bagnole, Willie, dis-je avant de suivre Angel à l'extérieur.

10

Angel connaissait un bar-restaurant qui servait tard, une ou deux rues plus loin. Louis marchait quelques mètres devant nous, et les passants s'écartaient devant lui comme la mer Rouge devant Moïse. Une ou deux femmes le regardèrent avec intérêt. Les hommes gardaient les yeux rivés au sol ou remarquaient brusquement quelque chose d'intéressant sur les volets d'un magasin ou dans le ciel.

De l'intérieur du bar nous parvinrent les accords désespérés d'un guitariste folkeux en train de massacrer « Only Love Can Break Your Heart » de Neil Young. Manifestement, il allait avoir du mal à terminer.

— Faut vraiment pas aimer Neil Young pour jouer comme ça, fit Angel à notre arrivée.

Devant nous, Louis maugréa :

— Si Neil Young entendait ça, il serait mort de honte.

Nous prîmes un box. Le patron, un gros type du nom d'Ernest, qui se déplaçait en canard, vint prendre notre commande. C'était normalement le travail des serveuses, mais même ici, Angel et Louis avaient droit à un certain respect.

— Hé, Ernest, lança Angel. Comment vont les affaires ?

— Si j'étais croque-mort, les gens arrêteraient de

mourir, répondit Ernest. Et avant que tu me poses la question, oui, ma femme est toujours moche.

C'était devenu un rituel.

— Attends, fit Angel, ça fait quarante ans que t'es marié. C'est pas maintenant qu'elle va s'arranger.

Angel et Louis commandèrent des sandwiches club et Ernest s'éloigna.

— Moi, si j'étais jeune et que j'avais une tronche comme la sienne, je me couperais la queue et je gagnerais ma vie comme castrat, vu qu'elle pourrait pas me servir à autre chose.

— Ah, être moche, c'est pas la mort, fit Louis.

— Je sais pas, ricana Angel. Si j'étais plus beau, je pourrais me faire un Blanc.

Ils cessèrent de se chamailler et nous attendîmes que le chanteur mette un terme aux souffrances de Neil Young. Ça me faisait tout drôle de revoir ces deux numéros maintenant que je n'étais plus flic. Lors de nos précédentes rencontres — au garage de Willie, dans un café ou à Central Park si Angel avait des renseignements précieux à me communiquer ou s'il voulait simplement bavarder, me demander des nouvelles de Susan et Jennifer — j'avais toujours décelé dans nos rapports un vague malaise, une sorte de tension, surtout si Louis était dans les parages. Je savais ce qu'ils avaient fait et ce que Louis, à mon avis, faisait toujours, sans parler de leurs intérêts dans divers restaurants, de leurs trafics et du garage de Willie Brew.

Aujourd'hui, pourtant, cette tension avait disparu et pour la première fois je sentais la force du lien d'amitié qui avait fini par s'établir entre Angel et moi. Et plus encore, il émanait de lui et de son compagnon un véritable sentiment de sympathie, de regret, d'humanité, de confiance. Je savais qu'autrement ils ne seraient pas venus.

Mais peut-être y avait-il encore autre chose, un élément que je commençais à peine à percevoir. J'étais un cauchemar de flic. Les flics et leur famille, leurs femmes et leurs enfants, sont normalement intouchables. Il faut être fou pour s'en prendre à un flic, et plus encore pour lui arracher les êtres auxquels il tient le plus. C'est pour nous une chose acquise. Nous vivons avec la conviction qu'au terme d'une journée passée à contempler des cadavres, à interroger voleurs et violeurs, maquereaux et dealers, nous pouvons retrouver notre vie à nous en sachant que nos familles sont en quelque sorte à l'abri de tout cela, et nous aussi par la même occasion.

Mais la mort de Jennifer et de Susan avait sérieusement ébranlé cette conviction. Quelqu'un ne respectait pas les règles et, puisque aucune réponse évidente ne se profilait à l'horizon, puisque nous ne parvenions pas, ce qui aurait été si pratique, à mettre la main sur un suspect ayant un compte à régler et dont le geste aurait pu tout expliquer, il fallait bien trouver une autre raison : c'était moi qui avais attiré le malheur sur les miens. J'étais un bon flic à deux doigts de devenir un poivrot. J'étais en pleine dépression, ce qui me rendait faible, et quelqu'un avait exploité cette faiblesse. Quand les autres flics me regardaient, ils ne voyaient pas un collègue en détresse, mais un germe infectieux, une source de corruption. Personne ne regretta mon départ, et peut-être pas même Walter.

Et pourtant, ce qui s'était passé m'avait rapproché d'Angel et de Louis. Eux ne se leurraient pas sur la nature du monde dans lequel ils vivaient. Ils ne disposaient pas d'un schéma philosophique leur permettant d'être à la fois à l'intérieur et à l'extérieur de ce monde. Louis était un tueur : il ne pouvait s'autoriser de telles fantaisies. Angel non plus, compte tenu de la complicité qui les unissait. Et voici qu'à mon tour, j'avais perdu mes illusions. Les écailles me tombaient enfin des yeux. Il ne me restait plus qu'à trouver de nouveaux repères, à définir ma nouvelle place dans le monde.

Angel ramassa un journal abandonné sur la banquette voisine et jeta un coup d'œil sur les gros titres.

— T'as vu ça ?

Je regardai, hochai la tête. Un homme qui avait voulu

jouer les héros lors d'une attaque à main armée dans une banque de Flushing, le matin même, avait été abattu d'une double décharge de chevrotines. La presse et les journaux télévisés ne parlaient que de cela.

— Et voilà, commenta Angel. Les types sont sur un coup. Ils veulent faire de mal à personne, ils veulent juste entrer, prendre le pognon — qui est de toute façon assuré, alors qu'est-ce qu'elle en a à foutre, la banque ? — et repartir. Ils ont des flingues, mais c'est juste parce que sinon, on va pas les prendre au sérieux. Qu'est-ce qu'ils peuvent faire, autrement ? Crier des insultes ?

« Mais faut toujours qu'il y ait un con qui se croie immortel parce qu'il est pas encore mort. Le mec, il est jeune, il fait du sport, il s'imagine qu'il va se tirer plus de nanas qu'un acteur de film porno s'il empêche les autres de braquer la banque et qu'il sauve la caisse. Regarde-moi ça : agent immobilier, vingt-neuf ans, célibataire, cent cinquante mille dollars par an, et il se retrouve avec un trou dans le bide plus large que le Holland Tunnel. Lance Petersen. (Il secoua la tête, éberlué.) C'est bien la première fois que je vois un type qui s'appelle Lance.

— C'est parce que les autres sont tous morts, ironisa Louis en promenant autour de lui un regard apparemment décontracté. Ces connards passent leur temps dans les banques, à attendre de se faire buter. Le type, ça devait être le dernier Lance encore en vie. »

Les sandwiches arrivèrent, et Angel attaqua le sien. Seul.

— Alors, comment ça va ?

— Pas trop mal, répondis-je. C'est quoi, cette embuscade ?

— T'écris pas, t'appelles pas. (Un petit sourire narquois se dessina sur ses lèvres. Louis me lança un regard assez vague avant de s'intéresser de nouveau à l'entrée, aux autres tables et aux portes des toilettes.) J'ai entendu dire que t'avais travaillé pour Benny Low. Qu'est-ce qui te prend, de bosser pour ce gros porc ?

— Ça fait passer le temps.

— Si c'est juste pour faire passer le temps, autant te planter des aiguilles dans les yeux. Benny, c'est qu'un parasite.

— Bon, Angel, viens-en au fait. Ça fait une heure que tu bavasses et Louis est aussi nerveux que s'il s'attendait à ce que Dillinger et sa bande se pointent et arrosent le bar.

Angel posa le demi-sandwich qu'il avait déjà sérieusement entamé et se tamponna délicatement la bouche avec sa serviette.

— J'ai entendu dire que tu cherchais des renseignements sur une copine à Stephen Barton. Certaines personnes sont très curieuses de savoir pourquoi.

— Qui, par exemple ?

— Par exemple Bobby Sciorra, à ce qu'il paraît.

J'ignorais si Bobby Sciorra était fou ou non, mais c'était un homme qui aimait tuer et qui avait trouvé un bon employeur, en la personne du père Ferrera. Emo Ellison pouvait témoigner de ce qui arrivait lorsque Bobby Sciorra décidait de s'intéresser aux activités de quelqu'un. Et je soupçonnais qu'Ollie Watts, dans ses derniers instants, l'avait compris, lui aussi.

— Benny Low m'a parlé d'une embrouille entre le père et Sonny, dis-je. « Des petits mafieux à la con qui se battent entre eux », je le cite.

— Toujours aussi diplomate, ce Benny, gloussa Angel. On se demande pourquoi l'ONU n'a pas encore fait appel à lui. En tout cas, là-bas, il se passe quelque chose de bizarre. Sonny s'est planqué en emmenant Pili. Personne ne les a vus, personne ne sait où ils sont, mais Bobby Sciorra les cherche et ça a l'air sérieux. (Il mordit à pleines dents dans son sandwich.) Et Barton ?

— J'ai l'impression qu'il est en cavale, lui aussi, mais je m'interroge. Barton, c'est un petit et je ne vois pas trop ce qu'il aurait pu avoir à faire, professionnellement, avec le vieux Ferrera — à part transporter un peu de came. Il est possible qu'il ait été très proche de Sonny, mais il n'y a peut-être aucun rapport. Barton n'est pas forcément mêlé à ses histoires.

— Peut-être, mais ton principal problème, c'est pas de retrouver Barton ou sa nana.

J'attendis.

— Il y a un contrat sur ta tête.

— Qui ?

— Ça ne vient pas d'ici. Ça vient d'un autre Etat. Louis ne sait pas qui c'est.

— Ça concerne l'histoire de Fat Ollie ?

— Je ne sais pas. Sonny n'est quand même pas débile au point de lancer un contrat sous prétexte qu'un type qu'il a engagé s'est fait buter à cause de toi. Ce mec représentait rien pour personne et Fat Ollie est mort. Tout ce que je sais, c'est que tu es en train d'énerver deux générations de la famille Ferrera, et que ça, c'est pas bon.

Visiblement, le petit service de Cole ne se résumait plus à une simple affaire de personne disparue. Enfin, simple, c'est une manière de parler…

— Moi aussi, j'ai quelque chose pour toi, lui dis-je. Tu connaîtrais un type ayant un joujou capable de transpercer une brique avec des balles de 5,7 millimètres qui ne pèsent que trois grammes ? C'est une munition d'arme automatique.

— Attends, tu déconnes. La dernière fois que j'ai vu un engin de ce genre, c'était sur une tourelle de char.

— Eh bien, figure-toi que c'est ce qui a descendu le tueur de Fat Ollie. Je l'ai vu partir dans le décor, et ça a fait un trou dans le mur derrière moi. L'arme est fabriquée en Belgique, elle est destinée à la police antiterroriste. Si quelqu'un d'ici s'est procuré ce matériel et s'est entraîné dans un stand, ça doit forcément se savoir.

— Je vais demander, me répondit Angel. Tu penses à quelqu'un en particulier ?

— Je pencherais pour Bobby Sciorra.

— Moi aussi. Reste à savoir pourquoi il ferait le ménage derrière Sonny…

— Parce que le père lui a demandé.

Angel hocha la tête.

— Surveille tes arrières, Bird. (Il termina son sandwich, se leva.) On y va. Si tu veux, on te dépose.

— Non, je préfère marcher un peu.

Il haussa les épaules.

— Tu vas mettre les voiles ?

Je fis signe que oui. Il me répondit qu'il resterait en contact. Je leur dis au revoir en sortant du restaurant. Et comme je m'éloignais, je pris conscience du poids de l'arme sous mon aisselle, de tous les visages que je croisais, des noires et sourdes pulsations de la ville sous mes pieds.

11

Bobby Sciorra : un démon maléfique, une vision de férocité et de sadisme qui avait surgi devant le vieux Stefano Ferrera alors que la folie et la mort le guettaient. Sciorra semblait être sorti d'un recoin glauque de l'Enfer, comme invoqué par la colère et le chagrin du vieil homme. Il était la manifestation physique des sévices et de la destruction que Ferrera voulait infliger au monde qui l'entourait. En d'autres termes, Stefano Ferrera avait trouvé en Bobby Sciorra l'instrument parfait, le maître de la douleur et de l'agonie.

Stefano avait vu son père bâtir un petit empire à partir de leur modeste maison familiale de Bensonhurst. En ces temps reculés, Bensonhurst, entre Gravesend Bay et l'Atlantique, avait encore des allures de village. Les odeurs des delicatessen se mêlaient aux senteurs de feu de bois des pizzerias de rue. Il y avait deux familles par maison, avec des portes en fer forgé, et quand le soleil brillait, les gens s'installaient sur leurs vérandas pour regarder les enfants jouer dans les jardins minuscules.

Les ambitions de Stefano allaient l'entraîner bien loin de ses racines. Quand ce fut à lui de prendre les affaires en main, il fit construire une immense maison à Staten Island. Depuis ses fenêtres, côté jardin, il pouvait apercevoir la somptueuse résidence de Paul Castellano au sommet de Todt Hill, la Maison Blanche de trois millions et demi de dollars et sans doute, depuis l'étage, les pelouses de la propriété des Barton. Si Staten Island convenait au chef de la famille Gambino et à un philanthrope milliardaire, Stefano pouvait s'en satisfaire. Lorsque Castellano fut abattu de six balles alors qu'il dînait chez Sparks, à Manhattan, Stefano hérita très provisoirement du titre de caïd de Staten Island.

Stefano épousa une femme de Bensonhurst qui s'appelait Louisa. Elle ne convolait pas par amour, comme dans la littérature romantique ; elle l'aimait pour son pouvoir, pour sa violence, et surtout pour son argent. Mais celles et ceux qui se marient pour l'argent finissent presque toujours par passer à la caisse. Ce fut le cas de Louisa. Laminée psychologiquement, elle mourut peu après avoir donné naissance à son troisième fils. Stefano ne se remaria pas. Ce n'était pas par respect de la mémoire de sa femme ; il ne voyait guère l'utilité d'en prendre une nouvelle, puisque la première lui avait donné trois héritiers.

Le premier enfant, Vincent, était un garçon intelligent, sur lequel reposaient les espoirs de la famille. Il mourut dans une piscine à l'âge de vingt-trois ans, victime d'une hémorragie cérébrale. Pendant une semaine, le père ne prononça pas un mot ; il abattit les deux labradors de Vincent et se cloîtra dans sa chambre. Louisa était morte depuis dix-sept ans.

Niccolo, ou Nicky, qui avait deux ans de moins que son frère, prit sa place à la droite du père. Quand je faisais mes débuts dans la police, je le voyais sillonner la ville dans une énorme Cadillac blindée, entouré de ses soldats, bien décidé à se tailler une réputation à la hauteur de celle de son père. Au début des années 80, la famille, ayant réussi à surmonter sa traditionnelle aversion à l'égard du trafic de drogue, inondait la ville de stupéfiants en tous genres. Rares étaient ceux qui osaient se mettre sur son chemin. Les concurrents potentiels se voyaient menacés et, s'ils s'obstinaient, finissaient par nourrir les poissons.

Les Yardies, c'était autre chose. Les gangs jamaïcains n'avaient aucun respect pour les institutions et le commerce à l'ancienne. Les Italiens ne les impressionnaient pas. Ils détournèrent un chargement de cocaïne d'une valeur de deux millions de dollars, tuant au passage deux des soldats de la famille Ferrera. En représailles, Nicky ordonna une frappe massive : ses hommes s'attaquèrent aux boîtes de nuit tenues par les Jamaïcains, à leurs domiciles, même à leurs femmes. En l'espace de trois jours, ils firent douze cadavres. Presque tous les auteurs du vol figuraient parmi les victimes.

Nicky s'imaginait peut-être que l'histoire s'arrêterait là et que le retour à la normale n'était qu'une question de jours. Il continua de circuler en voiture et de fréquenter les mêmes restaurants en se comportant comme si sa démonstration de force avait définitivement écarté toute menace de la part des Jamaïcains.

Son repaire favori était Da Vincenzo, un petit restaurant chic mais familial situé à Bensonhurst, dans le quartier cher à son père, et dont les propriétaires avaient eu l'intelligence de sauvegarder les traditions. Peut-être Nicky aimait-il également ce nom, qui lui rappelait celui de son frère, mais sa paranoïa l'incita néanmoins à faire remplacer les vitres des fenêtres et des portes par des panneaux de verre à l'épreuve des balles comme ceux qui sont utilisés pour la protection du Président. Nicky pouvait ainsi déguster ses *fusilli* en toute tranquillité, sans être dérangé par la menace d'un assassinat.

Il venait de passer sa commande, un jeudi soir de novembre, quand la fourgonnette noire s'engagea dans la petite rue, juste en face. Nicky la vit peut-être s'arrêter, remarqua peut-être que le pare-brise avait été remplacé par un grillage noir, fronça peut-être même les sourcils lorsque les deux portes, à l'arrière, s'ouvrirent brusquement et qu'une flamme blanche troua brièvement l'obscurité à l'intérieur du véhicule, tandis que le souffle faisait vibrer le grillage.

Peut-être eut-il même le temps d'entrevoir l'ogive du

lance-roquettes, un RPG-7, filer vers la vitrine à la vitesse de cent soixante-dix-sept mètres à la seconde en déroulant son cordon de fumée et transpercer dans un fracas de tonnerre les épais panneaux qui explosèrent vers l'intérieur. Les éclats de verre et de métal brûlant, et le cuivre de la tête du missile, déchiquetèrent littéralement Nicky Ferrera. Son cercueil, lorsqu'on le porta dans l'allée centrale de l'église, trois jours plus tard, pesait moins de trente kilos.

Les trois Jamaïcains responsables de l'opération disparurent dans les tréfonds du milieu, et le vieux Ferrera passa sa fureur sur ses ennemis et ses amis dans un déferlement de menaces, de violence et de mort. Son empire commença à se désagréger et ses rivaux relevèrent la tête, voyant dans cet accès de folie l'occasion de se débarrasser de lui une fois pour toutes.

Mais un soir, au moment même où son univers semblait sur le point d'imploser, une silhouette apparut aux grilles de la propriété. L'homme demanda à parler à Ferrera père. Il déclara au gardien qu'il avait du nouveau au sujet des Yardies, le gardien transmit le message et, après avoir été fouillé, Bobby Sciorra put entrer. La fouille ne fut pas totale : Bobby Sciorra tenait en effet à la main un sac en plastique noir qu'il refusait d'ouvrir. On le tint en joue tandis qu'il s'approchait de la maison et on lui demanda de s'arrêter sur la pelouse, à une cinquantaine de mètres du perron où l'attendait le vieil homme.

— Si tu me fais perdre mon temps, moi, je te fais descendre, prévint le père Ferrera.

Bobby Sciorra se contenta de sourire et de verser le contenu de son sac sur le gazon illuminé comme en plein jour. Trois têtes roulèrent au sol en s'entrechoquant, dreadlocks entremêlées comme des serpents morts. Bobby Sciorra souriait tel un Persée obscène. Du sang frais, épais, glissa lentement le long des parois du sac avant de s'écouler sur la pelouse à grosses gouttes.

Ce soir-là, Bobby Sciorra assura son avenir. Il lui faudrait moins d'un an pour se voir affranchi. Une ascension au sein de la famille doublement unique, compte tenu de sa rapidité et du passé relativement obscur de Sciorra. Le FBI ne possédait pas de dossier sur lui et Ferrera ne semblait pas en savoir beaucoup plus. J'avais entendu des bruits selon lesquels il avait un jour doublé les Colombo et avait sévi un temps en Floride, pour son propre compte, mais rien de plus. En tuant les meneurs du gang jamaïcain, il gagna la confiance de Stefano Ferrera et eut droit à une cérémonie dans les sous-sols de la maison de Staten Island, qui s'acheva par une piqûre de l'index au-dessus d'une image pieuse pour marquer son entrée dans le clan Ferrera & associés.

Ce soir-là, Bobby Sciorra devint l'éminence grise de Ferrera. Lorsque la loi RICO permit au FBI de poursuivre désormais non plus simplement les auteurs de crimes, mais également tous ceux, individus ou organisations, à qui ces crimes profitaient, ce fut lui qui guida le vieil homme et sa famille au milieu des tribulations judiciaires. Les grandes familles new-yorkaises, les Gambino, les Lucchese, les Colombo, les Genovese et les Bonanno, qui comptaient peut-être quelque quatre mille affranchis et associés, furent toutes frappées de plein fouet, et leurs chefs se retrouvèrent derrière les barreaux ou à la morgue. Mais pas les Ferrera. Bobby Sciorra prit les mesures nécessaires pour assurer la survie de la famille, quitte à sacrifier quelques acteurs secondaires.

Le père aurait sans doute volontiers accepté de confier les commandes de l'entreprise familiale à Bobby Sciorra, n'eût été Sonny. Ce pauvre Sonny, un sinistre crétin qui n'avait pas l'intelligence de ses frères mais qui cumulait la propension à la violence de l'un et l'autre. Toutes les affaires placées sous son contrôle s'achevaient en bain de sang, ce qui ne le gênait nullement. Déjà corpulent et bouffi alors qu'il n'avait pas la trentaine, il aimait la panique et les tueries. Et on aurait dit qu'il éprouvait un plaisir quasiment sexuel à voir mourir des innocents.

Son père lui tint un certain temps la main avant de le laisser à ses anabolisants, ses petits trafics de stupéfiants, ses prostituées et ses accès de violence. Bobby Sciorra s'efforça de l'empêcher de faire n'importe quoi, mais il était impossible d'avoir prise sur Sonny, impossible de le raisonner. Sonny était pervers et mauvais, et quand son père mourut, ceux qui tenaient à ce qu'il le rejoigne le plus tôt possible prirent leur place dans la file d'attente.

12

Jamais je n'aurais pensé venir m'installer dans le Village. Susan, Jennifer et moi habitions Park Slope, à Brooklyn. Le dimanche, nous descendions nous balader jusqu'à Prospect Park. Nous regardions les enfants jouer au ballon et Jennifer qui donnait des coups de pied dans l'herbe avec ses petites tennis roses, avant d'aller prendre des boissons fraîches chez Raintree's où l'on entendait encore à travers les vitraux la musique en provenance du kiosque.

Ces jours-là, la vie paraissait longue et accueillante comme les verts paysages de Long Meadow. Susan et moi tenions Jenny par la main et nous échangions des regards chaque fois qu'elle nous assaillait de questions, de remarques ou de blagues bizarres que seul un enfant peut comprendre. Je serrais sa petite main dans la mienne et à travers elle j'arrivais à rejoindre Susan et à me convaincre que les choses finiraient par s'arranger, que nous réussirions à combler le fossé qui s'élargissait entre nous. Si Jenny courait devant nous, je me rapprochais de Susan, je lui prenais la main, et elle souriait et je lui disais que je l'aimais. Après quoi elle regardait ailleurs, ou regardait ses pieds, ou elle appelait Jenny, parce que nous savions l'un et l'autre qu'il ne suffisait pas de lui dire que je l'aimais.

Quand je pris la décision de revenir m'installer à New York en début d'été, après avoir passé des mois à tenter de trouver une piste susceptible de me mener à celui qui les avait assassinées, je pris contact avec mon avocat en lui demandant de me recommander une agence immobilière. A New York, il y a trente millions de mètres carrés d'espaces de bureaux et pas assez de place pour loger tous les gens qui y travaillent. Je ne sais pas exactement pourquoi je voulais vivre à Manhattan. Peut-être simplement parce que ce n'était pas Brooklyn.

Au lieu de me conseiller une agence, mon avocat m'orienta vers son réseau d'amis et de relations d'affaires, et j'en arrivai ainsi à louer un appartement dans le Village, dans une maison en briques rouges, avec des volets blancs, un perron et une porte à imposte en arc de cercle. J'étais un peu trop près, à mon goût, de St Mark's Place — depuis l'époque où W.H. Auden et Léon Trotsky y avaient vécu, St Mark's était devenu une caricature du Village, envahie de bars, de cafés branchés et de boutiques hors de prix — mais cela restait une bonne affaire.

L'appartement n'était pas meublé, et mon arrivée ne changea pas grand-chose. Je me contentai d'y installer un lit, un bureau, quelques fauteuils, une chaîne hi-fi et un petit téléviseur. Il ne me resta plus qu'à récupérer au garde-meubles mes livres, mes cassettes, mes CD et mes vinyles, ainsi qu'un ou deux objets personnels, et j'avais tout ce qu'il fallait pour vivre sans m'encombrer l'esprit.

Il faisait nuit, dehors, lorsque j'étalai mes armes devant moi, sur le bureau, pour les démonter et les nettoyer soigneusement une à une. Si les Ferrera me tombaient dessus, je voulais être prêt.

Durant ma carrière de policier, j'avais rarement été forcé de dégainer pour me protéger. Je n'avais jamais tué quelqu'un en service. Une seule fois, j'avais blessé au ventre un proxénète qui se jetait sur moi avec un poignard.

Inspecteur, j'avais passé le plus clair de mon temps sur des affaires de vols et de meurtres. Si, aux mœurs, les flics côtoient un monde qui les expose à la violence, voire à la mort, le travail de police est très différent à la brigade criminelle. Comme le disait toujours Tommy Morrison, mon premier coéquipier, dans les affaires de meurtre, les gens se font tuer avant l'arrivée de la police.

J'avais abandonné mon Colt Delta Elite après la mort de Susan et de Jennifer. J'avais désormais trois armes de poing en ma possession. Le Colt Detective Special, calibre 38, de mon père, le seul souvenir que j'avais conservé. Le cheval cabré du médaillon inséré dans la plaquette gauche de la crosse arrondie commençait à être usé, et la carcasse était couverte de rayures et d'entailles, mais ce revolver qui pesait à peine plus d'une livre et que je pouvais porter discrètement à la cheville ou à la ceinture n'en restait pas moins une arme utile, simple et suffisamment puissante. Je le laissais toujours dans un manchon, sous mon sommier.

Je ne m'étais jamais servi de mon Heckler & Koch VP70M en dehors du stand de tir. Ce 9 mm semi-automatique avait appartenu à un dealer qui aimait tant sa came qu'il en était mort. Un voisin s'était plaint de l'odeur, et je l'avais découvert chez lui. Le VP70M était un pistolet destiné à l'armée, en matériau composite, avec un chargeur d'une capacité de dix-huit cartouches. Il était toujours dans son coffret, flambant neuf, mais j'avais pris la précaution de limer le numéro de série.

Comme le .38, il n'avait pas de sécurité, mais le plus intéressant, c'était l'accessoire que le dealer avait acheté en même temps : une crosse d'épaule amovible qui, une fois en place, intervenait sur le mécanisme de tir et transformait l'arme en pistolet-mitrailleur capable de tirer à la cadence de deux mille deux cents coups à la minute. Si les Chinois décidaient d'envahir le pays, avec toutes les munitions que je possédais, je pouvais les contenir au moins dix secondes, après quoi je n'avais plus qu'à leur lancer le mobilier. Je gardais toujours le H&K dans un compartiment de mon coffre, mais je l'avais enlevé au moment d'emmener la Mustang au garage. Je ne tenais pas à ce qu'un mécanicien tombe dessus par hasard.

La seule arme que je portais sur moi était un Smith & Wesson de troisième génération, un 10 mm auto destiné spécialement au FBI et que je m'étais procuré grâce à la complicité de Woolrich. Après l'avoir nettoyé et avoir garni le chargeur, je le glissai dans mon étui d'épaule. Dehors, je voyais les gens se presser vers les bars et les restaurants du Village. J'allais les rejoindre lorsque mon mobile sonna. Une demi-heure plus tard, je me préparais à voir le cadavre de Stephen Barton.

Les gyrophares nimbaient tout le parking du halo rouge de la loi et l'ordre. McCarren Park, non loin, se signalait par une tache noire et au sud-ouest, on voyait défiler sur le pont de Williamsburg la circulation à destination de l'autoroute. Des policiers en tenue longeaient les voitures pour tenir à l'écart, derrière les barrières, curieux et amateurs de scènes morbides. L'un deux fit un geste pour m'arrêter — « hé, vous, reculez » — avant de me reconnaître. Moi aussi, je l'avais reconnu. Vecsey, qui se souvenait de mon père et ne dépasserait jamais le grade de sergent, retira sa main.

— C'est officiel, Jimmy. Je suis avec Cole.

Il se tourna vers Walter, qui discutait avec un patrouilleur. Walter regarda dans notre direction et acquiesça. Le bras se leva comme une barrière automatique et je pus passer.

Ça puait à des mètres à la ronde. Un type de la police scientifique, chaussé de bottes, était en train d'émerger de la bouche d'égout autour de laquelle on avait installé un cadre de protection.

— Je peux descendre ? demandai-je.

Deux hommes, costumes impeccables et imperméables anglais, avaient rejoint Cole, qui esquissa du menton un signe affirmatif. Ne lisant pas les lettres FBI sur leur dos, j'en déduisais qu'ils voulaient rester discrets.

— Etonnant, fis-je au passage. On dirait presque des gens normaux.

Walter me fusilla du regard. Ils l'imitèrent.

Après avoir enfilé une paire de gants, je descendis l'échelle. Dès que je voulus respirer, je fus saisi d'un haut-le-cœur, et le fleuve d'immondices qui s'écoulait sous les vertes avenues de la ville fit naître un goût de bile au fond de ma gorge.

— Respirez par petits coups, c'est plus facile, me conseilla un égoutier posté au pied de l'échelle.

Il mentait.

Au lieu de descendre de l'échelle, je sortis de ma poche ma Maglite et la braquai vers l'endroit, éclairé par une lampe à arc, où un petit groupe d'agents d'entretien et de policiers pataugeaient dans une fange à laquelle je préférais ne pas penser. Les flics me regardèrent du coin de l'œil avant de se retourner, l'air blasé, vers l'équipe du coroner occupée à faire ses constatations. Stephen Barton gisait à environ cinq mètres du pied de l'échelle, au milieu d'un flot de merde et de détritus, la crinière blonde ballottée par le courant. On s'était manifestement contenté de le balancer par la bouche d'égout, depuis la chaussée, et le corps avait à peine roulé sur lui-même en heurtant le fond.

Le médecin légiste se releva et enleva ses gants de caoutchouc. Un inspecteur de la criminelle que je ne connaissais pas le questionna du regard. L'autre paraissait mécontent et énervé.

— Il va falloir qu'on l'examine au labo. Ici, je n'y vois rien, avec toute cette merde.

— Putain, faites un effort, glapit le flic.

Le toubib, exaspéré, siffla entre ses dents.

— Etranglé, décréta-t-il en se frayant un chemin au milieu du petit attroupement. On l'a d'abord assommé d'un coup sur la nuque, puis on l'a étranglé. Ne me demandez pas l'heure de la mort. Il est peut-être là depuis un jour, quelque chose comme ça. Guère plus. Le corps est assez flasque.

Et le claquement de ses semelles sur les barreaux de l'échelle résonna dans le boyau.

— Tu redeviendras poussière, tu redeviendras une merde, marmonna l'inspecteur avant de se tourner de nouveau vers le cadavre.

Je remontai derrière le toubib. Je n'avais pas besoin de voir le corps de Barton. Le coup à la tête, c'était inhabituel, mais pas invraisemblable. Etrangler un homme à mains nues peut prendre une dizaine de minutes, en supposant qu'il ne réussisse pas à se libérer. J'avais entendu parler de meurtriers ayant perdu des touffes de cheveux, des bouts de peau et même, une fois, une oreille, en essayant de maîtriser leur victime. Mieux valait, donc, si possible, taper sur le crâne avant. Et si on tapait assez fort, étrangler ne devenait même plus nécessaire.

Comme Walter était toujours en grande conversation avec les fédéraux, je m'éloignai de l'égout autant que je le pus sans quitter le périmètre de police et respirai l'air de la nuit à pleins poumons. Impossible d'échapper à l'odeur des déjections humaines qui imprégnait mes vêtements avec l'entêtement sinistre de la mort. Quand les fédéraux rejoignirent enfin leur voiture, Walker vint lentement me voir, les mains dans les poches.

— Ils vont interpeller Sonny Ferrera, me dit-il.

— Pour quoi faire ? ricanai-je. Son avocat le fera sortir avant qu'il ait eu le temps de pisser. Et encore, en supposant qu'il soit impliqué, ou qu'ils réussissent à le dénicher. Ils sont tellement nuls qu'ils ne seraient pas fichus de trouver le sol s'ils tombaient par terre.

Mais Walter n'était pas d'humeur.

— Qu'est-ce que t'en sais ? Le mec dealait pour Ferrera, il le double, il se fait buter. Etranglé, en plus. (La strangulation était devenue la méthode d'élimination préférée de la mafia au cours des dernières années : c'était propre et discret.) C'est la théorie du FBI et de toute façon, ils seraient prêts à coffrer Sonny Ferrera pour non-respect d'une zone non-fumeurs s'ils pensaient avoir une chance de le faire tomber.

— Réfléchis un peu, Walter… Jeter un type dans un égout, ça ne ressemble pas aux Ferrera.

Mais déjà il s'éloignait, la main droite levée pour indiquer qu'il ne souhaitait pas en entendre davantage. Je le suivis.

— Et la fille, Walter ? Elle a peut-être joué un rôle dans l'histoire.

Il se retourna et posa la main sur mon épaule.

— Quand je t'ai appelé, je ne pensais pas que tu allais débarquer en jouant les Dick Tracy. (Il jeta un coup d'œil en direction des fédéraux.) Des nouvelles d'elle ?

— Je pense qu'elle n'est plus à New York. Je ne m'avancerai pas plus pour l'instant.

— D'après le coroner, Barton aurait pu être tué mardi matin. Si la fille est partie après, elle peut être dans le coup.

— Tu vas parler d'elle au FBI ?

Walter secoua la tête.

— Ils n'ont qu'à courir après Sonny Ferrera. Toi, tu t'occupes de la fille.

— Oh, oui, m'sieur. J'vais la che'cher pa'tout.

Je hélai un taxi. Et tandis que je montais dans la voiture et que nous disparaissions dans la nuit, je sentis les regards des fédéraux nous accompagner.

13

Nul n'ignorait que le vieux Ferrera avait toutes les peines du monde à tenir le seul fils qu'il lui restait. Il avait vu la *Cosa nostra* se déchirer, en Italie, en tentant, avec une brutalité croissante, d'intimider et de détruire les représentants de l'Etat chargés d'enquêter sur ses activités. Des méthodes qui n'avaient servi qu'à renforcer la détermination des plus courageux. Les familles ressemblaient désormais à certaines de leurs victimes, prisonnières de l'*incaprettamento*, cette forme d'exécution qu'on appelle « étranglement de la chèvre ». Telles ces victimes dont on ligote les bras, les jambes et le cou, plus les familles se débattaient, plus elles sentaient les cordes se resserrer autour d'elles. Le père était bien décidé à ne pas laisser son organisation subir pareil sort. Sonny, au contraire, voyait dans la violence des Siciliens une forme de tyrannie qui convenait parfaitement à son goût du pouvoir.

Peut-être fallait-il voir là la grande différence entre le père et le fils. Lorsqu'un assassinat s'avérait nécessaire, le père s'efforçait toujours d'avoir recours à la *lupara* blanche, qui consistait à faire totalement disparaître la victime, sans même laisser une trace de sang susceptible d'informer les enquêteurs. La strangulation de Barton portait assurément la marque de la mafia, mais pas la manière dont on s'était débarrassé du corps. Si c'était le père qui avait ordonné l'élimination de

Barton, celui-ci aurait sans doute effectivement eu les égouts pour dernière demeure, mais seulement après avoir été dissous dans l'acide et évacué par un siphon.

J'étais donc porté à croire que ce n'était pas le père qui avait fait supprimer le beau-fils d'Isobel Barton. Ce meurtre et la soudaine disparition de Catherine Demeter étaient trop proches dans le temps pour qu'on pût parler de simple coïncidence. Bien entendu, il était possible que Sonny eût ordonné les deux assassinats ; s'il était aussi fou qu'il le paraissait, un cadavre de plus ne devait pas le déranger. D'un autre côté, peut-être la fille avait-elle tué son petit copain avant de prendre la fuite. Peut-être l'avait-il frappée une fois de trop. Auquel cas Mme Barton me payait pour retrouver une personne qui était non seulement son amie, mais également la meurtrière de son fils.

La villa des Ferrera trônait au milieu d'un parc abondamment arboré. La grille du portail était commandée électroniquement. Il y avait un interphone dans le pilier gauche. Je sonnai, donnai mon nom et dis à la voix que je voulais voir Ferrera père. Une caméra surélevée était braquée sur mon taxi et même si je ne voyais personne, j'aurais parié qu'il y avait entre trois et cinq hommes en armes dans les environs immédiats.

A une centaine de mètres de la propriété, deux hommes attendaient dans une Dodge quatre portes de couleur sombre. Je pouvais m'attendre à recevoir la visite des fédéraux dès mon retour.

« Passez la grille et attendez », fit la voix dans l'interphone. « On va vous escorter jusqu'à la maison. »

Je fis ce que l'on me disait, et le taxi s'éloigna. Un homme aux cheveux gris, portant un complet anthracite et des lunettes noires de type réglementaire, émergea de derrière les arbres, un Heckler & Koch MP5 sur l'épaule. Un autre homme vêtu à l'identique, mais plus jeune, lui emboîtait le pas. Et à ma droite j'apercevais deux autres gardes, armés eux aussi.

— Contre le mur, me fit l'homme aux cheveux gris.

Il me fouilla d'une manière très professionnelle sous le regard de ses collègues, délesta mon Smith & Wesson de son chargeur et prit celui que je portais en réserve à la ceinture, tira la culasse en arrière pour éjecter la cartouche qui se trouvait dans la chambe, puis me rendit l'arme. Il me fit ensuite signe de me diriger vers la villa et marcha à ma droite, légèrement en arrière, de manière à pouvoir surveiller mes mains. Un homme nous couvrait de chaque côté de l'allée. Je comprenais maintenant pourquoi le vieux Ferrera avait réussi à survivre aussi longtemps.

De l'extérieur, la maison paraissait étonnamment modeste. C'était une villa tout en longueur, sur deux niveaux, avec des fenêtres étroites en façade et une galerie au rez-de-chaussée. D'autres hommes patrouillaient sur la pelouse parfaitement entretenue et dans l'allée gravillonnée. A droite de la maison, une Mercedes noire attendait, chauffeur à proximité. La porte était déjà ouverte lorsque nous arrivâmes, et dans l'entrée se tenait Bobby Sciorra, la main droite refermée sur le poignet gauche, tel un prêtre prêt à recevoir les dons.

Sciorra mesurait près d'un mètre quatre-vingt-quinze et ne devait pas peser plus de quatre-vingts kilos. Sous son costume gris à veston droit, ses membres longs et fins ressemblaient à des lames de couteau, et il y avait quelque chose de féminin dans cet immense cou strié dont la pâleur était encore accentuée par la blancheur immaculée de la chemise sans col, boutonnée jusqu'en haut. Une couronne de petits cheveux noirs coiffait le pain de sucre de son crâne. Sciorra était un couteau devenu chair, un instrument de torture humain, à la fois chirurgien et scalpel. Le FBI lui attribuait plus d'une trentaine de meurtres, mais ceux qui connaissaient Bobby Sciorra trouvaient généralement cette estimation timide.

A mon approche, il sourit. Ses lèvres effilées découvrirent deux rangées de dents étincelantes et parfaitement blanches, mais le sourire n'atteignit jamais ses yeux bleus. La cicatrice irrégulière qui courait de son oreille gauche au lobe de l'oreille droite, via l'arête du nez, l'engloutissait telle une deuxième bouche.

— T'es gonflé de venir ici, me dit-il, toujours en souriant, mais avec un petit balancement de la tête.

— Ah bon, Bobby, tu aurais quelque chose à te reprocher ?

Toujours le sourire.

— Pourquoi veux-tu voir le patron ? Il a pas de temps à perdre avec des merdes comme toi. (Le sourire s'élargit notablement.) Au fait, ta femme et ta gosse, ça va ? Ça lui fait quel âge à ta fille, quatre ans, maintenant ?

Une boule de feu se mit à palpiter à l'intérieur de ma tête, mais je parvins à la contenir. Je serrais les poings. Je savais que je serais mort bien avant que mes mains puissent se poser sur le cou blafard de Sciorra.

— On vient de retrouver Stephen Barton dans un égout, mort. Le FBI aimerait bien mettre la main sur Sonny, et sur toi aussi, je pense. Je m'inquiète pour vous. Je ne voudrais pas qu'il vous arrive un incident fâcheux sans que j'y sois pour quelque chose.

Toujours le même sourire. Sciorra s'apprêtait à rétorquer lorsqu'une voix discrète mais autoritaire se fit entendre par l'interphone intérieur. L'âge lui donnait un écho rocailleux derrière lequel on devinait les râles de la mort, et les lointaines racines siciliennes de Don Ferrera.

— Fais-le entrer, Bobby.

Sciorra alla ouvrir, à mi-couloir, les battants d'une lourde porte étanche. Je le suivis, toujours talonné par le garde aux cheveux gris. Sciorra referma la porte derrière nous avant d'en ouvrir une autre, au fond.

Don Ferrera m'attendait dans un vieux fauteuil de cuir, derrière un grand bureau qui évoquait celui de Walter Cole, même si les dorures du plateau damasquiné le plaçaient dans une catégorie nettement moins spartiate. Les tentures étaient tirées. Lampes et appliques nimbaient d'une douce lumière jaune les portraits et les étagères couvrant les murs. A en juger par leur ancienneté et leur état, tous ces livres devaient valoir une fortune, et sans doute n'avaient-ils jamais été lus. Plusieurs autres fauteuils de cuir rouge semblables à celui qu'occupait Don Ferrera étaient disposés le long des murs, et au fond de la pièce des canapés assortis cernaient une longue table basse.

Même assis et voûté par les ans, le vieil homme restait impressionnant. Ses cheveux argentés étaient lissés en arrière. Son bronzage ne parvenait pas tout à fait à masquer une pâleur malsaine, et il avait les yeux chassieux. Sciorra referma la porte et reprit sa posture ecclésiastique, laissant mon cerbère à l'extérieur.

— Je vous en prie, asseyez-vous, me dit le vieux Ferrera en m'indiquant un fauteuil.

Il ouvrit un étui en argent garni de cigarettes turques, toutes ornées d'une bague dorée.

— Non merci, lui dis-je.

Il soupira.

— Dommage. J'aime respirer leur parfum, mais elles me sont interdites. Pas de cigarettes, pas de femmes, pas d'alcool.

Il referma l'étui, le contempla avec gourmandise, puis noua les mains et les posa sur le bureau.

— Vous ne semblez pas avoir de titre, commença-t-il.

Chez les « hommes d'honneur », appeler quelqu'un « monsieur » lorsqu'il avait un titre relevait de l'insulte calculée. Les enquêteurs fédéraux le faisaient parfois sciemment, en laissant de côté les très officiels « Don » ou « Tio », pour rabaisser des suspects appartenant à la mafia.

— Je ne le prendrai pas mal, Don Ferrera, répondis-je.

Il hocha la tête, sans rien ajouter.

Au cours de mes enquêtes, j'avais souvent été amené à négocier avec des hommes d'honneur ; je les abordais toujours avec prudence, sans arrogance, sans préjugés. Le respect appelait le respect, et les silences s'interprétaient. Chez ces gens-là, tout avait un sens ; l'économie et l'efficacité de leur mode de communication se retrouvaient dans leur exercice de la violence.

Les hommes d'honneur ne parlaient que de ce qui les concernait directement, ne répondaient qu'aux questions précises et préféraient se taire plutôt que mentir. Un homme d'honneur avait l'obligation absolue de dire la vérité et il ne dérogeait à ces principes que si le changement de comportement de son interlocuteur l'y contraignait. Tout cela supposait, bien entendu, que l'on juge honorables des proxénètes, des tueurs et des trafiquants de drogue, et qu'on accepte de croire que leur fameux code d'honneur ne se résumait pas à un decorum d'un autre âge, totalement incongru mais perpétuellement entretenu pour que malfrats et assassins puissent jouer aux aristocrates.

J'attendis qu'il rompe le silence.

Il se leva, se déplaça à travers la pièce en donnant l'impression de souffrir, s'arrêta devant une petite console sur laquelle luisait une assiette en or.

— Vous le saviez, vous, qu'Al Capone mangeait dans des assiettes en or ? Vous le saviez ?

Je lui répondis que je l'ignorais.

— Ses hommes les emportaient au restaurant dans des étuis à violon et les disposaient sur la table, pour Capone et ses invités. Qu'est-ce qui peut pousser quelqu'un à vouloir manger dans une assiette en or, à votre avis ?

Il guettait ma réponse, essayait de surprendre mon reflet dans l'assiette.

— Lorsqu'on a beaucoup d'argent, lui dis-je, on finit parfois par avoir des goûts particuliers, excentriques. Au bout d'un certain temps, si on ne mange pas dans des assiettes en porcelaine de Chine ou en or, on trouve même que les choses ont un goût bizarre. Quand on a beaucoup d'argent et de pouvoir, on ne peut pas se permettre de manger dans les mêmes assiettes que les petites gens.

— Je trouve que ça va trop loin, maugréa-t-il, mais ce n'était plus à moi qu'il parlait, et c'était son reflet qu'il contemplait dans l'assiette. Il y a quelque chose qui ne va pas dans tout ça. Il y a des goûts qu'il ne faut pas encourager, parce qu'ils sont vulgaires. Obscènes. Ils offensent la nature.

— J'en déduis que ce n'est pas une des assiettes d'Al Capone.

— Non, c'est mon fils qui me l'a offerte à mon dernier anniversaire. Je lui avais raconté l'histoire, et il a fait faire cette assiette.

— Il n'a peut-être pas très bien saisi l'intérêt de l'histoire, dis-je.

Don Ferrera avait les traits las. Son visage était celui d'un homme qui n'avait pas bien dormi depuis longtemps.

— Ce jeune qui a été tué, vous pensez que mon fils a quelque chose à voir avec lui ? finit-il par demander.

Il se replaça dans l'axe de mon regard, fixa des yeux quelque chose au loin. Je parvins à résister à la tentation de voir de quoi il s'agissait.

— Je ne sais pas. C'est ce que semble penser le FBI.

Un sourire lui fendit le visage. Un sourire vide et cruel qui me rappela fugitivement Bobby Sciorra.

— Et vous, ce qui vous intéresse, c'est la fille, hein ?

Sa question me surprit, mais j'aurais dû m'y attendre. Sciorra connaissait forcément le passé de Barton, et après la découverte de son corps, le message avait sans doute très vite circulé. Ma visite à Pete Hayes avait peut-être également joué un rôle. Je me demandais ce que Don Ferrera savait. Sa question suivante répondit à mon interrogation : il ne savait pas grand-chose.

— Pour qui travaillez-vous ?

— Je ne peux pas vous le dire.

— Nous le saurons, si nécessaire. Le vieux de la salle de sport nous a déjà bien renseignés.

C'était donc ça. Je me contentai de hausser tranquillement les épaules. Il replongea dans le silence, puis :

— Vous pensez que mon fils a fait tuer la fille ?

— C'est ce qu'il a fait ?

Don Ferrera se tourna de nouveau vers moi, et ses yeux chassieux s'étaient transformés en meurtrières.

— Je vais vous raconter une histoire. C'est un homme persuadé que sa femme le trompe. Il va voir un ami, un vieil ami en qui il a confiance, et il lui dit : « Je suis sûr que ma femme me trompe, mais je ne sais pas avec qui. Je la surveille, mais je n'arrive pas à savoir qui c'est. Que dois-je faire ? »

« Il se trouve que cet ami est justement l'homme qui couche avec sa femme, mais pour détourner l'attention du mari, il lui dit qu'il a vu sa femme avec un autre homme, un homme qui a la réputation de mal se tenir avec les femmes mariées. Et le mari cocu se tourne donc vers cet homme, pendant que sa femme le trompe avec son meilleur ami. »

Ayant fini, il me regarda droit dans les yeux.

Tout doit être interprété, tout est codifié. Pour vivre avec les signes, il faut comprendre la nécessité de trouver un sens à des bribes d'information d'apparence anodine. Le vieil homme avait passé sa vie à chercher une signification en toute chose et des autres il attendait le même comportement. Sa petite anecdote cynique laissait entendre qu'il était persuadé que son fils n'était pas responsable de la mort de Barton, même si tous les soupçons se portaient sur lui, et si le vrai coupable profitait de la situation. Je lançai un regard vers Bobby Sciorra ; j'aurais aimé savoir si Don Ferrera savait ce qui se passait derrière ces yeux. Sciorra était capable de tout, même de torpiller son patron pour son propre bénéfice.

— Je me suis laissé dire que Sonny avait peut-être décidé de s'intéresser à ma santé.

Le vieux sourit.

— De quel genre d'intérêt voulez-vous parler, monsieur Parker ?

— Le genre d'intérêt susceptible d'entraîner une brusque dégradation de ma santé.

— Je n'ai pas connaissance d'une initiative pareille. Sonny prend seul ses décisions.

— C'est possible, mais si qui que ce soit s'en prend à moi, Sonny a du souci à se faire.

— Je vais demander à Bobby de se pencher sur la question.

Ce n'était pas cela qui allait me rassurer. Je me levai pour partir.

— Un homme intelligent essaierait de retrouver la fille, ajouta-t-il en se levant à son tour pour se diriger vers la porte qui se trouvait dans un coin de la pièce, derrière le bureau. Qu'elle soit morte ou vivante, cette fille est la clé du problème.

Peut-être avait-il raison, mais s'il m'indiquait cette piste, ce n'était certainement pas par hasard. Tandis que Bobby Sciorra me raccompagnait, une question me vint à l'esprit : étais-je la seule personne à rechercher Catherine Demeter ?

Un taxi m'attendait devant la grille de la propriété. De retour au Village, j'eus le temps de prendre une douche et de me faire du café avant que le FBI frappe à ma porte. Avec mon sweat-shirt et mon pantalon de jogging, je faisais un peu débraillé à côté des agents spéciaux Ross et Hernandez. J'avais les Blue Nile en fond sonore, et Hernandez, visiblement peu amateur, pinçait le nez. Je ne ressentais pas le besoin de m'excuser.

Ce fut surtout Ross qui parla. Hernandez, pendant ce temps, inspectait ma bibliothèque, regardait les couvertures, lisait les jaquettes. Il ne m'avait pas demandé mon avis et cela ne me plaisait pas beaucoup.

— J'en ai à colorier, sur l'étagère du bas, lui dis-je. Malheureusement, je n'ai pas de feutres. J'espère que vous avez apporté les vôtres.

Hernandez me jeta un regard noir. Il n'avait pas trente ans et devait encore s'imaginer que tout ce qu'on lui avait appris à Quantico était vrai. Il me rappelait les guides chargés de faire visiter les locaux historiques du FBI aux groupes, ceux qui trimballaient les mémères du Minnesota tout en rêvant de mitrailler des trafiquants de drogue et des terroristes internationaux. Hernandez était sans doute de ceux qui refusaient toujours de croire que J. Edgar Hoover aimait porter des robes.

Avec Ross, c'était différent. Il avait fait partie de la brigade des détournements de poids-lourds, créée par le FBI dans les années soixante-dix, et son nom était souvent apparu dans d'importants dossiers contre le crime organisé. A mon sens, c'était probablement un bon agent, mais ses qualités humaines laissaient largement à désirer. Je savais déjà ce que j'allais lui dire : rien.

— Qu'êtes-vous allé faire chez Ferrera, ce soir ? me demanda-t-il après avoir décliné un café comme un chimpanzé refuse une noix.

— Je livre les journaux. Ça fait partie de ma tournée.

Ross ne daigna même pas sourire. Les sourcils de Hernandez se froncèrent un peu plus. Si j'avais été d'un tempérament nerveux, toute cette pression aurait pu m'être fatale.

— Ne jouez pas au con, grogna Ross. Je pourrais vous embarquer pour liens présumés avec une organisation criminelle et vous laisser mariner un petit peu, mais ni vous ni moi n'y gagnerions quoi que ce soit. Je vous repose donc la question : que faisiez-vous chez Ferrera ce soir ?

— Je mène une enquête. Il est possible que Ferrera soit impliqué.

— Sur quoi enquêtez-vous ?

— C'est confidentiel.

— Qui vous a engagé ?

— Confidentiel.

J'avais failli répondre en chantonnant, mais je sentais bien que Ross n'était pas d'humeur à apprécier mon humour. Peut-être étais-je effectivement en train de jouer au con, comme il le prétendait, mais je n'avais guère progressé depuis vingt-quatre heures, et la mort du petit ami de Catherine Demeter ouvrait de nouvelles perspectives dont aucune ne me plaisait particulièrement. Si Ross cherchait à épingler Sonny Ferrera ou bien son père, c'était son problème. J'avais déjà suffisamment de soucis de mon côté.

— Qu'avez-vous dit à Ferrera au sujet de la mort de Barton ?

— Rien qu'il n'ait déjà su, vu que Hansen était sur place avant vous, rétorquai-je.

Hansen était un journaliste du *Post*, un bon. Il flairait les cadavres plus vite que certaines mouches, mais si quelqu'un avait eu le temps de le renseigner, il y avait fort à parier que Ferrera avait été mis au courant avant lui. Walter avait raison : les fuites de source policière prenaient des proportions inquiétantes.

— Ecoutez, repris-je, je n'en sais pas plus que vous. Je ne crois pas que Sonny soit dans le coup, ni le père. Et si c'est quelqu'un d'autre…

Ross leva les yeux au ciel, découragé. Puis, au bout de quelques secondes, il me demanda si j'avais vu Bobby Sciorra. Je lui répondis que j'avais eu cet honneur. Il se leva et enleva une tache microscopique sur sa cravate, du genre de celles dont on ressort mitraillé après un bon repas au Filene's Basement.

— Sciorra raconte qu'il va vous donner une leçon, à ce que j'ai entendu. Il trouve que vous vous mêlez de ce qui ne vous regarde pas, et il n'a peut-être pas tort…

— J'ose espérer que vous ferez tout ce qui est en votre pouvoir pour me protéger.

Ross sourit. Ses lèvres remontèrent brièvement, le temps de dévoiler des petites canines pointues.

— Ne vous inquiétez pas, on fera tout ce qui est en notre pouvoir pour retrouver le coupable s'il vous arrive quelque chose.

Ils se dirigèrent vers la porte. Hernandez souriait, lui aussi. Tel père, tel fils.

Je leur rendis leur rictus.

— Je ne vous raccompagne pas. Au fait, Hernandez… (Il se figea, se retourna.) Je vais compter mes livres pour être sûr qu'il n'en manque pas.

Ross avait raison de concentrer ses efforts sur Sonny. Celui-ci n'avait sans doute rien d'un parrain — quelques sex-shops près de la gare routière, un club sur Mott où un avis rédigé à la main, au-dessus du téléphone, rappelait aux membres que la ligne était sur écoute, un peu de trafic de drogue, des prêts à taux usuraire et quelques prostituées ne suffisaient pas à faire de lui l'ennemi public numéro un — mais il n'en était pas moins le maillon faible de la chaîne Ferrera. En le brisant, on pouvait espérer faire tomber Sciorra et le big boss.

De ma fenêtre, je suivis des yeux les deux agents du FBI. Ross s'arrêta au moment de s'asseoir côté passager et leva la tête dans ma direction. Ma vitre résista au choc de son regard. Moi aussi, mais quelque chose me disait que l'agent Ross ne s'était pas encore décidé à lancer toutes ses forces dans la bataille.

14

Il était un peu plus de dix heures, le lendemain matin, lorsque j'arrivai chez les Barton. Une bonne anonyme m'ouvrit la porte et me conduisit dans la pièce où j'avais rencontré Isobel Barton deux jours plus tôt, avec le même bureau et la même Mlle Christie vêtue de ce qui semblait être le même ensemble gris, et arborant le même air contrarié.

Elle ne m'invita pas à m'asseoir, ce qui m'obligeait à garder les mains dans les poches pour que mes doigts ne s'engourdissent pas, tant l'atmosphère était glaciale. Le nez dans ses papiers, elle ne daigna pas m'accorder un second regard. Planté devant la cheminée, j'admirais un chien de porcelaine bleue posé au bout de la tablette. L'espace vide, de l'autre côté, me laissait supposer que l'animal avait jadis eu un compagnon. Il avait l'air bien seul sans son copain.

— Je croyais qu'en général, il y en avait deux, fis-je.

Mlle Christie leva la tête, les traits froissés d'irritation, telle une photo sur un vieux journal.

— Le chien, insistai-je. Je croyais que les chiens de porcelaine comme celui-ci s'achetaient toujours par deux.

L'objet ne m'intéressait pas particulièrement, mais la désinvolture avec laquelle Mlle Christie persistait à m'ignorer m'exaspérait royalement, et j'avais très envie de l'énerver.

— Il y en avait un autre avant, me répondit-elle au bout d'un moment. Malheureusement, il a été… abîmé.

— C'est triste, dis-je en essayant, sans grand succès, de faire comme si je le pensais.

— Oui, il avait une valeur scntimentale.

— Pour vous, ou pour Mme Barton ?

— Pour nous deux.

Comprenant qu'en dépit de tous ses efforts, elle ne pouvait que constater ma présence, Mlle Christie referma soigneusement son stylo, noua les mains et adopta une posture très professionnelle.

— Comment va Mme Barton ? lui demandai-je.

L'ombre d'une expression préoccupée glissa sur le visage de Mlle Christie et disparut, comme une mouette devant une falaise.

— Elle est sous tranquillisants depuis hier soir. Comme vous pouvez l'imaginer, la nouvelle l'a anéantie.

— J'ignorais qu'elle et son beau-fils étaient aussi proches.

Mlle Christie me jeta un regard méprisant. Sans doute le méritais-je.

— Mme Barton aimait Stephen comme son propre fils. N'oubliez pas que vous n'êtes qu'un employé, monsieur Parker. Vous n'avez aucunement le droit d'attenter à la réputation des vivants ou des morts. (Elle secoua la tête, consternée par l'insensibilité dont je faisais preuve.) Pourquoi êtes-vous ici ? Il y a beaucoup à faire avant…

Elle s'interrompit et, l'espace d'un instant, parut désemparée. « Avant l'enterrement de Stephen », achevat-elle, et je compris alors que son apparent désarroi à l'évocation des événements de la veille ne traduisait peut-être pas qu'une légitime sollicitude à l'égard de sa patronne. Pour un individu doté d'autant de qualités morales qu'un requin-marteau, Stephen Barton avait réussi à réunir autour de lui un cercle d'admiratrices impressionnant.

— Il faut que je me rende en Virginie, lui expliquai-je. L'avance qui m'a été versée risque de ne pas suffire. Je voulais en informer Mme Barton avant mon départ.

— Est-ce en rapport avec le meurtre ?

— Je ne sais pas. (Air connu.) Il existe peut-être un lien entre la disparition de Catherine Demeter et la mort de M. Barton, mais nous ne le saurons que si la police découvre quelque chose ou si la fille se manifeste.

— Je ne puis vous autoriser à engager une telle dépense à l'heure actuelle, commença Mlle Christie. Il faudra que vous attendiez que…

Je l'interrompis. Elle commençait franchement à me fatiguer. J'avais l'habitude de rencontrer des gens qui ne m'aimaient pas, mais la plupart d'entre eux avaient au moins la courtoisie de faire ma connaissance au préalable, même très brièvement.

— Je ne vous demande pas d'autoriser mon déplacement et lorsque j'aurai rencontré Mme Barton, je pense que vous ne serez plus concernée. Par pure politesse, je comptais lui présenter mes condoléances et lui expliquer où j'en étais.

— Et où en êtes-vous, *monsieur* Parker ? siffla-t-elle.

Elle s'était levée, et la peau de ses poings plaqués contre la table était blanche. Dans son regard, une chose féroce et venimeuse dressa la tête et dévoila ses crochets.

— Je pense que la fille a peut-être quitté New York. Je crois qu'elle est rentrée chez elle, ou du moins dans sa ville natale, mais je ne sais pas pourquoi. Si elle y est, je la trouverai, je m'assurerai qu'elle va bien et je contacterai Mme Barton.

— Et si ce n'est pas le cas ?

Je laissai la question en suspens. Il m'était difficile de répondre, car si Catherine Demeter ne se trouvait pas à Haven, je risquais de devoir attendre qu'elle se serve d'une carte de crédit ou qu'elle téléphone à son amie inquiète pour pouvoir la localiser.

J'étais fourbu, je me sentais prêt à craquer. L'affaire

donnait l'impression de s'éparpiller. Je voyais les pièces du puzzle s'éloigner en tourbillonnant et briller dans le lointain. Il y avait trop d'éléments en jeu pour qu'on pût parler de coïncidence, et cependant j'avais trop de métier pour vouloir les réunir de force afin de composer un tableau qui risquait de n'être pas conforme à la réalité, d'imposer en quelque sorte l'ordre au chaos de la tuerie. Je n'en avais pas moins le sentiment que Catherine Demeter était l'une de ces pièces et qu'il fallait que je la retrouve pour déterminer sa place.

— Je pars cet après-midi. J'appelle si je trouve quoi que ce soit.

Le regard de Mlle Christie avait perdu son éclat et la créature cruelle qui vivait à l'intérieur s'était lovée pour se rendormir momentanément. Je n'étais même pas sûr qu'elle m'eût entendu. Je la laissai ainsi, les poings sur le bureau, les yeux dans le vague comme si elle contemplait quelque chose en elle, les traits lisses et pâles comme si ce quelque chose la perturbait.

Bien évidemment, ma Mustang n'était toujours pas prête, et je dus attendre quatre heures pour la récupérer et rentrer chez moi. Il fallait que je prépare mes affaires.

Pendant que je montais les marches du perron en cherchant mes clés, un souffle de vent bienvenu balaya la rue, chassa à travers la chaussée des papiers de bonbon, envoya des cannettes vides s'entrechoquer comme les cloches d'un carillon. Un vieux journal glissa sur le trottoir en chuchotant comme une maîtresse défunte.

Arrivé au quatrième, sitôt chez moi, j'allumai une petite lampe et préparai du café avant de garnir mon sac de voyage. Une demi-heure plus tard, je finissais mon gobelet, prêt à partir, lorsque mon mobile sonna.

— Bonjour, monsieur Parker.

Une voix d'homme, sans timbre, presque artificielle. J'entendais des petits déclics entre les mots comme s'ils avaient été empruntés à une conversation totalement différente, puis réassemblés.

— Qui est-ce ?

— Oh, nous ne nous sommes jamais rencontrés, mais nous avons des connaissances en commun. Votre femme et votre fille. On peut dire que j'ai assisté à leurs derniers instants.

La voix ne cessait de changer : tantôt aiguë, tantôt grave, tantôt masculine, tantôt féminine. A un moment donné, j'eus l'impression d'entendre trois personnes en même temps, puis les voix se fondirent en une seule, celle d'un homme.

Ce fut comme si la température chutait brusquement, comme si l'appartement se détachait de moi. Il n'y avait plus que le téléphone, les minuscules perforations du micro, le silence à l'autre bout de la ligne.

— Des coups de fil de détraqués, j'en ai déjà eu, dis-je avec une assurance forcée. Vous n'êtes qu'un de ces pauvres types qui se sentent seuls et qui cherchent à emmerder quelqu'un.

— Je leur ai découpé le visage. J'ai cassé le nez de votre femme en lui balançant la tête contre le mur, près de la porte de la cuisine. Inutile de vous poser des questions : c'est bien moi. Je suis celui que vous recherchez.

Les derniers mots avaient été prononcés par une voix d'enfant, criarde et joyeuse.

J'eus l'impression qu'une lame s'enfonçait dans mon crâne, derrière mes yeux. Le sang me battait les oreilles comme des vagues s'écrasant contre un promontoire gris et sinistre. A court de salive, j'avais la bouche sèche, poussiéreuse. Quand je voulus déglutir, j'eus l'impression d'avaler une bouchée de terre. Ma gorge me faisait mal, et j'étais aphone.

— Monsieur Parker, vous êtes sûr que ça ira ?

Des paroles calmes, pleines de sollicitude, presque tendres, mais prononcées par ce qui ressemblait à quatre voix différentes.

— Je vous trouverai.

Il éclata de rire, et je perçus plus nettement, alors, les effets du synthétiseur. On aurait dit que le son se volatilisait en fragments minuscules, comme lorsqu'on est trop près de l'écran du téléviseur et que l'image se réduit à une succession de petits points lumineux.

— En attendant, c'est moi qui vous ai trouvé, répondit-il. Vous vouliez que je vous trouve, tout comme vous vouliez que je les trouve et que je leur fasse ce que je leur ai fait. C'est vous qui m'avez fait surgir dans votre vie. C'est pour vous que j'ai pris corps.

« J'avais si longtemps attendu que vous m'appeliez. Vous vouliez qu'elles meurent. Vous haïssiez votre femme, quelques heures à peine avant que je ne la prenne, non ? Et parfois, au plus profond de la nuit, ne vous arrive-t-il pas de lutter contre un certain sentiment de culpabilité, parce que en la sachant morte, vous vous êtes brusquement senti libre ? C'est moi qui vous ai affranchi. Vous pourriez au moins me témoigner votre gratitude.

— Vous êtes complètement malade, mais ce n'est pas ça qui vous sauvera. »

J'enfonçai la touche d'affichage de l'identité de l'appelant, et un numéro apparut. Je le connaissais. C'était celui du téléphone public, au coin de la rue. J'ouvris la porte et me ruai dans l'escalier.

— Non, je ne suis pas malade. D'ailleurs, je ne suis pas un homme. Dans ses derniers instants, votre femme l'a bien compris, votre Susan, quand j'ai posé ma bouche contre la sienne et que je lui ai pris la vie. Oh, que j'ai eu envie d'elle dans ces ultimes minutes écarlates, mais il est vrai que cela a toujours été la faiblesse de notre peuple. Notre péché n'a pas été l'orgueil, mais notre soif d'humanité. Et c'est elle que j'ai choisie, monsieur Parker, et je l'ai aimée à ma manière.

Il s'agissait à présent d'une voix grave, une voix d'homme, qui retentissait à mon oreille comme celle d'un dieu, ou celle d'un diable.

— Salopard, réussis-je péniblement à cracher.

La bile me montait à la gorge. Je sentais la sueur perler le long de mon front et dégouliner sur mon visage, une sueur aigre qui sentait la peur et contredisait la fureur de ma voix. Il ne me restait plus qu'un étage à descendre.

— Ne partez pas encore, reprit la voix, devenue celle d'une enfant, une enfant comme la mienne, ma Jennifer, et en ce bref instant, je crus entrevoir la nature du « Voyageur ». Nous reparlerons bientôt. D'ici là, mes motivations vous paraîtront peut-être plus claires. Considérez ce que je vous donne comme un cadeau. J'espère qu'il atténuera votre souffrance. Il devrait vous parvenir à peu près... *maintenant.*

J'entendis la sonnette de mon appartement, trois étages plus haut. Mon premier réflexe fut de lâcher mon téléphone pour dégainer le Smith & Wesson, avant de dévaler les dernières marches quatre à quatre. L'adrénaline envahissait mes veines. Devant chez elle, juste avant l'entrée, Mme D'Amato, une voisine que le bruit avait alertée, serrait sa robe de chambre autour de son cou. J'ouvris la porte d'un grand coup et émergeai en baissant la tête, le pouce déjà sur la sécurité.

Sur le perron, un petit Noir qui ne devait pas avoir plus de dix ans, les yeux écarquillés de peur et de surprise, tenait dans ses mains un paquet-cadeau de forme cylindrique. Je l'attrapai par le col, le tirai à l'intérieur en hurlant à Mme D'Amato de le retenir et de s'éloigner du paquet, puis je descendis sur le trottoir en courant.

La rue était déserte, si l'on exceptait les vieux journaux et les cannettes vides. Etrange impression, comme si le Village et ses habitants s'étaient joints à la conspiration dont j'étais victime. Au bout de la rue, sous le lampadaire, le téléphone était inoccupé. Le combiné paraissait en place. Je courus jusqu'à l'intersection en m'éloignant du mur pour éviter toute mauvaise surprise si on m'attendait à l'angle. Là, il y avait du monde. Des couples gay, main dans la main, des touristes, des amoureux. Au loin, j'apercevais les feux de la circulation. Autour de moi, j'entendais le brouhaha d'un monde plus sûr, plus civilisé.

Un bruit de pas, derrière moi, me fit me retourner.

Une jeune femme s'approchait du téléphone en cherchant une pièce dans son porte-monnaie. Elle leva les yeux en me voyant, avisa mon arme, recula.

— Trouvez-en un autre, lui conseillai-je.

Après avoir regardé autour de moi, je remis la sécurité et glissai le pistolet dans ma ceinture. Le pied calé contre le support du téléphone, j'arrachai des deux mains le câble du combiné, avec une force qui ne m'était pas coutumière, puis rentrai en tenant l'appareil comme un poisson au bout d'une ligne.

Chez elle, Mme D'Amato retenait par le bras le gamin qui se débattait de toutes ses forces, le visage ruisselant de larmes. Je le pris par les épaules et m'accroupis pour être à sa hauteur.

— Hé, tout va bien, calme-toi. Il n'y a pas de problème, je veux simplement te poser quelques questions. Comment tu t'appelles ?

L'enfant cessa de s'agiter, mais continua à sangloter. Il regarda Mme D'Amato avec nervosité, puis tenta de se dégager pour atteindre la porte. Il faillit bien réussir. Il libéra son bras de son blouson, mais l'élan le fit glisser et trébucher. Je me jetai sur lui, le collai sur une chaise et donnai à Mme D'Amato le numéro de téléphone de Walter Cole pour qu'elle l'appelle en lui disant que c'était urgent et qu'il devait venir tout de suite.

— Comment c'est, ton nom, petit ?

— Jake.

— Bon, Jake, qui t'a donné ça ?

J'indiquai du menton le paquet sur la table, enveloppé de papier bleu, avec des oursons et des sucres d'orge, et un nœud de ruban bleu vif.

Jake secoua la tête en semant une pluie de larmes.

— Tout va bien, Jake. N'aie pas peur. C'était un homme, Jake ?

Jake, Jake. Toujours répéter son nom, le calmer, l'aider à se concentrer.

Son visage pivota vers moi. Les yeux écarquillés, il hocha la tête.

— Tu as vu à quoi il ressemblait, Jake ?

Son menton s'affaissa et il se remit à sangloter si bruyamment que Mme D'Amato réapparut à la porte de la cuisine.

— Il a dit qu'il me ferait mal, bredouilla l'enfant. Il a dit qu'il me *dé-découperait la figure*.

Mme D'Amato vint près de lui. Il enfouit son visage dans les plis de sa robe de chambre et entoura de ses petits bras sa large taille.

— Tu l'as vu, Jake ? Tu as vu à quoi il ressemblait ?

Il sortit la tête du peignoir.

— Il avait un couteau, comme ceux des docteurs à la télé, bafouilla-t-il, la bouche béante de terreur. Il me l'a montré, il m'a touché là avec.

Il posa l'index contre sa joue gauche.

— Jake, tu as vu son visage ?

— Il était tout noir, me répondit le gamin d'une voix presque hystérique. Y avait r... rien. (Maintenant, il hurlait.) Il avait pas de visage !

Je demandai à Mme D'Amato de rester avec Jake dans la cuisine jusqu'à l'arrivée de Walter Cole, puis je m'assis pour examiner le cadeau du Voyageur. C'était haut d'une trentaine de centimètres, large d'environ vingt-cinq, et au toucher, on aurait dit du verre. Je sortis mon couteau de poche et soulevai délicatement l'un des bords de l'emballage afin de m'assurer qu'il ne dissimulait ni fil, ni détecteur de pression. Rien. Je coupai donc le ruban maintenant le papier et doucement, enlevai les joyeux oursons et les sucres d'orge qui dansaient la sarabande.

La surface du bocal était propre et je sentais l'odeur du désinfectant dont il s'était servi pour effacer la moindre trace. Dans le liquide jaunâtre, je vis le double reflet de mon propre visage — tout d'abord sur la paroi de verre, puis à l'intérieur, sur le visage de ma fille, jadis si belle. Il était doucement posé contre le bord du bocal, boursouflé et décoloré comme celui d'un noyé, avec sur le pourtour des lambeaux de chair vrillés comme des jeunes pousses, les paupières closes comme dans le sommeil. Et je me mis alors à gémir de plus en plus fort, noyé sous une déferlante de souffrance et de peur, de haine et de remords. Dans la cuisine, le gamin qui s'appelait Jake sanglotait, et soudain j'entendis mes pleurs se mêler aux siens.

J'ignore le temps qui s'écoula avant l'arrivée de Cole. Livide, il contempla le bocal, puis appela le laboratoire.

— Tu y as touché ?

— Non. Il y a aussi un téléphone. Il correspond au numéro qui s'est affiché chez moi, mais je n'ai trouvé aucune trace. Je ne suis même pas certain qu'il ait utilisé ce téléphone-là. Sa voix était trafiquée. Je pense qu'il s'est équipé d'un logiciel sophistiqué, un système de reconnaissance vocale et de manipulation des tonalités, et que ce numéro lui a servi de relais. Je ne sais pas. C'est une supposition.

Je bafouillais, je mangeais mes mots, j'avais peur de ce qui pouvait se passer si je cessais de parler.

— Qu'a-t-il dit ?

— Je crois qu'il se prépare à recommencer.

Il se laissa tomber sur une chaise, se passa la main sur le visage et dans les cheveux. Puis de sa main gantée il souleva le papier d'emballage et le posa presque délicatement sur le devant du bocal, comme un voile.

— Tu sais ce qu'on va devoir faire, me dit-il. Il faut qu'on sache tout ce qu'il a dit, absolument tout ce qui pourrait nous aider à trouver une piste. Et pareil avec le gamin.

Mon regard restait fixé sur Cole, sur le plancher, partout sauf sur la table et les restes de tout ce que j'avais perdu.

— Il se prend pour un démon, Walter.

Cole leva une fois de plus les yeux vers le bocal.

— Peut-être en est-ce un.

Quand nous partîmes pour le commissariat, une nuée de flics s'était formée devant l'immeuble. Ils allaient recueillir les déclarations des riverains, des passants, de tout témoin susceptible d'avoir assisté aux agissements du Voyageur. Le petit Jake nous accompagna, et ses parents débarquèrent peu après, avec cet air souffrant et effarouché qu'ont les petites gens honnêtes à New York lorsqu'on leur apprend qu'un de leurs enfants a été emmené par la police.

Le Voyageur avait dû me suivre tout au long de la journée pour mettre son plan à exécution, en observant le moindre de mes mouvements. Je revis chacun de mes déplacements en essayant de me rappeler les visages, les inconnus, toutes les personnes dont le regard pouvait s'être attardé sur moi. Rien ne me venait à l'esprit.

Au poste, Walter me fit répéter inlassablement la conversation. Nous voulions l'étudier dans le moindre détail, dans l'espoir de découvrir un élément susceptible de nous renseigner sur le profil du tueur.

— Tu dis que les voix n'arrêtaient pas de changer ? me demanda-t-il.

— En permanence. A un moment, j'ai même cru entendre Jennifer.

— Il y a peut-être quelque chose à creuser. Il faut un ordinateur pour ce genre de synthèse vocale. Et comme tu disais, il peut très bien avoir fait transiter son appel par le téléphone public. Le gosse raconte qu'on lui a donné le bocal à quatre heures en lui demandant de le livrer à quatre heures et demie pile. Il a attendu dans une ruelle, en comptant les secondes sur sa montre Power Rangers. Ce qui a peut-être laissé suffisamment de temps à notre type pour rentrer chez lui et transmettre l'appel via un relais. Je ne suis pas un spécialiste de ces questions. Il a peut-être été obligé de passer par un serveur. Il faut que je trouve quelqu'un qui s'y connaisse pour vérifier.

L'aspect technique de la synthèse vocale était une chose, mais le motif en était une autre. On pouvait notamment imaginer que le Voyageur cherchait à ne pas laisser de traces ; or une empreinte vocale pouvait être identifiée, archivée, comparée, voire utilisée contre lui lors d'un procès.

— Et la réflexion du gosse, comme quoi ce type au scalpel n'avait pas de visage ? poursuivit Walter.

— Une sorte de masque, peut-être, pour éviter tout risque d'identification. A moins qu'il n'ait le visage marqué. Troisième possibilité : il est ce qu'il paraît.

— Un démon ?

Je ne répondis pas. J'ignorais ce qu'était un démon, j'ignorais si l'inhumanité d'un individu pouvait le faire « passer de l'autre côté », le transformer en une créature moins qu'humaine, j'ignorais s'il existait des choses échappant, apparemment, à la notion classique de l'être humain, de l'existence terrestre.

Ce soir-là, lorsque je fus de retour chez moi, Mme D'Amato me monta une assiette de viande froide et des petits pains italiens et elle me tint compagnie. Après ce qui venait de se passer, elle avait peur pour moi.

Lorsqu'elle s'en alla, je pris une longue douche, aussi brûlante que je pus le supporter, en me lavant trente-six fois les mains. Puis il me fallut une éternité pour trouver le sommeil. Malade de rage et de peur, je gardais l'œil rivé sur mon téléphone mobile posé sur le bureau, et j'avais l'impression d'entendre vibrer mes sens en alerte.

15

— Lis-moi une histoire, papa.
— Quelle histoire veux-tu que je te lise ?
— Une histoire rigolote. Les trois ours. Le bébé ours, il est rigolo.
— D'accord, mais après, tu t'endors.
— D'accord.
— Une seule histoire.
— Une seule histoire. Et après, je m'endors.

Lors d'une autopsie, on commence par prendre le corps en photo, vêtu et dénudé. On peut radiographier certaines parties du corps pour déterminer la présence de fragments d'os ou d'objets étrangers dans les tissus. Toutes les caractéristiques physiques sont notées : couleur des cheveux, taille, poids, état du corps, couleur des yeux.

— Bébé Ours ouvrit grand les yeux : « Quelqu'un a mangé ma bouillie, et j'ai plus rien ! »
— J'ai plus rien !
J'ai plus rien.

L'examen interne est effectué de haut en bas, mais on termine par la tête. On regarde le torse pour savoir s'il y a des côtes cassées. On procède ensuite à une incision en Y en partant de chaque épaule. On passe au-

dessus des seins et on descend ensuite de la pointe du sternum au pubis. Le cœur et les poumons sont dégagés. On ouvre le péricarde et on prélève un échantillon de sang pour déterminer le groupe sanguin de la victime. On enlève le cœur, les poumons, l'œsophage et la trachée. Chaque organe est pesé, examiné et coupé en lamelles. Les liquides séreux de la cavité thoracique sont retirés pour être analysés. On met les échantillons de tissus organiques sous plaquettes pour les examiner au microscope.

— Alors Boucle d'Or se sauva et les trois ours ne la revirent jamais.
— Lis-la-moi encore.
— Non, on était d'accord, une seule histoire. On n'a plus le temps.
— Si, on a encore le temps.
— Non, pas ce soir. Un autre soir.
— Non, ce soir.
— Non, un autre soir. Il y aura d'autres soirs, et d'autres histoires.

L'abdomen est examiné et les éventuelles lésions sont notées avant l'ablation des organes. On analyse les liquides et chaque organe est pesé, examiné, puis coupé en lamelles. On mesure le contenu de l'estomac et on prélève des échantillons afin de procéder à une analyse toxicologique. L'ablation se déroule généralement dans l'ordre suivant : foie, rate, glandes surrénales, reins, estomac, pancréas et intestin.

— Qu'est-ce que tu lui as lu ?
— *Boucle d'or et les trois ours.*
— Encore.
— Encore.
— Et moi, quand est-ce que tu me liras une histoire ?
— Quel genre d'histoire aimerais-tu que je te raconte ?
— Une histoire cochonne.

— Oh, des histoires comme ça, j'en connais beaucoup.

— Oui, je sais.

On examine les organes génitaux pour voir s'il y a des lésions ou des corps étrangers. On effectue un prélèvement vaginal et un prélèvement anal ; toute substance étrangère fera l'objet d'une analyse génétique. On procède à l'ablation de la vessie et un échantillon d'urine est envoyé au service de toxicologie.

— Embrasse-moi.

— Tu veux que je t'embrasse où ?

— Partout. Sur les lèvres, sur les yeux, dans le cou, sur le nez, sur les oreilles, sur les joues. Embrasse-moi partout. J'adore quand tu m'embrasses, j'adore sentir tes lèvres sur moi.

— Admettons que je commence par les yeux et que je continue en descendant.

— D'accord. Ça me va.

On examine le crâne pour trouver d'éventuelles lésions. L'incision intermastoïde traverse le sommet de la tête d'une oreille à l'autre. On dégage le cuir chevelu pour mettre le crâne à nu. On scie le crâne. On examine le cerveau, puis on procède à son ablation.

— Pourquoi ne peut-on pas être comme ça plus souvent ?

— Je ne sais pas. Je voudrais bien, mais je n'y arrive pas.

— J'adore quand tu es comme ça.

— Susan, je t'en prie…

— Ton haleine sentait l'alcool.

— Susan, je ne peux pas parler de ça maintenant. Pas maintenant.

— Quand, alors ? On va en parler quand ?

— Une autre fois. Je sors.

— Reste, s'il te plaît.

— Non. Je reviens tout à l'heure.
— S'il te plaît…

Rehoboth Beach, dans le Delaware, est connue pour sa longue promenade en planches. D'un côté, il y a la plage, et de l'autre des stands d'attractions comme on en voyait dans notre jeunesse : des passe-boules à vingt-cinq cents, des courses de chevaux mécaniques avec des chevaux en fer qui descendent une pente et où on gagne un ours en peluche avec des yeux en billes, des bassins où on pêche des grenouilles avec une ligne aimantée.

Aujourd'hui s'y sont ajoutées des salles de jeux vidéo et de simulateurs de vol spatial extrêmement bruyantes, mais Rehoboth a malgré tout conservé plus de charme que, disons, Dewey Beach, plus au nord, ou même Bethany. Un ferry fait la navette entre Cape May, dans le New Jersey, et Lewes, dans le Delaware, et de là, on n'a plus qu'à parcourir une dizaine de kilomètres jusqu'à Rehoboth. Ce n'est pas forcément l'itinéraire idéal, car on se paie toute la zone de la Highway One, avec ses restaurants rapides, ses magasins d'usine et ses centres commerciaux. Mieux vaut arriver par le nord, traverser Dewey et suivre la côte avec ses dunes à perte de vue.

Rehoboth bénéficie alors de la comparaison avec Dewey. On franchit un petit lac artificiel, on passe devant l'église et on arrive dans la rue principale, avec ses librairies, ses boutiques à tee-shirts, ses bars et ses restaurants dans de grandes baraques en bois, où on peut s'installer tranquillement en terrasse, le soir, et boire un verre en regardant les gens promener leurs chiens.

Nous étions quatre. Pour fêter la promotion de Tommy Morrison, nous avions décidé de nous offrir un week-end à Rehoboth, même si l'endroit avait la réputation d'être très fréquenté par les gays. Nous nous sommes retrouvés au Lord Baltimore, dans des chambres d'une autre époque, véritables antiquités mais néanmoins confortables, à quelques pas du Blue Moon bar où une foule de jeunes gens bronzés et très élégamment vêtus faisaient la fête tard dans la nuit.

J'étais depuis peu le coéquipier de Walter Cole, que je soupçonnais d'avoir manœuvré pour m'avoir, bien qu'il n'eût jamais rien dit à ce sujet. Avec la bénédiction de Lee, il m'accompagna donc jusqu'au Delaware, en compagnie de Tommy Morrison et de Joseph Bonfiglioli, un camarade de l'école de police, qui se fit descendre un an plus tard en essayant de rattraper un type qui venait de braquer un débit de boissons pour quatre-vingts dollars. Tous les soirs, à neuf heures pile, Walter appelait Lee pour s'assurer que sa petite famille allait bien. Il faisait partie de ces hommes qui savent qu'être parent, c'est être vulnérable.

Je connaissais Walter depuis quelque chose comme quatre ans, je crois. J'avais fait sa connaissance dans un de ces bars où les policiers se retrouvaient entre eux. J'étais jeune, je commençais à peine à travailler en civil et j'admirais encore mon reflet dans mon badge flambant neuf. On attendait de moi de grandes choses. Tout le monde était persuadé que je ferais parler de moi dans la presse. Et ce fut effectivement le cas, mais pas de la manière prévue.

Walter, plutôt massif, portait en général des costumes légèrement défraîchis et un début de barbe lui assombrissait les joues et le menton même lorsqu'il s'était rasé une heure plus tôt. On le disait tenace et consciencieux, capable d'avoir ces intuitions fulgurantes qui débloquent brusquement une enquête lorsque le travail de terrain s'est révélé infructueux et que l'indispensable part de chance sur laquelle compte la police ne s'est pas manifestée.

Walter Cole était également un lecteur boulimique, un homme qui se repaissait de connaissances comme certaines tribus dévorent le cœur de leurs ennemis dans l'espoir de renforcer leur courage. Nous avions la même admiration pour Runyon et Wodehouse, Tobias Wolff, Raymond Carver, Donald Barthelme, les poèmes de e.e. cummings et, plus curieusement, le comte de

Rochester, ce dandy de la Restauration torturé par ses démons — l'alcool, les femmes — et son incapacité à être le mari que sa femme, selon lui, méritait.

Je revois Walter en train de se promener sur les planches de Rehoboth, une sucette géante à la main, avec sa chemise aux couleurs criardes flottant sur un short kaki, ses sandalettes qui claquaient sur le bois parsemé de sable, et un chapeau de paille pour protéger son crâne déjà sérieusement dégarni. Et pendant qu'il plaisantait avec nous, étudiait la carte des restaurants, perdait de l'argent dans les machines à sous, volait des frites dans le cornet géant de Tommy Morrison, pataugeait en grimaçant dans le ressac de l'Atlantique, je savais que Lee lui manquait.

Et je savais également qu'une vie comme celle de Walter Cole — une vie presque banale, qui se nourrissait de petits bonheurs et cultivait la beauté du familier, mais en même temps se distinguait par la valeur qu'elle accordait à ces moments de simplicité — était une vie enviable.

Ma première rencontre avec Susan Lewis, comme elle s'appelait à l'époque, date de ce fameux week-end. C'était au Lingo's Market, une grande épicerie de luxe, à l'ancienne, où l'on trouvait des produits frais, des céréales et des fromages extrêmement chers, et qui faisait son pain sur place. Une sœur, un frère et leur mère, un petit bout de femme aux cheveux blancs, aussi énergique qu'un fox-terrier, faisaient tourner l'entreprise.

Au premier matin de notre séjour, j'étais sorti prendre un café et un journal au Lingo's, la bouche sèche, les jambes encore en marmelade. Elle était au comptoir, en train de commander du café en grains et des noix de pécan, les cheveux vaguement noués en queue-de-cheval. Elle portait une robe d'été couleur paille, elle avait des yeux d'un bleu profond comme la nuit, et elle était très, très belle.

Moi, j'étais habillé de façon plutôt pitoyable, mais elle m'avait souri quand je m'étais présenté à la caisse, suintant l'alcool par tous les pores de ma peau. Avant de s'éclipser en abandonnant dans son sillage les fragrances d'un somptueux parfum.

Je la revis le même jour à la YMCA. Elle sortait de la piscine pour aller se changer et moi, je transpirais sur un banc de rameur pour essayer d'évacuer l'alcool dont j'étais imbibé. Et à partir de cet instant, j'eus l'impression de l'apercevoir partout : dans une librairie, regardant les couvertures glacées des derniers thrillers judiciaires ; devant la laverie automatique, un sachet de beignets à la main ; l'œil collé à la vitre de l'Irish Eyes bar, avec une copine. Jusqu'au soir où je la croisai sur les planches, face aux vagues qui s'écrasaient sur la plage, le dos à la rumeur des stands d'attractions.

Elle était seule, les yeux rivés sur l'infatigable ballet des rouleaux d'écume, que la nuit ne parvenait pas à occulter. Il y avait peu de promeneurs sur la plage, et autour, dès qu'on s'éloignait des galeries de jeux et des kiosques à sandwiches, tout était étrangement désert.

Je m'approchai. Elle me regarda, elle sourit.

— Alors, ça va mieux ?

— Un peu. Je n'étais pas très présentable, l'autre matin.

— Je l'ai *senti*, fit-elle en fronçant le nez.

— Je suis désolé. Si j'avais su que vous seriez là, j'aurais fait un effort vestimentaire.

Et je ne plaisantais pas.

— Ne vous inquiétez pas. J'ai connu ça moi aussi.

Et ce fut le début de notre histoire. Elle habitait dans le New Jersey, allait tous les jours travailler à Manhattan, chez un éditeur, et un week-end sur deux elle rendait visite à ses parents, dans le Massachusetts. Un an plus tard, nous étions mariés et, l'année suivante, Jennifer vint au monde. Nous vécûmes peut-être trois années magnifiques avant que les choses ne commencent à se détériorer. Ce fut de ma faute, je crois. Quand mes parents se sont mariés, ils savaient l'un et l'autre les dégâts qu'une vie de policier pouvait faire dans un couple, lui parce que cette vie était la sienne et qu'il en voyait les effets sur la vie de ses proches, elle parce que son père avait été shérif adjoint dans le Maine et qu'il avait démissionné avant que le coût de sa mission ne devienne trop élevé. Cette expérience, Susan ne l'avait pas vécue.

Elle était la benjamine d'unc famille de quatre enfants, ses parents vivaient toujours et ils l'aimaient par-dessus tout. A sa mort, ils cessèrent de m'adresser la parole. Même pendant l'enterrement, nous n'eûmes pas le moindre échange. En perdant Susan et Jennifer, j'avais quitté le courant de la vie pour me retrouver flottant dans des eaux noires et saumâtres.

16

La mort de Susan et de Jennifer avait eu un retentissement considérable, puis, très vite, le drame avait cessé de faire la une des journaux. Les détails les plus sordides du double meurtre — les mutilations du torse, du visage et des yeux — n'avaient pas été rendus publics, mais cela n'empêcha pas les détraqués de tout poil de se manifester. La maison devint pendant un certain temps un haut lieu d'attraction pour les amateurs de faits divers sanglants, qui venaient se filmer devant le jardin. Un jour, un îlotier arrêta même un couple qui essayait de forcer l'entrée de derrière pour poser sur les chaises sur lesquelles Susan et Jennifer avaient trouvé la mort. Juste après le drame, pendant plusieurs jours, je reçus régulièrement des coups de fil de femmes qui prétendaient être l'épouse du tueur ou qui étaient certaines de l'avoir rencontré dans une vie antérieure. Une ou deux fois, des gens m'appelèrent même simplement pour me dire qu'ils se réjouissaient de la mort de ma femme et de ma fille. Au bout d'un moment, je me résolus à abandonner cette maison tout en restant en contact par téléphone et par fax avec l'avocat chargé de la vendre.

J'avais découvert cette communauté de la région de Portland, dans le Maine, en rentrant à Manhattan. Je venais de me lancer sur une énième obscure fausse piste, à Chicago. Un type du nom de Myron Able, soupçonné de meurtre d'enfant. Il était déjà mort à mon arrivée, il venait de se faire tuer sur le parking d'un bar après s'être frotté à une bande de petites frappes du coin. Peut-être étais-je également en quête d'un lieu familier, un lieu susceptible de m'apporter une paix relative, mais jamais je ne réussis à aller jusqu'à la maison de Scarborough, la maison que mon grand-père m'avait léguée par testament.

A cette époque-là, j'étais malade. Lorsque la fille me trouva dans l'entrée d'une boutique de matériel électronique condamnée, en pleurs et l'estomac retourné, et qu'elle me proposa un lit pour la nuit, je n'eus même pas la force de dire non. Et lorsque ses camarades, taillés comme des armoires, avec des bottes pleines de boue et des chemises qui sentaient la sueur et la résine, me traînèrent jusqu'à l'arrière de leur pick-up, j'espérais à moitié qu'ils me tueraient. Ils faillirent le faire. Six semaines plus tard, je quittais leur communauté en ayant perdu sept kilos, les abdominaux saillants comme les plaques d'un dos d'alligator. Dans leur petite exploitation agricole, je travaillais et participais à des séances de groupe où d'autres, comme moi, essayaient de se purger de leurs démons. J'avais toujours envie de boire de l'alcool, mais je combattais ce manque comme on m'avait appris à le faire. Le soir, il y avait des prières et tous les dimanches, un pasteur venait nous donner un sermon sur l'abstinence, l'accoutumance, la nécessité pour chacun de trouver la paix en soi. La communauté subvenait à ses besoins en vendant le produit de ses récoltes, en fabriquant des meubles, mais également grâce aux dons provenant de ceux et celles qui y avaient séjourné. Certains aujourd'hui étaient riches.

Et pourtant, j'étais toujours malade, rongé par le désir de me venger sur tous ceux qui se trouvaient à ma portée. Je me sentais coincé : l'enquête continuerait à piétiner jusqu'au jour où une affaire similaire nous permettrait d'établir un lien.

Quelqu'un m'avait arraché ma femme et ma fille, et son crime restait impuni. Ma souffrance et ma colère montaient et descendaient comme une marée pourpre prête à submerger la côte. Je ressentais une véritable douleur physique, qui me vrillait le crâne et me tordait l'estomac. Et c'est cette douleur qui me poussa à rentrer à New York pour torturer et tuer Johnny Friday, maquereau de son état, dans les toilettes de la gare routière où il guettait les filles paumées leurrées par les lumières de la Grosse Pomme.

Aujourd'hui, je me dis que j'avais toujours eu envie de le tuer, sans vouloir me l'avouer. Pour me donner bonne conscience, j'invoquais toutes sortes de justifications et d'excuses, les mêmes que celles qui me venaient à l'esprit chaque fois que je me faisais servir un verre de whisky au comptoir ou que j'entendais le chuchotement étranglé d'une capsule de bouteille de bière. Paralysé par l'échec de l'enquête sur le meurtre de Susan et Jennifer, j'entrevis l'occasion de frapper un grand coup. Dès l'instant où, muni de mon arme et de mes gants, je pris la direction de la gare routière, Johnny Friday était un homme mort.

Friday était un grand Noir très mince aux allures de prédicateur, toujours vêtu d'un costume sombre sous lequel il portait une chemise sans col boutonnée jusqu'en haut. Il offrait aux arrivantes en détresse des petites bibles et de la documentation religieuse, puis leur proposait de la soupe. Quand les barbituriques qu'il jetait dans sa thermos commençaient à faire effet, il conduisait ses proies à l'arrière d'une fourgonnette. Dès lors, celles-ci se volatilisaient aussi sûrement que si elles n'avaient jamais mis les pieds à New York, jusqu'au jour où elles réapparaissaient sur le trottoir, marquées par les coups, complètement camées, réduites à tapiner pour se payer les doses que Johnny leur vendait à des prix extravagants, ce qui lui permettait de s'enrichir doublement.

Johnny Friday aimait s'occuper de tout et, même dans un milieu peu réputé pour ses qualités morales, il était considéré comme perdu pour l'humanité. Il fournissait des enfants aux pédophiles, les livrait dans des lieux sûrs, soigneusement sélectionnés ; après avoir été violées et sodomisées, les victimes lui étaient restituées. Si les clients étaient suffisamment riches et dépravés, Johnny leur proposait l'accès au « Sous-Sol », dans un entrepôt désaffecté du quartier de la confection. Là, moyennant le versement d'une somme de dix mille dollars en liquide, ils pouvaient choisir une fille ou un garçon de n'importe quel âge pour réaliser tous leurs fantasmes — torture, viol, voire meurtre. Johnny se chargeait de faire disparaître les corps. Dans certaines sphères, sa discrétion était renommée.

C'est en recherchant l'assassin de ma femme et de ma fille que j'avais appris l'existence de Johnny Friday. Je n'avais pas l'intention de le tuer, ou tout au moins, pas consciemment. Un ancien indic m'avait signalé que Johnny faisait parfois du trafic de photos et de cassettes mettant en scène des actes de torture sexuelle, qu'il était l'un des principaux fournisseurs de ce genre de marchandises et que les amateurs entraient forcément en contact, un jour ou l'autre, avec lui ou l'un de ses intermédiaires.

Derrière la vitrine d'une briocherie, à l'intérieur de la gare, je passai cinq heures à le surveiller, et lorsqu'il se rendit aux toilettes, je le suivis. La salle comprenait une partie lavabos, avec des miroirs, et une partie sanitaires : des urinoirs le long du mur du fond, et en face, deux rangées de toilettes fermées. Près des lavabos, dans son petit bocal, le vieux bonhomme en uniforme maculé de taches, plongé dans la lecture de son magazine, ne me vit même pas entrer sur les pas de Johnny. Deux hommes se lavaient les mains, deux autres se tenaient devant les urinoirs ; trois toilettes étaient occupées, deux dans la rangée gauche, une dans la rangée droite. On entendait une vague musique d'ambiance.

Johnny Friday se dirigea d'un pas chaloupé vers l'urinoir le plus à droite. Je me plaçai deux urinoirs plus loin, attendis. Dès que les deux autres hommes eurent terminé, je me glissai derrière Johnny, lui plaquai la main sur la bouche, lui collai le canon du Smith & Wesson sous le menton et l'entraînai dans les toilettes les plus éloignées de celles qui étaient occupées.

— Hé, mec, non, souffla-t-il, les yeux écarquillés.

Un coup de genou bien placé le fit se plier en deux tandis que je verrouillais la porte derrière nous. Il tenta faiblement de se relever, ce qui lui valut de recevoir mon poing en plein visage. Mon arme revint se coller contre sa tête.

— Tu ne dis pas un mot. Tourne-toi.

— Hé, mec, non.

Il pivota lentement, à genoux. Je rabattis sa veste sur ses bras avant de lui passer les menottes. Je sortis de mon autre poche un chiffon et un rouleau de sparadrap. Je lui enfonçai le chiffon dans la bouche, fis deux ou trois fois le tour de sa tête avec mon ruban, puis le forçai à se relever et à s'asseoir sur les toilettes. Il parvint à m'expédier un coup de pied dans le tibia et voulut se redresser, mais il était déséquilibré. Un second coup de poing au visage l'incita à rester cette fois assis. Je le tins en joue tout en tendant l'oreille. Je n'entendis qu'un bruit de chasse d'eau. Personne ne se manifesta.

Je fis savoir à Johnny Friday ce que je voulais. Lorsqu'il comprit qui j'étais, son regard se rétracta. Il se mit à battre des paupières pour essayer d'évacuer la sueur qui dégoulinait de son front. Il saignait un peu du nez, et un filet rouge sombre coulait du ruban jusqu'au menton. Il respirait bruyamment par le nez, les narines dilatées.

— Je veux des noms, Johnny. Les noms de tes clients. Tu vas me les donner.

Un renâclement dédaigneux chassa d'une de ses narines un chapelet de bulles de sang. Son regard était désormais d'une absolue froideur. Il avait l'air d'un grand serpent noir, avec ses cheveux lissés en arrière et ses pupilles étroites de reptile. Mais quand je lui cassai le nez, ses yeux s'agrandirent d'incompréhension et de douleur.

Je le frappai encore et encore, de toutes mes forces,

au ventre et à la tête. Puis je tirai violemment sur le ruban, et retirai le chiffon ensanglanté de sa bouche.

— Donne-moi des noms.

Il cracha une dent.

— Je t'emmerde. Rien à foutre qu'elles soient mortes, tes pétasses.

Je n'ai jamais très bien su ce qui s'était passé ensuite. Je me rappelle l'avoir frappé sans discontinuer. Je sentais les os craquer, les côtes se briser, je regardais mes gants se rougir de sang. Dans ma tête, il y avait comme un gros nuage noir traversé d'étranges éclairs écarlates.

Quand je me suis arrêté, le visage de Johnny Friday n'était plus qu'une bouillie sanglante. Je le pris par la mâchoire, alors que le sang lui bouillonnait au coin des lèvres.

— Parle, fis-je.

Ses yeux roulèrent vers moi et, lorsqu'il parvint à esquisser un dernier sourire, j'entrevis derrière ses lèvres ses dents cassées, telle une porte de l'Enfer en piteux état. Son corps se cabra, secoué d'un ou deux spasmes. Un sang noir, épais, s'écoula de son nez, de sa bouche, de ses oreilles, et il rendit l'âme.

Je fis un pas en arrière, le souffle court. J'essuyai comme je le pus mon visage éclaboussé de sang et le devant de mon blouson, même si l'on ne voyait pas grand-chose sur un jean et un cuir noirs. J'enlevai mes gants, les fourrai dans ma poche, puis tirai la chasse d'eau avant de sortir prudemment, en refermant la porte derrière moi. La petite flaque de sang qui s'était formée rejoignait déjà les interstices du carrelage, devant la cabine.

Je savais que les derniers instants de Johnny Friday avaient dû s'entendre, mais je m'en fichais éperdument. En repartant, je passai devant un vieux Noir planté devant son urinoir et, comme tout bon citoyen, sachant que dans certaines situations, il ne faut pas se mêler des affaires des autres, il ne me regarda même pas. Deux autres hommes, aux lavabos, daignèrent à peine m'entrevoir dans les miroirs. Ayant toutefois remarqué que le préposé avait déserté son bocal, je filai vers un quai d'embarquement désert au moment même où deux policiers en tenue, venus du niveau supérieur, se précipitaient vers les toilettes. Je n'eus ensuite aucune difficulté à me faufiler entre les bus et à retrouver le niveau rue.

Peut-être Johnny Friday méritait-il de mourir. Ce qui est certain, c'est que personne ne regretta sa disparition et que la police ne rechercha pas le coupable avec un zèle excessif. Mais il y eut des rumeurs, et je crois qu'elles parvinrent jusqu'aux oreilles de Walter.

Je vis avec la mort de Johnny Friday comme je vis avec celle de Susan et de Jennifer. S'il méritait de mourir, s'il n'a eu que son dû, ce n'était néanmoins pas à moi d'être son juge et bourreau. Quelqu'un a écrit, un jour : « La justice nous sera donnée dans notre prochaine vie. Dans celle-ci, nous avons la loi. » Au cours des derniers instants de Johnny Friday, il n'y avait pas eu de loi, et seule une justice féroce que je n'étais pas habilité à rendre.

Plus j'y pensais, plus je me disais que ma femme et ma fille n'étaient vraisemblablement pas les premières victimes du Voyageur, s'il fallait l'appeler ainsi. J'avais la conviction qu'un autre cadavre de femme dormait quelque part, dans un marais de Louisiane, et que son identité pouvait nous révéler celle de cet homme persuadé d'être davantage qu'un homme. Cette jeune femme s'inscrivait dans une sinistre tradition de l'histoire de l'humanité, une procession de victimes remontant à l'époque du Christ et bien avant, quand les hommes sacrifiaient ceux qui les entouraient pour plaire à des dieux qui ignoraient la pitié, des dieux dont ils avaient créé la nature, des dieux dont ils reproduisaient les méfaits.

La jeune femme de Louisiane faisait partie d'un héritage sanglant. C'était en quelque sorte une nouvelle Femme de Windeby, la descendante de cette femme anonyme découverte dans une tourbière du Danemark, dans les années cinquante, enterrée à faible profondeur. Une tourbière où, deux mille ans plus tôt, elle avait été noyée, nue et un bandeau sur les yeux, dans moins d'un mètre d'eau. Et à travers le temps, on pouvait relier sa mort à celle de cette autre jeune femme sacrifiée par un homme persuadé de pouvoir apaiser les démons qui hurlaient en lui mais qui, une fois le sang répandu et les chairs tourmentées, avait exigé davantage et m'avait arraché ma femme et ma fille.

Nous ne croyons plus au mal, mais nous croyons aux actes diaboliques, que la science de l'esprit nous permet toujours d'expliquer. Le mal n'existe pas ; y croire relève de la superstition, comme de regarder sous le lit, le soir, ou d'avoir peur du noir. Et pourtant, il est des hommes pour lesquels nous ne possédons pas vraiment de réponse, des hommes qui commettent le mal parce qu'il est dans leur nature, parce qu'ils sont maléfiques.

Les hommes comme Johnny Friday et ses semblables choisissent pour proies celles et ceux qui vivent à la marge de la société, celles et ceux qui se sont égarés. Il est facile de se perdre dans les ténèbres qui règnent à la lisière de la vie moderne, et là, une fois qu'on est seul et perdu, des choses nous guettent. Les superstitions de nos ancêtres étaient fondées : il y a des raisons à la peur du noir.

Et tout comme on pouvait suivre la piste menant de la tourbière du Danemark au marécage du Sud, j'avais la conviction qu'on pouvait retracer le parcours du mal à travers l'histoire de notre race. Il existait une tradition du mal, un mal présent en filigrane chez chaque être humain, comme le réseau d'égouts d'une ville, un mal qui se perpétuait même lorsque l'un de ses composants disparaissait, pour la bonne et simple raison qu'il n'était qu'un modeste élément dans un tout beaucoup plus vaste, beaucoup plus sombre encore.

Peut-être était-ce en partie cela qui me poussait à vouloir retrouver Catherine Demeter pour connaître la vérité. Avec le recul, je me rends compte que le mal avait réussi à l'atteindre, elle aussi, et à corrompre sa vie de manière irrémédiable. N'ayant pu affronter le mal lorsqu'il s'était présenté sous la forme du Voyageur, j'allais le traquer sous d'autres formes. Je crois ce que je dis. Je crois au mal, parce que je l'ai touché, tout comme il m'a touché.

17

Quand j'appelai le cabinet de Rachel Wolfe, le lendemain matin, la secrétaire me répondit qu'elle donnait une série de conférences à l'université de Columbia, dans le cadre d'un colloque. Je pris le métro jusqu'au Village et arrivai en avance à l'entrée principale du campus. J'avais encore largement le temps de flâner au rayon littérature du Barnard Book Forum et de me faire gentiment bousculer par les étudiants.

Je traversai l'immense parc rectangulaire, avec la bibliothèque Butler d'un côté, les services administratifs de l'autre, et la statue de l'Alma Mater sur sa pelouse, au milieu, incarnation d'une improbable médiation entre la culture et la bureaucratie. Comme la plupart des New-Yorkais, je pénétrais rarement à l'intérieur de Columbia, et la tranquillité studieuse qui se dégageait des lieux ne manquait jamais de me surprendre.

Rachel Wolfe était en train d'achever sa conférence ; je l'attendis donc à l'extérieur de l'amphithéâtre. Elle en émergea en grande conversation avec un jeune homme aux cheveux frisés, avec de petites lunettes rondes, l'air candide, suspendu à chacun de ses mots comme un fidèle en adoration. En me voyant, elle s'interrompit et, d'un sourire, prit congé de l'étudiant. Celui-ci, visiblement contrarié, sembla s'incruster un moment avant de se résoudre enfin à partir, tête basse.

— Que puis-je pour vous, monsieur Parker ? me demanda-t-elle, intriguée.

— Il s'est de nouveau manifesté.

Nous nous rendîmes à pied jusqu'à la pâtisserie hongroise d'Amsterdam Avenue, où des jeunes gens et des jeunes filles prenaient le café, le nez plongé dans leurs livres. Rachel Wolfe portait un jean et un pull à grosses mailles frappé d'un grand cœur sur le devant.

En dépit de tout ce qui s'était passé la veille, elle suscitait ma curiosité. Aucune femme ne m'avait attiré depuis la mort de Susan, et ma femme était la dernière avec laquelle j'avais couché. Avec sa longue chevelure rousse ramenée derrière les oreilles, Rachel Wolfe éveillait en moi un désir qui allait bien au-delà du sexe. Un profond sentiment de solitude me serra le ventre. Elle me dévisagea, perplexe.

— Excusez-moi, lui dis-je. J'étais en train de penser à quelque chose.

Elle opina, taquina une brioche au pavot avant d'en arracher un énorme morceau qu'elle engloutit aussitôt en émettant un soupir de satisfaction. Je dus avoir l'air extrêmement déconcerté, car elle mit la main sur la bouche avec un petit gloussement.

— Pardon, mais c'est vraiment trop bon. Quand on me met ça devant les yeux, je deviens gloutonne et j'oublie les bonnes manières.

— Je comprends. Les glaces Ben & Jerry's me faisaient le même effet, jusqu'au jour où je me suis rendu compte que je commençais à ressembler au modèle familial.

Elle sourit encore et repoussa au coin de ses lèvres un bout de brioche qui tentait de s'échapper. La conversation marqua un temps d'arrêt.

— J'imagine que vos parents étaient de grands amateurs de jazz, finit-elle par dire.

Sa question me prit au dépourvu, et un sourire amusé glissa sur son visage. C'était une question que l'on m'avait déjà souvent posée, mais j'étais ravi de cette diversion, et je crois qu'elle le savait.

— Non, lui répondis-je, mon père et ma père ne connaissaient strictement rien au jazz. Mon père aimait bien ce nom, c'est tout. La première fois qu'il a entendu parler de Bird Parker, c'est sur les fonts baptismaux. Le prêtre était un grand fan de jazz, à ce qu'on m'a dit. Si mon père lui avait annoncé qu'il allait donner à ses enfants le nom de tous les musiciens de Count Basie, il aurait été ravi.

« Mon père, lui, a accusé le coup. L'idée de donner à son premier enfant le nom d'un jazzman noir ne le réjouissait pas, mais il était trop tard pour changer.

— Et les suivants, comment les a-t-il appelés ?

Je haussai les épaules.

— Il n'a pas eu l'occasion de le faire. Après moi, ma mère n'a pas pu avoir d'autre enfant.

— Elle s'est peut-être dit qu'elle ne pouvait pas faire mieux, commenta-t-elle en souriant.

— Je ne pense pas. Quand j'étais petit, je n'arrêtais pas de lui créer des problèmes. Ça rendait mon père fou.

A son regard, je compris qu'elle s'apprêtait à me questionner au sujet de mon père, mais quelque chose, dans mon expression, l'en dissuada. Elle repoussa son assiette vide et se radossa.

— Vous pouvez me dire ce qui s'est passé ?

Je lui fis le récit des événements de la veille, sans rien occulter. Les paroles du Voyageur étaient inscrites dans mon crâne en lettres de feu.

— Pourquoi l'appelez-vous ainsi ?

— Un ami m'a fait rencontrer une femme qui prétendait… euh… avoir reçu des messages d'une morte. La fille avait été tuée de la même façon que Susan et Jennifer.

— Et cette fille, on l'a retrouvée ?

— Personne n'a cherché. Une vieille qui communique avec l'au-delà, ça ne suffit pas pour lancer une enquête officielle.

— Même si cette fille existe, êtes-vous sûr qu'il s'agisse du même homme ?

— Oui, j'en suis persuadé.

Wolfe semblait vouloir me poser d'autres questions, mais elle s'arrêta là.

— Répétez-moi ce que disait ce « Voyageur », comme vous dites, mais plus lentement, cette fois.

Je m'exécutai. Au bout d'un moment, elle leva la main pour m'interrompre.

— Ça, c'est repris de Joyce. « Le baiser d'une bouche sur une bouche ». C'est la description du « vampire pâle », dans *Ulysse*. Nous avons affaire à un homme cultivé. L'allusion à « notre peuple » fait penser à la Bible, mais je ne suis pas sûre. Il faut que je vérifie. Recommencez. (Pendant que je reprenais au début, elle ouvrit son carnet à spirale pour tout noter.) J'ai un ami professeur de théologie. Il pourra peut-être trouver d'où ça vient. (Elle referma le calepin.) Vous savez que je ne suis pas censée intervenir dans cette affaire ?

Je lui répondis que je n'étais pas au courant.

— Suite à nos entretiens, quelqu'un a contacté le préfet de police, qui n'a pas tellement apprécié qu'on profite de l'absence de son frère pour faire appel à mes services.

— J'ai besoin d'aide. Il faut que je sache le maximum de choses.

Je me sentis soudain en proie à la nausée, et ma gorge me fit mal lorsque je déglutis.

— Je ne suis pas certaine que ce soit une bonne idée. Je crois que vous devriez laisser faire la police. Je sais bien que ce n'est pas ce que vous aimeriez entendre, mais après tout ce qui s'est passé, vous risquez d'y laisser des plumes. Comprenez-vous ce que je veux dire ?

Lentement, j'acquiesçai. Elle avait raison. Au fond de moi, je voulais me retirer, me replonger dans le rythme d'une vie ordinaire. Je voulais me libérer de tout ce qui me rongeait, retrouver un semblant d'existence normale. Je voulais reconstruire ma vie, mais je restais paralysé par ce que j'avais vécu. Et le retour du Voyageur venait d'anéantir tous mes espoirs de retour à la normale, sans pour autant mettre fin à mon impuissance.

Je crois que tout cela, Rachel Wolfe le comprenait. Et peut-être étais-je justement venu la voir dans cet espoir.

— Ça va ? me demanda-t-elle en tendant le bras pour m'effleurer la main. (Je fis oui. J'avais presque les larmes aux yeux.) Vous êtes dans une situation extrêmement difficile. S'il a décidé de vous contacter, c'est qu'il veut vous impliquer, ce qui nous offre une piste susceptible d'être exploitée. Pour le bien de l'enquête, il vaudrait sans doute mieux que vous ne changiez rien à vos habitudes, au cas où il reprendrait contact. Mais d'un point de vue personnel… (Elle me laissa imaginer le reste de la phrase.) Vous devriez peut-être vous faire aider par un spécialiste. Je suis navrée d'être aussi directe, mais autant dire les choses comme elles sont.

— Je sais. Merci pour la recommandation.

Etre attiré par quelqu'un, au bout de si longtemps, et l'entendre me conseiller d'aller voir un psy me faisait un drôle d'effet. Quelque chose me disait que cette relation allait demeurer strictement professionnelle.

— Je crois que les enquêteurs veulent que je reste.

— J'ai l'impression que ce n'est pas ce que vous allez faire.

— J'essaie de retrouver une femme. C'est une autre affaire, mais je crois qu'elle est en danger. Si c'est le cas et si je reste ici, il n'y aura personne pour l'aider.

— Changer d'air vous ferait sûrement du bien, mais d'après ce que vous êtes en train de me dire…

— Continuez.

— On a l'impression que vous voulez secourir cette femme sans être vraiment persuadé qu'elle ait besoin d'aide.

— C'est peut-être moi qui ai besoin de la secourir.

— Peut-être.

Un peu plus tard, en fin de matinée, j'annonçai à Walter Cole que j'allais malgré tout essayer de retrouver Catherine Demeter et qu'il fallait donc que je quitte New York. Nous étions au Chumley's, le vieux bar de Bedford, en plein Village. Quand Walter m'avait appelé, je m'étais surpris à lui proposer cet endroit spontanément, mais maintenant, devant mon café, je comprenais la raison de mon choix.

Ce que j'aimais bien, ici, c'était la patine du temps. On pouvait suivre l'évolution du lieu dans l'histoire de la ville comme une vieille cicatrice ou une petite ride au coin de l'œil. Chumley's avait survécu à la Prohibition — pour échapper aux rafles, les clients se sauvaient par la sortie de secours donnant sur Barrow Street. Il avait survécu aux conflits mondiaux, aux krachs boursiers, à tous les actes d'incivilité et surtout à l'inexorable érosion du temps, plus insidieuse que tout le reste. Et j'avais envie d'être, ne fût-ce qu'un instant, dans cette poche de stabilité.

— Il faut que tu restes, me répondit Walter.

Il avait toujours son manteau de cuir, posé un peu n'importe comment sur le dossier de sa chaise. Quelqu'un l'avait sifflé lorsqu'il était entré.

— Non.

— Comment ça, non ? s'emporta-t-il. Il a ouvert un axe de communication. Tu restes, on met ta ligne sur écoute et on essaie de le localiser quand il rappelle.

— Je ne pense pas qu'il rappelle, ou du moins pas avant longtemps, et je ne pense pas qu'on puisse réussir à le localiser. Il ne veut pas qu'on l'arrête, Walter.

— Raison de plus pour qu'on l'arrête. Putain, regarde ce qu'il a fait, ce qu'il va encore faire. Regarde ce que toi, tu as fait pour qu'il…

Je me penchai vers lui en l'interrompant :

— J'ai fait quoi, hein, Walter ? Dis-le, dis-le !

Il resta muet, et je le vis ravaler ses mots. Nous étions au bord du précipice, mais il fit un pas en arrière.

Le Voyageur voulait que je reste. Il voulait que j'attende, chez moi, un appel susceptible de ne jamais arriver. Je ne pouvais pas lui laisser ce plaisir, et pourtant Cole et moi savions parfaitement que ce contact risquait d'être le premier maillon d'une chaîne capable de nous mener au tueur.

L'un de mes amis, Ross Oakes, avait travaillé pour la police de Columbia, en Caroline du Sud, au moment de l'affaire Bell. Larry Gene Bell avait kidnappé et étouffé deux filles, une adolescente de dix-sept ans enlevée devant une boîte à lettres et une fillette de neuf ans qui s'amusait sur un terrain de jeu. Quand on avait découvert les corps, ils étaient tellement décomposés qu'il avait été impossible d'établir si les victimes avaient subi des violences. Bell avait, par la suite, avoué les viols.

On avait suivi sa trace grâce à une série d'appels destinés à la famille de l'adolescente, essentiellement à sa sœur aînée. Il avait également envoyé par courrier les dernières volontés de la victime et son testament. Au téléphone, il avait laissé entendre que la jeune fille était toujours vivante, mais on avait retrouvé le corps une semaine plus tard. Dans la deuxième affaire, après avoir kidnappé la petite fille, il avait appelé sa sœur pour lui décrire l'enlèvement et le meurtre, et lui annoncer qu'elle serait la prochaine.

Bell avait été trahi par la lettre de sa victime, sur laquelle on avait retrouvé la marque laissée par un numéro de téléphone effacé. Par élimination, on avait fini par obtenir une adresse. Larry Gene Bell était un homme de type européen, âgé de trente-six ans, divorcé, qui vivait avec ses parents. Aux enquêteurs du FBI, il déclara : « C'est le mauvais Larry Gene Bell qui a fait ça. »

Je connaissais une douzaine de cas similaires. Les contacts entre la famille de la victime et le tueur permettaient parfois l'arrestation de celui-ci, mais je savais également les dégâts que cette forme de torture psychologique pouvait faire. Les proches de la première victime de Bell avaient eu de la chance, car la folle errance du criminel n'avait duré que deux semaines.

A la colère, à la douleur, au chagrin de la veille se mêlait maintenant un autre sentiment qui me faisait redouter de futurs contacts avec le Voyageur, tout au moins pour l'instant.

Un sentiment de soulagement.

Durant plus de sept mois, il ne s'était rien passé. La police piétinait, mes propres efforts restaient sans résultats et je commençais à croire que celui qui avait tué ma femme et ma fille s'était définitivement volatilisé.

Mais il était revenu. Il m'avait contacté et, ce faisant, m'avait redonné l'espoir de le retrouver un jour. Il tuerait encore, et ses meurtres permettraient d'établir des comparaisons, donc de nous rapprocher de lui. Je n'avais cessé d'y penser toute la nuit, au cœur des ténèbres, mais les premières lueurs de l'aube m'avaient amené à ouvrir les yeux.

Le Voyageur était en train de m'entraîner dans un cycle de dépendance. Il m'avait lancé une miette — un coup de téléphone et les restes de ma fille — et m'avait fait souhaiter, ne fût-ce que très brièvement, que d'autres meurent, dans l'espoir que ces morts me rapprochent de lui. En comprenant cela, je pris la décision de ne pas m'engager dans ce genre de rapports avec le tueur. Ce fut une décision difficile, mais je savais que s'il décidait de reprendre contact avec moi, il saurait me joindre. En attendant, j'allais quitter New York et poursuivre mes recherches pour essayer de retrouver Catherine Demeter.

Au fond de moi-même, même si je ne l'avouais qu'à moitié et comme le soupçonnait Rachel Wolfe, une autre raison me poussait à suivre la piste de Catherine Demeter.

Je ne croyais pas au remords sans réparation. Je n'avais pas su protéger ma femme et ma fille, et elles en étaient mortes. Peut-être me faisais-je des illusions, mais j'avais la conviction que si Catherine Demeter trouvait la mort parce que je cessais de la rechercher, j'aurais le sentiment d'échouer une seconde fois, et je n'étais pas certain de pouvoir continuer à vivre avec ce poids sur la conscience. Peut-être me trompais-je, mais en elle je voyais une chance de me racheter.

Je fis ce que je pus pour expliquer à Walter que je refusais d'entrer dans une logique de dépendance vis-à-vis du tueur et que, dans l'intérêt de Catherine Demeter, je devais poursuivre mes recherches, sans vraiment lui dévoiler mes motivations les plus profondes. Nous nous quittâmes en mauvais termes, dans un certain malaise.

La fatigue s'était emparée de moi au fil de la matinée, et je dormis profondément pendant une heure avant de partir pour la Virginie. Je me réveillai trempé de sueur, dans un état proche du délire, perturbé par des rêves dans lesquels je n'avais cessé de parler avec un tueur sans visage et de voir des images de ma fille avant sa mort.

Juste avant d'émerger, je vis Catherine Demeter au milieu des ténèbres, cernée de flammes et d'ossements d'enfants morts. Et je compris alors qu'une terrible nuit s'était abattue sur elle, et qu'il fallait que j'essaie de l'arracher, de nous arracher tous les deux, aux forces du néant.

II

Eadem mutata resurgo
Bien qu'ayant changé, je me relèverai tel qu'aujourd'hui.

Epitaphe gravée sur la tombe de Jacques Bernoulli,
Savant suisse qui étudia la dynamique des fluides et les mathématiques spirales.

18

Je pris donc la route pour la Virginie cet après-midi-là. C'était un long voyage, mais la Mustang n'avait pas roulé depuis longtemps et je me disais que lui laisser la bride sur le cou lui ferait du bien. J'essayais de réfléchir calmement à ce qui s'était passé au cours des derniers jours, mais je ne cessais de revoir les restes du visage de ma fille flottant dans le bocal de formol.

Au bout d'environ une heure, je m'aperçus que j'étais suivi par un tout-terrain Nissan rouge, occupé par deux passagers. Il y avait quatre ou cinq voitures d'écart, mais dès que j'accélérais, le Nissan en faisait autant. Quand je ralentissais, il restait à ma hauteur aussi longtemps que possible, puis se mettait également à ralentir. Les plaques étaient volontairement maculées de boue. C'était une femme qui conduisait, une blonde avec les cheveux en arrière et des lunettes noires. A côté d'elle, il y avait un type aux cheveux châtains. Je leur donnais à tous deux la trentaine, mais leurs visages ne me disaient rien.

S'ils étaient du FBI, ce qui me paraissait peu probable, ils avaient encore tout à apprendre. S'il s'agissait de tueurs engagés par Sonny, c'était bien dans le style de Sonny de prendre du personnel au rabais. Seul un abruti se servirait d'un 4×4 pour filer quelqu'un ou essayer de lui faire quitter la route. Les 4×4, avec leur centre de gravité élevé, culbutent plus facilement qu'un poivrot sur une pente. Peut-être étais-je simplement paranoïaque, mais je n'en croyais rien.

Ils ne se manifestèrent pas, et je finis par les semer sur les petites routes entre Warrenton et Culpeper, en me dirigeant vers la Blue Ridge. S'ils revenaient à la charge, je le saurais très vite : leur tout-terrain se voyait comme du sang sur la neige.

Les derniers feux du soleil transperçaient les arbres et faisaient briller les cocons de chenilles enrubannés. Je savais qu'au bout de ces brins, des larves au corps blanchâtre se tortillaient comme des malades atteints du syndrome de Gilles de La Tourette, et réduisaient les feuilles à l'état de pauvres choses calcinées. La météo se montra souriante durant la majeure partie du voyage, et les noms des bourgades qui jalonnaient la Shenandoah avaient quelque chose de poétique : Wolftown, Quinque, Lydia, Roseland, Sweet Briar, Lovingston, Brigthwood. Liste à laquelle on pouvait ajouter Haven, mais à la condition de ne pas y aller, sans quoi l'effet était gâché.

Il pleuvait à verse lorsque j'atteignis Haven. La ville était située dans une vallée, au sud-est de la Blue Ridge, la chaîne bleue, presque à la pointe d'un triangle Haven-Washington-Richmond. A l'entrée, un panneau annonçait « Bienvenue dans la vallée », mais Haven n'avait rien d'accueillant. Ce n'était qu'un bled sur lequel s'était posé un voile de poussière que les pluies torrentielles ne parvenaient même pas à dissoudre. Il y avait des pick-up rouillés devant certaines maisons, et à part un fast-food et une épicerie collée à un garage, seuls le néon anémique du Welcome Inn et les lumières du petit restaurant encore ouvert, en face, s'offraient au quidam de passage. C'était le genre d'endroit où, une fois par an, les anciens combattants se réunissaient et louaient un car pour aller ailleurs rendre hommage à leurs morts.

Je pris une chambre au Haven View Motel, à la sortie de la ville. J'étais le seul client d'un établissement de deux étages fonctionnel et sans charme qui avait dû être une imposante maison de famille dans un lointain passé. Le rez-de-chaussée empestait la peinture.

— On est en train de refaire le premier, m'annonça l'employé, qui s'appelait Rudy Fry. Faut que je vous mette au dernier étage. En théorie, on devrait même pas accepter de clients, mais…

Il sourit pour bien me faire comprendre qu'il me faisait une fleur inouïe en m'autorisant à séjourner dans son palace. Rudy Fry était un petit gros d'une quarantaine d'années. Il sentait un peu l'alcool à 90° et ses dessous de bras étaient jaunis par de vieilles taches de sueur.

Je regardai autour de moi. Le Haven View Motel ne me semblait pas susceptible d'attirer du monde, même au plus fort de la saison.

— Je sais ce que vous êtes en train de vous dire, fit l'employé en dévoilant dans un sourire son étincelante dentition. Vous vous dites : « Qui irait foutre du pognon en l'air pour retaper un motel dans un trou perdu ? » (Il me décocha un clin d'œil avant de se pencher sur son comptoir, avec un air conspirateur.) Ben je vais vous dire, moi, mon bon monsieur : bientôt ça sera plus un trou perdu, ici. Les Japonais vont se pointer et quand ils seront là, ce coin va devenir une vraie mine d'or. Où vous voulez qu'ils crèchent, par ici ? (Il se mit à rire.) Putain, on va pouvoir se torcher avec des dollars. (Il se me tendit une clé lestée d'un gros cube de bois.) Chambre 23, par l'escalier. L'ascenseur est en panne.

La chambre sentait la poussière, mais elle était propre. Il me fallut moins de cinq secondes pour forcer à l'aide de mon canif la serrure de la porte qui communiquait avec la chambre voisine, puis, après avoir pris une douche et m'être changé, je retournai en ville.

La récession des années soixante-dix avait durement touché Haven. Les rares usines avaient quasiment toutes fermé. Si son passé avait été différent, la ville aurait pu se remettre et trouver d'autres moyens de prospérer, mais les licenciements massifs l'avaient mise à genoux et elle n'était plus que l'ombre d'elle-même. La pluie tombait, noyant les rues et les boutiques, les gens et les maisons, les arbres, les camionnettes, les voitures et le macadam, et lorsqu'elle cessa, Haven n'en parut pas plus fraîche, comme si la pluie elle-même s'était souillée à son contact.

Je me rendis au bureau du shérif, mais ni le shérif ni Alvin Martin n'étaient présents. Il n'y avait là qu'un adjoint du nom de Wallace qui s'empiffrait de biscuits apéritifs, le front mauvais. Je pris donc la décision d'attendre le lendemain matin, en espérant trouver un interlocuteur plus cordial.

Je rejoignis à pied le petit restaurant, qui s'apprêtait à fermer. Il ne me restait que le bar ou le fast-food. Le bar était si chichement éclairé qu'on aurait dit que le néon rose, dehors, absorbait trop d'énergie. *The Welcome Inn*, annonçait fièrement l'enseigne. L'intérieur semblait la démentir : pour se sentir bienvenu ici, il fallait beaucoup, beaucoup d'imagination.

On entendait de la musique, genre bluegrass, et le téléviseur au-dessus du bar passait un match de basket, son baissé, mais personne ne paraissait écouter ni regarder. Il y avait peut-être une vingtaine de personnes dispersées autour des tables et le long de l'immense comptoir de chêne noir, dont un couple aux proportions gigantesques — il ne manquait plus que l'ourson, mais ils avaient dû le confier à la garde d'une baby-sitter. Le brouhaha des conversations s'apaisa légèrement à mon arrivée, puis reprit normalement.

Non loin du bar, autour d'une table de billard hors d'âge, un petit groupe suivait une partie opposant un colosse au visage mangé par une épaisse barbe noire et un homme plus âgé qui jouait avec la dextérité d'un professionnel. Les deux joueurs me jetèrent un coup d'œil sans s'interrompre. Ils n'échangeaient pas un mot. Visiblement, ici, le billard, c'était du sérieux. Côté boisson, en revanche, on ne pouvait pas en dire autant. Les durs des durs réunis autour de la table étreignaient tous une bouteille de Bud Light, l'équivalent pour le vrai buveur d'un diabolo grenadine.

Je m'installai sur un tabouret vide et commandai un café au barman dont la chemise blanche me paraissait incroyablement propre pour un pareil établissement. Il prit soin de m'ignorer en faisant semblant de s'intéresser au match de basket, ce qui m'incita à répéter ma question. Son regard dériva jusqu'à moi, comme si je n'étais qu'un cafard sur le comptoir et qu'écraser les cafards ne l'intéressait plus beaucoup, mais qu'il était en train de se demander s'il ne pouvait pas s'en faire un dernier, pour la route.

— Le café, on n'a pas, me répondit-il.

Deux tabourets plus loin, un vieux avec une veste de bûcheron et une casquette Caterpillar à l'agonie était en train de porter à ses lèvres un gobelet rempli d'un truc qui sentait le café bien noir et bien fort.

— Il est venu avec le sien ? fis-je en indiquant mon voisin.

— Je veux, lâcha le barman sans quitter l'écran de la télé des yeux.

— Tant pis, je prendrai un Coca. Juste derrière vous, deuxième étagère, à hauteur de vos genoux. Surtout faites attention en vous penchant, vous pourriez vous faire mal.

J'eus longtemps l'impression qu'il n'allait pas bouger, mais au bout d'un moment, il pivota lentement sur lui-même, l'œil toujours rivé à l'écran, se pencha, trouva d'instinct le décapsuleur, planta la bouteille devant moi et posa à côté un verre dans lequel il n'y avait strictement aucun glaçon. Dans le miroir, j'entrevis quelques sourires amusés. J'entendis un rire de femme, un rire rauque qui sentait l'alcool et annonçait l'amour. En scrutant le miroir, je parvins à en situer l'origine, dans un coin de la salle : une femme aux traits vulgaires, coiffée d'une énorme crinière noire. Un homme massif lui chuchotait à l'oreille des insanités qui ressemblaient aux roucoulements d'un pigeon malade.

Je me servis un verre de Coca et but une grande gorgée. Je sentis aussitôt le breuvage tiède et poisseux s'accrocher à mon palais, ma langue et mes dents. Le barman passa quelques instants à nettoyer ses verres avec une serviette qui donnait l'impression de n'avoir pas été lavée depuis le discours inaugural de Reagan. Une fois lassé de déplacer la saleté sur les verres, il revint tranquillement vers moi et posa sa serviette sur le comptoir.

— On est de passage ?

Sa voix ne trahissait aucune curiosité ; on aurait dit un conseil plus qu'une question.

— Ben non.

Il accusa le coup, attendis que j'en dise davantage. Ce que je ne fis pas. Il céda le premier.

— Faites quoi, ici, alors ? (Il lança un regard par-dessus mon épaule en direction des joueurs de billard, et je m'aperçus que les billes avaient brusquement cessé de s'entrechoquer. Son visage se fendit d'un grand sourire narquois.) Peut-être que je peux vous être… (il s'interrompit, le sourire s'étira, le ton devint faussement officiel et carrément moqueur)… de quelque u-ti-li-té ?

— Vous connaissez une certaine Catherine Demeter ?

Le sourire se figea, et il y eut un silence.

— Non.

— Dans ce cas, je ne pense pas que vous puissiez m'être d'une quelconque u-ti-li-té, fis-je en me levant et en posant deux dollars sur le comptoir. Voilà pour l'accueil. Je serais vous, je mettrais l'argent de côté pour remplacer le néon.

En me retournant, je vis un petit mec à la gueule de rat, avec un vieux blouson en jean, planté devant moi. Il avait le nez constellé de points noirs et des dents de lapin jaunies comme des défenses de morse. Sur sa casquette de base-ball noire, on pouvait lire « Boyz 'N the Hood », mais le logo n'aurait pas beaucoup plu à John

Singleton. A la place des jeunes membres de gang, il y avait des membres du Ku Klux Klan en cagoule[1].

Sous le blouson, je distinguais le mot Pulaski et au-dessus, une sorte de blason. Pulaski était le berceau du Klan et chaque année, les illuminés qui défendaient le concept de race aryenne venaient s'y réunir, mais j'étais prêt à parier que le vieux Thom Robb, grand connard suprême du KKK, aurait bien ri en voyant Gueule de rat venir humer l'air de Pulaski avec son faciès de débile flétri. Robb, en effet, s'efforçait de rendre le Klan présentable aux yeux des franges les plus cultivées de la population, des avocats et des enseignants. La plupart des avocats auraient hésité à accepter Gueule de rat comme client, et encore plus comme compagnon d'armes.

Mais il existait malgré tout une place pour Gueule de rat dans le nouveau Klan. Toute organisation a besoin de fantassins, et celui-ci faisait une parfaite chair à canon. Le jour où les Boyz monteraient à l'assaut des marches du Capitole pour se réapproprier un pays vendu au pouvoir juif, Gueule de rat serait parmi les premiers à avoir l'honneur de tomber pour la grande cause.

Derrière lui se dressait le barbu qui jouait au billard, avec ses petits yeux porcins et son air d'abruti. Il avait des bras énormes, mais informes. Sa bedaine enflait sous un tee-shirt camouflage qui proclamait « Tuez-les tous, Dieu fera le tri », mais ce balaise n'avait rien d'un Marine. Il paraissait si demeuré que je m'étonnais presque qu'il pût manger et faire ses besoins tout seul.

— Ça va ? me demanda le Rat.

Il n'y avait plus un bruit dans la salle, et autour du billard, tout le monde s'était redressé pour guetter la suite. Un type donna un coup de coude à son voisin, en rigolant. Le Rat et son copain avaient manifestement un public fidèle dans le patelin.

1. Jeu de mots sur « hood » qui signifie à la fois « quartier » (abréviation de « neighbourhood ») et « cagoule ».

— Jusqu'à maintenant, impec.

Il acquiesça comme si je venais d'émettre une réflexion profonde qui le touchait particulièrement.

— Vous savez, ajoutai-je, une fois, je suis allé pisser sur la pelouse de Thom Robb.

Ce qui était vrai.

— Moi, j'crois que vaudrait mieux que tu r'prennes la route, dit le Rat après un silence de quelques secondes pour essayer de trouver qui pouvait être Thom Robb. T'as qu'à faire ça, hein ?

— Merci pour le conseil.

J'allais m'éloigner quand son copain plaqua contre mon torse une main large comme une pelle et me repoussa contre le comptoir d'une simple torsion du poignet.

— C'était pas un conseil, précisa le Rat en désignant l'armoire à glace du pouce. Lui, là, c'est Six. Tu prends ta caisse pourrie et tu t' tires d'ici vite fait, ou Six va t' défoncer la gueule.

Un sourire niais se dessina sur le visage de Six qui devait être originaire d'un coin où l'évolution de l'humanité avait suivi une courbe tout à fait modeste.

— Tu sais pourquoi on l'appelle Six ?

— Attendez, répondis-je. Laissez-moi deviner. Il y a déjà cinq autres crétins comme lui dans la famille ?

Quelque chose me disait que ce n'était pas maintenant que j'allais avoir la réponse, car Six ne souriait plus. Il bouscula le Rat pour se jeter sur moi, en essayant de m'attraper le cou. Il se déplaçait vite pour un type de son gabarit, mais cela ne suffisait pas. Je projetai ma jambe droite en avant pour lui percuter le genou gauche du talon. On entendit un craquement très plaisant et Six vacilla, le bouche béante de douleur, avant de s'effondrer en arrière, sur le côté.

Ses petits copains arrivaient à la rescousse lorsqu'il y eut un mouvement dans le fond ; un adjoint du shérif, pas loin de la quarantaine, se frayait un chemin dans la salle, la main sur la crosse de son arme. C'était Wallace, un homme redouté dans le milieu des biscuits apéritif. Il avait l'air nerveux et pas très rassuré du type devenu flic pour avoir un ascendant sur tous ceux qui, à l'école, s'étaient moqués de lui, lui avaient volé l'argent de la cantine et cassé la figure, et qui se rendait maintenant compte que ses ex-camarades se fichaient toujours de lui et n'avaient apparemment aucune intention de laisser quelqu'un profiter de son uniforme pour interrompre une récréation musclée. Mais cette fois, il avait une arme, et peut-être se disaient-ils qu'il avait tellement peur qu'il était capable de la dégainer.

— Qu'est-ce qui se passe, Clete ?

Il y eut un silence, puis le Rat parla :

— On faisait que déconner un peu, Wallace. Rien de grave. Pas de quoi déranger la police.

— C'est pas à toi que je parlais, Gabe.

Quelqu'un aida Six à se relever et l'escorta jusqu'à une chaise.

— J'ai dans l'idée que ça déconnait plus qu'un peu. Je crois que vous feriez mieux de m'accompagner au poste, les enfants, histoire de vous calmer un peu.

— Laisse tomber, Wallace, fit une voix, tranquillement.

Le conseil émanait d'un homme très maigre au regard noir et glacial, dont le menton disparaissait sous une barbe mouchetée de gris. On sentait chez lui une grande autorité, et une intelligence peu comparable avec le faible entendement de ses comparses. Il me jaugeait avec l'œil d'un croque-mort en train d'imaginer le cercueil d'un futur client.

— Bon, d'accord, Clete, mais…

L'adjoint aux biscuits apéritifs n'acheva pas sa phrase. Ayant compris qu'on se fichait éperdument de ce qu'il pouvait dire, il hocha la tête comme si c'était lui qui venait de décider de ne pas insister.

— Vous feriez mieux de partir, monsieur, me dit-il en me regardant.

Lentement, je gagnai la porte. Personne ne souffla le moindre mot.

De retour au motel, j'appelai Walter Cole pour savoir

s'il y avait du nouveau dans l'affaire du meurtre de Stephen Barton, mais Cole n'était pas là. J'essayai de le joindre chez lui, mais tombai sur le répondeur. Je laissai le numéro du motel, puis, tant bien que mal, réussis à trouver le sommeil.

19

Le lendemain matin, un ciel noirâtre, menaçant, pesait sur la ville. Renonçant à mon costume froissé par le trajet de la veille, je mis un pantalon de toile, une chemise blanche et une veste noire, fis l'effort de nouer une cravate de soie noire pour ne pas avoir l'air d'un clodo, puis traversai Haven en voiture. Aucun signe du 4×4 rouge ni du couple que j'avais aperçu au volant.

Je me garai devant le petit restaurant, achetai le *Washington Post* à la station-service en face, puis allai prendre mon petit déjeuner. Il était déjà plus de neuf heures, mais il y avait encore du monde au comptoir et en salle. Les conversations tournaient autour de la météo et, j'imagine, de ma personne, car des regards se tournaient vers moi avec un effet contagieux.

Je m'installai à une table et jetai un coup d'œil sur le journal. Une serveuse d'âge mûr, tenue bleue et tablier blanc, le sein gauche épinglé d'une barrette au nom de « Dorothy », vint prendre ma commande sur son calepin : pain blanc grillé, bacon, café. Quand j'eus fini d'énoncer mon choix, elle se pencha au-dessus de moi.

— C'est vous, le type qui a flanqué une raclée à Six, hier soir, au bar ?

— C'est moi.

Elle opina d'un air satisfait.

— Dans ce cas, le petit déjeuner, je vous l'offre. (Sourire d'une oreille à l'autre.) Et n'allez pas prendre ma générosité pour une invitation à rester. Vous êtes pas si beau que ça.

Et sur ce, elle repartit derrière le comptoir et suspendit ma commande à une tringle.

Il n'y avait pas beaucoup de circulation dans la rue principale de Haven. Véhicules particuliers et poids lourds ne faisaient que passer, pour la plupart. Le visage que la ville offrait de jour ne valait guère mieux que celui que j'avais vu de nuit. De ma place, j'apercevais un parc de voitures d'occasion, le toit d'un collège et, un peu plus bas dans la rue, quelques magasins et le bar. Il y avait peu d'activité. Haven semblait comme engluée à jamais dans la sinistre léthargie d'un dimanche après-midi.

Mon repas achevé, je laissai un pourboire sur la table. Dorothy se pencha vers moi en posant sur le comptoir brillant sa volumineuse poitrine.

— Au revoir, me lança-t-elle comme je quittais les lieux.

Les autres clients jetèrent un coup d'œil dans ma direction avant de replonger le nez dans leurs assiettes et tasses.

Je me rendis en voiture à la bibliothèque municipale, un bâtiment d'un seul niveau situé à l'autre bout de la commune. A l'accueil, une belle Noire d'une petite trentaine d'années était flanquée d'une Blanche, plutôt âgée, dont les cheveux semblaient être en paille de fer, et qui dès mon arrivée me dévisagea d'un œil désapprobateur.

— Bonjour, fis-je. (La jeune sourit, l'air un peu intriguée, tandis que l'autre se mettait à nettoyer sa tablette déjà immaculée.) Comment s'appelle le journal local ?

— Avant, c'était le *Haven Leader*, me répondit la jeune au bout d'un moment. Mais il n'existe plus.

— Je voulais consulter des éditions anciennes.

Elle lança un regard à sa collègue, comme pour lui demander conseil, mais très vite se remit à trier des documents.

— Elles sont sur microfiches, dans l'armoire qui se

trouve près du lecteur. Jusqu'à quand voulez-vous remonter ?

— Oh, juste quelques années en arrière, dis-je en me dirigeant vers l'appareil.

Les archives du *Leader* étaient classées par ordre chronologique dans de petits coffrets rectangulaires répartis dans une dizaine de tiroirs, mais les trois coffrets correspondant à la période des meurtres de Haven ne se trouvaient pas à leur place. Je vérifiai qu'ils n'avaient pas simplement été mal rangés, mais quelque chose me disait qu'on avait décidé de ne pas laisser n'importe qui les consulter.

Je revins à l'accueil. La plus âgée des deux bibliothécaires s'était éclipsée.

— Apparemment, les fiches que je cherche ne sont pas là, dis-je.

La jeune Noire prit un air étonné.

— Quelle année vouliez-vous consulter ?

— Il y en a plusieurs. Soixante-neuf, soixante-dix et peut-être soixante et onze.

— Je suis désolée, ces fiches-là ne sont pas... (elle semblait chercher un prétexte plausible)... disponibles. On nous les a empruntées pour des recherches.

— Oh, fis-je en me fendant de mon plus beau sourire. Ce n'est pas grave, je me débrouillerai avec ce qu'il y a.

Elle sembla rassurée et je retournai au lecteur pour farfouiller dans les fiches dans l'espoir vain de découvrir quelque chose d'intéressant, mais je perdais mon temps. Au bout d'une demi-heure, heureusement, un groupe de scolaires pénétra dans la section enfants de la bibliothèque, séparée de la section adultes par une cloison de bois et de verre. La jeune femme alla à la rencontre des élèves et de leur professeur, une petite blonde qui, elle-même, ne semblait pas avoir quitté l'école depuis longtemps.

Profitant de ce que la jeune bibliothécaire me tournait le dos et ne voyant pas sa collègue, même si une porte était restée entrouverte au fond de la petite salle qui jouxtait la section adultes, je me glissai derrière l'immense comptoir et entrepris d'inspecter tiroirs et armoires aussi discrètement que possible. A un moment, il me fallut passer, accroupi, devant la porte d'entrée de la section enfants, mais la bibliothécaire était toujours occupée avec ses scolaires.

Je finis par trouver les microfiches manquantes dans un tiroir bas, près d'une caisse à monnaie. J'avais juste eu le temps de les glisser dans ma veste et de ressortir de l'accueil lorsque la porte du bureau, à l'extérieur, claqua. J'entendis des pas légers, courus me planter près d'un rayonnage. L'autre bibliothécaire, la plus âgée, fit son apparition, s'arrêta brusquement avant de pénétrer dans l'espace d'accueil et décocha un regard sévère dans ma direction. Je tenais un livre à la main. Le temps de répondre par un sourire penaud, et je retournai au lecteur de microfiches. Le dragon risquait de vérifier rapidement le contenu de ses tiroirs et d'appeler les renforts.

Je commençai par passer au crible l'année 1969, ce qui prit un certain temps, bien que le *Haven Leader* ne fût alors qu'un hebdomadaire. On avait l'impression qu'à cette époque, pourtant pas si lointaine, la population noire n'était guère prise en compte. Il était essentiellement question d'activités paroissiales, de conférences organisées dans le cadre de sociétés d'histoire et de mariages locaux. La rubrique faits divers faisait surtout état de délits mineurs, infractions au code de la route, cas d'ébriété sur la voie publique ou troubles à l'ordre public, mais rien qui pût laisser entendre à un lecteur lambda que des enfants disparaissaient dans la petite ville de Haven.

Puis, dans une édition datée de novembre, je trouvai un article sur un certain Walt Tyler. On voyait la photo de Tyler, un homme d'excellente présentation, emmené par un adjoint blanc, menottes aux poignets. « L'agresseur du shérif arrêté », disait le titre, au-dessus de la photo. L'affaire était relatée assez grossièrement ; à en croire l'article, Tyler avait fait irruption dans le bureau du shérif et s'était mis à tout saccager avant de tenter de donner un coup de poing au shérif lui-même. Il fallait attendre le dernier paragraphe pour entrevoir le motif de ce coup de colère :

« Tyler fait partie des nègres interrogés par le bureau du shérif de Haven County à la suite de la disparition de sa fille et de deux autres enfants. On l'a relâché sans l'inculper. »

Les archives de l'année 1970 se révélèrent plus intéressantes. Le 8 février au soir, la petite Amy Demeter avait disparu alors qu'elle se rendait chez une amie pour lui donner un bocal de la confiture que sa mère venait de faire. Elle ne parvint jamais à destination et on retrouva le bocal brisé, sur le trottoir, à cinq cents mètres de chez elle. L'article, illustré d'une photo de l'enfant, décrivait les vêtements qu'elle portait au moment de sa disparition et esquissait le portrait de la famille : Earl, le père, comptable ; Dorothy, la mère, qui ne travaillait pas mais faisait partie du conseil d'administration d'une école, et Catherine, la sœur cadette, une petite fille que tout le monde aimait bien et qui avait des dons artistiques. Au cours des semaines suivantes, d'autres articles revenaient sur l'affaire : « Disparition de Haven : les recherches continuent », « Cinq nouvelles personnes interrogées, mais le mystère Demeter reste entier » et enfin « L'espoir de retrouver Amy s'amenuise ».

Je passai encore une demi-heure à parcourir les éditions du *Haven Leader*, sans rien trouver sur l'enquête ou son éventuel dénouement. Tout au plus était-elle évoquée dans un article sur la mort d'Adelaide Modine, intervenue quatre mois plus tard, au cours d'un incendie. Il y était également question de la mort de son frère. Le journal ne dévoilait pas les circonstances des deux décès, mais une fois de plus, c'est dans le dernier paragraphe que je découvris une allusion à l'affaire. « Le bureau du shérif de Haven souhaitait vivement interroger Adelaide et William Modine dans le cadre de l'enquête sur la disparition d'Amy Demeter et d'autres enfants. »

Il ne fallait pas être un génie pour lire entre les lignes que les enquêteurs considéraient Adelaide Modine ou son frère William, voire les deux, comme les principaux suspects. La presse locale ne dit pas toujours tout : il y a des choses que tout le monde sait déjà, et on ne publie parfois que des informations partielles pour égarer tous ceux qui ne sont pas dans le secret. La vieille bibliothécaire me surveillait d'un œil mauvais. Dès que j'eus fini d'imprimer ce qui m'intéressait, je rassemblai mes copies et m'en allai.

Une voiture de patrouille du bureau du shérif de Haven County, une Crown Victoria jaune et brun, bloquait ma Mustang et un adjoint m'attendait, appuyé contre ma portière, dans son uniforme bien propre et bien repassé. En me rapprochant, je vis sa musculature sous la chemise et son regard vague et sans vie. J'avais le sentiment d'être face à un vrai con, mais un con visiblement en très grande forme physique.

— C'est votre voiture, ça ? me demanda-t-il avec un fort accent virginien, les pouces passés à l'intérieur d'un ceinturon auquel pendaient, rutilants, tous ses instruments de travail.

Sur sa poitrine, une barrette parfaitement droite le désignait comme l'adjoint Burns.

— Pour sûr, répondis-je en imitant son phrasé.

C'est une sale habitude que j'ai. Sa mâchoire se crispa encore un peu plus, ce qui tenait de l'exploit.

— J'ai appris que vous consultiez des vieux journaux ?

— Je suis un passionné de mots croisés. Ils étaient meilleurs dans le temps.

— Vous êtes écrivain, vous aussi ?

A en juger par le ton de sa voix, il ne devait pas lire beaucoup, sauf s'il y avait des images ou s'il s'agissait d'un message de Dieu.

— Non, dis-je. Il en vient souvent, ici, des écrivains ?

A mon avis, il refusait de croire que je n'en étais pas un. Pour lui, j'avais peut-être une tête à faire des livres, ou alors il soupçonnait tous ceux qu'il ne connaissait pas personnellement de dissimuler des penchants littéraires… La bibliothécaire m'avait dénoncé, persuadée que je n'étais qu'un autre de ces plumitifs cherchant à gagner de l'argent grâce aux fantômes du passé de Haven.

— Je vous accompagne jusqu'à la sortie de la ville, m'annonça-t-il.

Il se dirigea jusqu'à sa voiture de patrouille, prit mon sac de voyage sur le siège avant. L'adjoint Burns commençait à me taper sérieusement sur le système.

— Je ne compte pas partir dans l'immédiat, lui dis-je. Alors je vous suggère de remettre ça dans ma chambre. Et, au fait, quand vous rangerez, j'aime bien que mes chaussettes soient à gauche dans le tiroir.

Il laissa le sac tomber à terre et vint vers moi.

— Ecoutez, lui dis-je. Voilà mes papiers. (Je portai la main à la poche intérieure de ma veste.) Je suis…

C'était stupide de ma part, mais j'avais chaud, j'étais crevé, l'adjoint Burns m'énervait et je n'avais pas les idées très claires. Il entrevit la crosse de mon arme, dégaina en un éclair. Burns était du genre rapide. Il devait s'entraîner devant sa glace. Quelques secondes plus tard, je me retrouvais plaqué contre la voiture, mon arme avait disparu et les menottes étincelantes de l'adjoint Burns me mordaient les poignets.

20

On me laissa mariner dans une cellule pendant trois ou quatre heures — difficile d'être plus précis, car dans sa grande prudence, l'adjoint Burns m'avait pris non seulement mon arme, mais aussi ma montre, mon portefeuille et mes papiers, mes notes, ma ceinture et mes lacets. On ne sait jamais : je venais d'importuner deux bibliothécaires et, accablé par le remords, j'aurais pû tenter de me pendre. Mes biens avaient été confiés à la garde de l'adjoint Wallace, qui signala à son collègue l'incident auquel j'avais pris part, la veille, dans le bar.

Ma cellule n'en était pas moins l'une des plus propres qu'il m'eût été donné de voir — apparemment, on pouvait même utiliser les toilettes sans risquer de se voir astreint à un traitement à la pénicilline. Pour passer le temps, je réfléchissais à ce que m'avaient appris les archives du journal, en essayant de recomposer le puzzle et de ne pas penser au Voyageur ni à ce qu'il pouvait être en train de faire.

Puis j'entendis du bruit, dehors, et la porte de ma cellule s'ouvrit. Un grand Noir en chemise réglementaire me regardait. A première vue, je lui aurais donné un peu moins de quarante ans, mais sa démarche et son regard, dans lequel on lisait l'expérience, me disaient qu'il était plus âgé. Peut-être avait-il fait de la boxe, catégorie poids moyen ou lourd-léger. Il se déplaçait avec une certaine grâce, et avait l'air plus intelligent que Wallace et Burns réunis, ce qui, il est vrai, ne signifiait pas grand-chose. C'est Alvin Martin, me dis-je. Mais je pris mon temps avant de me lever, de peur qu'il ne s'imagine que je n'appréciais pas sa belle cellule bien propre.

— Vous voulez rester ici deux heures de plus ou vous attendez que quelqu'un vous porte ? me lança-t-il.

Ce n'était pas un accent du Sud. Detroit, peut-être, ou bien Chicago.

Je me levai, et il s'écarta pour me laisser passer. Au bout du couloir, Wallace patientait, les pouces dans le ceinturon pour mieux supporter le poids terrible qui pesait sur ses épaules.

— Rendez-lui ses affaires, adjoint.

— Même son arme ? s'étonna Wallace sans esquisser le moindre geste.

Il avait la dégaine du type qui n'a pas l'habitude de recevoir des ordres d'un Noir et qui a horreur de ça. Il me vint à l'esprit que pour un représentant de la loi, il avait peut-être trop de choses en commun avec le Rat et ses petits copains.

— Même son arme, confirma Martin, calmement mais avec lassitude, en lançant un regard noir à son subordonné.

Tel un navire particulièrement inesthétique quittant son quai d'amarrage pour prendre la mer, Wallace se détacha du mur et gagna lentement le guichet d'où il finit par ressurgir avec une enveloppe brune et mon arme. Une fois que j'eus signé le récépissé, Martin me fit signe de sortir.

— Veuillez monter dans la voiture, monsieur Parker.

Dehors, le jour déclinait et un vent frais descendait de la montagne. Un pick-up passa dans un bruit de ferraille ; à l'arrière, un molosse montait la garde près d'un râtelier à fusils couvert.

— A l'avant ou à l'arrière ?

— Montez à l'avant, me répondit-il. Je vous fais confiance.

Il démarra et, au début, nous n'échangeâmes pas un mot. L'air glacé de la climatisation nous fouettait le visage et les pieds. Après la sortie de la ville, la route s'enfonçait dans la forêt en serpentant et en s'inclinant au gré de la topographie. Puis, dans le lointain, je vis briller une lumière. Nous fîmes halte sur le parking d'un restaurant routier tout blanc surmonté d'un néon vert qui illuminait la route par intermittence. Green River Eaterie.

Nous nous installâmes dans un box du fond, loin des rares autres consommateurs, qui nous regardèrent d'un œil curieux avant de replonger le nez dans leurs assiettes. Martin enleva son chapeau, commanda deux cafés, se radossa et me dévisagea.

— Quand un détective privé se balade armé, l'usage veut qu'il passe voir la police locale et l'informe de ses activités, du moins avant d'aller tabasser des joueurs de billard et voler des archives à la bibliothèque municipale.

— Vous n'étiez pas là quand je suis passé, lui expliquai-je. Le shérif non plus, et votre copain Wallace n'avait pas l'air disposé à m'offrir des biscuits et à me raconter des blagues.

Le café arriva. Martin ajouta au sien de la crème et du sucre, je me contentai d'un peu de lait.

— J'ai passé quelques coups de fil pour me renseigner sur vous, me dit-il en tournant sa cuiller. Un type qui s'appelle Cole s'est porté garant. C'est pourquoi je ne vous vire pas de chez nous, du moins pas tout de suite. Ça, plus le fait que vous n'ayez pas eu peur de rentrer dans le lard de ces gros cons, hier soir. Je suis heureux de voir qu'il existe encore des gens qui ont le sens de la citoyenneté. Et maintenant, peut-être voudrez-vous bien m'expliquer ce que vous êtes venu faire ici.

— Je recherche une femme qui s'appelle Catherine Demeter. D'après ce que je sais, elle est peut-être venue à Haven la semaine dernière.

Le front de Martin se creusa.

— Elle a un lien de parenté avec Amy Demeter ?

— C'est sa sœur.

— Je me disais bien. Qu'est-ce qui vous fait croire qu'elle pourrait être ici ?

— Le dernier coup de téléphone qu'elle a passé dc chez elle était destiné au shérif Earl Lee Granger. Elle appelait chez lui. Le même soir, elle vous a également appelé au poste, plusieurs fois. Et depuis, elle n'a pas donné signe de vie.

— On vous a engagé pour la retrouver ?

— Je la cherche, c'est tout, répondis-je.

— Je suis ici depuis six mois, soupira Martin au bout d'une minute de silence. J'arrive de Detroit. J'ai fait venir ma femme et mon gamin. Elle travaille à la bibliothèque. Vous l'avez peut-être vue.

Je hochai la tête.

— Le gouverneur a décidé qu'ici, il n'y avait pas assez de Noirs dans la police, et que la qualité des relations entre la minorité locale et les forces de l'ordre laissait à désirer. Un poste s'est libéré, et j'ai proposé ma candidature, surtout pour sortir mon fils de Detroit. Mon père était de Gretna, tout près d'ici. Je n'avais pas entendu parler des meurtres d'enfants avant mon arrivée. Maintenant, j'en sais un peu plus.

« La ville ne s'est jamais remise de la mort de ces gosses. Il n'y a pas eu de nouveaux arrivants depuis, et tous ceux qui avaient un tant soit peu de bon sens ou d'ambition ont mis les voiles vite fait. Aujourd'hui, dans ce patelin, le réservoir de gènes est si peu profond qu'on ne pourrait même pas y noyer un rat.

« Depuis un ou deux mois, on a l'impression que les choses pourraient commencer à bouger. Une société envisage de s'installer à la sortie de la ville, des Japonais. D'après ce que je sais, ils font de la conception et du développement de logiciels, et l'idée de bosser dans un coin discret et tranquille où ils puissent se sentir chez eux leur plaît bien. Ils apporteront beaucoup d'argent à la ville, créeront des emplois sur place et permettront peut-être aux gens de Haven d'oublier enfin le passé. Pour parler franchement, travailler pour les Japonais, ça n'est pas ce qui excite les types, mais ils savent bien qu'ils sont dans la merde et ils sont prêts à bosser pour n'importe qui, du moment que ce n'est pas un Noir.

« Et ils ne veulent surtout pas qu'on vienne mettre le nez dans des histoires anciennes, qu'on remue le passé pour ressortir des squelettes d'enfants. D'accord, il y a beaucoup de crétins. D'accord, ils sont peut-être aussi racistes, violents et ils battent leurs femmes, mais ils sont prêts à tout pour avoir une chance de s'en sortir. Si quelqu'un leur met des bâtons dans les roues, ils vont lui faire sa fête. Et si ce n'est pas eux, ce sera Earl Lee. »

Il leva un doigt et me l'agita sous le nez pour souligner ses propos.

— Vous comprenez ce que je vous dis ? Personne ne tient à ce que quelqu'un vienne poser des questions sur des meurtres d'enfants qui ont eu lieu il y a trente ans. Si Catherine Demeter revenait, et honnêtement, je ne vois pas pourquoi, vu qu'elle n'a plus de famille ici, elle ne serait pas non plus la bienvenue. Mais elle n'est pas ici, sans quoi toute la ville serait déjà au courant depuis longtemps. (Il but une gorgée de café, grinça des dents.) Merde, il est froid.

Il appela la serveuse d'un geste pour réclamer un autre gobelet.

— Je n'ai pas envie de rester ici plus longtemps que nécessaire, lui dis-je, mais je pense que Catherine Demeter a pu revenir, ou qu'elle a essayé. Ce qui est sûr, c'est qu'elle voulait parler au shérif. Moi aussi, j'aimerais lui parler. Où est-il, en ce moment ?

— Il a pris quelques jours de congé pour aller quelque part, répondit Martin en faisant tourner son chapeau comme une toupie sur la banquette de vinyle. Il doit rentrer… enfin, il aurait dû rentrer aujourd'hui, mais il ne sera peut-être là que demain. Il n'y a pas tellement de problèmes de délinquance, dans le coin, mis à part les poivrots, les types qui cognent leur femme et les conneries habituelles dans ce genre de bled. Mais il est pas dit qu'il soit ravi que vous ayez attendu son retour. Moi non plus, d'ailleurs, sans vouloir vous vexer.

— Non, non, ça ne me vexe pas, mais je crois que je vais quand même l'attendre.

Il fallait également que j'en sache plus sur la mort des Modine, que cela plaise ou non à Martin. Si Catherine Demeter avait fouiné dans son passé, j'étais condamné à suivre ses pas. Comment, autrement, comprendre la femme que je recherchais ?

— Il faudra également que j'interroge quelqu'un au sujet des meurtres. Je dois en savoir davantage.

Martin ferma les yeux et, de lassitude, passa la main sur ses paupières.

— Vous ne m'écoutez pas… commença-t-il.

— Non, c'est vous qui ne m'écoutez pas. Je suis à la recherche d'une femme qui est peut-être en difficulté et qui a très bien pu demander de l'aide à quelqu'un d'ici. Avant de repartir, je veux savoir ce qu'il en est, même si pour cela je dois secouer toutes les cages de ce trou perdu et foutre une telle trouille à vos sauveurs nippons qu'ils vont reprendre le premier avion pour Tokyo. Mais si vous m'aidez, tout ça pourra se faire discrètement et d'ici quelques jours je vous lâche les baskets.

Nous étions tous deux extrêmement tendus, penchés au-dessus de la table. Plusieurs clients avaient cessé de manger pour observer la scène.

Martin promena son regard dans la salle, puis se tourna vers moi.

— Bon, d'accord. La plupart des gens qui étaient là à l'époque et qui auraient été susceptibles de savoir quelque chose d'utile ont déménagé, ou bien sont morts, ou refuseraient d'en parler pour tout l'or du monde. Mais il y en a peut-être deux qui accepteraient. Il y a le fils du médecin qui exerçait à l'époque. Il s'appelle Connell Hyams ; il est avocat et son étude se trouve en ville. Il faudra que vous le contactiez vous-même.

« L'autre, c'est Walt Tyler. Sa fille a été la première victime. Il habite en dehors de la ville. Je vais d'abord lui parler et peut-être qu'il acceptera de vous recevoir. (Il se leva.) Quand vous aurez terminé, je vous conseille de partir, et je ne veux jamais revoir votre tête, c'est compris ? »

Sans répondre, je le suivis jusqu'à la porte. Il s'arrêta, se tourna vers moi tout en mettant son chapeau et ajouta :

— Encore une chose : j'ai parlé aux types du bar, mais n'oubliez pas qu'ils n'ont aucune raison de vous aimer. A votre place, si j'avais l'intention de mettre mon nez dans les affaires de ce bled, je surveillerais mes arrières.

— Il y en a un que j'ai remarqué, je crois qu'il s'appelle Gabe, il avait un tee-shirt du Klan. Vous en avez beaucoup de ce genre-là, dans les parages ?

D'un souffle lourd, Martin vida ses joues gonflées.

— Dans les villes pauvres, il y a toujours parmi les pauvres des crétins qui ont besoin de coupables.

— Il y avait un gars — votre adjoint l'a appelé Clete — qui n'avait pas trop l'air d'un crétin.

Martin me fixa des yeux sous le rebord de son chapeau.

— Non, Clete n'a rien d'un crétin. Il fait partie du conseil municipal et il dit qu'il n'y a qu'un fusil qui l'en chassera. S'il vous fait passer à tabac, il peut gagner vingt, trente voix. Peut-être qu'il vous enverra même un badge au moment de sa campagne électorale.

« Mais en ce qui concerne le KKK, ici, c'est pas la Géorgie ou la Caroline du Nord, ni même le Delaware. Ne vous torturez pas trop avec ça. Vous pouvez payer les cafés. »

Je laissai deux dollars à la caisse et me dirigeai vers la voiture, mais Martin était déjà en train de manœuvrer. Je vis qu'il avait de nouveau enlevé son chapeau. Apparemment, il avait du mal à le supporter, son fichu chapeau. Je retournai à l'intérieur du restau, appelai l'unique société de taxis de Haven et commandai un autre café.

21

Il était plus de six heures lorsque je rejoignis la ville. Les coordonnées professionnelles et personnelles de Connell Hyams figuraient dans l'annuaire, mais lorsque je passai devant son étude, tout était éteint. Coup de fil au motel. Rudy Fry m'expliqua comment me rendre à Bale's Farm Road où habitaient non seulement Hyams, mais également le shérif Earl Lee Granger.

La route était sinueuse, et je conduisais doucement pour ne pas manquer l'accès — Fry m'avait prévenu : il fallait bien regarder — tout en jetant de temps à autre un coup d'œil dans le rétroviseur pour m'assurer que je n'étais pas suivi par un 4×4 rouge. Personne ne me filait. Bien entendu, je dépassai l'entrée de Bale's Farm Road sans la voir et dus revenir sur mes pas. Le panneau, à demi noyé dans la végétation, signalait un chemin de terre défoncé qui louvoyait entre les arbres avant de déboucher sur un petit groupe de maisons bien entretenues, avec de vastes pelouses et, à l'arrière, des terrains apparemment immenses. Hyams habitait presqu'au bout du hameau. C'était une grande maison blanche, en bois, haute de deux étages. Une lampe éclairait violemment la contre-porte grillagée derrière laquelle on distinguait une porte de chêne massif inscrustée d'une demi-roue de verre dépoli. Il y avait de la lumière dans l'entrée.

Au moment où je m'arrêtais, un homme aux cheveux

grisonnants, pantalon mastic, chemise rayée au col ouvert, gilet de laine rouge, ouvrit la porte et me regarda d'un œil méfiant.

— Monsieur Hyams ? fis-je en m'approchant.

— Oui ?

— Je suis enquêteur privé. Je m'appelle Parker. J'aurais aimé vous parler au sujet de Catherine Demeter.

Il demeura muet un long moment. Le grillage nous séparait toujours.

— Catherine, ou sa sœur ? voulut-il savoir.

— Les deux, je pense.

— Puis-je vous demander pourquoi ?

— J'essaie de trouver Catherine. Je crois qu'elle est peut-être revenue ici, mais je ne sais pas exactement pourquoi.

Hyams ouvrit la grille et s'effaça pour me laisser passer. A l'intérieur, des meubles et boiseries d'essence noble, dans les tons foncés, et d'immenses tapis de prix. Hyams me conduisit au fond, dans son bureau. Sur sa table de travail jonchée de papiers, l'écran de l'ordinateur était allumé.

— Je peux vous offrir un verre ? me proposa-t-il.

— Non, je vous remercie.

Il prit un verre à cognac dans son bureau et, d'un geste, m'invita à prendre place face à lui avant de s'asseoir. Je le distinguais plus nettement, à présent. Le visage grave, le port patricien, il avait de longues et fines mains aux ongles soigneusement manucurés. Il faisait bien chaud dans cette pièce où flottaient les effluves d'une coûteuse eau de toilette.

— Tout cela s'est passé il y a longtemps, commença-t-il. La plupart des gens préféreraient ne pas en parler.

— Faites-vous partie de « la plupart des gens » ?

Il haussa les épaules et sourit.

— J'ai ma place dans ce village, et un rôle à jouer. J'ai presque toujours vécu ici, à l'exception des années que j'ai passées à Richmond, comme étudiant, puis comme avocat. Mon père a exercé ici cinquante ans et il a travaillé jusqu'au dernier jour de sa vie.

— C'était lui le médecin, si j'ai bien compris.

— Médecin, conseiller municipal, conseiller juridique, et même dentiste lorsque le dentiste du village était absent. Il faisait tout. Les meurtres l'ont énormément affecté. C'est lui qui a pratiqué les autopsies, et je crois qu'il n'a jamais réussi à oublier, même lorsqu'il dormait.

— Et vous ? Etiez-vous ici au moment des crimes ?

— A l'époque, j'exerçais à Richmond et je faisais la navette tous les jours. Oui, j'ai su ce qui s'était passé, mais très franchement, je préférerais ne pas en parler. Quatre enfants sont morts, et de façon horrible. Mieux vaut les laisser reposer en paix, maintenant.

— Vous souvenez-vous de Catherine Demeter ?

— Je connaissais la famille, oui, mais Catherine devait être beaucoup plus jeune que moi. Après le lycée, si mes souvenirs sont exacts, elle est partie et je ne pense pas qu'elle soit jamais revenue, si ce n'est pour l'enterrement de ses parents. La dernière fois qu'on l'a vue, ça doit remonter à au moins dix ans, et la maison de famille a été vendue depuis. C'est moi qui ai supervisé la vente. Qu'est-ce qui vous fait penser qu'elle aurait pu revenir ? Il n'y a rien, à Haven, qui puisse l'intéresser. Rien de positif, en tout cas.

— Je ne sais pas. Elle a appelé plusieurs fois ici en début de semaine et depuis, on ne l'a plus revue.

— C'est maigre.

— Oui, admis-je, c'est vrai.

D'une torsion du poignet, il fit tourner son verre, regarda valser le liquide ambré. Ses lèvres s'ouvrirent tandis qu'il l'évaluait, mais son regard traversa le verre et s'arrêta sur moi.

— Que pouvez-vous me dire sur Adelaide Modine et son frère ?

— Je peux vous dire que, de mon point de vue, rien, chez eux, n'aurait pu laisser penser que nous avions affaire à des tueurs d'enfants. Leur père était un homme bizarre, une sorte de philanthrope, pourrait-on dire. A sa mort, il a légué presque tous ses avoirs à un fonds testamentaire.

— Il est mort avant les crimes ?

— Cinq ou six ans avant, oui. Il a demandé que les intérêts du fonds soient répartis, à perpétuité, entre différentes associations caritatives. Depuis, le nombre d'œuvres aidées financièrement a considérablement augmenté. Je suis bien placé pour le savoir, puisque c'est moi qui suis chargé d'administrer ce fonds, avec l'aide d'un petit comité.

— Et ses enfants ? Ont-ils hérité de quelque chose ?

— D'après ce que je sais, ils ont été très largement pourvus.

— Qu'est-il advenu de leurs biens et de leurs comptes après leur mort ?

— L'Etat a entamé une procédure de saisie de tous les avoirs, que nous avons contestée au nom des administrés de Haven, et un accord a fini par être trouvé. Les terres ont été vendues et le fonds a hérité de tous les avoirs, à la condition de s'engager à financer de nouveaux équipements municipaux. C'est pourquoi nous avons une belle bibliothèque, un bureau du shérif moderne, une bonne école et un centre médical haut de gamme. La commune n'a pas grand-chose, et tout ce qu'elle a vient du fonds testamentaire.

— Tout ce qu'elle a, bien ou mal, vient de la mort de quatre enfants, rétorquai-je. Pourriez-vous m'en dire davantage sur Adelaide et William Modine ?

La bouche de Hyams se tordit légèrement.

— Comme je vous l'ai expliqué, cela s'est passé il y a longtemps et je préférerais ne pas revenir là-dessus. J'ai rarement eu affaire à eux : les Modine étaient une famille riche, et leurs enfants fréquentaient une école privée. Nous ne nous mélangions pas beaucoup, pour tout dire.

— Et votre père, il a connu la famille ?

— C'est mon père qui a mis William et Adelaide au monde. Il me revient un détail bizarre, mais je ne pense pas que cela puisse vous être d'un quelconque secours : Adelaide avait un jumeau, mais il est mort pendant la grossesse. Sa mère est décédée à la suite de complications, peu après l'accouchement. Sa mort a été une surprise. C'était une femme forte et dominatrice ; mon père était persuadé qu'elle nous enterrerait tous. (Il savoura une longue gorgée, et la résurgence de perceptions oubliées illumina son regard.) Que savez-vous des hyènes, monsieur Parker ?

— Pas grand-chose, avouai-je.

— L'hyène tachetée a souvent des jumeaux. Les petits sont très développés à la naissance : ils ont déjà de la fourrure et des incisives tranchantes. Presque toujours, l'un des deux attaque l'autre, parfois même alors qu'ils sont encore dans la poche amniotique, et en général jusqu'à le tuer. Le plus souvent, c'est la femelle qui gagne, et si elle a pour mère une femelle dominante, elle deviendra à son tour la femelle dominante du groupe. C'est une culture matriarcale. Le fœtus femelle de la hyène tachetée a un taux de testostérone plus élevé que le mâle, et la femelle a des caractéristiques masculines, même lorsqu'elle est encore dans le ventre de la mère. A l'âge adulte, il est parfois difficile de différencier les sexes.

Il reposa son verre.

— Mon père était un naturaliste amateur passionné. Le monde animal l'a toujours fasciné et je crois qu'il aimait établir des comparaisons entre l'univers des hommes et celui des animaux.

— Et de ce point de vue, Adelaide Modine l'inspirait ?

— Peut-être, à certains égards. Il ne l'aimait pas beaucoup.

— Etiez-vous là quand les Modine sont morts ?

— Je suis rentré chez moi la veille du jour où on a retrouvé le corps d'Adelaide Modine, et j'ai assisté à l'autopsie. On pourrait parler de curiosité morbide. Bien, à présent, je suis vraiment navré, monsieur Parker, mais je n'ai rien d'autre à vous dire, et j'ai énormément de travail.

Il me conduisit jusqu'à la porte et poussa la contre-porte grillagée.

— Vous ne paraissez guère désireux de m'aider à retrouver Catherine Demeter, monsieur Hyams.

Il inspira profondément.

— Qui vous a conseillé de venir me voir, monsieur Parker ?

— C'est Alvin Martin qui m'a parlé de vous.

— M. Martin est un adjoint compétent et consciencieux, qui nous apporte beaucoup, mais il est relativement nouveau, ici, répondit Hyams. Si je ne suis pas très bavard, c'est par souci de confidentialité. Monsieur Parker, je suis l'unique avocat de la commune. Presque tous les gens qui vivent ici, quels que soient leur couleur de peau, leurs revenus, leurs convictions politiques ou religieuses, ont un jour ou l'autre franchi la porte de mon étude. Les parents des enfants qui ont été tués font partie du nombre. Je sais beaucoup de choses sur ce qui s'est passé ici, monsieur Parker, plus que je n'aurais sans doute aimé en savoir, et bien plus que je ne souhaite vous en dire. Je suis désolé, mais nous nous en tiendrons là.

— Je vois. Une dernière question, monsieur Hyams.

— Oui ? fit-il d'une voix lasse.

— Le shérif Granger habite tout près d'ici, n'est-ce pas ?

— Le shérif Granger est mon voisin. C'est la maison juste à droite. Mon domicile n'a jamais été cambriolé, monsieur Parker, et je suis sûr que ce n'est pas un hasard. Bonsoir.

Il s'arrêta à la porte grillagée et me regarda démarrer. J'eus juste le temps de jeter un coup d'œil à la maison du shérif, en passant, mais tout était éteint et je ne voyais pas de voiture à proximité. Des gouttes vinrent frapper le pare-brise ; quelques instants plus tard, alors que j'arrivais à l'entrée de Haven, il pleuvait à verse. Je réussis tout juste à distinguer les néons du motel à travers le rideau de pluie. Rudy Fry, à la porte, avait le regard perdu dans le lointain, vers la forêt et la nuit qui tombait.

Le temps de me garer, et il avait repris son poste à la réception.

— On fait quoi, ici, quand on veut s'amuser un peu ? lui demandai-je. A part essayer de virer tous ceux qui ne sont pas du coin ?

Fry grimaça, s'efforça de séparer le sarcasme du cœur de la question, puis, au bout d'un long moment, me répondit :

— Oh, ici, y a pas grand-chose à faire, à part boire des coups au Welcome Inn.

— Oui, j'ai tenté l'expérience. C'est moyen.

Il se remit à réfléchir. Je guettais les premières émanations de fumée, mais il ne se passa rien.

— Il y a un restaurant à Dorien, à quelque chose comme trente-cinq kilomètres à l'est. Le Milano, il s'appelle. C'est un italien. (A sa façon de prononcer le mot « italien », on comprenait que l'intérêt de Rudy Fry pour la gastronomie italienne se limitait à ce qui se mangeait dans des cartons dégoulinants de graisse.) J'y ai jamais mis les pieds.

Et il renifla, comme pour confirmer qu'il se méfiait de tout ce qui venait d'Europe. Après l'avoir remercié, je montai à ma chambre pour prendre une douche et me changer. L'hostilité qui régnait en permanence à Haven commençait à me peser. Si Rudy Fry n'aimait pas cet endroit, c'était plutôt bon signe. J'avais envie d'y faire un tour.

Dorien était à peine plus grand que Haven, mais sa librairie et ses deux restaurants en faisaient une véritable oasis culturelle. J'achetai une édition dactylographiée d'e. e. cummings, puis entrai tranquillement au Milano.

Il y avait des nappes à carreaux rouges et blancs et des Colisée miniatures en guise de bougeoirs, mais le restaurant était presque plein et la cuisine avait l'air bonne. Un maître d'hôtel extrêmement mince, le cou serré par un nœud papillon rouge, s'empressa de m'accueillir et me proposa une table dans le coin. En attendant la carte, je sortis mon cummings pour lire « somewhere i have never traveled ». J'aimais bien le rythme et l'érotisme discret de ce poème.

Lorsque j'avais rencontré Susan, elle n'avait rien lu de cummings, et au début, je lui avais envoyé des recueils de ses poèmes. D'une certaine manière, j'avais laissé cummings courtiser Susan à ma place. Je crois même avoir repris un vers de cummings dans la première lettre que je lui ai envoyée. Quand j'y repense aujourd'hui, je me dis que cette lettre d'amour était aussi une prière. J'implorais le Temps d'être clément à son égard, car elle était extrêmement belle.

Un serveur arriva pour prendre ma commande : bruschetta et spaghettis carbonara, avec une carafe d'eau. Mon regard se promena dans la salle, mais personne ne semblait me prêter attention. Tant mieux. Je n'avais pas oublié les mises en garde d'Angel et de Louis, ni le couple au 4×4 rouge.

Les plats finirent par arriver, et ils se révélèrent délicieux. J'étais surpris d'avoir un tel appétit. Tout en me régalant, je méditai ce que j'avais appris de Hyams et de la microfiche. Le beau visage de Walt Tyler, entouré de policiers, me revint à l'esprit.

Puis, inévitablement, j'en vins à penser au mystérieux Voyageur, avant de le chasser de mon esprit, lui et les images qui l'accompagnaient. Puis je retournai à ma voiture et rentrai à Haven.

22

Mon grand-père disait toujours que le bruit le plus terrifiant du monde est celui d'une cartouche qu'on engage dans la chambre d'un fusil à pompe, une cartouche qui vous est destinée. C'est ce bruit-là qui me tira de mon sommeil, au motel, quand ils montèrent à l'étage. Les aiguilles fluorescentes de ma montre indiquaient 3 h 30. Quelques secondes plus tard, ils franchissaient la porte et une série de détonations fracassait le silence de la nuit. Ils tirèrent sur mon lit en projetant en l'air plumes et peluches de coton, comme une nuée de mites.

Mais à cet instant j'étais déjà debout, l'arme au poing. La porte de séparation étouffa légèrement le bruit des coups de feu, et eux ne purent entendre celui de la porte qui donnait dans le couloir, même lorsqu'ils cessèrent de tirer, les tympans vrillés par l'aboiement féroce du fusil, et qu'ils comprirent, les yeux écarquillés de stupéfaction, que je ne me trouvais pas dans mon lit. Craignant de constituer une cible trop facile, j'avais choisi de ne pas dormir dans la chambre qui m'était attribuée. Une décision que je ne regrettais pas.

Je me ruai dans le couloir, pivotai et visai. L'homme du 4×4 rouge était là, le canon de son Ithaca à pompe calibre 12 près du visage. Malgré l'éclairage chiche du couloir, je vis qu'il n'y avait pas de douilles vides à ses pieds. C'était la femme qui avait tiré.

Il fit volte-face au moment où la femme, dans la chambre, poussait un juron. Le canon du fusil à pompe bascula vers moi. Je fis feu, une seule fois. Une rose sombre fleurit sur la gorge du type, et le sang aspergea sa chemise blanche comme une pluie de pétales. Le fusil à pompe tomba sur la moquette. L'homme se tenait le cou à deux mains. Il tomba d'abord à genoux, puis s'affala de tout son long, le corps animé de soubresauts, tel un poisson hors de l'eau.

Je vis le canon d'un autre fusil à pompe émerger de derrière le chambranle de la porte, et la femme se mit à tirer dans le couloir, au jugé. Les éclats de plâtre volaient en tous sens. Je sentis quelque chose me tirer l'épaule gauche en arrière, puis un éclair de douleur me traversa le bras. Malgré moi, je dus lâcher mon arme. La femme continuait à tirer, et j'entendais ses projectiles mortels siffler et exploser dans les murs, tout autour de moi.

Je pris la fuite et trouvai la porte menant à l'escalier de secours. Je trébuchai sur les marches, dégringolai. La fusillade s'interrompit. Je savais que la femme se lancerait à ma poursuite dès qu'elle aurait constaté la mort de son comparse. S'il avait pu survivre, je crois qu'elle aurait sans doute tenté de le sauver, et de sauver sa propre vie par la même occasion.

En arrivant au premier, j'entendis ses pas dans l'escalier, au-dessus de moi. Mon bras me faisait horriblement mal et j'avais la certitude qu'elle me rattraperait avant que j'atteigne le rez-de-chaussée.

Je pénétrai dans le couloir. Des bâches de plastique recouvraient le sol et il y avait un escabeau contre chaque mur, comme si on avait disposé des chicanes. Une lourde odeur de peinture et de solvant stagnait dans cet espace confiné. A six ou sept mètres de la porte se trouvait un petit renfoncement difficile à distinguer de loin. Il abritait un tuyau à incendie et un vieux modèle d'extincteur à eau. J'avais remarqué une installation identique près de ma chambre. Je m'y glissai et me plaquai contre le mur en essayant de maîtriser ma respiration. Soulevant l'extincteur de la main gauche, je voulus le prendre par en dessous de la main droite mais mon bras, qui saignait maintenant abondamment, était devenu inutile, et l'engin s'avérait trop lourd et trop encombrant pour faire une arme efficace. J'entendis ma poursuivante ralentir et pousser prudemment la porte avant de s'engager dans le couloir. Je suivis la progression de ses pas sur le sol bâché. Il y eut un grand bruit lorsqu'elle ouvrit d'un coup de pied la porte de la première chambre, un autre lorsqu'elle répéta l'opération à côté. Elle n'était plus très loin. Elle avait beau se déplacer sur la pointe des pieds, les bâches la trahissaient. Le sang qui m'inondait le bras gouttait au bout de mes doigts mais, tout doucement, je parvins à dérouler le tuyau. J'attendis qu'elle arrive.

Elle était presque au niveau de mon alcôve lorsque je balançai le tuyau devant moi à la manière d'un fouet. La lourde lance de bronze la frappa en plein visage et j'entendis un craquement d'os. Elle recula en titubant, tira un coup de feu dans le décor tout en portant instinctivement la main gauche à son visage. Je frappai de nouveau. Cette fois, le tuyau glissa sur sa main tendue, tandis que l'embout la touchait à la tempe. Elle poussa un gémissement de douleur. Je sortis de mon trou aussi vite que je le pus et, en tenant la lance de la main gauche, je passai la gaine autour de son cou comme un serpent enserrant sa proie.

Elle tenta de déplacer sa main le long du fusil, crosse collée contre la cuisse, pour réarmer la culasse, alors que le sang de son visage meurtri ruisselait entre les doigts de sa main droite. Un violent coup de pied lui fit lâcher l'arme. Je tirai la femme à moi en prenant appui contre le mur ; je la coinçais d'une jambe et, de l'autre, je bloquais le tuyau. Et nous restâmes ainsi collés, tels deux amants. J'avais le poignet plaqué contre la gaine, et dans ma main l'embout couvert de sang était devenu chaud. La femme tenta encore de se débattre pendant quelques instants, puis je sentis son corps mollir.

Lorsqu'elle cessa de bouger, je la libérai, et elle s'effondra. Je repris la gaine et tirai la jeune femme par la main jusqu'au rez-de-chaussée. A voir son visage violacé, je me dis que j'avais bien failli la tuer, mais je tenais néanmoins à la garder à l'œil.

Rudy Fry gisait sur le sol, dans son bureau, livide ; sur son visage et autour de la blessure de son crâne fracturé, le sang se coagulait déjà. J'appelai le shérif. Quelques minutes plus tard, j'entendais les sirènes et les rampes de gyrophares balayaient la pénombre du hall de leurs reflets rouges et bleus. Le sang et ces feux aveuglants me rappelaient une autre nuit et d'autres morts. Lorsque Alvin débarqua, arme au poing, j'étais en état de choc. J'avais la nausée, je tenais à peine sur mes jambes, et la lumière rouge dansait dans mes yeux comme les flammes d'un brasier.

— Vous avez de la chance, me dit le médecin, une femme âgée dont le sourire exprimait un mélange d'étonnement et de sollicitude. Quelques centimètres plus loin, et Alvin était bon pour faire votre éloge funèbre.

— J'aurais aimé l'entendre, répondis-je.

J'étais assis sur une table, en salle d'urgence, au centre médical de Haven, qui était petit mais bien équipé. Quoique sans gravité, ma blessure au bras avait abondamment saigné. On me l'avait nettoyée puis pansée, et ma main valide serrait un flacon d'antalgiques. J'avais l'impression d'avoir été fauché par un train.

Alvin Martin se trouvait à côté de moi. Wallace et un autre adjoint, au fond du couloir, montaient la garde devant la chambre de la femme qui avait essayé de me descendre. Elle n'avait toujours pas repris connaissance, et quelques rapides échanges entre le médecin et Martin me laissaient penser qu'elle était dans le coma. Rudy Fry, encore inconscient, lui aussi, se remettrait vraisemblablement de ses blessures.

— Des infos sur le commando ? demandai-je.

— Pas encore. On a envoyé les photos et les

empreintes aux fédéraux. Ils nous expédient quelqu'un de Richmond en fin de journée.

La pendule murale indiquait 6h45. Dehors, il pleuvait toujours. Martin se tourna vers le toubib :

— Elise, vous voulez bien nous laisser seuls une minute ou deux ?

— Sans problème, mais évitez de le fatiguer.

Il l'accompagna d'un sourire jusqu'à la porte mais, dès qu'elle eut disparu, le sourire s'évanouit.

— Vous êtes venu ici alors qu'il y avait un contrat sur votre tête ?

— Oh, j'ai entendu des rumeurs, c'est tout.

— Je vous emmerde, vous et vos rumeurs. Rudy Fry a failli crever et j'ai le cadavre d'un inconnu à la morgue, avec un trou dans le cou. Vous savez qui a commandité l'opération ?

— Je sais qui est derrière le coup.

— Vous comptez me le dire ?

— Non. Enfin, pas maintenant, en tout cas. Et je ne vais pas le dire au FBI non plus. Il faudrait que vous m'aidiez à les tenir à l'écart le temps nécessaire.

Martin faillit éclater de rire.

— Ah bon ? Et en quel honneur ?

— Il faut que j'achève ce que je suis venu faire ici. Il faut que je trouve Catherine Demeter.

— La fusillade aurait un rapport avec elle ?

— Je ne sais pas. C'est possible, mais pour l'instant, je ne vois pas lequel. J'ai besoin de votre aide.

Martin se mordit la lèvre.

— Au conseil municipal, c'est la panique. La mairie se dit que si les Japonais apprennent cette histoire, ils préféreront s'installer dans le désert du Nevada plutôt que venir ici. Tout le monde veut vous voir déguerpir.

Une aide-soignante entra dans la pièce et Martin se tut, préférant bouillonner en silence.

— Il y a un appel pour vous, monsieur Parker, m'annonça-t-elle. Un certain inspecteur Cole, de New York.

La douleur m'arracha une grimace lorsque je voulus

me lever. La jeune fille parut me prendre en pitié et, dans l'état où j'étais, je n'allais pas refuser.

— Ne bougez pas, me dit-elle en souriant. Je vais chercher un poste et on vous passera la communication.

Elle revint quelques minutes plus tard avec un téléphone qu'elle brancha à une prise murale. Alvin Martin hésita un moment avant de me laisser et de sortir à pas lourds.

— Walter ?

— Un adjoint vient de m'appeler. Que s'est-il passé ?

— On a essayé de me descendre au motel. Ils étaient deux. Un homme et une femme.

— Et tes blessures ?

— Une égratignure au bras. Rien de bien grave.

— Et ils se sont tirés ?

— Eh non. Le type est mort, je crois que la nana est dans le coma. On est en train d'examiner les photos et les empreintes. Et de ton côté, il y a du nouveau ? Pour Jennifer ?

Je fis ce que je pus pour repousser l'image du visage de ma fille, mais il s'incrusta dans un coin de mon esprit comme une silhouette entr'aperçue à la limite du champ visuel.

— Le bocal était absolument vierge. C'est un bocal de stockage médical standard. On est remonté jusqu'au fabricant grâce au numéro de lot, mais la boîte a fermé en 92. On va encore essayer, voir si on peut exhumer des vieilles archives, mais les chances sont minces. Le papier d'emballage a pu être acheté dans n'importe quelle boutique de cadeaux du pays. Là encore, aucune empreinte. Le labo est en train de travailler sur des échantillons de peau pour voir si on peut en tirer quelque chose. Et d'après les techniciens des télécoms, il a dû renvoyer l'appel, ce qui fait qu'on n'arrivera sans doute jamais à le localiser. Je te contacterai s'il y a quoi que ce soit de nouveau.

— Et Stephen Barton ?

— Rien de ce côté-là non plus. Vu le peu que je sais,

je commence à me demander si j'ai choisi le bon métier. On l'a assommé d'un coup à la tête, comme le pensait le médecin légiste, puis on l'a étranglé. Ensuite, on l'a sans doute trimballé jusqu'au parking avant de le balancer à la flotte.

— Les fédéraux cherchent toujours Sonny ?

— Pour autant que je sache, oui, mais comme je n'ai pas de nouvelles, j'en déduis qu'ils n'ont pas eu plus de chance que nous.

— Question chance, en ce moment, c'est plutôt la pénurie.

— Ça ne durera pas.

— Kooper sait-il ce qui s'est passé ici ?

J'entendis comme un rire étouffé à l'autre bout du fil.

— Pas encore. Je lui raconterai peut-être plus tard dans la matinée. Ce qui compte, pour lui, c'est que le nom de la fondation n'apparaisse pas, mais je ne sais pas comment il réagira en apprenant que le type qui a été engagé a fait un carnage dans le motel. J'imagine qu'il n'y a pas de précédent. Et chez toi, comment ça se passe ?

— On ne peut pas dire que les autochtones m'aient accueilli à bras ouvert et avec des colliers de fleurs. Pour l'instant, toujours aucun signe de la fille, mais quelque chose ne colle pas. J'ai du mal à mettre le doigt dessus, mais tout me paraît bizarre.

— On reste en contact, soupira-t-il. Je peux faire quelque chose ici ?

— J'imagine que tu n'as pas les moyens d'empêcher Ross de me harceler ?

— Impossible. Il ne te détesterait pas plus si tu avais sauté sa mère et écrit son nom sur les murs des toilettes publiques. Il va débarquer d'un moment à l'autre.

Walter raccrocha. Quelques secondes plus tard, je perçus un déclic. L'adjoint Martin était du genre précautionneux. Il ne réapparut qu'au bout d'un moment, pour que je ne le soupçonne pas de m'avoir espionné, mais l'expression de son visage avait changé. Finalement, il avait peut-être bien fait.

— Il faut que je trouve Catherine Demeter, lui dis-je. C'est la raison pour laquelle je suis ici. Quand ce sera fait, je partirai.

Il hocha la tête.

— J'ai demandé à Burns d'appeler les motels des environs. Ils n'ont aucune Catherine Demeter dans leurs registres.

— J'avais déjà essayé avant de quitter New York. Elle peut très bien avoir utilisé un nom d'emprunt.

— J'y ai pensé. Si vous pouvez me la décrire, j'enverrai Burns faire le tour des réceptions.

— Merci.

— Croyez-moi, je ne fais pas ça par bonté d'âme, j'aimerais simplement vous voir parti.

— Et en ce qui concerne Walt Tyler ?

— Si on a le temps, je vous accompagnerai chez lui un peu plus tard.

Il alla voir ses collègues en faction devant la chambre de l'inconnue qui avait essayé de m'assassiner. La vieille femme médecin revint jeter un coup d'œil sur mon pansement.

— Vous êtes sûr que vous ne voulez pas rester un peu, le temps de récupérer ? me demanda-t-elle.

— Non merci, lui dis-je.

— Je me doutais un peu que vous me répondriez ça. (Du menton, elle indiqua mon flacon d'antalgiques.) Attention aux risques de somnolence.

Je la remerciai pour la mise en garde puis glissai les comprimés dans ma poche tandis qu'elle m'aidait à enfiler ma veste sur mon torse nu. Je n'avais aucune intention de prendre ces médicaments contre la douleur, et à en juger par son expression, cela aussi, elle le savait.

Martin me conduisit au bureau du shérif. Le motel avait été mis sous scellés et on avait emporté mes vêtements. Je pris soin de protéger mon bras pansé à l'aide d'un sac en plastique avant de me doucher, puis je dormis à poings fermés, dans une cellule, jusqu'à ce que la pluie s'arrête.

Deux agents fédéraux arrivèrent peu après midi et me questionnèrent. L'interrogatoire fut assez sommaire, ce qui m'étonna, mais j'avais oublié que l'agent spécial Ross devait nous rejoindre dans la soirée. Quand Martin me retrouva au restaurant de Haven, vers dix-sept heures, la femme n'avait toujours pas repris conscience.

— Burns a du nouveau sur Catherine Demeter ?

— Burns a dû passer l'après-midi avec les fédéraux. Il dit qu'il passera quelques coups de fil aux motels du coin avant de rentrer chez lui. S'il y a quoi que ce soit, il m'appellera. Et si vous voulez voir Walt Tyler, on ferait bien d'y aller tout de suite.

23

Walt Tyler habitait une maison de bardeaux, une vieille baraque blanche qui tombait en ruine, mais paraissait propre. Contre un mur s'élevait une montagne de pneus de voiture qui étaient, à en croire une pancarte plantée en bord de route, « à vendre ». Divers autres objets plus ou moins vendables attendaient un hypothétique acheteur dans l'allée gravillonnée et sur la pelouse fraîchement tondue. Notamment deux tondeuses vaguement retapées, des moteurs et des pièces de moteur, ainsi que du matériel de musculation rouillé, dont un équipement complet de poids et haltères.

Tyler était grand, légèrement voûté, et aucun de ses cheveux gris ne manquait à l'appel. Il avait été bel homme, comme la photo du journal me l'avait laissé supposer, et ses gestes restaient empreints d'une gracieuse souplesse, comme s'il refusait d'admettre que les soucis, l'inquiétude et l'infinie détresse d'un parent ayant perdu son unique enfant avaient eu raison de son charme.

Il accueillit Alvin assez chaleureusement mais me serra la main d'une manière un peu moins cordiale, et ne semblait pas vouloir nous recevoir à l'intérieur. Il nous proposa de nous asseoir sur la terrasse en dépit des menaces de pluie. Il s'installa dans un fauteuil d'osier qui avait l'air confortable, tandis que Martin et moi avions droit à deux chaises en fer forgé rescapées d'un ensemble de jardin et qui, à en croire le carton accroché au dos de la mienne, étaient également « à vendre ».

Sans que Tyler eût fait l'effort de la solliciter, une femme qui devait avoir une dizaine d'années de moins que lui vint nous apporter du café dans de belles tasses en porcelaine blanche. Elle aussi avait dû être plus belle autrefois, même si, dans son cas, elle avait gagné en charme : sa beauté avait mûri, et elle avait désormais l'élégance paisible d'une femme que l'âge n'effraie pas et dont les rides altèrent la grâce, mais sans la menacer. Elle lança un regard à Tyler qui, pour la première fois depuis notre arrivée, esquissa un sourire. Un sourire qu'elle lui rendit avant de réintégrer la maison. Elle ne remit plus les pieds sur la terrasse.

L'adjoint au shérif commença à dire quelque chose, mais Tyler l'interrompit aussitôt d'un petit geste.

— Je sais pourquoi vous êtes ici, adjoint. Je ne vois qu'une raison pour que vous ameniez un inconnu chez moi. (Il me dévisagea fixement avec des yeux jaunissants, au pourtour rouge, dans lesquels je décelai pourtant un intérêt presque amusé.) C'est vous, le gars qui a fait un carton au motel ? (Son sourire vacilla.) Vous, au moins, vous vous ennuyez pas. Elle vous fait mal, votre épaule ?

— Un peu.

— Je me suis fait tirer dessus, une fois, en Corée. J'ai pris une balle dans la cuisse. Je peux vous dire que ça m'a fait mal, et pas qu'un peu. La vache…

Ce souvenir lui inspira une grimace, un peu exagérée, puis il se tut. J'entendais l'orage gronder au-dessus de nous, et la terrasse parut s'obscurcir un instant, mais je voyais encore Walt Tyler qui me regardait et qui ne souriait plus.

— M. Parker est détective, Walt, lui expliqua Alvin. Il était inspecteur de police, dans le temps.

— Je recherche quelqu'un, monsieur Tyler, dis-je. Une femme. Vous vous souvenez sans doute d'elle. Elle s'appelle Catherine Demeter. C'est la sœur cadette d'Amy Demeter.

— Je pensais bien que vous étiez pas journaliste. Jamais Alvin m'amènerait une de ces... (il chercha le mot)... sangsues.

Il s'empara de sa tasse de café et but lentement, tranquillement, comme pour se forcer à ne pas en dire davantage et aussi pour prendre le temps de réfléchir à ce que je venais de déclarer.

— Je me souviens d'elle, mais elle est pas revenue depuis que son papa est mort, et ça remonte facilement à dix ans. Elle a plus de raison de revenir ici, maintenant.

J'avais la vague impression d'avoir déjà entendu ce refrain.

— Je pense qu'elle est tout de même revenue, insistai-je, et à mon avis, il y a forcément un rapport avec les drames qui se sont produits jadis. Vous faites partie des derniers qui restent, monsieur Tyler. Vous, le shérif et une ou deux autres personnes, vous êtes les seuls témoins directs des événements.

J'avais le sentiment qu'il ne s'était pas exprimé à haute voix sur cette tragédie depuis longtemps, et pourtant je savais que régulièrement, il y repensait, même vaguement, même sans en avoir totalement conscience. C'était comme ces vieilles douleurs qui ne disparaissent jamais mais qui parfois s'oublient dans le feu de l'action, et qui reviennent au moment où on croyait les avoir oubliées. Et je me disais que chaque fois qu'il repensait à sa fille, une nouvelle ride devait apparaître sur son visage, et qu'un homme qui avait été beau pouvait ainsi se dégrader, telle une belle statue de marbre rongée par le temps et réduite à l'ombre de ce qu'elle fut.

— Je l'entends encore, parfois. Je l'entends marcher sur la terrasse, la nuit, je l'entends chanter dans le jardin. Les premières fois, quand je l'entendais, je me précipitais dehors, mais c'était quand je dormais ou quand j'étais en train de me réveiller. Je la voyais jamais, alors au bout d'un moment, j'ai arrêté de courir, mais j'ai continué à me réveiller. Maintenant, elle vient plus si souvent.

Peut-être lut-il sur mon visage, malgré le jour qui déclinait lentement, quelque chose qui l'amena à comprendre. Je n'en suis pas totalement sûr et rien, dans son attitude, ne prouvait qu'il savait, ni qu'il existait entre nous plus qu'un besoin de savoir et un désir de dire, mais il s'interrompit brièvement au milieu de son récit et dans ce très court instant, nous faillîmes nous toucher, comme deux voyageurs qui se croisent sur un chemin long et pénible et se réconfortent mutuellement.

— C'était ma seule enfant, poursuivit-il. Elle a disparu en rentrant de la ville, un jour d'automne, et je l'ai jamais revue vivante. Quand je l'ai revue, c'était plus que des os et du papier, et je la reconnaissais pas. Ma femme — elle est décédée depuis —, elle a signalé sa disparition à la police, mais personne est venu avant un ou deux jours, alors, pendant ce temps, on a fouillé les bois, les maisons, et partout où on pouvait. On est allés frapper à toutes les portes pour demander, mais personne pouvait nous dire où elle était et où elle aurait pu être. Et puis trois jours après sa disparition, un adjoint du shérif est venu, il m'a arrêté en m'accusant d'avoir tué ma gosse. Ils m'ont gardé deux jours, ils m'ont traité de violeur, de pédophile, mais j'ai toujours dit que des choses vraies et au bout d'une semaine, ils m'ont relâché. Et ma petite fille est jamais revenue.

— Comment s'appelait-elle, monsieur Tyler ?

— Elle s'appelait Etta Mae Tyler et elle avait neuf ans.

Les arbres chuchotaient dans la brise du soir, et j'entendais les planches de la maison craquer et s'ajuster. Sur la pelouse, à la faveur d'un coup de vent, une balançoire d'enfant se mit à osciller. Pendant l'échange, on aurait dit que tout bougeait autour de nous, comme si nos paroles venait de réveiller une chose en sommeil depuis longtemps.

— Deux autres enfants ont disparu trois mois plus tard, tous les deux des Noirs, à une semaine d'intervalle.

Il faisait sacrément froid. Les gens se sont dit que la première, la petite Dora Lee Parker, était peut-être passée à travers la glace en jouant. Sur la glace, c'était une vraie terreur, cette gamine. Mais on a fouillé toutes les berges des rivières, on a dragué tous les étangs, et on l'a pas retrouvée. La police est venue et on m'a de nouveau interrogé, et pendant un moment, même certains de mes voisins m'ont regardé bizarrement. Et puis là aussi la police a laissé tomber. C'était des enfants noirs et elle voyait pas pourquoi il y aurait eu un lien entre les deux enlèvements.

« Le troisième enfant était pas de Haven, mais de Otterville, à une soixantaine de kilomètres d'ici. C'était encore un Noir, un petit garçon qui s'appelait... (Il s'arrêta, posa la paume de sa main sur son front, appuya doucement, paupières bien closes, avant de poursuivre calmement, en hochant légèrement la tête :) Bobby Joiner. Là, les gens ont commencé à avoir peur, et une délégation est allée voir le shérif et le maire. Ils se sont mis à empêcher les gosses de sortir, surtout quand il faisait nuit, et les policiers, ils ont interrogé tous les Noirs à des kilomètres à la ronde, et aussi quelques Blancs, des pauvres types connus comme homosexuels, surtout.

« Je crois qu'ensuite, il y a eu une période d'attente. Ceux qui avaient fait ça, ils attendaient que les Noirs se calment et soient moins sur leurs gardes, mais ils pouvaient toujours attendre. Ça a continué pendant des mois et des mois, jusqu'au début des années soixante-dix. Et là, c'est la petite Demeter qui a disparu, et tout a changé. Les policiers, ils ont interrogé les gens dans toute la région, ils ont pris des dépositions, ils ont organisé des recherches. Mais personne avait rien vu. C'était comme si la petite s'était évaporée dans l'air.

« Là, les choses se sont gâtées pour les Noirs. La police se disait que finalement, il y avait peut-être bien un rapport entre les disparitions. Elle a appelé le FBI. Et à partir de ce moment, les hommes noirs qui se promenaient dehors à la nuit tombée risquaient de se faire arrêter ou passer à tabac, ou bien les deux. Mais ces gens-là… (il répétait cette expression avec une pointe d'incrédulité dans la voix, comme s'il secouait mentalement la tête en songeant aux horreurs dont l'homme était capable)... ces gens-là aimaient ce qu'ils faisaient, et ils pouvaient pas s'arrêter. La femme a voulu enlever un gamin à Batesville, mais elle était seule, et le gosse s'est débattu avec les mains, avec les pieds, et il lui a griffé le visage et il s'est sauvé. Elle a essayé de le rattraper, et puis elle a abandonné. Elle savait ce qui l'attendait.

« Il était futé, le gamin. Il s'est souvenu de la marque de la voiture, il pouvait décrire la femme, il se rappelait même une partie des numéros de la plaque d'immatriculation. C'est seulement le lendemain que quelqu'un s'est souvenu de la voiture et qu'on est allé chercher Adelaide Modine.

— La police ?

— Non, pas la police. Une équipe qui s'est montée, comme ça. Il y avait des hommes de Haven, d'autres de Batesville, deux ou trois de Yancey Mill. Le shérif, il était absent quand ça s'est passé et les agents du FBI étaient partis. Mais l'adjoint Earl Lee Granger, en fait, était avec eux quand ils sont tous arrivés chez les Modine. La femme, elle était plus là. Il y avait que son frère, et il s'était enfermé dans la cave. Alors ils ont cassé la porte. »

Il s'arrêta, et en l'entendant déglutir dans la nuit tombante, je compris qu'il avait fait, lui aussi, partie de l'expédition.

— Il disait qu'il savait pas où était sa sœur, qu'il savait rien sur les enfants qui auraient été tués. Alors ils l'ont pendu à une poutre du toit et ils ont dit que c'était un suicide. Ils ont fait venir le docteur Hyams pour qu'il fasse le constat, même si la poutre était à cinq mètres de haut et que pour se pendre, il aurait fallu que le gosse grimpe aux murs. Après, les gens racontaient en rigolant que le frangin Modine, il devait avoir drôlement envie d'en finir, pour être monté là-haut tout seul.

— Mais vous m'avez dit, tout à l'heure, que la

femme était seule lorsqu'elle a essayé d'enlever le gamin, remarquai-je. Comment ont-ils su que le frère Modine était dans le coup ?

— Ils le savaient pas, ou en tout cas ils en étaient pas sûrs. Mais elle s'était forcément fait aider par quelqu'un. Un gosse, ça peut être dur à attraper. Il se débat, il donne des coups de pied, il crie au secours. C'est pour ça qu'elle avait pas réussi, la dernière fois, parce qu'elle avait personne pour l'aider. Enfin, c'est ce qu'ils se sont dit.

— Et vous ?

Silence.

— Je le connaissais, ce jeune, et c'était pas un tueur. Il était faible et… gentil. C'était un homosexuel — il s'était fait surprendre avec un autre garçon dans son école privée, et on l'avait renvoyé. Ma sœur, elle avait appris ça quand elle faisait le ménage pour des Blancs, en ville. L'affaire avait été étouffée, mais des histoires circulaient. Je crois que c'est à cause de ça que les gens l'avaient un temps soupçonné. Quand sa sœur a voulu enlever le gamin, eh bien ils se sont dit que, forcément, il était au courant. Moi, je pense qu'il était au courant, ou en tout cas qu'il s'en doutait. Je ne sais pas, mais…

Il lança un regard en direction de Martin, qui le dévisagea.

— Continuez, Walt. Il y a des choses que je sais, moi aussi. Rien de ce que vous allez dire ne va vraiment me surprendre.

Tyler, mal à l'aise, hocha la tête d'un air pensif et reprit :

— Le shérif Earl Lee, il savait que le jeune était pas dans le coup. Il était avec lui le soir où on avait enlevé Bobby Joiner. Et d'autres soirs aussi, d'ailleurs.

Je regardai Alvin Martin qui opinait en fixant le plancher des yeux.

— Comment avez-vous su ? demandai-je.

— Je les ai vus, répondit simplement Tyler. Leurs voitures étaient garées sous des arbres, à la sortie de la ville, le soir où Bobby Joiner a été kidnappé. Je me baladais à travers champs quelquefois, pour me sortir un peu d'ici, même si c'était dangereux vu tout ce qui se passait. J'ai aperçu les voitures, je me suis approché en me baissant et je les ai vus. Le jeune Modine, il faisait... une gâterie au shérif, et après ils sont passés à l'arrière et le shérif, il l'a pris.

— Et vous les avez vus ensemble plus tard ?

— Plusieurs fois, au même endroit.

— Et le shérif a laissé pendre le jeune ?

— Il allait pas parler, cracha Tyler, sans quoi on risquait d'apprendre ce qu'il faisait. Et il les a regardés pendre ce pauvre gosse.

— Et sa sœur ? Qu'est devenue Adelaide Modine ?

— Ils l'ont cherchée aussi, ils ont fouillé toute la maison et les environs, mais elle avait disparu. Puis quelqu'un a remarqué un feu dans les ruines d'une vieille baraque sur East Road, à une quinzaine de kilomètres de Haven, et très vite tout l'endroit s'est transformé en brasier. Thomas Joiner se servait de cette bicoque pour stocker des vieux pots de peinture et des trucs inflammables, il voulait pas que les gosses y touchent. Et quand le feu a été éteint, on a découvert un corps tout brûlé, et ils ont dit que c'était celui d'Adelaide Modine.

— On l'a identifié comment ?

Ce fut Martin qui répondit.

— Il y avait un sac près du cadavre, avec des restes de liasses de billets et de papiers, surtout des relevés de compte bancaire. On a retrouvé sur le corps des bijoux à elle, un bracelet d'or et de diamants qu'elle portait toujours. C'était celui de sa mère, à ce qu'on disait. Les dents correspondaient aussi. Le docteur Hyams a montré ses radios — il partageait un cabinet avec le dentiste, mais le dentiste n'était pas là cette semaine-là.

« Apparemment, elle s'était cachée là, en attendant peut-être son frère ou quelqu'un d'autre, et elle s'est endormie avec sa cigarette. On racontait qu'elle avait picolé, peut-être pour se tenir chaud. Toute la baraque est partie en flammes. On a retrouvé sa voiture pas loin, avec un sac plein de vêtements dans le coffre.

— Avez-vous des souvenirs d'Adelaide Modine, monsieur Tyler. N'importe quoi qui puisse expliquer…

— Expliquer quoi ? me coupa-t-il. Expliquer pourquoi elle a fait ça ? Expliquer pourquoi quelqu'un l'a aidée à le faire ? Je peux pas expliquer des choses pareilles à quelqu'un ; même moi, je me l'explique pas. Oui, elle avait quelque chose en elle, ça, c'est sûr, quelque chose de puissant, mais c'était quelque chose de sinistre, quelque chose de mauvais. Je vais vous dire un truc, monsieur Parker. De tout ce que j'ai pu voir sur cette terre, Adelaide Modine était ce qu'il y a de plus proche du mal absolu, et pourtant, j'ai vu des frères pendus aux arbres et brûlés pendant qu'on les pendait. Adelaide Modine, elle était pire que les gens qui avaient pendu mes frères, parce que je peux pas imaginer la raison pour laquelle elle aurait fait ça. Ça peut pas s'expliquer, sauf si on croit au diable et à l'enfer. C'est la seule explication que je peux trouver. Elle venait de l'enfer. »

Je demeurai un instant silencieux ; j'essayais de trier et d'évaluer ce que je venais d'entendre. Walt Tyler m'observait pendant que je réfléchissais à tout cela, et je crois qu'il savait à quoi je pensais. Il n'avait encore dit à personne ce qu'il savait du shérif et du jeune Modine, et je le comprenais. Ce genre d'allégation pouvait lui coûter la vie et ce n'était pas une preuve formelle de l'innocence de Modine. Si ce que Tyler disait du caractère de William Modine était vrai, celui-ci n'avait néanmoins pas le profil d'un meurtrier pédophile. Mais le fait de savoir qu'un homme impliqué dans le meurtre de sa fille pouvait avoir échappé à la justice avait dû tourmenter Tyler durant de longues années.

Restait à connaître la deuxième partie de l'histoire.

— On a trouvé les enfants le lendemain, conclut Tyler, alors que les recherches venaient de commencer. Un jeune qui était parti chasser s'est abrité dans une maison abandonnée, sur la propriété des Modine, et son chien s'est mis à gratter contre la porte de la cave. C'était une sorte de trappe dans le sol. Le jeune a tiré sur la serrure, le chien est descendu, et il l'a suivi. Il est tout de suite rentré chez lui en courant et il a appelé la police.

« Il y avait quatre corps au fond. Ma petite fille, et les trois autres. Ils... »

Il s'interrompit, et son visage se creusa, mais il ne pleura pas.

— Vous n'êtes pas obligé de continuer, lui dis-je doucement.

— Non, il faut que vous sachiez. (Et il poursuivit, plus fort, tel un animal blessé qui gémit :) Il faut que vous *sachiez* ce qu'ils ont fait, ce qu'ils ont fait à ces mômes, à ma petite. Ils les ont violés, et ils les ont torturés. Ma gamine, elle avait tous les doigts cassés, broyés, et les os sortis des articulations. (Il était à présent en larmes et tendait ses grandes mains ouvertes devant lui, comme un suppliant devant Dieu.) Comment ont-ils pu faire des choses pareilles ? A des enfants ? Comment ?

Puis il donna l'impression de se réfugier en lui-même, et je crus apercevoir à la fenêtre le visage de la femme, et ses doigts qui glissaient sur la vitre. Nous tînmes encore un moment compagnie à Tyler, puis nous nous levâmes pour partir.

— Monsieur Tyler, lui dis-je à mi-voix, une dernière chose. Où est la maison où on a retrouvé les enfants ?

— Sur la route, à cinq ou six kilomètres d'ici. C'est là que commence la propriété des Modine. Il y a une croix de pierre au début du chemin. La maison, aujourd'hui, il en reste plus grand-chose. Quelques murs et un bout de toit. L'Etat voulait la faire démolir, mais on est quelques-uns à avoir protesté. On voulait que ça reste pour que les gens se souviennent de ce qui s'était passé, alors la maison est restée.

Nous le laissâmes, mais en descendant les marches de la terrasse, j'entendis sa voix derrière moi.

— Monsieur Parker. (Sa voix avait repris toute sa vigueur. Elle ne tremblait plus, mais on décelait encore l'ombre de la douleur dans ses intonations.) Monsieur Parker, elle est morte, cette ville. Elle est hantée par les fantômes des enfants morts. Si vous trouvez la fille Demeter, vous lui dites de retourner là d'où elle vient. Il y a que la peine et la misère qui l'attendent ici. Dites-lui ça. Vous lui direz quand vous la trouverez, hein ?

A la lisière de son jardin encombré d'objets à vendre, le murmure du vent dans les arbres s'amplifia et j'eus l'impression que juste au-delà de mon champ visuel, là où le noir devenait presque trop noir pour qu'un regard le pénètre, quelque chose bougeait. Des silhouettes se balançaient en frôlant le halo de lumière de la maison, et des rires d'enfants tourbillonnaient dans les airs.

Puis il n'y eut plus que les branches de pins brassant l'air de la nuit, et le ferraillement creux d'une chaîne dans le bric-à-brac du jardin.

24

Sur la côte de la Casuarina, dans la région du delta d'Irian, en Nouvelle-Guinée indonésienne, vit une tribu appelée les Asmats. Forte de vingt mille hommes, elle est la terreur de toutes les tribus avoisinantes. Dans leur langue, Asmat signifie « le peuple — les êtres humains ». Ils se définissent comme les seuls humains, tous les autres étant relégués au statut de non-humains, avec tout ce que cela suppose. Les Asmats ont un mot pour désigner les autres : ils les appellent *manowe*. Ce qui veut dire « ceux que l'on peut manger ».

Hyams n'avait aucune réponse aux questions soulevées par le comportement d'Adelaide Modine, pas plus que Walt Tyler. Peut-être qu'elle et d'autres comme elle avaient un point commun avec les Asmats. Peut-être voyaient-ils les autres comme des moins qu'humains, de sorte que leur souffrance n'avait aucune importance et que son intérêt se limitait au plaisir qu'elle pouvait procurer.

Je me souvenais d'une conversation avec Woolrich après notre rencontre avec Tante Marie Aguillard. De retour à La Nouvelle-Orléans, nous descendions Royal Street sans rien dire. Nous venions de passer devant le vieil hôtel particulier de madame Lelaurie où des esclaves avaient été enchaînés et torturés dans les combles jusqu'au jour où des pompiers les avaient découverts et qu'une foule en furie avait chassé madame Lelaurie de la ville. Nous avions fini chez Tee Eva, sur Magazine. Woolrich avait commandé des patates douces et une bière, une Jax. Du pouce, il avait tracé un chenal sur la condensation qui tapissait la bouteille, puis avait passé son doigt mouillé sur sa lèvre supérieure.

— J'ai lu un rapport du Bureau, la semaine dernière, avait-il commencé. Je crois que c'était une sorte de bilan général sur les tueurs en série. Où on en est, et où on va.

— Et où va-t-on ?

— En enfer, voilà où on va. Ces types, ce sont de vrais virus. Ils se propagent comme des bactéries et ce pays n'est pour eux qu'un gigantesque bouillon de culture. Le Bureau estime que chez nous, les tueurs en série font chaque année plus de deux mille victimes. Les gens qui regardent Oprah Winfrey et Jerry Springer, ou qui s'abonnent à Jerry Falwell sur le câble, ça, ils ne veulent pas le savoir. Ils en entendent parler dans la presse populaire ou à la télé, mais c'est uniquement lorsqu'on en arrête un. Le reste du temps, ils n'ont pas la moindre idée de ce qui se passe autour d'eux.

Il avait bu une longue gorgée de Jax.

« A l'heure où je te parle, il y a au moins deux cents tueurs de ce genre en activité. Deux cents *au minimum*. (Il commençait à s'exciter sur les chiffres et à chaque statistique, martelait la table avec sa bouteille.) Neuf sur dix sont des hommes, huit sur dix sont de race blanche et un sur cinq ne sera jamais découvert. Jamais.

« Et tu sais le plus curieux ? Il y en a plus chez nous que partout ailleurs. Ces bons vieux Etats-Unis d'Amérique les fabriquent comme des putains de poupées Elmo. Les trois quarts des tueurs en série vivent et travaillent dans ce pays. Je vais te dire, moi : c'est le symptôme d'une pathologie. Nous sommes malades, nous sommes faibles, et ces tueurs sont comme un cancer à l'intérieur du corps. Plus on se développe, plus ils se multiplient rapidement.

« Et tu sais, plus on est nombreux, plus on s'éloigne les uns des autres. On vit carrément les uns sur les autres, mais spirituellement, socialement, moralement, on n'a jamais été aussi loin les uns des autres. Alors ces types se pointent, avec leurs couteaux et leurs cordes, et ils sont encore plus loin des autres que nous. Il y en a qui ont même l'instinct du flic. Ils sont capables de se repérer entre eux au flair. En février, on a coincé en Angola un type qui communiquait avec un homme soupçonné d'avoir violé et tué des gosses, à Seattle. Il se servait d'extraits de la Bible comme code. Je ne sais pas comment ces deux malades ont fait pour se trouver, mais ils se sont trouvés.

« Le plus drôle, c'est que la plupart d'entre eux sont encore plus mal lotis que le reste de l'humanité. Ils sont inadaptés — sexuellement, sentimentalement, physiquement ou ce que tu veux — et ils se vengent sur ceux qui sont autour d'eux. Ils n'ont pas de... (il agitait les mains, cherchait ses mots)... perspective. Ils n'ont pas une vision d'ensemble de ce qu'ils font. Ils n'agissent pas dans un but précis. C'est simplement la manifestation d'une espèce de tare fatale.

« Et les gens qu'ils tuent, ils sont tellement cons qu'ils ne comprennent pas ce qui se passe autour d'eux. Ces tueurs devraient faire l'effet d'un signal d'alarme, mais personne n'écoute, et le fossé ne fait que s'élargir. Eux, ils ne voient que ça, cette distance qui nous sépare, alors ils franchissent le fossé et nous enlèvent, un par un. Tout ce que nous pouvons faire, c'est espérer qu'ils le feront assez souvent pour que nous puissions comprendre leur fonctionnement et établir un lien entre eux et nous, jeter un pont sur le fossé.

« C'est la distance, poursuivit-il, les yeux braqués sur la rue mais le regard au-delà. La distance entre la vie et la mort, le paradis et l'enfer, nous et eux. Ils sont obligés de franchir le fossé pour être assez près et pouvoir nous prendre, mais c'est uniquement une question de distance. Ils adorent la distance. »

Et j'eus le sentiment, tandis que la pluie frappait ma vitre, qu'Adelaide Modine, le Voyageur et ceux qui, comme eux, écumaient le pays étaient unis par cette distance qui les séparait du commun de l'humanité. Ils me rappelaient ces petits garçons qui torturent des animaux ou qui retirent les poissons de leur bassin pour les regarder agoniser en se tortillant, la gueule ouverte.

Adelaide Modine était à mon sens encore pire que les autres, parce que c'était une femme, et que faire ce qu'elle avait fait allait non seulement à l'encontre de la loi, de la morale et de tous les principes, quels que soient leurs noms, qui peuvent nous rassembler et nous empêcher de nous entre-tuer, mais aussi à l'encontre de la nature. Une femme qui tue un enfant semble déclencher en nous quelque chose qui va bien au-delà de la révulsion ou de l'horreur. Elle suscite une sorte de désespoir, une absence de foi dans les fondations sur lesquelles nous avons bâti notre vie. Tout comme Lady Macbeth aurait voulu ne plus être femme pour pouvoir tuer le vieux roi, une femme capable de tuer un enfant renonçait à sa nature fondamentale, divorçait en quelque sorte de son sexe. Adelaide Modine, telle la sorcière de Milton, était « attirée par l'odeur du sang des nouveau-nés ».

Je ne peux pas accepter la mort d'un enfant. Pour moi, tuer un enfant, c'est par la même occasion tuer l'espoir, tuer l'avenir. Je me revois encore en train d'écouter Jennifer respirer, en train de regarder sa petite poitrine de bébé se soulever et s'abaisser, et je me souviens du sentiment de gratitude et de soulagement que j'éprouvais à chacun de ses souffles. Quand elle pleurait, je la berçais dans mes bras et j'attendais que ses sanglots se fondent lentement dans le rythme apaisant du sommeil. Et lorsque enfin elle avait retrouvé le calme, je me penchais lentement, tout doucement, le dos cassé par cette position prolongée, et je la reposais dans son berceau. Quand on me l'a arrachée, c'est tout un monde qui est mort. Un nombre infini d'avenirs prenaient brutalement fin.

A l'approche du motel, je sentis s'abattre sur moi un immense désespoir. Hyams avait déclaré ne rien avoir décelé, chez les Modine, qui eût pu indiquer l'ampleur du mal existant en eux. Walt Tyler, si ce qu'il avait dit était vrai, n'avait vu ce mal que chez Adelaide Modine. Elle avait vécu parmi ces gens-là, avait grandi avec eux, avait peut-être même joué avec eux, s'était assise à côté d'eux à l'église, les avait regardés se marier et faire des enfants, avait fait de ces enfants ses proies, et personne ne l'avait jamais soupçonnée.

Je crois que je réclamais un pouvoir qui était hors de ma portée : le pouvoir de percevoir le mal, la faculté de scruter les visages dans une salle bondée et d'y lire les signes de la dépravation et de la corruption. Cette pensée ranima le souvenir d'un crime sordide commis dans l'Etat de New York quelques années plus tôt. Un adolescent de treize ans avait tué un gamin à coups de pierres, dans un bois. Les mots du grand-père du jeune assassin étaient restés gravés dans ma mémoire. « Mon Dieu, avait-il dit, j'aurais dû m'en rendre compte. J'aurais dû remarquer quelque chose. »

— Existe-t-il des photos d'Adelaide Modine ? finis-je par demander.

Le front de Martin se creusa.

— Il y en a peut-être dans les dossiers de la première enquête. Et il se pourrait que la bibliothèque en ait quelques-unes. Au sous-sol, ils archivent un peu tout ce qui concerne Haven, vous voyez, des annuaires d'école, des photos de journaux. Vous trouverez peut-être quelque chose. Pourquoi cette question ?

— Par curiosité. Elle est responsable d'une bonne partie de ce qui est arrivé à cette ville, mais j'ai du mal à me la représenter. J'aurais peut-être aimé voir comment étaient ses yeux.

Martin me lança un regard perplexe.

— Je peux demander à Laurie de jeter un coup d'œil dans les archives de la bibliothèque. Je vais aussi essayer de voir si Burns peut regarder les nôtres, d'archives, mais ça risque de prendre du temps. Tout est dans des cartons et le système de classement est un peu spécial. Certains dossiers ne sont même pas classés par ordre alphabétique. Ça représente beaucoup de travail pour satisfaire une simple curiosité.

— J'aimerais que vous le fassiez quand même.

Martin fit un bruit de gorge, mais sans rien ajouter pendant un moment. Puis, lorsque le motel apparut sur notre droite, il s'arrêta sur le bas-côté.

— A propos d'Earl Lee...

— Continuez.

— Le shérif est un type bien. Il a tout fait pour que cette ville ne sombre pas après la tragédie, d'après ce qu'on m'a dit — lui, le docteur Hyams et quelques personnes. C'est quelqu'un de réglo, et je n'ai pas à me plaindre de lui.

— Si ce qu'affirme Tyler est vrai, vous devriez.

— Si c'est vrai, approuva Martin, le shérif doit vivre avec ce qu'il a fait. C'est un homme perturbé, monsieur Parker, perturbé par le passé, perturbé par ce qu'il est. La seule chose que je lui envie, c'est sa force. (Il écarta les mains, haussa légèrement les épaules.) Au fond de moi-même, je pense que vous devriez rester ici et lui parler quand il rentrera, mais en réfléchissant un peu, je me dis que le mieux, pour tout le monde, serait que vous terminiez le plus tôt possible ce que vous avez à faire et que vous partiez.

— Avez-vous des nouvelles de lui ?

— Non. Il avait un congé à prendre et il est possible qu'il l'ait un peu prolongé, mais je ne vais pas aller l'emmerder avec ça. Il se sent seul. Un homme qui veut fréquenter d'autres hommes, il n'est pas gâté, ici.

— Effectivement, fis-je en voyant clignoter au loin le néon du Welcome Inn. Je comprends.

L'appel arriva juste au moment où Martin venait de redémarrer. Il y avait un mort au centre médical : l'inconnue qui avait tenté de me tuer la veille.

A notre arrivée, deux voitures de patrouille barraient l'accès du parking, et j'aperçus les deux hommes du

FBI en train de discuter à la porte. Martin franchit le barrage et quand nous descendîmes de voiture, les deux agents se dirigèrent aussitôt vers moi d'un même élan, armc au poing.

— Du calme ! Du calme ! cria Martin. Il était tout le temps avec moi. Rangez-moi ça, les enfants.

— On le maintient en garde à vue jusqu'à l'arrivée de l'agent Ross, annonça l'un des deux hommes, qui s'appelait Willox.

— Vous ne maintenez personne en garde à vue, vous n'arrêtez personne avant qu'on sache ce qui se passe ici.

— Adjoint, je vous préviens, vous prenez des risques.

A cet instant, alertés par les cris, Wallace et Burns sortirent du centre médical. Et, ce qui était tout à leur honneur, ils se rangèrent aussitôt aux côtés de Martin, la main à proximité de leur arme.

— Je vous le répète, laissez tomber, fit tranquillement Martin.

Les fédéraux semblaient prêts à aller jusqu'à l'épreuve de force, mais ils finirent par rengainer leurs armes et reculer.

— L'agent Ross va en entendre parler, siffla Willox à l'adresse de Martin, mais l'adjoint passa devant lui en l'ignorant.

Wallace et Burns nous escortèrent jusqu'à la chambre où la jeune femme était restée sous surveillance.

— Que s'est-il passé ? demanda Martin.

Wallace, soudain rouge comme une pivoine, bafouilla :

— Putain, Alvin, il y a eu un problème dehors et…

— Quel genre de problème ?

— Un moteur qui a pris feu. C'était la voiture d'une des infirmières. Je comprenais pas. Il y avait personne à l'intérieur et elle s'en était pas servie depuis ce matin. Je me suis peut-être absenté cinq minutes et quand je suis revenu, elle était comme ça…

Nous étions arrivés à la chambre. Par l'entrebâillement de la porte, je vis la pâleur cireuse du corps et le sang sur l'oreiller, près de l'oreille gauche, dans laquelle brillait un objet métallique muni d'un manche de bois. La fenêtre par où l'auteur du meurtre s'était introduit était toujours ouverte ; on avait brisé la vitre pour abaisser le loquet. Par terre, je remarquai une petite feuille de papier brun à laquelle étaient collés des débris de verre. On s'était donné le mal de badigeonner le papier de sirop ou de colle pour étouffer le bruit du bris de glace et éviter que les éclats ne tintent en tombant au sol.

— Qui est entré ici, à part vous ?

— La toubib, une infirmière et les deux fédéraux, répondit Wallace tandis qu'apparaissait derrière nous Elise, le médecin, l'air las et bouleversé.

— Que lui est-il arrivé ? demanda Martin.

— On lui a enfoncé un objet pointu — je crois que c'est un pic à glace — dans l'oreille et le cerveau. Elle était morte lorsque nous sommes arrivés.

— Il a laissé le pic à glace, observa Martin d'un ton détaché.

— C'est du beau travail, dis-je. Si le type — ou la nana — qui a fait ça se fait coincer, on n'a pas de preuve.

Martin me tourna le dos pour s'entretenir avec ses collègues. J'en profitai pour m'éloigner vers les toilettes hommes. Wallace me regarda, je fis mine de suffoquer. Il tourna la tête, le regard méprisant. Je m'attardai cinq secondes dans les toilettes avant de m'éclipser par la sortie de secours.

Le temps m'était compté. Je savais que Martin essaierait de me cuisiner pour savoir qui avait commandité la tentative de meurtre sur mon humble personne, et l'agent Ross le talonnait. Dans le meilleur des cas, il me retiendrait jusqu'à ce qu'il obtienne les renseignements voulus et je pourrais faire une croix sur mes espoirs de retrouver Catherine Demeter. Je retournai donc au motel, où ma voiture était toujours garée, et quittai Haven.

25

Le chemin de terre qui menait aux ruines de la maison était extrêmement boueux, et mon véhicule avait du mal à passer, comme si la nature elle-même cherchait à m'empêcher d'approcher. C'était de nouveau le déluge ; le vent et la pluie semblaient se liguer pour rendre mes essuie-glaces quasiment inutiles. J'avais mal aux yeux. Je cherchais la croix de pierre, et lorsque je l'eus repérée, je m'engageai sur le chemin d'en face. Evidemment, j'eus vite fait de dépasser la maison sans m'en apercevoir, et quand le sentier se réduisit à une flaque de boue encombrée de troncs d'arbres morts, je compris mon erreur et dus faire lentement marche arrière. Puis j'aperçus enfin, sur ma gauche, deux petits piliers en piteux état et, entre les deux, le squelette de la maison, quasiment sans toit, se découpa brièvement sur le ciel de plus en plus sombre.

Je fis halte devant les yeux vides des fenêtres et la bouche béante qui ce qui avait été la porte, dont les débris de linteau jonchaient le sol comme de vieilles dents. Je pris la lourde Maglite que je gardais toujours sous mon siège, descendis et, le crâne martelé par la pluie, courus trouver un semblant d'abri à l'intérieur des ruines.

Plus de la moitié du toit avait disparu et ma lampetorche me permit de voir que le reste était noirci et calciné. Il y avait trois pièces : une cuisine avec coin-repas, reconnaissable à la carcasse d'une vieille cuisinière dans un coin ; la chambre principale, qui ne renfermait qu'un matelas couvert de taches avec, tout autour, des capotes usagées évoquant des peaux de serpent après la mue ; et enfin une chambre plus petite qui avait peut-être jadis accueilli un enfant, mais n'était désormais plus qu'un taudis de vieilles planches et de poutrelles rouillées mouchetées de taches de peinture, qu'un paresseux avait entreposées là au lieu de les transporter jusqu'à la décharge municipale. Une odeur de bois pourri, de feux éteints depuis longtemps et d'excréments humains imprégnait les lieux.

Un vieux canapé dont les ressorts fleurissaient à travers les coussins moisis barrait un coin de la cuisine. Sur les murs, de part et d'autre, le papier peint à fleurs tenait bon, même si les couleurs l'avaient déserté. Je braquai ma torche sur l'arrière du canapé, en posant ma main sur le rebord. Le tissu était humide, mais pas mouillé, car les vestiges du toit l'avaient protégé des intempéries les plus agressives.

Derrière le meuble, il y avait comme une trappe d'environ un mètre de côté, presque parfaitement centrée. Elle était cadenassée, ses bords paraissaient sales et pleins de terre. La rouille avait rougi les gonds. Des bouts de bois et des morceaux de ferraille masquaient presque toute la surface.

Je tirai le canapé en arrière pour mieux voir, sursautant lorsqu'un rat détala à mes pieds pour aller se fondre dans l'ombre, à l'autre bout de la pièce, d'où il ne bougea plus. Je m'accroupis pour examiner le cadenas et, à l'aide de mon couteau, grattai la saleté autour du trou de la serrure. Je vis alors apparaître du métal neuf. Je fis glisser la pointe de ma lame sur la serrure, traçant un trait qui brillait dans la pénombre comme de l'argent fondu. Je tentai la même expérience avec le battant de la trappe, mais ne tombai que sur des copeaux de rouille.

Je regardai le cadenas de plus près. Ce que j'avais pris au départ pour de la rouille ressemblait davantage à une sorte de vernis soigneusement appliqué pour qu'on ne puisse pas voir la différence avec le reste de la porte. Le cadenas était en mauvais état, mais pour obtenir cet effet, il suffisait de l'attacher à l'essieu arrière d'une voiture et de le traîner sur les chemins cahoteux de la région. Ce n'était pas mal fait, si le but n'était que de tromper les jeunes en quête de sensations qui venaient se peloter dans la maison des morts ou les enfants qui se mettaient au défi de provoquer les fantômes des petits disparus.

J'avais un pied-de-biche dans la voiture, mais j'hésitais à braver une nouvelle fois la pluie. En promenant le pinceau de ma torche dans la pièce, je trouvai une barre de fer d'une soixantaine de centimètres de long. Je m'en emparai, la soupesai, l'introduisis dans le U du cadenas et forçai. L'espace d'un instant, je crus que mon outil allait se plier ou se briser, mais ce fut finalement le cadenas qui céda avec un énorme craquement. Je m'en débarrassai, et soulevai la trappe dont les gonds émirent un gémissement monstrueux.

La lourde et puissante odeur de putréfaction montant de la cave me retourna aussitôt l'estomac. Je me couvris la bouche en m'éloignant, mais quelques secondes plus tard, j'étais en train de vomir sur le canapé, les narines assaillies par ma propre odeur et par la puanteur qui montait du sous-sol. Dès que j'eus repris mes esprits en respirant à pleins poumons à l'extérieur de la maison, je courus jusqu'à la voiture, pris mon chiffon à pare-brise, l'imbibai avec la bombe anti-buée qui se trouvait dans la boîte à gants et le nouai autour de ma bouche. Le produit me monta aussitôt à la tête, mais j'empochai la bombe, au cas où, puis pénétrai de nouveau dans la maison.

J'avais beau respirer par la bouche et sentir le goût du solvant, l'odeur de putréfaction était terrible. Je descendis prudemment l'escalier de bois en me maintenant à la rambarde de la main gauche, la plus fiable, et en éclairant le sol avec ma Maglite. Je ne tenais pas à trébucher sur une marche pourrie et à plonger dans le noir.

Au pied des marches, le faisceau de ma lampe accrocha un reflet métallique et du tissu bleu-gris. Un homme de forte corpulence, d'une soixantaine d'années, gisait là, les genoux repliés sous lui, les mains menottées dans le dos. Il avait le visage grisâtre, et le front percé d'un trou irrégulier, comme une étoile noire qui aurait explosé. Je crus tout d'abord qu'il s'agissait du point de sortie de la balle, mais en éclairant l'arrière du crâne, je vis l'ouverture béante, la matière cervicale en décomposition et le totem blanc de l'épine dorsale.

On avait dû l'abattre à bout portant. Il y avait des traces de poudre autour du point d'impact, et la déchirure en forme d'étoile était due à l'expansion soudaine des gaz entre la peau et la boîte crânienne au moment du coup de feu. En ressortant, le projectile avait fait énormément de dégâts, emportant presque tout l'arrière du crâne. La blessure frontale expliquait également la position curieuse du corps : l'homme avait été abattu à genoux, alors qu'il faisait face au canon de l'arme, et il était tombé sur le côté puis en arrière au moment de l'impact. A l'intérieur de sa veste, il y avait un portefeuille contenant un permis de conduire et une carte de police au nom d'Earl Lee Granger.

Catherine Demeter était mollement adossée contre le mur, de l'autre côté, presque face à l'escalier. Granger l'avait probablement vue lorsqu'il était descendu, ou lorsqu'on l'avait poussé dans la cave. Elle gisait là, le corps à angle droit, comme une poupée de chiffon, jambes écartées, mains sur le sol, paumes en l'air. Une de ses jambes, brisée au-dessous du genou, s'incurvait bizarrement ; j'en déduisis qu'on avait précipité la jeune femme du haut des marches et qu'on l'avait ensuite traînée jusqu'au mur.

On lui avait tiré une balle en plein visage, à très courte distance. Sur le mur, tout autour de sa tête, il y avait comme un halo rougeâtre, fait de sang caillé, de matière cervicale et de fragments d'os. Les deux cadavres étaient rapidement entrés en décomposition dans cette cave qui paraissait plus longue et plus large que la maison elle-même.

La peau de Catherine était couverte d'ampoules, son nez et ses yeux suintaient. Des araignées et des mille-pattes couraient sur son visage et se glissaient dans sa chevelure pour traquer les insectes qui festoyaient déjà. Des mouches bourdonnaient au-dessus du corps. Sans doute était-elle morte depuis deux ou trois jours. Je jetai un bref coup d'œil autour de moi : la cave ne renfermait que quelques paquets de journaux moisis, des cartons de vieux vêtements et un tas de planches tordues, les déchets de vies vécues jadis et aujourd'hui disparues.

Brusquement, j'entendis un bruit au-dessus de moi, sur le plancher, un bruit de bois déplacé, malgré des pas prudents. Je me précipitai aussitôt vers l'escalier. Celui ou celle qui se trouvait au-dessus dut m'entendre, car les pas s'accélérèrent subitement, sans souci de discrétion cette fois. Au moment où je posais le pied sur la première marche, les gonds de la trappe grincèrent et je vis la fenêtre de ciel étoilé se réduire tandis que l'abattant basculait. On tira deux coups de feu par l'ouverture, et les balles frappèrent le mur derrière moi.

La trappe s'était presque totalement refermée lorsque je parvins à glisser ma Maglite dans l'interstice. J'entendis un grognement, puis je sentis quelqu'un donner de violents coups de pied dans ma torche pour la déloger. Il me fallut la retenir de toutes mes forces. Elle tint le choc, mais mon épaule droite me faisait horriblement mal chaque fois que j'essayais de repousser la trappe.

Au-dessus de moi, mon assaillant pesait de tout son poids en s'efforçant d'arracher ma Maglite à coups de pied. En dessous, il me semblait entendre des rats affolés s'égailler dans tous les sens, mais face à la perspective de me retrouver enfermé dans cette cave, je me dis qu'il s'agissait peut-être d'autre chose. J'avais l'impression qu'à tout instant, je risquais d'entendre Catherine Demeter se traîner jusqu'à moi avec sa jambe disloquée pour me saisir la cheville de ses doigts livides et me tirer à elle.

J'avais échoué. Je n'avais pas su la préserver de cette

fin brutale, dans la cave même où, bien avant elle, quatre jeunes enfants avaient connu la mort, bâillonnés et terrifiés. Elle était revenue sur les lieux où avait péri sa sœur et, par un étrange phénomène de boucle, avait revécu les derniers instants qu'elle avait sans doute jusqu'alors fréquemment tenté de reconstituer dans son esprit. Juste avant de mourir, elle avait enfin su quelle avait été la fin terrible de sa sœur. Et elle me tiendrait donc compagnie, me consolerait de ma faiblesse et de mon impuissance face à sa disparition, allongée à mes côtés tout au long de mon agonie.

Je respirais en serrant les dents, et la puanteur qui régnait dans la cave me faisait l'effet d'une main coupée qu'on m'aurait plaquée sur la bouche et le nez. Je sentis la nausée monter, mais parvins à la refouler, car si je cessais de pousser, ne fût-ce qu'un seul instant, j'étais sûr de crever dans cette cave. Sentant faiblir la pression au-dessus de moi, je poussai en rassemblant ce qu'il me restait de force. Une erreur que mon agresseur mit aussitôt à profit. Un coup de pied d'une violence inouïe éjecta la torche de l'interstice. La trappe se referma brutalement, telle la porte de mon tombeau, en me narguant d'un écho qui fit le tour des murs. Un gémissement de désespoir m'échappa. J'essayais vainement de soulever la planche lorsqu'une détonation retentit. La pression cessa subitement, la trappe s'ouvrit d'un seul coup et l'abattant claqua sur le plancher.

Je me jetai au-dehors, la main dans mon blouson pour trouver mon arme, atterris n'importe comment au prix d'une grimace de douleur, tandis que ma lampe-torche criblait murs et plafonds d'ombres fantomatiques.

Le faisceau de lumière cueillit Connell Hyams, l'avocat, appuyé contre le mur juste à côté de l'encadrement de la porte. De la main gauche il étreignait son épaule blessée, et de la droite il tentait de lever son arme. Son costume était trempé, et sa belle chemise blanche lui collait au corps comme une seconde peau. Ma torche et mon pistolet étaient braqués sur lui.

— Non, lui dis-je.

Mais déjà il relevait son arme, la bouche déformée par un rictus de peur et de douleur, et s'apprêtait à tirer. Deux coups de feu claquèrent, mais Hyams n'en était pas l'auteur. Il tressauta à chaque impact et son regard se détacha de moi pour fixer un point situé derrière mon épaule. Il s'écroula. Moi, je m'étais déjà retourné, le canon de mon arme dans l'axe de ma Maglite. Et par la fenêtre sans vitre, j'aperçus fugitivement une mince silhouette en costume qui s'évanouissait dans la nuit, une silhouette dont les membres ressemblaient à des lames dans leurs fourreaux, et dont les traits resserrés, cadavériques, étaient barrés d'une longue cicatrice.

Peut-être aurais-je dû, à cet instant, appeler Martin et laisser la police et le FBI se charger du reste. Je me sentais mal, en proie à une immense lassitude et littéralement déchiré par un sentiment de détresse qui me donnait envie de tout laisser tomber. La mort de Catherine Demeter me faisait atrocement souffrir, au sens propre du terme, et je dus rester un moment couché par terre, face au corps de Connell Hyams, en me tenant le ventre. Puis j'entendis une voiture démarrer. Bobby Sciorra s'en allait.

Ce bruit m'obligea à me remettre debout. C'était Sciorra qui avait tué la femme au centre médical, sans doute sur ordre de son patron, qui craignait qu'elle n'implique Sonny dans sa tentative d'assassinat. Je ne comprenais pas, cependant, pourquoi il avait tué Hyams et pourquoi il m'avait laissé la vie sauve. Je regagnai ma voiture d'un pas chancelant, l'épaule en feu, et pris la direction de la maison de Hyams.

26

En chemin, je tentai de reconstituer les événements. Catherine Demeter était retournée à Haven afin de contacter Granger, et Hyams était intervenu. Il pouvait avoir appris la présence de Catherine par hasard, ou bien alors quelqu'un l'avait prévenu de son éventuelle arrivée, en le pressant de faire en sorte qu'elle ne puisse parler à personne.

Une chose était quasiment certaine : c'était Hyams qui avait tué Catherine et Granger. J'imaginais qu'il avait attendu le retour du shérif pour le suivre à l'intérieur de chez lui. Ou s'il avait la clé de la maison, ce qui était possible puisqu'il était voisin et considéré comme un notable, Hyams avait pu écouter lui-même les messages laissés sur le répondeur et apprendre ainsi où se trouvait Catherine Demeter. L'état de décomposition avancée du corps de la jeune femme prouvait, en tout cas, qu'elle était morte avant le retour du shérif.

Hyams avait peut-être même effacé les messages, mais il ne pouvait être certain que Granger ne les avait pas déjà écoutés en interrogeant son répondeur à distance. Dans l'un ou l'autre cas, ne pouvant prendre le moindre risque, il était passé à l'acte. Sans doute avait-il assommé le shérif avant de lui passer les menottes et de l'emmener dans les ruines de la maison où il avait déjà abattu Catherine Demeter. Le véhicule du shérif avait vraisemblablement été jeté dans un étang ou abandonné dans une autre ville, à un endroit où il ne risquait pas d'attirer trop vite l'attention.

Le choix de la maison levait le voile sur une autre partie du mystère : Connell Hyams était très probablement le complice avec lequel Adelaide Modine avait enlevé et tué les enfants, l'homme à la place duquel William Modine avait été pendu. Restait à savoir pour quelle raison il s'était vu contraint d'agir maintenant. J'avais la conviction d'être proche de la solution, mais cette hypothèse me nouait l'estomac.

Tout était éteint chez Hyams à mon arrivée. Aucun véhicule n'était garé à proximité de la maison, mais c'est néanmoins l'arme au poing que je me dirigeai vers l'entrée. L'éventualité d'un face à face avec Bobby Sciorra dans l'obscurité me donnait la chair de poule, et mes mains tremblaient lorsque j'ouvris la porte grâce au trousseau de clés prélevé sur la dépouille de Hyams.

A l'intérieur, tout était parfaitement calme. Je me rendis de pièce en pièce, le cœur battant, le doigt sur la détente de mon pistolet. La maison était vide. Aucun signe de Bobby Sciorra.

Direction le bureau. Je tirai les rideaux, allumai la lampe de travail. Les fichiers de l'ordinateur étaient protégés par un mot de passe, mais un type comme Hyams devait conserver des copies papier de tous ses documents. Je ne savais même pas exactement ce que je cherchais, si ce n'était qu'il s'agissait de trouver un lien entre Hyams et la famille Ferrera. Cette idée me paraissait presque absurde et j'étais à deux doigts d'abandonner mes recherches pour tout expliquer à Martin et à l'agent Ross. On pouvait reprocher beaucoup de choses aux Ferrera, mais je les voyais mal jouer les complices de tueurs pédophiles.

La clé de l'armoire figurait également dans le trousseau que j'avais pris sur le corps. Je me mis donc au travail, en laissant de côté tous les dossiers qui ne concernaient que la région ou semblaient sans rapport avec ce que je cherchais. Je ne voyais aucun dossier au nom de la fondation, ce qui me paraissait invraisemblable. Puis il me revint à l'esprit que Hyams avait un cabinet en ville, et mon moral prit un sérieux coup. Si les dossiers de la fondation ne se trouvaient pas ici, il en allait peut-être de même pour ceux qui étaient susceptibles de m'intéresser, auquel cas mes recherches étaient vouées à l'échec.

Finalement, je faillis passer à côté de l'indice que je désespérais de trouver, et seul le vague souvenir de quelques phrases d'italien m'incita à m'arrêter sur le document pour y jeter un coup d'œil. Il s'agissait d'un contrat de location concernant un entrepôt de Flushing, dans le Queens. Il remontait à plus de cinq ans et était établi au nom de la société Mancino. Or je me souvenais que *mancino*, autrement dit « gaucher » en italien, était dérivé d'un autre mot signifiant « trompeur ». C'était de l'humour façon Sonny Ferrera : Sonny était gaucher, et Mancino était l'une des nombreuses sociétés fictives qu'il avait créées au début de la décennie, avant de se voir lui-même réduit à l'équivalent d'une mauvaise et dangereuse plaisanterie dans le système Ferrera.

Je quittai la maison et pris la route. A l'entrée de Haven, je vis un pick-up garé sur le bas-côté. Deux silhouettes, à l'arrière, buvaient de la bière, les cannettes dissimulées dans des sacs d'épicerie, tandis qu'une troisième était penchée contre la cabine, mains dans les poches. Dans le pinceau de mes phares, je reconnus Clete, debout, et Gabe à l'arrière. Le troisième compère était un barbu efflanqué que je ne connaissais pas. Mon regard croisa celui de Clete ; je vis Gabe se pencher vers lui pour lui dire quelque chose, mais Clete leva simplement la main. En m'éloignant, je le vis me suivre des yeux. Il n'était plus qu'une ombre noire qui se découpait sur la lumière des phares du pick-up, et j'avais presque pitié de lui : Haven venait de perdre définitivement ses dernières chances de devenir Little Tokyo.

J'attendis Charlottesville pour appeler Martin.

— C'est Parker, lui dis-je. Vous êtes seul ?

— Je suis dans mon bureau et vous, vous êtes dans la merde. Qu'est-ce qui vous a pris, de vous tirer comme ça ? Ross est ici, il veut notre tête à tous, mais surtout la vôtre. Quand Earl Lee va rentrer, ça va être l'enfer.

— Ecoutez-moi. Granger est mort. Catherine Demeter aussi. Je pense que c'est Hyams qui les a tués.

— *Hyams* ? glapit Martin. L'avocat ? Vous êtes complètement fou.

— Hyams est mort, lui aussi. (On aurait dit le début d'un spectacle d'humour noir, mais je ne riais pas du tout.) Il a essayé de me tuer à la maison en ruine. J'ai retrouvé les corps de Granger et de Catherine Demeter dans la cave, et Hyams a voulu m'y enfermer. Il y a eu une fusillade, et Hyams a été tué. Un autre type est intervenu, celui qui a supprimé la femme, au centre médical.

Je ne voulais pas encore, à ce stade, mentionner le nom de Bobby Sciorra.

Martin demeura un instant silencieux.

— Il faut que vous reveniez. Où êtes-vous ?

— Ce n'est pas fini. Vous devez absolument m'aider et retenir les autres.

— Il n'est pas question que je retienne qui que ce soit. Ce patelin est en train de se transformer en morgue à cause de vous et vous êtes devenu le témoin principal de je ne sais combien de meurtres. Venez vous présenter. N'aggravez pas votre cas.

— Désolé, je ne peux pas. Ecoutez-moi. Hyams a tué Demeter pour l'empêcher de contacter Granger. Je crois qu'il était le complice d'Adelaide Modine quand tous ces gosses ont été enlevés et assassinés. Si c'est le cas, s'il a réussi à passer à travers le filet, elle peut très bien s'en être tirée, elle aussi. Il est possible qu'il ait monté toute une mise en scène pour faire croire à sa mort. Comme il avait accès à son dossier dentaire grâce au cabinet de son père, il a très bien pu lui substituer celui d'une autre femme, une saisonnière, ou quelqu'un qu'il aurait enlevé dans une autre ville, je ne sais pas, moi. Mais quelque chose a éveillé l'attention de Catherine Demeter, quelque chose l'a poussée à revenir ici. Je pense qu'elle l'a vue. Je pense qu'elle a vu Adelaide Modine. Sinon, pourquoi serait-elle revenue, pourquoi aurait-elle cherché à contacter Granger après toutes ces années...

Silence au bout du fil, puis :

— Ross a l'air d'un volcan en costume de lin. Il va vous tomber dessus. Il a fait relever le numéro d'immatriculation de votre voiture dans le registre du motel.

— J'ai besoin de votre aide.

— Vous dites que Hyams était dans le coup ?

— Oui, pourquoi ?

— J'ai demandé à Burns de jeter un coup d'œil dans nos archives, et ça a pris moins de temps que je ne l'aurais cru. Earl Lee a... enfin, avait le dossier sur les meurtres. Il le consultait régulièrement. Hyams est passé avant-hier ; il le cherchait.

— Je vous parie que si vous remettez la main dessus, toutes les photos auront disparu. A mon avis, Hyams a dû fouiller la maison du shérif pour essayer de le retrouver. Il fallait qu'il supprime toutes les traces d'Adelaide Modine, tout ce qui aurait pu permettre de remonter jusqu'à sa nouvelle identité.

Disparaître n'est pas chose facile. Dès la naissance, nous laissons derrière nous une véritable piste de papier, faite de documents officiels, publics ou privés. La règle générale veut que ces écrits et ces chiffres nous définissent aux yeux de la région, de l'Etat, de la loi. Procurez un nouvel acte de naissance, par exemple grâce à un registre des décès, ou en utilisant le nom et la date de naissance de quelqu'un d'autre, puis vieillissez le document en le trimballant dans votre chaussure pendant une semaine. Demandez ensuite une carte de bibliothèque, et vous pourrez ainsi vous faire délivrer une carte d'électeur. Après, vous allez au service des véhicules à moteurs, vous montrez votre acte de naissance et votre carte d'électeur, et vous voilà titulaire d'un permis de conduire. C'est le principe des dominos : chaque document permet d'en obtenir un autre.

Le plus simple est, incontestablement, d'endosser l'identité de quelqu'un d'autre. Quelqu'un dont personne ne s'inquiétera, de préférence un marginal. Je soupçonnais Adelaide Modine d'avoir, avec l'aide de Hyams, pris l'identité de la jeune femme retrouvée calcinée dans les ruines d'une maison de Virginie.

— Ce n'est pas tout, ajouta Martin. Il y avait un tiroir à part sur les Modine. Toutes les photos ont disparu, là aussi.

— Hyams aurait-il pu avoir accès à ces dossiers ?

J'entendis Martin soupirer au bout du fil.

— Bien sûr, finit-il par répondre. C'était notre avocat. Tout le monde lui faisait confiance.

— Faites encore une fois le tour des motels ; je suis sûr que vous finirez par trouver les affaires de Catherine Demeter. Elles pourraient nous apprendre quelque chose.

— Dites, il faut que vous reveniez pour qu'on puisse y voir clair. Il y a beaucoup de cadavres, ici, et votre nom apparaît chaque fois. Je ne peux pas faire plus que ce que j'ai déjà fait.

— Faites simplement ce que vous pouvez. Je ne viendrai pas me présenter.

Je raccrochai et composai un autre numéro.

— Ouais, fit une voix.

— Angel, c'est Bird.

— T'étais où, putain ? Ici, ça chauffe. Tu m'appelles d'un mobile ? Rappelle-moi d'une cabine.

Quelques secondes plus tard, je le rappelai d'un téléphone à pièces, devant une épicerie.

— Le vieux a envoyé ses gros bras chercher Pili Pilar, et ils le gardent jusqu'à ce que Bobby Sciorra rentre de je ne sais où. Ça craint. Il est en isolement chez les Ferrera ; si quelqu'un lui parle, il se fait buter. Il n'y a que Bobby qui a le droit de le voir.

— On a coincé Sonny ?

— Non, il est toujours dans la nature, mais maintenant, il est seul. Il va falloir qu'il règle le problème avec son père, d'une manière ou d'une autre.

— Je suis dans la merde, Angel, lui dis-je avant de lui expliquer brièvement ce qui s'était passé. Je rentre sur New York, mais il faudrait que Louis et toi me rendiez un service.

— Ce que tu veux…

Je lui donnai l'adresse de l'entrepôt Mancino.

— Surveillez l'endroit. Je vous y retrouve dès que je peux.

Ignorant à partir de quel moment le moindre de mes mouvements serait connu de la police et du FBI, je poursuivis ma route jusqu'à Richmond et là, je garai ma Mustang sur un parking réservé au stationnement de longue durée. Il ne me restait plus qu'à passer quelques coups de fil. Et, pour mille cinq cents dollars, je pus acheter un vol pour New York au départ d'un aérodrome privé, sur un petit avion, ainsi que le silence du pilote.

27

— Vous êtes sûr que vous voulez que je vous dépose ici ?

Le chauffeur du taxi était un type énorme qui transpirait du crâne. La sueur dégoulinait de ses cheveux, glissait sur ses joues et roulait sur les bourrelets de sa nuque avant de se perdre dans son col de chemise graisseux. Il donnait l'impression d'occuper à lui seul tout l'avant de la voiture et quand on regardait la taille de la portière, on se demandait comment il avait fait pour entrer. On aurait dit qu'il vivait et s'alimentait dans son taxi depuis si longtemps qu'il avait grossi à l'intérieur de l'habitacle et qu'il ne lui serait plus jamais possible d'en ressortir : ce taxi était son domicile, sa tour d'ivoire et, vu ses proportions, on l'imaginait bien devenir son tombeau.

— Absolument, répondis-je.

— Le quartier est craignos.

— Pas grave, j'ai des amis craignos.

L'entrepôt Mancino était un cellier que rien ne distinguait des autres bâtisses qui jalonnaient d'un seul côté une rue sombre et interminable de Flushing, à l'ouest de Northern Boulevard. Un bâtiment de brique rouge dont l'enseigne était réduite à une ombre blanche qui s'écaillait, juste en dessous de la toiture. En bas comme à l'étage, les vitres étaient grillagées, et il n'y avait pas d'éclairage le long du mur, ce qui laissait la zone située entre le portail et le magasin principal dans une obscurité presque totale.

De l'autre côté de la rue se trouvait l'entrée d'un immense terrain occupé par des hangars et des containers destinés au rail. Le sol était criblé de trous remplis d'eau croupie et jonché de palettes hors d'usage. Je vis un chien de race indéterminée, aux côtes saillantes, déchiqueter quelque chose dans la lumière indigente des projecteurs crasseux.

Au moment où je descendais du taxi, mon regard capta un bref appel de phares dans la ruelle qui longeait l'entrepôt et presque aussitôt, alors que la voiture s'éloignait, Angel et Louis émergèrent de leur fourgonnette Chevrolet noire. Angel portait un sac de sport qui avait l'air bien lourd, et Louis, manteau de cuir noir, costume noir et pull à col roulé noir, resplendissait.

En s'approchant de moi, Angel fit la grimace. Ce qui pouvait aisément se comprendre. Mes vêtements étaient déchirés, sales et littéralement couverts de boue depuis ma rencontre avec Hyams dans la maison en ruine. Mon bras saignait de nouveau et la manchette droite de ma chemise était rouge carmin. J'avais mal partout et je ne supportais plus la mort.

— T'as l'air en forme, mentit Angel. C'est où, la fête ?

Mon regard se tourna vers l'entrepôt Mancino.

— Là-dedans. J'ai loupé quelque chose ?

— Pas ici. Mais Louis revient à l'instant de chez Ferrera.

— Bobby Sciorra est arrivé il y a une heure en hélico, expliqua Louis. Je crois que Pili et lui sont en train de jouer au jeu de la vérité.

Je hochai la tête.

— Allons-y.

Un haut mur de brique couronné de piques et de barbelés faisait le tour de l'entrepôt. Il s'incurvait à l'entrée et le portail, légèrement en retrait, également surmonté de barbelés, semblait tout aussi étanche, sauf à l'endroit où une grosse chaîne cadenassée reliait les deux battants. Pendant que Louis faisait mine de prendre l'air, avec une conviction toute relative, Angel prit dans son sac une petite perceuse de fabrication artisanale et en inséra la tête à l'intérieur du cadenas. Dès qu'il la mit en marche, un sifflement suraigu sembla déchirer la nuit et tous les chiens du quartier aboyèrent en chœur.

— Putain, Angel, couina Louis. T'as un sifflet, là-dedans, ou quoi ?

Angel l'ignora et, quelques secondes plus tard, le cadenas tomba au sol, ouvert.

Nous entrâmes et Angel, habilement, ramassa le cadenas et remit la chaîne en place pour donner l'impression que le portail était toujours fermé, même si, curieusement, c'était de l'intérieur…

L'entrepôt datait des années trente, mais à l'époque, il avait dû paraître extrêmement moderne. Il y avait des portes sur les côtés — aujourd'hui condamnées, ce qui obligeait à emprunter l'entrée située sur le devant. La sortie de secours, à l'arrière du bâtiment, avait été carrément soudée. Quant à l'éclairage de sécurité dont bénéficiaient jadis les abords de l'entrepôt, il ne fonctionnait plus, et les réverbères étaient beaucoup trop loin.

Lampe-torche entre les dents, Angel s'attaqua à la serrure de l'unique porte en service avec différents passes, et moins d'une minute plus tard nous pénétrions dans les lieux, nos lourdes Maglite à la main. Il y avait une petite guérite, sans doute occupée jadis par un vigile ou un gardien de nuit. De chaque côté et au centre, trois rangées de casiers à bouteilles s'étendaient sur toute la longueur du bâtiment. Le sol était de pierre. C'était ici que les visiteurs venaient examiner la marchandise. Sous nos pieds se trouvait un sous-sol où l'on entreposait les caisses. Dans le fond de la salle, à droite, trois marches accédaient à un bureau surélevé.

Juste à côté du petit escalier, il y en avait un autre plus large, menant au sous-sol, et un vieux monte-charge qui n'était pas bloqué. Angel se jucha sur la plaque d'acier, abaissa le levier. L'engin descendit d'une cinquantaine de centimètres. Angel le ramena à sa position initiale, quitta la plate-forme et m'interrogea du regard.

Nous prîmes donc l'escalier. Il y avait quatre volées de marches, l'équivalent de deux étages, mais aucune pièce entre le niveau rue et le sous-sol. Au pied de l'escalier, une porte nous attendait, une porte en bois pourvue d'une vitre à travers laquelle ma lampe-torche révéla les voûtes d'une cave. Je laissai Angel s'occuper de la serrure, ce qui ne lui prit que quelques secondes. Il pénétra dans la salle, visiblement mal à l'aise, en portant son sac de sport comme si celui-ci était brusquement devenu extrêmement lourd.

— Tu veux que je te le prenne un moment ? lui proposa Louis.

— Quand je serai vieux à ce point-là, on me nourrira à la paille, rétorqua Angel en effaçant d'un coup de langue les gouttelettes de transpiration qui perlaient sur sa lèvre alors qu'il faisait plutôt frais à cette profondeur.

— Ça va pas changer grand-chose, marmonna la voix derrière nous.

Devant nous se succédaient des alcôves aux allures de grottes, avec des grilles du sol au plafond, et une porte au milieu. Ici vieillissaient autrefois les vins. Les caves manifestement désaffectées étaient jonchées de détritus et de vieux cartons. Dans le faisceau de nos lampes, l'une d'elles, la plus proche sur la droite, était différente : il y avait une couche de terre à la place de la dalle en ciment, et la porte était entrouverte.

Nous nous approchâmes. Les murs de pierre répercutaient l'écho de nos pas. A l'intérieur de la cave, le sol avait été nettoyé et la terre soigneusement ratissée. Dans un coin se trouvait une table en fer de couleur verte avec, de chaque côté, une fente dans laquelle était passée une entrave de cuir. Un gros rouleau de film plastique, aux dimensions industrielles, était dressé contre la paroi, dans l'autre angle.

Une étagère double faisait le tour de la cave, mais il

n'y avait rien dessus, à l'exception d'un emballage de plastique extrêmement serré, coincé dans le fond. Je fis quelques pas avant de distinguer un jean, une chemise à carreaux verte, deux petites chaussures et une touffe de cheveux, puis un visage décoloré dont la peau craquelée avait fini par éclater, puis une paire d'yeux ouverts à la cornée trouble et laiteuse. On devinait une forte odeur de putréfaction, maintenue en place par le plastique. Ces vêtements, je les reconnaissais. Je venais de découvrir le corps d'Evan Baines.

— Doux Jésus, miaula Angel.

Louis resta muet.

Je me rapprochai du cadavre pour examiner les doigts et le visage. Si l'on mettait de côté le processus normal de décomposition, le corps de l'enfant paraissait intact et sa tenue ne semblait pas avoir été malmenée. Evan Baines n'avait pas été torturé avant de mourir, mais la peau était plus blême au niveau de la tempe, et il y avait du sang séché dans son oreille.

Il avait la main gauche étalée sur le thorax, mais côté droit il serrait son petit poing de toutes ses forces.

— Angel, viens voir. Apporte le sac.

Il me rejoignit, l'œil rouge de colère et de désespoir.

— C'est Evan Baines, lui dis-je. Tu as apporté les masques ?

Il se pencha, sortit deux masques de chantier et un flacon d'après-rasage Aramis, aspergea copieusement les deux masques, m'en tendit un et ajusta l'autre sur son visage. Il me donna ensuite une paire de gants en latex. Louis recula de quelques pas, mais ne mit pas de masque. Angel braqua sa lampe-torche sur le cadavre.

A l'aide de mon stylo-canif, je fendis le plastique près de la main droite du garçonnet. Mon masque ne m'empêcha pas de sentir une bouffée putride, et on entendit un sifflement : celui des gaz qui s'échappaient. Je tournai la lame du côté non coupant pour desserrer l'étreinte du poing. La peau céda, un ongle tomba.

— Tiens-la bien, ta lampe, merde !

J'entrevoyais un minuscule objet bleu à l'intérieur de

la main. Je fis une nouvelle tentative, sans me soucier des dégâts que je causais. Il fallait que je sache. Il fallait que je trouve la réponse à ce qui s'était passé. Au bout d'un moment, je parvins enfin à libérer l'objet, qui tomba par terre. En le ramassant, je me rendis compte qu'il s'agissait d'un éclat de porcelaine bleue.

Tandis que j'examinais ma trouvaille, Angel avait inspecté les recoins de la cave avant de sortir. J'étais là, tenant mon petit bout de porcelaine, lorsque j'entendis le bruit de la perceuse et un appel. La voix d'Angel provenait du dessus. Nous remontâmes pour le trouver dans une pièce qui tenait du placard, située juste au-dessus de la cave où nous venions de retrouver le corps du petit Baines. Il y avait là trois magnétoscopes empilés sur une sorte d'étagère et reliés par un câble qui disparaissait dans un trou pratiqué dans le sol. Les secondes défilaient sur l'un des appareils. Angel stoppa le décompte.

— Dans un coin de la cave, en dessous, expliqua Angel, il y a une petite ouverture. Elle n'est pas plus grosse que mon ongle, mais c'est assez pour un objectif fish-eye et un détecteur de mouvement. Pour qu'un pékin moyen repère le matos, faut qu'il soit au courant et qu'il sache où regarder. On a dû passer le câble dans la gaine de ventilation. Bref, il y a quelqu'un qui voulait enregistrer tout ce qui se passait dans cette cave chaque fois qu'on y mettait les pieds.

Et ce quelqu'un n'était pas l'auteur des sévices infligés aux enfants, car une simple caméra vidéo installée dans la cave aurait fourni une meilleure image. Le dispositif était dissimulé parce que celui qui s'en servait voulait rester discret.

Il n'y avait pas de moniteur dans le local, ce qui signifiait également que ce quelqu'un préférait visionner les bandes chez lui, en toute tranquillité, ou qu'il voulait s'assurer que personne n'irait faire des copies avant de lui remettre l'original. Je connaissais pas mal de gens capables de monter ce genre de coup, et Angel aussi, mais j'avais un nom précis en tête : Pili Pilar.

Nous redescendîmes. Je pris la bêche télescopique qui se trouvait dans le sac d'Angel et commençai à casser le sol. Il ne me fallut pas longtemps pour atteindre quelque chose de mou. Après avoir élargi le trou, je me mis à dégager la terre, aidé par Angel qui s'était muni d'une petite pelle de jardin. On distinguait vaguement, sous un film de plastique, de la peau brune, ridée. Une fois le reste de la terre enlevé, un corps d'enfant apparut, replié sur lui-même, la tête enfouie sous le bras gauche. Malgré l'état de décomposition, on voyait que les doigts avaient été cassés. Mais impossible de savoir si c'était un garçon ou une fille sans déplacer le corps.

Angel promena lentement son regard sur le sol. Je savais à quoi il pensait. Le pire restait sans doute à venir. Cet enfant avait été enterré à une vingtaine de centimètres à peine sous le sol, ce qui signifiait qu'il y en avait sans doute d'autres en dessous. La cave dans laquelle nous nous trouvions servait depuis longtemps.

Louis se glissa auprès de nous, le doigt sur les lèvres. Il jeta un bref regard vers le corps que nous venions d'exhumer puis pointa lentement le doigt vers le haut. Nous nous figeâmes, en retenant notre souffle, et j'entendis alors quelqu'un descendre l'escalier à pas prudents. Angel éteignit sa torche avant de se fondre dans l'ombre, près des étagères. Louis avait déjà disparu lorsque je me relevai. Je voulais me placer de l'autre côté de la porte et je m'apprêtais à dégainer mon arme lorsqu'un faisceau de lumière me frappa en plein visage. La voix de Bobby Sciorra fit simplement « Non » et lentement, ma main se retira.

Il s'était déplacé extraordinairement vite. Il émergea de la pénombre, son Five-SeveN ultramoderne à la main droite, sa lampe-torche braquée sur moi. Il s'approcha de la grille, s'arrêta à trois mètres de moi et sourit de toutes ses dents.

— T'es mort, me dit-il. Aussi mort que les gosses qui sont derrière toi. J'étais prêt à te descendre, l'autre fois, dans la baraque, mais le vieux voulait qu'on te laisse en vie, sauf si on n'avait pas le choix. Et là, maintenant, j'ai plus le choix.

— Tu fais toujours le sale boulot de Ferrera, rétorquai-je. Même un type comme toi, ça devrait avoir des scrupules à faire des saloperies pareilles, non ?

— On a tous nos faiblesses. (Il haussa les épaules.) Sonny, c'est pas une flèche. Ce qu'il aime, c'est mater. Y peut rien faire d'autre avec sa petite bite qui tient pas. C'est un malade total, mais son papa l'adore et maintenant, son papa veut qu'on fasse le ménage.

Ainsi donc, c'était Sonny Ferrera qui avait enregistré l'agonie de ces pauvres gosses, pour pouvoir regarder Hyams et Adelaide Modine les torturer, pour pouvoir entendre leurs hurlements résonner dans les sous-sols, pour les voir mourir sous l'œil discret et impavide de la caméra, et tout cela bien au chaud dans son salon. Il connaissait forcément l'identité des tueurs, il les avait vus à l'œuvre d'innombrables fois, et il n'avait rien fait parce que le spectacle lui plaisait et qu'il ne voulait pas que ça s'arrête.

— Comment le père a-t-il su ? voulus-je savoir.

Je connaissais déjà la réponse. Je savais à présent qui se trouvait aux côtés de Pili dans la voiture au moment de l'accident. Ou plutôt, je pensais savoir. Car la suite allait me révéler que dans ce cas comme dans bien d'autres, je m'étais trompé.

Il y eut un mouvement dans un coin de l'alcôve, et Sciorra réagit avec une rapidité féline. Le cône de sa torche s'élargit et il recula en braquant son arme dans la direction d'où venait la menace.

La lumière se posa sur le crâne d'Angel, qui releva la tête et regarda Bobby Sciorra dans les yeux en souriant. Sciorra prit d'abord un air déconcerté avant d'ouvrir la bouche. Il était en train de comprendre. Il se tournait déjà pour tenter de localiser Louis lorsque les ténèbres semblèrent prendre vie autour de lui. Ses yeux s'écarquillèrent et il sut alors, mais trop tard, que pour lui aussi la mort était venue.

La peau de Louis brillait sous l'éclat de la torche, et

ses yeux étaient blancs. Sa main gauche se referma vigoureusement sur la mâchoire de Sciorra. Sciorra se contracta et tressaillit, le regard empli de douleur et de peur. Il se dressa sur la pointe des pieds, écarta largement les bras, eut un violent soubresaut, puis un autre, et là, comme un ballon crevé, ses bras et son corps s'affaissèrent, alors que sa tête demeurait bien droite, les yeux grands ouverts et le regard fixe. Louis retira de sa nuque la longue et fine lame, le poussa, et il s'effondra à mes pieds, le corps brièvement parcouru de petits spasmes.

Angel émergea de l'obscurité.

— Je l'ai jamais aimé, ce taré, cracha-t-il en regardant le petit trou dans la nuque de Sciorra.

— Oui, confirma Louis, il me plaît beaucoup plus maintenant. (Il me regarda.) J'en fais quoi ?

— Laisse-le ici. Donne-moi les clés de sa voiture.

Louis fouilla le cadavre, me lança les clés.

— C'est un affranchi. Ça va nous poser un problème ?

— Je ne sais pas. Laissez-moi m'en charger. Restez dans le coin. Dans un moment, je vais appeler Cole. Quand vous entendrez les sirènes, prenez le large.

Angel se pencha et, adroitement, de la pointe d'un tournevis, souleva le FN qui était par terre.

— On va laisser ça ici ? Sacré flingue, si c'est vrai, ce que tu racontes.

— Il reste là, décrétai-je.

Si mes soupçons se révélaient fondés, l'arme de Bobby Sciorra était le point commun entre Ollie Watts, Connell Hyams et la famille Ferrera, le point commun entre des meurtres d'enfants commis sur une période de plus de trente ans et une dynastie mafieuse vieille du double.

Enjambant le corps, je sortis de l'entrepôt en courant. La Chevrolet noire de Sciorra était garée à l'intérieur du périmètre, l'avant vers la rue, et le portail avait été refermé. Cette voiture ressemblait beaucoup à celle à bord de laquelle l'assassin de Fat Ollie Watts avait pris la fuite. Je rouvris les portes, quittai l'entrepôt, quittai le Queens. Le Queens, royaume des entrepôts et des cimetières.

Et où les deux parfois se confondaient.

28

Je n'étais plus loin à présent, plus loin de l'issue, d'une sorte de conclusion. Bientôt, j'allais assister à la disparition définitive d'un cauchemar vieux de plus de trois décennies, et qui avait anéanti suffisamment de jeunes vies pour remplir les catacombes d'un entrepôt abandonné. Quelle que soit, pourtant, la manière dont l'histoire s'achèverait, rien ne permettrait d'expliquer ce qui s'était produit. Il y aurait bien une fin, il y aurait bien une conclusion, mais il n'y aurait pas de solution.

Je me demandais combien de fois par an Hyams était allé à New York dans son beau costume d'avocat, avec un sac de voyage griffé mais discret, pour démembrer un gamin. En montant à bord du train sous les yeux du contrôleur, en souriant à l'hôtesse du comptoir d'enregistrement, en passant devant l'employée du péage au volant de sa Cadillac dont l'intérieur embaumait le cuir, laissait-il quelque chose dans son expression le trahir, quelque chose qui aurait pu inciter les témoins de ses déplacements à marquer un temps d'arrêt pour s'interroger sur la vraie nature de cet homme poli et réservé, grisonnant et bien coiffé, vêtu avec classicisme et élégance ?

Et je me demandais qui pouvait être cette jeune femme morte brûlée vive à Haven, des années plus tôt, car ce n'était pas Adelaide Modine.

Si mes souvenirs étaient exacts, Hyams m'avait affirmé être rentré à Haven la veille de la découverte du corps. Il n'était pas difficile de reconstituer l'enchaînement des événements : le coup de téléphone affolé d'Adelaide Modine, le choix d'une victime appropriée à partir des dossiers médicaux de Hyams père, le dossier dentaire qu'on falsifie, les bijoux et le sac à main déposés à proximité du corps, les premières flammes qui dansent, l'odeur de porc grillé.

Ensuite, Adelaide Modine s'était fondue dans la nuit pour hiberner et prendre le temps de se recréer, afin que les meurtres puissent se poursuivre. Telle une araignée noire aux aguets dans un coin de sa toile, elle surgissait dès qu'une proie s'aventurait dans sa sphère d'influence et l'étouffait dans un cocon de plastique. Elle avait sévi en toute impunité durant plus de trente ans, en présentant un visage au monde et un autre aux enfants qui avaient le malheur de croiser sa route. Eux seuls l'entrevoyaient, elle, la croque-mitaine, la créature tapie dans l'ombre quand la terre entière dormait.

A présent, j'en avais la conviction, j'étais moi aussi capable de voir son visage. Et je croyais savoir pourquoi Sonny Ferrera avait été traqué par son propre père, pourquoi Bobby Sciorra m'avait suivi jusqu'à Haven, pourquoi Fat Ollie Watts avait pris la fuite, craignant pour sa vie, et avait fini criblé de balles dans une rue ensoleillée, aux derniers jours de l'été.

La lumière des réverbères trouait la nuit comme des coups de feu. En serrant mon volant, je sentais la terre sous mes ongles ; j'avais terriblement envie de m'arrêter dans la première station-service pour me laver les mains, prendre une brosse à chiendent et me raboter la peau jusqu'à ce qu'elle saigne, afin d'enlever toutes les couches de saleté et de mort qui s'étaient collées sur moi au cours des dernières vingt-quatre heures. J'avais un goût de bile dans la bouche et je ravalais ma salive en essayant de regarder la route, les phares du véhicule qui me précédait et, rien qu'une ou deux fois, les étoiles qu'une main négligente avait semées dans le ciel de la nuit.

A mon arrivée chez les Ferrera, le portail de la propriété était ouvert et les fédéraux placés en surveillance la semaine précédente avaient disparu. Je suivis l'allée, puis garai la voiture de Bobby Sciorra sous un bosquet. Mon épaule me faisait horriblement mal et des vagues de nausée me secouaient par intervalles.

La porte d'entrée de la maison était entrouverte et je voyais du monde se déplacer à l'intérieur. Sous l'une des fenêtres de la façade, il y avait la silhouette d'un homme en complet sombre, recroquevillé, la tête dans les mains. Son automatique gisait à proximité. Je me trouvais presque au-dessus de lui lorsqu'il s'avisa enfin de ma présence.

— Vous êtes pas Bobby, me fit-il.

— Bobby est mort.

Il hocha la tête comme si la nouvelle n'avait rien d'extraordinaire, puis se leva, me fouilla et prit mon arme. Dans les recoins de la maison, des hommes armés se parlaient à mi-voix. On se serait cru à un enterrement, comme si tout le monde était extrêmement ému, sans chercher à le cacher. Je suivis mon accompagnateur jusqu'au bureau du grand patron. Il me laissa ouvrir la porte et recula de quelques pas pour me surveiller.

Il y avait du sang et de la matière grise sur le sol, et une tache rouge foncé sur l'épais tapis persan. Il y avait aussi du sang sur le pantalon brun clair du vieil homme qui berçait la tête de son fils sur ses genoux. Sa main gauche aux doigts rouges de sang jouait dans les cheveux ternes et raréfiés de Sonny. La droite tenait mollement un pistolet, canon dirigé vers le sol. Sonny avait les yeux ouverts et, dans ses pupilles noires, j'aperçus le reflet d'une lampe.

Sans doute avait-il tué Sonny alors que celui-ci avait posé la tête sur ses genoux, alors que son fils s'était agenouillé auprès de lui pour l'implorer de… de quoi ? De l'aider, de lui accorder un sursis, de lui pardonner ? Ce gros dépravé de Sonny, avec ses lèvres boudinées et caoutchouteuses et ses yeux de chien fou, un mauvais costard couleur crème et une chemise au col ouvert sur une grosse chaîne en or. Même mort, il était vulgaire. Le vieux avait les traits sévères et rigides, mais quand il se tourna vers moi, je vis des yeux immenses chargés de culpabilité et de désespoir, les yeux d'un homme qui, en tuant son fils, s'était tué lui-même.

— Sors, intima le vieux Ferrera d'une voix douce mais distincte.

Ce n'était pas moi qu'il regardait. Une petite brise venue du jardin s'engouffra par les portes-fenêtres ; avec elle vinrent quelques pétales, quelques feuilles, et la certitude d'une fin proche. Une silhouette venait d'apparaître, celle d'un de ses hommes, un soldat d'âge mûr dont je reconnaissais le visage mais dont j'ignorais le nom. Le vieil homme leva son arme et la pointa sur lui d'une main qui tremblait.

— *Sors !* lui cria-t-il.

Cette fois, le soldat s'exécuta, non sans refermer instinctivement les fenêtres en repartant. Presque aussitôt, le vent les rouvrit et l'air de la nuit s'appropria la pièce. Ferrera garda son arme pointée encore quelques secondes, puis celle-ci trembla et tomba au sol. Sa main gauche, figée par l'arrivée de son lieutenant, se remit à caresser méthodiquement la chevelure de son fils défunt, avec l'obstination lénifiante et maladive d'un animal tournant dans sa cage.

— C'est mon fils, dit-il sans me voir, le regard plongé dans un passé qui avait été et un avenir qui aurait pu être. C'est mon fils mais il a quelque chose qui ne va pas. Il est malade. Il a un problème dans la tête, il a un problème à l'intérieur.

Il n'y avait rien à dire. Je restais silencieux.

— Pourquoi êtes-vous ici ? me demanda-t-il. C'est fini, maintenant. Mon fils est mort.

— Beaucoup de gens sont morts. Les enfants… (je crus voir le vieil homme grimacer)… Ollie Watts.

Il secoua lentement la tête, sans ciller.

— Ce crétin d'Ollie Watts. Il n'aurait pas dû s'enfuir. C'est là qu'on a compris. Que Sonny a compris.

— Qu'avez-vous compris ?

Je crois que si j'étais entré dans cette même pièce quelques minutes plus tard, le vieux Ferrera m'aurait fait abattre sur-le-champ, ou m'aurait abattu lui-même. A présent, au contraire, il semblait vouloir profiter de ma présence pour se libérer. Il allait me faire sa confession, se défaire du poids qu'il portait sur les épaules, et ce serait la dernière fois qu'il consentirait à évoquer le sujet de vive voix.

— Qu'il avait regardé dans la voiture. Il n'aurait pas dû regarder. Il aurait juste dû s'en aller à pied.

— Qu'a-t-il vu ? Qu'a-t-il trouvé dans la voiture ? Des cassettes ? Des photos ?

Le vieux ferma les yeux de toutes ses forces, sans pouvoir échapper à ce qu'il avait vu. Des larmes forcèrent le passage de ses paupières ridées et glissèrent lentement le long de ses joues. Sa bouche articula des mots en silence. Non. Non. Plus que ça. Bien pire. Lorsqu'il rouvrit les yeux, il était mort en dedans.

— Des bandes. Et un enfant. Il y avait un enfant dans le coffre de la voiture. Mon gamin, mon Sonny, il a tué un enfant.

Il se tourna vers moi mais cette fois-ci, son visage s'animait, il se tordait presque, comme si sa tête ne pouvait contenir l'énormité de ce qu'il avait vu. Cet homme, qui avait tué et torturé, qui avait ordonné à d'autres de tuer et de torturer en son nom, avait découvert chez son propre fils une innommable noirceur, un lieu sombre et sans lumière où gisaient des enfants assassinés, le cœur noir de tout ce qui est mort.

Sonny ne s'était plus contenté de regarder. Il avait vu le pouvoir exercé par ces gens, le plaisir qu'ils éprouvaient à arracher lentement la vie à des enfants, et avait voulu vivre, lui aussi, cette expérience.

— J'ai dit à Bobby de me le ramener, mais il s'est sauvé, il s'est sauvé dès qu'il a su pour Pili. (Ses traits se durcirent.) Alors j'ai dit à Bobby de les tuer tous, tous les autres, sans exception. (Et là, on eût dit qu'il s'adressait de nouveau à Bobby Sciorra, le visage rouge de fureur.) Détruis les bandes. Retrouve les gosses, trouve où ils sont et dépose-les à un endroit où on ne les retrouvera jamais. Largue-les au fond de l'océan si tu peux. Je veux que ce soit comme si ça ne s'était jamais passé. Jamais passé.

Puis il parut se rappeler qui il était et ce qu'il avait fait, et sa main recommença à caresser les cheveux.

— Et voilà que vous débarquez, que vous cherchez la fille, vous posez des questions. Comment pouvait-elle être au courant ? Je vous ai laissé courir après elle pour vous éloigner d'ici, pour vous éloigner de Sonny.

Mais Sonny m'avait envoyé des tueurs, et ceux-ci n'avaient pas rempli leur mission. Leur échec forçait le père à agir. Si la jeune femme restait en vie et se voyait contrainte de témoigner, Sonny risquait gros. Sciorra avait donc été chargé de régler le problème, et la jeune femme était morte.

— Mais pourquoi Sciorra a-t-il tué Hyams ?

— Pardon ?

— Sciorra a tué un avocat en Virginie, un homme qui voulait me tuer. Pourquoi ?

L'espace d'un instant, le regard de Ferrera se fit perplexe et je vis l'arme se redresser.

— Vous portez un micro ?

De la tête, je fis savoir que non, avant d'arracher le devant de ma chemise en grimaçant de douleur. Le pistolet retomba.

— Il l'a reconnu sur les bandes. C'est comme ça qu'il vous a trouvé. Bobby traversait la ville et brusquement, il croise l'autre, et il voit que c'est l'homme qui est sur les cassettes, l'homme qui... (Il s'interrompit de nouveau et fit rouler sa langue comme s'il lui fallait trouver suffisamment de salive pour continuer à parler.) Toutes les traces devaient être effacées, toutes.

— Mais pas moi ?

— Peut-être qu'il aurait dû vous tuer aussi quand il en avait l'occasion, sans se soucier de ce que vos copains flics auraient pu faire.

— Il aurait dû, confirmai-je. Il est mort, maintenant.

Ferrera ferma les yeux, les rouvrit.

— C'est vous qui l'avez tué ?

— Oui.

— Bobby était un affranchi. Savez-vous ce que cela signifie ?

— Savez-vous ce que votre fils a fait ?

Il ne répondit pas, accablé une fois de plus par l'énormité du crime de son fils, mais lorsqu'il reprit la parole, il y avait dans sa voix une telle rage contenue que je compris que notre entretien touchait à son terme.

— Qui êtes-vous pour juger mon fils ? Vous croyez peut-être que parce que vous avez perdu un enfant, vous êtes le saint patron de tous les enfants morts ? Pauvre con. J'ai enterré deux de mes fils et maintenant, maintenant je viens de tuer le troisième. Vous n'avez pas à me juger. Vous n'avez pas à juger mon fils. (Le pistolet revint se braquer sur moi.) Tout est fini.

— Non. Qui d'autre figurait sur les bandes ?

Il battit des paupières. L'évocation des cassettes lui faisait l'effet d'une gifle.

— Une femme. J'ai dit à Bobby de la retrouver et de la tuer, elle aussi.

— Et il l'a fait ?

— Il est mort.

— Les bandes, c'est vous qui les avez ?

— Il n'en reste plus rien, elles ont été brûlées.

Il s'arrêta. Une fois de plus, il venait de se rappeler où il se trouvait, comme si mes questions l'avaient brièvement arraché à la réalité de ce qu'il avait fait et à sa responsabilité dans les crimes de son fils, dans la mort de son fils.

— Sortez, me dit-il. Si je vous revois, vous êtes un homme mort.

Je repartis sans que quiconque m'importune. Mon arme se trouvait sur une console, près de la porte d'entrée, et j'étais toujours en possession des clés de la voiture de Bobby Sciorra. En m'éloignant, je vis dans le rétroviseur la grande maison silencieuse et paisible, comme s'il ne s'était jamais rien passé.

29

Chaque matin, après la mort de Jennifer et de Susan, j'émergeais de mes rêves étranges et désordonnés et dans un premier temps, j'avais l'impression qu'elles étaient encore auprès de moi, que ma femme dormait doucement à mes côtés, et ma fille aussi, dans la chambre voisine, au milieu de ses jouets. L'espace d'un instant, elles étaient encore vivantes et à chaque réveil, c'était comme si je venais de les perdre, et j'en arrivais ainsi à ne plus savoir vraiment si elles étaient mortes dans mes rêves ou dans la réalité, si c'était le malheur qui habitait mes songes ou le chagrin qui guettait mon réveil.

Et au milieu de tout cela me taraudait un regret lancinant : celui de n'avoir pas vraiment connu Susan avant qu'elle me quitte, d'avoir aimé une ombre dans la mort comme dans la vie.

La femme et l'enfant étaient mortes, une femme et un enfant de plus dans un cycle de violence et de dissolution que rien ne semblait pouvoir interrompre. Je pleurais une jeune femme et un petit garçon que je n'avais jamais rencontrés de leur vivant, dont j'ignorais presque tout, et à travers eux, c'était ma propre femme, ma propre enfant que je pleurais.

La grille de la propriété Barton était ouverte. J'en déduisis que quelqu'un venait d'arriver et comptait repartir immédiatement, ou bien que quelqu'un venait tout juste de s'en aller. Je me garai dans l'allée gravillonnée et marchai jusqu'à la maison ; je ne voyais aucune autre voiture. On voyait de la lumière à travers la partie vitrée de la porte d'entrée. Je sonnai deux fois, sans obtenir de réponse. Je mis alors le nez à l'une des fenêtres.

La porte du hall d'entrée était ouverte, et j'entrevoyais des jambes de femme. L'un des pieds était nu, l'autre retenait du bout des orteils une chaussure noire. Les jambes étaient nues jusqu'en haut des cuisses. Un bout de robe noire couvrait les fesses, mais je ne distinguais pas le reste du corps. Je me servis de la crosse de mon arme pour briser la vitre en m'attendant à entendre hurler une alarme, mais il n'y eut que le bruit des éclats de verre tombant sur le parquet.

J'ouvris le loquet d'un geste prudent, puis me hissai à l'intérieur de la villa. La lumière de l'entrée illuminait toute la pièce. Je sentais le sang pulser dans mes veines. Je l'entendais même battre dans mes tympans au moment d'ouvrir la porte en grand, et il me picotait le bout des doigts lorsqu'il fallut pénétrer dans le hall et regarder le corps de la femme qui gisait au sol.

Elle avait les jambes marbrées de veines bleues, les cuisses molles et couvertes de peau d'orange. Des mèches de cheveux gris étaient restées collées aux chairs sanguinolentes de son visage défoncé. Ses yeux étaient toujours ouverts, et sa bouche noire de sang. Il ne lui restait que des chicots de dent ; elle était quasiment méconnaissable. Seuls le collier en or serti d'émeraudes, le vernis à ongles rouge carmin et la simple mais coûteuse robe De La Renta suggéraient que le corps était celui d'Isobel Barton. Je lui palpai le cou. Absence de pouls, ce qui ne m'étonnait guère. Mais elle était encore chaude.

Je me rendis dans le bureau qui avait servi de cadre à notre premier entretien, et comparai l'éclat de porcelaine trouvé dans la main du petit Evan Baines avec le chien bleu resté seul sur la tablette de la cheminée. Le motif correspondait. Je supposais qu'Evan Baines avait rapidement trouvé la mort après la découverte de l'incident, victime d'un accès de colère. Après tout, il venait de casser l'un des objets de famille d'Adelaide Modine.

J'entendis une sorte de cliquetis irrégulier en provenance de la cuisine et sentis une légère odeur de brûlé, comme si on avait oublié une casserole sur le feu. Une odeur elle-même dominée par celle du gaz, que je n'avais pas remarquée immédiatement. En m'approchant, je ne vis pas de lumière sous la porte, mais les effluves âcres se renforçaient, comme l'odeur de gaz. J'ouvris prudemment la porte et me plaçai en retrait, sur le côté, le doigt sur la détente dont je testais la sensibilité tout en sachant très bien que mon arme ne me servirait à rien s'il y avait une fuite de gaz.

Rien ne bougeait dans la pièce, mais l'odeur était de plus en plus forte. L'étrange cliquetis était très nettement perceptible, mais j'entendais derrière un bourdonnement. Inspirant à pleins poumons, je me jetai dans la cuisine, prêt à braquer mon arme inutile sur tout ce qui bougerait.

La pièce était vide. La lumière provenait des fenêtres, du couloir et des trois fours à micro-ondes alignés devant moi. Derrière leurs portes vitrées, je voyais des petites étincelles bleu et argent danser sur divers objets métalliques : pots, couverts, casseroles. L'odeur du gaz me faisait tourner la tête. Le cliquetis s'emballa. Je pris mes jambes à mon cou. Je venais d'ouvrir la porte d'entrée lorsqu'une explosion sourde ébranla la cuisine, suivie par une autre, plus violente, et la force de la déflagration me fit faire un vol plané jusque sur le gravier. J'entendis alors un bruit de verre brisé, et la villa se transforma soudain en brasier, illuminant le parc. En courant vers ma voiture, je sentis le souffle de la chaleur. Le reflet des flammes dansait sur les vitres.

A la grille, j'aperçus les feux stop d'un véhicule qui freinait avant de s'engager sur la route. Adelaide Modine effaçait toutes ses traces avant de disparaître une nouvelle fois dans l'ombre. Toute la maison brûlait, et les flammes, maîtresses volcaniques, s'échappaient par toutes les ouvertures pour lécher les murs. Je pris la route et suivis les feux qui s'enfonçaient rapidement dans la nuit.

Elle conduisait vite sur la route sinueuse de Todt Hill et dans le silence de la nuit j'entendais hurler les freins de sa voiture chaque fois qu'elle négociait un virage. C'est sur Ocean Terrace, alors qu'elle s'apprêtait à prendre l'autoroute de Staten Island, que je la rejoignis. Sur la gauche, il y avait un versant abrupt, très boisé, qui dégringolait jusqu'à Sussex Avenue. Je parvins à rattraper la voiture, à la doubler sur Ocean en prenant le bas-côté, puis donnai un violent coup de volant à gauche. Ma Chevrolet, plus lourde, n'eut aucun mal à pousser à la sortie de route la BMW dont je ne distinguais pas la conductrice derrière les vitres teintées. Au loin, il y avait un méchant virage à droite. J'attendis la dernière seconde pour redresser. Les roues avant de la BMW quittèrent la route et la voiture dévala la pente.

Elle roula au milieu des détritus et de la rocaille avant de heurter deux arbres et de s'immobiliser vers le milieu de la pente jonchée de feuilles, bloquée par la masse sombre d'un jeune hêtre. L'arbre à demi déraciné se mit à pencher dangereusement jusqu'à ce que ses branches trouvent appui sur le tronc d'un autre arbre, quelques mètres en contrebas.

Je m'arrêtai sur le bas-côté, phares allumés, et descendis la pente en courant. Mes pieds glissèrent sur l'herbe, et je dus me rétablir en me servant de mon unique bras valide.

Je n'étais plus très loin de la BMW lorsque la portière s'ouvrit et la conductrice, qui n'était autre qu'Adelaide Modine, sortit en titubant. Elle avait une immense plaie au front, et son visage ruisselait de sang ; au milieu de cette végétation, dans la faible clarté réfléchie par les phares, elle ressemblait à une curieuse créature revenue à l'état sauvage, prisonnière de vêtements incongrus dont elle se débarrasserait dès qu'elle aurait renoué avec la férocité de sa nature profonde. Légèrement voûtée, elle se tenait la poitrine à l'endroit où elle avait percuté le volant, mais réussit à se redresser, non sans mal, en me voyant arriver.

Malgré la douleur, les yeux d'Isobel Barton brillaient de méchanceté. Lorsqu'elle ouvrit la bouche, un flot de sang s'échappa, et je la vis tâter quelque chose du bout de la langue avant de cracher à terre une petite dent ensanglantée. Je lui trouvais un air espiègle, comme si, même en pareil instant, elle était en train d'imaginer un moyen de s'en sortir.

Le mal était toujours en elle. C'était une sorte de perversité qui allait bien au-delà de la méchanceté limitée d'une bête sauvage poussée dans ses retranchements. Je crois que les notions de justice, de droit, de récompense lui étaient étrangères. Elle vivait dans un univers de douleur et de violence et, pour elle, tuer des enfants, les torturer, les mutiler revenait à respirer ou à boire. Sans tout cela, sans les cris étouffés, sans les soubresauts futiles et désespérés, l'existence n'avait pas de sens et elle était condamnée à prendre fin.

Alors elle me regarda et, presque en souriant, éructa :

— Connard.

Je me demandais ce que Mlle Christie avait appris ou soupçonné avant de mourir, dans ce hall d'entrée. Pas assez, manifestement.

A cet instant, j'eus la tentation de tuer Adelaide Modine. En l'abattant, j'oblitérais une partie de cet abominable mal qui avait emporté ma propre fille aussi bien que la vie de ces enfants ensevelis dans les caves, ce même mal qui avait engendré le Voyageur, Johnny Friday et un million d'autres individus semblables. Je croyais au diable et à la douleur. Je croyais à la torture, au viol, à la mort atroce et lente. Je croyais à la souffrance, à l'agonie, et au plaisir qu'elles procuraient à ceux qui les infligeaient. A tout cela, je donnais le nom de mal, et chez Adelaide Modine, je voyais les étincelles rouges de ce mal crépitant se transformer en flammes de sang.

J'armai le chien de mon pistolet. Elle ne sourcilla

pas. Au lieu de cela, elle s'autorisa un rire, puis grimaça de douleur. Elle était de nouveau pliée en deux, presque en position fœtale, accroupie. Je sentais des émanations d'essence en provenance du réservoir éventré.

J'aurais aimé savoir ce qu'avait éprouvé Catherine Demeter en reconnaissant le visage de cette femme dans le grand magasin où elle travaillait. L'avait-elle entrevue dans un miroir, derrière une vitrine ? S'était-elle retournée, incrédule, le ventre noué comme si un poing s'était refermé sur elle ? Et lorsque leurs regards s'étaient croisés, lorsqu'elle avait compris qu'il s'agissait de la femme qui avait tué sa sœur, avait-elle ressenti de la haine, de la colère ou simplement de la peur, peur que cette femme ne s'attaque à elle comme elle s'était attaquée à sa sœur ? Durant un bref instant, Catherine Demeter était-elle redevenue une enfant terrorisée ?

Adelaide Modine ne l'avait peut-être pas reconnue immédiatement, mais sans doute avait-elle compris, à une lueur dans son regard, que la jeune femme, elle, l'avait reconnue. Ou peut-être étaient-ce ces dents légèrement en avant qui avaient trahi Catherine Demeter. Ou alors Adelaide, en voyant le visage de Catherine, s'était aussitôt revue en train de tuer sa sœur, dans cette cave sombre de Haven.

Ensuite, ne pouvant retrouver Catherine, elle avait décidé de résoudre définitivement le problème. Elle m'avait engagé sous un faux prétexte et avait tué son beau-fils, non seulement pour l'empêcher d'infirmer son histoire, mais aussi parce qu'il s'agissait du premier stade d'un processus qui l'amènerait à tuer également Mlle Christie et à détruire sa villa pour effacer les traces de son passage.

Peut-être Stephen Barton était-il en partie responsable de ce qui s'était passé, car lui seul pouvait avoir mis en contact Sonny Ferrera, Connell Hyams et sa belle-mère lorsque Hyams cherchait un endroit où emmener ses proies, une propriété où on ne lui poserait pas trop de questions. Je le soupçonnais de n'avoir jamais réellement compris ce qui se passait chez lui, et cette ignorance avait fini par le tuer.

Je me demandais également quand Adelaide Modine avait appris la mort de Hyams et compris qu'elle était désormais seule, que l'heure était venue de plier bagage en laissant Mlle Christie en guise de leurre, tout comme elle avait laissé une inconnue disparaître dans les flammes à sa place, en Virginie…

Mais comment faire la preuve de tout cela ? Les cassettes avaient été détruites, Sonny Ferrera était mort, Pilar très certainement aussi. Hyams, Sciorra, Granger, Catherine, tous avaient péri. Qui allait se souvenir d'une femme accusée d'avoir tué des enfants trente ans auparavant, qui la reconnaîtrait ? La parole de Walt Tyler suffirait-elle ? Certes, elle avait tué Christie, mais il n'était même pas certain qu'on pût le prouver. Les experts de la police scientifique relèveraient-ils suffisamment d'éléments, dans les celliers, pour établir sa culpabilité ?

Adelaide Modine, jusque-là roulée en boule, se détendit brusquement telle une araignée qui vient de capter un mouvement sur sa toile, et se jeta sur moi en m'enfonçant les ongles de sa main droite dans le visage, cherchant à atteindre mes yeux, tout en essayant de me prendre mon arme de la main gauche. Je réussis à la frapper au visage, du talon de la main, tout en la repoussant d'un coup de genou. Elle revint à la charge et là, je fis feu. La balle la cueillit juste au-dessus du sein droit.

Elle tituba en arrière jusqu'à la voiture et prit appui sur la portière ouverte, en étreignant sa poitrine blessée.

Et elle sourit.

— Je vous connais, parvint-elle à articuler en dépit de la douleur. Je sais qui vous êtes.

Derrière elle, l'arbre bascula légèrement, car le poids de la voiture venait d'achever de le déraciner. La grosse BMW avança un petit peu. Adelaide Modine vacilla tandis que le sang jaillissait de sa blessure. Il y avait comme une lueur dans son regard, quelque chose qui me crispa l'estomac.

— Qui vous l'a dit ?

— Je le sais, me répondit-elle, et de nouveau elle souriait. Je sais qui a tué votre femme et votre fille.

Je fis quelques pas vers elle. Elle voulait ajouter quelque chose, mais ses mots furent couverts par le grincement du véhicule quand l'arbre finit par céder. La BMW bougea, puis dévala la pente dans une succession de tonneaux. Des étincelles jaillirent à la faveur des chocs de la carrosserie contre les arbres et les rochers, et la voiture s'embrasa. Je me rendis alors compte que cela devait forcément finir ainsi.

Le monde d'Adelaide Modine explosa dans un geyser de flammes jaunes quand l'essence répandue autour d'elle prit feu. Elle demeura ainsi quelques secondes au milieu du brasier, la tête en arrière, la bouche grande ouverte, puis tomba en agitant vainement les bras pour combattre le feu avant de dégringoler dans la nuit, dévorée par les flammes. Au pied du versant, la voiture brûlait en vomissant des rouleaux de fumée noire. Je la regardais depuis la route, le visage rôti par la chaleur. Un peu plus bas, dans l'ombre, au milieu de la végétation, un modeste bûcher funéraire achevait de se consumer.

30

Je me trouvais dans la même salle d'interrogatoire, devant la même table en bois, avec le même cœur gravé à la surface. Mon bras était soutenu par un bandage tout frais, et pour la première fois depuis deux jours, j'avais pu prendre une douche et me raser. En dépit de tous les efforts de l'agent Ross, je n'avais toujours pas été incarcéré. J'avais été longuement questionné, tout d'abord par Walter et l'un de ses collègues, puis par Walter et le commissaire, et enfin par Ross et l'un de ses agents, en présence de Walter, qui craignait que les types du FBI ne me battent à mort pour me faire payer leur déconvenue.

Une ou deux fois, je crus apercevoir dans le couloir Philip Kooper faisant les cent pas à grandes enjambées, comme un cadavre qui se serait exhumé lui-même pour porter plainte contre le croque-mort. J'avais le vague sentiment que l'image de la fondation allait prendre un sérieux coup.

J'avais quasiment tout dit aux flics. Je leur avais parlé de Sciorra, de Hyams, d'Adelaide Modine, de Sonny Ferrera. Je ne leur avais pas dit, en revanche, que c'était à l'instigation de Walter Cole que j'avais fini par entrer dans le jeu. Et je leur laissais le soin de combler eux-mêmes les autres lacunes de mon récit. Je leur avais simplement dit que mon imagination n'était pas infaillible. Et là, il avait presque fallu ceinturer Ross pour l'empêcher de se jeter sur moi.

J'étais maintenant seul avec Walter, et nos tasses à café.

— Tu y es allé ? lui demandai-je finalcment pour rompre le silence.

— J'ai fait un saut, acquiesça-t-il. Juste un aller-retour.

— On en a trouvé combien ?

— Huit pour l'instant, mais les fouilles ne sont pas terminées.

Et elles se poursuivraient non seulement là, mais peut-être également dans d'autres endroits de la région, voire dans d'autres Etats. Trente ans durant, Adelaide Modine et Connell Hyams avaient assassiné en toute liberté. L'entrepôt Mancino n'avait été loué que durant une période déterminée, ce qui signifiait qu'il existait probablement d'autres hangars, d'autres sous-sols désaffectés, d'autres vieux garages, d'autres terrains à l'abandon qui renfermaient les restes d'enfants disparus.

— Depuis quand tu t'en doutais ?

Il donna l'impression de penser que je faisais allusion à autre chose, peut-être à un type retrouvé mort dans les toilettes d'une gare routière, car il eut comme un sursaut et se tourna vers moi :

— Doutais de quoi ?

— Que quelqu'un de chez les Barton était impliqué dans la disparition du petit Baines ?

Il se détendit presque. Presque.

— Celui ou celle qui l'avait enlevé connaissait forcément bien les lieux.

— A condition de supposer qu'il avait été kidnappé sur place et qu'il ne s'était pas éloigné de la propriété.

— Oui, en supposant cela.

— Et tu m'as donc chargé d'aller enquêter.

— Oui, c'est ce que j'ai fait.

Je me sentais responsable de la mort de Catherine Demeter, non seulement parce que je n'avais pas réussi à la retrouver vivante, mais aussi parce que, sans le vouloir, j'avais peut-être conduit Modine et Hyams jusqu'à elle.

— C'est peut-être moi qui leur ai permis de remonter jusqu'à elle, fis-je au bout d'un moment. J'ai dit à Christie que j'étais sur une piste et que j'allais en Virginie. Ça a peut-être suffi.

Walter secoua la tête.

— Elle t'a engagé par précaution. Elle a dû prévenir Hyams dès qu'elle a su qu'on l'avait reconnue. Il était sûrement déjà en train de guetter Catherine. Si elle ne descendait pas à Haven, on comptait sur toi pour la retrouver. Et après, vous vous faisiez tuer tous les deux.

Je revoyais Catherine Demeter affalée dans la cave, un halo de sang autour de la tête. Je revoyais le petit Evan Baines dans son cocon de plastique, et ce corps d'enfant décomposé à demi recouvert de terre, et j'imaginais tous les autres corps restant à découvrir dans le sous-sol de l'entrepôt Mancino et ailleurs.

Et chaque fois, je revoyais ma propre femme, mon propre enfant.

— Tu aurais pu envoyer quelqu'un d'autre, lui dis-je.

— Non, il n'y avait que toi. Si la personne qui avait tué Evan Baines était là, je savais que tu la trouverais, parce que tu es toi-même un tueur.

Ses paroles restèrent un instant en suspens, avant de creuser une faille entre nous, un peu comme si une lame déchirait notre passé commun. Walter se détourna.

Je ne répondis pas tout de suite, puis, comme si Walter n'avait jamais prononcé ces mots, je déclarai simplement :

— Elle m'a dit qu'elle savait qui avait tué Jennifer et Susan.

Walter parut presque reconnaissant de m'entendre rompre le silence.

— Elle ne pouvait pas savoir. C'était une folle dangereuse, et elle cherchait simplement à continuer à te torturer après sa mort.

— Non, elle savait. Elle savait qui j'étais au moment

où elle allait mourir, mais je ne pense pas qu'elle l'ait su lorsqu'elle m'a engagé. Elle aurait eu des soupçons, elle n'aurait jamais pris ce risque.

— Tu te trompes, me rétorqua-t-il. N'y pense plus.

Je n'ajoutai rien, mais je savais que, mystérieusement, les sinistres mondes d'Adelaide Modine et du Voyageur s'étaient rejoints.

— Je songe à prendre ma retraite, me dit Walter. Je n'ai plus envie de regarder la mort. J'ai lu Sir Thomas Browne. Tu as déjà lu Thomas Browne ?

— Non.

— *Morale chrétienne* : « Ne contemple pas les têtes de mort au point de ne plus les voir, ni ne dédaigne les objets mortifères au point de les négliger. » (Il me tournait le dos, mais je distinguais le reflet de son visage dans la vitre, et son regard semblait se perdre dans le lointain.) J'ai passé trop de temps à regarder la mort. Je ne veux plus me forcer à regarder. (Il but une petite gorgée de café.) Tu devrais partir d'ici, faire quelque chose pour laisser tes fantômes derrière toi. Tu n'es plus ce que tu as été, mais tu peux peut-être prendre un peu de recul avant de sombrer complètement.

Un voile était en train de se former à la surface de mon café. Voyant que je ne réagissais pas, Walter soupira et ajouta, avec une voix d'une tristesse que je ne lui connaissais pas :

— Je préférerais ne plus avoir à te revoir. Je vais parler à deux, trois personnes, voir si on peut te relâcher.

Quelque chose en moi avait changé, c'était une certitude, mais Walter, lui, ne le ressentait peut-être pas de la même manière que moi. Peut-être étais-je le seul à pouvoir vraiment comprendre ce qui s'était passé, ce que la mort d'Adelaide Modine avait libéré en moi. L'horreur de ce qu'elle avait perpétré au fil des ans, la conscience de toutes les souffrances, de toute la douleur qu'elle avait infligées aux plus innocents d'entre nous ne pouvaient trouver compensation dans ce monde-ci.

Et pourtant, le cauchemar avait cessé. J'avais réussi à y mettre un terme.

Tout finit par se corrompre, tout doit avoir une fin, le mal comme le bien. La mort brutale et flamboyante d'Adelaide Modine m'avait prouvé que c'était vrai. Si j'avais été capable de trouver Adelaide Modine et de mettre fin à son existence, je pouvais en faire autant avec d'autres. Je pouvais en faire autant avec le Voyageur.

Et quelque part, en un lieu ténébreux, une pendule se mit à décompter les heures, les minutes, les secondes avant que sonne la fin du Voyageur.

Tout finit par se corrompre. Tout doit avoir une fin.

Je pensais à ce que Walter m'avait dit, aux doutes que je lui inspirais, et j'en vins à penser également à mon père et à l'héritage qu'il m'avait légué. Je me souviens d'un homme massif, au visage rougeaud, apportant un sapin de Noël à la maison, et des panaches de sa respiration qui s'échappaient vers le ciel comme la fumée d'une vieille locomotive. Je me souviens de ce soir où, en pénétrant dans la cuisine, je l'avais trouvé en train de caresser ma mère, qui s'était mise à rire pour dissimuler leur gêne commune. Je me souviens des histoires qu'il me lisait en soulignant les mots de ses énormes doigts pour que je m'en souvienne, si besoin était. Et je me souviens de sa mort.

Son uniforme était toujours bien repassé et jamais il n'oubliait de nettoyer et de graisser son arme. Il était ravi d'être policier, ou en tout cas donnait cette impression. A l'époque, je n'avais pas compris ce qui l'avait amené à faire ce qu'il avait fait. Peut-être Walter Cole en avait-il eu une petite idée en contemplant les corps de ces enfants martyrisés. Peut-être en ai-je, moi aussi, une idée. Peut-être suis-je devenu comme mon père.

Ce qui est clair, c'est que quelque chose en lui était mort, et que le monde lui apparaissait désormais sous un jour différent et bien plus sombre. Il avait trop longtemps contemplé les têtes de mort, et il était devenu le reflet de ce qu'il voyait.

C'était un appel comme tant d'autres : deux jeunes qui faisaient les imbéciles en voiture, sur un terrain vague, en pleine nuit, en jouant avec les phares et le klaxon. Mon père y avait répondu, et il était tombé sur un gosse du coin, un petit délinquant bien parti pour accéder à la catégorie supérieure, et sa copine, une jeune fille de bonne famille qui flirtait avec le danger, histoire de s'exciter un peu.

Mon père ne se souvenait pas de ce que le gosse lui avait dit pour épater la fille. Il y avait eu un échange de mots, et j'imagine sans peine la voix de mon père de plus en plus grave, le ton de plus en plus sec, en guise d'avertissement. Le jeune avait fait semblant de mettre la main dans la poche intérieure de son blouson pour le plaisir de voir mon père s'énerver, en savourant les gloussements de sa petite amie assise à côté de lui.

Alors mon père avait dégainé son revolver et les rires avaient cessé. Je vois très bien le gamin levant les mains, secouant la tête, expliquant qu'il n'y avait rien dans sa poche, que c'était juste pour rire, qu'il s'excusait. Mon père lui avait tiré une balle en plein visage, et le sang avait giclé dans toute la voiture, sur les vitres et sur le visage de la fille épouvantée, bouche bée. Je ne pense pas qu'elle ait seulement eu le temps de crier avant d'être abattue à son tour. Ensuite, mon père était reparti.

Les hommes des Affaires internes, autrement dit la police des polices, étaient venus le chercher au vestiaire, pendant qu'il se changeait. Ils l'avaient emmené devant tous ses collègues, pour l'exemple. Personne ne les avait inquiétés. A ce moment-là, ils savaient tous, ou pensaient savoir.

Il avait avoué son geste, mais était incapable de l'expliquer. Quand on lui avait demandé pourquoi, il s'était contenté de hausser les épaules. On lui avait pris son arme et sa plaque — son arme de secours, celle qui est aujourd'hui en ma possession, était restée dans sa chambre — et on l'avait raccompagné chez lui, en vertu d'un article du règlement de la police new-yorkaise prévoyant qu'un policier soupçonné d'un délit ou d'un crime ne pouvait être interrogé durant les premières quarante-huit heures. Il était rentré à la maison, l'air hébété, en refusant d'adresser la parole à ma mère. Les deux hommes des Affaires internes étaient restés dans leur voiture ; ils fumaient, et moi je les regardais depuis la fenêtre de ma chambre. Je crois qu'ils savaient ce qui allait se passer. Après le coup de feu, ils avaient attendu que les échos de la détonation se perdent dans la fraîcheur de la nuit avant de sortir de leur véhicule.

Je suis le fils de mon père, avec tout ce que cela implique.

La porte de la salle d'interrogatoire s'ouvrit et Rachel Wolfe entra. Elle avait adopté une tenue décontractée : jean, baskets montantes et un haut noir de chez Calvin Klein, agrémenté d'une capuche. Ses cheveux détachés, qui lui couvraient les oreilles, retombaient sur ses épaules, et elle avait le nez et le bas du cou parsemés de taches de rousseur.

Elle s'assit en face de moi, me regarda avec un mélange de sollicitude et de sympathie.

— J'ai appris que Catherine Demeter était morte. Je suis désolée.

En hochant la tête, je revis le corps de Catherine Demeter, dans la cave. Il fallait que je pense à autre chose.

— Comment vous sentez-vous ? me demanda-t-elle sur un ton dans lequel je décelais de la curiosité, mais aussi de la tendresse.

— Je ne sais pas.

— Regrettez-vous d'avoir tué Adelaide Modine ?

— C'est elle qui l'a voulu. Je ne pouvais rien faire d'autre.

Sa mort me laissait sans réaction, tout comme celle de l'avocat, tout comme l'image de Bobby Sciorra se dressant sur la pointe des pieds au moment où la lame lui perforait la nuque. Et c'était cette absence de réaction, ce calme régnant en moi qui m'effrayaient le plus. Je crois d'ailleurs que j'aurais eu encore plus peur si je n'avais pas, dans le même temps, ressenti autre chose : une profonde douleur pour les innocents dont on avait détruit la vie, et tous ceux dont on n'avait pas encore découvert les corps.

— J'ignorais que vous consultiez à domicile, lui dis-je. Pourquoi vous a-t-on appelée ?

— Personne ne m'a appelée, répondit-elle laconiquement.

Elle posa ses doigts sur ma main, d'un geste insolite, pas tout à fait abouti, dans lequel je crus — j'espérais ? — percevoir davantage qu'une simple complicité professionnelle. Je pris sa main, la serrai vigoureusement dans la mienne, et fermai les yeux. Je pense que c'était une sorte de premier pas, une timide tentative pour réaffirmer ma place dans le monde. Après tout ce qui s'était passé au cours des deux jours précédents, je voulais toucher, fût-ce très brièvement, quelque chose de positif ; je voulais essayer d'éveiller quelque chose de bien en moi.

— Je n'ai pas réussi à sauver Catherine Demeter, dis-je enfin. J'ai essayé, et mes efforts serviront peut-être à quelque chose. Je vais quand même trouver l'homme qui a tué Susan et Jennifer.

Elle hocha lentement la tête sans me quitter des yeux.

— Je vous fais confiance.

Rachel était partie depuis peu lorsque mon mobile sonna.

— Oui ?

— M'sieur Parker ?

C'était une voix de femme.

— Charlie Parker, oui.

— Je m'appelle Florence Aguillard, m'sieur Parker. Ma mère, c'est Tante Marie Aguillard. Vous êtes venu nous voir.

— Je m'en souviens. Que puis-je pour vous, Florence ?

Je sentais mon ventre se nouer, mais cette fois, c'était dc l'impatience, car je me disais que Tante Marie avait peut-être fait une découverte qui permettrait d'identifier la fille dont l'ombre nous hantait.

Derrière elle, j'entendais quelqu'un pianoter du jazz et des rires d'hommes et de femmes, des rires gras qui n'avaient rien de très sensuel.

— J'ai essayé d'vous avoir tout l'après-midi. Ma mère, elle m'a dit de vous appeler. Elle dit qu'y faut que vous v'niez la voir tout de suite. (Je devinais quelque chose dans sa voix, quelque chose qui la faisait bafouiller chaque fois qu'elle essayait de prononcer un mot. C'était la peur qui nimbait tout ce qu'elle voulait dire comme un halo de brume déformant.) M'sieur Parker, elle dit que vous d'vez venir maintenant et qu'il faut dire à personne que vous v'nez. A personne, m'sieur Parker.

— Je ne comprends pas, Florence. Que se passe-t-il ?

— *Je sais pas*, répondit-elle, la voix maintenant secouée de sanglots. Mais elle dit que vous d'vez venir, vous d'vez venir tout de suite. (Elle se reprit, et je l'entendis respirer profondément avant d'ajouter :) M'sieur Parker, elle dit que le Voyageur va venir.

Il n'y a pas de coïncidences, il n'y a que des logiques qui nous échappent. Cet appel s'inscrivait dans une logique, liée à la mort d'Adelaide Modine, que je ne comprenais pas encore. Sans parler de l'appel à quiconque, je sortis de la salle d'interrogatoire, récupérai mon arme, puis une fois dehors, je pris un taxi pour rentrer chez moi. Je réservai un billet de première classe sur un vol à destination de Moisant Field — c'était la seule place qui restait, tous les vols vers la Louisiane étaient complets ce soir-là —, arrivai au comptoir d'enregistrement quelques minutes avant l'embarquement et déclarai mon arme, tandis que mon sac, dans la confusion générale, filait sur le tapis. Il n'y avait plus une place libre dans l'avion ; la moitié des passagers étaient des touristes qui n'avaient rien trouvé de mieux que d'aller visiter La Nouvelle-Orléans en plein mois d'août, quand il faisait bien, bien chaud. Le personnel de bord nous servit un sandwich au jambon avec des chips et un paquet de raisins secs, le tout présenté dans un petit sac comme ceux que l'on nous donnait quand on allait passer la journée au zoo avec la classe.

Il faisait nuit en dessous de nous lorsque la pression commença à s'accumuler dans mon nez. Je tendais la main vers une serviette en papier quand les premières gouttes arrivèrent, et à cet instant la pression se transforma en une douleur aiguë, violente, qui me colla contre le dossier de mon siège.

Mon voisin, un homme d'affaires qui s'était fait rappeler à l'ordre pour avoir voulu se servir de son ordinateur portable alors que l'avion était en phase de décollage, me regarda, étonné puis effaré en voyant le sang. Je vis son doigt enfoncer frénétiquement le bouton d'appel, puis ma tête fut rejetée en arrière comme si je venais de recevoir un coup de poing. Un geyser de sang jaillit de mon nez, inondant le dos du siège de devant, et mes mains se mirent à trembler de manière incontrôlable.

Puis, juste au moment où j'avais l'impression que ma tête allait exploser sous la pression et la douleur, j'entendis une voix, la voix d'une vieille Noire dans les marais de Louisiane.

— P'tit, me dit la voix. Il est là, p'tit.

Puis elle disparut, et tout devint noir autour de moi.

III

Les concavités de mon corps sont pareilles à un autre enfer par leur capacité.

Sir Thomas Urquhart,
Rabelais, Gargantua

31

Il y eut un bruit mat quand l'insecte s'écrasa contre le pare-brise. Une grosse libellule, un « cousin-faucon ».

— Et merde, cette bestiole devait être aussi grosse qu'un oiseau, grommela le chauffeur, un jeune agent fédéral nommé O'Neill Brouchard.

Au-dehors, la température avoisinait les trente-trois degrés, mais l'humidité propre à la Louisiane donnait l'impression qu'il faisait beaucoup plus chaud. Par contraste le tissu de ma chemise me paraissait presque froid et son contact était désagréable là où la climatisation l'avait séché contre ma peau.

Les deux ailes reliées par une traînée rougeâtre restaient collées à la vitre, et les essuie-glaces ne parvenaient pas à les effacer. Le sang était au diapason des taches qui maculaient toujours ma chemise, rappel bien inutile de ce qui s'était produit car mon crâne m'élançait toujours, et l'arête de mon nez demeurait douloureuse au moindre effleurement.

A la droite de Brouchard, Woolrich gardait le silence et se concentrait sur le chargeur neuf qu'il introduisait dans son SIG Sauer. L'agent spécial adjoint portait son habituel costume havane bon marché, avec la cravate froissée de rigueur. A côté de moi, un coupe-vent frappé des trois lettres blanches était roulé en boule sur le siège.

J'avais tenté de contacter Woolrich par portable de

l'avion, mais en vain. A Moisant Field, j'avais laissé un message à son service de répondeur, en l'enjoignant de m'appeler au plus tôt, puis j'avais loué une voiture et j'avais pris la I-10 vers Lafayette. C'est seulement à la sortie de Baton Rouge que mon téléphone avait sonné.

— Bird ? Mais qu'est-ce que tu viens foutre ici ?

J'avais décelé une note d'inquiétude dans sa voix. En fond sonore, je percevais le grondement d'un moteur de véhicule.

— Tu as eu mon message ?

— Ouais. Ecoute, on est en route. Quelqu'un a repéré Florence près de chez elle. Sa robe est tachée de sang et elle a un flingue à la main. On doit rejoindre les flics du coin à la sortie 121. Attends-nous là-bas.

— Woolrich, il risque d'être trop tard…

— Tu attends, c'est tout. Cette fois, pas de conneries. J'ai des intérêts dans cette histoire, moi aussi. Il faut que je pense à Florence.

Devant nous, je discernai les feux arrière des deux voitures de patrouille venues du bureau du shérif de St Martin. Derrière nous, ses phares illuminant l'intérieur de la Chevrolet du FBI et le sang sur le pare-brise, venait une vieille Buick conduite par deux inspecteurs de St Martin. Je connaissais vaguement l'un d'eux, John Charles Morphy, pour l'avoir rencontré en compagnie de Woolrich au Lafitte's Blacksmith Shop sur Bourbon Street, alors qu'il tanguait doucement au son de la voix de Miss Lily Hood.

Morphy était un descendant de Paul Charles Morphy, le champion du monde d'échecs de La Nouvelle-Orléans qui avait pris sa retraite en 1859 à l'âge vénérable de vingt-deux ans. Selon la légende, il était capable de remporter trois ou quatre parties simultanées. Par contraste, j'avais toujours imaginé John Charles, avec sa dégaine imposante de culturiste, plus intéressé par les compétitions d'haltérophilie que par les tournois d'échecs. D'après Woolrich, c'était un type au passé trouble, un ex-flic de La Nouvelle-Orléans qui avait quitté la police de cette ville pour St Martin, à la suite d'une enquête interne sur la mort d'un jeune Noir nommé Luther Bordelon survenue dans un dépôt de marchandises près de Chartres Street, deux ans plus tôt.

En jetant un coup d'œil par-dessus mon épaule dans la lunette arrière, je vis que Morphy me regardait fixement. Le plafonnier de la Buick teintait d'un reflet ambré son crâne rasé, et ses mains étaient crispées sur le volant tandis qu'il suivait la route pleine d'ornières qui s'enfonçait dans le bayou. A sa droite, son coéquipier Toussaint tenait son fusil à pompe Winchester modèle 12 à la verticale, coincé entre ses cuisses. La crosse était marquée d'écorchures et de chocs, le canon terni par l'usage, et je devinais que ce n'était pas une arme de service régulière, mais plutôt un choix personnel. J'avais senti une odeur d'huile lorsque j'avais discuté avec Morphy à la portière de sa voiture, à l'intersection de Bayou Courtableau et de la I-10.

Le pinceau des phares révélait les branches des palmiers nains, des tupelos, des saules et des cyprès et, ici et là, les souches de vieux arbres dans les marais au-delà. Nous bifurquâmes dans une route aussi sombre qu'un tunnel. Au-dessus de nous, le feuillage des cyprès formait une voûte qui masquait les étoiles. Enfin nous franchîmes dans un bruit de ferraille le pont qui menait chez Tante Marie Aguillard.

Devant nous, deux voitures de police tournèrent dans des directions opposées et se garèrent en diagonale. Les phares de l'une éclairaient les broussailles qui bordaient le marais, ceux de la seconde étaient braqués en plein sur la maison et projetaient des ombres sur les pilotis, les planches et les marches menant à la porte-écran, pour l'instant ouverte sur le porche, offrant ainsi aux créatures de la nuit un libre accès à l'intérieur.

Woolrich se retourna au moment où notre voiture s'arrêtait.

— Tu es prêt ?

J'acquiesçai. J'avais mon Smith & Wesson au poing quand nous descendîmes du véhicule. L'air était doux. Je sentais l'odeur de la végétation en décomposition et celle, plus subtile, de fumée. Quelque chose agita la végétation sur ma droite et plongea dans l'eau avec un bruit léger. Morphy et son coéquipier nous rejoignirent. J'entendis le claquement d'une cartouche qu'on introduit dans un fusil à pompe.

Deux des shérifs adjoints étaient restés près de leur véhicule, l'air hésitant. Les deux autres avançaient lentement à travers le jardin bien tenu.

— Quelle procédure ? souffla Morphy.

C'était un athlète d'un mètre quatre-vingts environ, avec un torse en V bardé de muscles, un crâne chauve et la bouche entourée par le cercle de sa moustache et de son bouc.

— Personne n'entre avant nous, décréta Woolrich. Envoyez ces deux-là à l'arrière, mais dites-leur bien de se positionner à l'extérieur. Vous deux, en couverture. Brouchard, restez près de la voiture et surveillez le pont.

Nous nous mîmes en mouvement, en prenant soin de ne pas marcher sur les jouets éparpillés un peu partout sur la pelouse. Pas de lumière dans la maison, aucun signe de ses occupants éventuels. Le sang cognait à mes tempes et j'avais les paumes moites. Nous nous trouvions à trois mètres des marches du porche lorsque j'entendis le bruit caractéristique d'un pistolet qu'on arme, puis la voix de l'adjoint sur notre droite :

— Ah, doux Jésus, gémit-il. Seigneur, ce n'est pas vrai…

Le fût d'un arbre mort se dressait à une dizaine de mètres du bord de l'eau. Ses branches, certaines de la taille de brindilles, d'autres aussi épaisses qu'un bras d'homme, saillaient à partir d'une hauteur d'un mètre du sol jusqu'à trois mètres.

Contre le tronc se trouvait Tee Jean Aguillard, le fils cadet de la vieille femme. Dans la lumière des torches électriques, son corps nu luisait doucement. Son bras gauche reposait sur une grosse branche, de sorte que l'avant-bras et la main ouverte pendaient à la verticale. Sa tête était nichée dans le creux de la fourche formée par une autre branche, et ses yeux crevés étaient pareils à deux puits noirs dans les chairs et les tendons dénudés de son visage écorché.

Son bras droit était également passé autour d'une autre branche, mais cette fois sa main n'était pas vide. Les doigts étaient crispés sur un pan de sa propre peau pour dévoiler l'intérieur de son corps, de la cage thoracique à la zone au-dessus du pénis. L'estomac et la plupart des organes de son abdomen avaient été ôtés. Ils gisaient sur une pierre près de son pied gauche, en un amas blanc, bleu et rouge où se lovaient les serpents des intestins.

A côté de moi, un des adjoints émit un haut-le-cœur sonore. Woolrich le saisit par le col et l'emmena jusqu'au bord de l'eau, à quelque distance.

— Pas ici, lui murmura-t-il, pas ici.

Il le laissa agenouillé dans l'herbe et revint vers la maison. Son visage était d'une pâleur maladive.

— Florence. Nous devons la retrouver.

La jeune femme avait été vue au bord du pont par le propriétaire d'une boutique de matériel pour pêcheurs du coin. Elle était alors couverte de sang et tenait à la main un Colt Service. Quand l'homme avait arrêté son véhicule, Florence Aguillard avait braqué le revolver sur lui et tiré. La balle avait transpercé le pare-brise et raté le conducteur d'un cheveu. A la première station-service, il avait alerté la police de St Martin, qui à son tour avait prévenu Woolrich, suivant en cela ses directives pour que tout incident concernant Tante Marie lui soit immédiatement notifié.

Woolrich gravit précipitamment les marches du porche et il atteignait presque la porte quand je le rattrapai. Je posai la main sur son épaule et il fit volte-face. Il avait les yeux écarquillés.

— Du calme, dis-je.

La lueur folle s'éteignit dans ses prunelles et il hocha la tête. Je me retournai vers Morphy et lui fis signe de nous suivre à l'intérieur. Morphy prit la Winchester de

Toussaint et d'un geste ordonna à ce dernier de rester auprès du shérif adjoint indisposé.

Un long couloir central menait à six pièces, trois de chaque côté, pour déboucher à son extrémité sur la cuisine qui occupait l'arrière de la maison. Je savais que la dernière porte sur la droite était celle de la chambre de Tante Marie, mais je résistai à l'envie d'aller l'ouvrir sur-le-champ. Nous progressâmes prudemment, en vérifiant l'intérieur de chaque pièce au fur et à mesure. Le pinceau des torches électriques découpait l'obscurité et illuminait la poussière en suspension et les mites.

Dans la première pièce sur notre droite, une chambre, vide. Elle contenait deux lits, l'un fait et l'autre, un modèle pour enfant, avec la couverture à moitié rejetée sur le sol. En face, le salon était désert. Morphy et Woolrich s'occupèrent des deux pièces suivantes. Des chambres, également désertes.

— Où sont tous les enfants, et les adultes ? demandai-je à Woolrich.

— A une fête pour les dix-huit ans d'un jeune, dans une maison à trois kilomètres, répondit-il. Seuls Tee Jean et la vieille dame devraient être là. Et Florence.

La porte en face de la chambre de Tante Marie était grande ouverte, et j'aperçus à l'intérieur un fouillis de meubles, de cartons de vêtements et de jouets entassés. Une fenêtre béait et les rideaux ondulaient paresseusement dans la brise nocturne. Nous nous tournâmes vers la porte de la chambre de Tante Marie. Elle était entrebâillée et j'aperçus la clarté lunaire qui baignait la pièce, troublée par l'ombre des arbres. Derrière moi, Morphy avait levé son fusil à pompe et Woolrich avait collé contre sa joue le SIG Sauer qu'il tenait à deux mains. L'index posé sur la détente du Smith & Wesson, je repoussai brusquement la porte du pied et avançai dans la chambre courbé en deux.

L'empreinte sanglante d'une main marquait le mur près de la porte. Je perçus le son des créatures de la nuit au-delà de la fenêtre. Le clair de lune projetait des ombres diffuses sur une grande commode, une armoire massive remplie de robes presque toutes identiques et un coffre sombre posé sur le sol, près de la porte. Mais la pièce était dominée par la masse du lit géant adossé au mur en face de moi, et par celle qui l'occupait. Tante Marie Aguillard.

Tante Marie : la vieille dame qui avait vu la fille mourante alors que la lame du couteau commençait à lui taillader le visage ; la vieille dame qui m'avait appelé avec la voix de ma femme alors que je me tenais dans cette même pièce, lors de ma dernière visite, pour m'offrir un peu de réconfort dans mon chagrin ; la vieille dame qui, à son tour, m'avait contacté dans ses derniers tourments.

Elle était assise nue dans le lit, et la mort ne la rendait pas moins imposante. Sa tête et son torse étaient appuyés contre une pile d'oreillers brunis par son propre sang. Son visage n'était plus qu'une masse rouge et pourpre. La bouche était ouverte sur de longues dents jaunies par le tabac. La torche électrique dévoila ses cuisses, ses bras épais et les mains crispées sur le centre de son corps.

— Mon Dieu… murmura Morphy.

Tante Marie avait été ouverte de la pointe du sternum au bas-ventre, et sa peau retroussée et maintenue par les deux mains. Comme son fils, la plupart de ses organes internes avaient été retirés, et l'estomac n'était plus qu'une cavité sombre délimitée par les côtes à travers lesquelles une partie de la colonne vertébrale brillait faiblement d'un éclat écœurant. Woolrich abaissa le pinceau de sa torche vers le sexe. J'arrêtai le geste de la main.

— Non. Ça suffit.

Soudain un cri retentit au-dehors, qui nous fit tous sursauter, et nous nous précipitâmes vers le porche.

Florence se tenait sur la pelouse, devant le cadavre de son frère. Elle vacillait doucement sur place. Les commissures de sa bouche étaient abaissées, et la lèvre inférieure retournée par le chagrin. Dans sa main droite elle tenait pointé vers le sol le Colt à canon long. Sa robe blanche était imprimée de fleurs bleues que le sang de sa mère masquait par endroits. Elle n'émettait aucun son, malgré les sanglots qui déchiraient son corps.

Woolrich et moi descendîmes lentement les marches. Les deux autres adjoints étaient revenus de l'arrière de la maison et faisaient face à la jeune femme. Toussaint se trouvait sur leur droite. A la gauche de Florence, je discernai la silhouette de Tee Jean accroché à l'arbre et, à côté de lui, le quatrième policier et Brouchard. Celui-ci avait dégainé son SIG.

— Florence, dit Woolrich d'une voix posée en replaçant son arme dans son holster. Florence, lâche le Colt.

Elle tressaillit et replia le bras gauche contre sa taille. Elle se pencha un peu en avant et secoua la tête, d'un côté puis de l'autre.

— Florence, répéta Woolrich. C'est moi.

Elle tourna la tête vers nous. Il y avait de la tristesse dans ses yeux, de la tristesse et de la souffrance, mais aussi de la rage et de la culpabilité, et toutes ces émotions luttaient pour prendre le contrôle de son esprit en déroute.

Dans un mouvement lent, elle leva le pistolet et le pointa dans notre direction. Aussitôt les adjoints la mirent en joue. Toussaint avait déjà pris la position classique du tireur, bras tendus devant lui, l'arme braquée.

— *Non !* cria Woolrich en levant la main droite.

Les autres le regardèrent sans comprendre, puis se tournèrent vers Morphy. Celui-ci eut un bref hochement de tête et les adjoints se détendirent un peu, mais sans cesser de la surveiller.

Le Colt qui visait Woolrich se déplaça vers moi, et pendant tout ce temps Florence Aguillard remuait la tête de gauche à droite. Sa voix, si douce dans la nuit, répétait le mot de Woolrich comme un mantra : « Non, non, non, non, non, non… » Subitement elle retourna l'arme vers elle, plaça l'extrémité dans sa bouche et appuya sur la détente.

L'explosion eut l'effet d'un coup de canon. J'entendis les battements d'ailes affolés des oiseaux et le bruit de petits animaux qui fuyaient au ras du sol. Le corps de Florence s'écroula sur l'herbe. Woolrich tituba jusqu'à elle et s'agenouilla. De la main droite il effleura la joue de la jeune femme, et instinctivement, dans un geste vain, il plaça le majeur et l'index sur le côté de son cou pour chercher le pouls. Puis, la bouche tordue par le chagrin, il la souleva dans ses bras et enfouit le visage de Florence contre sa chemise humide de sueur.

A distance, des gyrophares clignotaient. Plus loin encore, je perçus le chuintement d'un rotor d'hélicoptère dont les pales lacéraient l'air nocturne.

32

Une journée chargée d'humidité naissait sur La Nouvelle-Orléans, et l'odeur du Mississippi régnait en maître dans l'air matinal. Je quittai la pension et contournai le Quartier français, le « Vieux Carré », avec pour objectif d'essayer de chasser la fatigue que je ressentais autant dans mes idées que dans mes os. Sur Loyola, la circulation ajouta à la sensation d'oppression que distillait déjà la chaleur. Le ciel était d'un gris menaçant annonciateur de pluie, et des nuages sombres demeuraient immobiles à la verticale de la ville, comme figés par la canicule à venir. J'achetai un exemplaire du *Times-Picayune* à un distributeur automatique et le lus devant l'hôtel de ville. Le journal regorgeait de tant d'exemples de corruption qu'il était étonnant que le papier ne soit pas putréfié par ce qu'il racontait : deux policiers arrêtés pour trafic de drogue, une enquête fédérale sur le déroulement des dernières élections sénatoriales, des soupçons pesant sur un ancien gouverneur… La ville elle-même, avec ses bâtiments mal entretenus, le triste quartier commerçant de Poydras, le magasin Woolworth et ses pancartes « Fermeture prochaine » en devanture, tout donnait l'impression de concrétiser cette corruption, et il était impossible de dire si c'était La Nouvelle-Orléans qui avait infecté ses habitants ou sa population qui l'emportait dans sa déchéance.

Chep Morrison avait construit l'imposant hôtel de ville, peu après son retour de la Seconde Guerre mondiale, dans le but de détrôner le maire Maestri et de propulser la ville dans le vingtième siècle. Certaines vieilles connaissances de Woolrich se souvenaient avec sympathie de Morrison, encore que cette sympathie soit née de la corruption qui avait fleuri dans la police sous son mandat, sans parler du racket, de la prostitution et des jeux clandestins. Plus de trois décennies plus tard, la police de La Nouvelle-Orléans devait toujours se blanchir de son héritage. Pendant presque vingt ans, the Big Sleazy, la Grande Sordide, comme on surnommait la ville, avait été en tête de la liste des municipalités où l'on recensait le plus de plaintes pour prévarication policière, un bon millier par an.

Longtemps la police de la ville avait fonctionné sur le principe de la « commission » ; comme son équivalent ailleurs dans le Sud — à Savannah, Richmond, Mobile —, elle avait été créée au dix-huitième siècle pour contrôler et surveiller la population des esclaves. A l'époque elle se voyait attribuer une partie de la récompense lorsqu'elle arrêtait un esclave en fuite. Au dix-neuvième siècle, certains de ses membres furent accusés de meurtres, de viols, de lynchages et de vols, ainsi que de percevoir des « taxes » pour fermer les yeux sur les salles de jeux clandestines et la prostitution. Localement, la police manipulait les scrutins gouvernementaux, intimidait les électeurs, et participa même au massacre des modérés au Mechanics Institute en 1866.

Le premier maire noir de La Nouvelle-Orléans, Dutch Morial, voulut nettoyer les services de police au début des années quatre-vingt. Mais si la Commission criminelle métropolitaine, supposée indépendante et née un quart de siècle avant l'édile, ne parvenait pas à accomplir cette tâche, comment un maire de couleur l'aurait-il pu ? Le syndicat majoritairement blanc de la police se mit en grève et les festivités du Mardi gras furent annulées. La Garde nationale fut appelée à la rescousse pour maintenir l'ordre. J'aurais été bien incapable de dire si la situation s'était améliorée depuis. Du moins l'espérais-je.

La Nouvelle-Orléans est remarquable dans un domaine peu enviable, celui du crime, avec quelque quatre cents codes 30S — le code de la police locale pour un homicide — par an. La moitié à peu près de ces meurtres sont élucidés, ce qui laisse dans les rues de la ville beaucoup de gens avec du sang sur les mains. C'est évidemment un sujet dont la municipalité ne se vante pas auprès des touristes. Mais s'ils étaient au courant, seraient-ils pour autant moins nombreux ? Après tout, quand une cité vous propose des jeux d'argent sur les bateaux, des bars ouverts vingt-quatre heures sur vingt-quatre, des boîtes à strip-tease, de la prostitution et de la drogue un peu partout, toutes ces spécialités à quelques centaines de mètres les unes des autres, il ne faut pas s'étonner que la médaille ait un revers.

Je continuais de marcher et finis par m'arrêter pour m'asseoir sur le bord d'un arbre en pot devant le New Orleans Center, avec la tour du Hyatt qui se dressait derrière moi, en attendant Woolrich. Malgré la confusion qui avait régné la nuit précédente, nous avions convenu de prendre le petit déjeuner ensemble. J'avais pensé m'installer à Lafayette ou Baton Rouge, mais Woolrich avait fait valoir que les flics du coin ne seraient peut-être pas très heureux de me savoir aussi proche de l'enquête et, comme il l'avait souligné, lui-même était basé à La Nouvelle-Orléans.

Je décidai de lui accorder vingt minutes. Ce délai écoulé sans qu'il se soit manifesté, je descendis tranquillement Poydras Street, ce canyon urbain encaissé entre les immeubles de bureaux. Les hommes d'affaires s'y pressaient déjà, mêlés aux touristes qui se dirigeaient vers le Mississippi.

Sur Jackson Square, La Madeleine était prise d'assaut par les clients matinaux. L'odeur du pain cuisant dans ses fours semblait attirer les gens comme ces personnages de dessins animés qui suivent nez au vent une odeur alléchante. Je commandai une pâtisserie et un café et terminai la lecture du *Times-Picayune*. A La Nouvelle-Orléans, il est à peu près impossible de dénicher un exemplaire du *New York Times*. J'ai lu quelque part que les habitants de cette ville achètent moins d'exemplaires du *New York Times* que n'importe quelle autre ville des Etats-Unis, même s'ils se rattrapent en achetant beaucoup plus de tenues de soirée qu'ailleurs. Lorsque vous êtes quotidiennement invité à des dîners mondains, il est vrai que vous n'avez plus beaucoup de temps pour lire le *New York Times*.

Entre les magnolias et les bananiers de la place, les touristes observaient le spectacle de joueurs de claquettes, de mimes et d'un Noir longiligne qui marquait un rythme lent et sensuel en frappant ses genoux avec deux bouteilles en plastique. Une brise légère soufflant du fleuve luttait sans espoir contre la chaleur matinale et ne parvenait qu'à décoiffer les artistes dont les œuvres décoraient les grilles en fer noir de la place, et à menacer les cartes des diseurs de bonne aventure, devant la cathédrale.

Je me sentais étrangement distant des horreurs vues dans la maison de Tante Marie. J'avais craint que ces images ne fassent ressurgir de ma mémoire ce que j'avais découvert dans ma propre cuisine, le spectacle de ma femme et de notre enfant réduites à de la chair, des os et des tendons. Au lieu de quoi je n'éprouvais qu'une pesanteur indéfinie, comme une couverture lourde et humide qui aurait enveloppé ma conscience.

Je feuilletai une fois de plus le journal. La tuerie n'était relatée qu'en bas de première page, à l'évidence parce que la police n'avait pas communiqué à la presse les détails des mutilations. Difficile de dire combien de temps on pourrait garder le secret ; les rumeurs commenceraient probablement à circuler au moment des funérailles.

En page intérieure figuraient les photos de deux corps, ceux de Florence et de Tee Jean, qu'on transportait sur le pont vers les ambulances. Le pont avait été fragilisé par la circulation, et on redoutait qu'il ne cède sous le poids des ambulances. Par chance, il n'y avait aucun cliché de Tante Marie amenée sur un chariot spécial à son ambulance, son énorme masse paraissant se moquer de la mort, alors même qu'elle gisait sous un drap noir.

Je levai les yeux au moment où Woolrich approchait de ma table. Il avait troqué son costume havane pour un autre en lin gris clair ; sa tenue de la veille avait été couverte du sang de Florence Aguillard. Il ne s'était pas rasé, et des cernes sombres soulignaient ses yeux. Je commandai du café et un assortiment de pâtisseries pour lui, et patientai pendant qu'il mangeait.

Depuis que je le connaissais, il avait beaucoup changé. Son visage était plus sec et, sous une certaine lumière, ses pommettes évoquaient des lames d'acier tendant la peau. Pour la première fois, l'idée me vint qu'il était peut-être malade, mais je n'abordai pas le sujet. Lorsqu'il voudrait en parler, il le ferait.

Tandis qu'il prenait son petit déjeuner, j'eus tout le temps de me remémorer notre première rencontre, devant le cadavre de Jenny Ohrbach. C'était une jolie femme de trente ans qui entretenait sa silhouette à coups de régime et de sport et qui, nous devions très vite l'apprendre, avait vécu dans le luxe sans revenus déclarés.

C'était une nuit glacée de janvier, et je me tenais devant son corps, dans son appartement de l'Upper West Side. Deux grandes baies vitrées ouvraient sur un petit balcon dominant la 79e Rue et le fleuve, à deux blocs du Zabar's sur Broadway. Ce n'était pas notre secteur, mais Walter Cole et moi étions là parce que la manière d'opérer semblait correspondre à deux cambriolages avec violence sur lesquels nous enquêtions, dont l'un avait amené à la mort d'une jeune directrice financière, Deborah Moran.

Tous les flics sur les lieux portaient des manteaux épais, et certains avaient même un cache-nez. Il faisait bon dans l'appartement, et personne n'était très pressé de goûter à nouveau au froid du dehors, en particulier Cole et moi, en dépit du fait que l'affaire avait beaucoup plus à voir avec un meurtre prémédité qu'avec un cambriolage qui aurait mal tourné. Rien ne semblait avoir été dérangé dans l'appartement. On avait retrouvé un portefeuille contenant trois cartes de crédit et plus de sept cents dollars en liquide, dans un tiroir du meuble télé. Quelqu'un avait apporté des cafés du Zabar's, et nous sirotions la boisson brûlante, les mains serrées sur les gobelets en plastique pour profiter de cette sensation de chaleur sous nos doigts.

Le médecin légiste avait presque terminé les premières constatations, l'équipe de l'ambulance attendait pour enlever le corps, lorsqu'un type à la mise plutôt débraillée était entré dans l'appartement en traînant les pieds. Il portait un long pardessus, couleur jus de viande, et la semelle d'une de ses chaussures en partie décollée laissait entrevoir un gros orteil dans une chaussette rouge. Son pantalon beige était aussi fripé qu'un journal vieux de deux jours, et sa chemise blanche qui n'avait plus la force de conserver sa teinte d'origine tirait vers la pâleur malsaine d'un individu atteint de jaunisse. Un feutre le coiffait. Je n'avais vu personne porter ce genre de couvre-chef sur la scène d'un crime depuis le dernier festival du film noir, au cinéma Angelika.

Mais c'est surtout son regard qui retenait l'attention. Ses yeux brillaient d'un éclat amusé et cynique à la fois. Contredisant sa mise négligée, il était rasé de près et je constatai que ses mains étaient soignées lorsqu'il prit une paire de gants en plastique dans sa poche et les enfila.

— Fait aussi froid que dans le cœur d'une pute, dehors, lâcha-t-il en s'accroupissant et en plaçant doucement un index sous le menton de Jenny Ohrbach. Froid comme la mort.

Je sentis quelqu'un me frôler et je me retournai. Cole était venu se placer près de moi.

— Qui vous êtes, vous ? demanda-t-il.

— Un des bons, répondit l'autre. Enfin, je suis du FBI, je ne sais pas où vous nous rangez...

D'un geste rapide il nous montra sa plaque : Agent Spécial Woolrich.

Il se releva, soupira, se déganta et fourra gants et mains dans les poches de son manteau.

— Qu'est-ce qui vous amène par une nuit pareille, agent Woolrich ? m'enquis-je. Vous avez paumé les clés du bureau ?

— Ah ! ces flics spirituels de la police new-yorkaise, répliqua-t-il avec un demi-sourire. J'ai de la chance, au cas où je me casserais les côtes à force de rire, l'ambulance est là.

Il pencha la tête de côté et contempla une seconde le cadavre.

— Vous savez qui c'est ?

— Nous avons son identité, rien de plus, répondit un inspecteur que je ne reconnus pas.

En ce qui me concerne, à cet instant j'ignorais jusqu'au nom de la victime. Je savais seulement qu'elle avait été une jolie fille, et qu'elle ne l'était plus. On lui avait martelé le visage avec le câble coaxial abandonné à côté du corps. La moquette crème était trempée d'un rouge profond, et le sang avait éclaboussé les murs et le mobilier tendu de cuir blanc visiblement très coûteux et probablement peu confortable.

— C'est la poule de Tommy Logan, annonça Woolrich.

— Le type qui ramasse les ordures, précisai-je.

— Lui-même.

Ces deux dernières années, l'entreprise de Tommy Logan avait raflé bon nombre de contrats juteux pour l'enlèvement des ordures ménagères dans la ville. C'étaient également des employés de Tommy qui venaient laver les vitres de votre immeuble, ou bien vous n'aviez pas de fenêtres à nettoyer, et pas d'immeuble non plus. Quiconque décroche ce genre de marché connaît des gens très bien placés.

— Quelqu'un aurait dans l'idée de racketter Tommy ? fit Cole.

— Beaucoup de gens ont des idées sur Tommy.

Peut-être un de trop, puisque sa nana est étalée morte sur la moquette.

— Vous pensez que quelqu'un lui envoie un message ? demandai-je.

— Possible. Ce qui est sûr, c'est que quelqu'un aurait dû lui envoyer un message pour lui conseiller de prendre un décorateur qui n'a pas perdu la vue l'année de la mort d'Elvis.

Il n'avait pas tort. L'appartement de Jenny Ohrbach était tellement rétro qu'il aurait dû porter des pattes d'éléphant et une barbiche. Pour Jenny Ohrbach, cela n'avait plus d'importance.

On ne découvrit jamais qui l'avait tuée. Tommy Logan parut sincèrement choqué en apprenant que sa petite amie avait été massacrée, au point qu'il en oublia ses craintes que sa femme ne découvre qu'il la trompait. Peut-être décida-t-il par la suite de se montrer plus généreux avec ses associés, mais si tel fut le cas, leur satisfaction fut de courte durée. Un an plus tard, Tommy Logan se faisait trancher la gorge, et on retrouvait son corps près de Borden Bridge, dans le Queens.

Quant à Woolrich, par la suite nos chemins se croisèrent à l'occasion ; une ou deux fois nous allâmes boire un verre avant que je rentre chez moi et qu'il retourne dans son appartement vide de Tribeca. Il me dénicha une place pour un match des Knicks ; il vint manger à la maison ; il offrit à Jennifer un énorme éléphant en peluche pour son anniversaire ; il observait, mais ne commentait ni n'intervenait, tandis que je m'enfonçais verre après verre.

Je conserve une image de lui lors de la fête donnée pour l'anniversaire de Jenny, avec un chapeau de clown en carton posé de guingois sur son crâne et un bol de glace Ben & Jerry's. Il avait l'air un peu emprunté, assis là dans son costume fripé au milieu de gamins de trois et quatre ans et de leurs parents gâteux, mais aussi possédé d'une joie singulière quand il aidait les enfants à gonfler les ballons ou faisait apparaître une pièce de vingt-cinq cents derrière leur oreille. Il imita les animaux de la ferme et leur apprit comment faire tenir une cuillère en équilibre sur l'arête de leur nez. A son départ, il y avait de la tristesse dans son regard. Je crois qu'il se remémorait d'autres anniversaires, lorsque son enfant était l'objet de toutes ses attentions, avant qu'elle ne s'égare.

Après la mort de Susan et Jennifer, il m'accompagna jusqu'au poste et attendit pendant quatre heures qu'ils aient fini de m'interroger. Je ne pouvais pas rentrer chez moi et, après cette première nuit passée à pleurer dans le hall de l'hôpital, je n'avais aucune envie de rester avec Cole, pas seulement à cause de sa participation à l'enquête, mais parce que je ne voulais pas être entouré par une famille, pas à ce moment-là. J'acceptai donc de dormir chez Woolrich. C'était un petit appartement propre, aux murs couverts par des rayonnages remplis d'ouvrages de poésie : Marvell, Vaughan, Richard Crashaw, Herbert, Jonson et Raleigh, dont il citait parfois des extraits du *Pèlerinage d'un homme passionné*. Il me laissa son lit. Le jour des funérailles, il resta auprès de moi, sous la pluie, l'eau gouttant du bord de son chapeau comme des larmes.

— Comment va ? finis-je par lui demander.

Il gonfla les joues, souffla en dodelinant doucement de la tête comme ces chiens articulés qu'on voit sur la plage arrière des voitures. De ses tempes argentées le gris gagnait le reste de sa chevelure en striures insidieuses. Des ridules pareilles aux fêlures de la vieille porcelaine marquaient les coins de ses yeux et de sa bouche.

— Pas trop bien, avoua-t-il. J'ai dormi trois heures, si on peut appeler dormir se réveiller toutes les vingt minutes parce qu'on a des flashs rouge sang. Je n'arrête pas de penser à Florence et à ce flingue, quand elle a mis le canon dans sa bouche…

— Tu la fréquentais toujours ?

— Pas aussi assidûment que dans le temps. C'était assez irrégulier. On s'est vus deux-trois fois, et je suis passé à la maison il y a quelques jours, pour voir si tout allait bien. Bon Dieu, quel gâchis…

Il tourna le journal vers lui et parcourut la relation des meurtres en faisant glisser son index le long des paragraphes jusqu'à ce qu'il soit noirci par l'encre. Quand il eut fini de lire, il contempla l'extrémité noircie de son doigt, y frotta celle de son pouce puis essuya les deux avec une serviette en papier.

— On a une empreinte digitale, mais partielle, dit-il comme si la vue des minuscules lignes de son index lui rappelait cet élément.

Au-dehors, les touristes et le bruit parurent s'estomper, et il n'y eut plus que Woolrich et ses yeux sombres. Il but la dernière gorgée de son café et se tamponna les lèvres avec la serviette.

— C'est la raison de mon retard. J'ai eu la confirmation il y a à peine une heure. Elle ne correspond pas aux empreintes de Florence. Et il y a des traces du sang de la vieille femme dessus.

— Où l'a-t-on trouvée ?

— Sur la partie interne du cadre du lit. Il s'y est peut-être accroché quand il frappait, ou parce qu'il a glissé. Apparemment, il n'a pas essayé de l'effacer. On la compare aux dossiers locaux et à notre sommier criminel général. S'il est fiché, on lui mettra la main dessus.

Tout comme les criminels, les employés fédéraux, les étrangers, le personnel militaire et toute personne ayant demandé à ce que ses empreintes soient utilisées pour une identification quelconque étaient archivés dans un sommier général. Dans les vingt-quatre heures à venir, celle découverte chez Tante Marie serait comparée à environ deux cents millions d'autres.

S'il s'avérait que c'était celle du Voyageur, alors nous tiendrions la première piste sérieuse depuis la mort de Susan et de Jennifer, mais je n'osais pas trop y croire. Un type qui avait pris le temps et le soin de nettoyer les ongles de ma femme après l'avoir tuée était peu suspect d'assez de négligence pour laisser une telle empreinte sur les lieux d'un de ses crimes. A son regard, je sus que Woolrich pensait de même. D'un geste de la main il redemanda du café à la serveuse. Il observa un moment la foule sur Jackson Square et écouta les hennissements des poneys harnachés aux carrioles pour touristes qu'on amenait vers Decatur. Enfin il reprit la parole :

— Florence est allée faire des courses à Baton Rouge plus tôt dans la journée, puis elle est rentrée pour se changer en vue de la fête d'anniversaire, celle d'un de ses petits-cousins. Elle t'a appelé d'un dancing miteux de Breaux Bridge, et puis elle est retournée à la maison. Elle y est restée jusqu'à huit heures et demie environ, avant de se rendre à la fête d'anniversaire à Breaux Bridge, vers neuf heures. Selon les témoignages recueillis par les flics du coin, elle paraissait distraite et n'est pas restée très longtemps — il semblerait que sa mère ait insisté pour qu'elle y aille, en disant que Tee Jean pouvait s'occuper d'elle. Elle est restée entre cinquante minutes et une heure, puis est repartie. Brennan, le propriétaire de la boutique d'articles de pêche, l'a aperçue à peu près une demi-heure plus tard. Nous devons donc considérer un laps de temps de deux heures, pas plus, pendant lequel les meurtres ont été commis.

— Qui s'occupe de l'affaire ?

— Les types de Morphy, en théorie. Dans la pratique, une bonne partie de l'affaire devrait nous revenir, puisque les constatations du médico-légal correspondent à celles effectuées pour Susan et Jennifer, et parce que je le veux. Brillaud va mettre ton téléphone sur écoute, au cas où ce fumier t'appellerait. On va sans doute poireauter un bout de temps dans ta chambre d'hôtel. Mais je ne vois pas trop ce que nous pourrions faire d'autre.

Il évita de me regarder en face.

— Tu me mets à l'écart.

— Je ne peux pas t'impliquer dans ce dossier, Bird. Tu le sais très bien. Je te l'ai déjà dit, et je te le répète. Nous déciderons de ta marge de participation.

— Limitée, évidemment.

— Bon sang, oui, limitée ! Bird, tu es le lien avec ce type. Il t'a contacté une fois, il te recontactera. On attend qu'il se manifeste.

Pour bien montrer qu'il était impuissant, il écarta les mains.

— Elle a été tuée à cause de la fille. Est-ce que tu vas rechercher la fille ? demandai-je.

De frustration, Woolrich roula des yeux.

— La chercher où, Bird ? Dans tout ce putain de bayou ? On n'a aucune certitude que cette fille existe. On dispose d'une empreinte, on va fouiller dans cette direction-là et voir où ça nous mène. Et maintenant paie l'addition et sortons d'ici. On a du boulot.

Je séjournais dans une demeure de style pseudo-grec, le Flaisance House, sur Esplanade Avenue, un hôtel particulier blanc au mobilier dépareillé. J'avais choisi une chambre dans les anciennes écuries, sur l'arrière de la bâtisse, pour être au calme mais aussi parce que cette partie disposait d'une alarme naturelle sous la forme de deux gros chiens qui hantaient la cour en contrebas et, d'après le réceptionniste de nuit, grondaient dès qu'ils détectaient le moindre intrus. En fait, les molosses semblaient surtout somnoler à l'ombre d'une vieille fontaine la majeure partie du temps. Ma chambre, spacieuse, était dotée d'un balcon, d'un ventilateur à pales de cuivre au plafond, de deux gros fauteuils en cuir et d'un petit réfrigérateur que j'avais rempli de bouteilles d'eau minérale.

Dès notre entrée dans ma chambre, Woolrich alluma la télé et choisit un jeu qui passait tôt le matin. Nous attendîmes en silence. Brillaud arriva au bout de vingt minutes, un délai suffisant pour qu'une concurrente de Tulsa gagne un voyage dans les îles. Brillaud était un homme de petite taille, vêtu avec soin et au crâne attaqué par la calvitie, même s'il se passait la main dans les cheveux toutes les cinq minutes, comme pour s'assurer qu'il lui en restait encore un peu. Derrière lui, deux types en bras de chemise apportèrent l'équipement de surveillance, placé sur un chariot métallique, en gravissant avec beaucoup de soin l'escalier extérieur en bois qui menait aux quatre chambres installées dans les anciennes écuries.

— En piste, Brillaud, lui lança Woolrich. J'espère que vous avez apporté de la lecture.

Un des hommes en chemise sortit du plateau inférieur du chariot roulant un paquet de revues et de livres de poche écornés.

— Où serez-vous si on a besoin de vous ? s'enquit Brillaud.

— Comme d'habitude, répondit Woolrich. Dans les parages.

Et il sortit.

Grâce à Woolrich, j'avais naguère visité une pièce anonyme de l'antenne new-yorkaise du FBI. C'était la salle technique, où les équipes engagées dans des enquêtes de longue durée — crime organisé, contre-espionnage — surveillaient leurs écoutes téléphoniques. Six agents munis d'un casque étaient assis devant une rangée de magnétophones à bande à déclenchement sonore automatique. Dès que l'un des appareils se mettait en marche, son surveillant enregistrait l'heure, la date et le sujet de la conversation. La pièce était presque silencieuse, si l'on exceptait le ronronnement des bandes et le crissement des stylos sur le papier.

Les fédéraux adorent les écoutes téléphoniques. En 1928, la Cour suprême accorda au FBI un usage quasi illimité des écoutes téléphoniques. En 1940, lorsque l'attorney général Andrew Jackson voulut mettre un terme à ces pratiques, Roosevelt lui força la main et étendit l'usage des écoutes à la surveillance de toute « activité subversive ». Selon l'interprétation de Hoover, les « activités subversives » couvraient un spectre extraordinairement large, de la gérance d'une blanchisserie chinoise au simple adultère. Hoover était le dieu de l'écoute téléphonique.

Aujourd'hui les feds n'ont même plus à s'accroupir près des boîtes de dérivation sous la pluie en s'efforçant de protéger leur calepin de l'eau. Le feu vert de la Justice, suivi d'un appel à la compagnie de téléphone pour que le signal soit détourné, voilà qui suffit généralement. C'est encore plus facile lorsque le possesseur de la ligne est prêt à coopérer. Dans mon cas, Brillaud et ses hommes n'avaient donc pas à rester assis des heures dans une camionnette de surveillance banalisée, à sentir l'odeur corporelle de l'autre.

Pendant que Brillaud mettait en place le système d'écoute sur mes deux téléphones, le portable et le poste fixe dans la chambre, je m'éclipsai cinq minutes en prétextant que j'allais aux cuisines de l'hôtel. Je quittai le Flaisance et traversai la cour, ce qui ne m'attira qu'un regard désintéressé d'un des chiens affalés dans l'ombre. J'allai jusqu'à la cabine près de l'épicerie, à un bloc de distance. De là je composai le numéro d'Angel. Le répondeur était branché. Je lui laissai un message pour lui expliquer la situation et lui recommander de ne pas m'appeler sur mon portable.

D'un point de vue purement technique, les fédéraux sont supposés procéder à une surveillance perlée. En théorie, cela signifie que dès qu'ils tombent sur une conversation d'ordre visiblement privé et banale, sans rapport avec l'affaire dont ils s'occupent, ils sont censés couper l'enregistrement et ne faire que des vérifications occasionnelles. En pratique, seul un débile profond peut croire que ses affaires privées le demeureront s'il en parle par un téléphone sur écoute, et il ne me paraissait pas judicieux d'avoir des conversations avec un cambrioleur et un assassin pendant que le FBI prêtait l'oreille. Après avoir laissé le message, je pris quatre cafés à l'épicerie et retournai au Flaisance. Dans la chambre, c'est un Brillaud au regard réprobateur qui m'accueillit à la porte.

— Nous pouvons commander du café, monsieur Parker, fit-il remarquer.

— Il ne sera jamais aussi bon, rétorquai-je.

— Il faudra vous y habituer, conclut-il en refermant la porte derrière moi.

Le premier appel se produisit à quatre heures de l'après-midi, après des heures passées à regarder des programmes soporifiques à la télévision et à décortiquer la page Jeux dans de vieux numéros de *Cosmopolitan*. Brillaud se leva vivement du lit et claqua des doigts à l'adresse des techniciens. L'un des deux était déjà en train de coiffer ses écouteurs. Il compta jusqu'à trois avec les doigts puis me fit signe de décrocher le portable.

— Charlie Parker ? demanda une voix féminine.

— Oui ?

— C'est Rachel Wolfe.

Je regardai les agents du FBI et secouai la tête négativement. J'entendis qu'on soufflait. Couvrant le microphone de la main, je leur chuchotai :

— Eh, écoute perlée, vous vous souvenez ?

Il y eut un déclic et le magnétophone s'arrêta. Brillaud retourna s'écrouler sur les draps propres de mon lit, mains jointes derrière la nuque et les yeux clos.

Rachel parut sentir qu'il se passait quelque chose à l'autre bout de la ligne.

— On peut parler ?

— J'ai de la compagnie. Je peux vous rappeler ?

Elle me donna son numéro personnel et me précisa qu'elle ne pensait pas rentrer avant dix-neuf heures trente. Je pourrais lui téléphoner à partir de ce moment-là. Je la remerciai et raccrochai.

— Votre amie ? demanda Brillaud.

— Mon médecin. J'ai un syndrome de tolérance bas. Elle espère que d'ici quelques années j'arriverai à supporter la curiosité déplacée d'autrui.

Brillaud renifla, mais il n'ouvrit pas les yeux.

Le deuxième appel eut lieu à six heures. L'humidité et le brouhaha des touristes nous avaient forcés à fermer la porte-fenêtre donnant sur le balcon et l'atmosphère commençait à empester le mâle confiné. Cette fois, pas de doute sur l'auteur de l'appel.

— Bienvenue à La Nouvelle-Orléans, Bird, fit la voix synthétisée, dans des tonalités basses qui semblaient varier et onduler comme la brume.

J'attendis un instant et hochai la tête en direction des agents du FBI. Brillaud appelait déjà Woolrich sur son bipeur. Sur l'écran d'un ordinateur installé près du balcon, je voyais des cartes se succéder et je percevais la voix du Voyageur qui grésillait dans les écouteurs des fédéraux.

— Inutile de souhaiter la bienvenue à tes copains du FBI, reprit l'autre, cette fois sur un ton haut perché de jeune fille excitée. L'agent Woolrich est avec toi ?

Je marquai une autre pause avant de répondre, conscient des secondes qui s'écoulaient.

— N'essaie pas de me baiser, Bird !

Toujours cette voix de gamine, mais maintenant sur le registre suraigu d'une enfant gâtée à qui on refuse une sortie avec ses amies, et la grossièreté rendait l'ensemble encore plus obscène qu'il ne l'était déjà.

— Non, il n'est pas là.

— Trente minutes.

La communication fut coupée.

Brillaud soupira.

— Il sait. Il ne restera jamais assez longtemps en ligne pour qu'on le localise.

Il s'allongea de nouveau sur le lit, en attendant Woolrich.

Woolrich paraissait exténué. Le manque de sommeil avait rougi ses yeux et il avait une haleine chargée. Il passait constamment d'un pied sur l'autre, comme s'il était à l'étroit dans ses chaussures. Cinq minutes après son arrivée, le téléphone sonna. Brillaud effectua le décompte rituel et je décrochai.

— Oui ?

— Ne m'interromps pas, contente-toi d'écouter.

La voix ressemblait à celle d'une femme qui s'apprête à annoncer à son amant un de ses fantasmes les plus osés, mais c'était une voix déformée, inhumaine.

— Désolé pour l'amie de l'agent Woolrich, mais seulement parce que je l'ai ratée. Elle aurait dû être là. J'avais prévu un petit quelque chose de très spécial pour elle, mais je suppose qu'elle avait ses propres projets.

Woolrich cligna lentement des yeux, sans donner d'autre indication du trouble qu'il éprouvait.

— J'espère que vous avez apprécié ma mise en scène, poursuivit la voix. Peut-être même que vous commencez à comprendre. Si tel n'est pas le cas, n'ayez aucune inquiétude. Il y en aura encore d'autres, beaucoup d'autres. Pauvre Bird. Pauvre Woolrich. Unis dans le chagrin. Je vais essayer de vous trouver un peu de compagnie.

Puis la voix changea une fois encore et se fit grave et menaçante :

— Je ne rappellerai plus. C'est très mal élevé d'espionner les conversations privées. Le prochain message que vous recevrez de moi sera écrit au sang.

Fin de la communication.

— Merde, grommela Woolrich. Dites-moi que vous avez quelque chose.

— On n'a rien du tout, répondit Brillaud en jetant ses écouteurs sur le lit.

Je laissai les hommes du FBI remballer leur matériel dans une fourgonnette Ford blanche et descendis à pied dans le Vieux Carré jusqu'au Napoleon House pour y appeler Rachel Wolfe. Je ne voulais pas utiliser mon portable. Il me paraissait souillé parce qu'à travers lui j'avais communiqué avec un tueur. Et puis j'avais besoin de me dégourdir les jambes après être resté si longtemps enfermé dans la chambre.

Elle décrocha à la troisième sonnerie.

— C'est Charlie Parker.

— Salut…

Elle semblait hésiter sur la façon de m'appeler.

— Vous pouvez m'appeler Bird, dis-je.

— Bien vu.

Il y eut un silence embarrassé, puis elle dit :

— Où êtes-vous ? Ça a l'air incroyablement bruyant autour de vous.

— Et ça l'est. Je suis à La Nouvelle-Orléans.

Je lui relatai de mon mieux les derniers événements. Elle écouta en silence et, une fois ou deux, j'entendis le son d'un crayon qu'on tapote contre le combiné.

— Un de ces détails évoque quelque chose pour vous ? m'enquis-je en guise de conclusion.

— Je n'en suis pas sûre. J'ai l'impression que ça réveille quelque chose qui remonte à l'époque de mes études, mais je ne suis pas certaine de pouvoir identifier quoi. Je pense que j'ai peut-être tiré quelque chose de votre conversation précédente avec cet homme. Ça reste cependant un peu obscur.

Elle marqua un temps, puis :

— Où êtes-vous descendu ?

Je lui donnai mon numéro au Flaisance. Elle répéta le nom et les coordonnées tout en les notant.

— Vous allez me recontacter ?

— Non, décida-t-elle. Je vais faire une réservation. Je viens vous voir.

Je regardai autour de moi au Napoleon, après avoir raccroché. Il grouillait de gens du coin et de visiteurs aux vagues airs de bohémiens, des touristes qui avaient loué une des chambres au-dessus de la salle de bar peu éclairée. La sono diffusait en sourdine un morceau classique dont le nom m'échappait, et la fumée embrumait l'air.

Quelque chose à propos des appels du Voyageur me laissait perplexe, mais je n'arrivais pas à définir de quoi il s'agissait. Quand il avait téléphoné, il savait que j'étais à La Nouvelle-Orléans, où je séjournais et que les fédéraux étaient là aussi. La connaissance de ces éléments signifiait qu'il était rompu aux procédures policières et qu'il surveillait l'enquête, ce qui correspondait au profil établi par Rachel.

Il devait observer la scène du crime lors de notre arrivée, ou peu après. Sa répugnance à traîner au bout du fil était des plus compréhensibles, étant donné la surveillance du FBI, mais ce deuxième appel… Je le refis défiler en mémoire, en m'efforçant de déterminer ce qui me gênait, mais sans résultat.

Je fus tenté de rester un peu au Napoleon House, pour m'imprégner de cette atmosphère de vie et de gaieté qui planait dans le vieux bar, mais je décidai de rentrer au Flaisance. En dépit de la chaleur, j'allai ouvrir la baie vitrée et sortis sur le balcon. Je regardai les vieilles bâtisses et les balcons à rambardes en fer forgé du Vieux Carré et emplis mes poumons des odeurs de cuisine provenant d'un restaurant proche qui se mêlaient à celles de la fumée et des gaz d'échappement. Je prêtai l'oreille aux échos lointains d'un air de jazz qu'on jouait dans un bar sur Governor Nicholls, aux rires des gens qui se rendaient dans les boîtes de Bourbon Street, aux accents chantants qui se mêlaient aux voix des étrangers, à tous les sons de la vie humaine qui parvenaient jusqu'à ce balcon.

Et je pensai à Rachel Wolfe, à la façon dont sa chevelure retombait sur ses épaules et aux taches de rousseur qui parsemaient son cou blanc.

33

Cette nuit-là, je rêvai d'un amphithéâtre aux gradins remplis d'hommes âgés. Ses murs étaient tendus de soie damassée et deux hautes torches illuminaient sa table centrale, de forme rectangulaire, avec ses bords courbes et ses pieds sculptés comme des os. Florence Aguillard gisait sur cette table, le sexe exposé, déchiré avec un scalpel à manche d'ivoire par un homme barbu vêtu d'une sorte d'ample soutane sombre. Autour du cou et sous les oreilles de la jeune femme, on discernait la brûlure d'une corde. Sa tête était penchée selon un angle impossible par rapport au corps.

Quand le chirurgien l'entailla, des anguilles glissèrent de son utérus et se tortillèrent sur le sol. La morte ouvrit les yeux et voulut hurler. L'homme la bâillonna avec de la toile à sac, pendant que les vieux observaient et que des squelettes faisaient cliqueter leurs os dans les ténèbres. Il poursuivit ses lacérations, et les anguilles s'amassèrent jusqu'à la hauteur de ses chevilles avant que les prunelles de Florence s'éteignent.

Et dans un coin de l'amphithéâtre, dans la pénombre, des silhouettes contemplaient la scène. Elles venaient des ombres, ma femme et ma fille, mais à présent elles étaient rejointes par une troisième personne, qui restait plongée dans l'obscurité, à peine une silhouette, à peine là. Elle venait d'un endroit froid et humide et apportait avec elle une odeur dense de terre et de végétation en décomposition, d'eaux verdâtres, de chairs boursouflées par les gaz et la putréfaction. Le lieu où elle gisait était petit, exigu, ses parois rigides, et parfois les poissons se cognaient contre elle, qui attendait toujours. J'avais encore cette puanteur dans les narines quand je m'éveillai, et j'entendais toujours sa voix

aidez-moi

alors que le sang bourdonnait dans mes tympans

j'ai froid aidez-moi

et je savais qu'il fallait que je la retrouve.

Je fus réveillé par la sonnerie du téléphone dans ma chambre. Une lumière fade filtrait à travers les rideaux et le cadran luminescent de ma montre indiquait 8 : 35. Je décrochai.

— Parker ? Ici Morphy. Bouge-toi le cul. Je te vois à La Marquise dans une heure.

Je pris une douche, m'habillai et descendis jusqu'à Jackson Square, à la suite du flot des fidèles matinaux se rendant à la cathédrale St Louis. Sur le parvis, un bonimenteur essayait d'attirer l'attention en avalant du feu pendant qu'un groupe de religieuses noires se rassemblait sous un parasol jaune et vert.

Susan et moi avions assisté à une messe ici, sous ces voûtes peintes représentant le Christ parmi les bergers et, au-dessus du petit sanctuaire, l'image du roi Louis IX annonçant la Septième Croisade.

En fait la cathédrale a été reconstruite deux fois depuis sa structure d'origine, qui était en bois et avait été édifiée en 1724, pour brûler pendant l'incendie de 1788, avec quelque huit cents habitations. La cathédrale actuelle avait moins d'un siècle et demi d'existence, et ses vitraux offerts par le gouvernement espagnol surveillaient la place Jean-Paul-II.

Il était étrange que je me remémore ces détails aussi clairement après tant d'années, et pourtant je m'en souvenais moins pour leur intérêt propre que pour leur lien avec Susan. Ils me revenaient à l'esprit parce qu'elle était avec moi quand je les avais appris. Elle me tenait la main, et ses cheveux étaient ramenés en arrière, retenus par un ruban bleu marine.

Un bref moment il me sembla que, en me tenant au même endroit à me rappeler les propos que nous avions échangés, je pouvais remonter le temps et la sentir auprès de moi, sa main dans la mienne, son goût encore sur mes lèvres, son parfum sur ma nuque. Si je fermais les yeux, j'étais capable de l'imaginer avançant d'un pas lent dans la nef de la cathédrale, son bras contre le mien, et emplissant ses poumons des odeurs mêlées d'encens et de fleurs. Nous passions sous les vitraux, de la lumière à l'ombre, de l'ombre à la lumière.

Je m'agenouillai au fond de la cathédrale, près de la statue d'un chérubin tenant dans ses mains les fonts baptismaux et foulant aux pieds une représentation du Mal, et je priai pour ma femme et ma fille.

Morphy était déjà à La Marquise, une pâtisserie à la française sur Chartres Street. Il était assis dans la cour intérieure, et je constatai qu'il s'était rasé le crâne. Il portait un pantalon de survêtement, des Nike et un sweatshirt Timberland. Une assiette de croissants et deux tasses occupaient la table devant lui. Il étalait avec soin de la confiture de pamplemousse sur un demi-croissant. Je m'assis en face de lui.

— J'ai commandé du café pour toi. Prends un croissant.

— Le café suffira, merci. Tu es en repos ?

— Non, j'ai juste réussi à éviter la patrouille du matin.

Il fourra le demi-croissant dans sa bouche, en poussant le bout qui ne voulait pas entrer avec le pouce. Il eut un sourire déformé par ses joues gonflées.

— Ma femme ne me laisse pas faire ça à la maison. Elle dit que ça lui rappelle un gosse qui se goinfre à une fête d'anniversaire.

Il avala et s'attaqua à la deuxième moitié du croissant.

— St Martin a été éliminé du tableau, annonça-t-il.

Leurs flics doivent se contenter de chercher des vêtements ensanglantés sous les rochers. Woolrich et ses gars se sont plus ou moins adjugé la direction des opérations. On n'aura plus grand-chose à faire à partir de maintenant, à part de la recherche sur le terrain, nous aussi.

Je connaissais les intentions de Woolrich. Les meurtres de Tante Marie et de Tee Jean confirmaient l'existence d'un serial killer. Les détails seraient communiqués à l'unité spéciale d'enquête du FBI, la section de conseil pour les techniques d'interrogatoire, les négociations dans les prises d'otages mais aussi le programme anti-attentats et anti-incendie criminel et, en particulier pour cette affaire, le profiling. Des trente-six agents composant cette unité, seuls dix travaillaient au profiling, dans des bureaux à vingt mètres sous terre, dans ce qui avait été jadis l'abri anti-atomique réservé au directeur du FBI, à Quantico.

Et pendant que les fédéraux analysaient les indices pour tenter d'en tirer un portrait du Voyageur, la police sur le terrain continuait ses recherches de traces physiques du tueur autour de la maison de Tante Marie. Je les imaginais très bien : des flics avançant en ligne à travers les broussailles, sous la lumière verdâtre tombant des arbres au-dessus d'eux. La boue aspirait leurs pieds, les ronces s'accrochaient à leurs uniformes tandis qu'ils scrutaient le sol devant eux. D'autres sondaient les eaux sombres de l'Atchafalaya, leurs chemises collées à la peau par la transpiration.

Il y avait eu beaucoup de sang dans la maison des Aguillard. Le Voyageur en avait sans doute été aspergé avant d'avoir terminé sa macabre besogne. Il avait probablement mis une combinaison de travail, qu'il n'avait pu courir le risque de conserver. En conséquence il s'en était débarrassé dans les marécages, ou l'avait enterrée, ou détruite. Je penchais plutôt pour cette dernière hypothèse, mais les recherches ne s'en poursuivaient pas moins.

— Je n'ai plus grand-chose à voir avec l'enquête moi non plus, dis-je.

— J'ai appris ça, fit Morphy avant de régler son compte à un autre croissant et de boire son café. Si tu as fini, on y va.

Il laissa un peu de monnaie sur la table et nous sortîmes. La même vieille Buick qui nous avait suivis jusqu'à la maison de Tante Marie était garée à un demi-bloc de la pâtisserie. Sur le pare-brise était scotché un papier sur lequel on avait écrit à la main VÉHICULE DE POLICE. Ce qui n'avait pas empêché l'apparition d'une contravention sous l'essuie-glace gauche.

— Et merde, grogna Morphy en allant jeter la contravention dans la poubelle la plus proche. Plus personne ne respecte les flics, de nos jours.

Nous allâmes en voiture jusqu'à la cité de Desire, où de jeunes Noirs désœuvrés traînaient sur des trottoirs jonchés de détritus ou jouaient sans entrain au basket sur des terrains entourés de grillages. Les immeubles de deux étages ressemblaient beaucoup à des baraquements et flanquaient des rues baptisées de noms de fort mauvais goût tels Piété, Abondance ou Humanité. Nous nous garâmes près d'une boutique de spiritueux barricadée comme une forteresse, et quelques jeunes, ayant reniflé le flic, décampèrent. Même ici, la tête chauve de Morphy semblait avoir été instantanément reconnue.

— Tu connais bien La Nouvelle-Orléans ? fit-il.

— Non.

Sous le sweat-shirt se dessinait la forme évidente de son arme. Il avait les paumes calleuses à force d'agripper des haltères, et même ses doigts étaient lourdement musclés. Lorsqu'il tournait la tête, les muscles et les tendons saillaient à son cou, comme des serpents qui auraient bougé sous sa peau.

Au contraire de beaucoup de culturistes, Morphy dégageait une sensation de colère rentrée, l'indication claire que tout ce muscle n'était pas seulement pour l'œil. Je savais qu'il avait tué un homme dans un bar à

Monroe, jadis, un souteneur qui avait descendu une de ses filles et son client dans une chambre d'hôtel à Lafayette. Le maquereau, un Créole de cent dix kilos qui se faisait appeler le Mort rouge, avait planté un tesson de bouteille dans la poitrine de Morphy, puis il avait tenté de l'étrangler à terre. Après l'avoir frappé des deux poings au visage et au corps, Morphy avait fini par adopter la même prise que son adversaire, et les deux hommes étaient restés soudés l'un à l'autre jusqu'à ce qu'un vaisseau éclate dans la tête du Mort et qu'il agonise contre le comptoir. Il était mort quand l'ambulance était arrivée.

On pouvait qualifier ce combat de loyal mais, assis à côté de Morphy dans la voiture, cet épisode me fit penser à Luther Bordelon. C'était un voyou, aucun doute sur ce point. Il collectionnait les agressions depuis ses années de délinquance juvénile, et on le soupçonnait fortement d'avoir violé une touriste australienne. La fille ne l'avait pas reconnu lors de la séance d'identification et le violeur n'avait laissé aucun indice exploitable. Il avait utilisé un préservatif et avait forcé sa victime à se laver le bas-ventre avec une bouteille d'eau minérale, mais la police de La Nouvelle-Orléans savait que c'était Bordelon. Ce genre de situation se produit parfois.

Bordelon avait passé une partie de sa dernière nuit à boire dans un bar irlandais du Vieux Carré. Il portait un tee-shirt et un short Nike blanc, et trois clients avec qui il avait joué au billard devaient affirmer plus tard sous serment que Bordelon n'était pas armé. Et pourtant Morphy et son coéquipier, Ray Garza, jurèrent que Bordelon leur avait tiré dessus alors qu'ils s'approchaient de lui pour lui poser quelques questions de routine, et qu'ils l'avaient abattu en ripostant. Une arme, un Smith & Wesson Model 60 vieux d'au moins vingt ans, fut retrouvée à côté de son corps, avec deux balles tirées. Le numéro de série avait été effacé à la lime sous le barillet, ce qui rendait l'arme très difficile à identifier, et la balistique établit qu'elle était « propre », c'est-à-dire qu'elle n'avait pas déjà servi à perpétrer un crime dans la ville de La Nouvelle-Orléans.

Il semblait bien que l'arme avait été déposée près du cadavre par les deux policiers, et l'Inspection générale des services en avait la quasi-certitude, mais Garza et Morphy s'en tinrent à leur version. Un an plus tard, Garza était tué d'un coup de couteau alors qu'il intervenait dans une bagarre dans l'Irish Channel, et Morphy était muté à St Martin, où par la suite il acheta une maison. L'histoire s'arrêtait là.

Morphy désigna un groupe de jeunes qui portaient tous des jeans très amples et des baskets énormes. Ils passèrent en nous défiant du regard. La radiocassette que l'un portait sur l'épaule jouait un morceau du Wu-Tang Clan, parfait pour déclencher une révolution. J'éprouvais une sorte de plaisir pervers à reconnaître la musique. Charlie Parker, citoyen modèle honoraire.

— C'est le pire putain de boucan que j'aie jamais entendu. Enfin merde, leurs ancêtres ont inventé le blues ! Si Robert Johnson entendait cette nullité, il saurait qu'il a vendu son âme au diable et qu'il vient d'arriver direct en enfer.

L'air renfrogné, il alluma la radio de la voiture et chercha une station. Il finit par se résigner à mettre une cassette dans le lecteur et une mélodie chaleureuse de Little Willie John envahit le véhicule.

— J'ai grandi dans Metairie, avant que les cités viennent défigurer la ville, commença-t-il. Je ne peux pas dire que j'ai eu des amis noirs, la plupart des Noirs allaient à l'école publique et pas moi, mais on s'entendait bien. C'est avec les premières cités que tout s'est pourri. Desire, Iberville, Lafitte, ce n'étaient pas des coins où on avait envie d'atterrir, à moins d'être armé jusqu'aux dents. Et puis ce putain de Reagan est arrivé, et ça a encore empiré. Il paraît qu'il y a plus de cas de syphilis aujourd'hui qu'il y a cinquante ans. La plupart de ces gosses ne sont même pas vaccinés contre la rougeole. Tu as une baraque dans ces coins-là, elle ne vaut plus rien. Autant déménager et la laisser pourrir.

Du plat de la main, il frappa le volant pour appuyer son propos.

— Quand il y a ce genre de pauvreté quelque part, un type malin peut faire beaucoup d'argent dessus, s'il s'en donne la peine. Beaucoup de gens se battent pour régner sur une partie de ces cités, et pour une partie d'autres trucs aussi, les terrains, l'alcool, le jeu.

— Comme qui ?

— Comme Joe Bonanno. Son gang règne ici depuis une dizaine d'années. Ils contrôlent la vente de crack, de schnouffe, et du reste. Ils essaient aussi de s'implanter dans d'autres coins. Le bruit court qu'ils veulent ouvrir un gros centre de loisirs entre Lafayette et Baton Rouge, et même construire un hôtel. Peut-être qu'ils veulent juste investir dans un truc pas rentable pour avoir un déficit fiscal reportable, ce qui leur permettrait du même coup de blanchir de l'argent.

Il survola les lotissements d'un regard de connaisseur.

— Et c'est ici que Joe Bones a fait ses premiers pas, dit-il avec un soupir, comme s'il ne parvenait pas à comprendre comment un homme pouvait entreprendre de miner le quartier où il avait grandi.

Il redémarra et, tout en conduisant à vitesse réduite, me raconta l'histoire de Joe Bones.

Salvatore Bonanno, le père de Joe, avait possédé un bar dans l'Irish Channel, et s'était opposé aux gangs locaux qui pensaient qu'un Italien n'avait pas sa place dans un endroit où les gens donnaient à leurs enfants des noms de saints irlandais. Il n'y avait rien de particulièrement héroïque dans l'attitude de Sal ; elle ne découlait que d'un pragmatisme très aiguisé. Pour un homme prêt à encaisser les coups et à graisser quelques pattes, il y avait beaucoup d'argent à gagner dans La Nouvelle-Orléans de Chep Morrison, juste après la guerre.

L'établissement de Sal fut le premier de la série de bars et de clubs dont il fit l'acquisition. Il avait des prêts à rembourser, et les revenus d'un seul bar dans l'Irish

Channel n'allaient pas contenter ses créditeurs. Il épargna et acheta un deuxième commerce, cette fois sur Chartres Street, et à partir de là son petit empire prit son essor. Dans certains cas, une simple transaction financière était nécessaire pour qu'il obtienne le local qu'il désirait. Dans d'autres, il fallait recourir à des arguments plus convaincants. Et quand cette dernière solution ne donnait pas le résultat escompté, eh bien, le bassin d'Atchafalaya offrait assez d'eau pour cacher une multitude de péchés. Peu à peu il constitua l'entourage qui le secondait dans ses affaires, pour s'assurer que les autorités municipales, la police et le bureau du maire étaient contents de lui, et pour régler les problèmes lorsque des individus ayant une position plus basse dans la chaîne alimentaire voulaient grimper d'un échelon aux dépens de Sal.

Sal Bonanno épousa Maria Cuffaro, native de Gretna, à l'est de La Nouvelle-Orléans. Son beau-frère était un de ses bras droits. Elle lui donna une fille que la tuberculose emporta à l'âge de sept ans, et un fils qui mourut au Vietnam. Elle-même décéda en 1958 d'un cancer du sein.

Mais la vraie faiblesse de Sal était une femme du nom de Rochelle Hines. Elle était ce qu'on appelait alors une « femme ocre », une Noire dont la peau était presque devenue blanche par suite de multiples métissages. Selon les termes de Morphy, elle avait un teint de « beurre frais », bien que son certificat de naissance portât la mention « Noire, enfant illégitime ». Elle était grande, avec de longs cheveux noirs qui encadraient un visage illuminé par des yeux en amande et une bouche sensuelle. Elle avait un corps capable d'arrêter net une horloge et la rumeur courait qu'elle avait tâté de la prostitution, mais, si tel était le cas, Sal Bonanno mit rapidement un terme à ces activités.

Il lui acheta un appartement dans le Garden District et se mit à la présenter comme sa femme après la mort de Maria. Ce n'était sans doute pas très malin de sa part. Dans la Louisiane de la fin des années cinquante, la ségrégation raciale était toujours enracinée dans la réalité quotidienne. Louis Armstrong en personne, qui avait grandi dans la ville, ne pouvait se produire sur scène avec des musiciens blancs parce que l'Etat de Louisiane interdisait que des orchestres mixtes jouent en ville.

Ainsi donc, alors que les Blancs pouvaient très bien avoir des maîtresses noires et fréquenter des prostituées noires, un homme qui présentait une Noire, aussi pâle de peau soit-elle, comme sa « femme » courait au-devant des ennuis. Quand elle donna naissance à un fils, Sal insista pour qu'il porte le nom de Bonanno, et il emmena l'enfant et sa mère à des concerts en plein air donnés dans Jackson Square, en poussant le grand landau blanc sur la pelouse et en gazouillant avec son fils.

Peut-être Sal croyait-il que son argent le protégeait. Peut-être ne se posait-il même pas de questions. Cependant il s'assurait que Rochelle soit toujours sous protection et qu'elle ne sorte jamais seule, pour éviter qu'on s'en prenne à elle. En fin de compte, ce n'est pas à elle qu'ils s'en prirent.

Par une nuit chaude de juillet 1964, alors que son fils avait cinq ans, Sal Bonanno disparut. On le retrouva trois jours plus tard, ligoté à un arbre près de la rive du lac Cataouatche, la tête presque complètement séparée du corps. Selon toutes probabilités, quelqu'un avait décidé de prendre le prétexte de ses relations avec Rochelle Hines pour tenter de prendre le contrôle de ses affaires. La propriété de ses clubs et de ses bars fut transférée à un consortium d'affaires ayant des intérêts à Reno et Las Vegas.

Dès la découverte du cadavre de son compagnon, Rochelle Hines et son fils disparurent, en emportant quelques bijoux et un peu d'argent, avant que quiconque ait le temps de finir la besogne. Rochelle refit surface un an plus tard dans le quartier qu'on appellerait par la suite Desire, où sa demi-sœur louait un appartement. La mort de Sal l'avait complètement détruite ; elle était devenue alcoolique et morphinomane.

C'est là, au milieu des cités en construction, que Joe Bones grandit. Il était encore plus pâle que sa mère, et il dut s'affirmer contre les Noirs et les Blancs, car aucun des deux groupes ne voyait en lui un frère. Une rage l'habitait, qu'il retourna contre le monde entier. En 1990, dix ans après que sa mère eut agonisé sur un lit crasseux dans un appartement minable, Joe Bones possédait plus de bars que son père trente ans plus tôt et, chaque mois, des chargements de cocaïne venus du Mexique par avion étaient distribués dans les rues de La Nouvelle-Orléans et dans d'autres points au nord, à l'est et à l'ouest.

— Aujourd'hui Joe Bones prétend qu'il est blanc, et personne n'a intérêt à le contredire, expliqua Morphy. De toute façon, comment un homme pourrait-il le contredire quand il a les roustons dans la bouche ? Joe ne cherche plus à faire ami-ami avec qui que ce soit, aujourd'hui. (Il eut un petit rire bas.) Il n'y a rien de pire qu'un homme qui ne s'entend pas avec sa famille.

Nous nous arrêtâmes à une station-service et Morphy fit le plein. Il revint avec deux sodas. Nous les bûmes près des pompes à essence, en observant les voitures qui passaient.

— Il y a une autre bande, les Fontenot, et eux aussi convoitent les cités. Deux frères, David et Lionel. A l'origine, leur famille vient de Lafayette, je crois. Ils auraient toujours des attaches là-bas, mais ils ont débarqué à La Nouvelle-Orléans dans les années vingt. Les Fontenot sont ambitieux, violents, et ils pensent que la période Bonanno est peut-être bien sur sa fin. La situation se détériore depuis un an maintenant, et il se pourrait que les Fontenot préparent une méchante surprise à Joe Bones.

Les Fontenot n'étaient pas des jeunots — tous deux avaient dépassé la quarantaine —, mais ils s'étaient peu à peu établis en Louisiane et ils dirigeaient à présent leurs opérations à partir d'une propriété sur Delacroix, entourée de murs surmontés de barbelés et gardée par des chiens et des hommes armés, dont un groupe de

Cajuns venus d'Acadie. Ils trempaient dans le jeu, la prostitution, et dans une moindre mesure la drogue. Ils possédaient plusieurs bars à Baton Rouge, un ou deux autres à Lafayette. S'ils pouvaient supplanter Joe Bones, il était très probable qu'ils investiraient massivement dans le commerce de la drogue.

— Tu connais les Cajuns ? s'enquit Morphy.

— Non, rien en dehors de leur musique.

— Ils forment une minorité persécutée, dans cet Etat et au Texas. Pendant le boom pétrolier, ils n'ont trouvé aucun emploi parce que les Texans refusaient d'embaucher des culs de nègre. La plupart d'entre eux ont fait ce qu'on fait tous quand les temps sont durs : ils ont retroussé leurs manches et ont fait de leur mieux avec ce qu'ils avaient. Il y a eu des frictions avec les Noirs, parce qu'eux et les Cajuns étaient sur les rangs pour les quelques boulots disponibles, et deux ou trois incidents plutôt laids se sont produits, mais la majorité de ces gens ont essayé de ne pas péter les plombs et de survivre sans transgresser trop de lois.

« Roland Fontenot, le grand-père, a tout abandonné quand il est venu s'installer à La Nouvelle-Orléans. Mais les fils n'ont jamais oublié leurs racines. Ils se sont entourés d'une belle brochette de vilains dans les années soixante-dix, quand les choses allaient mal : beaucoup de jeunes Cajuns, quelques Noirs, et ils ont réussi à ce que le mélange ne leur explose pas à la figure. (Morphy pianota des doigts sur le tableau de bord.) Parfois il m'arrive de penser que nous sommes tous responsables des Fontenot. Ils sont notre punition divine, pour la façon dont eux et leurs proches ont été traités pendant si longtemps. Et je pense que Joe Bones aussi est une punition divine, un rappel de ce qui arrive quand vous enfouissez une partie de la population dans la poussière. »

Joe Bones avait des tendances vicieuses, ajouta Morphy. Une fois, il avait tué un homme en le brûlant à l'acide pendant tout un après-midi, et certains estimaient qu'il n'y avait pas dans son cerveau cette zone qui empêche les actes irraisonnés chez la plupart des gens. Les Fontenot étaient différents. Ils tuaient, mais avec le même pragmatisme froid que des hommes d'affaires qui abandonnent une opération non rentable. Ils assassinaient sans plaisir, mais très professionnellement. Aux yeux de Morphy, les Fontenot et Joe Bones se valaient. Ils avaient simplement des façons différentes d'exprimer le mal en eux.

Je terminai mon soda et lançai la cannette dans une poubelle. Morphy n'était pas du genre à raconter une telle histoire sans raison. Tout cela devait bien déboucher sur quelque chose.

— Où veux-tu en venir, Morphy ?

— A ça : l'empreinte relevée chez Tante Marie est celle de Tony Remarr. C'est un des hommes de Joe Bones.

Tandis qu'il démarrait et engageait la voiture dans la circulation, je réfléchis à cette nouvelle donnée, essayant d'accoler le nom à une affaire qui aurait pu se produire à New York, n'importe quoi qui créerait un lien entre Remarr et moi. Rien ne me vint à l'esprit.

— Tu penses que c'est lui ? demanda Morphy.

— Et toi ?

— Non, certainement pas. D'abord je me suis dit : bah, peut-être. Tu sais, la vieille, elle était propriétaire du terrain. Et il n'y aurait pas besoin de beaucoup assécher pour en faire quelque chose de valable.

— Pour un type qui chercherait un endroit où construire un grand hôtel et un centre de loisirs ?

— Exactement, ou si ce même type voulait convaincre quelqu'un d'autre qu'il était un client assez sérieux pour empiler quelques briques dans ce coin-là. Je veux dire : les marais, ça reste toujours les marais. En admettant qu'il obtienne le permis de construire, qui voudrait partager la tiédeur humide du soir avec des créatures que même Dieu regrette d'avoir créées ?

« Quoi qu'il en soit, la vieille ne voulait pas vendre. C'était quelqu'un de malin. Les siens sont enterrés là-bas depuis des générations. Le propriétaire d'origine, un vieux sudiste pur jus qui faisait remonter son arbre généalogique jusqu'aux Bourbons, est mort en 69. Dans son testament, il a stipulé que le terrain devait être offert à la vente pour un prix raisonnable à ses locataires actuels. Or la plupart étaient des Aguillard, et ils ont rassemblé toutes leurs économies pour acheter le terrain. La vieille prenait les décisions pour eux tous. Leurs ancêtres reposent là, et ils ont une histoire commune avec ces terres qui remonte au temps où ils portaient des chaînes aux chevilles et creusaient des canaux à mains nues.

— Bonanno a mis la pression sur elle pour qu'elle vende, mais elle a refusé. Alors il a décidé d'aller un peu plus loin », dis-je.

Morphy acquiesça.

— Selon moi, Remarr a été envoyé pour accentuer la pression sur la vieille. Peut-être en menaçant la fille ou un des enfants, ou même en en tuant un — mais quand il est arrivé elle était déjà morte. Et peut-être que le choc a rendu Remarr négligent, il a cru n'avoir laissé aucune trace de son passage et il est reparti.

— Woolrich est au courant de tout ça ?

— De la majeure partie, oui.

— Tu as interpellé Bonanno ?

— On l'a chopé la nuit dernière, et on a été obligés de le relâcher au bout d'une heure. Il est reparti avec un avocat pour richards nommé Rufus Thibodeaux. Il prétend ne pas avoir vu Remarr depuis trois ou quatre jours, que lui aussi veut le retrouver, autant que nous, pour une histoire de pognon en relation avec une affaire traitée à Baton Rouge. Des conneries, mais il s'en tient à ce bobard. Je pense que Woolrich va essayer de l'emmerder par l'intermédiaire de la Financière et des Stups, pour lui mettre la pression et voir s'il change d'attitude.

— Ça pourrait prendre du temps.

— Tu as une meilleure idée ?

— Peut-être…

Les yeux de Morphy se plissèrent.

— Tu ne vas pas aller chercher des poux à Joe

Bones, tu m'entends ? Joe n'a rien de commun avec tes mecs de New York assis dans des clubs de Little Italy, les doigts sur leurs tasses d'expresso, qui rêvent de l'époque où tout le monde les respectait. Joe n'a pas de temps à perdre avec ça. Il ne veut pas que les gens le respectent, il veut leur foutre une trouille bleue.

Nous nous engageâmes dans Esplanade, Morphy mit le clignotant et se gara à deux rues du Flaisance. Le regard naviguant au hasard devant lui, il tapotait de l'index droit le volant, sur le rythme qu'il avait en tête. Je sentais qu'il avait encore quelque chose à dire, et j'attendis qu'il se décide.

— Tu as parlé à ce type, celui qui a tué ta femme et ta gosse, pas vrai ?

— Oui.

— C'est le même ? C'est lui qui a buté Tee Jean et la vieille ?

— Il m'a appelé hier. C'est lui.

— Il a dit quelque chose ?

— Les fédéraux ont tout enregistré. Il a dit qu'il allait remettre ça.

Morphy se massa la nuque d'une main et ferma les yeux. Je savais qu'il revoyait Tante Marie.

— Tu comptes rester ici ?

— Encore quelque temps, oui.

— Les fédéraux ne vont peut-être pas apprécier.

— Je sais, fis-je avec un sourire.

Il sourit en retour, passa une main sous son siège et me tendit une longue enveloppe de papier kraft.

— Je garde le contact, dit-il.

Je glissai l'enveloppe sous ma veste et descendis de voiture. Il m'adressa un petit signe et redémarra.

J'ouvris l'enveloppe une fois revenu dans la chambre d'hôtel. J'en tirai une série de clichés de scènes de crime et des photocopies d'extraits de rapports de police réunis par un trombone. Je sortis aussi les feuillets du rapport du médecin légiste. Une partie du texte était soulignée au marqueur jaune fluo.

Le médecin légiste avait trouvé des traces d'hydrochlorure de kétamine dans les corps de Tante Marie et de Tee Jean, équivalentes à un dosage de un milligramme par kilo de poids. Selon le rapport, la kétamine était une substance peu usitée, un type particulier d'anesthésique utilisé pour les interventions chirurgicales bénignes. Personne n'était très clair quant à son mode d'action précis, en dehors du fait que c'était un analogue du PCP, qu'il agissait sur certaines zones cérébrales et affectait le système nerveux central.

Cette substance était en train de devenir la drogue à la mode dans les clubs de New York et de Los Angeles quand j'étais encore en service. Elle était généralement prise sous forme de capsules ou de comprimés formés par chauffage du liquide anesthésique jusqu'à ce qu'il ne reste plus que des cristaux de kétamine. Les utilisateurs décrivaient un voyage à la kétamine après l'expression « nager dans la piscine K », la drogue provoquant une distorsion de la perception corporelle et créant la sensation de flotter dans une substance douce. Les effets annexes allaient de l'hallucination à des expériences de sortie du corps.

Le médecin légiste précisait que la kétamine pouvait être utilisée comme tranquillisant sur les animaux puisqu'elle induisait une paralysie générale et atténuait la douleur tout en maintenant des réflexes pharyngés et laryngés normaux. C'est à cet effet, selon lui, que le tueur avait injecté de la kétamine à Tee Jean et Tante Marie.

Quand on les avait éventrés et torturés, concluait le rapport, Tante Marie et son fils étaient pleinement conscients.

34

Après avoir lu le rapport du médecin légiste, j'enfilai un survêtement, chaussai mes baskets et allai courir environ six kilomètres dans Riverfront Park. Je passai à plusieurs reprises devant la foule qui attendait de faire un tour sur le bateau à aubes. Le son de l'orgue à vapeur envoyait des mélodies jusqu'à l'autre rive du Mississippi. En fin de parcours, j'étais couvert de sueur et exténué au point que mes genoux étaient douloureux. Trois années plus tôt seulement, courir cette distance ne m'aurait jamais laissé dans un tel état. Pas de doute : j'avais pris un coup de vieux. Bientôt je regarderais le prix des fauteuils roulants et mes articulations me préviendraient de la prochaine averse.

De retour au Flaisance, j'appris que Rachel Wolfe avait laissé un message expliquant qu'elle arriverait par avion tard le soir. Le numéro du vol et l'heure de débarquement étaient inscrits en bas du feuillet. Je pensai à Joe Bones et décidai qu'il serait plus sage que Rachel Wolfe n'accomplisse pas seule ce trajet.

Je téléphonai donc à Angel et Louis.

La famille Aguillard vint chercher les corps de Tante Marie, Tee Jean et Florence plus tard dans la journée. Une entreprise de pompes funèbres de Lafayette plaça le cercueil de Tante Marie dans un fourgon mortuaire et ceux de Tee Jean et de Florence côte à côte dans un autre.

Conduits par le fils aîné, Raymond, et accompagnés d'un petit groupe d'amis de la famille, les Aguillard suivirent les deux corbillards dans trois pick-up. Les hommes et les femmes à la peau sombre s'installèrent tant bien que mal sur des sacs, entre les pièces mécaniques et les outils agricoles. Je restai derrière le convoi quand il quitta l'autoroute pour emprunter le chemin défoncé qui longeait la maison de Tante Marie, où les rubans jaunes de la police flottaient toujours dans la brise, et menait au domicile de Raymond Aguillard.

C'était un homme d'une cinquantaine d'années, grand et fortement charpenté, qui commençait à s'empâter mais conservait une stature imposante. Il portait un costume de coton sombre, une chemise blanche et une fine cravate noire. Ses yeux étaient rougis par les pleurs. Je l'avais entrevu chez Tante Marie la nuit où on avait découvert les corps. Il m'avait alors donné l'image d'un homme fort faisant de son mieux pour maintenir la cohésion de la famille face à une perte aussi violente.

Il me repéra alors qu'on déchargeait les cercueils et qu'on les transportait vers la maison. Un petit groupe d'hommes peinait sous le poids de la dépouille de Tante Marie. Il est vrai que j'étais le seul Blanc présent, ce qui me rendait assez visible. Une femme, probablement une des filles de Tante Marie, me décocha un regard glacial en passant devant moi, encadrée par deux femmes plus âgées. Quand les corps furent dans la maison, une haute bâtisse couverte de bardeaux et assez semblable à celle de Tante Marie, Raymond effleura des lèvres une petite croix pendue à son cou et marcha sans hâte vers moi.

Je lui tendis la main, qu'après un moment d'hésitation il serra d'une poigne forte et brève.

— Je sais qui vous êtes, fit-il.

— Je suis désolé, dis-je. Désolé pour tout ça...

Il eut un hochement de tête.

— Je sais.

Il fit encore quelques pas, jusqu'à la palissade blanche qui marquait la limite de la propriété, et se tint immobile près de la route, le regard fixé sur le chemin désert. Deux colverts passèrent au-dessus de nous et redescendirent vers l'eau. Raymond les observa avec une sorte d'envie, l'envie qu'un homme profondément peiné ressent envers toute créature épargnée par la cause de son chagrin.

— Certaines de mes sœurs pensent que vous avez amené cet homme avec vous. Elles estiment que votre présence ici est déplacée.

— Est-ce également votre avis ?

Il ne répondit pas directement. Mais après quelques secondes, il déclara :

— Elle l'a senti arriver. Peut-être que c'est pour ça qu'elle a envoyé Florence à l'anniversaire, pour l'éloigner de cet homme. Et c'est pour ça qu'elle vous a fait venir. Elle l'a senti arriver et je pense qu'elle savait qui c'était. Oui, au fond je crois qu'elle savait.

Sa voix était très rauque.

Il massa doucement la croix entre le pouce et l'index, sur toute sa longueur. Je vis qu'à l'origine le bijou était finement ciselé — on discernait encore quelques détails des spirales sur les bords — mais l'action de ces doigts pendant des années avait fini par effacer les motifs.

— Je ne vous accuse pas de ce qui est arrivé à ma mère, à ma sœur et à mon frère. Ma mère, elle a toujours fait ce qu'elle croyait être juste. Elle voulait retrouver cette fille et arrêter l'homme qui l'a tuée. Et Tee Jean... (Il eut un sourire triste.) Le policier a dit qu'il avait été touché trois ou quatre fois dans le dos, et qu'il y avait encore des bleus sur les articulations de ses mains, avec lesquelles il a essayé de combattre l'homme.

Il toussota, puis inspira profondément par la bouche, tête légèrement renversée, à la façon d'un homme qui a couru sur une longue distance malgré une souffrance aiguë.

— Il a tué votre femme, et votre enfant ?

C'était autant une affirmation qu'une interrogation.

— Oui, il les a tuées. Comme vous l'avez dit, Tante Marie pensait qu'il avait tué une autre fille aussi.

Il se pinça le coin des yeux à la racine du nez, et d'un clignement de paupièrcs chassa une larme.

— Je sais. Je l'ai vue.

Autour de moi le monde parut se fondre dans le silence. Subitement je fis abstraction du chant des oiseaux, du vent dans les arbres, du clapotis distant de l'eau. Je ne voulais plus entendre que la voix de Raymond Aguillard.

— Vous avez *vu* la fille ?

— C'est ce que je viens de dire. Dans un marécage, en plein dans Honey Island, il y a de ça trois nuits. La nuit avant que ma mère meure. Le mari de ma sœur, il a placé quelques pièges là-bas… (Il haussa les épaules. Honey Island était une réserve naturelle.) Vous êtes superstitieux, monsieur Parker ?

— Je vais finir par le devenir, répliquai-je. Vous pensez que c'est là qu'elle se trouve, dans Honey Island ?

— Possible. Ma mère m'a dit qu'elle ne savait pas où elle était, juste qu'elle était morte. Elle savait que la fille était quelque part par là. J'ignore comment, monsieur Parker, je n'ai jamais compris le don de ma mère. Mais je l'ai vue moi aussi, un corps près d'un bosquet de cyprès, avec quelque chose de sombre qui lui recouvrait le visage, comme une main. Et j'ai su que c'était elle.

Il baissa les yeux et, de la pointe de sa chaussure, se mit à frapper à coups mesurés un caillou à demi enterré. Quand enfin il le libéra et l'envoya rouler dans l'herbe, de petites fourmis noires jaillirent du trou qui était en fait l'entrée de leur nid.

— D'autres l'ont vue aussi, à ce que j'ai entendu raconter, des gars partis pêcher ou qui étaient allés surveiller la gnôle qu'ils distillent dans une cabane, par là-bas.

Il contempla le grouillement des fourmis, dont certaines grimpaient sur sa chaussure. Il leva doucement le pied, le secoua et le reposa à l'écart.

Honey Island s'étendait sur quelque vingt-cinq mille hectares, cxpliqua-t-il. C'était le deuxième marécage le plus important de toute la Louisiane, long de soixante-quinze kilomètres et large de onze. Il faisait partie de la zone inondable de la Pearl River, qui tient lieu de frontière entre la Louisiane et le Mississippi. Honey Island était mieux protégée que les Everglades de Floride : interdiction de tout dragage, coupe de bois ou assèchement, pas de mise en valeur possible ni de construction de barrage de retenue. De plus, en maints endroits, la zone n'était même pas navigable. Une bonne moitié de sa surface appartenait à l'Etat, et une partie relevait de la responsabilité de la Direction générale de la Protection de la nature et de l'environnement. Si quelqu'un désirait cacher efficacement un cadavre, alors, si on omettait d'éventuelles incursions de bateaux de touristes, Honey Island semblait être l'endroit rêvé.

Raymond m'indiqua comment me rendre au marécage et me dessina une carte grossière sur l'intérieur d'un paquet de Marlboro déplié.

— Monsieur Parker, je sais que vous êtes un type bien et que vous êtes désolé de ce qui est arrivé, mais je vous serais reconnaissant de ne plus jamais revenir ici, dit-il d'une voix tranquille mais empreinte d'une fermeté sans équivoque. Et peut-être que vous serez assez gentil pour ne pas assister à l'enterrement. Ma famille, il va lui falloir un bon bout de temps pour faire la part des choses.

Puis il alluma la dernière cigarette du paquet sacrifié, hocha la tête en guise d'adieu et retourna vers la maison en semant derrière lui des volutes de fumée.

Je le regardai s'éloigner. Une femme aux cheveux argentés sortit sur la terrasse et lui entoura la taille d'un bras quand il la rejoignit. Il passa le sien autour de ses épaules et la serra contre lui tandis qu'ils entraient dans la maison. La porte-écran se referma en douceur sur eux. Je quittai en voiture la propriété des Aguillard dans un nuage de poussière.

Tout en conduisant, je me répétai que le marécage allait me révéler ses secrets. Et mon intuition ne me trompait pas : avant vingt-quatre heures on allait découvrir un corps dans Honey Island. Mais ce ne serait pas celui d'une fille.

35

J'arrivai en avance à Moisant Field, et pour passer le temps je flânai à la librairie, en prenant soin d'éviter de trébucher sur les piles de romans d'Anne Rice. J'étais assis dans le hall des arrivées depuis près d'une heure quand Rachel Wolfe passa les portes. Elle était vêtue d'un jean noir, de baskets blanches et d'un polo rouge et blanc. Sa chevelure rousse cascadait librement sur ses épaules et son maquillage était si précis qu'il en devenait presque indécelable.

Le seul bagage qu'elle portait était un sac de voyage en cuir marron à bandoulière. Le reste de ce qui lui appartenait était réparti entre Angel et Louis, qui l'encadraient de façon peu discrète, Louis en costume croisé crème et chemise d'un blanc immaculé au col ouvert, Angel en jeans, avec de vieilles Reebok montantes et une chemise à carreaux verte qui n'avait pas connu la caresse d'un fer à repasser depuis sa sortie d'usine, quelques années auparavant.

— Eh bien, fis-je quand ils stoppèrent devant moi, l'équipe est au complet.

Angel leva la main droite, d'où pendaient trois épaisses piles de livres liés ensemble par une ficelle. L'extrémité de ses doigts virait au violet.

— On a aussi apporté la moitié de la New York Public Library avec nous, grogna-t-il. Maintenue par une ficelle. Je n'avais pas revu de bouquins maintenus par une ficelle depuis qu'ils ont arrêté les redifs de *La Petite Maison dans la prairie.*

Je remarquai que Louis tenait dans une main un parapluie de femme rose et une trousse de maquillage. Il était aussi décontracté qu'un homme feignant d'ignorer le chien surexcité qui se frotte amoureusement le ventre contre sa jambe.

— Ne dis pas un mot, mon pote, me prévint-il. Pas un seul mot.

A eux deux ils portaient également deux valises, deux autres sacs de voyage en cuir et une housse à costumes.

— La voiture est garée dehors, dis-je en emmenant Rachel vers la sortie. Avec un peu de chance, il y aura juste la place pour les bagages.

— Ils m'ont appelée sur mon bipeur à l'aéroport, murmura Rachel. Ils se sont montrés très serviables.

Elle étouffa un rire et jeta un coup d'œil par-dessus son épaule. Derrière nous, j'entendis Angel qui trébuchait sur un sac et jurait.

Nous déposâmes les bagages au Flaisance, en dépit de la préférence marquée de Louis pour le Fairmount, sur University Place. Le Fairmount était l'établissement que choisissaient les républicains quand ils descendaient à La Nouvelle-Orléans, ce qui expliquait son attrait pour Louis. C'était le seul Noir gay, républicain et criminel que je connaisse.

— Gerald Ford a séjourné au Fairmount, se lamenta-t-il en découvrant d'un œil critique la petite suite qu'il allait devoir partager avec Angel.

— Et alors ? contrai-je. Paul McCartney a séjourné au Richelieu et tu ne m'as pas entendu demander d'aller y dormir.

Je laissai la porte ouverte et me dirigeai vers ma propre chambre pour prendre une douche.

— Paul *qui* ? lança Louis dans mon dos.

Nous dînâmes au Grill Room du Windsor Court, sur Gravier Street, pour satisfaire le souhait de Louis. Le sol en marbre et les lourdes tentures autrichiennes me mettaient étrangement mal à l'aise après le temps passé dans les restaurants plus simples du Vieux Carré. Rachel s'était changée et avait opté pour un pantalon et une veste noire sur un chemisier rouge. L'ensemble lui allait très bien, mais la chaleur ambiante avait déjà fait son effet et elle ne cessait de décoller le tissu léger du chemisier de sa peau pendant que nous attendions le plat de résistance.

Je leur racontai l'histoire de Joe Bones et des Fontenot. Angel, Louis et moi nous en occuperions. Rachel demeura silencieuse pendant la majeure partie de notre conversation et n'intervint que pour demander quelques précisions sur des propos de Morphy ou de Woolrich. Elle prenait des notes dans un petit carnet à spirale métallique, d'une écriture nette et régulière. A un moment sa main effleura mon bras nu et elle l'y laissa quelques secondes. Sa peau était tiède contre la mienne.

Je vis Angel qui se mordillait la lèvre inférieure tout en réfléchissant à ce que je venais de lui apprendre.

— Ce Remarr doit être sacrément idiot, en tout cas beaucoup plus que notre type, finit-il par lâcher.

— A cause de l'empreinte ? fis-je.

— Oui. Négligent. Très négligent.

Il arborait la moue désapprobatrice d'un théologien respecté qui vient de voir quelqu'un se déshonorer en identifiant Jésus à un extraterrestre.

— Ce détail semble beaucoup vous préoccuper, commenta Rachel.

Elle jouait l'amusement, mais son regard était froid, presque distant. Elle entraînait Angel dans une conversation qu'habituellement il aurait évitée. J'attendis de voir comment il réagirait.

Il lui sourit et inclina la tête de côté.

— Je porte un certain intérêt à ces choses, admit-il. Un intérêt… professionnel, pourrait-on dire.

Il dégagea un espace sur la table devant lui et leva les deux mains pour annoncer le début de son exposé.

— N'importe qui se livrant à un VAE — un vol avec

effraction, je précise pour notre distingué auditoire féminin — prend des précautions élémentaires. La première et la plus évidente est de s'assurer qu'il — ou elle, un VAE étant une opportunité professionnelle dépourvue de toute discrimination sexuelle — ne laisse pas d'empreintes. Alors, que faut-il faire ?

— Porter des gants, répondit Rachel qui commençait à apprécier la leçon et se concentrait sur elle.

— Exact. Aucun voleur, aussi abruti soit-il, ne s'introduit quelque part sans être ganté. Sinon il laissera des visuelles, il laissera des latentes, bref il signera sa visite, ce qui équivaut à confesser le crime tout en le commettant.

Les visuelles sont les empreintes visibles faites sur une surface quelconque par une main sale ou ensanglantée, les latentes celles, invisibles, résultant des sécrétions naturelles de la peau. Les visuelles peuvent être photographiées ou relevées en utilisant du papier adhésif, mais les latentes doivent être révélées, en général à l'aide d'un réactif chimique tel que la vapeur d'iode ou une solution de ninhydrine. Les techniques employant l'électrostatique et la fluorescence sont également utilisées et, dans la recherche d'empreintes latentes sur la peau humaine, on recourt parfois à des photographies aux rayons X.

Mais si Angel avait vu juste, Remarr était trop professionnel pour se risquer à un boulot sans gants. En conséquence il n'aurait pas laissé de latentes, et encore moins de visuelles. Il avait dû porter des gants, et quelque chose avait mal tourné.

— Tes neurones tripatouillent le problème, Bird ? railla Angel.

— Continue, Sherlock, éblouis-moi par la seule puissance de ton intelligence surhumaine.

Son rictus se transforma en sourire, et il reprit :

— Il est possible d'obtenir une empreinte de l'intérieur d'un gant, mais pour cela il faut le détenir. Ceux en plastique et en synthétique sont les plus exploitables, parce que la main transpire nettement plus.

« Il y a mieux : la plupart des gens ignorent que la surface extérieure du gant peut elle-même représenter une empreinte. Disons qu'il s'agit d'un gant en cuir, il portera des rides, des trous minuscules, des marques, des traces de divers liquides, et il n'y a pas deux gants en cuir identiques. Dans le cas qui nous occupe, celui de Remarr, nous avons une empreinte visuelle et pas de gant. A moins que ce Remarr soit incapable de lacer ses souliers sans tomber en avant, nous savons qu'il portait très probablement des gants. Et pourtant il a réussi l'exploit de laisser une empreinte. Là réside tout le mystère. »

Des deux mains il mima une explosion, comme un magicien qui fait disparaître un lapin dans un nuage de fumée, puis il reprit tout son sérieux.

— A mon avis, Remarr portait une seule paire de gants, en latex très certainement. Il imaginait que ce serait un boulot tout simple : soit il lui faudrait tuer la vieille femme et son fils, soit il lui suffirait de les terroriser, peut-être en laissant une sorte de carte de visite très explicite dans la maison. Puisque d'après ce que j'ai compris le fils n'était pas du genre à laisser quiconque effrayer sa mère sans réagir, je dirais que Remarr est entré en pensant qu'il devrait sûrement tuer le fils.

« Mais quand il arrive, soit ils sont déjà morts, soit ils sont en train d'être torturés. Une fois de plus, je penche pour la seconde hypothèse. Et si Remarr a dérangé le tueur dans son travail, il est mort lui aussi.

« Donc Remarr entre, son unique paire de gants aux mains, et peut-être qu'il voit le garçon. Premier choc. Il se met probablement à transpirer. Il poursuit son exploration de la maison et trouve la vieille femme. Bam ! Deuxième choc. Là, il commet une première erreur : il s'approche pour l'examiner de plus près, et doit s'agripper quelque part pour ne pas perdre l'équilibre quand il se penche sur elle. Il touche du sang et pense à l'essuyer, mais il se dit que l'essuyer ne ferait qu'attirer encore plus l'attention, et puis, de toute façon, il porte des gants.

« Deuxième erreur : le problème avec les gants en latex, c'est qu'une seule paire n'est pas suffisante. Si vous les portez trop longtemps, vos empreintes se mettent à transparaître. Vous êtes sous un choc émotionnel, vous transpirez, les empreintes vont transparaître encore plus vite. Il se peut que Remarr ait mangé avant de venir, un fruit ou des pâtes au vinaigre par exemple. Ces aliments augmentent le taux d'humidité de la peau, de sorte que maintenant Remarr est vraiment dans le pétrin. Il a laissé une empreinte sans même le savoir, et les flics, les fédéraux et des gens embêtants comme nos aimables personnes veulent l'interroger. Et voilà ! »

Il s'inclina légèrement en guise de salut. Rachel l'applaudit.

— Fascinant, dit-elle. Vous devez lire beaucoup.

Son ton était lourd d'ironie.

— Beaucoup, oui, confirma Louis. Surtout des bandes dessinées.

Angel ignora cette dernière remarque.

— Peut-être que j'ai tâté de la chose dans mes jeunes années…

— Auriez-vous appris quelque chose d'autre, dans vos « jeunes » années ? dit Rachel en souriant.

— Plein d'autres choses, et quelques trucs assez raides, répondit Angel avec conviction. La meilleure leçon que j'ai retenue est celle-ci : ne vous attachez à rien. Ce que vous n'avez pas en votre possession, personne ne peut prouver que vous l'avez pris.

« Et pourtant j'ai été tenté. Il y avait une statuette d'un chevalier sur sa monture. Française, du dix-septième siècle. Incrustée d'or, avec des diamants et des rubis. De cette hauteur… (Il leva la main à plat, à environ quinze centimètres de la table. Le souvenir faisait briller ses yeux d'un éclat juvénile.) L'objet le plus joli que j'aie jamais vu. Mais je m'en suis débarrassé. A la fin, il faut toujours se débarrasser de ces choses. Celles que vous regrettez sont celles auxquelles vous vous êtes attaché.

— Donc rien ne mérite qu'on s'y attache ? renchérit Rachel.

Angel regarda Louis un moment.

— Certaines choses le méritent, oui, mais elles ne sont pas en or.

— Très romantique, fis-je.

Louis émit des bruits peu plaisants en essayant d'avaler l'eau qu'il avait dans la bouche.

Devant nous, le café refroidissait dans les tasses.

— Vous avez quelque chose à ajouter ? demandai-je à Rachel quand Angel eut terminé son numéro.

Elle consulta ses notes, fronça les sourcils, puis elle leva son verre et la lumière projeta le rouge du vin sur sa poitrine, comme une blessure.

— Vous avez dit être en possession des photos prises sur les lieux du crime ?

— En effet.

— Alors je crois que j'attendrai de les avoir examinées. Je me suis déjà fait une idée d'après les éléments que vous m'avez communiqués par téléphone, mais je préfère la garder pour moi jusqu'à ce que j'aie vu ces clichés et que j'aie mené quelques petites recherches. J'ai quelque chose, cependant.

Elle sortit un second carnet de son sac et l'ouvrit à la page marquée d'un Post-It jaune.

— « Je la désirais, car telle a toujours été notre faiblesse, lut-elle. Notre péché ne fut pas l'orgueil, mais le désir d'humanité. »

Elle se tourna vers moi mais j'avais déjà reconnu la citation.

— Ce sont les paroles prononcées par le Voyageur quand il vous a appelé, me dit-elle. Il m'a fallu me rendre à l'évêché et faire appel au savoir d'un théologien pour retrouver la source. C'est très obscur, du moins si vous n'êtes pas théologien.

Angel et Louis s'étaient avancés sur leurs sièges. Rachel laissa s'écouler quelques secondes avant de demander :

— Pourquoi le Diable a-t-il été banni du Paradis ?

— Pour son orgueil, dit Angel. Je me souviens que Sœur Agnes nous en a parlé.

— C'était l'orgueil, oui, enchaîna Louis en coulant un regard à Angel. Je me souviens que Milton nous l'a affirmé.

— Quoi qu'il en soit, coupa Rachel, vous avez raison, ou partiellement raison. Depuis Augustin, le péché du Diable est l'orgueil. Mais avant Augustin, le point de vue était différent. Jusqu'au quatrième siècle, le Livre d'Enoch faisait partie du canon biblique. Ses origines sont controversées — on ne sait avec certitude s'il a été rédigé en hébreu ou en araméen, ou encore une combinaison des deux — mais il semble bien offrir le socle de certains concepts qui sont toujours dans la Bible telle que nous la connaissons. Le jour du Jugement dernier est peut-être dérivé du Livre d'Enoch. L'Enfer ardent où règne Satan apparaît également pour la première fois dans Enoch.

« Ce qui nous intéresse, c'est qu'Enoch professe un point de vue différent sur la nature du péché du Diable. »

Elle tourna une page de son carnet et reprit sa lecture :

— « Et il advint, lorsque les hommes commencèrent à se multiplier à la surface de la terre, et qu'ils eurent des filles, que les fils de Dieu voyaient que les filles des hommes étaient belles ; et ils choisirent toutes celles qu'ils désiraient et en firent leurs épouses… »

Elle nous regarda de nouveau.

— C'est tiré de la Genèse, dont la source est similaire à celle d'Enoch. Les « fils de Dieu » étaient les anges, qui cédèrent au désir sexuel contre la volonté de Dieu. Le chef des anges pécheurs, le Diable, fut jeté dans un gouffre de ténèbres au cœur du désert et ses complices livrés aux flammes. Leur descendance, « les esprits du mal sur terre », les accompagna. Le martyr Justin croyait que les enfants nés de l'union des anges et des femmes humaines étaient responsables de tout le mal sur terre, y compris le meurtre.

« En d'autres termes, le péché du Diable était l'envie. L'envie d'humanité, cette "faiblesse de notre genre" ».

Elle referma son carnet avec un sourire de triomphe.

— Alors ce type se prendrait pour un démon ? risqua Angel.

— Ou pour le descendant d'un ange, ajouta Louis. Ça dépend de sa façon de voir les choses.

— Quoi qu'il soit ou quoi qu'il pense être, il y a peu de chances que le Livre d'Enoch soit présenté à la télé par Oprah dans son émission littéraire, remarquai-je. Vous avez une idée de la source d'où il a tiré ça ?

Rachel rouvrit son canet.

— La référence la plus récente que j'ai pu trouver figure dans une publication new-yorkaise remontant à 1983 : *Pseudépigraphie de l'Ancien Testament : Enoch*. L'auteur s'appelle Isaac, ce qui va bien avec l'ensemble. Il existe également une traduction plus ancienne, d'Oxford, publiée en 1913 par un certain R.H. Charles.

Je notai ces noms.

— Peut-être que Morphy ou Woolrich pourront voir à l'université de La Nouvelle-Orléans si quelqu'un du coin a montré un intérêt pour ce domaine précis des études bibliques. Woolrich pourrait étendre la recherche aux autres universités. C'est un début.

Nous réglâmes nos consommations et sortîmes. Angel et Louis partirent vers le bas du Vieux Carré pour une petite virée dans la vie nocturne gay tandis que Rachel et moi retournions au Flaisance à pied. Pendant quelque temps nous gardâmes le silence. Nous étions tous deux conscients d'être à la limite d'une certaine forme d'intimité.

— J'ai dans l'idée que je ferais mieux de ne pas demander comment ces deux-là gagnent leur vie, dit Rachel alors que nous nous arrêtions à un carrefour.

— Sans doute. Il vaut mieux les voir comme des opérateurs indépendants et laisser tomber le sujet.

Elle sourit.

— Ils semblent montrer de la loyauté envers vous. C'est inhabituel. Je ne suis pas sûre de le comprendre.

— J'ai fait quelques trucs pour eux, par le passé, mais s'il y a jamais eu dette, ils l'ont remboursée depuis longtemps. C'est moi qui leur dois beaucoup, aujourd'hui.

— Mais ils répondent toujours présent. Ils viennent toujours vous aider quand vous le leur demandez.

— Je ne crois pas que ce soit entièrement à cause de moi. Ils agissent de la sorte parce qu'ils aiment ce genre de situation. Cela émoustille leur goût du danger. Chacun à sa façon est un individu dangereux. Je crois que c'est pour ça qu'ils sont venus : ils ont senti le danger, et ils veulent y goûter.

— Peut-être sentent-ils la même chose chez vous.

— Je ne sais pas. Possible.

Nous traversâmes la cour du Flaisance, ne nous arrêtant que pour caresser la tête des chiens. Rachel était installée à trois portes de moi. Entre nos chambres se trouvaient celle que partageaient Angel et Louis, et une autre, inoccupée. Elle ouvrit sa porte et s'immobilisa sur le seuil. De l'intérieur émanait la fraîcheur de l'air conditionné et j'entendis le climatiseur qui marchait à plein régime.

— Je ne suis toujours pas très sûr de la raison de votre présence ici, dis-je.

J'avais la gorge sèche et une partie de moi-même n'était pas du tout certaine de vouloir entendre une réponse.

— Moi non plus, répondit-elle.

Elle se hissa sur la pointe des pieds et déposa un baiser très léger sur mes lèvres. L'instant suivant, elle était entrée et avait refermé la porte.

J'allai dans ma chambre, pris un volume des écrits de Sir Walter Ralegh dans mon sac et me rendis à la Napoleon House. Je m'installai confortablement près d'un portrait du Petit Caporal. Je ne voulais pas rester allongé sur mon lit, en étant conscient de la présence si proche de Rachel Wolfe. Son baiser m'avait excité et troublé, et la pensée de ce qui pouvait suivre me déroutait un peu.

Presque jusqu'à la fin, Susan et moi avions partagé une intimité d'une incroyable intensité. Quand mon alcoolisme avait commencé à perturber sérieusement notre vie de couple, cette intimité s'était désintégrée. Lorsque nous faisions l'amour, nous ne nous livrions plus entièrement. Nous semblions tourner l'un autour de l'autre, avec la crainte continuelle d'un dérapage qui nous aurait renvoyés chacun dans la sécurité égoïste de notre petite personne.

Mais je l'avais aimée. Je l'avais aimée jusqu'au dernier jour, et je l'aimais encore maintenant. Quand le Voyageur me l'avait ravie, il avait tranché les liens physiques et émotionnels qui existaient entre nous, mais elle était toujours auprès de moi, et cette présence écorchait tous mes sens.

Peut-être est-ce là une réaction commune à tous ceux qui ont perdu un être cher. La rencontre avec un autre partenaire potentiel, un autre amour, devient un acte de construction d'une relation doublé d'un acte de reconstruction de soi-même.

J'étais hanté par ma femme et ma fille. Je les sentais, non seulement dans le vide et l'impression de perte, mais aussi comme une présence réelle dans mon existence. Il me semblait les apercevoir aux limites de mon quotidien, quand je passais de l'état de conscience au sommeil, ou lorsque je me réveillais. Parfois, je m'efforçais de me convaincre que c'étaient de simples fantômes de ma culpabilité, des créations nées de quelque déséquilibre psychologique.

Pourtant j'avais entendu Susan parler à travers Tante Marie et, en une occasion, comme un souvenir net extrait d'un délire nébuleux, je m'étais réveillé dans l'obscurité avec la sensation du contact de sa main sur mon visage, et j'avais discerné son parfum dans le lit vide à côté de moi. Plus encore, je décelais des traces d'elles chez chaque jeune femme, en chaque fillette.

Dans un rire féminin, j'entendais la voix de Susan. Dans les pas d'une gamine, je reconnaissais ceux de ma fille.

J'éprouvais quelque chose pour Rachel Wolfe, un mélange d'attirance, de gratitude et de désir. Je voulais être avec elle, mais seulement, pensais-je, lorsque ma femme et mon enfant reposeraient en paix.

36

David Fontenot mourut cette nuit-là. Sa voiture, une Jensen Interceptor d'époque, fut retrouvée sur la 190, cette route qui longe Honey Island et redescend vers les berges de la Pearl. Les pneus avant étaient à plat et les portières ouvertes. Le pare-brise était étoilé et l'intérieur constellé d'impacts de balles calibre 9 mm.

Les deux flics de St Tammany avaient suivi une piste de branches cassées et de buissons aplatis jusqu'à la vieille cabane de trappeur constituée de bois récupéré, dont le toit en tôle ondulé disparaissait presque sous la mousse. Elle était bâtie au bord d'un bayou frangé de gommiers, dont les eaux étaient épaissies par des herbes aquatiques verdâtres et au-dessus duquel résonnaient les cris des canards.

La cabane était abandonnée depuis longtemps déjà. Peu de gens venaient encore chasser au piège dans Honey Island. La plupart des braconniers s'étaient déplacés plus avant dans les bayous pour chasser le castor, le cerf et, pour quelques-uns, l'alligator.

Des sons provenaient de la cabane quand les policiers s'approchèrent de la porte ouverte, des grognements et des grommellements, ainsi que le martelage sourd du sol.

— Cochon sauvage, dit un des flics.

A côté de lui, le directeur de banque qui les avait appelés dégagea la sécurité de sa Ruger.

— Merde, ça ne suffira pas face à un cochon sauvage, souffla le second policier.

Le banquier, un homme trapu, à la calvitie marquée, était vêtu d'un tee-shirt sous une veste de chasse presque neuve. Il tenait en mains un 77V muni d'une lunette télescopique, ce que dans le Maine on appelle une « carabine de vaurien ». Elle convenait au petit gibier, et certaines forces de police l'utilisaient même pour le tir de précision à grande distance, mais elle n'arrêterait pas un cochon sauvage d'une seule balle, à moins de le toucher exactement entre les deux yeux.

Ils n'étaient plus qu'à quelques pas de la cabane quand l'animal sentit leur présence. Il surgit par la porte, ses petits yeux vicieux brillants et son groin maculé de sang. Il chargea l'homme à la Ruger, qui plongea aussitôt dans les eaux du bayou. La bête fit demi-tour. Elle se trouvait maintenant coincée au bord de l'eau par les policiers. Elle baissa la tête et fonça sur eux.

Une explosion roula sur le bayou, suivie immédiatement d'une seconde, et le cochon sauvage s'écroula. La moitié de son crâne avait disparu, et l'animal fut brièvement secoué de soubresauts. Il laboura le sol de ses pattes un instant, puis se figea dans la mort. Le policier souffla théâtralement la fumée du long canon de son Colt Anaconda, éjecta avec la tige d'extracteur les douilles des cartouches de 44 utilisées, puis rechargea.

— Bon Dieu, fit son coéquipier qui venait d'avancer jusqu'à l'entrée de la cabane, l'arme au poing. Le cochon sauvage l'a salement défiguré, mais c'est Dave Fontenot, pour sûr.

L'animal avait dévoré presque tout le visage du mort et une partie de son bras droit, mais ces terribles dommages ne parvenaient pas à dissimuler que quelqu'un avait tiré Fontenot de sa voiture, l'avait poursuivi dans la forêt et les broussailles et coincé dans la cabane où il lui avait tiré dans l'entrejambe, les genoux, les coudes et la tête.

— Nom de Dieu, jura le tueur de cochon sauvage en

se vidant les poumons lentement. Quand son frère va apprendre la nouvelle, ça va chauffer…

J'appris le résumé de ce dernier événement pendant une très brève conversation avec Morphy, et les détails auprès de WDSU, la chaîne locale affiliée à NBC. Ensuite, Angel, Louis et moi prîmes le petit déjeuner au Mother's, sur Poydras Street. Rachel avait tout juste eu la force de répondre quand nous lui avions téléphoné dans sa chambre, et elle avait décidé de dormir encore un peu.

Vêtu d'un costume en lin ivoire et d'un tee-shirt blanc, Louis accepta la moitié de mon bacon et de mes biscuits maison, qu'il engloutit avec du café serré. Angel opta pour du jambon, des œufs et du gruau de maïs.

— Ce sont les vieillards qui mangent du gruau de maïs, Angel, lui dit Louis. Les vieillards et les déséquilibrés mentaux.

Angel s'essuya la bouche d'un revers de main et tendit le majeur, poing fermé, à l'adresse de Louis.

— Il n'est jamais très éloquent quand il est mal réveillé, expliqua ce dernier. Le reste de la journée, il n'a plus aucune excuse.

Angel réitéra son geste, termina le gruau et repoussa le bol.

— Alors, tu penses que Joe Bones a décider de frapper les Fontenot le premier ? me demanda-t-il.

— On le dirait. D'après Morphy, Joe aurait envoyé Remarr faire le sale boulot. Il l'aurait sorti de sa planque et remis au frais immédiatement après. Il ne confierait ce genre de boulot à personne d'autre. Mais je ne comprends pas ce que David Fontenot venait fabriquer dans Honey Island, et sans aucune protection. Il devait pourtant savoir que Joe Bones profiterait de la moindre occasion pour le descendre.

— Peut-être qu'un gars de sa bande lui a tendu un traquenard, qu'il l'a attiré là sous un prétexte quelconque et qu'il a averti Joe Bones de sa venue ? proposa Angel.

L'hypothèse se tenait. Si quelqu'un avait attiré David Fontenot dans Honey Island, alors il ne pouvait s'agir que d'une personne en qui la victime avait assez confiance pour risquer ce genre de déplacement seule. Ou bien le rabatteur avait offert à David Fontenot quelque chose qu'il désirait assez pour prendre le risque d'une incursion en solitaire dans un endroit aussi reculé.

Je ne dis rien à Louis ou à Angel, mais j'étais troublé que Raymond Aguillard et David Fontenot, chacun à leur façon, aient dirigé mon attention sur Honey Island, et cela en moins de vingt-quatre heures. Une fois que j'aurais parlé avec Joe Bones, je prévoyais d'aller importuner Lionel Fontenot pendant son deuil.

Mon portable sonna. C'était le réceptionniste du Flaisance qui m'informait d'une livraison pour un « Monsieur Louis », avec un coursier qui attendait qu'on lui signe le bordereau de réception. Un taxi nous ramena à l'hôtel. Au-dehors, une fourgonnette noire était garée à cheval sur le trottoir.

— Livraison, lâcha Louis.

Le véhicule ne portait pourtant aucun sigle, rien qui l'identifiât comme une fourgonnette commerciale.

Dans le hall de l'hôtel, le réceptionniste surveillait avec une nervosité visible un énorme Noir coincé dans un des fauteuils. Il avait le crâne rasé et exhibait un tee-shirt noir barré sur la poitrine d'un « Klan Killer » tracé en lettres acérées. Le bas de son pantalon de treillis était enfoncé dans des rangers. Devant lui était posé un long container en acier muni de plusieurs serrures.

— Salut, mon frère, dit-il en s'extrayant de son siège.

Louis sortit son portefeuille et lui tendit trois coupures de cent dollars. L'autre les fit disparaître dans une poche de son pantalon dont il sortit une paire de Ray-Ban qu'il mit avant de sortir sans un mot de plus.

Louis désigna le container.

— Si vous voulez bien monter ça dans la chambre, nous dit-il.

Angel et moi soulevâmes le colis et nous le suivîmes jusqu'à la suite. Le container pesait lourd, et ce qu'il y avait à l'intérieur produisit des sons métalliques quand nous gravîmes l'escalier.

— Ces colis d'UPS deviennent de plus en plus encombrants, pas de doute, ironisai-je alors qu'il ouvrait la porte.

— C'est un service spécialisé, dit-il. Les lignes d'aviation régulières ne tiennent pas à transporter certaines catégories de marchandises.

Quand il eut refermé derrière nous, il prit un jeu de clés dans la poche de son costume et ouvrit le container.

Celui-ci était divisé en trois compartiments qui s'ouvraient en se dépliant, selon le principe de la boîte à outils. Le premier niveau était occupé par les composants d'un Mauser SP66, un fusil de tireur d'élite trois coups au canon épais, muni d'un frein de bouche et d'un cache-flamme. Les éléments étaient regroupés dans un coffret amovible. A côté, un pistolet Sig P226 et un étui de ceinture étaient disposés dans un compartiment séparé.

Dans la deuxième partie du container, deux Calico M-960A à canon court. Crosse repliée, ils mesuraient à peine plus de soixante centimètres de long et, à vide, pesaient moins de deux kilos et demi. C'étaient des armes d'un pouvoir destructeur exceptionnel pour leur taille, avec une cadence de tir de sept cent cinquante projectiles à la minute. Le troisième compartiment était réservé aux munitions, dont quatre chargeurs de cent coups en 9 mm Parabellum pour les pistolets-mitrailleurs.

— Cadeau de Noël ? demandai-je.

— Ouaip, fit Louis en enclenchant un chargeur de quinze coups dans la crosse du Sig. Et j'ai commandé un fusil à flèches pour mon anniversaire.

Il tendit à Angel le compartiment contenant les pièces

du Mauser, ajusta l'étui à sa ceinture et y glissa le SIG. Puis il referma le container et passa dans la salle de bains. Il ôta la trappe sous le lavabo avec un tournevis et déposa le container dans l'espace vide avant de remettre la plaque et de la revisser. Il se déclara satisfait de son travail. Nous pouvions sortir.

— Tu crois que Joe Bones sera content de voir un trio d'étrangers se pointer à sa porte ? s'enquit Angel alors que nous marchions vers ma voiture de location.

— Nous ne sommes pas des étrangers, corrigea Louis. Simplement des amis qu'il n'a pas encore rencontrés.

Joe Bones possédait trois propriétés en Louisiane, dont une résidence secondaire à Cypremort Point où sa présence avait dû mettre fort mal à l'aise ses voisins les plus respectables, avec leurs demeures baptisées Eaux-Asis et consorts.

Sa maison en ville se trouvait en face d'Audubon Park, presque devant l'arrêt de la navette qui emmenait les touristes au New Orleans Zoo. J'avais pris le tramway de St Charles pour y jeter un œil. C'était une sorte de gros gâteau architectural d'un blanc brillant, orné de balcons à rambarde en fer forgé et surmonté d'une coupole au sommet de laquelle trônait une girouette dorée. La présence de Joe Bones dans un tel endroit me parut aussi cohérente que celle d'un cafard dans un gâteau de mariage. Dans le jardin impeccablement entretenu, une fleur que je ne pus identifier étalait sa corolle rouge. Elle dégageait un parfum lourd et écœurant, au point qu'elle paraissait davantage pourrir qu'éclore, comme si les fleurs elles-mêmes étaient sur le point d'éclater et d'éclabousser les branches de la plante d'un fluide épais qui empoisonnerait les pucerons.

Joe Bones avait abandonné la ville pour l'été, préférant rejoindre son troisième domicile, une maison de planteur rénovée à West Feliciana Parish, à cent cinquante kilomètres de La Nouvelle-Orléans. Les hostilités prévisibles avec les Fontenot devenant imminentes, il s'était logiquement rabattu sur sa résidence campagnarde qui présentait l'avantage d'être beaucoup plus facile à défendre.

C'était une belle demeure blanche à colonnades, érigée sur un terrain d'environ seize hectares, bordée de deux côtés par une courbe de la rivière qui rejoignait le Mississippi plus au sud. Au rez-de-chaussée, quatre grandes portes-fenêtres ouvraient sur une vaste terrasse en façade. Une allée bordée de chênes allait de la grande grille en fer forgé noir jusqu'à la pelouse devant la maison. Sur l'herbe, un petit groupe de personnes se tenait autour d'un barbecue ou se prélassait sur des sièges de jardin.

Dès notre arrivée, je repérai trois caméras de sécurité dans un rayon de moins de quatre mètres autour de la grille. Nous avions débarqué Angel huit cents mètres en arrière, après être passés une fois devant la propriété, à vitesse réduite, et je savais qu'il se dirigeait déjà vers le bosquet de cyprès qui se trouvait en face de la grille. Dans l'hypothèse d'un incident avec Joe Bones, j'estimais que je m'en sortirais mieux avec Louis à mes côtés qu'avec Angel.

Une quatrième caméra était placée à la verticale de la grille. Il n'y avait pas d'interphone, et la grille restait fermée, même lorsque Louis et moi nous adossâmes contre la voiture et fîmes des gestes de salut aux objectifs.

Après deux ou trois minutes, une voiturette électrique de golf apparut au coin de la maison et roula vers nous dans l'allée. Trois hommes en pantalon de treillis et chemise de sport en descendirent. Ils ne prenaient même pas la peine de dissimuler leurs pistolets-mitrailleurs Steyr.

— Salut, dis-je. Nous aimerions voir Joe Bones.

— Il n'y a pas de Joe Bones ici.

Celui qui venait de répondre était un individu trapu et petit, pas plus d'un mètre soixante-cinq, à la peau tannée par le soleil. Ses cheveux étaient tressés et collés à son crâne, ce qui lui donnait des airs de reptile.

— Et M. Joseph Bonanno, il est là ?

— Qui êtes-vous, des flics ?

— Nous sommes des citoyens respectables. Nous espérions que M. Bones ferait un don pour le fonds des funérailles de David Fontenot.

— Il a déjà donné, dit le type resté près du petit véhicule électrique, une version plus épaisse encore de l'Homme-Lézard.

Ses deux collègues derrière la grille eurent un rire grinçant.

Je me rapprochai. L'arme de l'Homme-Lézard se pointa aussitôt sur moi.

— Annoncez à Joe Bones que Charlie Parker est là, que j'étais dans la maison des Aguillard dimanche soir et que je cherche Remarr. Vous pensez que M. le Plaisantin près de votre tacot pourra se rappeler tout ça ?

Il recula lentement et, sans nous quitter des yeux, répéta le message au type debout à côté de la voiturette. Celui-ci prit un talkie-walkie sur la banquette arrière, parla un moment puis fit un signe d'approbation à l'adresse de l'Homme-Lézard.

— Tu peux les laisser entrer, Ricky.

— D'accord, fit celui-ci en sortant une télécommande de sa poche. Ecartez-vous de la grille, retournez-vous et posez les main à plat sur le toit de la bagnole. Si vous êtes enfouraillés, dites-le maintenant. Si je trouve quelque chose sur vous sans que vous m'ayez prévenu, je vous mets une balle dans la tête et je vous donne à bouffer aux « gators ».

Nous nous délestâmes du Smith & Wesson et du SIG, et Louis se débarrassa du couteau glissé dans un étui à sa cheville pour faire bonne mesure. Abandonnant la voiture devant la grille, nous marchâmes derrière le petit véhicule. Un des gardes nous tenait en joue de la banquette arrière, tandis que Ricky nous suivait.

En approchant de la pelouse, je sentis l'odeur des crevettes et du poulet qui cuisaient sur le barbecue. Sur une table en fer était disposé un assortiment de bouteilles d'alcool et de verres. Des Abita et des Heineken emplissaient une glacière.

Du coin de la maison monta un grondement bas, lourd de menace et de sauvagerie. Au bout d'une chaîne à gros maillons attachée à un anneau métallique fiché dans le béton, un animal énorme nous observait. Il avait le pelage épais d'un loup, mais la robe d'un berger allemand. Ses yeux brillaient d'intelligence, ce qui ne le rendait que plus dangereux. Il devait peser au moins quatre-vingt-dix kilos. Chaque fois qu'il tirait sur sa chaîne, il donnait l'impression qu'il allait la briser ou arracher l'anneau du béton.

Je notai qu'il semblait diriger surtout son attention sur Louis. Il le suivait des yeux comme si je n'existais pas, et lorsque nous passâmes à proximité il se dressa sur ses pattes arrière et essaya de l'atteindre. Louis le considéra avec l'intérêt froid d'un scientifique découvrant un nouveau type de bactéries dans son plat.

Joe Bones embrocha un morceau de poulet épicé au bout d'une fourchette et le plaça sur une assiette en porcelaine. Il était à peine plus grand que Ricky, et ses longs cheveux noirs étaient coiffés en arrière, dégageant le front. Son nez avait été cassé au moins une fois, et une petite cicatrice déformait la partie gauche de sa lèvre supérieure. Les pans de sa chemise blanche déboutonnée pendaient sur un short de jogging. Son abdomen était bardé d'abdominaux proéminents, et ses bras comme sa poitrine paraissaient trop développés pour un homme de sa taille. Il se dégageait de sa personne une impression de violence et d'intelligence mauvaise presque palpable qui n'était pas sans rappeler l'animal enchaîné. Il suffisait de le voir pour comprendre pourquoi il avait mené la danse pendant dix ans à La Nouvelle-Orléans.

Il ajouta quelques tomates, de la laitue et du riz froid mélangé à des piments sur l'assiette, qu'il tendit à la femme assise à son côté. Elle était plus âgée que lui, la quarantaine passée. Aucune trace sombre à la racine de ses cheveux blonds, et très peu de maquillage, même si ses Wayfarers m'empêchaient de voir ses yeux. Elle portait une robe de soie à manches courtes sur un chemisier et un short blancs. Comme Joe Bones, elle avait les pieds nus. A côté du couple se tenaient deux autres gardes en chemise et pantalon de treillis, armés de pistolets-mitrailleurs. J'en comptai encore deux sur le balcon au premier étage et un de plus assis près de la porte d'entrée.

— Vous voulez manger quelque chose ? proposa Joe Bones.

Sa voix était basse, avec à peine un soupçon d'accent de la Louisiane. Il me fixa du regard jusqu'à ce que je réponde.

— Non, merci.

Je remarquai qu'il n'avait rien offert à Louis. Je crois que Louis s'en aperçut lui aussi.

Joe Bones se servit des crevettes et de la salade, puis fit signe aux deux gardes de prendre ce qu'ils voulaient. Ils obéirent à tour de rôle, et chacun mangea une cuisse de poulet avec les doigts.

— Ces Aguillard assassinés, fit-il sans préambule, c'est terrible.

Il s'assit et me désigna le seul siège resté libre. J'échangeai un coup d'œil avec Louis, haussai les épaules et m'installai.

— Pardonnez-moi de me montrer aussi direct avec vous, poursuivit-il, mais j'ai entendu dire que le même homme est certainement responsable des morts dans votre famille. (Il eut un sourire presque compatissant.) C'est terrible, vraiment.

Je soutins son regard.

— Vous êtes très bien renseigné sur mon passé.

— Quand un étranger arrive en ville et se met à découvrir des cadavres dans les arbres, j'aime me documenter sur lui. Il peut devenir un compagnon agréable.

Il piqua une crevette dans son assiette et l'examina brièvement avant de commencer à la manger.

— J'ai cru comprendre que vous étiez intéressé par l'achat des terres appartenant aux Aguillard, dis-je.

Joe Bones suçota l'extrémité charnue de la crevette, la croqua et déposa avec soin la queue sur le bord de son assiette avant de répondre.

— Je m'intéresse à beaucoup de choses, et ces terres n'appartiennent pas aux Aguillard. Ce n'est pas parce qu'un vieux taré a voulu racheter une vie de saloperies en donnant ses terres à des nègres que ça en fait des terres de nègres.

Il avait craché le mot « nègre » avec un dégoût appuyé. Son vernis de courtoisie se révélait remarquablement mince, et à l'évidence il cherchait à provoquer Louis. C'était une attitude très imprudente, même avec des gardes armés autour de lui.

— Il semble qu'un de vos hommes, Tony Remarr, se soit rendu à la maison des Aguillard la nuit où ils sont morts. Nous aimerions beaucoup lui parler.

— Tony Remarr ne fait plus partie de mes collaborateurs, déclara Joe Bones en reprenant un ton placide après ses accents injurieux. Nous avons d'un commun accord décidé de ne plus travailler ensemble, et je ne l'ai pas revu depuis des semaines. Jusqu'à ce que la police me l'apprenne, j'ignorais qu'il était passé chez les Aguillard.

Il me sourit. Je lui retournai son sourire.

— Remarr a-t-il un rapport quelconque avec la mort de David Fontenot ?

La mâchoire de Joe Bones se crispa, de même que son sourire.

— Je n'en ai aucune idée. J'ai appris ce qui était arrivé à David Fontenot comme tout le monde, en écoutant les nouvelles.

— Une chose terrible de plus ? suggérai-je.

— La perte d'une jeune vie est toujours terrible, répondit-il. Ecoutez, je suis désolé pour votre femme et votre enfant. Je le suis vraiment, mais je ne peux pas vous aider. Et je vais vous parler franchement : vous devenez impoli, maintenant. Alors prenez votre nègre avec vous et foutez le camp de chez moi.

Les muscles du cou de Louis ondulèrent, mais ce fut

le seul signe qu'il avait entendu. Tout en le toisant d'un regard narquois, Joe Bones prit un morceau de poulet et le jeta au molosse. L'animal ignora la viande jusqu'à ce que son maître claque des doigts. Alors il la dévora d'une seule bouchée.

— Vous savez ce que c'est ? demanda Joe Bones.

C'est à moi qu'il s'adressait, mais tout dans son attitude disait que Louis était concerné au premier chef. Bones parvenait à exprimer un mépris abyssal sans même le formuler. Devant mon silence, il continua :

— Ça s'appelle un *boerbul*. Un type du nom de Peter Geertschen, un Allemand, a créé cette race pour l'armée et les unités anti-émeutes en Afrique du Sud. C'est un croisement de loup russe et de berger allemand. C'est un chien de garde pour Blancs. Il flaire les nègres.

Il se tourna vers Louis et sourit.

— Attention, dis-je, il pourrait se tromper et se retourner contre vous.

Joe Bones sursauta sur sa chaise comme s'il avait reçu une décharge électrique. Ses yeux se plissèrent et il scruta mon visage à la recherche de la plus petite indication que j'étais conscient du double sens de ma remarque. Je restai impassible.

— Vous feriez bien de partir, fit-il d'une voix calme empreinte d'une menace manifeste.

Je me levai, et Louis se rapprocha de moi. Nous échangeâmes un regard.

— Ce type nous cherche, dit Louis.

— Peut-être. Mais si nous partons de cette façon, il ne nous respectera pas.

— Et sans respect, un homme n'est rien, termina Louis.

Il prit une assiette sur la pile de la table et la brandit au-dessus de sa tête. Elle explosa en une pluie de fragments de porcelaine quand la balle de calibre 300 Winchester la fracassa avant d'aller se ficher dans le mur en bois de la maison. La femme se jeta à plat ventre sur la pelouse et les deux gardes se précipitèrent pour protéger Joe Bones. La détonation roulait encore dans l'air quand trois hommes apparurent au coin de la maison et coururent vers nous.

Ricky, l'Homme-Lézard, fut le premier à nous atteindre. Il braqua son pistolet et son doigt se crispa sur la détente, mais Joe Bones frappa son bras pour le détourner.

— Non ! Pauvre connard, tu veux me faire tuer ?

Il scruta la ligne des arbres au-delà des limites de sa propriété, avant de se retourner vers moi.

— Vous venez ici, vous me tirez dessus, vous effrayez ma femme. Bordel, à qui vous croyez avoir affaire ?

— Vous avez prononcé le mot « nègre », fit Louis calmement.

— Il a raison, approuvai-je. Vous l'avez prononcé.

— Il paraît que vous avez des amis à La Nouvelle-Orléans, siffla Joe Bones. J'ai assez d'ennuis sans avoir en plus les fédéraux sur le dos, mais si je vous vois, vous ou votre… (il s'interrompit et ravala ce qu'il allait dire)… votre ami, n'importe où près de moi et je saisirai l'occasion, vous pigez ?

— Je pige, dis-je. Je vais retrouver Remarr, Joe. Si vous nous avez menti et si ce type nous échappe à cause de vous, je reviendrai.

— Tu nous forces à revenir, Joe, et on devra faire un gros bobo à ton gentil chien-chien, surenchérit Louis, presque d'un ton de regret.

— Vous vous repointez ici et je vous découpe sur la pelouse avant de vous donner à bouffer à mon boerbul, grinça Joe Bones.

Nous reculâmes vers la ligne des chênes et l'allée, en surveillant Bones et ses hommes. La femme vint se blottir contre lui pour le réconforter. Sa tenue, immaculée un instant auparavant, était maintenant tachée de vert. Elle lui massa doucement le trapèze de ses mains soignées, mais il la repoussa d'une bourrade nerveuse dans la poitrine. Il avait de la salive sur le menton.

Derrière nous, j'entendis la grille qui s'ouvrait.

— Je ne savais pas Angel aussi bon tireur, dis-je

alors que nous arrivions à la voiture. Tu lui donnes des leçons ?

— Ouais, fit Louis qui semblait encore sous le choc.

— Il aurait pu toucher Joe Bones ?

— Ouais. Je suis surpris qu'il ne m'ait pas descendu.

Derrière nous, il y eut un bruit de portière qu'on referme et Angel se glissa sur la banquette. Il avait déjà rangé le Mauser dans son étui.

— Bon, alors on traîne avec vos nouveaux potes ? Pour faire une partie de billard, ou siffler les filles ?

La voiture démarra et fila vers St Francisville.

— As-tu jamais sifflé les filles ? interrogea Louis après un moment.

— C'est un truc de mec, ça, répondit Angel. Je peux faire des trucs de mec.

37

L'après-midi tirait à sa fin lorsque nous revînmes au Flaisance. Un message de Morphy m'y attendait. Je le rappelai au bureau du shérif et on me communiqua son numéro de portable.

— Où étais-tu passé ? demanda-t-il.

— Je rendais visite à Joe Bones.

— Merde, pourquoi as-tu fait un truc pareil ?

— Le plaisir d'ennuyer les gens, je suppose.

— Je t'avais pourtant mis en garde, mec. Ne va pas chercher des poux à Joe Bones. Tu y es allé seul ?

— J'ai emmené un ami. Joe ne l'a pas beaucoup apprécié.

— Qu'est-ce qu'il a fait, ton pote ?

— Rien. Mais ses parents sont noirs.

Morphy éclata de rire.

— Je crois que Joe est plutôt chatouilleux sur tout ce qui peut lui rappeler son hérédité, mais ça ne fait pas de mal de la lui remettre en mémoire, de temps à autre.

— Il a menacé mon ami de le donner en pâture à son chien.

— Ouais, fit Morphy, Joe est plein d'attentions pour son chien.

— Tu as du nouveau ?

— Peut-être. Tu aimes les fruits de mer ?

— Non.

— Parfait, alors on ira à Bucktown. Les fruits de mer y sont excellents, en particulier les crevettes. Je passe te prendre dans deux heures.

— Pas d'autre raison de nous rendre là-bas, à part les fruits de mer ?

— Remarr. Une de ses ex a une piaule dans ce bled. Ça pourrait mériter une petite visite.

Bucktown était une jolie ville à sa façon, pour peu qu'on aime l'odeur du poisson. Je gardai ma vitre relevée pour limiter les dégâts, mais Morphy avait complètement baissé la sienne et respirait à pleins poumons. A première vue, on n'aurait pas supposé qu'un homme tel que Remarr jetterait son dévolu sur ce genre d'endroit pour s'enterrer, ce qui en soi était une excellente raison pour le choisir.

Carole Stern habitait une maison formée d'une partie de plain-pied en façade accolée à une autre sur deux niveaux à l'arrière, au fond d'un étroit jardin non loin de la rue principale de Bucktown. D'après Morphy, Stern travaillait habituellement dans un bar sur St Charles, mais pour l'instant elle purgeait une peine de prison pour possession de crack et revente supposée. La rumeur voulait que Remarr continue de payer le loyer jusqu'à sa sortie. Nous nous garâmes dans une rue adjacente et ôtâmes le cran de sûreté de nos armes à l'unisson avant de sortir de la voiture.

— Dis donc, tu n'es pas un peu en dehors de ta juridiction, là ? remarquai-je.

— Allons donc, nous étions simplement venus manger un morceau dans cette charmante petite ville, et puis nous avons décidé d'opérer une petite vérification de routine au passage, répondit Morphy en prenant l'air outragé. Je n'ai pas l'intention de piétiner les platesbandes de qui que ce soit.

Il me désigna l'avant de la maison et partit vers l'arrière. Je marchai droit sur la porte d'entrée, qui était située au fond d'un petit porche surélevé, et regardai prudemment par la vitre. Le verre était couvert de poussière, ce qui s'accordait bien avec l'apparence assez négligée de l'ensemble. Je comptai jusqu'à cinq et saisis la poignée. La porte s'ouvrit dans un grincement et je me glissai dans le vestibule. Au fond de la maison, je perçus un bref tintement de verre et je vis la main de Morphy passer à l'intérieur pour ouvrir la porte arrière.

L'odeur était faible, mais omniprésente, une odeur de viande restée trop longtemps exposée au soleil par un jour de chaleur. Au rez-de-chaussée, constitué seulement d'une cuisine, d'un petit salon avec un canapé et un téléviseur et d'un débarras avec un lit à une place et une armoire, personne. L'armoire contenait des vêtements et des chaussures de femme. Le sommier du lit n'était recouvert que d'un vieux matelas nu.

Morphy s'engagea dans l'escalier le premier. Je le suivis de près. Nous avions tous les deux l'arme pointée vers l'étage. L'odeur devenait plus forte. Nous passâmes devant une salle de bains dont la douche qui gouttait avait teinté de marron la céramique de la baignoire. Sur le lavabo, sous un petit miroir fixé au mur, je vis une bombe de mousse, quelques rasoirs jetables et un flacon d'après-rasage.

Les trois autres portes étaient toutes entrouvertes. Sur la droite, c'était la chambre d'une femme. Le lit était fait, les draps blancs, les quelques plantes en pot avaient commencé à dépérir, et une série de reproductions de Monet ornait les murs. Des cosmétiques encombraient une longue coiffeuse et une penderie blanche occupait tout un mur. En face, une fenêtre donnait sur un petit jardin envahi par une végétation folle. La penderie était bourrée de vêtements de femme, ainsi que de chaussures. A l'évidence Carole Stern satisfaisait par la revente de drogue une envie maladive de shopping.

C'est par la deuxième porte que nous parvenait l'odeur. Une grande marmite était posée sur un réchaud de camping allumé et réglé au minimum, près d'une fenêtre ouvrant sur la rue. Elle contenait de l'eau sombre dans laquelle baignait un morceau de viande. Etant donné la puanteur qui s'en dégageait, elle devait mijoter à feu doux depuis longtemps, peut-être le matin. Deux fauteuils étaient disposés dans la pièce, sur un tapis rouge tout neuf. Un téléviseur portatif était posé sur une table basse.

La troisième pièce occupait égalcment le devant de la maison, mais sa porte était à peine entrebâillée. Morphy se posta d'un côté, moi de l'autre. Il compta jusqu'à trois avec les doigts puis poussa le battant du pied et se coula à l'intérieur, vers la droite. Courbé en deux je l'imitai, mais sur la gauche, l'arme prête.

Le soleil couchant baignait d'une lumière dorée le contenu de la pièce : un lit défait, une valise ouverte sur le sol, une coiffeuse, au mur l'affiche d'un concert des Neville Brothers à Tipitina, avec la signature des frères dans la partie inférieure. Sous mes pieds, le sol moquetté semblait humide.

La quasi-intégralité du plâtre avait été enlevée du plafond pour laisser apparaître les solives du toit. Carole Stern avait apparemment eu quelques velléités d'aménagement avant que son emprisonnement ne retarde le projet. A l'autre bout de la pièce, une série de cordes d'escalade avaient été passées au-dessus des poutres et utilisées pour maintenir Tony Remarr.

Ses restes luisaient d'un éclat étrange dans les derniers feux du soleil. Je discernai les muscles et les veines de ses jambes, les tendons de son cou, le dépôts de graisse jaunâtre qui s'écoulaient de sa taille, les muscles de son estomac, la masse fripée de son pénis. De gros clous de maçonnerie étaient fichés dans le mur, et ils le soutenaient en partie, un sous chaque bras, tandis que les cordes supportaient l'essentiel de son poids.

En me déplaçant sur la droite, je vis qu'un troisième clou derrière son cou qui maintenait la tête en place. Elle était tournée sur la droite, de profil, et le menton reposait sur un quatrième clou. Par endroits, des taches livides luisaient sur le crâne ensanglanté. Les orbites étaient presque vides et les dents soudées en un rictus paraissaient très blanches.

Remarr avait été complètement écorché, puis hissé et

disposé avec soin contre le mur. Sa main gauche tendue en diagonale vers le bas de son corps tenait un couteau à lame longue, semblable à un couteau à désosser, mais plus large. Il semblait avoir été collé à la main.

Mais l'attention du spectateur était attirée, comme le regard aveugle de Remarr, vers la main droite de la victime. Jusqu'au coude, le bras était levé à angle droit par rapport au corps. L'avant-bras était figé à la verticale par une corde liée au poignet. Dans les doigts de la main droite et recouvrant son bras, Tony Remarr tenait à l'envers sa propre peau, dans laquelle je distinguais la forme des bras, des jambes, la chevelure, les tétons de la poitrine. Sous le scalp, qui atteignait presque les genoux, on voyait les coupes sanguinolentes du visage. Le lit, le sol, le mur, tout était rouge.

Je regardai sur ma gauche et vis Morphy qui se signait et récitait à mi-voix une prière pour l'âme de Tony Remarr.

Adossés contre la voiture, nous buvions des cafés dans des gobelets en plastique pendant que les fédéraux et la police de La Nouvelle-Orléans s'affairaient autour et dans la maison de Carole Stern. Une foule de curieux, habitants du quartier et touristes venus manger dans un des restaurants de fruits de mer de Bucktown, s'était massée derrière le cordon de police et attendait de voir le cadavre. Ils seraient probablement déçus : les lieux du crime avaient fait l'objet d'une mise en scène très élaborée de la part du tueur, et le FBI comme la police désiraient en tirer le maximum de renseignements avant d'autoriser l'enlèvement du corps.

Woolrich, dans son costume havane à la gloire ternie, vint vers nous et nous offrit les restes d'un sac de beignets qu'il sortit de sa poche. Derrière le cordon, j'aperçus sa Chevrolet, un modèle rouge de 96 qui paraissait flambant neuf.

— Tenez, vous devez avoir faim.

Morphy et moi déclinâmes l'offre. Je voyais encore Remarr en pensée, et Morphy était pâle.

— Vous avez parlé aux flics du coin ? s'enquit Woolrich.

Nous acquiesçâmes. Nous avions fait des témoignages détaillés à deux inspecteurs de la Criminelle d'Orleans Parish, dont un était d'ailleurs le beau-frère de Morphy.

— Alors je pense que je peux partir, dit Woolrich. Mais j'aurai à vous parler plus tard.

Morphy alla d'un pas lent vers la portière de sa voiture. Je me dirigeai vers le côté passager mais Woolrich me retint par le bras.

— Ça va aller ? demanda-t-il.

— Je crois, oui.

— Morphy a eu une bonne intuition, mais il n'aurait pas dû t'emmener. Durand va me sauter sur le poil quand il apprendra que tu t'es retrouvé le premier sur les lieux d'un autre crime.

Durand était l'agent spécial qui dirigeait les opérations sur le secteur de La Nouvelle-Orléans. Je ne l'avais jamais rencontré, mais je savais à quoi ressemblaient les directeurs de secteur du FBI. Ils régnaient sur leur domaine comme des tyranneaux, répartissaient les tâches entre les agents et donnaient le feu vert pour toutes les opérations. La compétition pour accéder à ce poste était réputée sans merci. Immanquablement, ce Durand était un candidat sérieux.

— Tu es toujours au Flaisance ?

— Toujours.

— J'y ferai un saut. J'aimerais bien discuter avec toi d'une ou deux petites choses.

Il tourna les talons et se dirigea vers la maison de Stern. Avant d'arriver au portail, il offrit son sac de beignets écrasés à deux policiers assis dans leur voiture de patrouille. Celui qui était au volant accepta le cadeau à contrecœur, en le tenant comme si c'était une bombe. Dès que Woolrich eut disparu dans la maison, il sortit et jeta les beignets dans une poubelle.

Morphy me déposa au Flaisance. Avant de nous séparer, je lui donnai mon numéro de portable. Il l'inscrivit sur un petit carnet à couverture noire fermé par un élastique.

— Si tu es libre demain, Angie préparera le dîner. Ça vaut le déplacement. Tu ne le regretteras pas. (Le ton badin disparut quand il ajouta :) Et puis, il y a quelques trucs dont nous devons parler.

J'acceptai l'invitation, même si une partie de moi ne voulait plus jamais voir Morphy, Woolrich ou n'importe quel autre flic. Il allait démarrer quand du plat de la main je tapotai le toit de la voiture. Il passa la tête par la portière.

— Pourquoi fais-tu tout ça ? lui demandai-je.

Morphy s'était donné beaucoup de mal pour que je reste informé des derniers événements, et j'étais curieux de connaître la raison de cette attitude. Je pense que je voulais aussi savoir si je pouvais lui faire confiance.

— Bah, fit-il, les Aguillard sont morts dans mon secteur. Je tiens à serrer leur assassin. Tu sais quelques trucs sur lui. Il s'en est pris à toi, à ta famille. Les fédéraux conduisent leur enquête de leur côté, et ils nous en disent aussi peu que possible. Tu es tout ce que j'ai.

— C'est uniquement pour ça ?

Je détectai quelque chose d'autre dans son expression, quelque chose de presque familier.

— Non. J'ai une femme. Je bâtis une famille. Tu comprends ce que je veux dire ?

Je hochai la tête et décidai d'en rester là. Mais il y avait une lueur dans ses yeux qui éveillait une résonance en moi. Je tapotai une dernière fois le toit de la voiture en guise de salut et la regardai s'éloigner. Et je me demandai si Morphy ne cherchait pas désespérément une forme d'absolution pour ce qu'il avait pu faire dans le passé.

38

Pendant le trajet de retour jusqu'au Flaisance, je fus saisi par une sensation brutale de pourrissement qui s'insinua dans mes narines et me coupa presque la respiration. J'avais l'impression qu'elle se logeait sous mes ongles et tachait ma peau. Je la sentais dans la sueur sur mon dos, je la voyais dans les herbes qui jaillissaient des lézardes du trottoir sous mes pieds. C'était comme si toute la ville se délabrait autour de moi. Arrivé dans ma chambre, je pris une longue douche chaude, jusqu'à ce que tout mon corps soit rougi, puis enfilai un pull et un pantalon de treillis. J'appelai Angel et Louis et leur donnai rendez-vous cinq minutes plus tard dans la chambre de Rachel.

Elle ouvrit la porte d'une main aux doigts maculés d'encre. Elle avait un crayon coincé derrière l'oreille et deux autres maintenaient son chignon en place. Ses yeux rougis par la lecture étaient soulignés de cernes sombres.

Sa chambre était transformée. Un Macintosh PowerBook était ouvert sur la petite table, entouré d'une masse de papiers, de livres et de notes diverses. Sur le mur étaient scotchés ou punaisés des diagrammes, des notes sur des Post-It jaunes et une série de croquis anatomiques. Une pile de fax gisait sur le sol près de son fauteuil, à côté d'un plateau de sandwichs à moitié mangés, d'une cafetière et d'une tasse sale.

J'entendis qu'on frappait à la porte derrière moi. Je l'ouvris et fis entrer Louis et Angel. Ce dernier contempla le mur d'un air ahuri.

— Le type à la réception pense déjà que vous êtes dingue, avec tout ce merdier qu'il a eu sur le fax. S'il voit ça, il va appeler les flics.

Rachel se laissa aller dans son fauteuil et retira les crayons de ses cheveux, ce qui les libéra. Elle frictionna les mèches de la main gauche puis s'assouplit le cou en mouvements rotatifs pour dénouer ses muscles.

— Alors, fit-elle, qui veut commencer ?

Je leur racontai les dernières découvertes concernant Remarr, et aussitôt toute fatigue parut déserter Rachel. Par deux fois elle me demanda de détailler la position exacte du corps, puis elle passa quelques minutes à chercher dans ses papiers.

— Voilà ! s'exclama-t-elle en brandissant une photocopie. C'est bien ça ?

C'était une illustration en noir et blanc, avec en haut de la page la mention en caractères anciens *TAB. PRIMERA DEL LIB. SEGVNDO*. En bas, de l'écriture de Rachel : *Valverde 1556*.

L'illustration représentait un homme écorché, le pied gauche posé sur une pierre, la main gauche tenant un long couteau avec une poignée en crochet, tandis que la droite était crispée sur les lambeaux de sa propre peau détachée de son corps. Les traits de son visage étaient visibles sur la peau et ses yeux étaient toujours dans les orbites, mais à ces détails près le dessin offrait une similitude évidente avec la position dans laquelle nous avions découvert Remarr. Les différentes parties du corps étaient marquées de lettres grecques.

— C'est bien ça, dis-je à mi-voix. La même position.

Je passai l'illustration à Louis et Angel, qui l'examinèrent en silence.

— *Historia de la composición del cuerpo humano*, déclara Rachel. Un traité médical rédigé par l'Espagnol Juan de Valverde en 1556. Ce dessin (elle prit la feuille des mains de Louis et la brandit pour que nous puissions tous la voir) est une illustration du mythe de Marsyas. Marsyas était un satyre, un disciple de la déesse Cybèle. Il fut maudit pour avoir ramassé une flûte en os jetée par Athéna. La flûte jouait toute seule, parce qu'elle était toujours inspirée par Athéna, et sa musique était si enchanteresse que les paysans la jugeaient plus belle que celle d'Apollon en personne.

« Apollon défia Marsyas dans une compétition où ils devaient être jugés par les Muses, et Marsyas perdit parce qu'il ne pouvait pas jouer de la flûte et chanter en même temps. C'est ainsi qu'Apollon prit sa revanche sur son rival. Selon le poète Ovide, au moment de sa mort Marsyas s'écria : *« Quid me mihi detrahis ? »* — Qui me déchire de moi-même ? Le Titien a peint une version de ce mythe. Raphaël aussi. Je parie que le corps de Remarr révélera des traces de kétamine. Pour suivre le mythe, la séance d'écorchage devait se dérouler sur une victime vivante. Mais il est difficile de créer une œuvre d'art si le sujet n'arrête pas de bouger.

— Mais, sur cette gravure, l'homme donne l'impression de s'être écorché lui-même, interrompit Louis. Il tient le couteau et sa propre peau. Pourquoi le tueur aurait-il choisi cette image ?

— Ce n'est qu'une supposition de ma part, intervins-je, mais peut-être est-ce parce que, en un certain sens, Remarr s'est lui-même écorché. Il est venu à la maison des Aguillard au mauvais moment. Je pense que le Voyageur s'inquiétait de ce qu'il avait pu y voir. Remarr se trouvait dans un endroit où il n'aurait pas dû se trouver, donc il est responsable de ce qui lui est arrivé. »

Rachel m'approuva d'un hochement de tête.

— Ce n'est qu'une hypothèse, mais il y a peut-être encore plus, si l'on se réfère à ce que Tee Jean a subi.

Elle me tendit deux feuilles. La première était une photocopie de la photo de Tee Jean prise sur les lieux du crime, la seconde une autre illustration, celle-là titrée

DE DISSECT. PARTIVM. En bas de page, la date *1545* avait été écrite de la main de Rachel.

Le sujet était un homme crucifié à un arbre, avec en fond un mur de pierre. Sa tête était maintenue par les branches, tout comme ses bras étendus. La peau sous sa poitrine avait était pelée, révélant les poumons, les reins et le cœur. Un organe impossible à identifier, probablement l'estomac, reposait sur une petite plate-forme devant lui. Son visage était intact mais, une fois de plus, la posture correspondait à celle de Tee Jean Aguillard.

— Marsyas encore, dit Rachel. Ou du moins une adaptation du mythe. Cette gravure est tirée de *De dissectione partium corporis humani* d'Estienne. Un autre manuel ancien.

— Vous voulez dire que ce type tue pour imiter un mythe grec ? demanda Angel.

— Ce n'est pas aussi simple, soupira Rachel. Je pense que le mythe éveille des échos spécifiques chez le tueur, pour la simple raison qu'il s'y est référé par deux fois. Mais la théorie du mythe de Marsyas ne fonctionne pas avec Tante Marie, pas plus qu'avec la femme et la fille de Bird. Je suis tombée presque par hasard sur ces illustrations, mais je n'ai pas encore trouvé de corrélation avec les autres meurtres. Je continue de chercher. L'hypothèse la plus plausible est que tous ces assassinats tirent leur mise en scène de traités médicaux anciens. Si tel est le cas, alors je trouverai les liens.

— Ce qui soulève la possibilité que le Voyageur ait dans le passé entretenu un rapport avec la médecine, remarquai-je.

— Ou qu'il ait étudié des textes méconnus, ajouta Rachel. Nous savons déjà qu'il a lu le Livre d'Enoch, ou un ouvrage qui en est dérivé. Il ne faut pas beaucoup de connaissances médicales pour perpétrer les mutilations que nous avons constatées sur les corps de ses victimes jusqu'à maintenant, mais l'hypothèse qu'il ait des notions de chirurgie, ou même qu'il soit familier des procédures médicales, voilà qui n'est peut-être pas sans fondement.

— Et les yeux arrachés, les visages écorchés ? insistai-je en chassant de mon esprit l'image soudaine de Susan et Jennifer. Une idée pour faire cadrer ça avec le reste ?

Rachel eut une petite moue.

— Je travaille toujours dessus. Le visage semble être une sorte de symbole pour lui. Celui de Jennifer vous a été renvoyé parce qu'elle est morte avant qu'il ait le temps de travailler sur elle, je suppose, mais aussi parce qu'il voulait vous choquer personnellement. L'écorchage des visages pourrait également indiquer le mépris du tueur pour ses victimes en tant qu'individus. Après tout, quand vous retirez la peau d'un visage, vous privez la victime de la représentation la plus immédiate de son individualité.

« En ce qui concerne les yeux, une légende veut que l'image du tueur reste imprimée sur la rétine de la victime. Nombre de mythes comparables s'appliquent au corps. Au début du siècle dernier, certains scientifiques examinaient toujours la théorie selon laquelle le corps d'une victime assassinée se mettait à saigner en présence du meurtrier. Il faut que je creuse encore le sujet, mais j'espère que bientôt nous y verrons plus clair. »

Elle se leva et s'étira.

— Je ne voudrais pas paraître sans cœur, mais maintenant j'ai envie de prendre une bonne douche. Ensuite je vais sortir et trouver quelque chose de correct à manger. Et après ça je prévois de dormir une douzaine d'heures.

Nous allions donc nous retirer lorsqu'elle leva la main pour nous arrêter.

— Encore une chose. Je ne veux pas donner l'impression qu'il s'agit juste d'un taré qui copie des images violentes. Je n'en sais pas encore assez pour formuler ce genre de jugement et il faut que je consulte des gens qui ont plus d'expérience que moi dans ce domaine. Mais je ne peux pas m'empêcher de penser qu'il y a certainement une sorte de philosophie sous-jacente derrière ce qu'il fait, un schéma qu'il suit. Et à mon avis nous ne pourrons pas mettre la main sur lui tant que nous n'aurons pas trouvé la nature exacte de ce schéma.

J'avais la main sur la poignée quand on frappa à la porte. J'ouvris lentement et bloquai la vue de la pièce de mon corps pendant que Rachel ramassait ses papiers. Woolrich se tenait devant moi. Dans la lumière venue de la pièce, je remarquai le début de barbe qui ombrait son visage.

— Le réceptionniste m'a dit que tu serais peut-être ici si je ne te trouvais pas dans ta chambre. Je peux entrer ?

J'attendis une seconde puis m'écartai. Je notai que Rachel s'était placée devant les papiers scotchés au mur pour les dissimuler, mais Woolrich ne lui prêta pas attention. Ses yeux s'étaient fixés sur Louis.

— Je vous connais, dit-il.

— Vous faites erreur, répondit Louis d'un ton très froid.

Woolrich se tourna vers moi.

— Tu fais venir tes tueurs à gages dans ma ville, Bird ?

Je ne répondis pas.

— Comme je l'ai dit, je pense que vous faites erreur, répéta Louis. Je suis un homme d'affaires.

— Vraiment ? Et de quelles affaires vous occupez-vous ?

— Désinsectisation.

La tension électrisait l'atmosphère. Woolrich tourna les talons et avança dans le couloir. Puis il s'arrêta et me fit un signe.

— Il faut que je te parle. Au Café du Monde.

Je le regardai s'éloigner, puis me tournai vers Louis.

— J'ai l'impression que je suis plus célèbre que je ne le pensais, dit-il.

— J'en ai l'impression aussi, fis-je.

Et je suivis Woolrich.

Je le rattrapai dans la rue, mais il ne desserra pas les dents avant d'être assis devant un beignet. Il mordit dedans, éclaboussant son costume de sucre, puis avala la moitié de sa tasse de café.

— Allons, Bird, qu'est-ce que tu manigances ? interrogea-t-il d'une voix où pointaient la fatigue et la déception. Ce type, je connais son visage. Je sais qui il est.

Il mâchonna lentement le morceau de beignet.

Je me murai dans le silence. Nous nous affrontâmes du regard jusqu'à ce que Woolrich détourne le sien. Il épousseta le sucre du bout des doigts et commanda un autre café. J'avais à peine touché au mien.

— Le nom d'Edward Byron te dit-il quelque chose ? finit-il par demander quand il comprit que je ne parlerais pas de Louis.

— Non, rien du tout. Pourquoi ?

— Il était gardien à Park Rise. C'est bien là que Susan a eu Jennifer, n'est-ce pas ?

— Exact.

Park Rise était un hôpital privé de Long Island. Le père de Susan avait insisté pour qu'elle y accouche, en prétendant que son personnel était le plus qualifié du monde. En tout cas, il était certainement parmi les mieux payés. En un mois le médecin qui avait accouché Susan gagnait plus que moi en un an.

— Quel rapport ?

— Byron a été viré — discrètement — à la suite de la mutilation d'un corps, un peu plus tôt cette année-là. Quelqu'un avait pratiqué sans autorisation une autopsie sur le cadavre d'une femme. On lui avait ouvert l'abdomen, et on avait pratiqué l'ablation des ovaires et des trompes de Fallope.

— On n'a pas engagé de poursuites contre lui ?

— La direction de l'hôpital l'a envisagé, mais en fin de compte elle a renoncé. Des gants de chirurgien portant des traces de sang et de tissus de la femme ont été retrouvés dans un sac, dans le casier de Byron. Il a prétendu que quelqu'un cherchait à le faire accuser. Les preuves n'étaient pas concluantes, théoriquement quelqu'un aurait pu en effet cacher les gants dans son casier, mais l'hôpital a préféré se débarrasser de lui. Pas de procès, pas d'enquête de police, rien. La seule raison pour laquelle nous avons quelque chose sur lui découle de l'enquête que les flics du coin menaient sur des vols de médicaments dans cet hôpital à la même époque : le nom de Byron est apparu dans leurs rapports. Après son renvoi, ces vols ont cessé.

« C'est la dernière fois qu'on a entendu parler de ce Byron. Nous disposons de son numéro de sécurité sociale, mais il ne s'est pas inscrit au chômage, n'a pas payé d'impôts, n'a pas eu de rapport avec un service public ni été hospitalisé depuis son licenciement. Ses cartes de crédit n'ont pas servi depuis octobre 1996.

— Et pourquoi son nom réapparaît-il maintenant ?

— Edward Byron est né à Baton Rouge. Stacey, sa femme, enfin son ex-femme, vit toujours là-bas.

— Tu l'as interrogée ?

— Hier. Elle ne l'aurait pas revu depuis le mois d'avril, et il lui devrait six mois de pension alimentaire. Le dernier chèque émanait d'une banque dans l'est du Texas, mais elle pense qu'il vit peut-être à Baton Rouge, ou tout près. Elle nous a dit qu'il avait toujours voulu revenir dans sa ville natale, qu'il détestait New York. Nous avons tiré des photos de lui à partir de son dossier d'employé au Park Rise. »

Il me tendit un agrandissement d'un cliché de Byron. L'homme ne manquait pas d'une certaine prestance, que seul un menton légèrement fuyant atténuait. La bouche et le nez étaient fins, bien dessinés, les yeux étroits et noirs. Ses cheveux bruns étaient coiffés en un balayage de droite à gauche. Il semblait plus jeune que les trente-cinq ans qu'il avait au moment de la photo.

— Pour l'instant, c'est notre meilleure piste, dit Woolrich. Peut-être que je te mets au courant parce que j'estime que tu as le droit de savoir. Mais il me faut te préciser une chose : tu n'approches pas Stacey Byron. Nous lui avons interdit de parler à qui que ce soit, au cas où les médias auraient vent de cette piste. Et tu te tiens à l'écart de Joe Bones. Sur une de nos écoutes téléphoniques, son homme de main Ricky a bavé de rage à propos d'un mauvais tour que vous leur avez joué aujourd'hui. Tu ne t'en tireras pas aussi bien une seconde fois, Bird.

Il posa un peu d'argent sur la table.

— Ta petite équipe a trouvé quelque chose qui pourrait nous aider ?

— Pas encore. J'ai pensé que notre type avait peut-être un dossier médical, peut-être en pathologie sexuelle. Si je découvre autre chose, je te le dirai. Mais j'ai une question à te poser : quels médicaments ont été volés à Park Rise ?

— De l'hydrochlorure de kétamine. Une substance proche du PCP.

Je ne lui révélai pas que je connaissais déjà ses propriétés. Les fédéraux offriraient un deuxième anus à Morphy s'ils apprenaient qu'il m'avait fourni ces détails, même s'ils devaient déjà le soupçonner de l'avoir fait. Woolrich marqua une pause et reprit :

— On en a retrouvé dans les corps de Tante Marie Aguillard et de son fils. Le tueur l'utilise comme anesthésique.

Il fit tournoyer sa cuillère sur la soucoupe retournée, et attendit qu'elle s'arrête avec le manche pointé dans ma direction.

— Tu as peur de ce type, Bird ? demanda-t-il calmement. Parce que moi, oui. Tu te souviens de la conversation que nous avons eue sur les tueurs en série, quand je te conduisais chez Tante Marie ?

J'acquiesçai.

— A l'époque, je croyais avoir tout vu dans ce registre. Ceux que j'ai approchés étaient des tortionnaires, des violeurs et des déséquilibrés qui avaient franchi une certaine ligne, mais ils étaient tous tellement pathétiques qu'ils conservaient une part identifiable d'humanité. Jusqu'à celui-ci…

Il observa une famille qui passait dans un attelage de maître. Le cocher jouait des rênes tout en récitant aux touristes sa version de l'histoire de Jackson Square. Un enfant, un petit gamin aux cheveux bruns, était assis près de la portière. Le menton posé sur son bras replié, il nous contempla fixement alors que l'attelage passait devant nous.

— Nous avons toujours craint qu'un de ces types finisse par être différent des autres, soit motivé par autre chose qu'une sexualité trouble ou des pulsions sadiques. Nous vivons dans une culture de douleur et de mort, Bird, et la plupart d'entre nous traversent l'existence sans vraiment s'en rendre compte. Peut-être n'était-ce qu'une question de temps avant que notre société ne produise quelqu'un de beaucoup plus conscient que nous, quelqu'un qui voit le monde comme un énorme autel sur lequel sacrifier l'humanité. Quelqu'un qui croit qu'il doit faire un exemple pour nous tous.

— Et tu penses que c'est lui, ce quelqu'un ?

— « Je suis devenu la Mort, le destructeur de mondes. » Ce n'est pas ce que dit la Bhagavadgita, Bird ? « Je suis devenu la Mort. » Voilà peut-être ce qu'il est : la Mort à l'état pur.

— Woolrich, il y a encore une chose.

Il parut nerveux quand je lui expliquai la référence au Livre d'Enoch.

— Qu'est-ce que c'est que ce foutu Livre d'Enoch ?

— Un des écrits bibliques apocryphes. A mon avis, il a quelques connaissances en la matière.

Woolrich plia la feuille et la glissa dans la poche de son pantalon.

— Bird, fit-il en esquissant un sourire, il y a des moments où je suis partagé entre l'envie de te garder au courant de ce qui se passe et celle de ne rien te dire du tout.

Il grimaça, puis soupira comme pour indiquer que le sujet ne valait tout simplement pas la peine d'être débattu.

— Reste en dehors de ça, Bird, et dis à tes amis de faire la même chose.

Il s'éloigna à grands pas, et la foule du soir l'avala.

J'allai frapper à la porte de Rachel, mais je n'obtins pas de réponse. Je recommençai, plus fort, et j'entendis des bruits à l'intérieur. Elle ouvrit enfin. Une serviette de bain était enroulée autour de son corps, une autre, plus petite, enserrait ses cheveux. Son visage était rougi par la chaleur de la douche et sa peau luisait.

— Désolé, dis-je. J'avais oublié que vous comptiez prendre une douche.

Avec un sourire, elle m'invita à entrer.

— Asseyez-vous. Je m'habille, et ensuite vous êtes autorisé à m'inviter au restaurant.

Elle ramassa un pantalon gris et un chemisier de coton blanc sur le lit, prit des sous-vêtements coordonnés dans sa valise et retourna dans la salle de bains. Elle ne referma pas complètement la porte, afin que nous puissions converser pendant qu'elle se préparait.

— Puis-je demander quel était le sujet de votre discussion ? dit-elle.

Je marchai jusqu'à la porte-fenêtre donnant sur le balcon et contemplai la rue en contrebas.

— Ce que Woolrich a dit à propos de Louis est la vérité. Ce n'est pas aussi simple que ça, peut-être, mais par le passé il a tué des gens. Ces derniers temps, je n'en sais rien. Je ne pose pas la question, et je ne suis pas en position de le juger. Mais je lui fais confiance, ainsi qu'à Angel. Je leur ai demandé de venir parce que je les sais compétents dans leur partie.

Elle sortit de la salle de bains en boutonnant sa chemise. Ses cheveux encore humides tombaient en une masse lourde sur ses épaules. Elle leur redonna du volume avec un séchoir de voyage, puis se maquilla légèrement. Mille fois j'avais vu Susan sacrifier à ce rituel, mais j'éprouvais une étrange sensation d'intimité à regarder Rachel dans la même situation. Quelque chose s'éveillait en moi, l'amorce ténue mais réelle de mes sentiments à son égard. Elle s'assit sur le bord du lit et enfila des sandales. Tandis qu'elle était penchée en avant, je contemplai la peau encore humide entre ses omoplates. Elle surprit mon regard et eut un sourire timide, comme si elle craignait de mal interpréter ce qu'elle avait vu.

— On y va ? fit-elle.

Je lui tins la porte et nous quittâmes la chambre. Au passage son chemisier effleura ma main et produisit un son pareil à de l'eau sifflant sur une plaque de métal brûlante.

Nous dînâmes au Mr B, sur Royal Street. La grande salle du restaurant baignait dans la pénombre et la fraîcheur. Je choisis un steak, tendre et succulent, et Rachel une perche grillée. Le poisson était tellement épicé qu'elle hoqueta à la première bouchée. Nous bavardâmes de tout et de rien pendant un moment, de pièces de théâtre et de films, de musique et de littérature. Il apparut que nous avions tous deux assisté à la même représentation de *La Flûte enchantée* au Met de New York, en 91, en solitaires. Je la regardais boire son vin à petites gorgées, dans la lumière qui jouait sur son visage et dansait dans l'obscurité de ses pupilles comme un clair de lune au bord d'un lac.

— Alors, vous suivez souvent des étrangers dans des endroits reculés ?

Elle sourit.

— Je parie que vous avez attendu depuis toujours le moment propice pour sortir cette phrase.

— Peut-être que je l'utilise tout le temps.

— Oh, s'il vous plaît...

— D'accord, je plaide coupable. Ça fait un bout de temps.

Je me sentis rougir et aperçus une lueur à la fois amusée et incertaine dans ses prunelles — une sorte de tristesse, la peur de blesser et d'être blessée. En moi quelque chose s'étirait et déployait ses griffes, et je sentis une petite douleur au cœur.

— Excusez-moi. Je ne sais pratiquement rien de vous, dis-je posément.

Elle tendit la main et caressa la mienne, du poignet au bout des doigts, dont elle effleura délicatement l'extrémité charnue. Enfin elle immobilisa sa main sur la table, sans rompre le contact, et se mit à parler.

Elle était née à Chilson, au pied des monts Adirondacks, d'un père avocat et d'une mère directrice de crèche. Elle aimait le basket-ball et la course à pied, et son premier petit ami avait attrapé les oreillons deux jours avant le bal de fin d'année. C'est donc le meilleur ami de son frère qui avait fait office de cavalier, et il avait essayé de lui caresser les seins pendant qu'ils dansaient sur un morceau des Motels, « Only The Lonely ». Son frère Curtis était de dix ans son aîné. Pendant cinq de ses vingt-huit ans d'existence, Curtis avait été policier. Il était mort deux semaines avant son vingt-neuvième anniversaire. « Il venait d'être promu inspecteur au bureau du shérif du comté. Il n'était même pas en service le jour où il a été tué. » Elle s'exprimait sans hésitation, ni trop vite ni trop lentement, comme si elle avait déjà raconté cette histoire cent fois. Elle s'en tint à une version épurée des circonstances dans lesquelles son frère avait trouvé la mort et laissé un trou béant dans son existence.

— Il était deux heures et quart, un mardi après-midi. Curtis rendait visite à une fille dans Moriah — il sortait toujours avec deux ou trois filles en même temps, c'était un véritable bourreau des cœurs. Il apportait un bouquet de lis blancs achetés chez le fleuriste, cinq numéros avant la banque dans la même rue. Il a entendu des cris et a vu les deux braqueurs jaillir de l'agence. Un homme et une femme, tous les deux armés et masqués. Un troisième complice attendait dans une voiture.

« Curtis dégainait son arme quand ils l'ont aperçu. Ils avaient des fusils de chasse et ils n'ont pas hésité une seconde. L'homme a vidé son arme sur lui et, alors que Curtis agonisait sur le sol, la femme l'a achevé en lui tirant en plein visage. Lui qui était si beau, si gentil... »

Elle se tut et je compris qu'elle n'avait jamais raconté cet épisode qu'en esprit, que c'était un souvenir qu'elle ne désirait pas partager. Parfois nous avons besoin de conserver précieusement notre douleur, pour qu'elle reste nôtre à jamais.

— Quand on les a arrêtés, ils avaient trois mille dollars sur eux, leur butin. C'était tout ce que valait mon frère à leurs yeux. La femme avait été relâchée d'un hôpital psychiatrique une semaine auparavant. Quelqu'un avait décrété qu'elle ne représentait plus un danger pour la société.

Elle vida son verre de vin, en commanda un autre et attendit en silence pendant que le serveur remplissait son verre.

— Et me voilà, dit-elle enfin. A présent j'essaie de comprendre, et parfois j'y arrive presque. Et quand j'ai de la chance, je peux arrêter l'enchaînement des choses et empêcher que des gens subissent ce genre de mort. Quelquefois.

Je me rendis compte qu'elle serrait maintenant ma main avec force, et je ne pus me souvenir du moment où elle s'était crispée. Sans la lâcher, je racontai pour la première fois depuis bien des années comment j'avais quitté New York et emménagé dans le Maine avec ma mère.

— Elle vit toujours ?

Je secouai la tête.

— J'ai eu quelques ennuis avec une terreur locale du nom de Daddy Helms, expliquai-je. Mon grand-père et ma mère ont décidé qu'il serait salutaire que j'aille passer l'été ailleurs, le temps que les choses se calment. Un ami de mon grand-père tenait un magasin à Philadelphie, et j'y ai travaillé un temps. Je remplissais les rayonnages, je nettoyais en fin de journée, et je dormais dans une pièce au-dessus du magasin.

« Ma mère a commencé à suivre des séances de kinésithérapie, à cause d'un nerf bloqué dans son épaule. Mais en fait on s'était trompé dans le diagnostic. Elle avait un cancer. Je pense qu'elle le savait et qu'elle a décidé de ne rien dire. Peut-être croyait-elle qu'en le niant en son for intérieur elle pourrait tromper son corps et lui arracher un sursis. Au lieu de quoi ses poumons ont lâché un jour, alors qu'elle sortait de chez le kiné.

« Je suis arrivé quarante-huit heures plus tard, par le car. Je ne l'avais pas revue depuis deux mois et quand j'ai essayé de la repérer dans le service de l'hôpital, je n'y suis pas parvenu. Il a fallu que je lise les noms inscrits au pied de chaque lit tant elle avait changé. Elle a tenu encore six semaines. Vers la fin, elle a recouvré sa lucidité, malgré les calmants. Il paraît que c'est un phénomène qui se produit souvent, au point que le malade peut s'imaginer en phase de rémission. Comme une sale petite ironie du cancer. La nuit précédant sa mort, elle dessinait un plan de l'hôpital, pour savoir comment en sortir le moment venu. »

Je bus un peu d'eau.

— Désolé, je ne sais pas pourquoi toutes ces choses me sont revenues à l'esprit.

Rachel eut un sourire compréhensif et me serra un peu la main.

— Et votre grand-père ?

— Décédé il y a huit ans. Il m'a légué sa maison dans le Maine, celle que j'essaie de retaper.

Elle ne m'interrogea pas sur mon père. Je pense qu'elle savait tout ce qu'il y avait à savoir.

Plus tard, nous déambulâmes au hasard dans la foule. Les musiques venues des bars se mêlaient en une cacophonie où de temps à autre on pouvait identifier une mélodie familière. Quand nous arrivâmes devant la porte de sa chambre, nous nous étreignîmes un long moment, puis nous échangeâmes un baiser très doux, avant de nous souhaiter bonne nuit.

En dépit de Remarr, de Joe Bones et de ma discussion avec Woolrich, je dormis très paisiblement cette nuit-là, et dans mon sommeil ma main tenait toujours le fantôme de la sienne.

39

Le matin était clair et frais, et le bruit du tramway de St Charles m'accompagnait dans mon jogging. Une limousine décorée pour un mariage me dépassa en direction de la cathédrale, ses rubans blancs frissonnant sur le capot. Je pris vers l'ouest le long de North Rampart jusqu'à Perdido, puis je revins en traversant le Vieux Carré par Chartres Street. La chaleur était intense, et j'avais l'impression de courir avec une serviette chaude et humide sur le visage. Mes poumons peinaient pour inspirer l'air et tout mon corps se rebellait devant l'effort, mais je maintenais la cadence.

Je m'entraînais trois ou quatre fois par semaine, en alternant la course à pied pendant un mois environ et de la musculation sélective pendant la même période. Après quelques jours sans exercice, je me sentais lourd, en mauvaise condition, comme si mon organisme était amoindri par les toxines. Et puisque j'avais le choix entre une bonne suée et un lavement, j'optais pour la solution la moins désagréable.

De retour au Flaisance je me douchai et changeai le pansement à mon épaule ; c'était toujours un peu douloureux, mais les plaies se refermaient. Je ressortis pour porter un sac de vêtements à la blanchisserie la plus proche, car je n'avais pas prévu un séjour aussi long à La Nouvelle-Orléans et mes réserves de sous-vêtements propres s'épuisaient.

Le numéro de téléphone de Stacey Byron figurait dans l'annuaire. Elle n'avait pas repris son nom de jeune fille, du moins pas pour la compagnie du téléphone. Angel et Louis proposèrent de louer une voiture et de se rendre à Baton Rouge pour voir ce qu'ils pouvaient apprendre d'elle, ou sur elle. Cela ne plairait pas à Woolrich, mais s'il voulait vraiment qu'on laisse la jeune femme en paix il n'aurait jamais dû parler d'elle.

Par Internet, Rachel envoya des détails sur le genre d'illustrations qu'elle cherchait à deux de ses étudiants de doctorat et à un professeur à la retraite à Boston, un certain Père Eric Ward, anciennement conférencier à Loyola à La Nouvelle-Orléans et spécialiste de la Renaissance. Au lieu de rester à attendre les réponses, elle décida de m'accompagner à Metairie où David Fontenot devait être enterré le matin même.

Nous roulions en silence. Nous n'avions pas abordé le sujet de notre intimité croissante et de sa possible évolution, mais il me semblait que nous en étions tous les deux très conscients. Je le voyais dans les yeux de Rachel quand elle me regardait, et je supposais qu'il en était de même pour elle.

— Alors, que désirez-vous savoir d'autre sur moi ? demanda-t-elle enfin.

— Je crois que je ne sais pas grand-chose de votre vie personnelle.

— En dehors du fait que je suis ravissante et très intelligente.

— En dehors de ça, oui, admis-je.

— Par personnelle, vous voulez dire sexuelle ?

— C'est un euphémisme. Je ne voudrais pas paraître trop indiscret. Si vous préférez, vous pouvez commencer par votre âge, puisque vous ne me l'avez pas dit hier soir. Le reste semblera simple, par comparaison.

Elle me gratifia d'une grimace et d'un majeur dressé. Je choisis d'ignorer le geste.

— J'ai trente-trois ans, mais je n'en avoue que trente, quand l'éclairage convient. J'habite un deux-pièces dans l'Upper West Side, sans personne pour le partager à l'heure actuelle, sinon mon chat. Je fais des séances d'aérobic trois fois par semaine et j'aime la cuisine chinoise, la soul music et la bière mousseuse. Ma dernière relation s'est terminée il y a six mois et je me demande si mon hymen n'est pas en train de se reformer.

Devant ma réaction surprise, elle éclata de rire.

— Vous avez vraiment l'air choqué, constata-t-elle. Vous devriez sortir plus souvent.

— On dirait que ce conseil est valable pour vous aussi. Qui était ce type ?

— Un agent de change. Nous nous sommes fréquentés pendant plus d'un an avant de décider de vivre ensemble, dans un premier temps à l'essai. Il avait un lit à une place, moi un lit à deux places, alors il s'est installé chez moi et nous avons utilisé la deuxième chambre comme bureau commun.

— Tout ça m'a l'air idyllique.

— Ça l'a été, enfin pendant la première semaine à peu près. Il s'est avéré qu'il ne supportait pas les chats, qu'il détestait partager la chambre avec moi sous prétexte que je l'empêchais de dormir en remuant tout le temps dans le lit, et de mon côté mes vêtements s'imprégnaient de la fumée de ses cigarettes. Ça a été le détonateur. Tout sentait le tabac : les meubles, le lit, les murs, la nourriture, le papier toilette, jusqu'au chat. Et un soir il est rentré et m'a annoncé qu'il était amoureux de sa secrétaire. Il a déménagé à Seattle avec elle trois mois plus tard.

— Jolie ville, Seattle, à ce qu'on dit.

— Rien à foutre de Seattle. J'espère que la mer va l'engloutir.

— Au moins vous n'en avez pas conçu d'amertume, c'est bien.

— Très drôle.

Elle regarda par la fenêtre un moment, et je ressentis le désir subit de la toucher, un désir encore accentué par ce qu'elle déclara ensuite :

— J'hésite toujours à vous poser trop de questions, fit-elle gentiment. Après ce qui est arrivé.

— Je sais.

Au ralenti j'étendis la main et lui caressai la joue. Sa peau était douce, et légèrement humide. Elle pencha la tête vers moi, accentuant la pression de sa main sur la mienne. Une minute plus tard nous nous dirigions vers l'entrée du cimetière. Le moment d'intimité était terminé.

Différentes branches de la famille Fontenot vivaient à La Nouvelle-Orléans depuis la fin du dix-neuvième siècle, bien avant que celle de Lionel et David ne s'installe dans cette ville, et les Fontenot possédaient un grand caveau dans le cimetière de Metairie, le plus vaste de la ville, à l'angle de Metairie Road et de Pontchartrain Boulevard. Le cimetière s'étendait sur soixante hectares et occupait l'ancien champ de courses de Metairie. Si vous aviez été joueur de votre vivant, c'était un endroit idéal où reposer, même s'il est prouvé que, en fin de compte, le gagnant est toujours la maison, et pas le joueur.

Les cimetières de La Nouvelle-Orléans sont des lieux étranges. Alors que dans les grandes villes ces lieux sont en général soigneusement entretenus et les pierres tombales d'une sobriété de bon aloi, les générations successives de défunts de La Nouvelle-Orléans gisent dans des tombes très décorées et des mausolées spectaculaires qui me rappelaient le Père Lachaise à Paris, ou la Cité des Morts du Caire. Ce dernier parallèle était encore rehaussé par la tombe de Brunswig, en forme de pyramide gardée par un sphinx.

Ce n'était pas simplement l'architecture funéraire de style français ou espagnol qui avait modelé l'aspect des cimetières. La majeure partie de la ville se trouvant sous le niveau de la mer, jusqu'au développement des systèmes d'assèchement modernes les tombes creusées dans le sol se retrouvaient très vite noyées. Des sépultures bâties au-dessus du niveau du sol constituaient donc la solution logique.

Le cortège funèbre des Fontenot avait déjà pénétré dans le cimetière. Je me garai à l'écart des autres véhicules et nous dépassâmes à pied deux voitures de police arrêtées à l'entrée. Les yeux de leurs occupants étaient masqués par l'ombre. Nous suivîmes la procession qui longea les quatre statues représentant la Foi, l'Espoir, la Charité et la Mémoire à la base de la longue tombe Moriarity et fit halte devant une tombe de style néo-grec flanquée de colonnes doriques. « Fontenot » était inscrit sur le linteau au-dessus de la porte.

Il était impossible de dire combien de Fontenot reposaient dans le caveau familial. A La Nouvelle-Orléans, la tradition veut qu'on laisse le corps un an et un jour dans son cercueil, après quoi le caveau est rouvert, la dépouille du défunt transportée au fond et le cercueil pourrissant ôté pour laisser la place libre à l'occupant suivant. Beaucoup de caveaux dans Metairie étaient pleins comme un œuf.

La grille en fer forgé, ornée de têtes d'anges, était ouverte et le petit groupe s'était placé en demi-cercle autour du caveau. Un homme que je devinai être Lionel Fontenot les dominait tous. Il portait un costume noir droit et une épaisse cravate de même couleur. Son visage tanné avait la couleur de la brique et des rides profondes sillonnaient son front et marquaient le coin de ses yeux. Sa chevelure noire grisonnait aux tempes. C'était un homme d'une stature imposante, qui dépassait le mètre quatre-vingt-dix pour quelque cent vingt kilos. Son costume semblait avoir du mal à contenir sa masse.

Derrière les gens en deuil, postés à intervalles entre les caveaux et les tombes, ou bien sous les arbres, quatre hommes au visage dur et vêtus de sombre surveillaient les alentours. Leurs armes formaient des bosses sous leurs vestes. Un cinquième en pardessus gris se tenait sous un vieux cyprès et j'entraperçus un M-16 caché par le pan flottant du vêtement. Deux autres encadraient Lionel Fontenot. Il ne prenait aucun risque.

Les gens présents, des Noirs et des Blancs — des

jeunes hommes blancs en costumes bien taillés, de vieilles femmes noires portant des robes noires ornées de dentelle au col —, firent silence quand le prêtre commença la lecture du rituel des morts dans un vieux livre de prières à la tranche dorée. Aucune brise n'emportait ses paroles qui planaient dans l'air autour de nous et que les tombes voisines semblaient répercuter, comme la voix des disparus eux-mêmes.

— *Notre Père qui êtes aux cieux...*

Les porteurs du cercueil s'avancèrent et durent se serrer pour lui faire franchir l'étroite entrée du caveau. Alors qu'on le déposait à l'intérieur, deux policiers de La Nouvelle-Orléans apparurent entre deux monuments funéraires, à vingt-cinq mètres environ de la dernière demeure des Fontenot. J'en aperçus deux autres à l'est, et une troisième paire qui déambulait devant les arbres, au nord. Rachel suivit mon regard.

— Une escorte ?

— Peut-être.

— *Que ton règne arrive, que Ta volonté soit faite, sur la Terre comme au Ciel...*

Quelque chose clochait. Bien sûr, on avait pu les envoyer ici pour s'assurer que Joe Bones ne serait pas tenté de venir troubler la cérémonie, mais cette explication ne me satisfaisait pas. Quelque chose dans leur attitude m'intriguait. Ils semblaient mal à l'aise dans leur uniforme, comme si le col de leur chemise était trop étriqué, leurs chaussures trop neuves.

— *Pardonne-nous nos offenses...*

Les hommes de Fontenot les avaient repérés eux aussi, mais ils ne paraissaient pas s'inquiéter outre mesure. Les policiers gardaient les bras ballants et leurs armes demeuraient dans leurs étuis. Ils n'étaient plus qu'à une douzaine de mètres de nous quand quelque chose de tiède m'éclaboussa le visage. Une femme assez âgée, au visage lunaire, engoncée dans sa robe de deuil, qui jusqu'alors sanglotait discrètement à côté de moi, décrivit une pirouette saccadée et s'écroula. Un grand trou noir marquait sa tempe, et ses cheveux mouillés luisaient. Un éclat de marbre fut arraché du caveau. La détonation nous parvint presque simultanément, un bruit assourdi comparable au son d'un poing frappant un punching-ball.

— *Délivre-nous du mal…*

Il fallut quelques secondes aux autres pour comprendre ce qui se produisait. Ils contemplèrent bêtement la femme à terre et la mare de sang qui peu à peu auréolait sa tête. Je poussai Rachel dans l'espace entre deux caveaux et la protégeai de mon corps. Quelqu'un cria, et soudain les gens s'éparpillèrent en hâte, tandis que d'autres projectiles ricochaient contre le marbre. Je vis les gardes du corps de Lionel Fontenot se ruer vers lui pour le protéger. Ils le plaquèrent au sol. Des balles miaulèrent en mordant la grille en fer forgé.

Rachel se couvrit la tête des bras et se recroquevilla pour offrir la cible la plus petite possible. Par-dessus mon épaule, je vis les deux policiers au nord se séparer et ramasser des pistolets-mitrailleurs cachés dans les buissons de chaque côté de l'allée. C'était des Steyrs équipées de silencieux : les hommes de Joe Bones. Une femme voulut atteindre l'abri formé par les ailes déployées d'un ange de pierre. Le bas de son manteau giflait ses jambes nues dans sa course. Par deux fois l'épais tissu se gonfla au niveau de son épaule, et elle s'étala face la première à terre, bras écartés. Elle essaya de se traîner en avant, puis cessa de bouger.

Des rafales de semi-automatiques et des tirs de pistolets déchirèrent l'air quand les hommes de Fontenot ripostèrent. Je dégainais mon Smith & Wesson au moment où un uniforme de policier apparut entre les deux caveaux, la Steyr tenue à deux mains. Je lui tirai en plein visage et il tomba à la renverse d'une pièce.

— Mais ce sont des flics ! s'exclama Rachel, la voix presque étouffée par le bruit assourdissant de la fusillade.

De ma main libre je la forçai à courber encore un peu plus la tête.

— Non, ce sont les hommes de Joe Bones. Ils sont venus pour abattre Lionel Fontenot.

Le but de Joe Bones était clair : semer le chaos et récolter le sang, la mort et la peur que cela entraînerait. Il ne désirait pas simplement exécuter Lionel Fontenot. Il cherchait à ce que d'autres périssent — les femmes, les enfants, la famille de Lionel, ses associés — et à ce que ceux qui en réchapperaient se souviennent du massacre et le redoutent encore plus pour cette raison. Il voulait briser les Fontenot ici, près du caveau où étaient enterrées les générations de cette famille. C'était l'acte d'un homme qui avait dépassé le stade de la raison et était entré dans un univers d'obscurité et de flammes, dans un univers de sauvagerie qui l'aveuglait.

Derrière moi, il y eut un froissement et l'un des gardes du corps de Fontenot, celui avec le pardessus et le M-16, tomba à genoux à côté de Rachel. Du sang jaillit de sa bouche et j'entendis Rachel hurler quand il tomba d'un bloc, pour demeurer inerte, la tête touchant presque les pieds de la jeune femme. L'arme se trouvait maintenant dans l'herbe, tout près d'elle. Je voulus la saisir mais elle fut plus rapide. Chez elle, l'instinct de survie avait pris les commandes. Les yeux écarquillés et la bouche béante, elle lâcha une rafale pardessus le cadavre.

Je m'élançai vers l'autre extrémité de la tombe et tirai dans la même direction, mais le tueur de Joe Bones était déjà à terre. Il gisait sur le dos, la poitrine marquée de plusieurs impacts sanglants. Je me tournai vers Rachel. Les yeux fous, elle restait immobile, et je vis le tremblement de ses mains. Le M-16 lui échappa, mais la bretelle resta accrochée à son bras qu'elle secoua furieusement pour s'en débarrasser. Derrière elle, je vis les proches de Fontenot qui fuyaient, courbés en deux, dans les allées entre les sépultures. Deux femmes blanches traînaient un jeune Noir sur l'herbe. Au niveau de l'estomac, sa chemise n'était plus qu'une grande tache rouge.

J'imaginai qu'il y avait eu un quatrième duo d'hommes

de Joe Bones, venu par le sud, qui avait ouvert le feu en premier. Au moins trois des tueurs avaient été abattus : deux par Rachel et moi, un troisième près du vieux cyprès. Le garde du corps de Fontenot avait descendu un ennemi avant d'être à son tour mortellement touché.

J'aidai Rachel à se relever et l'entraînai au plus vite vers un caveau délabré à la grille rouillée. Un coup de crosse du M-16 suffit à briser la serrure. Elle se glissa à l'intérieur et je lui confiai mon Smith & Wesson en lui recommandant de rester là jusqu'à mon retour. Puis je contournai en hâte la tombe des Fontenot, en utilisant les autres caveaux pour demeurer à couvert. J'ignorai combien il restait de munitions dans le chargeur du M-16. Vingt ? Dix ? Le sélecteur était sur des rafales de trois coups.

J'approchai d'un monument surmonté d'une statue d'enfant endormi quand quelque chose me frappa à la nuque. Je fus projeté en avant et le M-16 m'échappa des mains. Un coup de pied vicieux m'atteignit aux reins et la douleur m'incendia le dos jusqu'aux épaules. Je fus frappé de nouveau au ventre, ce qui me fit rouler sur le dos. Je vis alors Ricky, immobile devant moi. Les nattes reptiliennes de ses cheveux et sa petite stature juraient avec l'uniforme de policier. Il avait perdu sa casquette et saignait à une pommette, là où sans doute un éclat de pierre l'avait touché. Le canon de sa Steyr était pointé sur ma poitrine.

Je voulus déglutir mais ma gorge était contractée au maximum. Je sentais le contact de l'herbe sous mes paumes, et la souffrance aiguë à mon flanc, des sensations de vie, de survie. Ricky redressa un peu son arme pour viser ma tête.

— Joe Bones t'envoie le bonjour, dit-il.

Son doigt se crispa sur la détente. Au même instant sa tête se renversa brusquement en arrière tandis que son estomac saillait et que son torse s'arquait en arrière. Une rafale de la Steyr laboura l'herbe juste derrière mon crâne quand Ricky tomba à genoux avant de s'affaisser de côté sur ma jambe gauche. Un trou rouge déchirait sa chemise entre les omoplates.

Derrière lui, Lionel Fontenot se tenait encore dans la position classique du tireur, et il baissait lentement son pistolet. Du sang maculait sa main gauche et une balle lui avait transpercé le bras au niveau du biceps. Les deux gardes du corps qui l'encadraient un moment plus tôt arrivèrent. Ils ne m'accordèrent qu'un coup d'œil avant de tourner leur attention vers Fontenot. Je perçus le son encore lointain de sirènes, vers l'ouest.

— Y en a un qui s'en est tiré, annonça l'un des hommes, tous les autres sont morts.

— Et chez nous ?

— Trois morts, au moins. Et plusieurs blessés.

A côté de moi Ricky bougea et sa main eut un petit spasme. Son corps glissa sur ma jambe. Lionel Fontenot fit trois pas en avant et l'observa quelques secondes avant de lui tirer une balle dans la nuque. Il me regarda avec dans les prunelles quelque chose comme de la curiosité puis ramassa le M-16 qu'il lança à l'un de ses hommes.

— Et maintenant allez aider les blessés, ordonna-t-il.

La main droite crispée sur son bras gauche blessé, il retourna vers le caveau des Fontenot.

Mes côtes me faisaient souffrir quand je rejoignis Rachel là où je l'avais laissée, après avoir repoussé le corps de Ricky. J'approchai avec prudence, car je n'avais pas oublié le Smith & Wesson que je lui avais donné. Arrivé à la tombe, je constatai que Rachel n'y était plus.

Je la retrouvai à cinquante mètres de là, agenouillée auprès d'une gamine qui ne devait pas avoir beaucoup plus de dix ans. En m'entendant arriver, Rachel ramassa le Smith et Wesson et le pointa sur moi.

— Eh, c'est moi. Ça va ?

Elle acquiesça et reposa l'arme au sol. Je remarquai qu'elle avait gardé l'autre main pressée sur l'estomac de la fillette.

— Comment va-t-elle ? m'enquis-je.

Mais il me suffit de regarder par-dessus son épaule pour avoir la réponse. Le sang qui sourdait de la blessure était presque noir. Le foie avait été touché. L'enfant grinçait des dents et était secouée de frissons irrépressibles. Elle n'en avait plus pour très longtemps. Autour de nous, des membres du clan Fontenot sortaient de leurs cachettes. Certains sanglotaient, d'autres tremblaient encore. Je vis deux hommes qui couraient vers nous. Tous les deux étaient armés, et j'agrippai Rachel par le bras.

— Il faut partir. Nous ne pouvons pas nous payer le luxe d'attendre l'arrivée des flics.

— Moi je reste. Pas question que je la laisse.

— Rachel… (Elle leva les yeux vers moi et je sus qu'elle était consciente que la gamine agonisait.) Nous ne pouvons pas rester.

Les deux hommes de Fontenot étaient maintenant auprès de nous. Le plus jeune mit un genou à terre et prit la main de la fillette. Elle se cramponna à lui et il murmura son prénom :

— Clara… Tiens bon, Clara, tiens bon…

— Rachel, s'il vous plaît, répétai-je.

Elle prit la main du garde du corps et la plaça sur l'estomac de Clara, à la place de la sienne. L'enfant poussa un petit cri de douleur.

— Ne bougez pas votre main de là, souffla Rachel. Pas tant que l'ambulance ne sera pas arrivée.

Elle ramassa le Smith & Wesson et me le tendit. Je le pris, remis le cran de sûreté et le glissai dans mon holster. Nous nous éloignâmes rapidement pour ne nous arrêter qu'à bonne distance du lieu du massacre. Elle se mit alors à m'étreindre nerveusement. Je la berçai doucement et couvris de baisers le sommet de son crâne, en emplissant mes narines de son parfum. Elle me serra encore plus fort et j'étouffai une plainte car la douleur à mon côté avait brusquement décuplé.

Elle s'écarta aussitôt.

— Vous êtes blessé ?

— Un coup de pied, c'est tout.

Elle hocha la tête, mais ses lèvres frémissaient. Le sort de la fillette revêtait pour elle une importance qui allait bien au-delà du simple devoir de sauver une vie.

— J'ai tué cet homme, balbutia-t-elle.

— Il nous aurait tués tous les deux. Vous n'aviez pas le choix. Si vous ne l'aviez pas abattu, à l'heure qu'il est vous seriez morte. Et moi aussi, peut-être.

C'était la vérité, mais elle ne suffisait pas, pas encore. Je la repris dans mes bras et la laissai pleurer tout son saoul. Comparée à sa souffrance, celle qui me déchirait le flanc était sans importance.

40

Je n'avais pas reparlé de Daddy Helms depuis bien des années, jusqu'à ce que je l'évoque devant Rachel, pour me remémorer le rôle qu'il avait joué dans mon absence lors de la longue agonie de ma mère.

Daddy Helms était l'homme le plus laid qu'il m'ait jamais été donné de voir. De la fin des années soixante au début des années quatre-vingt, il régnait sur la plus grande partie de Portland. Il avait commencé à bâtir son empire grâce à quelques modestes entrepôts d'alccol, avant de se tourner vers la drogue et d'en inonder trois Etats entiers.

Daddy Helms pesait plus de cent cinquante kilos et il souffrait d'une maladie de peau qui lui avait couvert le corps de bosses, surtout les mains et le visage. Ces bosses avaient une teinte rouge sombre et formaient une sorte de seconde peau squameuse plaquée sur ses traits, qui les rendait flous au point que ses interlocuteurs avaient l'impression de voir Daddy Helms à travers une brume rouge. Il affectionnait les costumes trois-pièces, les panamas et les mêmes cigares que Winston Churchill, si bien qu'on était averti de son arrivée par l'odeur qui le précédait.

Daddy Helms était aussi laid physiquement que moralement. S'il avait été moins intelligent, moins amer et moins enclin à la violence, il aurait probablement fini par vivre dans une petite maison dans les forêts du Maine, et il aurait vendu des arbres de Noël au porte-à-porte aux familles attristées par le mauvais tour que lui avait joué la Nature. Au lieu de quoi sa laideur semblait n'être qu'une manifestation externe d'une corruption spirituelle et morale profonde, qui donnait à penser que la peau de Daddy Helms n'était peut-être pas le pire chez lui. Il était habité d'une haine, d'une véritable fureur à l'encontre du monde qui l'entourait.

Mon grand-père connaissait Daddy Helms depuis son enfance. Homme doué pour comprendre autrui, même les criminels qu'il était obligé d'arrêter dans ses fonctions de shérif adjoint, il ne voyait rien d'autre que le mal chez Daddy Helms.

— J'ai longtemps cru que c'était sa laideur qui le rendait tel qu'il est, me confia-t-il un jour, que la façon dont il se comportait découlait de son apparence, et qu'il cherchait par tous les moyens à blesser en retour le monde autour de lui.

Il était assis sur le porche de la maison qu'il habitait avec ma grand-mère, ma mère et moi depuis le décès de mon père. Doc, le basset baptisé ainsi pour la seule raison que mon grand-père aimait beaucoup la version qu'avait faite le chanteur country Doc Watson de la chanson « Alberta », était roulé en boule à ses pieds. Ses côtes se soulevaient au rythme d'un sommeil profond et de temps en temps il laissait échapper un petit jappement.

Mon grand-père but une gorgée de café dans sa chope en métal bleui avant de la reposer sur le sol. Doc s'étira, ouvrit un œil chassieux pour s'assurer qu'il ne ratait rien d'intéressant, puis replongea dans sa sieste.

— Mais Daddy Helms n'est pas comme cela, continua mon grand-père. Il y a quelque chose qui ne va pas chez lui, voilà tout, et c'est ce quelque chose que je ne saurais définir. La question que je me pose encore, c'est ce qu'il aurait pu devenir s'il n'avait pas été aussi satanément laid. Pourquoi pas président des Etats-Unis, s'il en avait eu envie ? A ceci près qu'il aurait davantage ressemblé à Staline qu'à Kennedy. Tu aurais mieux fait de rester en dehors de son chemin, mon garçon. Aujourd'hui tu as reçu une dure leçon, oui, une dure leçon administrée des mains d'un dur.

J'étais venu de New York avec l'idée que j'étais moi-même un dur, plus malin et plus rapide et, s'il fallait en arriver là, plus dur que ceux que je pourrais croiser dans ce bled du Maine. Je m'étais lourdement trompé. Daddy Helms m'avait donné une leçon.

Clarence Johns, un gosse qui vivait avec son ivrogne de père près de Maine Mall Road, avait reçu cette leçon, lui aussi. Clarence était gentil mais pas très finaud, le suiveur par excellence. Nous traînions ensemble depuis un an. Par les après-midi d'été nous tirions avec sa carabine à air comprimé, et nous buvions les bières dérobées au stock de son père. L'ennui nous taraudait, et nous le faisions savoir à tout le monde, y compris à Daddy Helms.

Il avait acheté un vieux bar délabré sur Congress Street et travaillait lentement à le transformer en ce qui dans son imagination serait un établissement très chic. C'était avant la remise à neuf de la zone portuaire et l'arrivée des magasins de tee-shirts, des boutiques de souvenirs, du cinéma d'art et essai et de ces bars qui allaient servir des trucs à grignoter gratuitement à la foule des touristes entre cinq et sept. Peut-être que Daddy Helms avait prévu ce qui allait se produire, car il avait remplacé toutes les vieilles vitres du bar, investi dans une toiture neuve et acheté du mobilier provenant, disait-on, de quelque vieille église sécularisée de Belfast.

Un dimanche après-midi, alors que Clarence et moi nous sentions particulièrement mal dans ce monde, nous nous assîmes sur le muret qui s'élevait derrière le bar à moitié terminé de Daddy Helms, et nous brisâmes toutes les vitres de l'endroit avec des cailloux. Pour couronner le tout, nous dénichâmes un vieux réservoir de chasse d'eau abandonné et nous le lançâmes dans la grande baie vitrée en arc de cercle, qui dans l'idée de Daddy Helms devait permettre d'aérer tout le bar.

Je ne revis pas Clarence durant les jours suivants, et

je ne repensais pas aux conséquences possibles de notre acte de vandalisme jusqu'à ce qu'une nuit, alors que nous descendions tous les deux St John Street avec un pack de bières, trois hommes de Daddy Helms nous attrapent et nous traînent vers une Cadillac Eldorado noire. Ils nous menottèrent, nous bâillonnèrent avec du ruban adhésif et nous aveuglèrent en nouant des linges sales devant nos yeux. Puis ils nous jetèrent dans le coffre et le fermèrent. Clarence Johns et moi gisions côte à côte quand la voiture démarra, et je pris soudain conscience de l'odeur aigre qui émanait de son corps, avant de songer qu'elle montait peut-être du mien aussi.

Mais d'autres relents désagréables habitaient ce coffre, en dehors de ceux d'huile et de la transpiration de deux adolescents. Ça sentait les excréments et l'urine, le vomi et la bile. Ça sentait la terreur d'une mort prochaine, et je sus alors que d'autres personnes avaient été emmenées en balade de la même manière dans la Cadillac.

Le temps parut s'abolir dans l'obscurité confinée où nous nous trouvions, de sorte que j'ignorais quelle distance nous avions parcourue quand la voiture s'arrêta. On ouvrit le coffre et je vis les étoiles qui scintillaient au-dessus de moi, comme la promesse du paradis. J'entendais le ressac sur ma gauche, et l'air était salé. On nous tira du coffre et on nous traîna à travers les broussailles et sur les pierres. Je sentis le sable sous mes pieds et, à côté de moi, Clarence Johns se mit à gémir, à moins que je n'aie entendu mes propres plaintes. On nous jeta à plat ventre et des mains brutales me plaquèrent au sol. On m'arracha ma chemise et je me retrouvai torse nu, à décocher des coups de pied frénétiques vers mes tourmenteurs. Quelqu'un me frappa rudement du poing au creux des reins, et je cessai de me débattre. On m'ôta mon bandeau et je levai les yeux pour découvrir Daddy Helms devant moi. Derrière lui, j'aperçus la silhouette sombre d'un gros bâtiment : le Black Point Inn. Nous étions donc sur la Western Beach, à Prouts Neck, plus loin que Scarborough. Si j'avais pu me retourner, j'aurais aperçu les lumières d'Old Orchard Beach, mais je n'étais pas en mesure de me retourner.

Le gros mégot de son cigare tenu dans sa main difforme, Daddy Helms me sourit, et ce sourire m'évoqua l'éclair de la lumière sur le fil d'une lame. Il portait un costume trois-pièces blanc, la chaîne d'une montre en or décrivait une petite courbe brillante sur son gilet et un nœud papillon rouge et blanc fermait le col de sa chemise de coton immaculé. A côté de moi, les chaussures de Clarence Johns crissaient dans le sable tandis qu'il gigotait pour se relever. Mais un des hommes de Daddy Helms, un sauvage blond surnommé Tiger Martin, plaça la semelle de sa botte sur la poitrine de Clarence et le repoussa contre le sol. Je remarquai que Clarence n'avait pas été déshabillé.

— Tu es bien le petit-fils de Bob Warren ? fit Daddy Helms après une poignée de secondes de silence.

J'acquiesçai. Je me sentais prêt à étouffer. Mes narines étaient pleines de sable et j'avais l'impression que mes poumons n'arrivaient pas à absorber assez d'air.

— Tu sais qui je suis ? demanda Daddy Helms sans me quitter des yeux.

Je hochai la tête une nouvelle fois.

— Mais non, tu ne peux pas savoir qui je suis, mon gars. Si tu me connaissais, tu n'aurais pas fait ce que tu as fait à mon bar. A moins que tu sois idiot, évidemment, et ça c'est pire que de ne rien savoir.

Il tourna son attention brièvement vers Clarence, mais il ne lui dit rien. Je crus saisir une lueur de pitié dans ses prunelles quand elles se posèrent sur mon ami. Clarence était idiot, cela ne faisait aucun doute. Pendant un bref instant j'eus l'impression de le voir sous un autre jour, comme si lui seul n'appartenait pas au gang de Daddy Helms, et que nous cinq allions lui infliger un châtiment terrible. Mais je n'étais pas avec Daddy Helms et la pensée de ce qui allait nous arriver me ramena brutalement à la réalité. Tiger Martin s'approcha sans hâte. Il portait dans ses bras un gros sac poubelle noir qui semblait très lourd. Il consulta Daddy Helms du regard. Celui-ci fit un petit signe de tête et le sac fut retourné. Son contenu cascada sur moi.

C'était de la terre, mais de la terre vivante : des milliers de pattes couraient sur moi, exploraient les moindres replis de ma peau comme de minuscules amantes. Je les sentis sur mes paupières closes et je secouai la tête pour m'en débarrasser. Puis les morsures commencèrent, des piqûres douloureuses sur mes bras, mes paupières, mes jambes et même mon sexe. Les fourmis s'introduisirent dans mes narines et mordirent à l'intérieur aussi. Je me tortillai, je me frottai frénétiquement contre le sable pour en tuer autant qu'il m'était possible, mais c'était comme vouloir retirer le sable lui-même, grain par grain. Je roulai sur moi-même et ruai comme un beau diable. Les larmes inondaient mon visage quand soudain, alors que je pensais ne pas pouvoir en supporter plus, une main gantée enserra ma cheville et je fus traîné sur la plage jusqu'au bord de l'eau. On libéra mes poignets et je plongeai dans le ressac. J'arrachai le papier adhésif de mes lèvres sans me soucier de la douleur tant j'avais besoin de me gratter et de me frotter tout le corps. Je m'immergeai complètement dans les vagues qui m'écrasaient, et j'avais toujours l'impression que des milliers de pattes d'insectes couraient sur ma peau. Enfin les dernières fourmis me mordirent avant d'être noyées. Je refis surface en hurlant et en pleurant, de honte, de souffrance et de peur.

Pendant les jours qui suivirent, je retrouvai des restes de fourmis dans mes cheveux. Certaines étaient plus longues que l'ongle de mon majeur, et armées de pinces recourbées qui pouvaient se refermer pour percer la peau. Mon corps était recouvert de petits boutons, comme une imitation des pustules de Daddy Helms en personne, et l'intérieur de mon nez était gonflé et irrité.

Je sortis de l'eau et revins en titubant sur la plage. Les hommes de main du gangster étaient retournés à la voiture, et il n'y avait plus que Clarence et moi face à

Daddy Helms. Clarence était indemne. Daddy Helms vit la compréhension envahir mes traits et il tira une bouffée à son cigare.

— On a trouvé ton pote hier, dit-il en plaçant une grosse main sur l'épaule de Clarence qui tressaillit. Il a tout déballé, sans même qu'on ait à le bousculer.

La douleur de la trahison effaça celle des morsures et des démangeaisons. Je regardai Clarence Johns autrement, en adulte. Il se tenait là, bras autour du torse, tremblant. Ses yeux étaient remplis d'une souffrance qui montait du tréfonds de son être. J'aurais voulu le haïr pour ce qu'il avait fait, et Daddy Helms désirait que je réagisse ainsi, pourtant je n'éprouvai qu'une sensation de vide, et une sorte de pitié à son égard.

Et j'avais également pitié de Daddy Helms, avec sa peau ravagée et la montagne de graisse de son corps, parce qu'il avait été obligé de diriger cette punition infligée à deux adolescents pour quelques vitres brisées, en les blessant non seulement physiquement mais aussi en brisant les liens de leur amitié.

— Tu as appris deux leçons ce soir, mon gars. Tu as appris à ne plus m'emmerder, plus jamais, et tu as appris quelque chose à propos de l'amitié. A la fin, le seul ami que tu as, c'est toi-même, parce que les autres te laisseront toujours tomber, un jour ou l'autre. A la fin, on se retrouve toujours tout seul.

Il tourna les talons et partit d'un pas pesant vers la Cadillac.

Ils nous plantèrent là, et nous dûmes rentrer à pied, moi avec mes vêtements déchirés et trempés d'eau de mer. Nous ne nous parlâmes pas, pas même avant de nous séparer devant le portail de la maison de mon grand-père, quand Clarence s'enfonça dans la nuit, avec ses chaussures bon marché à semelles en caoutchouc qui couinaient sur l'asphalte. Après cet épisode, nous cessâmes de nous fréquenter et je l'avais quasiment oublié lorsque je fus informé de sa mort, douze ans plus tard. Il avait été abattu lors d'un cambriolage raté dans un entrepôt d'ordinateurs, dans la banlieue d'Austin.

Clarence y travaillait comme gardien, et les malfrats n'avaient pas hésité à le tuer.

Lorsque je réintégrai la maison de mon grand-père, je pris un tube de pommade antiseptique dans l'armoire à pharmacie, puis je me déshabillai et, debout dans la baignoire, je m'enduisis le corps. Une fois l'opération terminée, je m'assis dans la baignoire vide et je me mis à pleurer. C'est ainsi que mon grand-père me trouva. Pendant un bon moment il ne dit rien, puis il disparut et revint avec un bol contenant une pâte composée de bicarbonate de soude et d'eau. Il l'étala sur mes épaules et ma poitrine, sur mes bras et mes jambes, et en versa un peu dans mes mains pour que je fasse de même avec mes organes génitaux. Ensuite il m'enveloppa dans une serviette de coton et me fit asseoir sur une chaise dans la cuisine. Il nous servit à tous deux une dose généreuse de cognac. C'était du Remy Martin, je m'en souviens, un alcool excellent. Il me fallut un certain temps pour finir mon verre, et nous n'avions toujours pas échangé un mot. Quand je me levai pour aller me coucher, il me tapota doucement le sommet du crâne.

— Un dur, répéta mon grand-père en terminant son café.

Il se mit debout et aussitôt le chien l'imita.

— Tu viens promener le chien avec moi ?

Je déclinai l'offre. Il eut un simple haussement d'épaules et je le regardai descendre les marches de la véranda. Doc trottinait déjà cinq mètres devant lui, reniflait l'herbe et jappait, s'arrêtait et se retournait pour vérifier que son maître suivait bien avant de repartir folâtrer plus loin.

Daddy Helms mourut deux ans plus tard d'un cancer de l'estomac. Après son décès, on estima qu'il était impliqué, directement ou indirectement, dans plus de quarante assassinats, dont certains avaient eu lieu aussi loin qu'en Floride. Il n'y eut qu'une petite poignée de personnes pour assister à ses funérailles.

Je repensai à Daddy Helms pendant que Rachel et

moi nous éloignions du massacre de Metairie. J'ignore pourquoi. Peut-être que je décelais une haine comparable à la sienne en Joe Bonanno, une haine pour le monde qui mijotait à partir de quelque chose de pourri en lui. Je me remémorais mon grand-père, je me remémorais Daddy Helms et les leçons que chacun d'entre eux avait essayé de m'enseigner, des leçons dont je n'avais pas encore tiré tous les enseignements.

41

A l'entrée principale du cimetière, la police de La Nouvelle-Orléans regroupait les témoins et maintenait un passage pour que les blessés puissent être évacués vers les ambulances qui venaient d'arriver. Des équipes de télévision des chaînes WWDL et WDSU essayaient déjà d'interviewer les survivants. Je restai près d'un des hommes de Fontenot alors que nous approchions en diagonale de la sortie. Nous le suivîmes jusqu'à un trou dans la clôture près de l'autoroute. Il s'y faufila et alla droit vers une Lincoln à l'arrêt. Quand la limousine fut partie, Rachel et moi l'imitâmes et retournâmes vers notre voiture, sans parler. Nous l'atteignîmes par l'ouest. Elle était garée à l'écart et nous parvîmes à nous éclipser sans attirer l'attention.

— Comment cela a-t-il pu se produire ? dit Rachel tandis que nous roulions vers la ville. La police aurait dû être là. Il aurait dû y avoir quelqu'un pour les empêcher de…

Elle laissa la phrase en suspens et demeura silencieuse jusqu'à ce que nous entrions dans le Vieux Carré. Elle gardait les bras croisés sur la poitrine, et je ne la dérangeai pas.

Il existait beaucoup de possibilités pour expliquer le massacre. Un responsable de la police avait très bien pu commettre une grossière erreur en assignant un nombre d'hommes insuffisant au cimetière de Metairie, parce qu'il avait pensé que jamais Joe Bones n'essaierait d'abattre Lionel Fontenot aux funérailles de son frère, devant de nombreux témoins. Les armes avaient été dissimulées tard la nuit précédente ou très tôt le matin même, et le cimetière n'avait pas été fouillé. Il se pouvait également que Lionel ait refusé la protection policière, tout comme il avait tenu éloignés les médias, pour ne pas transformer la cérémonie en spectacle. Ou bien Joe Bones avait payé ou menacé certains ou tous les flics de Metairie et ceux-ci avaient fermé les yeux pendant que ses tueurs étaient à l'œuvre.

A l'hôtel, j'emmenai directement Rachel dans ma chambre car je ne voulais pas qu'elle se retrouve entourée par les images qu'elle avait punaisées aux murs. Elle s'enferma dans la salle de bains et j'entendis le son de la douche. Elle resta là un long moment.

Quand enfin elle réapparut, elle avait enroulé une grande serviette autour d'elle, de la poitrine aux genoux, et elle se séchait les cheveux avec une autre, plus petite. Elle braqua sur moi des yeux rougis, son menton tremblota et elle se remit à pleurer. Je la pris dans mes bras, déposai des baisers sur le haut de son front, puis sur ses joues et ses lèvres. Sa bouche était chaude et elle répondit en glissant sa langue entre mes dents pour frôler la mienne. Je sentis l'érection monter et je me collai contre elle en lui ôtant la serviette dans le même mouvement. Ses doigts défirent ma ceinture, ouvrirent ma braguette, et sa main passa à l'intérieur pour me caresser. De l'autre elle déboutonnait ma chemise. Sa langue voyagea sur mon cou et ma poitrine.

Je me débarrassai de mes chaussures et me penchai maladroitement pour retirer mes chaussettes. Maudites chaussettes. Elle sourit quand je faillis perdre l'équilibre en me battant avec la gauche, mais l'instant d'après j'étais sur elle tandis qu'elle baissait mon pantalon.

Ses seins étaient petits, ses hanches un peu larges, avec au centre la tache d'un rouge sombre du triangle pubien. Elle avait un goût très doux. Quand l'orgasme l'embrasa, elle se cambra en arrière et ses jambes emprisonnèrent mes cuisses. Jamais, me sembla-t-il, je n'avais été étreint aussi fort ni aimé aussi sauvagement.

Peu après elle s'endormit. Je me glissai hors du lit, passai un tee-shirt, un jean et pris la clé de sa chambre dans son sac. Pieds nus, je parcourus le couloir, ouvris sa porte et entrai. Pendant un moment, je restai là, à observer les gravures sur le mur. Rachel avait acheté un grand bloc de dessin industriel sur lequel elle travaillait ses idées et traçait des esquisses. J'en pris deux feuilles, les scotchai ensemble et les ajoutai sur le mur. Alors, entouré des écorchés de Marsyas et des photocopies de photos prises chez Tante Marie, je me mis à écrire avec un feutre.

Dans un coin j'inscrivis les noms de Jennifer et Susan, et j'eus un petit pincement au cœur, regret et culpabilité mêlés, pour celui de Susan. Je me forçai à chasser ces considérations de mon esprit et je continuai ma tâche. Dans un autre angle, Tante Marie, Tee Jean et, un peu à l'écart, Florence. Dans un troisième coin, Remarr, et dans le quatrième un point d'interrogation et le mot « fille » à côté. Au centre j'écrivis « le Voyageur » puis, comme un enfant qui dessine une étoile, je traçai une série de lignes émanant du centre et je fis de mon mieux pour écrire tout ce que je savais, ou pensais savoir, du tueur.

Quand j'eus terminé, la liste incluait : un synthétiseur vocal ou un programme de synthétiseur vocal ; le Livre d'Enoch ; la connaissance des mythes grecs et des textes de médecine antiques ; celle des procédures policières ; le fait qu'il avait su que les fédéraux avaient mis mon téléphone portable sur écoute, et l'assassinat de Remarr. Dans un premier temps j'avais pensé que, s'il avait aperçu l'homme de main de Joe Bones dans la maison des Aguillard, il l'aurait aussitôt supprimé. Mais j'avais reconsidéré cette hypothèse en songeant que le Voyageur aurait hésité à traîner sur les lieux du massacre et à attaquer un Remarr sur le qui-vive, et qu'il aurait plutôt attendu une autre occasion. Autre possibilité : le tueur avait appris l'existence de l'empreinte digitale, et c'est ainsi qu'il avait retrouvé Remarr.

J'ajoutai d'autres éléments, découlant d'hypothèses logiques : tueur de race blanche, âge probable entre vingt et cinquante ans ; une base d'opérations en Louisiane, d'où il avait pu frapper Remarr et les Aguillard ; un changement de vêtements, ou un bleu de travail porté sur ses vêtements ordinaires, afin de les protéger du sang ; et la maîtrise de la kétamine, ainsi que l'accès à cette substance.

Je traçai une autre ligne reliant le Voyageur et les Aguillard, puisque le tueur savait que Tante Marie avait parlé, et une autre entre lui et Remarr. J'ajoutai des pointillés vers Jennifer et Susan, et j'écrivis le nom d'Edward Byron avec un point d'interrogation à côté. Puis, sur une impulsion, je traçai une troisième ligne en pointillé et écrivis le nom de David Fontenot entre ceux des Aguillard et de Remarr. Cette connexion n'était due qu'à Honey Island et à la possibilité que, si le Voyageur l'avait attiré là et indiqué à Joe Bones que son rival serait seul, alors le tueur connaissait d'une façon ou d'une autre la famille Fontenot. Enfin j'inscrivis le nom d'Edward Byron sur une feuille séparée que je punaisai à côté du diagramme d'ensemble.

J'allai m'asseoir sur le bord du lit de Rachel et je sentis son parfum tandis que je contemplai mon œuvre. J'essayai toutes les combinaisons possibles de ces différents éléments, sans arriver à rien. Toutefois je fis encore un ajout avant de revenir dans ma chambre pour y attendre Angel et Louis, de retour de Baton Rouge. Je traçai une droite entre le nom de David Fontenot et le point d'interrogation avec « fille », celle qui était supposée se trouver dans le marais. Je l'ignorais alors, mais en traçant cette ligne je venais de faire le premier pas significatif dans le monde du Voyageur.

Dans ma chambre, je m'assis près du balcon, pour surveiller Rachel qui dormait d'un sommeil agité. Ses paupières papillonnaient rapidement, et une fois ou deux elle laissa échapper de petits geignements tout en repoussant le drap des mains et des pieds. J'entendis Angel et Louis avant de les voir. La voix du premier semblait tendue par la colère, celle de Louis plus mesurée, mais avec une pointe de moquerie.

Avant qu'ils aient eu le temps de frapper à la porte je leur ouvris et leur fis signe d'aller dans leur chambre pour parler. Ils ne savaient rien de la fusillade au cimetière de Metairie puisque, d'après Angel, ils n'avaient pas écouté la radio dans leur voiture de location. Son visage était empourpré et ses lèvres décolorées, et je ne l'avais jamais vu aussi en colère.

Dans leur chambre, les chamailleries reprirent. Stacey Byron, une fausse blonde à la quarantaine fort bien préservée, avait apparemment fait du charme à Louis, lequel, d'une certaine façon, n'était pas resté insensible.

— J'essayais de la cuisiner pour obtenir des informations, expliqua-t-il, les lèvres tordues par l'amusement, en coulant un regard de biais à Angel, lequel n'était visiblement pas convaincu.

— Tu voulais la cuisiner, c'est sûr, mais la seule information que tu voulais obtenir, c'était la taille de son sous-tif et celle de son cul, cracha-t-il.

Louis roula des yeux de façon exagérée et je crus un instant qu'Angel allait le frapper. Il serra les poings et avança d'un pas avant de se ressaisir.

J'étais désolé pour lui. J'étais certain qu'il n'y avait rien derrière la cour de Louis auprès de la femme d'Edward Byron, sinon la réaction naturelle d'un individu envers les attentions aimables d'un autre, et surtout l'idée qu'en l'amadouant elle pourrait révéler quelque chose d'intéressant sur son ex-mari. Mais je savais combien Louis était important pour Angel. Le passé de ce dernier était trouble, celui de son amant plus encore, mais je me souvenais de certaines choses à propos d'Angel, des détails que parfois Louis semblait oublier.

Quand il avait été envoyé à Rikers Island, Angel avait attiré l'attention d'un dénommé William Vance. Vance avait abattu un boutiquier coréen lors d'un cambriolage raté à Brooklyn, et c'est pourquoi il avait atterri à

Rikers, mais on le soupçonnait d'autres crimes, notamment le viol et le meurtre d'une femme âgée à Utica, avec mutilations de la victime avant le coup de grâce ; et cette affaire n'était peut-être que la répétition d'un cas semblable qui s'était produit dans le Delaware. La police ne détenait aucune preuve solide, rien que des conjectures et des rumeurs, mais lorsque l'occasion s'était présentée de retirer Vance de la circulation, avec l'assassinat du Coréen, le procureur l'avait saisie au vol.

Pour quelque raison obscure, Vance décida qu'il voulait la mort d'Angel. J'avais entendu dire qu'Angel s'était payé sa tête quand Vance lui avait fait des avances, et qu'il lui avait cassé une dent dans les douches. Mais on ne savait jamais, avec un individu tel que Vance : la manière dont fonctionnait son cerveau était obscure, compliquée par la haine, et une nostalgie aussi étrange qu'amère. Vance donc ne désirait plus simplement violer Angel, il voulait le tuer, et le tuer lentement. Angel avait écopé de trois ans ferme. Après une semaine à Rikers, ses chances de survie à la fin du premier mois étaient quasiment nulles.

Angel n'avait aucun ami à l'intérieur de la prison, et moins encore à l'extérieur, aussi me contacta-t-il. Il lui en coûta beaucoup de faire cette démarche. C'était quelqu'un de fier et je pense que dans des circonstances ordinaires il se serait débrouillé pour régler ses problèmes seul. Mais avec ses tatouages de couteaux ensanglantés sur les bras et celui d'une toile d'araignée sur la poitrine, William Vance était loin d'être un problème ordinaire.

Je fis ce que je pouvais. Je ressortis les dossiers de Vance et photocopiai la transcription de ses interrogatoires sur le meurtre à Utica et d'autres affaires similaires. Je répertoriai tous les indices assemblés contre lui et le témoignage d'une femme qui plus tard s'était rétractée, parce que Vance l'avait menacée par téléphone de « la baiser à mort, et ses enfants après » si elle déposait contre lui. Ensuite je me rendis à Rikers.

Je parlai à Vance à travers un écran transparent. Il

avait ajouté un tatouage de larme sous son œil gauche, ce qui portait le total de ses larmes à trois, chacune correspondant à une vie qu'il avait prise. La silhouette d'une araignée était visible à la base de son cou. Je lui parlai à mi-voix pendant dix minutes. Je le mis en garde : si quoi que ce soit arrivait à Angel, je m'assurerais que chaque détenu de Rikers sache qu'il était à deux doigts d'être inculpé pour homicide avec violences sexuelles sur de vieilles femmes sans défense. Vance avait encore cinq ans à tirer avant de pouvoir demander la liberté conditionnelle. Si les autres prisonniers apprenaient ce dont il était soupçonné, il lui faudrait passer ces soixante mois en isolement ou dans une unité spéciale, pour éviter d'être tué. Même ainsi, il devrait vérifier à chaque repas qu'il n'y avait pas de verre pilé dans sa nourriture, et il pourrait prier pour que l'attention d'un garde ne soit pas distraite quand on l'escorterait dans la cour pour sa promenade d'une heure, ou lorsqu'on l'emmènerait devant le médecin de la prison parce que la tension permanente commencerait à lui saper la santé.

Vance savait tout cela et pourtant, deux jours après notre entretien, il essaya de castrer Angel avec une lame. Seule la force du talon d'Angel percutant le genou de Vance le sauva, mais il eut quand même droit à vingt points de suture en travers de l'estomac et sur la cuisse, résultat d'un coup porté au hasard par son agresseur.

Le lendemain matin, Vance fut conduit aux douches. On le plaqua au sol, on se servit d'une clé à molette pour maintenir sa bouche ouverte et on lui versa dans la gorge de l'eau mêlée à du détergent. Le poison lui détruisit irrémédiablement les entrailles et faillit bien lui coûter la vie. Pour le restant de son existence, il ne serait plus que l'ombre de lui-même, un homme diminué, ravagé par la souffrance au point de hurler des nuits entières. Il m'avait suffi d'un coup de téléphone. Moi aussi, je devais vivre avec ce genre de souvenirs.

Après sa sortie de prison, Angel s'était mis avec Louis. Je ne sais pas au juste comment ces deux solitaires endurcis s'étaient rencontrés, mais cela faisait maintenant six ans qu'ils étaient ensemble. Angel avait besoin de Louis et, à sa manière, Louis aussi avait besoin d'Angel, mais il m'arrivait de penser que l'équilibre de leur relation penchait en défaveur d'Angel. Dans les couples hétérosexuels ou homosexuels, quelle que soit la formule, un des deux partenaires est toujours plus dépendant que l'autre, et en général il en souffre.

D'après leur compte rendu, ils n'en avaient pas appris beaucoup auprès de Stacey Byron. Les fédéraux, à moins que ce ne soient les flics locaux, surveillaient la façade de la maison, mais Louis et Angel, ce dernier vêtu du seul costume qu'il possédât, étaient passés par l'arrière. Louis avait dégainé sa carte de membre du club de fitness et son sourire le plus aimable tout en expliquant qu'ils faisaient une simple fouille de routine de son jardin, et ils avaient passé l'heure suivante à discuter de son ex-mari, de la fréquence des entraînements de Louis et, pour finir, elle lui avait demandé s'il avait déjà eu des rapports avec une femme blanche. C'est à ce stade qu'Angel avait commencé à prendre la mouche.

— Elle prétend ne pas l'avoir revu depuis quatre mois, dit Louis. La dernière fois, il n'a pas dit grand-chose. Il a juste demandé des nouvelles de Stacey et des enfants, et il a pris de vieilles affaires remisées au grenier. Apparemment il avait un sac en plastique d'un drugstore d'Opelousas, et les fédéraux suivent cette piste.

— Sait-elle pourquoi le FBI est à sa recherche ?

— Non. Ils lui ont seulement dit qu'il pourrait peut-être les aider en leur fournissant des informations sur des affaires criminelles non résolues. Mais elle n'est pas idiote, et je lui en ai donné un peu plus pour voir si elle mordrait à l'appât. Elle m'a raconté qu'il avait toujours montré de l'intérêt pour tout ce qui touche à la médecine — il ambitionnait de devenir toubib à une époque, même s'il n'avait pas assez de connaissances pour opérer un arbre.

— Tu lui as demandé si elle le pensait capable de tuer ?

— Je n'en ai pas eu besoin. Il a menacé de la tuer, une fois, alors qu'ils se disputaient sur les termes du divorce.

— Elle se souvient de ce qu'il a dit précisément ?

Louis hocha lentement la tête, une fois.

— Ouais. Il a dit qu'il lui arracherait sa putain de gueule.

Angel et Louis se séparèrent en mauvais termes, Angel se retirant dans la chambre de Rachel et Louis allant s'asseoir sur le balcon de leur chambre et feignant de profiter des sons et des odeurs de La Nouvelle-Orléans, lesquels n'ont pourtant rien de plaisant, ni les uns ni les autres.

— Je pensais aller manger un bout, fit-il. Ça te dit ?

La proposition me surprit un peu. Je supposai qu'il avait envie de parler, mais je n'avais jamais passé de temps avec Louis sans qu'Angel soit présent.

J'allai voir comment se portait Rachel. Le lit était vide et j'entendis le bruit de la douche. Je frappai à la porte de la salle de bains.

— C'est ouvert, lança-t-elle.

Quand j'entrai, elle s'était drapée dans le rideau de douche.

— Ça te va très bien, commentai-je. Le plastique clair est à la mode, justement.

Dormir ne lui avait fait aucun bien visible. Des cernes soulignaient ses yeux et elle semblait malade et lasse. Elle afficha un demi-sourire, mais il ressemblait plus à une grimace de douleur qu'à autre chose.

— Tu veux aller manger dehors ? On y va avec Louis.

— Je n'ai pas faim. Je vais travailler un peu, ensuite je prendrai deux somnifères et j'essaierai de dormir sans rêver.

J'allai prévenir Angel. Je le trouvai en train de parcourir les notes de Rachel. Il désigna mon croquis punaisé au mur.

— Il reste beaucoup de blancs.

— J'ai encore deux ou trois détails à mettre en place.

— Du genre : qui fait ça, et pourquoi, fit-il avec un rictus.

— Exact, mais j'essaie de ne pas me focaliser sur les problèmes mineurs. Ça va, toi ?

Il acquiesça.

— Je crois que toute cette affaire me tape sur les nerfs…

D'un geste large, il désigna le mur.

— Louis et moi sortons manger un morceau. Tu veux venir ?

— Non, je ne serais là que pour tenir la chandelle. Je te le laisse.

— Merci. J'annoncerai que j'ai viré ma cuti aux mannequins de *Swimsuit Illustrated* dès demain. Elles en auront le cœur brisé. Veille sur Rachel, d'accord ? Elle n'a pas passé la meilleure des journées.

— T'inquiète, je reste à mon poste.

Louis et moi allâmes au Felix's Restaurant & Oyster Bar, au coin de Bourbon et d'Iberville. Il n'y avait pas trop de touristes dans cet établissement ; ils avaient plutôt tendance à fréquenter l'Acme Oyster House, de l'autre côté de la rue, où on leur servait des haricots rouges et du riz salé dans un pain français évidé, ou des restaurants du Quartier français plus classe, comme le Nola. Le Felix était plus simple, et les touristes ne s'intéressent pas trop à la simplicité. Après tout, ils peuvent manger simple chez eux.

Louis commanda un *po'boy* d'huîtres qu'il noya de sauce pimentée, tout en buvant une Abita. Je choisis un *po'boy* de poulet avec des frites, et une eau minérale.

— Le serveur pense que tu es efféminé, dit Louis en me regardant avaler une gorgée d'eau. Le ballet serait en ville, il viendrait te demander une entrée gratuite.

— Ce qui montre qu'il ne connaît rien à rien de la

vie, répliquai-je. Et toi tu n'arranges rien en ne te conformant pas aux stéréotypes. Peut-être que tu devrais faire plus de manières.

Sa bouche se tordit et il leva une main pour commander une autre bière. Le serveur réussit l'exploit de ne pas nous faire attendre tout en passant le moins de temps possible près de nous. D'autres clients préféraient contourner notre table plutôt que passer à côté, et ceux qui ne trouvaient qu'une place voisine des nôtres me semblaient manger plus vite que les autres. Louis avait cet effet sur les gens. C'était comme s'il traînait autour de lui une aura de violence potentielle, et même plus que cela : la sensation que, si cette violence explosait, ce ne serait pas la première fois.

— Ton pote Woolrich, dit-il en avalant la moitié de sa bière, tu as confiance en lui ?

— Je ne sais pas. Il a ses propres intérêts.

— C'est un fédéral. Ils n'ont que leurs propres intérêts, fit-il en me surveillant par-dessus la bouteille. A mon avis, si tu escaladais une montagne avec lui et si tu glissais pour te retrouver pendu à un bout de la corde avec lui à l'autre, il la couperait.

— Louis, tu es un cynique.

Il eut le même rictus que précédemment.

— Si les morts pouvaient parler, ils appelleraient les cyniques des gens réalistes.

— Si les morts pouvaient parler, ils nous conseilleraient de faire plus souvent l'amour pendant que nous le pouvons, fis-je en prenant une frite. Les fédéraux ont quelque chose sur toi ?

— Des soupçons, à la rigueur, mais rien de plus. Ce n'est pas exactement là que je voulais en venir.

Son regard ne cillait pas et il n'y avait aucune chaleur dans ses prunelles, à présent. Je pensai que s'il croyait Woolrich proche de lui mettre la main au collet il le tuerait sans se poser la moindre question, ni avant ni après.

— Pourquoi Woolrich nous aide-t-il ? finit-il par demander.

— Je me suis posé cette question, moi aussi, répondis-je. Je n'en suis pas sûr. En partie peut-être parce qu'il comprend mon besoin de rester informé de ce qui se passe. S'il me fournit des informations, alors il est en mesure de contrôler l'importance de mon implication dans tout ça.

Mais je savais que ce n'était pas tout. Louis avait raison. Woolrich avait ses propres intérêts. Il existait en lui des profondeurs que je n'avais entrevues qu'à l'occasion, comme lorsque la différence de couleurs à la surface de la mer donne un aperçu de la dénivellation brusque du fond et de l'abîme qui s'étend là. Par certains aspects, c'était un homme rude à côtoyer ; il conduisait son amitié avec moi selon ses propres lois et, depuis que je le connaissais, des mois s'étaient parfois écoulés sans que j'aie de ses nouvelles. Il compensait cette attitude par une étrange loyauté, et l'impression que, même absent de leurs existences, il n'oubliait jamais ceux qui lui étaient proches.

Mais en tant qu'agent fédéral, Woolrich était brutal. Il avait progressé jusqu'au poste d'assistant du directeur de secteur en réussissant des arrestations, en attachant son nom à des opérations d'envergure, et en réglant leur compte aux autres agents qui se mettaient en travers de son chemin. Il était animé d'une ambition insatiable, et peut-être voyait-il dans l'affaire du Voyageur un moyen d'atteindre d'autres sommets, et pourquoi pas devenir le premier agent sorti du rang à être nommé au poste de directeur. Il s'était déjà débrouillé pour que les flics soient mis à l'écart de l'enquête sur le Voyageur, et il avait tout fait pour limiter mon implication tout en me fournissant assez de renseignements pour me garder sur la brèche. La pression qu'il subissait était intense, mais s'il parvenait à mettre un terme aux horreurs perpétrées par le Voyageur, il serait assuré d'un avenir radieux marqué du sceau du pouvoir à l'intérieur du FBI.

J'avais un rôle à jouer dans tout cela, et Woolrich en

était assez conscient pour utiliser notre amitié afin de résoudre cette affaire.

— Je pense qu'il se sert de moi comme appât, déclarai-je. Et c'est lui qui tient la ligne.

— Qu'est-ce que tu crois qu'il ne dit pas ? fit Louis après avoir terminé sa bière et émis un claquement de langue appréciateur.

— Il est comme un iceberg. Nous ne voyons que les dix pour cent au-dessus de la surface. Quoi que les fédéraux aient découvert, ils ne le communiqueront pas aux flics du coin, et à coup sûr Woolrich ne va pas nous mettre dans la confidence. Il y a autre chose qui se passe, et seuls Woolrich et une poignée d'agents peut-être sont au courant. Tu joues aux échecs ?

— A ma façon, répondit-il simplement.

J'imaginais que sa façon se passait fort bien d'échiquier.

— Toute cette affaire est une partie d'échecs, poursuivis-je. A cette différence près que nous ne voyons le mouvement de l'adversaire que lorsqu'il prend une de nos pièces. Le reste du temps, il joue dans l'obscurité.

Louis fit un signe pour demander l'addition. Le serveur parut soulagé.

— Et notre M. Byron ?

Je grimaçai. Je me sentais curieusement détaché de ce qui se produisait. En partie parce que nous n'étions que des joueurs à la périphérie de l'enquête, mais aussi parce que j'avais besoin de cette distance. Pour réfléchir. D'une certaine manière, ce qui s'était passé avec Rachel cet après-midi, et ce que ces instants signifiaient pour mon chagrin et mon sentiment de perte envers Susan, tout cela m'avait conféré cette distance.

— Je ne sais pas, dis-je.

Nous commencions à peine à ébaucher la silhouette de Byron, comme un personnage au centre d'un puzzle autour duquel les autres pièces viendraient s'emboîter.

— Nous allons l'approcher à notre manière. Tout d'abord, je veux découvrir ce que Remarr a vu la nuit où Tante Marie et Tee Jean ont été assassinés. Et je veux savoir pourquoi David Fontenot se trouvait seul dans Honey Island.

Il était clair que Lionel Fontenot allait s'en prendre à Joe Bones. Ce dernier le savait également, et c'était précisément pour cette raison qu'il avait pris le risque de l'assaut au cimetière. Une fois qu'il avait réintégré son domaine, Lionel était hors de portée des hommes de Joe Bones, et il avait la main.

La note arriva, que je réglai. Louis laissa un pourboire de vingt dollars. Le serveur contempla le billet comme si Andrew Jackson allait lui mordre les doigts s'il le prenait.

— Je crois qu'il va nous falloir parler à Lionel Fontenot, dis-je pendant que nous sortions. Et à Joe Bones.

Louis eut un petit sourire.

— Joe ne va pas être enchanté de te parler, si j'en juge à la manière dont ses gars ont essayé de te descendre.

— Je m'en doute un peu, répondis-je. Il se pourrait que Lionel Fontenot nous donne un coup de main pour organiser ce petit entretien.

Nous retournâmes à pied au Flaisance. Les rues de La Nouvelle-Orléans ne sont pas les plus sûres au monde, mais je ne pensais pas que quelqu'un nous ennuierait.

Et j'avais raison.

42

Le lendemain matin, je me levai tard. Rachel était retournée dans sa chambre pour dormir. Quand je frappai à sa porte, elle me répondit d'une voix tendue par la fatigue. Elle me dit qu'elle voulait rester encore un peu au lit et, quand elle se sentirait mieux, aller de nouveau à Loyola. Je demandai à Louis et Angel de veiller sur elle, puis je partis en voiture.

La fusillade de Metairie m'avait ébranlé, et l'idée d'affronter de nouveau Joe Bones n'avait rien de très plaisant. J'éprouvais également une culpabilité écrasante pour ce qui était arrivé à Rachel, ce dans quoi je l'avais entraînée et ce que je l'avais forcée à faire. Il fallait que je sorte de La Nouvelle-Orléans quelque temps. Je voulais ordonner mes pensées et essayer de voir les choses sous un autre angle. Je mangeai un bol de gombo au poulet au Gumbo Shop de St Peter, puis je quittai la ville.

Morphy habitait à une petite dizaine de kilomètres de Cecilia, au nord-ouest de Lafayette. Il avait acheté et retapait une maison de planteur au bord d'une rivière. La demeure était une version réduite des anciennes résidences de Louisiane. Elle mariait le style colonial français et des influences architecturales européennes.

Elle offrait un spectacle singulier. Les pièces principales se trouvaient au-dessus d'un entresol, naguère utilisé comme réserve et assurance contre les inondations.

Cette partie était en brique, et Morphy avait refait les ouvertures en arc. Un toit à double pente, en partie rénové, avançait au-dessus du balcon.

En chemin, j'avais appelé Angie pour prévenir de ma visite. Morphy venait de rentrer quand j'arrivai. Je le trouvai dans le jardin derrière la maison, occupé à soulever cent kilos de fonte dans l'air du soir.

— Que penses-tu de la maison ? dit-il quand je m'approchai, sans pour autant cesser ses exercices.

— Super. On dirait que tu as encore du boulot avant qu'elle soit terminée.

Il grogna pour sa dernière traction et fit redescendre la barre sur le reposoir. Il se leva et s'étira, puis contempla l'arrière de sa maison sans chercher à dissimuler son admiration.

— Elle a été construite par un Français, en 1888. Ce type connaissait son affaire. Il l'a bâtie selon un axe est-ouest, avec l'exposition principale au sud. (Il désignait les arêtes de la demeure tout en parlant.) Il l'a construite à la manière européenne, de façon que l'angle bas du soleil en hiver chauffe l'ensemble. Et en été, elle n'est exposée au soleil que le matin et en fin de journée. La plupart des maisons américaines ne sont pas construites selon ces principes, on s'est contenté de les mettre n'importe où, comme ça chante au propriétaire. L'énergie bon marché a fait de nous des enfants gâtés. Et puis les Arabes ont augmenté le prix du pétrole et les gens ont dû commencer à s'interroger sur la disposition de leur maison. (Il sourit.) Remarque, je ne sais pas si cette orientation est-ouest est très utile ici. Il y a du soleil tout le temps.

Après qu'il eut pris une douche, nous nous attablâmes dans la cuisine avec Angie, et nous bavardâmes pendant qu'elle cuisinait. Plus petite que son mari de près de trente centimètres, c'était une femme à la peau mate et aux longs cheveux roux qui tombaient en cascade dans son dos. Elle était institutrice dans une école primaire et peignait pendant ses loisirs. Ses toiles sombres, d'inspiration impressionniste, déclinaient le thème de l'eau et du ciel sur les murs de la maison.

Morphy buvait une bouteille de Breaux Bridge, moi un soda. Quant à Angie, elle trempait ses lèvres dans un verre de vin blanc tout en cuisinant. Elle découpa quatre blancs de poulet en une quinzaine de morceaux qu'elle mit de côté, et prépara le roux, qui est la base du gombo cajun. Elle versa de l'huile d'arachide dans une poêle, sur un feu vif, ajouta une quantité égale de farine et battit le tout avec un fouet sans jamais s'arrêter, pour éviter que le mélange n'attache. Peu à peu le roux passa du blond clair au beige, puis à l'acajou et enfin à une belle teinte chocolat. Elle le retira alors du feu et le laissa refroidir en jouant toujours du fouet.

Pendant que Morphy observait, je l'aidai à débiter oignon, poivron vert et céleri en branches, et la regardai les mettre dans l'huile. Elle ajouta du thym et de l'origan, du paprika, du poivre de Cayenne et de l'ail, puis débita en gros morceaux un chorizo. Elle ajouta le poulet, assaisonna encore un peu, jusqu'à ce que l'odeur des épices embaume la pièce. Après environ une demi-heure, elle servit du riz blanc sur les assiettes et le nappa de l'épais gombo. Nous dégustâmes le plat en silence, et je me régalai des saveurs riches qui envahissaient ma bouche.

Une fois le repas terminé et la vaisselle faite, Angie nous laissa et alla se coucher. Morphy et moi restâmes dans la cuisine, et je lui parlai de Raymond Aguillard et de sa certitude d'avoir vu l'image d'une fille dans Honey Island. Je lui racontai aussi les rêves de Tante Marie et mon sentiment que, d'une façon ou d'une autre, la mort de David Fontenot dans Honey Island avait un lien avec cette mystérieuse fille.

Morphy s'abstint d'ironiser sur ces visions de fantômes et sur la croyance d'une vieille femme en la réalité des voix qu'elle entendait. Quand je me tus, il demanda simplement :

— Tu es sûr de pouvoir déterminer l'endroit ?

J'acquiesçai.

— Alors on va tenter le coup. Je suis libre demain, ce serait plus simple que tu dormes ici ce soir. Nous avons une chambre d'amis.

Je téléphonai à Rachel au Flaisance et lui expliquai mon projet pour le lendemain, et où nous nous trouverions dans Honey Island. Elle m'assura qu'elle relaierait l'information à Louis et Angel, et ajouta qu'elle se sentait un peu mieux. Mais je savais qu'il lui faudrait longtemps avant de surmonter le choc de la mort de l'homme de Joe Bones.

Il était sept heures moins dix, et nous nous préparions à partir. Morphy portait de lourdes bottes aux bouts renforcés de métal, un vieux jean et un sweat-shirt sans manches par-dessus un tee-shirt à manches. Le sweat était maculé de peinture et des taches de goudron constellaient le pantalon. Il s'était rasé la tête, et son crâne sentait la lotion.

Pendant que nous prenions un café et mangions des toasts sur le balcon, Angie apparut dans son peignoir blanc. Elle caressa le crâne lisse de son mari et sourit malicieusement en s'asseyant à côté de lui. Morphy feignit d'être très irrité de cette attention, mais en fait il avait toutes les peines du monde à ne pas ronronner d'aise. Quand nous quittâmes la table, il gratifia sa femme d'un long baiser langoureux, tout en enfouissant la main dans sa crinière. Elle s'était levée dans le même mouvement que lui, mais il s'écarta en riant, et elle rougit. C'est seulement alors que je remarquai la courbe de son ventre ; elle n'était pas enceinte de plus de cinq mois, selon mon estimation. Alors que nous traversions la pelouse, elle nous observa du balcon.

— Vous êtes mariés depuis longtemps ? m'enquis-je pendant que nous marchions vers un rideau de cyprès qui masquait la maison de la route.

— Ça fera deux ans en janvier prochain. Et je suis un homme comblé. Je ne l'aurais jamais cru possible, mais cette femme a changé ma vie du tout au tout.

Il parlait sans la moindre gêne, et il appuya ses propos d'un sourire satisfait.

— Et le bébé est pour quand ?

Son sourire s'accentua.

— Fin décembre. Les gars ont organisé une petite fête pour moi quand ils ont appris la nouvelle, en l'honneur de mon effort pour créer aussi de la vie.

Une dépanneuse était garée dans la clairière derrière les cyprès, avec une remorque sur laquelle une barque en aluminium à fond plat était recouverte par une bâche, le moteur penché en avant pour reposer sur le plateau.

— Le frère de Toussaint l'a apportée hier soir, expliqua Morphy. Il va pêcher avec, de temps en temps.

— Et Toussaint, où est-il ?

— Au fond de son lit, avec une intoxication alimentaire. Il a mangé des crevettes pas fraîches, enfin, c'est ce qu'il m'a dit. Personnellement je pense qu'il est tout simplement trop paresseux pour renoncer à sa grasse matinée.

A l'arrière de la dépanneuse, sous une autre bâche, étaient rangés une hache, une tronçonneuse, deux longueurs de chaîne, un rouleau de corde en nylon solide et une glacière. Il y avait également une combinaison de plongée, deux torches électriques étanches et deux bouteilles d'air comprimé. Morphy ajouta un thermos de café, un bidon d'eau, deux baguettes de pain et quatre blancs de poulet assaisonnés aux épices K-Paul's Cajun, le tout dans un sac étanche, puis il grimpa derrière le volant et mit le contact. Le moteur toussota et cracha un peu de fumée, mais il semblait en bon état. Je m'installai sur le siège passager et nous prîmes la direction de Honey Island en écoutant une cassette de Clifton Chenier sur le vieux lecteur de la dépanneuse.

Nous pénétrâmes dans la réserve à Slidell, sur la rive nord du lac Pontchartrain. Cet agglomérat de centres commerciaux, de fast-foods et de petits restaurants chinois vendant des plats à emporter doit son nom au sénateur démocrate John Slidell. Pendant les élections de 1844, il avait affrété deux bateaux à vapeur pour transporter des électeurs irlandais et allemands de La Nouvelle-Orléans à Plaquemines Parish, afin qu'ils y votent. Rien d'illégal dans cette manœuvre ; ce qui l'était, en revanche, c'était de les avoir laissé voter à tous les autres bureaux électoraux en chemin.

Une brume planait encore sur les eaux et les arbres quand nous déchargeâmes la barque au poste des gardes forestiers de la Pearl River, à côté d'une collection de vieux bateaux de pêche amarrés près de la berge. Nous chargeâmes les chaînes, la corde, la tronçonneuse, le matériel de plongée et le sac de provisions. Dans un arbre tout proche, le soleil matinal faisait briller une grande toile d'araignée avec en son centre, immobile, une grosse araignée dorée. Le son du moteur se mêla au bruit des insectes et des oiseaux quand nous nous engageâmes sur la Pearl.

Les rives étaient frangées de grands nyssas, de bouleaux, de saules pleureurs et de quelques cyprès élancés festonnés de vigne vierge. Ici et là, les troncs étaient marqués de bouteilles en plastique, signe que des lignes à poissons-chats étaient mouillées. Nous passâmes devant un petit village de riverains, à la plupart des maisons délabrées, avec des pirogues à fond plat amarrées devant. Des branches d'un cyprès, un héron bleu nous observa calmement ; un peu plus loin, sur une souche, une tortue à ventre jaune se dorait au soleil.

J'avais toujours la carte de Raymond Aguillard, mais il nous fallut deux essais avant de trouver la trévasse, ce canal de trappeurs qu'il avait indiqué. Un bouquet de gommiers en masquait l'entrée, avec leurs branches gonflées en arc pareilles aux bulbes déformés de fleurs, ainsi qu'un unique frêne dont la ramure s'inclinait sur l'entrée de la voie d'eau. Un peu plus en avant, les branches alourdies par la mousse espagnole se courbaient presque jusqu'à la surface, et l'air sentait la végétation en pleine luxuriance et son inévitable putréfaction. Des troncs tordus entourés de lentilles d'eau se dressaient tels des monuments dans le soleil du matin. A l'est, je vis le dôme gris d'un barrage de castors et, à notre approche, un serpent glissa dans l'eau à deux mètres devant nous.

— Un diamondback, dit Morphy.

Autour de nous, l'eau gouttait des cyprès et des nyssas, et le chant des oiseaux se répercutait dans les arbres.

— On trouve des alligators dans le coin ? m'enquis-je.

— Possible. Mais ils n'embêtent pas trop les gens, à moins que les gens les embêtent. Il y a des coins plus intéressants pour eux dans les marais, et on dit qu'ils se régalent des chiens errants qui se risquent trop près du bord. Si tu en repères un pendant que je suis dans l'eau, tire une fois pour me prévenir.

Le bayou se rétrécissait jusqu'à permettre tout juste le passage de la barque. Le fond de l'embarcation racla un tronc immergé. Morphy coupa le moteur et nous poursuivîmes avec une paire de pagaies.

Je crus que nous avions commis une erreur dans la lecture de la carte lorsque nous nous retrouvâmes face à un mur de riz sauvage dont les grandes tiges s'élevaient de l'eau comme une forêt de lames vertes. Il n'y avait qu'un étroit goulet, à peine suffisant pour qu'un enfant s'y glisse. Morphy remit le moteur en marche et pointa l'embarcation dessus. Avec la pagaie, je repoussai les tiges de riz à mesure que nous avancions. Quelque chose clapota dans l'eau tout près de nous et une forme sombre évoquant un gros rat fendit l'eau.

— Un nutria, indiqua Morphy.

Je distinguai le museau et les moustaches du gros rongeur qui fit halte près d'un tronc d'arbre et renifla l'air, méfiant.

— C'est encore plus immangeable que l'alligator. J'ai entendu dire qu'on essayait de vendre sa chair aux Chinois, puisque personne d'autre n'en veut.

De hautes herbes coupantes se mêlaient maintenant au riz sauvage, et je m'égratignai les mains en les repoussant de ma pagaie. Enfin la barque se libéra du piège végétal et entra dans une sorte de lagon formé par l'accumulation de vase, dont les bords étaient entourés de gommiers et de saules aux branches traînant dans l'eau. Du côté est, la rive semblait presque ferme. Le sol était labouré de traces de cochons sauvages, sans doute attirés là par les marantas. Un peu plus loin je discernai la carcasse pourrissante d'un T-cutter, sans doute un des engins qui étaient à l'origine de ce canal. Son gros moteur V8 avait disparu, et des trous parsemaient sa coque.

Nous arrimâmes la barque à un érable rouge isolé presque complètement recouvert de ces fougères sèches qui reviennent à la vie dès la première pluie. Morphy se débarrassa de ses vêtements, ne gardant sur lui qu'un short de cycliste, s'enduisit de graisse et enfila la combinaison de plongée. Il chaussa les palmes, accrocha la bouteille d'air comprimé et testa son fonctionnement.

— Dans le coin il n'y a pas plus de quatre à cinq mètres de fond, mais ici c'est différent, expliqua-t-il. Tu le vois à la manière dont la lumière se reflète sur l'eau. C'est plus profond. Six mètres au moins.

Il lava le masque dans l'eau du marais et se tourna vers moi.

— Jamais je n'aurais pensé que j'irais à la recherche des fantômes du marais pendant mon jour de repos.

— Raymond Aguillard affirme avoir vu la fille ici, répondis-je. David Fontenot est mort un peu plus haut le long de la rivière. Il y a quelque chose dans les parages. Tu sais ce que tu cherches ?

Il eut un hochement de tête affirmatif.

— Probablement un container, lourd et scellé.

Morphy alluma la torche électrique, assujettit son masque et se mit à aspirer l'oxygène. J'attachai une extrémité de la corde à sa ceinture, l'autre au tronc de l'érable, vérifiai la solidité des nœuds et lui tapotai l'épaule. Il leva le pouce et avança dans l'eau. Au bout de deux ou trois mètres, il plongea et je commençai à laisser filer la corde.

Mon expérience de la plongée se limitait à quelques leçons de base prises pendant des vacances avec Susan dans l'archipel des Keys. Je n'enviais pas du tout Morphy de nager dans le marais. Pendant mon adolescence, nous allions nous baigner dans la Saco en été, au-delà de la limite de Portland. De longues anguilles hantaient ces eaux, des animaux vicieux qui avaient quelque chose de primitif. Lorsque l'une d'entre elles vous effleurait la jambe, vous pensiez immanquablement à ces histoires d'enfants mordus et de chiens attirés au fond du fleuve.

Comparées à celles de la Saco, les eaux de Honey Island étaient un tout autre monde. Avec ses serpents luisants et ses cowens, le nom cajun des tortues des marais, Honey Island semblait beaucoup plus dangereuse que les cours d'eau du Maine. Mais il y avait aussi des perches, des bars et des roussettes. Et des alligators.

Je pensais à cela alors que Morphy disparaissait sous la surface du bayou, mais aussi à la jeune fille qui peut-être gisait au fond du marais, où des créatures se cognaient contre son cercueil ou le grattaient à la recherche de trous de rouille qui leur permettraient d'atteindre sa chair en décomposition.

Morphy refit surface cinq minutes plus tard, indiqua le côté nord-est du lagon et secoua la tête négativement. Puis il replongea et la corde se tendit vers le sud. Après cinq autres minutes il réapparut, mais cette fois plus loin que l'endroit où la corde entrait dans l'eau. Il nagea jusqu'à la berge, ôta l'embout de sa bouche et le masque, et respira par à-coups en montrant de la main la partie sud du bayou.

— Il y a deux caisses métalliques là-bas, d'environ un mètre vingt de long, soixante centimètres de large pour quarante de profondeur. L'une est vide, l'autre verrouillée. A cent mètres à peu près j'ai trouvé plusieurs fûts d'essence marqués d'une fleur de lys rouge. Ils appartiennent à feu la Brevis Chemical Company, qui était installée à l'ouest de Baton Rouge jusqu'à ce qu'un incendie la ruine en 89. C'est tout. Rien d'autre.

Je scrutai les limites du bayou, là où les racines noueuses s'enfonçaient dans l'eau.

— On pourrait sortir la caisse avec la corde ? demandai-je.

— C'est faisable, mais elle est lourde et si elle s'ouvre pendant que nous la tirons, nous détruirons ce qu'elle contient. Il vaudrait mieux amener la barque à la verticale pour la hisser droit.

Il commençait à faire très chaud, en dépit de l'ombre des arbres. Morphy sortit deux bouteilles d'eau minérale de la glacière et nous les bûmes, assis sur la berge. Ensuite nous montâmes dans la barque pour l'amener à l'emplacement où il avait laissé la balise de repérage.

A deux reprises la caisse accrocha un obstacle au fond alors que je la hissais, et je dus attendre que Morphy la libère avant de reprendre la manœuvre. Finalement, la caisse de métal gris arriva à la surface, Morphy la poussant par en dessous. J'attachai la corde pour garder notre prise à flot, et il alla nouer le filin de la balise à l'un des fûts d'essence, au cas où nous voudrions les examiner plus tard.

Je ramenai la barque au rivage et tirai la caisse au sec. La chaîne et le cadenas qui la fermaient étaient vieux et rouillés, ce qui présageait que notre butin serait décevant. Avec la hache je fis sauter le cadenas, au moment où Morphy arrivait sur la berge. Il s'accroupit à côté de moi, la bouteille toujours sur le dos et le masque remonté sur le front. Je tentai d'ouvrir le couvercle de la caisse, qui résista. Avec la tête de frappe de la hache, j'assenai plusieurs coups en remontant le bord du couvercle jusqu'à ce qu'il se descelle.

A l'intérieur se trouvait un lot de carabines Springfield calibre 50, et les os de ce qui semblait avoir été un petit chien. Les crosses étaient pourries, mais on lisait encore les lettres LNG sur le métal de leur plaque de couche.

— Des armes volées, estima Morphy en en prenant une et en l'examinant. De 1870, ou 80. Les autorités ont sans doute fait savoir que ces armes avaient été dérobées, et le voleur les a cachées là avec l'idée de venir les récupérer plus tard.

Il appuya un doigt sur le crâne du chien.

— Dommage que personne n'ait vu le chien des Baskerville dans les parages, nous aurions résolu le mystère.

Après un dernier regard aux carabines, il se tourna vers la balise marquant l'endroit où se trouvaient les fûts d'essence, poussa un soupir et avança dans l'eau.

Remonter les fûts se révéla une tâche des plus laborieuses. Par trois fois la chaîne glissa alors que nous hissions le premier. Morphy alla chercher l'autre chaîne et la croisa avec la première autour du fût. La barque faillit bien se retourner quand je voulus ouvrir le fût sans attendre d'être revenu au sec. Quand nous le tirâmes enfin sur la berge, nous constatâmes qu'il ne contenait que de l'huile de carter. Il était muni d'un trou pour être rempli et vidé, mais on pouvait également retirer le couvercle entier. Le deuxième fût ne contenait que les quelques pierres qui avaient servi à le lester.

Il était midi passé et Morphy accusait une fatigue bien compréhensible. La chaleur sur le bayou était humide et oppressante. Nous fîmes une pause pour manger un peu de poulet avec du pain et boire un café. Après nous être restaurés, je proposai d'inverser les rôles. Morphy accepta. Je lui confiai mon holster puis passai la combinaison de plongée et harnachai la deuxième bouteille.

L'eau était d'une fraîcheur surprenante, au point qu'elle me coupa presque le souffle quand j'en eus jusqu'à la poitrine. Les chaînes passées sur mon épaule pesaient lourd tandis que je me guidais en suivant le filin de la balise d'une main. Quand j'atteignis l'endroit où il disparaissait sous la surface, je décrochai la torche électrique de ma ceinture et plongeai.

Il faisait très sombre, d'autant que les lentilles d'eau au-dessus de moi arrêtaient la lumière solaire par endroits. A la limite de mon champ de vision, des poissons s'enfuyaient. Cinq fûts se trouvaient encore au fond, empilés en pyramide près d'un gros tronc d'arbre noyé par la montée des eaux et dont les racines s'enfonçaient profondément dans le sol du marais. Toute embarcation qui aurait voulu accoster dans les parages aurait nécessairement évité l'arbre, de sorte que les fûts ne risquaient pas d'être découverts par hasard. A la base de l'arbre, l'eau était plus sombre qu'ailleurs, et les fûts presque invisibles.

J'attachai les chaînes autour du fût supérieur et tirai une fois sur la corde pour m'assurer de la solidité de l'ensemble. Il glissa de l'empilement et m'arracha la corde des mains en descendant vers le fond. L'eau boueuse obscurcissait ma vision, et soudain tout devint noir quand l'essence commença à fuir du fût. Je remontais pour atteindre des eaux plus claires quand j'entendis le son assourdi d'une détonation. Un instant je pensai que Morphy avait un problème, puis je me souvins que c'était le signal convenu et qu'il s'adressait donc à moi.

C'est tout près de la surface que je le vis. L'alligator n'était pas très grand, un mètre quatre-vingts peut-être, et semblait aussi désorienté que moi par l'essence et la boue, mais il virait vers la lumière de ma torche électrique. Je l'éteignis et perdis aussitôt de vue l'animal. Enfin je refis surface.

Le filin de la balise était à moins de cinq mètres de moi, Morphy juste à côté.

— Dépêche ! me lança-t-il.

Je nageai avec des mouvements frénétiques vers lui, électrisé par une conscience aiguë de l'animal qui évoluait quelque part sous moi, à six mètres environ. Je distinguai les écailles sur son dos, ses yeux mauvais et la ligne de sa mâchoire pointée vers moi.

J'étais à un mètre cinquante de la barque lorsque l'animal se décida et fonça dans ma direction. Je recrachai l'embout.

— Descends-le, bon sang ! criai-je.

La détonation roula sur le bayou, et un geyser d'eau jaillit devant l'alligator, puis un second. Il s'arrêta net. Des taches roses et blanches traversèrent l'air et retombèrent sur l'eau à ma droite, et l'alligator vira vers elles.

Il les rejoignit au moment où d'autres pleuvaient de nouveau, plus à droite encore. Je touchai le bord de la barque et Morphy m'aida à y grimper. Il poussa la barque vers la berge et jeta une troisième poignée de marshmallows. Quand je le regardai il me décocha un grand sourire et goba le dernier marshmallow. Là-bas, l'alligator chassait les friandises.

— Tu as eu la frousse, hein ? fit-il d'un ton joyeux.

Je me débarrassai de la bouteille d'oxygène et m'affalai sur le dos au fond de la barque.

— Ouais, fis-je en retirant une palme. D'ailleurs je crois qu'il va falloir que tu fasses nettoyer cette combinaison.

Assis sur une souche, nous observions l'alligator. Pendant un temps il s'obstina à sillonner les eaux à la recherche d'autres marshmallows, puis opta pour une attitude d'attente, restant à la surface près du filin de la balise. Nous bûmes un peu de café et terminâmes le poulet.

— Tu aurais dû le tuer, dis-je.

— Nous sommes dans une réserve naturelle, et il y a des lois qui interdisent de tuer les alligators, répliqua Morphy d'un ton irrité. Quel intérêt y aurait-il à créer des réserves naturelles si les gens pouvaient venir ici faire des cartons sur la faune sauvage ?

Nous finissions le café quand je perçus le ronronnement d'un moteur qui venait vers nous.

— Merde, fit une voix familière, à l'accent de Brooklyn prononcé, quand la proue du bateau écarta les hautes herbes du passage, on dérange leur pique-nique.

Angel émergea en premier. Louis était au gouvernail. L'embarcation accosta près de nous, et ils l'attachèrent à l'érable. Angel venait de sauter dans l'eau peu profonde quand il remarqua que Morphy et moi regardions un point bien précis du bayou. Il se retourna, aperçut l'alligator et pataugea maladroitement jusqu'à la berge.

— Eh mec, c'est quoi, ici ? Jurassic Park ? grogna-t-il.

Louis passa de leur barque à la nôtre, puis sur la terre ferme.

— Tu n'avais pas dit à ta sœur de ne pas barboter dans la mare aux canards ?

Angel portait son sempiternel jean et des baskets usagées, avec un blouson en toile sur un tee-shirt orné du portrait de John Wayne avec le slogan « Plutôt la mort que l'inconscience ». Il tenait un paquet de beignets à la main. Louis était vêtu de bottes en crocodile, d'un Levi's noir et d'une chemise blanche sans col Liz Claiborne. Je leur présentai Morphy.

— On est passés voir comment ça va, expliqua Angel en surveillant l'alligator du coin de l'œil.

— Notre ami va être très mécontent s'il se rend compte que tu portes à tes pieds un de ses proches parents, Louis, dis-je.

Louis eut un reniflement dédaigneux et s'approcha du bord de l'eau.

— Il y a un problème ? demanda-t-il enfin.

— Nous faisions trempette quand Wally Gator est arrivé. Du coup nous avons arrêté de faire trempette.

Avec un nouveau reniflement, il dégaina son SIG et fit exploser la queue de l'animal. Celui-ci se débattit tandis que l'eau autour de lui se teintait d'un rouge vif. Il fila hors du bayou en laissant derrière lui un sillage sanglant.

— Vous auriez dû le dégommer, conclut Louis.

— Evitons le sujet, d'accord ? répondis-je. Retroussez vos manches, messieurs, nous allons avoir besoin de votre aide.

Je portais toujours la combinaison, aussi me proposai-je pour plonger.

— Tu essaies de me prouver que tu n'es pas une poule mouillée ? railla Morphy.

— Non, j'essaie de me le prouver à moi-même.

Nous pagayâmes jusqu'à la balise et je me mis à l'eau avec les crochets et les chaînes. Angel et Morphy demeuraient dans le bateau, le premier avec son arme prête, au cas où l'alligator réapparaîtrait. Louis nous avait rejoints dans l'autre embarcation. Le pétrole avait formé un film noir épais à la surface, et des volutes planaient entre deux eaux. Lorsque celui du dessus était tombé, les autres fûts s'étaient éparpillés. Celui qui fuyait ne semblait contenir que du pétrole.

Le travail était pénible. Il me fallait attacher chaque fût et aider à son ascension vers la surface, mais avec deux barques nous étions en mesure de transporter deux fûts jusqu'à la berge à chaque voyage. Il existait sans doute une méthode plus simple d'opérer, mais aucun de nous n'en eut l'idée.

Le soleil baissait et les eaux se teintaient d'or lorsque nous la trouvâmes.

43

J'ai maintenant l'impression qu'à mon premier contact avec le fût, alors que j'attachais les chaînes, une décharge très légère me parcourut, et que mon estomac se noua comme un poing se serre. Je fus vraiment secoué. Une lame brilla devant mes yeux et une fontaine de sang colora les profondeurs pendant un instant, mais ce devait être la lumière rasante du soleil à la surface qui se reflétait sur le verre de mon masque. Je fermai les yeux une seconde et je sentis un mouvement auprès de moi. Non pas l'eau du marais ou un poisson, mais un autre nageur qui s'entortillait autour de mon corps et de mes jambes. Je crus sentir des cheveux effleurer ma joue, mais ma main ne toucha que des herbes aquatiques.

Ce fût était plus pesant que les autres, alourdi qu'il était, nous allions le découvrir, par des briques de maçonnerie proprement coupées en deux. Il faudrait les efforts combinés d'Angel et de Morphy pour le sortir du bayou.

— C'est elle, dis-je à Morphy. Nous l'avons trouvée.

Et je replongeai jusqu'au fût. Je le poussai lentement sur les rocs et les troncs d'arbre qui parsemaient le fond pendant qu'ils le halaient. Nous le manœuvrions tous avec plus de précautions que les autres, comme si la fille à l'intérieur était seulement endormie et que nous ne voulions pas troubler son sommeil, comme si elle n'était pas dans un état de décomposition avancé et ne gisait là que depuis la veille. Sur la rive, Angel se saisit de la pince à levier et la plaça sous le couvercle, mais celui-ci refusa de s'ouvrir. Angel l'examina de plus près.

— Il est scellé, annonça-t-il.

Il gratta la surface du fût avec l'outil et étudia l'éraflure.

— Celui-là a été traité avec un produit anticorrosion. C'est pour ça qu'il est en meilleur état que les autres.

Il avait raison. Le fût était à peine rouillé, et la fleur de lys était aussi claire et nette que si on l'avait peinte la semaine précédente.

Je réfléchis un moment. Nous pouvions utiliser la tronçonneuse pour l'ouvrir mais, si j'avais vu juste et si la fille se trouvait bien à l'intérieur, je tenais à ne pas abîmer le cadavre. Nous pouvions aussi appeler à la rescousse les flics ou même les fédéraux. Je le suggérai, plus par acquit de conscience que par conviction, et même Morphy refusa. Il aurait eu à craindre un embarras certain si le fût était vide, mais en le regardant je compris que tel n'était pas le cas. Il désirait que nous allions aussi loin qu'il nous était possible.

Finalement nous tapotâmes doucement sur toute la hauteur du fût avec la hache. A la différence de sons, nous définîmes de notre mieux l'endroit où nous pouvions couper sans risque. Morphy pratiqua une incision près du fond scellé et, en nous aidant de la pince à levier et de la tronçonneuse, nous découpâmes l'équivalent d'une demi-circonférence. Ensuite nous repliâmes le métal avec la pince, et nous pûmes regarder à l'intérieur à la lumière d'une torche électrique.

Le corps n'était plus guère qu'un tas d'os et de guenilles. La peau et la chair avaient totalement disparu. On l'avait placée dans le fût la tête la première, et on lui avait brisé les jambes pour que tout le corps entre dans ce cercueil improvisé. Quand je braquai le pinceau lumineux vers le fond, j'aperçus des dents et des mèches de cheveux. Nous restions silencieux, à la contempler, entourés par l'eau et les bruits du bayou.

Cette nuit-là, je rentrai tard au Flaisance. Alors que nous attendions la police de Slidell et les gardes forestiers, Angel et Louis s'éclipsèrent, avec l'assentiment de Morphy. Je restai avec lui pour soutenir sa version des derniers événements. Sur son conseil, les flics locaux appelèrent le FBI. Je n'attendis pas dans les parages. Si Woolrich désirait me parler, il savait où me joindre.

Il y avait toujours de la lumière dans la chambre de Rachel quand je passai devant, et je m'arrêtai pour frapper à la porte. Elle ouvrit, vêtue seulement d'une chemise de nuit Calvin Klein rose qui descendait jusqu'à mi-cuisses.

— Angel m'a raconté, dit-elle en s'effaçant pour me laisser entrer. Cette pauvre fille…

Elle m'embrassa puis alla faire couler la douche. Je restai sous le jet un long moment, les mains appuyées contre le carrelage, l'eau coulant sur ma tête et mon dos.

Après m'être séché, je me ceignis la taille d'une serviette et retrouvai Rachel qui, assise sur le lit, feuilletait ses papiers. Elle me considéra d'un regard malicieux.

— Quelle pudeur, commenta-t-elle avec un petit sourire.

Je m'assis au bord du lit et elle passa les bras autour de moi par-derrière. Je sentis sa joue et la tiédeur de son souffle sur mon dos.

— Comment te sens-tu ? dis-je.

Son étreinte se crispa un peu.

— Ça va, enfin je crois.

Elle me retourna vers elle. Elle s'agenouilla sur le lit devant moi, les mains coincées entre ses cuisses, et se mordilla la lèvre inférieure. Puis elle tendit la main et doucement, presque timidement, elle la passa dans mes cheveux.

— Je pensais que les psychologues étaient mieux armés pour affronter ce genre de situation, fis-je.

— Bah, je suis aussi troublée que n'importe qui, sauf que je peux mettre un nom sur mon trouble. (Elle soupira.) Ecoute, pour ce qui s'est passé hier... Je ne veux pas te mettre la pression. Je sais combien tout ça est pénible pour toi, à cause de Susan et...

Je posai ma main sur sa joue, et du pouce je suivis le contour de sa bouche. Ensuite je l'embrassai et sentis ses lèvres s'ouvrir contre les miennes. J'avais envie de la serrer contre moi, de lui faire l'amour, de repousser la vision de la fille morte.

— Merci, dis-je, ma bouche toujours proche de la sienne, mais ne t'inquiète pas : je sais ce que je fais.

Elle se recula légèrement.

— Eh bien, dans ce cas il y a au moins un de nous deux qui le sait.

Le lendemain matin, les restes de la fille furent disposés sur une table métallique, dans la position fœtale que lui avait imposée l'exiguïté du fût. Suivant les instructions données par le FBI, elle avait été apportée à La Nouvelle-Orléans, pesée, mesurée, radiographiée, et on avait relevé ses empreintes digitales. Le sac mortuaire dans lequel elle avait été transportée de Honey Island avait été examiné afin d'en ôter les moindres débris qui auraient pu se détacher du cadavre pendant le trajet.

Le carrelage immaculé, les tables de métal luisant, les instruments chirurgicaux étincelants, les lumières d'un blanc cru des plafonniers, tout semblait trop dur, trop implacable. On avait l'impression que c'était une indignité ultime, après les affres de sa mort, de l'exposer dans le cadre stérile de cette salle, face à ces hommes qui l'étudiaient. Une partie de moi avait envie de la recouvrir d'un linceul et de la transporter avec douceur et précaution jusqu'à un trou sombre près d'une eau courante, où des arbres ombrageraient le sol sous lequel elle reposerait, et où plus personne ne viendrait troubler son sommeil éternel.

Mais une autre partie de moi, la partie rationnelle, savait qu'elle méritait de retrouver un nom, une identité qui mettrait fin à l'anonymat de ses souffrances et, peut-être, nous aiguillerait vers l'homme responsable de cette mort pitoyable. C'est pourquoi nous restâmes dans la pièce pendant que les médecins légistes gantés de blanc se mettaient au travail.

Le pelvis est la partie la plus spécifique pour distinguer un squelette masculin d'un squelette féminin. L'échancrure sciatique supérieure, située derrière le bassin — lui-même constitué de la hanche, de l'ischion, de l'os iliaque et du pubis —, est plus large chez la femme, avec un angle sous-pubien correspondant à peu près à l'écart entre le pouce et l'index. L'extrémité du pubis est également plus large chez la femme, mais les cavités articulaires des hanches sont plus petites, et le sacrum plus large.

Jusqu'au crâne qui chez la femme est différent, aussi doux et rond qu'un sein, et plus petit que le crâne de l'homme. Le frontal est plus haut, les orbites plus hautes, avec des bords plus doux ; la mâchoire inférieure, le palais et les dents sont plus étroits.

Les restes que nous avions sous les yeux se conformaient à cette description générale d'un cadavre de femme. On estima l'âge au moment du décès grâce à l'état des points d'ossification et aux dents. De plus la jonction de la clavicule avec le haut du sternum n'était que partielle. En combinant ces constatations avec l'étude des sutures crâniennes, le médecin légiste évalua l'âge à vingt et un ou vingt-deux ans. Il y avait des marques sur le front, à la base de la mâchoire et sur la pommette gauche, là où les incisions du tueur avaient touché l'os quand il avait écorché le visage.

Sa conformation dentaire fut enregistrée, procédure connue sous le nom d'odontologie légiste, afin d'être comparée à toutes celles figurant dans les dossiers de personnes disparues, et des prélèvements de moelle épinière et de cheveux furent effectués pour définir l'ADN de la victime. Puis le cadavre fut emporté. Woolrich, Morphy et moi n'échangeâmes que quelques paroles avant de partir chacun de notre côté mais, pour être tout à fait honnête, je ne me souviens plus de leur teneur. Je ne voyais que la fille. Et mes oreilles étaient emplies du son de l'eau.

Au cas où l'ADN et le dossier dentaire ne permettraient pas l'identification, Woolrich avait décidé de tenter une reconstruction faciale. Cette technique consiste en une analyse du crâne par laser, qui permet d'établir les contours du visage, lesquels peuvent ensuite être comparés à un crâne répertorié de dimensions similaires. Dès qu'il aurait eu le temps de se laver et d'avaler un café, Woolrich appellerait Quantico pour préparer cette opération.

Mais il ne fut pas nécessaire de recourir à la reconstruction faciale. Il fallut moins de deux heures pour identifier le cadavre de jeune femme sorti du marais. Bien qu'elle ait séjourné dans les eaux troubles du bayou pendant près de sept mois, on n'avait signalé sa disparition que trois mois auparavant.

Elle s'appelait Lutice Fontenot. C'était la demi-sœur de Lionel Fontenot.

44

La propriété fortifiée des Fontenot se trouvait à huit kilomètres à l'est de Delacroix. On y accédait par une route privée récente, faite de terre sombre, qui serpentait entre les marais et les arbres pourris jusqu'à une zone dénuée de toute végétation. De hauts grillages surmontés de barbelés entouraient un hectare au centre duquel s'élevait une bâtisse de plain-pied en forme de fer à cheval. Une Corniche décapotable et trois Explorers noirs étaient garés en ligne sur la partie cimentée qui s'étendait entre les ailes de la demeure. A l'arrière se trouvait l'ancienne maison, de plain-pied elle aussi, classique, en bois, avec un porche. Je ne vis personne quand j'arrêtai la Taurus de location devant la grille de la propriété. Louis était assis à côté de moi. Rachel avait pris l'autre voiture de location pour se rendre à la Loyola University.

— Peut-être aurions-nous dû prévenir de notre visite ? dis-je en scrutant les alentours toujours déserts.

A côté de moi, Louis leva lentement les mains au-dessus de sa tête et m'indiqua d'un mouvement de menton la zone devant nous. Deux hommes en jeans et chemises passées venaient d'apparaître. Ils se campèrent face à nous et nous menacèrent avec des Heckler & Koch HK53s. Grâce au rétroviseur j'en repérai deux autres. Un cinquième, avec une hache passée dans la ceinture, venait d'émerger du côté passager. C'étaient des types endurcis par une vie passée auprès de la nature, et certains avaient la barbe déjà teintée de gris. Leurs bottes étaient maculées de boue et ils avaient des mains d'ouvriers agricoles, couvertes de cicatrices, aux doigts épais et puissants.

Je regardai un homme de taille moyenne portant une chemise en toile bleue, un jean et des bottes de travail approcher de la grille. Quand il l'atteignit, il ne l'ouvrit pas, se contentant de nous observer. Son visage avait été brûlé par endroits, sur la partie droite la peau n'était plus qu'une succession de cicatrices, et les cheveux n'avaient pas repoussé. Un repli de peau tombait sur son œil mort et, quand il parlait, seul le coin gauche de sa bouche remuait.

— Qu'est-ce que vous voulez ? fit-il d'une voix à l'accent immédiatement reconnaissable : pur cajun.

— Je m'appelle Charlie Parker, répondis-je par la vitre baissée de la portière. Je suis venu pour voir Lionel Fontenot.

— Et lui ? dit-il en désignant Louis.

— Count Basie. Le reste de l'orchestre n'a pas pu se libérer.

Beau-Gosse n'eut pas l'ombre du début d'un sourire.

— Lionel ne reçoit personne. Virez vos culs d'ici avant d'avoir des problèmes.

Il tourna les talons et repartit vers la maison.

— Eh ! lançai-je. Vous vous êtes attribué tous les types de Joe Bones descendus à Metairie ?

Il s'arrêta net et se retourna.

— Qu'est-ce que vous venez de dire ? aboya-t-il avec la même expression outrée que si j'avais insulté sa sœur.

— Je pense qu'à Metairie il y a eu deux morts dont aucun de vous n'est responsable. S'il y a une récompense, j'aimerais la réclamer.

Il parut réfléchir une seconde puis demanda d'un ton plus posé :

— T'es un petit marrant ? Si c'est ce que tu crois, moi je ne te trouve pas marrant.

— Ah, vous ne me trouvez pas marrant ?

J'avais parlé d'un ton sec. Sa paupière gauche tressauta et le canon d'un H&K s'arrêta à cinq centimètres de mon nez. A l'odeur, il avait servi peu de temps auparavant.

— Essayez ça, pour voir si je suis ou non un marrant : je suis le type qui a sorti Lutice Fontenot du fond d'Honey Island. Vous voulez aller dire ça à Lionel, pour voir si ça le fait rire ?

Sans répondre, il pointa une commande infrarouge sur la grille qui s'ouvrit presque sans bruit.

— Sortez de la voiture, ordonna-t-il.

L'arme braquée, deux des gardes surveillaient nos mains pendant que nous ouvrions les portières. Deux autres s'approchèrent et nous fouillèrent. Ils cherchaient des micros, ou des armes. Ils tendirent le SIG de Louis à l'homme au visage brûlé, puis cherchèrent d'autres armes cachées à l'intérieur de la voiture. Ils ouvrirent le capot, le coffre, et regardèrent sous le véhicule.

— Pas à dire, mec, souffla Louis, tu te fais des amis partout où tu passes.

— Merci, répondis-je sur le même ton. C'est un don, chez moi.

Quand ils furent sûrs que nous ne représentions pas un danger immédiat, nous reçûmes pour consigne de remonter l'allée lentement, en voiture. L'homme à la hache s'installa sur la banquette arrière, et deux gardes marchèrent à hauteur de la voiture. Nous la garâmes près de la Corniche et on nous escorta vers le corps de bâtiment le plus ancien.

Dans la véranda, Lionel Fontenot nous attendait en buvant une tasse de café. L'homme au visage brûlé alla lui glisser quelques mots à l'oreille, mais Lionel l'interrompit en levant une main et nous considéra d'un regard dur. Une goutte d'eau tomba sur le sommet de mon crâne, et l'instant suivant nous nous tenions sous l'averse. Je portais mon costume de lin bleu Liz Claiborne et une chemise blanche avec une cravate en soie bleue. Je me demandai si elle déteindrait. La pluie était drue, et la poussière autour de la maison se transformait déjà en boue quand Lionel ordonna enfin à ses hommes de s'écarter. Il s'assit dans la véranda et d'un mouvement de tête nous invita à le rejoindre. Nous prîmes place sur des chaises en bois garnies de coussins. L'homme au visage brûlé se posta derrière nous. Louis et moi déplaçâmes légèrement nos sièges en nous asseyant, afin de pouvoir le surveiller du coin de l'œil.

Une domestique noire âgée, dont j'avais vu le visage au cimetière, sortit de la maison avec un plateau en argent portant une cafetière, un sucrier et un pot de crème du même métal, ainsi que trois tasses de porcelaine au bord orné d'une frise d'oiseaux multicolores se pourchassant. Elle plaça le tout sur une petite table en osier et s'éclipsa.

Lionel Fontenot était vêtu d'un pantalon de coton noir et d'une chemise blanche au col ouvert. Une veste noire coordonnée était posée sur le dossier de sa chaise, et ses souliers étaient parfaitement cirés. Il remplit les trois tasses, ajouta deux sucres dans l'une qu'il tendit sans un mot à l'homme au visage brûlé.

— Crème et sucre ? s'enquit-il en nous interrogeant du regard.

— Noir, merci, répondis-je.

— Idem, fit Louis.

Lionel nous présenta nos tasses respectives. Tout cela était très poli. Au-dessus de nous, la pluie tambourinait sur le toit de la véranda.

— Voudriez-vous m'expliquer comment vous en êtes venu à rechercher ma sœur ? dit enfin notre hôte.

Il avait l'expression de quelqu'un qui découvre un inconnu occupé à laver le pare-brise de sa voiture et qui ne parvient pas à décider s'il doit lui donner une pièce ou le frapper. Pour boire il tenait sa tasse le petit doigt levé. Je notai que l'homme au visage brûlé l'imitait.

Je ne relatai à Fontenot qu'une partie de ce que j'avais appris. Je lui parlai des visions de Tante Marie, de sa mort, de l'histoire du fantôme de la fille dans le bayou de Honey Island.

— Je pense que celui qui a tué votre sœur est aussi le meurtrier de Tante Marie Aguillard et de son fils. Il a également assassiné ma femme et ma fille. C'est ainsi que j'en suis venu à rechercher votre sœur.

Je n'ajoutai pas que je compatissais à son deuil. Il le savait certainement, de toute façon. Et s'il l'ignorait, alors inutile de le préciser.

— Vous avez abattu deux hommes à Metairie ?

— Un seul, rectifiai-je. Quelqu'un d'autre a tué le second.

Lionel se tourna vers Louis.

— Vous ?

Louis ne répondit pas.

— Quelqu'un d'autre, répétai-je.

Notre hôte reposa sa tasse.

— Alors quelle est la raison de votre venue ici ? Vous espérez ma gratitude ? Je dois aller chercher à La Nouvelle-Orléans la dépouille de ma sœur. Pensez-vous que je doive vous remercier pour cela ?

Il détourna la tête. Il y avait de la souffrance dans ses yeux, mais pas de larmes. Lionel Fontenot ne semblait pas homme à posséder des conduits lacrymaux très actifs.

— Ce n'est pas pour cela que je suis ici, dis-je d'un ton mesuré. Je veux savoir pourquoi la disparition de Lutice n'a été annoncée que depuis trois mois. Et la raison de la présence de votre frère dans Honey Island la nuit où il a été tué.

— Mon frère… répéta Fontenot.

L'affection, la frustration et la culpabilité se bousculèrent dans sa voix pour prononcer ces deux mots, comme les jolis oiseaux sur ses tasses. Puis il parut se reprendre. Il paraissait prêt à me dire d'aller au diable, à m'interdire de m'immiscer dans les affaires de sa famille, mais je soutins son regard et quelques secondes s'écoulèrent avant qu'il déclare :

— Je n'ai aucune raison de vous faire confiance.

— Je peux retrouver le coupable, affirmai-je.

J'avais parlé d'une voix basse et calme. Lionel acquiesça, plus pour lui-même qu'à mon intention, et sembla se décider enfin à parler.

— Ma sœur est partie fin janvier, début février. Elle n'aimait pas… (d'un geste vague, il engloba toute la propriété)… tout ça. Il y avait ces problèmes avec Joe Bones, certaines personnes avaient été blessées… (Il marqua une pause, le temps de choisir ses mots avec soin :) Un jour elle a clos son compte en banque, elle a fait ses bagages et elle est partie en laissant seulement un mot. Elle ne nous a rien dit en face. David ne l'aurait pas laissée s'en aller, de toute façon.

« Nous avons essayé de retrouver sa trace. Nous avons interrogé ses relations en ville, et même celles qu'elle avait à Seattle et en Floride. Mais sans aucun résultat. David a été très affecté par sa disparition. Lutice était notre demi-sœur. Après la mort de ma mère, mon père s'est remarié. Lutice est née de cette union. Quand mon père et la mère de Lutice sont décédés — en 1983, dans un accident d'automobile —, c'est nous qui avons pris soin d'elle. Plus particulièrement David. Ils ont toujours été très proches.

« Il y a quelques mois de cela, David a commencé à rêver de Lutice. Il n'en a rien dit au début, mais il s'est mis à maigrir, il était continuellement d'une pâleur maladive et ses nerfs lui jouaient des tours. Quand il m'a parlé, j'ai pensé qu'il perdait l'esprit et c'est ce que je lui ai dit, mais les rêves ont continué. Il la voyait sous l'eau, c'est du moins ce qu'il prétendait, il l'entendait frapper contre du métal, dans la nuit. Il avait la certitude que quelque chose lui était arrivé.

« Mais que pouvions-nous faire de plus ? Nous avions fouillé la moitié de la Louisiane. J'avais même pris contact avec certains hommes de Joe Bones, pour voir s'il y avait quelque chose à régler entre nous. Rien. Elle avait disparu, c'est tout.

« Et puis il est allé déclarer sa disparition, et les flics ont envahi la propriété. J'ai bien failli le tuer, ce jour-là, mais il a insisté. Il répétait sans cesse que quelque chose était arrivé à Lutice. Il avait perdu la raison, et j'ai dû gérer nos affaires seul, avec la menace de Joe Bones qui se précisait de jour en jour. »

Il regarda l'homme au visage brûlé.

— Leon ici présent était là quand David a reçu l'appel téléphonique. Il n'a pas voulu lui dire où il allait, et il est parti aussitôt dans sa satanée voiture jaune. Quand Leon a tenté de l'arrêter, il l'a braqué.

Je jetai un coup d'œil à Leon. S'il ressentait la moindre culpabilité pour l'assassinat de David Fontenot, il la dissimulait remarquablement bien.

— Une idée de l'identité de la personne qui l'a appelé ?

— Non.

Je posai ma tasse sur le plateau. Le café était froid, et il n'avait pas beaucoup de goût.

— Quand allons-nous attaquer Joe Bones ? lâchai-je.

Fontenot cligna des yeux, comme si je venais de le gifler, et Leon fit un demi-pas en avant.

— De quoi diable parlez-vous ?

— Vous avez un second enterrement à préparer, dès que la police vous aura restitué le corps de votre sœur. Ou bien vous rassemblez tous vos hommes pour que les funérailles se déroulent en sécurité, ou bien vous serez submergés par les médias et les flics. Quoi qu'il se passe, je suppose que vous allez essayer de régler son compte à Joe Bones avant l'enterrement, et certainement en allant le débusquer dans sa propriété de West Feliciana. Vous voulez venger David, et puis vous savez que Bones ne se tiendra pas tranquille tant que vous serez en vie. L'un de vous deux paiera votre conflit de sa vie.

Fontenot se tourna vers Leon.

— Ils n'ont pas d'armes ?

Leon fit non de la tête.

Notre hôte se pencha en avant, et quand il reprit la parole la menace tendait sa voix :

— Et qu'est-ce que tout ça peut bien vous foutre ?

Je ne me laissai pas impressionner. L'imminence de la violence suintait de son expression, mais j'avais besoin de son concours.

— Vous avez entendu parler de la mort de Tony Remarr ?

— Oui.

— Remarr a été tué parce qu'il se trouvait chez les Aguillard après l'assassinat de Tante Marie et de son fils, expliquai-je. On a retrouvé ses empreintes digitales, tachées du sang de Tante Marie. Joe Bones a appris la chose et a ordonné à Remarr de se mettre au vert. Mais le tueur l'a appris — comment, je l'ignore encore — et je pense qu'il s'est servi de votre frère comme appât, pour que Remarr le supprime. Ensuite le tueur s'est débarrassé de lui. Je veux savoir ce que Remarr a dit à Bones.

Fontenot réfléchit à ces derniers éléments.

— Et vous ne pouvez pas atteindre Bones sans mon aide, conclut-il.

A côté de moi, Louis eut un rictus dédaigneux.

— Ce n'est pas complètement exact, dis-je. Mais si vous devez bientôt le débusquer, on pourrait aussi bien en profiter.

— Si je vais rendre visite à ce fumier de Joe Bones, sa putain de propriété sera très calme quand j'en ressortirai, déclara Lionel Fontenot doucement.

— Faites ce que vous avez à faire, répliquai-je. J'ai juste besoin de le voir vivant. Un moment.

Il se leva, boutonna son col, prit une large cravate de soie noire dans la poche de sa veste et entreprit de la mettre, en vérifiant le nœud dans le reflet de la fenêtre.

— Où êtes-vous descendu ? demanda-t-il.

Je le lui dis et donnai mon numéro de téléphone à Leon.

— Nous vous contacterons. Peut-être. Ne revenez plus ici.

Visiblement, notre entretien était arrivé à son terme. Louis et moi approchions de la voiture quand Fontenot parla de nouveau. Il avait mis sa veste et ajustait encore sa cravate.

— Une dernière chose. J'ai appris qu'un certain Morphy, de St Martin, était là quand Lutice a été retrouvée. Vous avez des amis chez les flics ?

— Oui. Chez les fédéraux aussi. Ça vous pose un problème ?

Il tourna les talons.

— Pas tant que vous ne faites rien pour que ça en devienne un. Dans le cas contraire, les crabes se régaleront de vous et de votre ami.

Louis tripota la radio jusqu'à ce qu'il tombe sur une station qui semblait diffuser en continu du Dr John.

— C'est de la musique, ça ? grommela-t-il.

Les morceaux s'enchaînaient sans grande fluidité, passant de « Makin' Whoopee » à « Gris-Gris Gumbo Ya-Ya », et la voix de gorge de John envahissait la voiture. Louis reprit sa recherche et s'arrêta sur une station spécialisée dans la country music, avec trois titres à la suite de Garth Brooks.

— La musique du diable, bougonna-t-il avant d'éteindre la radio.

— Tu sais, lui dis-je, vous n'êtes pas forcés de rester si vous n'en avez pas envie. Les choses pourraient devenir difficiles, ou Woolrich et les fédéraux pourraient décider de les rendre difficiles pour vous.

Je savais que Louis était, selon le terme diplomatique employé par Angel, « en semi-retraite ». L'argent n'était plus un problème.

Il regarda par la vitre, pas vers moi.

— Tu sais pourquoi on est ici ?

— Pas vraiment. Je vous ai demandé de venir, mais je n'avais pas la certitude que vous accepteriez.

— Nous sommes venus parce que nous avons une dette envers toi, que tu ferais la même chose dans le cas inverse et parce que quelqu'un doit veiller sur toi après ce qui est arrivé à ta femme et ta gosse. Mais surtout, Angel pense que tu es un type bien. Peut-être que c'est aussi mon opinion, et peut-être que j'estime que ce que tu as fait cesser avec cette salope de Modine, ce que tu essaies d'arrêter ici, c'est correct. Tu me comprends ?

L'entendre parler de la sorte était étrange, étrange et touchant.

— Je crois comprendre, oui, répondis-je. Merci.

— Tu vas finir cette affaire ici ?

— Je l'espère, mais il me manque un détail, un schéma, quelque chose.

Je ne cessai d'entrevoir cet élément déterminant, comme un rat qui passe dans le halo des réverbères. Il fallait que j'en apprenne plus sur Edward Byron. J'avais besoin de parler avec Woolrich.

Rachel nous rencontra dans le hall d'entrée du Flaisance. Je pense qu'elle avait guetté l'arrivée de la voiture. Derrière elle, Angel attendait aussi, tout en mangeant un Lucky Dog qui ressemblait à l'extrémité d'une batte de base-ball surmontée d'oignon, de chili et de moutarde.

— Des types du FBI sont venus, annonça-t-elle. Ton ami Woolrich était avec eux. Ils avaient un mandat. Ils ont tout pris, mes notes, mes illustrations, tout ce qu'ils ont pu trouver.

Elle nous précéda jusqu'à sa chambre. Les murs avaient été dépouillés de tous les schémas et dessins punaisés. Même de mon diagramme.

— Ils ont fouillé notre chambre, ajouta Angel en se tournant vers Louis. Et celle de Bird.

Je sursautai en pensant au container d'armes. Angel vit ma réaction et comprit aussitôt.

— Nous avons planqué le matos dès que ton pote du FBI a regardé Louis de travers. Il est dans un garde-meubles sur Bayonne Street. Nous avons chacun une clef.

Je m'aperçus que Rachel semblait plutôt exaspérée que réellement en colère. Impatiente de prendre la parole.

— Je rate quelque chose, là ? fis-je.

Elle me sourit.

— J'ai dit qu'ils avaient pris tout ce qu'ils pouvaient trouver. Angel les a vus venir. J'ai caché des notes sous ma chemise. Angel s'est occupé d'une partie du reste.

Elle retira de sous le lit un petit paquet de feuilles et les agita en une petite révérence triomphante. Elle en prit une pliée en deux dans son autre main.

— Je pense que ceci pourrait t'intéresser, dit-elle.

Je dépliai la feuille et une douleur soudaine me serra la poitrine.

C'était une illustration représentant une femme assise, nue, sur une chaise. Son corps avait été incisé du cou à l'aine, et la peau retroussée de chaque côté reposait sur ses bras comme les plis d'une toge. Sur ses genoux gisait un jeune homme, ouvert de façon similaire mais avec un vide béant là où son estomac et ses organes internes avaient été ôtés. En dehors du détail de l'éviscération et du sexe différent d'une des victimes, l'image reproduisait le supplice infligé à Jennifer et Susan.

— La *Pietà* d'Estienne, expliqua Rachel. C'est une œuvre très obscure, voilà pourquoi j'ai mis tant de temps à la retrouver. Même à son époque, son côté explicite à l'excès a été jugé blasphématoire. Au goût des autorités de l'Eglise, elle offrait trop de ressemblances avec l'image du Christ dans les bras de Marie. Estienne a failli finir au bûcher pour cela.

Elle me reprit l'illustration et la contempla avec tristesse, puis la replaça sur le lit avec les autres papiers.

— Je sais ce qu'il fait, dit-elle. Il crée des *memento mori*, des représentations de la mort.

Elle s'assit sur le bord du lit et joignit ses mains sous son menton, comme en prière.

— Il nous donne des leçons sur notre condition de mortels.

IV

Il avait une âme à connaître votre être intérieur, Crispin.

Edward Ravenscroft,
L'Anatomiste

45

A Madrid, l'école de médecine de l'Université Complutense possède un musée anatomique remarquable. Il fut créé par Charles III, et une grande part des collections qui y sont présentées est le fruit des efforts d'un médecin, Julian de Velasco, qui vécut dans la deuxième moitié du dix-neuvième siècle. Le Dr Velasco était un homme qui prenait son travail très au sérieux. Il était connu pour avoir momifié le corps de sa propre fille, tout comme William Harvey découvrit la circulation sanguine en décidant l'autopsie de son père et de sa sœur.

La grande salle rectangulaire est flanquée de vitrines où sont exposés deux squelettes géants, la copie en cire d'une tête de fœtus et deux *despellejados*. Ce sont des « hommes écorchés », qui montrent les mouvements des muscles et des tendons sans le voile blanchâtre de la peau pour les dissimuler au spectateur. Vesalius, Valverde, Estienne, leurs prédécesseurs, leurs pairs, leurs successeurs ont tous travaillé selon cette tradition. Des artistes tels que Michel-Ange et Léonard de Vinci ont créé leurs propres écorchés, ainsi qu'ils désignaient leurs dessins, d'après leur participation à des dissections.

Et les images qu'ils ont laissées étaient plus que de simples études anatomiques : elles servaient, à leur manière, à rappeler la nature d'écorché de l'être humain, à affirmer la capacité du corps à supporter la souffrance et la mort. Ces œuvres nous mettaient en garde contre la futilité de l'apparence physique et insistaient sur la réalité de la maladie, de la douleur et de la mort dans cette vie, et la promesse de quelque chose de meilleur dans la suivante.

Dans la Florence du dix-huitième siècle, la pratique du modelage anatomique atteignit des sommets. Sous le patronage de l'abbé Felice Fontana, des anatomistes et des artistes travaillèrent ensemble pour créer des sculptures en cire d'abeille. Les anatomistes disséquaient les cadavres, les artistes versaient le plâtre liquide et faisaient ainsi des moules. Des couches de cire étaient ensuite versées dedans, avec de la graisse de porc pour modifier la température de la cire lorsque cela était nécessaire, ce qui permettait un effet reproduisant la transparence des tissus humains.

Ensuite, avec des aiguilles, des brosses et des pointes, les moindres caractéristiques du corps étaient reproduites. On ajoutait les sourcils, les cils, poil par poil. Le Bolognais Lelli utilisa de vrais squelettes comme structures pour ses créations en cire. L'empereur d'Autriche Joseph II fut tellement impressionné par la collection qu'il commanda mille cent quatre-vingt-douze exemplaires afin de promouvoir l'enseignement médical dans son propre pays. Frederik Ruysch, professeur d'anatomie à l'Atheneum Illustre d'Amsterdam, se servait de fixatifs chimiques et de teintures pour préserver ses spécimens. Sa maison contenait une exposition de squelettes de bébés et d'enfants dans diverses postures, qui rappelaient le caractère éphémère de la vie.

Pourtant rien n'était comparable à la réalité d'un vrai corps humain exposé à la vue. Des démonstrations publiques de dissection attirèrent des foules immenses, certaines en déguisements carnavalesques. Apparemment, ces gens venaient apprendre. En réalité, la dissection n'était guère plus qu'une extension de l'exécution publique. En Angleterre, le Murder Act promulgué en 1752 offrait un lien direct entre les deux en autorisant la dissection du cadavre du meurtrier, et cette dissection pénale post mortem devint une forme de châtiment supplémentaire pour le criminel, à qui était désormais refusé un enterrement dans les règles. En 1832, l'Anatomy Act étendit aux pauvres la suppression d'une vie après celle-ci en ordonnant la confiscation de leurs corps aux fins de dissection.

Ainsi la mort et la dissection allaient main dans la main à mesure que progressaient les connaissances scientifiques. Mais qui se souciait de la douleur ? Qu'en était-il de ce dégoût de la Renaissance pour le fonctionnement du corps de la femme, qui avait amené à une fascination morbide pour l'utérus ? Dans les actes d'écorchement et de dissection, les réalités de la souffrance, du sexe et de la mort n'étaient jamais loin.

Révélé à nos yeux, l'intérieur du corps nous parle de notre condition de mortels. Mais combien d'entre nous peuvent supporter ce spectacle ? Nous ne voyons notre propre mort qu'au travers de celle d'autrui. Et même ainsi, c'est seulement dans des circonstances exceptionnelles, en temps de guerre, ou lors d'une mort accidentelle violente, ou d'un meurtre, lorsque le spectateur est témoin de l'acte lui-même ou de ses conséquences immédiates, que la mort dans toute sa réalité sanglante nous est dévoilée.

D'après Rachel, à sa façon violente et toujours chargée de souffrance, le Voyageur cherchait à abattre ces barrières. En tuant ses victimes de cette façon, il les rendait conscientes de leur condition, il leur exposait leur propre réalité corporelle intérieure, il les initiait à la signification de la douleur véritable. Mais elles servaient aussi à rappeler à d'autres leur condition de mortels et l'horrible douleur finale qu'ils subiraient un jour.

Le Voyageur franchissait les frontières entre la torture et l'exécution, entre la curiosité intellectuelle et le sadisme physique. Il s'inscrivait dans l'histoire secrète du genre humain, celle enregistrée au treizième siècle dans l'*Anatomia Magistri Nicolai Physici*, qui relevait que les Anciens pratiquaient la dissection aussi bien sur les morts que sur les vivants, attachant les condamnés par les pieds et les mains avant de les disséquer peu à peu, en commençant par les membres avant de s'intéresser aux organes internes. Celse et Augustin avaient tenu de semblables allégations concernant des dissections de sujets vivants, que les historiens de la médecine continuent de contester.

Et à présent le Voyageur s'était mis à rédiger sa propre histoire, à offrir sa version personnelle du mariage de l'art et de la science, à exposer dans le sang ses réflexions sur la mortalité, à faire naître un Enfer dans le corps humain.

Rachel nous expliqua tout cela dans sa chambre. Au dehors, la nuit était tombée et des bribes de musique flottaient dans l'obscurité.

— Je pense que l'aveuglement des victimes peut être rattaché à leur ignorance, constituer une représentation physique de notre incapacité à comprendre la réalité de la douleur et de la mort, dit-elle. Mais il indique aussi jusqu'à quel point le tueur est en retrait de l'humanité ordinaire. Nous souffrons tous, nous expérimentons tous la mort de différentes manières avant de mourir nous-mêmes. Il croit être le seul à pouvoir nous l'enseigner…

— Ou alors il estime que nous l'avons oublié et qu'il doit nous le remémorer, ajoutai-je, que c'est son rôle de nous rappeler à quel point nous avons peu d'importance.

Rachel m'approuva d'un hochement de tête.

— Si c'est exact, alors pourquoi Lutice Fontenot a-t-elle été cachée dans un fût de pétrole ?

C'était Angel qui venait d'intervenir, du balcon d'où il contemplait la rue tout en nous écoutant.

— Travail d'apprenti, répondit Rachel, ce qui déclencha une moue étonnée chez Louis. Le Voyageur croit qu'il crée des œuvres d'art. Le soin qu'il prend à disposer les cadavres, leur rapport avec d'anciens textes médicaux, leur lien avec la mythologie et la représentation artistique du corps humain, tout se rejoint. Mais les artistes doivent bien commencer un jour. Les poètes, les peintres, les sculpteurs suivent tous un apprentissage, qu'il soit formel ou autre. Le travail qu'ils accomplissent pendant cette période de formation peut influencer leur œuvre future, mais d'habitude ils ne l'exposent pas au public. C'est aussi pour eux une chance, car ils ont tout loisir de commettre des erreurs sans crainte des critiques, et de se rendre compte de ce qu'ils peuvent ou ne peuvent pas réussir. Peut-être Lutice Fontenot n'était-elle que cela pour lui : un travail d'apprenti.

— Pourtant elle est morte après Susan et Jennifer, dis-je à mi-voix.

— Il a tué Susan et Jennifer parce qu'il le désirait, mais le résultat ne l'a pas satisfait. Je pense qu'il s'est servi de Lutice pour s'entraîner encore avant de revenir à un meurtre public, répondit-elle en évitant de me regarder. Pour Tante Marie et son fils, il existe sans doute plusieurs motifs combinés, découlant autant du désir que de la nécessité, et cette fois il a eu le temps de mettre en scène l'effet qu'il voulait atteindre. Ensuite il a dû tuer Remarr, à cause de ce que Remarr avait vu ou risquait d'avoir vu, mais une fois de plus il en a fait un *memento mori*. A sa façon, il est pragmatique : il n'hésite pas à tirer avantage d'un meurtre nécessaire.

Angel ne paraissait pas convaincu par la théorie de Rachel.

— Mais qu'en est-il de la façon dont la plupart d'entre nous réagit face à la mort ? Ça nous donne plutôt envie de vivre, et même de baiser !

Rachel me jeta un coup d'œil, puis revint à ses notes.

— Enfin, qu'est-ce que ce type attend de nous ? insista Angel. Qu'on arrête de manger, d'aimer, tout ça parce qu'il est fasciné par la mort et qu'il croit que l'autre monde sera meilleur ?

Je repris la reproduction de la *Pietà* et examinai en détail les corps, les intérieurs soigneusement étiquetés, et les expressions placides de la femme et de l'homme. Les visages des victimes du Voyageur ne ressemblaient en rien à ceux-là. Ils étaient tordus par les spasmes de l'agonie.

— Il se contrefiche de l'autre monde, dis-je. Il ne s'intéresse qu'aux dommages qu'il peut provoquer dans celui-ci.

Je me levai et allai rejoindre Angel. Dans la cour, les chiens trottinaient et reniflaient le sol ici et là. Je distinguai des odeurs de cuisine et de bière, et j'imaginai que, derrière tout cela, je pouvais sentir la masse de l'humanité elle-même, qui grouillait autour de nous.

— Pourquoi ne s'en est-il pas pris à nous ? Ou à toi ? s'étonna Angel.

Il s'était adressé à moi, mais c'est Rachel qui répondit :

— Parce qu'il veut que nous comprenions. Tout ce qu'il a fait jusqu'alors, c'était dans le but de nous amener à un certain état de conscience. Tout cela est un effort pour communiquer, et nous sommes son public. Il ne veut pas nous tuer.

— Pas encore… fit Louis, dubitatif.

Rachel hocha une fois la tête, sans me quitter des yeux.

— Pas encore, souffla-t-elle.

Nous étions convenus de nous retrouver au Vaughan's. De retour dans ma chambre, je téléphonai à Woolrich et laissai un message sur son répondeur. Il rappela cinq minutes plus tard et me proposa que nous nous rencontrions au Napoleon House une heure plus tard.

Il tint parole. Il arriva peu avant vingt-deux heures. Il portait un pantalon de toile blanc cassé et une veste assortie sur l'avant-bras, qu'il enfila dès son entrée dans le bar.

— Il fait froid ici, ou c'est simplement la différence de température ?

Le manque de sommeil avait accentué les ridules au coin de ses yeux, et il sentait la sueur. Ce n'était plus la personne assurée dont j'avais eu l'image dans l'appartement de Jenny Ohrbach, qui s'adjugeait la maîtrise de la situation sur un groupe de flics sourdement hostiles. Il semblait vieilli, incertain. S'approprier les papiers de Rachel comme il l'avait fait ne lui ressemblait pas ; l'ancien Woolrich les aurait pris tout autant, mais il les aurait d'abord demandés.

Il commanda une Abita pour lui et une autre eau minérale pour moi.

— Tu peux me dire pourquoi tu as saisi ces papiers à l'hôtel ?

— Ne vois pas ça comme une saisie, Bird. C'est plutôt un emprunt.

Il but un peu de bière et se contempla dans le miroir. Ce qu'il vit ne sembla pas lui plaire.

— Tu aurais pu demander, tout simplement, insistai-je.

— Tu me les aurais donnés ?

— Non, mais je t'aurais expliqué pourquoi je ne voulais pas te les confier.

— Je ne pense pas que Durand aurait été très impressionné par ce genre de discours. Franchement, moi non plus.

— C'est Durand qui a monté ce coup ? Pourquoi ? Vous avez vos propres profileurs, plusieurs de vos agents travaillent sur cette affaire. Pourquoi étiez-vous si sûrs que nous pouvions apporter quelque chose ?

Il se déplaça sur son tabouret et se pencha vers moi, assez près pour que je sente son haleine.

— Bird, je sais que tu veux épingler ce type. Je sais que tu veux l'avoir pour ce qu'il a fait à Susan et à Jennifer, à la vieille femme et à son fils, à Florence, à Lutice Fontenot et peut-être même à ce connard de Remarr. J'ai essayé de te garder au courant des progrès de l'enquête et toi tu interviens dans son déroulement avec tes gros sabots. C'est un assassin qui loue la chambre voisine de la tienne, Dieu sait ce que trafique son pote, et ta copine collectionne les écorchés comme d'autres les timbres. Tu ne m'as rien communiqué, alors j'ai agi comme je le devais. Tu crois que je fais de la rétention d'information ? Avec la merde que tu as soulevée, tu as de la chance que je ne t'aie pas remis dans le premier avion pour cette Grosse Pomme pourrie de New York.

— Il faut que je sache ce que tu as appris sur ce type, contrai-je. Qu'est-ce que tu ne m'as pas dit sur lui ?

— Ce que je n'ai pas dit ? Bon sang, Bird, tu es incroyable ! Tiens, voilà quelque chose : la femme de Byron ? Tu veux savoir quelle filière elle a suivie pendant ses études ? Section artistique. Sa thèse parlait de l'art de la Renaissance, et plus précisément de la représentation du corps humain à cette époque. A ton avis, cela n'inclurait pas des représentations médicales, et son ex n'en aurait pas tiré une partie de ses idées malsaines ?

Il inspira lentement et but une longue gorgée de bière.

— Tu es l'appât, Bird. Tu le sais, et je le sais. Et je sais autre chose, ajouta-t-il d'une voix froide et dure. Je sais que tu étais présent au cimetière de Metairie. A la morgue, il y a un type avec une balle dans le crâne, et les flics ont les restes d'un projectile de 10 millimètres tiré par un Smith & Wesson qu'on a extrait du marbre derrière lui. Tu veux me parler de ça, Bird ? Tu veux me dire si tu étais seul quand le massacre a commencé dans le cimetière ?

Je ne répondis pas.

— Tu la sautes, Bird ?

Je le dévisageai. Aucune trace d'amusement dans ses prunelles, et il ne souriait pas. Je ne vis que de l'hostilité et de la méfiance sur son visage. Quoi que je veuille apprendre sur le compte d'Edward Byron et de son ex-femme, il me faudrait le découvrir seul. Si à cet instant je l'avais frappé, nous nous serions gravement empoignés. Mais je ne gaspillai pas davantage ma salive avec lui, et je quittai le bar sans lui accorder un regard.

Je pris un taxi jusqu'à Bywater et descendis devant le Vaughan's Lounge, au coin de Dauphine et de Lesseps. Je réglai les cinq dollars de droit d'entrée à la porte. A l'intérieur, Kermit Ruffins et les Barbecue Swingers s'étaient égarés dans un air de cuivres New Orleans, et les assiettes de haricots rouges occupaient les tables des clients. Rachel et Angel dansaient entre les tables sous le regard peiné de Louis. Alors que j'approchais, le rythme de la musique ralentit et Rachel me prit par le bras. Je tournoyai lentement avec elle pendant un moment. Elle me caressa tendrement le visage de la main et je goûtai cet instant, les yeux fermés. Ensuite j'allai m'asseoir et bus un soda en laissant mon esprit battre la campagne, jusqu'à ce que Louis me rejoigne.

— Tu n'avais pas grand-chose à dire, quand nous étions dans la chambre de Rachel, remarquai-je.

— Mouais. C'est de la foutaise, vos trucs. Toute cette théorie, avec la religion, les dessins médicaux, ce n'est que du décor. Et peut-être qu'il y croit, mais peut-être pas. Ça n'a rien à voir avec notre condition de mortels, ça a à voir avec la beauté de la couleur de la viande saignante.

Il but une gorgée de bière et ajouta :

— Et ce type aime le rouge.

De retour au Flaisance, allongé auprès de Rachel, j'écoutai sa respiration dans l'obscurité.

— J'ai beaucoup réfléchi, dit-elle. A propos de notre tueur.

— Et ?

— Je pense que ce pourrait ne pas être un homme.

Je me redressai sur les coudes et l'observai. Je distinguais le blanc de ses yeux, grands et luisants.

— Pourquoi ?

— Je n'en suis pas certaine. Mais j'ai l'impression qu'il y a quelque chose de presque féminin dans la sensibilité de la personne qui commet ces crimes, une… perception aiguë de l'interconnexion qui existe entre les choses, de leur potentiel symbolique. Je ne sais pas... Je réfléchis à haute voix, mais ce n'est pas là une forme de sensibilité typique de l'homme moderne. Peut-être que le terme « féminin » est inapproprié. Je veux dire : la façon de procéder, cette cruauté, cette capacité à dominer, tout désigne un homme… Mais c'est tout ce que je vois, pour l'instant.

Elle retomba dans le silence.

— Est-ce que nous devenons un couple ? demanda-t-elle enfin.

— Je l'ignore. A ton avis ?

— Tu évites de répondre à la question.

— Non, pas vraiment. Ce n'est pas une question à laquelle je suis habitué à répondre, d'ailleurs je n'avais pas envisagé de devoir y répondre encore un jour. Si tu me demandes si je désire que nous restions ensemble, alors la réponse est oui. Ça m'inquiète un peu, et je traîne avec moi plus de bagages qu'il n'en passe par les mains des porteurs à JFK, mais oui, je veux être avec toi.

Elle déposa un baiser très doux sur mes lèvres.

— Pourquoi as-tu arrêté de boire ? s'enquit-elle. Puisque nous en sommes aux confidences.

La question me déstabilisa un peu.

— Parce que si je buvais un verre maintenant, je me réveillerais à Singapour avec de la barbe, une semaine plus tard.

— Cela ne répond pas à ma question.

— Je me détestais et cela me poussait à détester les autres, y compris les gens les plus proches de moi. La nuit où Susan et Jennifer ont été tuées, j'étais en train de boire. Je buvais beaucoup, pas seulement cette nuit-là, les autres aussi. Je buvais pour de multiples raisons, à cause de la pression du boulot, de mon insuffisance en tant que mari, en tant que père, et peut-être pour d'autres raisons encore, des raisons qui remontent à beaucoup plus loin dans ma vie. Si je n'avais pas été un ivrogne, Susan et Jennifer seraient peut-être encore vivantes. Alors j'ai arrêté. Trop tard, mais j'ai arrêté.

Elle ne fit pas de commentaire. Elle ne dit pas « Ce

n'était pas ta faute » ou « Tu ne dois pas t'accuser ». Elle était trop fine pour réagir ainsi.

Je pense que de mon côté j'avais envie d'en dire plus, d'essayer de lui expliquer ce qu'était pour moi l'existence sans alcool, et combien j'avais peur, sans la boisson, de ne plus avoir le moindre désir, et que chaque jour soit simplement un jour de plus sans un verre. Parfois, lorsque j'étais au trente-sixième dessous, je me demandais si ma traque du Voyageur n'était pas une manière de remplir mes journées, tout simplement, une excuse pour ne pas dérailler.

Plus tard, alors qu'elle s'était endormie, je restai allongé sur le lit, sur les draps, et je repensai à Lutice Fontenot et à ces cadavres transformés en œuvres d'art. Puis moi aussi je cédai au sommeil.

46

Je dormis mal. La conversation avec Woolrich m'avait blessé, et je rêvai d'eaux sombres. Au matin, je pris seul le petit déjeuner après avoir réussi à me procurer ce qui semblait bien être le seul exemplaire du *New York Times* dans Orleans Parish au Riverside News, près de la Jax Brewery. Plus tard, je rejoignis Rachel au Café du Monde et nous traversâmes à pied le Marché français, déambulant entre les étals de tee-shirts, de CD ou de portefeuilles bon marché, jusqu'à la section proposant des produits frais connue sous le nom de Farmers' Market. Les noix de pécan ressemblaient à des yeux noirs, les gousses d'ail étaient pâles et fripées, la chair rouge sombre des melons coupés retenait le regard comme une blessure. Des poissons aux yeux blancs gisaient dans la glace pilée à côté de queues d'écrevisses ; des crevettes sans tête voisinaient avec des « brochettes de gator » et des réservoirs remplis d'une eau trouble où pataugeaient des bébés alligators. Des étals croulaient sous les aubergines et les courgettes, les oignons doux et les gousses d'ail, les tomates romaines et les avocats mûrs à point.

Plus d'un siècle auparavant, le quartier s'étendait sur deux pâtés de maisons le long de Gallatin Street, sur les docks entre Barracks et Ursuline. Avec Shanghai et le Bowery, c'était à l'époque l'un des endroits les plus mal famés du monde, une concentration de bordels et de distilleries de gnôle où des hommes au visage dur rencontraient des femmes au visage encore plus dur, et où toute personne sans arme le regrettait tôt ou tard.

Aujourd'hui Gallatin avait disparu, on l'avait effacée de la carte et remplacée par un quartier où se côtoyaient touristes et pêcheurs cajuns de Lafayette et au-delà venus vendre leur production dans l'air poisseux du Mississippi. Cette ville était ainsi, semblait-il : des rues disparaissaient, des bars ouvraient et, un siècle plus tard, n'existaient plus ; des immeubles étaient détruits ou brûlés et d'autres prenaient leur place. Le changement était perpétuel, et pourtant l'esprit de La Nouvelle-Orléans restait inchangé. En ce matin à l'atmosphère lourde, la ville semblait maussade sous les nuages, et elle infectait les gens comme une maladie passagère qui se diluerait avec la première pluie.

La porte de ma chambre était entrebâillée quand nous revînmes en passant par la cour. Je fis signe à Rachel de se plaquer contre le mur et je dégainai mon Smith & Wesson. Je gravis l'escalier en posant les pieds sur les côtés des marches en bois, pour éviter tout craquement. Je n'avais pas oublié le bruit des balles tirées par la Steyr de Ricky qui me frôlaient la tête. *Joe Bones t'envoie le bonjour*. Si Joe Bones voulait encore me saluer, j'étais prêt à brûler assez de poudre pour le renvoyer en enfer.

Arrivé auprès de la porte, je me figeai et tendis l'oreille. Si la femme de ménage s'était trouvée à l'intérieur, elle aurait siffloté et remué les meubles, ou aurait écouté du blues sur sa petite radio portable. S'il y avait une femme de chambre dans cette pièce, elle dormait ou lévitait.

Je repoussai violemment la porte de l'épaule et entrai d'un bond, l'arme braquée, le regard en alerte. Il s'arrêta sur Leon qui feuilletait un magazine, assis sur un fauteuil près du balcon. Il me considéra avec encore moins d'intérêt qu'il ne semblait en porter à la revue. Son œil blessé luisait sous le repli de peau.

— Quand vous aurez fini ici, il y a des cheveux à

ramasser dans la douche, et la porte des toilettes qui coince, dis-je.

— Si la pièce s'écroulait sur ton crâne, je bougerais peut-être, répliqua-t-il.

Ce Leon, quel plaisantin.

Il jeta le magazine sur le sol et regarda derrière moi Rachel, qui m'avait suivie dans la chambre. Il ne lui accorda pas plus d'intérêt ; peut-être bien qu'il était mort et que personne n'avait osé lui annoncer la nouvelle.

— Elle est avec moi, fis-je.

Leon semblait prêt à s'écrouler d'un bloc, tant il était apathique.

— Dix heures ce soir, au croisement de la 966, à Starhill. Toi et ton ami noir. S'il y a quelqu'un d'autre, Lionel te lestera au fusil à pompe.

Il se leva pour partir. Alors qu'il passait à côté de moi, je mimai un revolver avec le pouce et l'index et fis mine de lui tirer dessus. Un éclair d'acier brilla à chacune de ses mains et deux couteaux à lame crénelée s'immobilisèrent à quelques centimètres de mon visage. Je vis le bout du mécanisme à ressort dans ses manches. Ce qui expliquait pourquoi Leon ne paraissait pas ressentir le besoin de porter une arme à feu.

— Impressionnant, commentai-je. Mais ça ne devient vraiment marrant que lorsque quelqu'un perd un œil.

Sa prunelle droite morte parut darder un faisceau laser jusqu'au tréfonds de mon âme, comme pour la transformer en poussière, puis il sortit de la chambre. Je ne parvins pas à entendre ses pas alors qu'il descendait l'escalier.

— Un de tes amis ? demanda Rachel.

Je sortis sur le balcon et scrutai la cour déjà déserte.

— Si ce type est un ami, alors je suis encore plus seul que je ne le croyais.

Quand Louis et Angel revinrent d'un petit déjeuner tardif, j'allai frapper à leur porte. Quelques secondes s'écoulèrent avant que je n'obtienne une réponse.

— Ouais ? lança Angel.

— Bird. Vous êtes présentables ?

— Bordel, j'espère bien que non. Entre.

Louis était assis dans le lit et lisait le *Times-Picayune*. Angel était allongé à côté de lui, sur les draps, nu à part la serviette qui lui ceignait les reins.

— C'est juste pour moi, la serviette ?

— Je ne voudrais pas que tu aies honte de ta sexualité.

— Ouais, ça risquerait d'annuler le peu qu'il m'en reste.

— Très spirituel pour un mec qui saute une psychologue. Pourquoi tu ne te contentes pas de payer tes quatre-vingts dollars de l'heure, comme tout le monde ?

Louis nous gratifia d'un regard alourdi par l'ennui et se replongea dans sa lecture. Peut-être que lui et Leon avaient des ancêtres communs.

— Le gars de Fontenot vient de me rendre visite, annonçai-je.

— La reine de beauté ?

— En personne.

— C'est pour quand ?

— Ce soir, dix heures. Mieux vaudrait retirer ton matériel du garde-meubles.

— Je vais envoyer mon garçon de courses, fit Louis en décochant un coup de pied dans la jambe d'Angel sous le drap.

— La reine de laideur ?

— En personne.

Angel continuait de regarder le match télévisé.

— Ma dignité m'interdit de relever.

— Tu as beaucoup de dignité pour un mec avec une serviette sur la queue, dit Louis sans lever la tête du journal.

— C'est une grande serviette, rétorqua Angel.

— Beaucoup de place de perdue, si tu veux mon avis.

Je les laissai se débrouiller. Revenu dans ma chambre, je trouvai Rachel adossée au mur, bras croisés et une expression féroce sur le visage.

— Qu'est-ce qui se passe ? voulut-elle savoir.

— Nous retournons voir Joe Bones.

— Et Lionel Fontenot va le tuer, siffla-t-elle. Il ne vaut pas mieux que ce Joe Bones. Tu ne te ranges de son côté que par commodité. Que se passera-t-il quand Lionel Fontenot l'aura abattu ? Est-ce que les choses iront mieux pour autant ?

Je préférai ne pas répondre. J'imaginais aisément la suite des événements. Le marché de la drogue connaîtrait une brève perturbation, le temps pour Fontenot de renégocier les deals en cours ou d'y mettre un terme. Les prix monteraient et il y aurait quelques cadavres de plus quand ceux qui se sentiraient assez forts pour lui disputer le territoire de Bones sortiraient du bois. Fontenot les éliminerait sans hésiter, je n'en doutais pas une seconde.

Rachel avait raison. Seul l'opportunisme de la situation me rangeait aux côtés de Fontenot. Joe Bones savait quelque chose sur ce qui s'était produit la nuit de la mort de Tante Marie, quelque chose qui pouvait me rapprocher de l'homme qui avait assassiné ma femme et ma fille. S'il fallait les armes de Fontenot pour découvrir ce que c'était, alors je serais avec ceux qui les tenaient.

— Et Louis sera de la boucherie, évidemment, dit Rachel d'un ton froid. Mon Dieu, quel homme es-tu devenu ?

Plus tard, je pris la voiture pour me rendre à Baton Rouge. J'avais insisté pour que Rachel m'accompagne. Nous étions tous les deux mal à l'aise, et nous n'échangions pas un mot. Elle regardait obstinément par la vitre de sa portière, la main droite soutenant sa joue. Le silence entre nous resta inviolé jusqu'à ce que nous arrivions à la sortie 166 vers l'université Loyola et l'appartement de Stacey Byron. Alors je pris la parole, car je voulais que nous dissipions le malentendu.

— Rachel, je ferai ce que j'ai à faire pour découvrir qui a tué Susan et Jennifer. J'en ai besoin, sinon je suis mort à l'intérieur.

Elle ne répondit pas immédiatement, et pendant un moment je crus qu'elle ne répondrait pas du tout.

— Tu es déjà en train de mourir à l'intérieur, dit-elle enfin. Je n'ai pas à jouer l'arbitre moral avec toi, Bird, et je ne suis pas non plus la voix de ta conscience. Mais je suis quelqu'un qui est attaché à toi, et je ne sais pas trop comment gérer cet attachement en ce moment. Une partie de moi a envie de quitter cette ville pour n'y jamais revenir, mais l'autre partie désire rester avec toi, elle en a besoin. Je veux que cette histoire cesse, pour le bien de tout le monde.

Sur ce elle se retourna vers la vitre et me laissa me dépêtrer avec cette déclaration.

Stacey Byron habitait une petite maison de bardeaux blancs proche d'un centre commercial comprenant une grande surface, un magasin de photo et une pizzeria ouverte vingt-quatre heures sur vingt-quatre. Ce quartier proche du campus de l'université Loyola était surtout habité par des étudiants, et certaines des maisons avaient transformé leur rez-de-chaussée en boutique pour vendre des CD d'occasion, des livres, de longues robes hippies et de grands chapeaux de paille. Alors que nous passions devant le domicile de Stacey Byron et que je rangeais la voiture sur une place de parking en face du magasin de photo, je repérai une Probe bleue garée non loin. Les deux types assis à l'avant semblaient s'ennuyer à mourir. Le conducteur avait posé son journal plié en quatre sur le volant et suçotait un stylo en peinant sur des mots croisés, tandis que son coéquipier tapotait en rythme le tableau de bord et gardait les yeux fixés sur la porte d'entrée de Stacey Byron.

— Des fédéraux ? s'enquit Rachel.

— Ou bien des flics locaux. C'est le boulot de rouine.

Nous les observâmes un moment. Rachel alluma la

radio. Nous prîmes le temps d'écouter Rush, Styx et Richard Marx avant de nous décider.

— Tu vas entrer ? demanda Rachel.

— Ce ne sera peut-être pas nécessaire, fis-je en désignant la maison.

Sa chevelure blonde serrée en une queue de cheval, Stacey Byron émergea de son domicile et marcha droit sur nous. Elle était moulée dans une robe courte de coton blanc et portait un panier de courses au bras gauche. Elle salua les cerbères dans la voiture d'un hochement de tête. Ils lancèrent une pièce en l'air et celui occupant le siège passager, un homme courtaud à la bedaine proéminente, sortit du véhicule et la suivit en direction du centre commercial.

Stacey Byron était une jolie femme, même si sa robe était un peu trop juste en haut des cuisses et soulignait exagérément l'arrondi de son postérieur. Elle avait les bras déliés, une peau dorée. Elle se déplaçait avec une grâce naturelle : quand un homme âgé faillit la percuter à l'entrée du supermarché, elle s'effaça avec légèreté en pivotant sur son pied droit.

Je sentis quelque chose de frais sur ma joue et quand je me tournai je vis que Rachel me soufflait sur le visage.

— Eh, dit-elle, et pour la première fois depuis notre départ de La Nouvelle-Orléans un mince sourire flotta sur ses lèvres, c'est très impoli de baver quand on est en compagnie d'une autre femme.

— Je ne bavais pas, répondis-je comme nous sortions de la voiture. C'est juste de la surveillance.

Je n'étais pas très sûr de la raison qui m'avait incité à venir ici, mais les remarques de Woolrich sur Stacey Byron et son intérêt pour l'art m'avaient donné envie de voir cette femme de mes yeux, et je voulais que Rachel la voie elle aussi. J'ignorais comment nous pourrions entrer en contact avec elle, mais j'improviserais.

Stacey prit son temps pour parcourir les rayons. Elle allait au hasard, choisissait des articles, lisait la marque et les remettait en place. Le flic suivait à trois mètres de distance, puis à cinq, avant que son attention ne soit attirée par des magazines. Il se posta près des caisses, à un endroit d'où il englobait deux allées du regard, et limita sa surveillance à un coup d'œil occasionnel dans la direction de Stacey Byron.

Je remarquai un jeune Noir en blouse blanche et toque blanche qui empilait de la viande sous vide. Quand il eut débarrassé le plateau et inscrit son contenu sur une écritoire, il quitta le magasin par une porte marquée « RÉSERVÉ AU PERSONNEL ». Je laissai Rachel surveiller Byron et le suivis. Je manquai le frapper avec la porte quand je l'ouvris, car il s'était accroupi derrière pour soulever un autre plateau de viande emballée. Il me considéra avec curiosité.

— Eh, m'sieu, vous n'avez pas le droit d'entrer ici, fit-il.

— Combien gagnes-tu de l'heure ? demandai-je.

— Cinq dollars vingt-cinq. Mais pourquoi…

— Cinquante dollars pour toi si tu me prêtes ta blouse et ton écritoire pendant dix minutes.

Il hésita à peine :

— Soixante, et si quelqu'un me pose des questions je dirai que vous me les avez volées.

— D'accord.

Je comptai trois coupures de vingt pendant qu'il retirait la blouse. Elle me serrait un peu aux épaules, mais en la gardant ouverte personne ne s'en apercevrait. J'allais retourner dans le magasin quand le jeune homme me proposa :

— Eh, m'sieu, vingt de plus et vous avez la toque.

— Pour vingt billets, je pourrais me lancer dans la vente de toques, rétorquai-je. Reste planqué dans les vestiaires.

Je retrouvai Stacey Byron au rayon articles de toilette. Rachel n'était pas loin.

— Excusez-moi de vous déranger, madame, dis-je en m'approchant, puis-je vous poser quelques questions ?

De près, elle paraissait plus âgée. Un entrelacs de veinules éclatées marquait ses pommettes et de fines ridules entouraient ses yeux. Des lignes dures accentuaient les commissures de ses lèvres, et ses joues étaient trop creuses. Elle semblait lasse, et elle donnait l'impression d'être tendue, aux aguets.

— Non, désolée, non, répondit-elle avec un sourire forcé en me contournant.

— C'est à propos de votre ex-mari.

Elle stoppa net et se tourna en cherchant à localiser le policier du regard.

— Qui êtes-vous ?

— Un enquêteur. Que savez-vous de l'art de la Renaissance, madame Byron ?

— Quoi ? Que voulez-vous dire ?

— C'est une matière que vous avez étudiée à l'université, n'est-ce pas ? Le nom de Valverde vous évoque quelque chose ? Votre mari l'a-t-il jamais cité ? Ou vous, en sa présence ?

— Je ne comprends rien à ce que vous racontez. Laissez-moi tranquille, je vous prie.

Elle recula, et dans le mouvement renversa plusieurs aérosols de déodorant.

— Madame Byron, avez-vous déjà entendu parler du Voyageur ?

Une lueur fugace passa dans ses yeux, et derrière moi j'entendis un sifflement bas. Je pivotai et vis le flic ventripotent qui avançait dans l'allée vers nous. Sans lui prêter la moindre attention il dépassa Rachel qui battit en retraite vers la porte et la sécurité de la voiture. J'étais déjà repassé dans le vestiaire du personnel. Je me débarrassai de la blouse et traversai le hangar jusqu'à la cour arrière où des camions déchargeaient. Je fis le tour du bâtiment et revins devant le magasin de photographie. Rachel avait déjà mis le moteur en marche. Je me tins baissé tandis que nous démarrions, et nous partîmes en évitant le domicile de Stacey Byron. Dans le rétroviseur extérieur, je vis le flic qui regardait autour de lui en parlant dans sa radio, Stacey Byron auprès de lui.

— Et qu'est-ce que nous avons réussi, comme exploit ? questionna Rachel.

— Tu as vu son regard quand j'ai mentionné le Voyageur ? Le nom ne lui était pas inconnu.

— Elle sait quelque chose, approuva Rachel. Mais elle a pu apprendre ce nom par les flics. Elle avait l'air d'avoir peur, Bird.

— Peut-être. Mais peur de quoi ?

Ce soir-là, Angel défit les panneaux intérieurs des portières de la Taurus, et nous scotchâmes les Calicos et les chargeurs à l'intérieur avant de tout remettre en place. Je nettoyai et chargeai le Smith & Wesson dans la chambre d'hôtel, sous les yeux de Rachel.

Je plaçai mon arme dans le holster et revêtis un blouson noir Alpha Industries sur mon tee-shirt noir. Avec mon jean et mes Timberland également noirs, j'avais tout d'un portier de boîte de nuit.

— Joe Bones est en sursis. Je ne pourrais pas le sauver même si je le voulais, dis-je à Rachel. Il était mort dès que l'attaque au cimetière a échoué.

— J'ai pris ma décision. Je partirai dans un jour ou deux. Je ne pense pas être capable de continuer plus longtemps à participer à ces choses. Les choses que tu fais, celles que j'ai faites.

Elle évitait mon regard et je ne trouvai aucun argument à lui opposer. Elle avait raison, mais elle ne se contentait pas de me le dire. Dans ses yeux je lisais toute la peine qu'elle éprouvait. Je l'avais ressentie chaque fois que nous avions fait l'amour.

Louis attendait près de la voiture, vêtu lui aussi de noir. Angel vérifia le revêtement des portières pour s'assurer qu'on pouvait l'enlever facilement, puis il vint se placer près de son partenaire.

— Si tu n'as pas de nouvelles de nous à trois heures du matin, tu emmènes Rachel et vous filez de l'hôtel. Allez à Pontchartrain et prenez le premier vol de la matinée. Je ne veux surtout pas que Joe Bones tente de se venger, si les choses tournent mal. Arrange-toi pour les flics, comme tu voudras.

Il acquiesça, échangea un regard avec Louis et rentra dans le Flaisance. Louis enclencha une cassette d'Isaac Hayes dans le lecteur et nous roulâmes hors de La Nouvelle-Orléans sur la mélodie de « Walk On By ».

— Dramatique, dis-je.

— Sûr. C'est nous les hommes.

Leon était adossé contre le tronc noueux d'un chêne quand nous atteignîmes le point de rendez-vous à Starhill. La main de Louis pendait mollement le long de son corps, et la crosse du SIG saillait de sous le siège passager. J'avais glissé le Smith & Wesson dans le compartiment à cartes de ma portière avant d'arriver. Le fait de voir Leon seul contre cet arbre ne me rassura pas.

Je ralentis et engageai la voiture sur la petite route transversale qui passait derrière le chêne. Leon ne parut pas remarquer notre présence. Je coupai le moteur et nous restâmes assis dans la voiture, à attendre qu'il bouge. Louis avait maintenant la main sur le SIG qu'il releva pour le plaquer contre sa cuisse.

Nous nous regardâmes. Avec un haussement d'épaules, je sortis. Je m'appuyai contre la portière ouverte, le Smith & Wesson à portée de main. Louis descendit de son côté, s'étira un peu pour montrer à Leon qu'il avait les mains vides, et resta près de la voiture. Le SIG était à présent sur le siège passager.

Leon décolla enfin le dos du chêne et avança vers nous. D'autres silhouettes émergèrent des arbres alentour. Cinq hommes, des H&K à la bretelle et de longs couteaux de chasse à la ceinture, nous encerclèrent.

— Contre la bagnole, commanda Leon.

Je ne bougeai pas. Le cliquetis des crans de sécurité qu'on enlève résonna dans la nuit.

— Pas un geste ou vous êtes morts, prévint Leon.

Je soutins son regard un instant, puis je fis demi-tour

et posai les mains à plat sur le toit de la Taurus. Louis m'imita. Leon se plaça derrière moi. Il devait voir le SIG sur le siège passager, mais cela ne paraissait pas l'inquiéter. Il me palpa de la poitrine aux chevilles. Quand il eut la certitude que je ne portais pas de micro, il alla procéder de la même façon avec Louis.

— On laisse la tire ici, décréta-t-il.

Des phares s'allumèrent brusquement et des moteurs grondèrent. Une conduite intérieure Dodge marron ainsi qu'une Nissan Patrol verte émergèrent de la ligne des arbres, suivies d'un pick-up à plateau portant à l'arrière trois pirogues attachées. Si la propriété des Fontenot était sous surveillance, ceux qui s'en chargeaient avaient grand besoin de se faire contrôler la vue.

— On a du matériel dans la voiture, dis-je à Leon. On va le prendre.

Il acquiesça et m'observa pendant que je sortais les pistolets-mitrailleurs de l'intérieur des portières. Louis décrocha deux chargeurs et m'en tendit un. Je vérifiai que la sécurité était bien mise. Louis empocha un autre chargeur et me lança le dernier.

Nous grimpâmes à l'arrière de la Dodge et deux hommes conduisirent la Taurus hors de vue avant de monter dans la Nissan. Leon était assis à côté du chauffeur de la Dodge, une homme d'une cinquantaine d'années avec une queue de cheval grisonnante, et il lui donna le signal du départ. Les autres véhicules suivirent à quelque distance, pour éviter l'impression d'un convoi au cas improbable où nous croiserions une voiture de police en patrouille.

Nous longeâmes East puis West Feliciana, avec Thompson Creek sur notre droite, jusqu'à un embranchement qui menait au bord de la rivière. Deux voitures, une vieille Plymouth et une Coccinelle Volkswagen encore plus ancienne, étaient garées près de la berge, deux autres pirogues posées sur le sol près d'elles. Vêtu d'un jean et d'une épaisse chemise bleue, Lionel Fontenot se tenait près de la Plymouth. Il remarqua les Calicos mais ne dit rien.

Nous étions maintenant quatorze, la plupart armés de H&K, deux avec des M-16, et nous nous répartîmes par trois dans chaque pirogue, tandis que Lionel et le conducteur de la Dodge prenaient la tête. Louis et moi nous trouvâmes séparés et on nous tendit à chacun une pagaie.

Nous remontâmes la rivière pendant une vingtaine de minutes en restant près de la berge ouest avant qu'une silhouette sombre n'apparaisse sur la toile de fond de la nuit. Je vis des lumières qui clignotaient à des fenêtres et quelques secondes plus tard, à travers un bouquet d'arbres, un petit ponton auquel était amarré un canot à moteur. Le parc de Joe Bones était plongé dans l'obscurité.

Devant nous s'éleva un sifflement très discret et dans les pirogues on leva des mains pour indiquer qu'il fallait cesser de ramer. Abrités par les arbres dont les branchages surplombaient le bord de la rivière, nous attendîmes en silence. La flamme d'un briquet apparut sur le ponton et le visage d'un garde fut éclairé un court instant pendant qu'il allumait sa cigarette. J'entendis le clapotis léger d'un corps qui se glisse dans l'eau devant moi et, plus loin sur la rive, une chouette hulula. A la surface des eaux où se reflétait la pâleur du clair de lune, je distinguais le garde qui se déplaçait, et je percevais le bruit sourd de ses bottes sur le bois du ponton. Puis une forme sombre apparut derrière lui. Il y eut l'éclair d'une lame, et le point rougeoyant de la cigarette chuta dans les ténèbres comme une fusée de détresse vue de loin. Le garde s'écroula. Son corps ne fit qu'un bruit très léger quand son tueur le confia à la rivière.

L'homme à la queue de cheval patientait sur la jetée pendant que nous pagayions jusqu'à la berge. Nous descendîmes des pirogues et les tirâmes au sec. La berge montait en pente douce pour se transformer en une vaste pelouse nue, sans massifs de fleurs ni arbres. Elle montait jusqu'à l'arrière de la maison, où une volée de marches menait à une terrasse. Deux portes-fenêtres s'y ouvraient. A l'étage supérieur, un balcon courait le long de la façade. Je distinguai un mouvement sur le balcon et des voix provenant de la terrasse. Trois hommes au moins, sans doute d'autres de l'autre côté de la résidence.

Lionel leva deux doigts et désigna deux hommes sur ma gauche. Ceux-ci se mirent en mouvement avec précaution, en restant courbés près du sol. Ils se trouvaient à vingt mètres devant nous quand la maison et le parc furent soudain noyés d'une lumière éclatante. Les deux éclaireurs furent révélés comme des lapins dans le faisceau de phares. Un cri d'alarme, et du balcon partit une rafale d'arme automatique. Un des deux hommes de Fontenot effectua une pirouette désarticulée, comme un patineur qui rate son saut. Des fleurs de sang s'étalaient déjà sur sa chemise. Il s'affaissa sur le sol. Une de ses jambes tressauta encore un peu. Son compagnon avait plongé à l'abri d'une table métallique qui appartenait à un ensemble de jardin.

Les portes-fenêtres s'ouvrirent et des silhouettes sombres envahirent la terrasse. Sur le balcon, le garde fut rejoint par deux ou trois autres, et ils arrosèrent la pelouse devant nous d'un feu nourri. Des deux côtés de la maison, des flammes jaillirent du canon des armes quand d'autres hommes de Joe Bones arrivèrent.

Tout près de moi, Lionel Fontenot jura. Nous étions partiellement protégés par la déclivité de la pelouse qui descendait en courbe jusqu'à la rivière, mais sur le balcon on se déplaçait pour avoir un meilleur angle de tir sur nous. Les hommes de Fontenot ripostèrent, mais à chaque fois ils devaient se découvrir. L'un, un individu au visage taillé à la serpe d'une quarantaine d'années dont la bouche évoquait une coupure de rasoir, poussa un grognement sonore quand une balle le toucha à l'épaule, sans pour autant cesser de tirer.

— Il y a cinquante mètres d'ici à la maison, dis-je. Et des gardes font mouvement à chaque angle pour nous prendre de flanc. Si on ne bouge pas maintenant, on est cuits.

Un petit geyser de terre arrosa la main gauche de

Fontenot. Un des hommes de Joe Bones avait décrit un large crochet et presque atteint la rivière. Deux rafales de M-16 venues de derrière la table de jardin en métal le firent rouler au sol, jusque dans l'eau.

— Dites à vos hommes de se tenir prêts, glissai-je. Nous vous couvrirons.

Le message courut le long de la ligne des attaquants.

— Louis ! criai-je. Prêt à tester ces petits bijoux ?

Une silhouette agita la main, et les Calicos entrèrent en action. Sur le balcon, un des gardes dansa une courte gigue mortelle quand les balles de 9 millimètres de Louis lui déchiquetèrent la poitrine. Je plaçai le sélecteur de tir en position continue et lâchai une longue rafale en direction de la terrasse. Les vitres des portes-fenêtres volèrent en éclats et un des gardes tomba dans les marches au bas desquelles il resta inerte. Les hommes de Fontenot bondirent de leurs positions et foncèrent à travers la pelouse en tirant. Je repassai au coup par coup et me concentrai sur l'angle est de la maison, pour obliger les gardes présents là à se mettre à couvert.

Les hommes de Fontenot avaient presque atteint la terrasse quand deux s'écroulèrent. Louis envoya une rafale dans la pièce derrière les portes-fenêtres et les assaillants envahirent la terrasse. Ils pénétrèrent dans la maison, et une fusillade nourrie s'y produisit. Louis et moi nous levâmes pour courir sur la pelouse.

Sur ma gauche, l'homme derrière la table de jardin abandonna son abri pour se joindre à nous. Alors qu'il s'élançait en avant, une forme énorme et sombre surgit de l'ombre avec un grondement féroce. Le boerbul percuta sa cible en pleine poitrine et la renversa. L'homme cria une fois, en martelant la gueule du chien des deux poings, puis les terribles mâchoires se refermèrent sur son cou et le boerbul lui déchira la gorge.

L'animal releva la tête et ses yeux brillèrent dans la nuit lorsqu'il repéra Louis. Celui-ci tournait la Calico vers la bête quand elle bondit par-dessus le cadavre. Sa vitesse était stupéfiante. C'est au plus haut de son saut que le pistolet-mitrailleur chanta sa mélodie funèbre. La rafale le cueillit en plein vol. Son corps se contorsionna dans l'air et s'écrasa sur l'herbe à deux pas de nous. Ses pattes griffèrent le sol et ses mâchoires claquèrent alors que le sang jaillissait en bouillonnant de sa gueule. Louis l'acheva d'une autre dose de plomb.

Du coin de l'œil je saisis un mouvement à l'angle ouest de la maison. Le canon d'une arme s'illumina et Louis poussa un cri de douleur. Il lâcha le Calico et se précipita pour gravir les marches, en se tenant le bras. Je lâchai trois coups dans la direction de l'agresseur qui se plaqua au sol. Derrière moi, un des hommes de Fontenot tirait au coup par coup en avançant vers la maison. Soudain il laissa le M-16 pendre à sa bretelle en atteignant l'angle de la bâtisse. La lune fit briller la lame de son couteau. Le canon court d'une Steyr apparut, suivi du visage d'un des gardes de Joe Bones. Je le reconnus. C'était le conducteur de la voiturette électrique lors de notre première visite ici. La lame d'acier s'enfonça dans son cou. Un jet cramoisi s'échappa de sa carotide tranchée, mais le tueur de Fontenot lui logea quand même une balle dans le crâne. Puis il reprit sa progression en direction de la façade avant de la maison et disparut à ma vue.

Je rejoignis Louis, qui examinait sa blessure. La balle avait laissé une vilaine entaille sur le dos de sa main droite et touché l'articulation de son index. Je déchirai une bande de tissu dans la chemise d'un garde mort gisant sur la terrasse et bandai la plaie. Je lui donnai sa Calico qu'il passa en bandoulière. De sa main gauche il réarma, et posa le majeur droit sur la détente en se relevant.

— Nous ferions bien d'aller chercher Joe Bones.

Derrière les portes-fenêtres s'étendait une salle à manger. La table, qui pouvait accueillir au moins dix-huit convives, était constellée d'éraflures causées par les projectiles. Au mur, le portrait d'un gentleman sudiste sur son cheval était maintenant orné d'un gros trou au niveau du ventre de la monture, et une collection de porcelaines anciennes gisait en morceaux dans une vitrine explosée. Il y avait deux cadavres dans la pièce, dont l'un était l'homme à la queue-de-cheval qui avait piloté la Dodge.

La salle à manger donnait sur un large couloir moquetté, lequel menait à un salon de réception spacieux, d'où l'escalier montait à l'étage. Les autres portes du rez-de-chaussée étaient toutes ouvertes, mais aucun bruit ne provenait des pièces au-delà. La fusillade se poursuivait en haut. Nous gravîmes les marches.

Arrivés sur le palier, nous fûmes confrontés à une série de portes, sur la droite et la gauche. Les hommes de Fontenot avaient nettoyé les plus proches, mais ils se trouvaient bloqués dans les alcôves et à l'entrée des pièces par un feu roulant venant de l'aile ouest, d'une chambre située côté rivière, et d'une autre donnant sur l'avant de la maison. Devant nos yeux, un homme en combinaison bleue armé d'une hache courte dans une main et d'une Steyr dans l'autre passa vivement de sa cachette au seuil de la porte voisine de celle de la chambre en façade. Des détonations retentirent sur la droite et il roula sur le sol en se tenant la jambe.

Je me glissai dans une alcôve où des roses fanées trempaient dans de l'eau croupie et les restes d'un vase. De ma position j'arrosai sans discontinuer la porte de la chambre de façade. Deux des hommes de Fontenot avancèrent en même temps, courbés en deux. En face de moi, Louis tirait sur la porte entrebâillée de la chambre côté rivière. Je cessai le feu quand les deux hommes atteignirent la chambre et repoussèrent violemment la porte pour disparaître à l'intérieur. Il y eut deux détonations, puis l'un d'entre eux ressortit en essuyant la lame de son poignard sur son pantalon. C'était Lionel Fontenot. Et derrière lui, Leon.

Ils prirent position de chaque côté de la dernière porte. Six autres hommes approchèrent pour leur prêter main-forte.

— Joe, c'est terminé, lança Fontenot. Il faut en finir.

Deux balles transpercèrent la porte. Leon braqua son

H&K et parut s'apprêter à l'utiliser, mais son patron leva la main pour l'arrêter et se tourna vers moi. J'avançai et attendis derrière Leon. Du pied Fontenot repoussa le battant de la porte, et il se colla contre la cloison. Deux autres coups de feu éclatèrent, suivis du claquement du chien sur la chambre vide. Un son aussi définitif que celui d'un cercueil dont on referme le couvercle.

Leon entra dans la pièce le premier. Il avait négligé le H&K au profit de ses deux couteaux. Je lui emboîtai le pas. Fontenot venait juste derrière moi. Les murs de la chambre de Joe Bones étaient hachurés par les impacts de balle, et l'air nocturne qui entrait par les fenêtres aux vitres saccagées soulevait les rideaux en leur donnant l'apparence de fantômes irrités. La blonde qui avait déjeuné avec Joe sur la pelouse plus tôt dans la semaine s'était effondrée contre le mur du fond, et une tache rouge s'étalait sur le côté gauche de sa chemise de nuit, au niveau de la poitrine.

Joe Bones se tenait devant la fenêtre, dans une robe de chambre en soie rouge. Le Colt maintenant inutile pendait dans sa main, mais ses yeux brillaient de rage et la cicatrice à sa bouche semblait douloureusement blanche. Il lâcha l'arme.

— Vas-y, fumier, siffla-t-il à l'intention de Fontenot. Tue-moi, si tu as assez de couilles pour ça.

Son ennemi referma la porte de la chambre derrière nous. Joe Bones s'était retourné vers le corps de la femme.

— Allez-y, m'ordonna Fontenot.

Joe Bones ne semblait pas entendre. Son visage était torturé par un chagrin intense alors qu'il contemplait le cadavre de la femme.

— Huit ans, dit-il à mi-voix. Elle était avec moi depuis huit ans.

— Allez-y, répéta Lionel Fontenot.

Je m'avançai et Joe Bones fit soudain volte-face. Un rictus mauvais remplaçait son expression peinée.

— Ce putain de mec. Tu as amené ton nègre avec toi ?

Je le giflai sèchement, et il recula d'un pas.

— Je ne peux pas te sauver, Joe, mais, si tu m'aides, je pourrai peut-être rendre la fin plus rapide. Dis-moi ce que Remarr a vu la nuit de la mort des Aguillard.

Du revers de la main, il essuya le sang qui perlait au coin de sa bouche, et sans s'en rendre compte l'étala sur sa joue.

— Tu n'as pas idée de ce qui est en face de toi, pas la moindre putain d'idée. T'es complètement hors du coup.

— Il tue des femmes et des enfants, Joe. Il va tuer encore.

Il eut un simulacre de sourire, la cicatrice déformant ses lèvres comme une fêlure dans un miroir.

— Tu viens de tuer ma femme et tu vas me tuer, quoi que je dise. Tu n'as rien à m'offrir en retour.

Je jetai un coup d'œil à Lionel Fontenot, qui eut un hochement de tête imperceptible. Pourtant il n'échappa pas à Bones.

— Tu vois, fit-il, rien. Tout ce que tu peux me proposer, c'est un peu moins de souffrance, et la souffrance, je connais par cœur.

— Il a tué un de tes hommes. Il a tué Tony Remarr.

— Tony a laissé une empreinte dans la maison de la négresse. Il s'est montré négligent, il en a payé le prix. Ton type, il m'a épargné la peine de tuer cette vieille poufiasse et son rejeton moi-même. Si je le rencontre, je le remercierai.

Joe Bones se fendit d'un grand sourire aussi surprenant qu'un rayon de soleil qui perce des fumées sombres et âcres. Hanté par les visions du sang souillé qui coulait dans ses veines, il avait dépassé les notions ordinaires d'humanité et d'empathie, d'amour et de chagrin. Dans son peignoir d'un rouge éclatant, il avait tout d'une cicatrice vivante.

— Tu le rencontreras en enfer, dis-je.

— Je retrouverai ta pute là-bas, je la baiserai pour toi.

Ses prunelles étaient froides et ternes, à présent. Le parfum de la mort planait autour de lui comme une odeur de cigare froid. Derrière moi, Fontenot ouvrit la porte et le reste de ses hommes entra sans hâte dans la pièce. Il se tourna vers moi.

— C'est une affaire de famille, dit-il alors que je sortais.

Derrière moi la porte se referma avec un petit clic semblable à des os qui s'entrechoquent.

Après l'exécution de Joe Bones, nous rassemblâmes les cadavres des hommes de Fontenot sur la pelouse devant la maison. Les cinq hommes gisaient côte à côte, froissés et crispés comme seuls les morts peuvent l'être. Les grilles de la plantation étaient ouvertes et la Dodge, la Coccinelle et le pick-up entrèrent à vive allure. Les corps furent chargés avec respect mais rapidement dans les coffres des véhicules, et on aida les blessés à s'installer sur les banquettes arrière. On arrosa les pirogues d'essence, on y mit le feu et on les lâcha sur la rivière.

Nous retournâmes au point de rendez-vous, à Starhill. Les trois Explorers noires que j'avais aperçues dans la propriété de Delacroix attendaient, leur moteur tournant au ralenti, leurs phares en veilleuse. Tandis que Leon aspergeait d'essence l'intérieur des voitures et du pick-up, les cadavres furent enroulés dans des bâches et placés à l'arrière de deux des Jeeps. Louis et moi observâmes la scène en silence.

Leon jeta des bandes de tissu enflammé dans les véhicules condamnés, et Lionel Fontenot vint vers nous et contempla en notre compagnie le feu qui les dévorait. De sa poche il sortit un petit carnet à couverture verte, inscrivit un numéro sur une feuille et la déchira.

— Ce type s'occupera de la main de votre ami. Il est discret.

— Il savait qui a tué Lutice, dis-je.

Il acquiesça.

— Il n'a rien voulu dire, même à la fin.

Il frotta de son index gauche une entaille dans la paume de sa main droite et ôta un peu de terre de la blessure.

— Il paraît que les fédéraux cherchent quelqu'un du côté de Baton Rouge, quelqu'un qui aurait travaillé dans un hôpital à New York...

Je gardai le silence et il sourit.

— Nous connaissons son identité. L'homme pourrait rester caché dans le bayou longtemps, s'il connaît. Les fédéraux ne le trouveront peut-être jamais. Nous, si. (Il eut le geste d'un roi désignant ses troupes les plus aguerries à des sujets inquiets.) Nous allons le traquer. Et nous mettrons la main sur lui, tôt ou tard.

Il fit demi-tour et grimpa derrière le volant de la première Jeep. Leon prit place à côté de lui. Les feux arrière des véhicules s'estompèrent comme des cigarettes qui s'éteignent dans l'obscurité, comme des pirogues en feu sur une rivière.

J'appelai Angel pendant le trajet de retour vers La Nouvelle-Orléans. Dans un drugstore ouvert de nuit j'achetai de l'antiseptique et un kit de premiers secours pour soigner la main de Louis. Son front luisait de transpiration et les bandages blancs autour de ses doigts étaient teintés de rouge. Quand nous arrivâmes au Flaisance, Angel nettoya la plaie avec l'antiseptique et essaya de la refermer avec du fil chirurgical. L'articulation semblait salement touchée et la douleur serrait les lèvres de Louis. En dépit de ses protestations, je composai le numéro que m'avait donné Fontenot. Quand je prononçai ce nom, la voix ensommeillée qui avait répondu à la quatrième sonnerie se fit très alerte.

Angel conduisit Louis au cabinet du médecin. Après leur départ, j'allai devant la chambre de Rachel et je me demandai si je devais ou non frapper. Elle ne dormait pas, je le savais : Angel lui avait parlé après mon appel, et je sentais qu'elle était éveillée. Pourtant je renonçai. Alors que je retournais vers ma chambre, sa porte s'entrouvrit. Elle se tenait dans l'embrasure, vêtue d'un tee-shirt qui lui descendait presque jusqu'aux genoux. Elle s'écarta pour me laisser passer.

— Toujours en un seul morceau, à ce que je vois, fit-elle.

Elle n'avait pas l'air spécialement ravie.

Je me sentais épuisé, et un peu nauséeux après tout ce sang. J'avais envie de me plonger la tête dans un lavabo rempli d'eau glacée. J'avais terriblement envie d'un verre. Ma langue me paraissait gonflée dans ma bouche au point que seuls une Abita bien fraîche et une dose de whisky Redbreast auraient été capables de la ramener à sa taille normale. Quand je parlai, ma voix ressemblait au coassement d'un vieil homme.

— Je suis en un seul morceau, oui. Et ce n'est pas le cas de beaucoup d'autres. Louis a été blessé à la main, et trop de gens sont morts dans cette maison. Joe Bones, la plupart de ses hommes, sa compagne.

Rachel me tourna le dos et alla se camper devant la porte-fenêtre du balcon. Seule la lampe de chevet éclairait la pièce, ce qui laissait dans l'ombre les illustrations qu'elle avait cachées à Woolrich et qui avaient retrouvé leur place au mur. Des bras écorchés et le visage d'une femme et d'un jeune homme émergeaient à peine de la semi-obscurité.

— Qu'est-ce que tu as découvert, avec tout ce carnage ?

C'était une bonne question. Comme toujours avec les bonnes questions, la réponse n'était pas à la hauteur.

— Rien, sinon que Joe Bones préférait mourir en souffrant plutôt que nous dire ce qu'il savait.

— Et maintenant, que vas-tu faire ?

Je commençais à être las de toutes ces questions, surtout quand elles étaient aussi difficiles que celle-là. Je savais que Rachel avait raison, et je me sentais un peu dégoûté par ce que j'avais fait. C'était comme si je l'avais souillée par les contacts que j'avais avec elle. Peut-être aurais-je dû lui dire toutes ces choses à cet instant précis, mais j'étais trop fatigué, trop écœuré, et l'odeur du sang assaillait toujours mes narines. Et puis, de toute façon, je pense qu'elle savait déjà.

— Je vais me coucher, annonçai-je. Après ça, je verrai.

Et je sortis de sa chambre.

47

Le lendemain matin je me réveillai avec les bras douloureux d'avoir tenu la Calico, souffrance exacerbée par celle de la blessure par balle reçue à Haven. Je sentais l'odeur de la poudre sur mes doigts, mes vêtements et dans mes cheveux. La chambre entière empestait comme le théâtre d'une fusillade, et j'ouvris la fenêtre pour laisser l'air chaud de La Nouvelle-Orléans se glisser lourdement dans la pièce, comme un cambrioleur pataud.

J'allai voir comment se portaient Louis et Angel. La main de Louis avait été expertement bandée après que le médecin avait extrait les esquilles d'os de la blessure et emmailloté le doigt. Il ouvrit à peine un œil pendant que j'échangeais quelques mots à voix basse avec Angel à la porte. Je me sentais coupable de ce qui était arrivé, même si je savais qu'aucun d'eux ne m'en voulait.

Je sentais aussi qu'Angel était maintenant impatient de retourner à New York. Joe Bones était mort, et la police ou les fédéraux allaient sans doute bientôt arrêter Edward Byron, malgré les doutes de Lionel Fontenot. Par ailleurs je ne pensais pas qu'il faudrait beaucoup de temps à Woolrich pour nous rattacher à ce qui était arrivé à Bones, surtout si Louis se promenait avec la cicatrice d'une balle à la main. Je dis tout cela à Angel et il approuva. Ils partiraient dès mon retour, pour que Rachel ne se retrouve pas seule. L'affaire me semblait au point mort. Quelque part, les Fontenot et les limiers du FBI traquaient Edward Byron, quelqu'un qui me paraissait toujours aussi éloigné de moi que le dernier empereur de Chine.

Je laissai un message à Morphy. Je voulais savoir ce que ses collègues avaient trouvé sur Byron, pour donner un peu d'épaisseur au personnage, autre chose qu'un simple nom. Dans la situation actuelle, il était aussi dépourvu d'identité que les silhouettes sans visage du massacre dont les fédéraux le pensaient coupable. Le FBI avait peut-être bien raison. Secondés par les forces de police locales, ils conduiraient une recherche plus poussée qu'une poignée de visiteurs venus de New York avec l'illusion d'être les gens qu'il fallait. J'avais espéré pouvoir l'approcher par un biais différent, mais la mort de Joe Bones venait de diluer ma piste qui paraissait maintenant se fondre dans des sous-bois obscurs.

Je pris mon téléphone et mon exemplaire des écrits de Raleigh, et je me rendis au Mother's, sur Poydras Street. Là je bus plusieurs cafés et grignotai un peu de jambon et des toasts. Quand vous arrivez à une impasse dans votre existence, Raleigh est de bonne compagnie. « Va, mon âme… puisque mes besoins doivent mourir/ Et apporte au monde ce mensonge. » Raleigh en savait assez pour prendre cette attitude stoïque face à l'adversité, même si cela ne lui avait pas suffi à éviter la décapitation.

A côté de moi, un homme mangeait des œufs au jambon avec la concentration laborieuse d'un mauvais amant besognant sa dulcinée. Une tache de jaune d'œuf marquait son menton, comme le reflet du soleil sur un bouton-d'or. Quelqu'un sifflota un passage de « What's New » puis perdit le fil de la mélodie. Le bourdonnement discret des conversations de fin de matinée se superposait à un rock diffusé en sourdine par la radio et au ronflement lointain de la circulation. Dehors, c'était encore une journée moite, la spécialité de La

Nouvelle-Orléans, de celles qui poussent les couples à se quereller et qui rendent les enfants maussades et grincheux.

Une heure s'écoula. J'appelai le bureau des inspecteurs à St Martin et appris que Morphy avait pris un jour de congé pour travailler à sa maison. N'ayant rien de mieux à faire, je réglai ma note, fis le plein d'essence et filai sur la route de Baton Rouge. Je trouvai une station de radio de Lafayette qui diffusait Cheese Read, puis Buckwheat Zydeco et Clifton Chenier, une pleine heure de classiques cajuns et zydecos, comme le dit le DJ. J'écoutai cette musique jusqu'à ce que la ville disparaisse dans le rétroviseur et que les chansons et le paysage ne fassent plus qu'un.

Une bâche de plastique claquait sèchement dans le vent de ce début d'après-midi venu de la rivière quand je me garai devant chez Morphy. Elle remplaçait une partie du mur extérieur ouest, et les cordes qui la tenaient en place sur les jointures nues chantaient dans la brise. Une des fenêtres, mal fermée, couinait, et la porte-écran cognait obstinément contre son chambranle comme un visiteur fatigué.

J'appelai mais n'obtins aucune réponse. J'allai voir à l'arrière de la maison. La porte était ouverte et maintenue en place par une brique. J'appelai encore mais ma voix me parut sonner creux dans le couloir. Les pièces au rez-de-chaussée étaient désertes et aucun bruit ne provenait de l'étage. Je dégainai mon arme et gravis l'escalier dont les marches fraîchement rabotées attendaient d'être traitées. Les chambres étaient vides, la porte de la salle de bains grande ouverte. Les ustensiles de toilette étaient proprement alignés sur la tablette du lavabo. J'allai jeter un œil sur le balcon, puis je redescendis. J'étais sur le point de retourner vers la porte arrière quand je sentis le contact froid de l'acier sur ma nuque.

— Lâche ton arme, ordonna une voix.

Je laissai le Smith & Wesson glisser de mes doigts.

— Demi-tour. Lentement.

La pression cessa sur ma nuque et je pivotai sur place pour découvrir Morphy qui braquait un pistolet à clous à quelques centimètres de mon visage. Il poussa un soupir de soulagement et baissa l'outil.

— Merde, tu m'as filé une sacrée trouille, dit-il.

Mon cœur battait follement dans ma poitrine.

— Merci, fis-je, j'avais vraiment besoin de ce genre d'émotion après cinq cafés. Mon taux d'adrénaline doit battre des records.

Je m'assis lourdement sur la dernière marche.

— Tu as une tête à faire peur, mec. Tu as fait la tournée des grands ducs, hier soir ?

Je levai les yeux pour voir sur son visage s'il y avait un sous-entendu dans cette phrase, mais il m'avait tourné le dos.

— D'une certaine façon.

— Tu as entendu les nouvelles ? Joe Bones et ses hommes ont été abattus la nuit dernière. Quelqu'un a méchamment tailladé Joe avant qu'il meure. Jusqu'au relevé d'empreintes, les flics locaux n'étaient même pas sûrs qu'il s'agissait de lui.

Il passa dans la cuisine et revint avec une bière pour lui et un soda sans caféine pour moi. Sous son bras il avait coincé un exemplaire du *Times-Picayune*.

— Tu as vu ça ?

Je pris le journal. Il était plié en quatre, avec le haut de la une visible. Le gros titre disait : LA POLICE RECHERCHE UN TUEUR EN SÉRIE AUTEUR DE MEURTRES RITUELS. L'article contenait des détails sur la mort de Tante Marie Aguillard et de Tee Jean, détails que le reporter n'avait pu glaner qu'auprès des enquêteurs : la position des corps, la nature de certaines blessures. Le texte poursuivait en spéculant sur un possible lien entre la découverte du cadavre de Lutice Fontenot et la mort à Bucktown d'un homme connu pour entretenir des rapports avec une figure du crime. Pire encore, le journaliste écrivait que la police enquêtait également sur une connexion avec deux meurtres similaires commis à New York à la fin de l'année précédente. Susan et

Jennifer n'étaient pas nommées, mais il était clair que l'auteur de l'article — qui gardait l'anonymat derrière « un des journalistes du *Times-Picayune* » — en savait assez sur ces assassinats pour mettre une identité sur chaque victime.

Je reposai le journal d'un geste las.

— La fuite vient d'un de tes gars ?

— Possible, mais je ne crois pas. Les fédéraux en sont convaincus, eux. Ils ne nous lâchent pas et nous accusent de saboter l'enquête. (Il but une gorgée de bière avant de me confier ce qu'il avait à l'esprit :) Une ou deux personnes ont pensé qu'il pouvait s'agir de toi.

Il était visiblement mal à l'aise, mais il soutint mon regard.

— Ce n'est pas moi. S'ils sont remontés jusqu'à Susan et Jennifer, il ne leur faudra pas longtemps pour m'associer à ce qui se passe. Et la dernière chose dont j'ai besoin, c'est de journalistes accrochés à mes basques.

Il réfléchit à cela et acquiesça.

— Je crois que tu as raison.

— Tu as parlé au rédacteur en chef ?

— Il a été contacté chez lui quand la première édition est sortie. Il nous a fait l'habituel baratin sur la protection des sources d'information et la liberté de la presse. On ne peut pas le forcer à nous faire des révélations mais… (Il se massa la nuque d'une main.) Ce qui arrive est plutôt inhabituel. D'ordinaire les journaux prennent grand soin de ne pas interférer dans le déroulement d'une enquête. A mon avis, la fuite provient de quelqu'un de très proche de l'affaire.

— Si le journal n'a pas hésité à utiliser ces informations, alors la source doit être en béton, et digne de confiance, supputai-je. Il se pourrait que les fédéraux nous aient joué ce tour-là…

En tout cas ce dernier développement semblait confirmer notre intuition que Woolrich et son équipe ne nous disaient pas tout, non seulement à moi mais aussi, probablement, à la police.

— Ce ne serait pas nouveau, fit Morphy. Les fédéraux refuseraient même de nous dire quel jour nous sommes s'ils pensaient pouvoir garder l'information pour eux. Tu crois qu'ils ont planifié cette fuite ?

— Quelqu'un l'a fait, en tout cas.

Morphy termina sa bière et écrasa la cannette sous son pied. Un peu de liquide tacha le bois nu. Il prit une ceinture à outils accrochée à un porte-manteau près de la porte et la passa autour de sa taille.

— Tu as besoin d'un coup de main ? proposai-je.

Il me dévisagea.

— Tu peux transporter des planches sans trébucher ?

— Non.

— Alors tu seras parfait pour ce boulot. Il y a une autre paire de gants de protection dans la cuisine.

Pendant le reste de l'après-midi, je travaillai de mes mains. Je soulevai des planches, je clouai et je sciai. Nous remplaçâmes presque tout le revêtement de bois sur le mur ouest, et une brise douce soulevait la poussière et les copeaux tandis que nous nous affairions. Plus tard, Angie revint de Baton Rouge où elle était allée effectuer un ravitaillement. Elle était chargée de sacs de provisions et d'autres achats. Pendant que Morphy et moi nettoyions, elle fit griller des steaks et des patates douces, des carottes et du riz créole, et nous mangeâmes dans la cuisine alors que le soir tombait et que le vent serrait la maison dans ses bras invisibles.

Morphy me raccompagna jusqu'à ma voiture. Je mettais la clé dans le contact quand il se pencha à la portière et me dit à mi-voix :

— Quelqu'un a accosté Stacey Byron hier. Tu sais quelque chose ?

— Peut-être.

— Tu étais là-bas, pas vrai ? Tu étais là quand ils ont exécuté Joe Bones ?

— Tu n'as pas envie de connaître la réponse à cette

question, répliquai-je. Tout comme je n'ai pas envie de savoir ce qui est arrivé à Luther Bordelon.

Alors que je m'éloignais, je le vis qui restait immobile devant sa maison inachevée, à me regarder. Puis il tourna les talons et retourna auprès de sa femme.

Quand j'arrivai au Flaisance, Louis et Angel avaient fait leurs bagages et étaient prêts au départ. Ils me souhaitèrent bonne chance et m'informèrent que Rachel s'était couchée tôt. Elle avait retenu une place sur un vol pour le lendemain matin. Je décidai de ne pas la déranger et j'allai directement dans ma chambre. Je ne me souviens même pas de m'être endormi.

Les cristaux liquides de ma montre indiquaient 8 : 30 quand on frappa à la porte. J'étais plongé dans un profond sommeil et j'avais du mal à émerger. J'avais réussi à m'asseoir au bord du lit lorsque la porte explosa à l'intérieur. Les faisceaux de plusieurs torches électriques se braquèrent sur mon visage et des bras vigoureux me mirent sur pied et me poussèrent brusquement contre le mur. On colla le canon d'une arme sur ma tempe avant que quelqu'un pense à allumer le plafonnier. Je reconnus les uniformes de la police de La Nouvelle-Orléans, deux types en civil et, directement à ma droite, Toussaint, le coéquipier de Morphy. Autour de moi, les flics mettaient la chambre sens dessus dessous.

Et je sus alors qu'un événement tragique s'était produit.

Ils m'autorisèrent à enfiler un survêtement et des baskets avant de me mettre les menottes. Je fus poussé à travers l'hôtel, où des clients anxieux me dévisagèrent du seuil de leur chambre, jusqu'à une voiture de police à l'arrêt. Dans une autre, le visage pâle et encore décoiffée par le sommeil, était assise Rachel. Je lui fis un petit signe d'impuissance avant qu'on nous emmène en convoi au quartier général.

On me questionna trois heures durant, puis on me donna une tasse de café avant de recommencer pendant une heure encore. La pièce était petite, éclairée a giorno. Elle sentait la cigarette et la sueur. Dans un coin, à un endroit où le plâtre s'était effrité, je vis ce qui ressemblait à une vieille tache de sang. Deux inspecteurs, Dale et Klein, se chargèrent du gros de l'interrogatoire, Dale endossant le rôle du méchant flic, menaçant de me balancer dans le bayou avec une balle dans la nuque pour avoir tué un policier de Louisiane, tandis que Klein jouait le gentil flic, raisonnable et compréhensif, qui s'efforçait de me protéger de son collègue. Même pour cuisiner un autre flic, le vieux tandem restait indémodable.

Je leur dis tout ce que je pouvais leur dire, encore et encore. Je leur racontai ma visite chez Morphy, le bricolage que nous avions effectué durant l'après-midi, le dîner, mon départ, toutes les raisons pour lesquelles mes empreintes se trouvaient partout dans la maison. Non, Morphy ne m'avait pas donné les dossiers de police retrouvés dans ma chambre. Non, il n'y avait que le portier de nuit à m'avoir vu rentrer à l'hôtel, et je n'avais parlé à personne d'autre. Non, je n'avais pas quitté ma chambre cette nuit. Non, personne ne pouvait le confirmer. Non, non, non, non.

Puis Woolrich arriva, et le cirque redémarra depuis le début. Nouvelle pluie de questions, cette fois posées par les fédéraux. Et on ne m'avait toujours pas expliqué pourquoi j'étais là ni ce qui était arrivé à Morphy et sa femme. Enfin Klein revint pour m'annoncer que je pouvais partir. Derrière un long meuble de séparation qui isolait la salle des inspecteurs du couloir principal, Rachel était assise sur une chaise, une chope de thé serrée dans ses mains. Les policiers autour d'elle faisaient de leur mieux pour l'ignorer. Dans une cage trois mètres derrière elle, un type maigre aux bras tatoués lui murmurait des obscénités.

Toussaint apparut. C'était un homme d'une cinquantaine d'années, trop gros, dont la calvitie galopante n'avait épargné qu'un croissant de boucles blanches autour du crâne. Avec ses yeux rougis et son air nauséeux, il était aussi déplacé que moi dans le décor.

Un policier en uniforme s'avança vers Rachel.

— Nous allons vous ramener à votre hôtel, madame.

Elle se leva. Derrière elle, le type en cage émit des bruits de succion et saisit son entrejambe d'une main.

— Ça va ? m'enquis-je quand elle passa devant moi.

Elle hocha mollement la tête, puis :

— Tu rentres avec moi ?

Toussaint, qui se trouvait sur ma gauche, répondit pour moi :

— Il viendra plus tard.

Le policier emmena Rachel, qui me regarda pardessus son épaule. Je lui adressai un petit sourire que j'espérais rassurant, mais le cœur n'y était pas.

— Allez, je vais vous reconduire au Flaisance, et en chemin on boira un café, fit Toussaint.

Nous échouâmes au Mother's, où moins de vingt-quatre heures plus tôt j'avais attendu l'appel de Morphy, et c'est là que Toussaint me raconta comment John Charles Morphy et sa femme Angela étaient morts.

Morphy devait assurer un service très tôt ce matin, et Toussaint était passé pour le prendre. Ils alternaient ce genre de petit service. Aujourd'hui, c'était le tour de Toussaint.

La porte-écran était fermée, mais pas la porte de derrière. Toussaint avait appelé Morphy, tout comme moi l'après-midi précédent. Il avait suivi mon parcours et était passé par le couloir central, en regardant dans la cuisine et les pièces du rez-de-chaussée. Personne. Il avait pensé que Morphy dormait peut-être encore, bien qu'il n'ait jamais été en retard depuis qu'ils se connaissaient, aussi l'avait-il appelé du pied de l'escalier. Pas de réponse. Il se souvenait que son estomac se nouait déjà quand il était arrivé sur le palier en répétant les noms de Morphy et d'Angie. La porte de leur chambre était à moitié ouverte, mais selon un angle qui dissimulait leur lit.

Il avait frappé une fois, puis avait lentement repoussé la porte. Pendant un instant, le plus court des instants, il avait cru les surprendre alors qu'ils faisaient l'amour, jusqu'à ce qu'il enregistre tout le sang et qu'il comprenne qu'il avait devant les yeux une parodie de tout ce que l'amour représentait, tout ce qu'il signifiait. Alors il avait pleuré pour son ami et sa femme.

Maintenant encore, j'ai l'impression de ne me remémorer que des bribes de ce qu'il me raconta, mais en pensée je vois très bien les corps. Ils étaient nus, face à face sur les draps, leurs corps soudés au niveau des hanches, les jambes entrecroisées. A partir de la taille leurs torses étaient courbés en arrière, et leurs têtes se trouvaient à un mètre l'une de l'autre. Tous deux avaient été éventrés, du cou à l'estomac. Leur cage thoracique avait été ouverte et les côtes écartées, et chacun avait une main plongée à l'intérieur de la poitrine de l'autre. Quand il s'était rapproché, Toussaint s'était rendu compte que chacun tenait dans sa paume le cœur de l'autre. Leur tête était rejetée en arrière au maximum, si bien que leurs cheveux touchaient presque leur dos. On leur avait arraché les yeux et pelé le visage, et leur bouche était entrouverte dans ce dernier moment d'agonie, en un caricature obscène d'extase. On avait fait d'eux un exemple de la futilité de l'amour pour tous les autres amants.

Alors que j'écoutais Toussaint, la culpabilité déferla en moi, submergea mon esprit et m'étreignit le cœur. C'est moi qui avais apporté cela chez eux. En m'aidant, Morphy et sa femme s'étaient sans le savoir condamnés à une mort horrible, tout comme les Aguillard avaient semblé souillés par mon contact. Je puais la mort.

Et, dans le brouillard où flottaient mes pensées, quelques vers dérivaient dans ma tête, sans que je puisse comprendre comment je les avais ressuscités ou qui me les avait appris. Et il me sembla que leur origine était très importante, justement, bien que la raison m'en échappât. Dans ces quelques phrases planait comme un écho de ce que Toussaint avait vu. Mais alors que j'essayais de me souvenir quelle voix les avait prononcées, le souvenir se déroba et je ne parvins pas à le faire ressurgir. Seuls les mots demeuraient. De la poésie métaphysique, me dis-je. Donne, peut-être. Oui, certainement lui.

Si celui qui n'est pas encore né, malgré cela
Doit apprendre, par mon corps découpé, et déchiré :
Tue et dissèque-moi, Mon Amour ; car cette
Torture de la sienne propre est la fin,
Les carcasses suppliciées font mauvaises Anatomies.

Un *remedium amoris*, n'était-ce pas l'expression idoine ? La torture et la mort des amants comme remède à l'amour.

— Il m'a aidé, fis-je. C'est moi qui l'ai impliqué dans cette affaire.

— Il s'est impliqué tout seul, corrigea Toussaint. Il voulait arrêter ce type.

Je le regardai droit dans les yeux.

— A cause de Luther Bordelon ?

Il se détourna légèrement.

— Quelle importance, maintenant ?

Mais je ne pouvais pas lui expliquer qu'en Morphy j'avais vu mon propre reflet. J'avais ressenti sa souffrance, j'avais désiré le croire meilleur que moi. Je voulais savoir.

— C'est Garza qui a tout arrangé, dit enfin Toussaint. Il l'a tué et ensuite Morphy a placé le flingue à côté du cadavre. C'est ce qu'il a dit. Morphy était jeune. Garza n'aurait jamais dû le mettre dans une telle situation, mais c'est ce qu'il a fait et depuis Morphy paie pour ça.

Il remarqua qu'il parlait au présent et se tut.

Dehors, les gens entamaient une nouvelle journée : ils iraient travailler, se promener, manger, flirter, malgré tout ce qui s'était passé et tout ce qui se passait. Il me semblait que tout aurait dû se figer, les aiguilles des horloges s'arrêter, les miroirs se voiler, les sonnettes devenir muettes et les voix se réduire à un murmure respectueux. Peut-être que s'ils avaient vu les photos de Susan et Jennifer, de Tante Marie et de Tee Jean, de Morphy et d'Angie, alors tous ces gens se seraient immobilisés et auraient changé d'avis sur l'existence. Et c'est précisément ce que désirait le Voyageur : nous donner par la mort des autres une vision de notre mort à tous, une illustration de l'absence totale de valeur de l'amour et de la loyauté, des liens familiaux et amicaux, du sexe, du désir et de la joie face à ce néant qui se rapprochait inexorablement.

Alors que je me levais pour partir, quelque chose me revint à l'esprit, quelque chose d'horrible que j'avais presque oublié, et j'éprouvai une douleur soudaine et violente à la poitrine qui se propagea dans tout mon corps et m'obligea à prendre appui contre le mur.

— Mon Dieu, elle était enceinte…

Toussaint ferma une seconde les yeux. Quand il les rouvrit, le désespoir noyait ses prunelles. Je ne demandai pas ce que le Voyageur avait fait au fœtus mais, à cet instant, je saisis quelle terrible progression s'était développée durant ces derniers mois dans ma vie. Il semblait que j'étais passé de la mort de ma propre enfant, ma Jennifer, à celles de nombreux autres, les victimes d'Adelaide Modine et de son complice Hyams, et maintenant, finalement, la mort de tous les enfants. Les actes de ce Voyageur possédaient une signification qui allait au-delà de la simple horreur : dans la mort de l'enfant à venir de Morphy, je vis que tout espoir futur était réduit en lambeaux sanguinolents.

— Je suis supposé vous ramener à votre hôtel, fit Toussaint après un moment de silence. La police de La Nouvelle-Orléans veut avoir l'assurance que vous prendrez le vol du soir pour New York.

Je l'entendis à peine. Je ne pensais qu'à une chose : le Voyageur nous épiait depuis le début, et il déployait tranquillement son jeu macabre autour de nous. Nous étions tous des participants dans sa mise en scène, que nous le voulions ou non.

Je me souvins alors d'un propos tenu naguère à Portland par un détenu du nom de Saul Mann : « Impossible de bluffer quelqu'un qui ne vous prête pas attention. »

48

Toussaint me déposa au Flaisance. La porte de Rachel n'était pas fermée quand j'arrivai. Je frappai doucement et j'entrai. Ses vêtements avaient été jetés sur le sol et les draps arrachés à son lit formaient un tas dans un coin de la pièce. Tous ses documents avaient disparu. Sa valise ouverte occupait le centre du matelas nu. Je perçus des mouvements dans la salle de bains et la seconde suivante elle en sortait avec sa mallette de produits de beauté à la main. Celle-ci était tachée de fard et de fond de teint, et j'en déduisis que les flics avaient brisé une partie de son contenu en la fouillant.

Elle portait un vieux sweat-shirt Knicks d'un bleu délavé qui pendait sur son jean bleu marine. Elle venait de prendre une douche, et ses cheveux mouillés collaient à son visage. Ses pieds étaient nus. Je n'avais encore jamais remarqué combien ils étaient menus.

— Je suis désolé, dis-je.

— Je sais.

Elle ne me regarda pas et se mit à ramasser ses affaires et à les ranger aussi proprement que possible dans la valise. Je me penchai pour prendre une paire de chaussettes.

— Laisse, dit-elle. Je peux le faire.

On frappa encore à la porte et un officier de police en uniforme se présenta. Il se montra poli mais expliqua sans équivoque que nous devions rester dans l'hôtel jusqu'à ce que quelqu'un vienne pour nous emmener à l'aéroport.

Je retournai dans ma chambre et me douchai. Une femme de ménage vint ranger et après son départ je m'allongeai sur les draps propres et écoutai les bruits qui montaient de la rue. Je pensai à la façon dont j'avais tout fait capoter et au nombre de personnes mortes par ma faute. Je me sentais pareil à l'Ange de la Mort ; si j'avais foulé l'herbe d'une pelouse, elle serait morte.

Je dus somnoler pendant quelque temps, car la lumière dans la pièce avait changé quand je rouvris les yeux. On aurait pu croire que c'était le crépuscule, mais ce n'était pas possible. Une odeur planait dans la pièce, celle de la végétation en décomposition et de l'eau chargée d'algues et de poissons morts. Quand j'inspirai, l'air qui s'engouffra dans ma bouche était tiède et humide. Je pris conscience de mouvements autour de moi, de formes qui bougeaient dans les ombres qui baignaient les coins de la chambre. Je perçus des murmures, un son semblable au bruissement de la soie sur du bois et, très faiblement, le pas d'un enfant qui courait sur un tapis de feuilles mortes. Les arbres frémirent et il y eut un battement d'ailes au-dessus de moi, très irrégulier, comme si l'oiseau était dérouté, ou blessé.

La pénombre s'accrut, et le mur en face de moi devint noir. La lumière entrant par la fenêtre s'était teintée de nuances bleutées et vertes et scintillait comme si je la voyais à travers une brume de chaleur.

Ou à travers l'eau.

Elles émergèrent du mur de ténèbres, des formes sombres qui se découpaient sur une lueur verdâtre. Elles apportaient avec elles le parfum âcre du sang, si fort que je pouvais le sentir sur ma langue. J'ouvris la bouche pour appeler — même maintenant, j'ignore qui j'aurais pu appeler, ou qui m'aurait entendu — mais l'air poisseux colla ma langue à mon palais comme une éponge gorgée d'une eau tiède et nauséabonde. Il me semblait qu'un poids énorme écrasait ma poitrine et m'empêchait de me relever, et j'avais maintenant du mal à respirer. Mes mains se fermaient et s'ouvraient spasmodiquement, jusqu'à ce qu'elles aussi s'immobilisent, et je sus alors quelle sensation éprouve celui qui a de la kétamine dans les veines, cette substance qui fige le corps dans l'attente du scalpel de l'anatomiste.

Les silhouettes s'arrêtèrent au bord de l'obscurité, juste au-delà de la faible lumière provenant de la fenêtre. Elles demeuraient indistinctes, leurs contours frissonnants comme si je les voyais à travers un verre dépoli ou s'il s'agissait d'une projection dont la netteté variait.

Puis vinrent les voix,

bird

douces et insistantes,

bird

qui s'estompaient puis croissaient,

bird

des voix que je n'avais jamais entendues, et d'autres qui avaient prononcé mon nom avec passion,

bird

avec colère, peur, amour.

papa

Elle était la plus petite de toutes et tenait la main de la silhouette voisine. Autour d'elles, les autres s'écartèrent. J'en comptai huit en tout, mais derrière elles il y en avait d'autres, plus indistinctes encore, des femmes, des hommes, des jeunes filles. Alors que la pression grandissait sur ma poitrine et que je luttais pour avaler la plus petite goulée d'air, il me vint à l'esprit que la silhouette qui avait hanté Tante Marie Aguillard, celle que Raymond croyait avoir vue dans Honey Island, cette fille qui semblait m'appeler à travers les eaux sombres, n'était peut-être pas Lutice Fontenot.

mon enfant

Chaque respiration était comme la dernière, aucune n'allait au-delà de ma gorge avant que l'air soit rejeté en un spasme.

mon enfant

La voix était aussi âgée et sombre que les touches

d'ébène sur un vieux piano égrenant une mélodie dans une pièce lointaine.

réveille-toi, mon enfant, le monde s'éclaircit

Et mon dernier souffle résonna à mes oreilles, puis tout fut immobile et calme.

C'est le tambourinement à la porte qui me réveilla. Au-dehors, le soleil chutait imperceptiblement vers l'horizon. Quand j'ouvris la porte, Toussaint se tenait devant moi. Derrière lui, Rachel attendait.

— Il est temps d'y aller, fit-il.

— Je croyais que c'étaient les flics de La Nouvelle-Orléans qui devaient s'en occuper.

— Je me suis porté volontaire, répliqua-t-il.

Il me suivit dans la chambre et je fourrai mon nécessaire de rasage dans mon sac que je refermai.

Toussaint fit un signe de tête au policier en uniforme.

— Vous êtes bien sûr ? s'enquit ce dernier, l'air incertain.

— Ecoutez, la police de La Nouvelle-Orléans a mieux à faire que du baby-sitting, rétorqua Toussaint. Je conduis ces personnes à leur avion et vous, vous allez attraper quelques méchants, d'accord ?

Nous roulâmes en silence jusqu'à Moisant Field. J'occupais le siège passager avant, Rachel était assise à l'arrière. Je m'attendais à ce que Toussaint prenne la bifurcation vers l'aéroport, mais il continua tout droit.

— Vous avez oublié de tourner, dis-je.

— Non, pas du tout.

Quand les choses commencent à s'éclaircir, elles s'éclaircissent vite. Ce jour-là, nous eûmes de la chance. Tout le monde finit par avoir son jour de chance.

A un embranchement de l'Upper Grand River, au sud-est de la 10, sur la route de Lafayette, une opération de dragage pour retirer la vase et les détritus du fond de la rivière se retrouva avec une partie de son matériel coincé dans des longueurs de fils de fer barbelé abandonnées là et qui rouillaient dans le lit de la rivière. On finit par libérer l'équipement et on voulut le hisser à l'air libre, mais il y avait d'autres choses emprisonnées dans le barbelé : un vieux châlit en fer ; plusieurs chaînes d'esclaves vieilles de plus d'un siècle et demi ; et, accroché au bout du barbelé, un fût de pétrole marqué d'une fleur de lys.

Les ouvriers plaisantèrent de cette trouvaille. La nouvelle de la découverte du cadavre d'une jeune fille dans un fût marqué d'une fleur de lys avait couru dans tous les flashs d'information et le lendemain elle avait eu droit à quatre-vingt-dix lignes en bas de la première page du *Times-Picayune*.

Peut-être les ouvriers échangèrent-ils quelques blagues morbides en sortant le fût de l'eau avant de le dégager du barbelé. Peut-être qu'ils se calmèrent un peu et que certains rirent nerveusement quand l'un d'eux s'attaqua au couvercle du fût. Ce dernier était rouillé par endroits et non soudé. Quand il céda, de l'eau croupie, des poissons morts et des herbes s'en écoulèrent.

Les jambes de la fille, en partie décomposées mais gainées d'une étrange membrane cireuse, émergèrent également du fût, mais le corps resta coincé à l'intérieur. La faune de la rivière avait ripaillé sur le cadavre. Quand un ouvrier pointa sa torche électrique au fond du fût, il vit des lambeaux de peau sur le front et les dents qui semblaient lui sourire de la nuit éternelle.

Seuls deux véhicules étaient présents sur les lieux quand nous arrivâmes. Le corps avait été sorti de l'eau moins de trois heures auparavant. Deux policiers en uniforme se tenaient auprès de l'équipe de dragage. Autour du cadavre, trois hommes en civil conversaient. L'un d'eux, aux cheveux argentés coupés court, portait un costume de prix. Je le reconnus pour l'avoir vu après la mort de Morphy : le shérif James Dupree de St Martin Parish, le supérieur de Toussaint.

Dupree retira une paire de gants en caoutchouc très fin, en prenant soin de ne pas toucher le côté extérieur de ses doigts nus. Ses ongles étaient très courts et impeccables, remarquai-je, sans pour autant avoir reçu les attentions de la manucure.

— Vous voulez voir de plus près ? me proposa-t-il.

— Non, merci, répondis-je. J'en ai déjà vu assez.

Une odeur de décomposition montait de la vase retirée du fond de la rivière, plus forte encore que celle qui émanait du corps. Des oiseaux aux aguets d'un poisson mort ou mourant tournoyaient à la verticale des détritus. Un des ouvriers coinça sa cigarette entre ses lèvres, ramassa une pierre et la lança sur un gros rat gris qui s'était aventuré à cinq mètres de lui. Le projectile toucha la boue avec le bruit mat d'un quartier de viande que le boucher laisse tomber sur son étal. L'animal s'enfuit en trottinant. Autour de lui, des formes sombres s'affairaient. Toute la zone grouillait de rongeurs tirés de leurs nids par les travaux de dragage. Les autres ouvriers se mirent à imiter leur collègue, et une pluie de pierres s'abattit parmi les rats.

Dupree alluma une gitane avec un Ronson en or. La brise emporta l'odeur âcre et forte du tabac français vers moi. Avec un mot d'excuse, le shérif se détourna pour faire écran à la fumée. La délicatesse du geste m'incita à me demander une fois encore pourquoi je ne me trouvais pas à Moisant Field.

— On m'a dit que vous aviez traqué cette tueuse d'enfant à New York, l'affaire Modine, me dit finalement Dupree. Après trente ans, ce n'est pas un mince exploit.

— Elle a commis un faux pas, répondis-je. Ils finissent tous par faire une erreur. Le tout est de se trouver au bon endroit au bon moment pour tirer avantage de la situation.

Il inclina légèrement la tête de côté, dans une attitude qui suggérait qu'il n'approuvait pas totalement cette théorie mais qu'il était disposé à y réfléchir. Il tira une longue bouffée. La marque française était parmi les plus chères à La Nouvelle-Orléans, mais il fumait comme j'avais vu faire des dockers sur le port de New York, le bout de la cigarette pincé entre le pouce, l'index et le majeur, l'extrémité incandescente protégée par la paume. C'était le geste qu'on apprenait dans l'enfance, quand fumer était une transgression et qu'être pris en flagrant délit pouvait encore vous valoir une calotte du père.

— Je suppose qu'on a tous notre jour de chance, déclara Dupree en me dévisageant d'un regard intense. Et pour nous, il se pourrait que ce soit aujourd'hui.

J'attendis la suite. La découverte du corps de la fille semblait fortuite, cependant je me souvenais de mon rêve, quand les silhouettes étaient sorties du mur et m'avaient dit qu'un fil de la tapisserie tissée par le Voyageur allait soudain se défaire.

— En apprenant la mort de Morphy et de sa femme, ma première réaction a été une envie très forte de vous emmener dans un coin tranquille, hors de la ville, et de vous battre comme plâtre, dit-il. C'était un type bien et un bon flic. Et c'était aussi mon ami.

« Mais il avait confiance en vous, et Toussaint ici présent a l'air de partager cette opinion. Il pense que vous constituez peut-être une sorte de fil conducteur dans toute cette affaire. Si c'est exact, alors le fait de vous mettre dans un avion pour New York ne fera pas avancer l'enquête. Votre ami du FBI Woolrich semblait de cet avis aussi, mais ses supérieurs paraissent résolus à vous exclure de cette affaire. »

Il tira encore sur sa gitane.

— Je dois dire que vous êtes un peu comme un chewing-gum dans les cheveux, continua-t-il. Plus on essaie de se débarrasser de vous et plus vous vous accrochez. Peut-être bien que cela pourrait nous être utile, en fin de compte. Je risque gros en vous gardant ici, mais Morphy m'avait fait part de votre théorie sur ce type, cette idée qu'il nous observe, qu'il nous manipule. Vous voulez me dire ce que vous pensez de tout ça ou vous préférez passer la nuit à dormir sur un fauteuil en plastique dans la salle d'attente de Moisant ?

Je considérai les pieds et les jambes nus qui saillaient

du fût, ce curieux film jaune pareil à une chrysalide, cette fille qui gisait dans la vase et l'eau, au fond d'une rivière de l'ouest de la Louisiane, aux berges infestées de rats. Le médecin légiste et son équipe venaient d'arriver avec un sac mortuaire et une civière. Ils déployèrent une bâche en plastique sur le sol et amenèrent le fût dessus, avec mille précautions, un des hommes tenant les jambes du cadavre dans ses mains gantées. Puis, lentement, doucement, le médecin légiste tira le corps du fût.

— Jusqu'à maintenant, tout ce que nous avons fait a été suivi et prévu par notre homme, commençai-je. Les Aguillard avaient appris quelque chose, ils sont morts. Remarr avait vu quelque chose, il a été supprimé. Morphy a essayé de m'aider, et maintenant il est mort lui aussi. Le tueur réduit les pistes, il nous oblige à suivre un schéma qu'il a déjà tracé. Et quelqu'un a divulgué à la presse des détails de l'enquête. Peut-être que cet informateur a également renseigné le tueur, involontairement ou non.

Dupree et Toussaint échangèrent un regard.

— Nous avons envisagé cette possibilité nous aussi, dit le shérif. Il y a foutrement trop de gens autour de cette enquête pour que quoi que ce soit reste secret très longtemps.

— Et pour couronner le tout, repris-je, les fédéraux dissimulent des informations. Vous pensez que Woolrich vous a confié tout ce qu'il sait ?

Dupree se retint de rire.

— J'en connais autant sur ce Byron que sur le poète du même nom, c'est-à-dire rien du tout.

De l'intérieur du fût il y eut un bruit de raclement, le frottement des os contre le métal. Des mains gantées soulevèrent le cadavre nu et décoloré pour le libérer de son étrange cercueil.

— Combien de temps pouvons-nous taire cette découverte ? demandai-je à Dupree.

— Pas très longtemps. Il faudra prévenir les fédéraux, et la presse finira par l'apprendre... (Il écarta les mains dans un geste d'impuissance.) Si vous suggérez d'oublier d'informer le FBI…

Mais je lisais sur son visage qu'il penchait déjà pour cette option, et que si le médecin légiste examinait le corps aussi rapidement après sa découverte, entouré d'aussi peu de policiers, cela ne visait qu'à limiter le plus possible le nombre de personnes mises dans la confidence.

Je décidai de pousser mon avantage.

— Je suggère que vous n'en parliez *à personne*. Si la nouvelle se répand, le tueur sera alerté et il nous court-circuitera une fois de plus. Au pire, esquivez le problème. Ne mentionnez pas le fût de pétrole, restez vague quant au lieu, affirmez que vous ne pensez pas que cette découverte ait un lien avec une autre enquête. Ne dites rien tant que la fille n'est pas identifiée.

— En admettant qu'on parvienne à l'identifier, intervint Toussaint d'un ton peu optimiste.

— Eh, vous voulez nous porter la poisse ? fit Dupree.

— Désolé, dit Toussaint.

— Il a raison, remarquai-je. Nous ne pourrons peut-être pas l'identifier, c'est une hypothèse à ne pas rejeter.

— Une fois que nous aurons épuisé les ressources de nos fichiers, il nous faudra utiliser celles des fédéraux, dit Dupree.

— Nous verrons en temps utile, conclus-je. Alors nous sommes d'accord ?

Dupree fit passer le poids de son corps d'un pied sur l'autre et termina sa cigarette. Il se pencha par la vitre baissée de sa voiture et plaça le mégot dans le cendrier.

— Vingt-quatre heures maximum, décida-t-il. Après ce délai, nous serons accusés d'incompétence ou d'avoir délibérément entravé le cours d'une enquête par rétention d'informations. Et je ne sais pas trop ce que nous pourrons apprendre en un temps aussi court, ni même si… (il regarda Toussaint, puis moi) nous irons jusqu'au bout.

— Vous voulez bien m'expliquer ? dis-je. Ou il faut que je devine ?

C'est Toussaint qui répondit :

— Les fédéraux pensent avoir localisé Byron. Ils vont le serrer dès ce matin.

— Dans ce cas, fit Dupree, le cadavre est juste le joker dans notre jeu.

Mais je ne les écoutais plus. Ils allaient arrêter Byron, et je ne serais pas présent. Si je montrais le bout du nez, une partie non négligeable des forces de police de Louisiane serait requise pour m'escorter jusqu'au premier avion en partance pour New York, ou pour me boucler.

Les ouvriers risquaient fort de constituer le maillon le plus faible. On les emmena à l'écart et on leur offrit du café, puis Dupree et moi fûmes aussi honnêtes que nous pensions pouvoir l'être. Nous leur expliquâmes que s'ils ne taisaient pas la découverte pendant au moins une journée entière, alors l'assassin de la fille réussirait probablement à nous échapper, et qu'il tuerait de nouveau. C'était vrai, du moins en partie ; puisque nous ne pouvions participer à la traque de Byron, nous poursuivions cette enquête de notre mieux.

Les ouvriers étaient des hommes de la région qui travaillaient dur, et dont la plupart avaient des enfants. Ils acceptèrent de ne rien dire jusqu'à ce que nous les recontactions pour les y autoriser. Malgré leur évidente sincérité, je savais que certains se confieraient à leur femme ou leur petite amie dès qu'ils rentreraient chez eux, et la nouvelle se répandrait immanquablement.

Dupree était dans son bureau quand l'appel lui était parvenu. Il avait emmené deux adjoints et les inspecteurs en qui il avait entière confiance. En ajoutant Toussaint, Rachel et moi, plus l'équipe du médico-légal et les ouvriers, une vingtaine de personnes étaient au courant. Cela faisait dix-neuf personnes de trop pour qu'un secret le reste, mais on n'y pouvait rien.

Après l'examen préliminaire et les photographies, il

fut décidé que le cadavre serait emporté dans une clinique privée près de Lafayette, où le médecin légiste effectuait parfois des consultations, et ce dernier accepta de se mettre au travail immédiatement. Dupree prépara une déclaration détaillant la découverte d'une femme d'âge indéterminé, décédée dans des circonstances également indéterminées, et retrouvée à une dizaine de kilomètres du lieu réel. Il inscrivit l'heure, la date, puis laissa le document sous une pile de dossiers sur son bureau.

Quand nous arrivâmes tous deux dans la salle d'autopsie, les restes avaient été radiographiés et mesurés. La civière qui avait servi à apporter le cadavre était poussée dans un coin, loin de la table d'autopsie avec son réservoir cylindrique qui fournissait de l'eau à la table et recueillait les fluides qui filtraient par les trous pratiqués dans le plateau. Une balance utilisée pour peser les organes était accrochée à un montant métallique et, à côté, une table pour la dissection sélective était prête à l'usage.

Seules trois personnes, en plus du médecin légiste et de son assistant, étaient présentes : Dupree, Toussaint et moi. L'odeur était très forte et l'antiseptique ne parvenait pas à la masquer totalement. Quelques mèches de cheveux sombres parsemaient le crâne, et ce qui restait de la peau était racorni et déchiré. Le corps était presque entièrement recouvert de la substance jaune pâle.

C'est Dupree qui posa la question :

— Doc, qu'est-ce que c'est que ce truc sur le corps ?

Le Dr Emile Huckstetter était un homme d'une cinquantaine d'années, grand et fort, au teint rougeaud. Il passa un doigt ganté sur la substance avant de répondre.

— C'est de l'adipocire, autrement dit du gras de cadavre. C'est rare, je l'ai vu dans deux ou trois cas tout au plus, mais la combinaison de l'eau et de la vase dans ce canal semble avoir provoqué ce phénomène.

Il plissa les yeux en se penchant sur le corps.

— Les graisses de son corps se sont diluées dans

l'eau et solidifiées pour donner cette substance. Elle met au moins six mois à se former, mais j'estime que le corps a séjourné moins de sept mois dans l'eau.

Huckstetter décrivait son examen à haute voix, pour qu'il soit enregistré par le petit dictaphone accroché à sa blouse verte de chirurgien. Le sujet était âgé de dix-sept ou dix-huit ans, dit-il. Il n'avait pas été ligoté. La trace d'un coup de couteau à son cou autorisait à penser que l'entaille profonde de l'artère carotide était la cause probable du décès. Le crâne portait des marques là où la peau avait été ôtée. Des marques similaires étaient visibles sur les orbites.

Alors que l'examen tirait à sa fin, on appela Dupree sur son bipeur. Il s'absenta pour revenir quelques minutes plus tard en compagnie de Rachel. Elle était allée retenir une chambre dans un motel de Lafayette, y avait déposé ses bagages et les miens avant de nous rejoindre. Elle eut un mouvement de recul à la vue du cadavre, hésita puis vint se placer à côté de moi. Sans un mot, elle me prit la main.

Quand le médecin légiste eut terminé, il ôta ses gants et entreprit de se laver les mains et les avant-bras. Dupree sortit les radiographies de leur enveloppe et les étudia une à une en les levant à la lumière.

— Qu'est-ce que c'est que ça ? dit-il.

Huckstetter examina à son tour la radiographie.

— Fracture compliquée du tibia droit, expliqua-t-il en désignant l'endroit de l'index. Sans doute vieille de deux ans. C'est dans le rapport, enfin cela y figurera dès que j'aurai eu le temps de le rédiger.

J'eus soudain une impression de vide au creux de l'estomac et les balances me parurent tressauter quand je les regardai. Je me rendis compte que j'avais pris appui sur la table d'autopsie et que mes doigts touchaient les restes de la fille. Je retirai vivement ma main.

— Parker ?

Dupree me saisit par le bras pour me retenir. Je sentais encore le contact du cadavre sur le bout de mes doigts.

— Bon sang, soufflai-je, je crois que je sais qui c'est.

Dans la lumière pâle de l'aube, près de la pointe nord du Bayou Courtableau, au sud de Krotz Springs et à une trentaine de kilomètres de Lafayette, une équipe d'agents fédéraux secondée par les hommes du shérif de St Landry Parish encercla une cabane de chasseur construite dos au bayou, l'avant abrité par les broussailles et les arbres. Certains agents portaient une tenue imperméable sombre marquée du sigle FBI en larges lettres dans le dos, d'autres des casques et des gilets pare-balles. Ils avançaient lentement, sans précipitation, leurs armes prêtes. Quand ils parlaient, c'était brièvement et à mi-voix. Les contacts radio étaient réduits au strict minimum. Autour d'eux, des adjoints du shérif armés de pistolets et de fusils à pompe écoutaient le son de leur respiration et les battements de leur cœur tandis que tous se préparaient à investir le repaire d'Edward Byron, l'homme qu'ils croyaient directement responsable de la mort de leur collègue, John Charles Morphy, de celle de sa jeune femme et d'au moins cinq autres personnes.

La cabane était délabrée, les tuiles du toit endommagées, les solives en dessous à demi pourries. Les vitres de deux des fenêtres de façade étaient brisées et on les avait doublées de carton maintenu en place par du ruban adhésif. A un crochet métallique à la droite de la maison pendait la carcasse d'un cochon sauvage récemment écorché. Du sang gouttait de son groin et formait une petite flaque sur le sol.

Peu après six heures du matin, à un signal de Woolrich, des agents munis de gilets pare-balles en Kevlar avancèrent vers la maison. Ils vérifièrent les fenêtres de la façade et de l'arrière. Puis simultanément ils enfoncèrent les deux portes et se ruèrent dans le couloir principal. Ils faisaient un maximum de bruit et leurs torches électriques découpaient les ténèbres de l'intérieur.

Les deux équipes avaient presque opéré leur jonction lorsque une détonation roula dans la maison. Un jet de sang fusa dans la lumière de l'aube. Un agent du nom de Thomas Seltz plongea sur le sol au moment où le projectile déchirait la zone non protégée de son aisselle, le point vulnérable lorsqu'on porte un gilet pare-balles, et son doigt se crispa dans un dernier mouvement réflexe sur la détente de son pistolet-mitrailleur. Les balles labourèrent le mur, le plafond et le sol, créant des bouffées de poussière et arrachant des échardes. Deux agents furent blessés, l'un à la jambe, l'autre à la joue.

Le vacarme de la rafale masqua la deuxième détonation du fusil. Le projectile atteignit le chambranle d'une porte à l'intérieur. Tous les agents se jetèrent à terre et se mirent à tirer par la porte arrière. Une troisième balle toucha un agent qui contournait la maison. Le tireur jaillit de derrière le tas de bûches qui lui avait servi de cachette. Vêtu d'un vieux jean et d'une chemise à carreaux rouges et blancs, il disparut dans le bayou. Les agents le suivirent avec circonspection. A certains endroits ils s'enfonçaient presque jusqu'aux genoux dans l'eau boueuse, et les souches pourries les obligeaient à progresser en zigzag. Enfin ils atteignirent une zone où l'on pouvait progresser à sec. Utilisant chaque arbre, ils avancèrent lentement. L'arme braquée, ils restaient en contact visuel entre eux.

Le fusil tonna une fois de plus, droit devant eux. Les oiseaux s'envolèrent des arbres et des échardes jaillirent du tronc d'un gros cyprès à hauteur d'homme. Un agent poussa un cri et tituba à découvert, la joue criblée d'aiguilles de bois. Un second projectile lui pulvérisa le fémur de la jambe gauche. Il s'écroula sur le sol couvert de feuilles, le corps tétanisé par la douleur.

Le tir des armes automatiques dévasta les branches et les feuillages. Après quatre ou cinq secondes d'un déluge de plomb, l'ordre fut donné de cesser le feu et un calme irréel retomba sur le marais. Les agents fédéraux et les policiers se remirent en mouvement. Un cri retentit quand l'un d'eux découvrit des traces de sang près d'un saule dont les branches brisées avaient la blancheur de l'os.

Au loin retentirent les aboiements des chiens, gardés en réserve cinq kilomètres en arrière, qui arrivaient pour participer à l'hallali. On les laissa renifler des vêtements appartenant à Byron avant de les conduire près du tas de bûches. Leur maître, un barbu mince au jean fourré dans des bottes couvertes de boue, les amena près du saule pour qu'ils s'imprègnent de l'odeur du sang. Puis, tirant sur leur laisse, ils reprirent la chasse.

Mais plus aucun coup de feu ne fut tiré sur eux par Edward Byron, car les représentants de l'ordre n'étaient pas les seuls à le traquer dans le bayou.

Pendant qu'on continuait à chasser Byron, Toussaint, deux jeunes adjoints et moi nous trouvions dans le bureau du shérif de St Martinville où nous poursuivions nos recherches parmi les dentistes de Miami, en appelant les numéros d'urgence laissés sur les répondeurs quand cela était nécessaire.

Rachel provoqua la seule interruption dans notre travail lorsqu'elle nous apporta du café et des feuilletés chauds. Elle se plaça derrière moi et posa une main légère sur ma nuque. Je lui pris le poignet, l'attirai à mes lèvres et déposai un baiser sur la pointe de ses doigts.

— Je ne m'attendais pas à ce que tu restes, dis-je sans voir son visage.

— C'est presque terminé, n'est-ce pas ? demanda-t-elle d'une voix calme.

— Je le pense. Je sens que la fin approche.

— Alors je veux y assister.

Elle s'attarda encore un peu, jusqu'à ce que sa fatigue devienne presque contagieuse, puis elle repartit au motel pour dormir.

Il nous fallut trente-huit appels avant de tomber sur l'assistante du cabinet dentaire d'Erwin Holdman, sur Brickell Avenue. Elle retrouva le dossier de Lisa Stott mais refusa d'indiquer si celle-ci avait été soignée durant les six derniers mois. Holdman faisait une partie de golf et n'aimait pas être dérangé, précisa-t-elle. Toussaint lui répondit qu'il se contrefichait de savoir ce que Holdman aimait ou n'aimait pas, et elle lui communiqua son numéro de portable.

Elle avait dit vrai. Holdman détestait être importuné sur le green, en particulier lorsqu'il s'apprêtait à tenter un birdie au quinzième trou. Après quelques échanges assez tumultueux, Toussaint exigea le dossier dentaire de Lisa Stott. Le dentiste répliqua qu'il lui fallait l'autorisation de la mère et du beau-père. Toussaint passa le relais à Dupree, lequel expliqua au praticien que pour l'instant ce n'était pas possible, qu'ils désiraient simplement consulter le dossier dentaire de Lisa Stott pour l'éliminer de leur enquête, et qu'il serait peu judicieux de déranger les parents sans nécessité. Lorsque Holdman persista à refuser toute coopération, Dupree lui spécifia qu'en ce cas tous ses dossiers seraient saisis et que les impôts allaient éplucher sa situation fiscale au microscope.

Holdman eut le bon goût de céder. Les dossiers étaient archivés sur ordinateur, précisa-t-il, ainsi que les copies des radiographies. Il les enverrait dès qu'il serait de retour à son cabinet. Son assistante venait tout juste d'être embauchée, et elle serait incapable de trouver ce que nous désirions sans son mot de passe. Il allait donc finir son parcours et...

Il y eut d'autres phrases peu amènes, et Holdman se résigna à renoncer au golf pour la journée. Il lui faudrait une heure, si la circulation était fluide, pour arriver à son cabinet. Nous nous installâmes donc pour l'attendre.

Byron s'était enfoncé d'environ un kilomètre et demi dans le bayou. Ses poursuivants se rapprochaient et sa blessure saignait abondamment. La balle avait brisé son coude gauche et une douleur lancinante brûlait tout son corps. Il fit halte dans une petite clairière et rechargea son arme en calant la crosse contre le sol et en actionnant maladroitement le mécanisme à pompe de sa main valide. Les aboiements se faisaient plus nets. Il abattrait les chiens dès qu'ils seraient en vue. Une fois débarrassé d'eux, il était certain de semer ses poursuivants dans les marais.

C'est seulement quand il se releva qu'il prit conscience des mouvements devant lui. Les chiens ne pouvaient pas déjà l'avoir pris à revers. Vers l'ouest, les eaux étaient plus profondes et sans embarcation ils n'auraient pas pu arriver là. Et même en l'admettant, il les aurait entendus venir. Depuis qu'il se terrait ici, ses sens s'étaient aiguisés et étaient devenus très réactifs aux bruits du bayou. Seules les hallucinations menaçaient de le perdre, mais elles n'étaient pas constantes, heureusement.

Le fusil à pompe calé sous son bras droit, Byron se mit en marche en scrutant la végétation devant lui. Il avançait d'un pas prudent vers la ligne des arbres, mais il ne détectait plus aucun mouvement. Il secoua la tête pour éclaircir sa vision, redoutant que les hallucinations reprennent. Mais elles ne vinrent pas. A leur place, c'est la mort qui arriva quand les bois s'animèrent et qu'il se retrouva encerclé par des silhouettes sombres. Il tira une fois avant que son arme lui soit arrachée, et une douleur fulgurante déchira sa poitrine quand la lame entailla sa peau d'une épaule à l'autre.

Les hommes qui l'entouraient — des individus au visage dur, l'un avec un M-16 à la bretelle, les autres munis de couteaux et de haches — étaient menés par un homme imposant au visage tanné et aux cheveux noirs striés de gris. Byron tomba à genoux sous la grêle de coups qui s'abattit sur ses épaules et ses bras. Hébété par la douleur, il leva les yeux à temps pour voir la hache du grand homme siffler dans l'air.

Puis il n'y eut plus que les ténèbres.

Nous nous trouvions dans le bureau de Dupree, où un ordinateur flambant neuf était prêt à recevoir les données que Holdman devait nous transmettre. J'étais assis sur une chaise tendue de vinyle rouge qui avait été réparée si souvent avec du ruban adhésif que j'avais l'impression de me trouver sur de la glace craquelée. Le siège grinçait et couinait dès que je faisais le plus petit mouvement. Je posai les pieds sur le bord de la fenêtre. En face de moi se trouvait le canapé sur lequel j'avais dormi trois heures d'un sommeil inconfortable.

Toussaint était parti chercher du café une demi-heure plus tôt, et il n'était toujours pas revenu. Je commençais à m'impatienter quand j'entendis des voix dans la salle voisine. Je passai dans cette pièce avec ses bureaux de métal gris alignés, ses fauteuils pivotants et ses porte-manteaux, ses tableaux d'affichage, ses gobelets de café, ses petits pains et ses restes de beignets.

Toussaint apparut. Il parlait avec animation à un inspecteur noir en costume bleu pétrole et chemise à col ouvert. Derrière lui, Dupree était en grande conversation avec un assistant du shérif en uniforme. Toussaint m'aperçut, donna une tape amicale sur l'épaule à l'inspecteur et vint vers moi.

— Byron est mort, annonça-t-il. Ça ne s'est pas très bien passé. Les fédéraux ont perdu deux hommes, et deux autres sont blessés. Byron a tenté de fuir dans le bayou. Quand ils l'ont retrouvé, quelqu'un l'avait lardé de coups de couteau, et il avait le crâne ouvert d'un coup de hache. Les fédéraux ont la hache et tout un tas d'empreintes de bottes. Ils pensent que Lionel Fontenot a décidé de régler l'affaire à sa façon.

Dupree nous poussa dans son bureau, mais sans refermer la porte derrière nous. Il se campa près de moi et m'effleura le bras dans un geste amical.

— C'est lui. Les choses sont encore embrouillées, mais ils ont découvert des bocaux d'échantillons identiques à celui dans lequel… (il s'interrompit puis termina) au bocal que vous avez reçu. Il y a également un ordinateur portable, les restes d'un micro bricolé et des scalpels portant des traces de tissus organiques. On a retrouvé tout ça dans une cabane au fond du terrain. J'ai échangé quelques mots avec Woolrich. Il a fait mention de quelque chose à propos de textes médicaux anciens. Il m'a dit de vous dire que vous aviez vu juste. Ils recherchent toujours la peau du visage des victimes, mais cela pourrait prendre du temps. Ils vont commencer à creuser aux alentours de la maison dès aujourd'hui.

Je ne savais pas très bien ce que j'éprouvais. Du soulagement, bien sûr, la sensation qu'un poids énorme m'avait été ôté, que tout était enfin terminé. Mais il y avait autre chose : j'étais déçu de ne pas avoir participé à cet ultime chapitre. Après tout ce que j'avais fait, après tous ces gens qui étaient morts, de ma main et d'autres mains, le Voyageur m'avait échappé jusqu'à la fin.

Dupree nous quitta et je me rassis lourdement sur la chaise. Le soleil filtrait par le store de la fenêtre. Toussaint s'était perché sur le coin du bureau de Dupree et m'observait. Je repensais à Susan et à Jennifer, à ces journées passées dans le parc ensemble. Et je me souvenais de la voix de Tante Marie Aguillard. J'espérais qu'elle reposait en paix, à présent.

Un bip étouffé sur deux notes s'échappait de l'ordinateur de Dupree à intervalles réguliers. Toussaint se remit debout sans hâte et contourna le bureau pour voir l'écran. Il pianota sur quelques touches et lut ce qui s'affichait.

— C'est le dossier envoyé par Holdman, fit-il.

Je le rejoignis et étudiai les données du dossier dentaire de Lisa. D'abord une description écrite détaillée, puis une sorte de cartographie en deux dimensions avec mention des plombages et des extractions, enfin la radiographie de la bouche.

Toussaint chercha la radio faite par le médecin légiste dans un autre dossier informatique et juxtaposa les deux clichés.

— Ils semblent identiques, constata-t-il.

J'acquiesçai. Je ne voulais pas penser à ce que cela impliquait.

Toussaint téléphona à Huckstetter, lui expliqua la

situation et l'invita à nous rejoindre. Une demi-heure plus tard, le médecin légiste prenait connaissance des données envoyées par Holdman et les comparait à ses notes et aux radiographies qu'il avait prises du cadavre. Enfin il remonta ses lunettes sur son front et se massa le coin des yeux.

— C'est elle, affirma-t-il.

Toussaint poussa un long soupir et secoua la tête avec tristesse. C'était la dernière plaisanterie du Voyageur, semblait-il, une vieille plaisanterie en fait. La morte était bien Lisa Stott ou, comme elle s'était appelée dans ses jeunes années, Lisa Woolrich, une jeune fille devenue émotionnellement instable après le divorce difficile de ses parents, abandonnée par une mère désireuse de prendre un nouveau départ dans la vie sans devoir gérer les complications provoquées par une fille adolescente meurtrie, à qui son père était incapable d'offrir la stabilité et le soutien dont elle avait besoin.

C'était la fille de Woolrich.

49

La voix au téléphone était alourdie par la fatigue et la tension. Je parlai tout en conduisant ; un assistant du shérif avait ramené la voiture de location du Flaisance.

— Woolrich, c'est Bird.

— Salut. Du nouveau ?

— Byron est mort, et des hommes à toi aussi. Désolé.

— Ouais, ça a été assez moche. Ils t'ont appelé à New York ?

J'hésitai à lui dire la vérité, et décidai de n'en rien faire pour le moment.

— Non, j'ai raté l'avion. Je me dirige vers Lafayette.

— *Lafayette* ? Bordel, qu'est-ce que tu vas foutre à Lafayette ?

— Traîner un peu. On peut se voir ?

Avec Toussaint et Dupree, nous avions convenu que ce serait à moi de parler à Woolrich. Mieux valait que je sois celui qui lui annoncerait, pour sa fille.

— Merde, Bird, je suis à bout, moi… (Puis, avec résignation :) Bien sûr, on peut se voir. On parlera de ce qui s'est passé aujourd'hui. Laisse-moi une heure, et on se retrouve au Jazzy Cajun, c'est à côté de la voie rapide. Tout le monde connaît, demande autour de toi, on t'indiquera comment t'y rendre.

A l'autre bout du fil, je l'entendis tousser.

— Ton amie est partie ?

— Non, elle est toujours ici.

— C'est une bonne chose, dit-il. C'est bien d'avoir quelqu'un avec soi dans des moments pareils.

Puis il raccrocha.

Le Jazzy Cajun était un petit bar sombre en annexe d'un motel, avec des tables de billard et un juke-box pour amateurs de country-music. Derrière le comptoir, une femme emplissait les frigos de cannettes de bière pendant que la sono diffusait une chanson de Willie Nelson.

Woolrich arriva peu après que j'eus entamé mon deuxième café. Il portait une veste jaune canari sur le bras et les aisselles de sa chemise étaient marquées d'auréoles de transpiration. La chemise elle-même était maculée de taches dans le dos et sur les manches, dont l'une était déchirée au coude. Son pantalon marron était marqué de boue aux ourlets et retombait sur ses bottes couvertes de boue séchée. Il commanda un bourbon et un café, et prit un siège à côté de moi, près de la porte. Nous n'échangeâmes pas un mot pendant quelque temps, jusqu'à ce qu'il ait bu la moitié de son verre et avalé une gorgée de café.

— Ecoute, Bird, commença-t-il, je suis désolé de ce qui s'est passé entre nous ces huit derniers jours. Nous avons tous les deux essayé de régler cette affaire, chacun à sa manière. Maintenant que c'est terminé, eh bien…

Il haussa les épaules et leva son verre en un toast silencieux, avant de le vider et d'en commander aussitôt un autre. Des cernes prononcés soulignaient ses yeux, et je vis le début d'un furoncle à la base de son cou. Ses lèvres étaient sèches et gercées et il grimaça quand le bourbon emplit sa bouche. Il remarqua mon regard.

— Ulcères, expliqua-t-il. Ça fait foutrement mal. (Il but un peu de café.) Je suppose que tu veux que je te dise ce qui s'est passé ?

J'aurais préféré retarder ce moment, mais pas de cette manière.

— Qu'est-ce que tu vas faire, maintenant ? demandai-je.

— Dormir, répondit-il. Ensuite, peut-être que je prendrai un peu de vacances pour descendre au Mexique et voir si je peux arracher Lisa à ces enfoirés de tarés religieux.

Je sentis mon cœur se serrer et je me levai brusquement. J'avais besoin d'un verre comme jamais encore. Woolrich ne parut pas prêter d'attention particulière à mon attitude, ni même voir que je me dirigeais vers les toilettes. Je sentais la sueur qui perlait à mon front et ma peau me paraissait soudain hypersensible, comme si j'allais avoir un violent accès de fièvre.

— Elle m'a demandé comment tu allais, Bird, l'entendis-je me dire, et je m'arrêtai net.

Je ne me retournai pas.

— Pardon ?

— Elle m'a demandé comment tu allais, répéta-t-il.

Alors, et alors seulement, je pivotai sur mes talons.

— Quand as-tu eu de ses nouvelles pour la dernière fois ?

Il agita son verre dans un geste vague.

— Il y a de ça deux, peut-être trois mois.

— Tu en es sûr ?

Il se figea et me dévisagea. J'étais suspendu par un fil au-dessus d'un gouffre enténébré et je regardais quelque chose de tout petit et de brillant qui se séparait de l'ensemble et se noyait dans l'obscurité, pour ne plus jamais réapparaître. Le reste du bar s'estompa et il n'y eut plus que moi et Woolrich, seuls tous les deux, sans rien pour nous distraire des paroles prononcées. Le sol s'était dérobé sous mes pieds, et je n'avais plus d'air au-dessus de la tête. Un hurlement torturé enfla dans mon crâne tandis que les images et les souvenirs déferlaient.

Woolrich sous le porche, son doigt sur la joue de Florence Aguillard.

— *Je l'appelle ma cravate métaphysique. Ma cravate George Herbert.*

Un distique de Raleigh, extrait du « Pèlerinage d'un homme passionné », le poème que Woolrich aimait à citer :

— *Le sang doit être le baume de mes corps/ Nul autre baume ne sera donné.*

Le deuxième appel téléphonique, celui reçu au Flaisance, pendant lequel le Voyageur n'avait permis aucune question, alors que Woolrich était en service.

— *Ils n'ont pas de... perspective. Ils n'ont pas une vision d'ensemble de ce qu'ils font. Ils n'agissent pas dans un but précis.*

Woolrich et ses hommes faisant main basse sur les documents et les notes rassemblés par Rachel.

— *... Je suis partagé entre l'envie de te tenir au courant de ce qui se passe et celle de ne rien te dire du tout.*

Les deux flics qui jetaient dans une poubelle le sac de beignets qu'il avait touché.

— *Tu la sautes, Bird ?*

Impossible de bluffer quelqu'un qui ne vous prête pas attention.

Et un homme dans un bar, à New York, qui feuilletait un recueil de poésie métaphysique et déclamait des vers de Donne.

Les carcasses suppliciées font mauvaises Anatomies.

Une sensibilité métaphysique : c'était ce qu'avait le Voyageur, ce que Rachel avait essayé de définir quelques jours plus tôt, le point commun entre les poètes dont les œuvres occupaient les rayonnages de l'appartement de Woolrich dans l'East Village, la nuit où il m'avait emmené là pour dormir. Après avoir tué ma femme et ma fille.

— Bird, ça va ?

Ses pupilles étaient pareilles à de petits puits obscurs qui auraient aspiré la lumière de la pièce.

Je fis demi-tour.

— Oui, la fatigue, c'est tout. Je reviens.

— Où vas-tu, Bird ?

Sa voix était tendue par la méfiance, et par autre chose aussi, une note de menace, de violence, et je me demandai si ma femme l'avait perçue quand elle avait essayé de lui échapper alors qu'il la poursuivait dans notre maison, quand il lui avait brisé le nez en lui frappant la tête contre le mur.

— Faut que j'aille pisser, dis-je.

La bile montait dans ma gorge et je craignais d'avoir un haut-le-cœur et de vomir là, sur le carrelage du bar. Une douleur féroce me tordait l'estomac et déchiquetait mon cœur. J'avais l'impression qu'un voile avait été ôté pour ne révéler que le vide sombre et glacé de la mort. Je voulais me détourner de tout cela et revenir quand l'ordre des choses serait rétabli. J'aurais toujours une femme et une fille qui ressemblait à sa mère. J'aurais un petit foyer paisible, avec un peu de pelouse à tondre et quelqu'un qui se tiendrait à mes côtés jusqu'au dernier jour.

Les toilettes étaient sombres et sentaient l'urine. L'odeur montait de la cuvette car on n'avait pas tiré la chasse d'eau, qui pourtant fonctionnait. J'allai jusqu'au lavabo et m'aspergeai le visage d'eau froide. Puis je plongeai la main dans la poche de ma veste pour y prendre mon portable.

Il ne s'y trouvait pas. Je l'avais laissé sur la table. J'ouvris la porte à la volée et contournai le comptoir en dégainant mon arme, mais Woolrich avait disparu.

J'appelai Toussaint, mais il était déjà parti. Dupree était rentré chez lui. Je persuadai le réceptionniste du central de le contacter à son numéro personnel pour lui laisser mon message. Il me rappela un moment plus tard, d'une voix enrouée.

— Il vaudrait mieux pour vous que vous ayez une bonne raison de…

— Byron n'est pas notre tueur, coupai-je.

— Quoi ?

Du coup, il était complètement réveillé.

— Il ne les a pas tués.

J'étais à l'extérieur du bar, le Smith & Wesson au poing, mais il n'y avait pas trace de Woolrich. J'arrêtai deux Noires qui passaient avec un enfant entre elles, mais elles reculèrent dès qu'elles virent mon arme.

— Byron n'est pas le Voyageur. C'est Woolrich. Il est en fuite. Je l'ai démasqué parce qu'il a menti au sujet de sa fille. Il a dit qu'il lui avait parlé il y a de ça deux ou trois mois. Vous et moi, nous savons pertinemment que c'est impossible.

— Vous avez pu mal comprendre.

— Dupree, écoutez-moi. Woolrich a tendu un piège à Byron. Il a tué ma femme et ma fille. Il a tué Morphy et sa femme, Tante Marie, Tee Jean, Lutice Fontenot, Tony Remarr. Et il a tué sa propre fille. Il est en fuite, vous m'entendez ? En fuite !

— Je vous entends, dit Dupree d'une voix blanche en comprenant à quel point nous nous étions trompés.

Une heure plus tard, ils investissaient l'appartement de Woolrich à Algiers, sur la rive sud du Mississippi. Il habitait au dernier étage d'une demeure restaurée sur Opelousas Avenue, au-dessus d'une vieille épicerie. On y accédait par un escalier en fonte frangé de gardénias qui menait à un balcon. L'appartement était le seul de toute la maison, avec deux fenêtres cintrées et une porte solide en chêne. La police de La Nouvelle-Orléans accompagnait six agents du FBI qui prirent position de chaque côté de la porte. Par les fenêtres ils n'avaient décelé aucun mouvement à l'intérieur. Ils ne l'escomptaient d'ailleurs pas.

Deux policiers approchèrent avec un bélier en fer. Il suffit d'un coup pour que la porte cède. Les agents fédéraux se ruèrent à l'intérieur, pendant que la police surveillait la rue et les jardins avoisinants. Ils ne découvrirent qu'une petite cuisine, un lit défait, un coin salon avec un téléviseur flambant neuf, des emballages de pizzas et des cannettes de bière vides, des éditions de poche de recueils de poésie dans une caisse ayant contenu des cartons de lait, et sur des tables gigognes la photo de Woolrich avec sa fille, qui souriaient tous deux à l'objectif.

Dans la chambre, le placard était ouvert. Il contenait des vêtements froissés et deux paires de chaussures marron, ainsi qu'une valise métallique fermée par un gros verrou.

— Brisez-le, ordonna l'agent spécial Cameron Tate qui dirigeait l'opération.

O'Neill Brouchard, le jeune agent fédéral qui m'avait conduit chez Tante Marie ce qui me semblait être des siècles plus tôt, s'attela à la tâche avec la crosse de son pistolet-mitrailleur. Au troisième coup le verrou cassa, et il releva le couvercle.

L'explosion le rejeta en arrière avec une violence telle qu'il passa par la fenêtre. Le choc fut si rude qu'il en fut presque décapité. Une tempête d'éclats de verre se déchaîna dans l'espace confiné de la chambre. Tate fut instantanément aveuglé. Des morceaux de verre se fichèrent dans son visage, son cou et le plastron de son gilet pare-balles. Deux autres agents du FBI subirent des blessures graves au visage et aux mains quand une partie des bocaux vides de Woolrich, son ordinateur portable, un synthétiseur vocal H3000 modifié et un masque en latex destiné à déformer sa voix volèrent en éclats. Et au milieu des flammes, de la fumée et du verre, des pages retombèrent lentement en se consumant, comme de grands papillons de nuit : des écrits bibliques apocryphes.

Alors que O'Neill Brouchard agonisait, j'étais assis dans la salle des inspecteurs de St Martinville. Des hommes étaient rappelés de leurs vacances ou de leur jour de repos pour prendre part aux recherches. Woolrich avait éteint son téléphone portable, mais la compagnie du téléphone avait été alertée. S'il l'utilisait, elle s'efforcerait de localiser l'appel.

Quelqu'un m'offrit un gobelet de café et, pendant que je le buvais, une fois encore je composai le numéro de la chambre de Rachel au motel. A la dixième sonnerie, le réceptionniste prit la communication.

— Etes-vous… Est-ce qu'on vous surnomme Birdman ? demanda-t-il.

La voix était jeune, le ton mal assuré.

— Oui, certaines personnes.

— Je suis désolé, monsieur. Vous avez déjà appelé ?

Je l'informai que c'était là ma énième tentative, avec une conscience aiguë de la sécheresse que je mettais malgré moi dans mes paroles.

— J'étais sorti m'acheter à manger, s'excusa l'employé. J'ai un message pour vous, de la part du FBI.

Il prononça ces trois lettres d'un ton presque émerveillé. Une soudaine nausée me monta dans la gorge.

— Le message émane de l'agent Woolrich, monsieur Bird. Il vous informe que lui et Mlle Wolfe sont partis en voyage, et que vous saurez où les retrouver. Il précise qu'il tient à ce que cela reste entre vous trois. Il ne veut pas que quelqu'un d'autre s'en mêle. Il m'a bien recommandé de vous rapporter exactement ses propos, monsieur.

Je fermai les yeux, et sa voix se fit lointaine.

— Voilà le message, monsieur. J'ai bien fait ?

Avec Toussaint et Dupree, nous déployâmes la carte sur le bureau de Dupree. Il prit un feutre rouge et traça un cercle autour de la zone Crowley-Ramah, avec les deux villes en bordure du périmètre et Lafayette au centre.

— Je pense qu'il a un repaire quelque part dans cette zone, dit-il. Si vous avez raison et qu'il avait besoin de rester proche de Byron, et peut-être aussi des Aguillard, alors nous parlons d'une zone qui s'étend jusqu'à Krotz Springs au nord et peut-être jusqu'à Bayou Sorrel au sud. Il a kidnappé votre amie, cela l'a sans doute retardé un peu : il lui a fallu vérifier toutes les réservations de motel. Il n'a pas perdu beaucoup de temps, mais quand même un peu s'il a joué de malchance. Et aller l'enlever lui a également pris du temps. En toute logique, il préfère ne pas rester à découvert, donc il va se terrer, peut-être dans un motel ou, si elle n'est pas trop éloignée, dans sa cachette.

Du feutre il tapota le centre du cercle.

— Nous avons alerté la police locale et celle de l'Etat. Reste nous. Et vous.

J'avais réfléchi au message de Woolrich. Il avait dit que je saurais où les retrouver, mais jusqu'à maintenant aucun endroit ne s'était imposé à mon esprit.

— Je ne vois pas où il peut être. Les lieux évidents, comme la maison des Aguillard et son appartement à Algiers, sont probablement déjà investis par la police, et de toute façon ce n'est pas là qu'on le trouvera.

Je me pris la tête entre les mains. Mes craintes pour Rachel obscurcissaient mon raisonnement. Je devais faire le vide. Je pris ma veste et me dirigeai vers la porte.

— J'ai besoin d'un peu d'espace pour réfléchir, dis-je. Je reste en contact.

Dupree parut sur le point de formuler une objection, mais il s'en abstint. Au-dehors, ma voiture était garée sur une place réservée à la police. Je m'assis au volant, baissai la vitre et sortis ma carte de la Louisiane de la boîte à gants. Je laissai courir mon doigt sur les noms : Arnaudville, Grand Coteau, Carencro, Broussard, Milton, Catahoula, Coteau Holmes, St Martinville...

Le dernier nom me semblait familier, comme si je l'avais entendu dans une circonstance bien spécifique, mais au point où j'en étais tous les noms me paraissaient résonner d'une signification cachée, ce qui les rendait tous sans signification. C'était comme lorsque vous répétez votre nom encore et encore en pensée, jusqu'à ce qu'il perde sa familiarité et que vous commenciez à douter de votre propre identité. Je mis le contact et pris la direction de la sortie de la ville vers Lafayette.

St Martinville s'imposait à moi. Quelque chose à

propos de New Iberia et d'un hôpital... Une infirmière. Une infirmière nommée Judy Neubolt. Judy la cinglée. Et cela me revint : la conversation que j'avais eue avec Woolrich à mon arrivée à La Nouvelle-Orléans après la mort de Susan et Jennifer. Judy la cinglée. *« Elle me dit que je l'ai assassinée dans une vie antérieure. »* L'anecdote était-elle véridique, ou avait-elle un sens caché ? Woolrich jouait-il déjà avec moi, même à cette époque ?

Plus j'y pensais et plus ma certitude se renforçait. Il avait prétendu que Judy avait déménagé à La Jolla pour assumer un contrat d'embauche d'un an, peu après leur rupture. A présent je doutais fort qu'elle soit allée aussi loin que La Jolla.

Judy Neubolt ne figurait pas dans l'annuaire de l'année. Je trouvai son nom dans une vieille édition, lors d'un arrêt à une station-service. Depuis, sa ligne avait été interrompue, mais je supposai qu'il ne me serait pas trop difficile de trouver l'adresse à St Martinville. J'appelai Huckstetter chez lui, lui communiquai l'adresse de Judy et lui demandai de contacter Dupree dans une heure s'il n'avait pas eu d'autres nouvelles de moi. Il accepta, mais à contrecœur.

Tout en conduisant, je repensai à David Fontenot et à l'appel téléphonique de Woolrich qui, j'en avais la quasi-certitude, l'avait attiré dans Honey Island, en lui faisant miroiter la promesse que sa recherche de sa sœur allait se terminer. Quand il était mort, Fontenot ne pouvait savoir qu'il se trouvait tout près de l'endroit où elle reposait.

Je pensai à la mort atroce de Morphy et d'Angie, dont j'étais responsable d'une certaine façon, et à l'écho de la voix de Tante Marie dans ma tête quand il était venu la tuer ; et Remarr, au cadavre doré par le soleil déclinant. Je croyais comprendre également pourquoi certains détails avaient été publiés dans la presse : pour Woolrich, c'était une manière d'exposer son œuvre au plus grand nombre, le pendant moderne des dissections publiques.

Et je pensai à Lisa ; une fille petite, aux yeux sombres,

qui avait très mal réagi à la séparation de ses parents et était allée chercher refuge dans une étrange communauté chrétienne au Mexique, pour finalement revenir auprès de son père. Qu'avait-elle vu pour qu'il se sente obligé de la supprimer ? Woolrich en train de laver ses mains tachées de sang dans le lavabo ? Les restes de Lutice Fontenot ou de quelque autre victime flottant dans un bocal ?

Ou bien l'avait-il simplement tuée parce qu'il en avait la possibilité, parce que le plaisir qu'il prenait à détruire, mutiler la chair de sa chair et faire couler le sang de son sang constituait le stade ultime avant de retourner la lame contre lui, de pratiquer sa propre dissection et de trouver enfin cette obscurité rougeoyante tapie au tréfonds de son être ?

50

Les pelouses bien entretenues alternaient avec les bosquets drus de cyprès alors que je roulais sur le bitume de la 96 vers St Martinville. Je dépassai un panneau proclamant « Dieu est pour la vie » et le bâtiment semblable à un entrepôt qui abritait le night-club de Podnuh. Devant le Thibodeaux's Café, sur la place bien propre, je demandai à des passants comment trouver l'adresse de Judy Neubolt. Les personnes que j'interrogeai connaissaient sa maison et savaient même que l'infirmière était partie travailler à La Jolla pour un an, peut-être plus, et que c'était son petit ami qui s'occupait de l'entretien de la maison.

Le début de Perkins Street se trouvait presque en face de l'entrée de l'Evangeline State Park. La rue se terminait par une intersection en T dont la branche droite s'enfonçait dans la campagne, avec quelques maisons disséminées de loin en loin. Celle de Judy Neubolt était une petite demeure sur deux niveaux, curieusement basse, avec deux fenêtres de chaque côté de la porte-écran et trois plus petites au premier étage. Du côté est, le toit descendait très bas et réduisait la construction à un seul niveau. Le bois de la maison avait été récemment repeint d'un blanc virginal, et on discernait des tuiles neuves sur le toit, mais le jardin était envahi par les mauvaises herbes et au-delà les bois commençaient à empiéter sur les limites du terrain.

Je me garai à quelque distance et atteignis mon but en passant par la forêt. Je m'arrêtai à l'orée et observai les lieux. Le soleil déclinait déjà et baignait le toit et les murs d'un rouge tendre. La porte arrière était fermée, cadenassée. Il semblait n'y avoir d'autre possibilité que d'entrer par l'avant.

Alors que j'approchais, mes sens réagirent à une tension que je n'avais encore jamais connue. Les sons, les odeurs et les couleurs étaient trop nets, ils me submergeaient. J'avais l'impression d'être capable d'isoler chaque composant de chaque bruit qui provenait des arbres environnants. Mon arme bougeait par à-coups, car j'étais trop réceptif et je réagissais à l'excès aux stimulations venues de mon cerveau. J'étais conscient de la résistance de la détente contre mon doigt, et de chaque strie de la crosse dans ma paume. Le son du sang à mes oreilles était pareil à une main gigantesque frappant une porte en chêne, mes pieds foulant les feuilles mortes et les brindilles produisaient un crépitement comparable à celui d'un grand feu.

Les rideaux étaient tirés aux fenêtres, au rez-de-chaussée comme à l'étage, ainsi que derrière la porte. A travers un interstice entre deux pans de tissu, je vis qu'on avait tendu un voile sombre pour empêcher quiconque d'apercevoir l'intérieur. La porte-écran s'ouvrit en grinçant sur ses gonds rouillés. Je la maintins en position du pied droit, en gardant le corps abrité par le mur de la maison. Je remarquai une grande toile d'araignée au coin supérieur du chambranle, et les formes sombres des insectes pris au piège qui frissonnaient dans la brise.

Je posai la main sur la poignée de la porte vitrée. Elle s'ouvrit sans aucune difficulté. Je la laissai pivoter au maximum et scrutai l'intérieur mal éclairé de la maison. Je distinguai la forme massive d'un canapé, la moitié d'une fenêtre et, sur ma droite, le début du couloir. Je pris une profonde inspiration, qui dans mon crâne résonna comme la plainte basse et douloureuse d'un nimal blessé, puis je me déplaçai rapidement à droite, t la porte se referma derrière moi.

J'eus alors une vision globale de la pièce principale. udy Neubolt, ou la personne qui avait décidé de la lécoration, avait retiré le plancher du premier étage, de orte que le salon montait jusqu'au toit où deux lucarnes présent encrassées et partiellement aveuglées par des ièces d'étoffe noire laissaient cependant filtrer une umière chiche jusqu'au sol. La seule source d'éclairage ligne de ce nom se résumait à deux lampadaires disosés aux deux extrémités du salon.

Le canapé était tendu d'un tissu à motifs rouges et range en zigzag et faisait face à l'avant de la maison. l était flanqué de deux fauteuils coordonnés, et l'enemble entourait une table basse et un téléviseur sur son neuble, sous une des fenêtres. Derrière le canapé, une able et six chaises, avec de l'autre côté une cheminée. es murs étaient ornés d'objets d'artisanat indien et de eux tableaux vaguement mystiques représentant des emmes aux robes flottantes au sommet d'une monagne ou devant la mer. Dans le clair-obscur, il était ifficile d'en voir plus.

A l'extrémité est de la pièce s'élevait un escalier en ois donnant sur une galerie qui menait à une mezzaine avec un lit et une penderie, tous deux en pin.

Rachel était attachée à la rambarde, la tête en bas, par ne corde enserrant ses chevilles. Elle était nue et ses heveux flottaient à moins d'un mètre du plancher. Ses ras étaient libres et pendaient jusqu'en dessous de ses heveux. Elle avait les yeux et la bouche grands uverts, mais rien n'indiquait qu'elle me voyait. Un ince pansement entourait son bras gauche, d'où émereaient l'aiguille et le tuyau du goutte-à-goutte. La oche de perfusion était accrochée à un montant métalque et le débit réglé de façon que la kétamine lui soit stillée lentement et régulièrement. Sur le sol sous elle tait déployée une grande bâche en plastique transpaent.

Sous la galerie, en retrait, se trouvait le coin cuisine

plongé dans l'obscurité, avec les formes reconnais
sables d'éléments de rangement en pin, un grand réfri
gérateur et un four à micro-ondes près de l'évier. Troi
tabourets étaient alignés devant le petit comptoir. Su
ma droite, une tapisserie reproduisant les motifs d
canapé et des fauteuils décorait le mur opposé à la gale
rie. Tout était recouvert par une fine pellicule de pous
sière.

Je reculai dans le couloir derrière moi. Il menait à un
seconde chambre, vide celle-là à l'exception d'un mate
las nu sur lequel était étalé un sac de couchage mili
taire. Un sac de toile verte était ouvert à côté du lit, e
je vis qu'il contenait plusieurs jeans, un pantalon crèm
et quelques chemises. La pièce située sous le toi
rabaissé occupait près de la moitié de la largeur de l
maison, ce qui signifiait qu'il y en avait une de dimen
sions similaires de l'autre côté du mur.

Je revins dans le salon, sans quitter Rachel des yeux
Aucun signe de Woolrich, mais il pouvait se dissimu
ler dans le couloir à l'autre bout de la maison. Rache
n'était pas en mesure de me renseigner sur sa position
Je me déplaçai lentement le long du mur à la tapisserie
en direction du fond de la pièce.

J'étais à mi-chemin quand je saisis un mouvemen
derrière Rachel. Je fis volte-face en levant mon arme
hauteur d'épaule, dans la position réflexe du tireur.

— Lâche ton flingue, Birdman, ou elle meurt tout d
suite.

Il guettait dans l'ombre derrière elle, dissimulé pa
son corps. Il s'était rapproché de Rachel. Je distingua
le pli de son pantalon marron, une manche de sa che
mise et une partie de son visage, rien de plus. Si je ten
tais de l'abattre, je la toucherais presque obligatoire
ment.

— J'ai une arme pointée dans ses reins, Bird. Je n
voudrais pas détruire un corps aussi parfait avec un
balle. Alors *pose ton arme*.

Je me courbai et déposai le pistolet sur le sol en u
geste lent.

— Et maintenant écarte-le de toi avec la pointe du ied.

J'obéis et regardai le pistolet glisser en tournoyant ur le parquet, pour finalement s'immobiliser au pied 'une chaise.

Il émergea alors de l'ombre, mais ce n'était plus homme que j'avais connu. C'était comme si, avec la évélation de sa véritable nature, il s'était métamorhosé. Son visage s'était émacié, et les cernes lui donaient des airs de squelette. Et ces yeux ! Ils brillaient els des diamants noirs. A mesure que ma vision s'acoutumait à la pénombre, je me rendis compte que les is avaient pratiquement disparu. Ses pupilles sombres t dilatées dévoraient la lumière de la pièce.

— Pourquoi fallait-il que ce soit toi ? dis-je, autant our moi-même qu'à son intention. Tu étais mon ami.

Il eut un sourire sans joie qui passa sur son visage omme une rafale de neige.

— Comment l'as-tu trouvée, Bird ? demanda-t-il 'une voix basse. Je t'ai donné Lutice Fontenot, mais omment as-tu su où était Lisa ?

— Peut-être que c'est elle qui m'a trouvé.

— Peu importe, dit-il doucement. Je n'ai plus de emps pour ce genre de choses, maintenant. J'ai une ouvelle symphonie à interpréter.

Il était pleinement visible, à présent. Dans une main tenait ce qui semblait être un pistolet à air comprimé nodifié, dans l'autre un scalpel. Un SIG était passé à a ceinture. Je remarquai que des traces de boue macuaient toujours l'ourlet de son pantalon.

— Pourquoi l'as-tu tuée ?

Woolrich fit tourner le scalpel dans sa main.

— Parce que j'en avais la possibilité.

Autour de nous, la lumière avait baissé au passage 'un nuage devant les lucarnes. Je reportai le poids de non corps sur ma jambe gauche et me déplaçai de uelques centimètres, les yeux aimantés par mon arme ur le parquet. Mon mouvement me parut exagéré, omme si, par comparaison avec l'effet potentiel de la

kétamine, tout allait trop vite. L'arme de Woolrich s
redressa en un mouvement fluide.

— Inutile, Bird. Tu n'auras plus longtemps
attendre. Ne précipite pas les choses.

La pièce s'éclaircit de nouveau, mais seulement e
partie. Le jour baissait rapidement. Bientôt nous serion
dans l'obscurité.

— Ça devait finir comme ça, Bird, toi et moi, dan
une pièce comme celle-ci. C'était écrit. J'ai tout plani
fié, depuis le début tu devais mourir de cette faço
Peut-être ici et maintenant, peut-être plus tard e
ailleurs. (Il sourit de nouveau.) Après tout, ils allaien
me promouvoir. Il aurait été temps de bouger de nou
veau. Mais, quand on y réfléchit, on ne pouvait en arri
ver qu'à ça.

Il avança d'un pas, l'arme toujours braquée sur mo

— Tu es quelqu'un d'insignifiant, Bird. As-tu un
idée du nombre de personnes insignifiantes que j'ai éli
minées ? Des déchets vivant dans des campings, dan
des villes paumées, d'ici à Detroit. Des pétasses de pro
vince qui passaient leur vie à regarder Oprah et à bai
ser comme des chiennes. Des camées. Des ivrognes.
ne t'est jamais arrivé de haïr ces gens, Bird, ceux don
tu sais qu'ils n'ont aucune valeur, ceux qui ne repré
senteront jamais rien, qui ne feront jamais rien, qui n
contribueront jamais à rien de valable ? As-tu jamai
pensé que tu étais peut-être l'un d'eux ? Moi, je leur a
montré toute l'étendue de leur insignifiance. Je leur a
prouvé à quel point ils comptaient peu. J'ai montré cel
à ta femme et à ta fille.

— Et Byron ? demandai-je. Il était insignifiant ?

Il fallait que je l'incite à parler encore, le temps peut
être de me rapprocher de mon arme. Dès qu'il se tai
rait, il essaierait de nous tuer tous les deux, Rachel e
moi. Mais surtout je voulais comprendre, si toutefois
existait une raison pour expliquer toutes ces horreurs.

— Byron… répéta Woolrich. J'avais besoin d'un
peu de temps. Quand j'ai découpé le cadavre à l'hôpi
tal, tout le monde a pensé pis que pendre de lui, et il

à fuir à Baton Rouge. Je lui ai rendu visite, Bird. J'ai sté la kétamine sur lui, et j'ai tout simplement contiué de lui en donner. Il a tenté de m'échapper une fois, ais je l'ai retrouvé. A la fin, je les retrouve tous.

— Tu l'as prévenu que les fédéraux allaient donner assaut, n'est-ce pas ? Tu as sacrifié tes propres ommes pour être bien sûr qu'il résisterait, pour avoir certitude qu'il mourrait avant de pouvoir parler. s-tu prévenu aussi Adelaide Modine, après l'avoir ébusquée ? Tu lui as dit que j'allais venir ? Tu l'as oussée à fuir ?

Au lieu de répondre, Woolrich fit glisser l'arête non anchante du scalpel le long du bras pendant de Rachel.

— Tu ne t'es jamais émerveillé de ce que la peau, ui est si mince, puisse contenir autant de sang ?

Il fit pivoter le scalpel entre ses doigts et en passa le l sur l'omoplate de Rachel, puis de l'épaule droite jus-u'entre ses seins. Elle ne réagit pas. Ses yeux demeuaient exorbités, mais quelque chose y brilla, et une rme coula du coin de son œil gauche sur son front, our se perdre à la racine de ses cheveux. Le sang coula e la plaie, roula le long de son cou, s'aggloméra une econde sous son menton avant de tomber sur son isage et d'y tracer des lignes rouges.

— Regarde, Bird, je crois que le sang s'accumule ans sa tête.

Il ne me quittait pas des yeux.

— Ensuite ce sera ton tour. Il y a une circularité dans out cela que tu devrais apprécier, Bird. Après ta mort, out le monde saura, pour moi. Et c'est alors que je sparaîtrai — ils ne me retrouveront jamais, Bird, connais toutes les ficelles. Et je recommencerai. illeurs.

Il eut un rictus.

— Tu n'as pas l'air de beaucoup apprécier, dit-il. ourtant je t'ai fait un véritable cadeau en tuant ta mille. Si elles avaient survécu, ta femme et ta fille uraient fini par t'abandonner et tu serais simplement evenu un ivrogne de plus. Dans un certain sens, j'ai assuré l'intégrité de ta famille. Je les ai choisies à caus de toi, Bird. Tu m'as donné ton amitié à New York, t les as exhibées devant moi, et je te les ai ravies.

— Marsyas, dis-je calmement.

Woolrich jeta un coup d'œil à Rachel.

— C'est une petite futée. Exactement ton typ Comme Susan. Et bientôt ce sera une autre de te amours mortes, à la différence près que cette fois t n'auras que très peu de temps pour la pleurer.

Sa main décrivit un mouvement rapide, et le scalp raya de rouge le bras de Rachel. Je ne pense pas qu' se rendait compte de ce qu'il faisait ni de la manièr dont il anticipait les actes à venir.

— Je ne crois pas en l'autre monde, Bird. Après, n'y a que le néant. C'est l'Enfer, Bird, et nous somme en plein dedans. Toute la souffrance, toute la douleu tout le chagrin que tu peux imaginer, tu le trouves ic C'est une culture de mort, la seule religion qui vail d'être embrassée. Le monde est mon autel, Bird.

« Mais je ne pense pas que tu comprendras jamai En fin de compte, le seul moment où un homme com prend pleinement la réalité de la mort, de la doule ultime, c'est celui de la sienne. C'est le défaut de mo œuvre mais, d'une certaine façon, il la rend plu humaine. (Il fit tourner le scalpel dans sa main, et l lumière mourante du soleil se mêla à l'éclat du sang Elle avait raison depuis le début, Bird. Le moment e maintenant venu pour toi de l'apprendre. Tu vas rece voir et devenir une leçon de mort.

« Je vais recréer une autre *Pietà*, Bird, mais cette foi avec toi et ton amie. Tu imagines ? La représentation l plus célèbre du chagrin et de la mort dans l'histoire d monde, un symbole puissant du sacrifice volontai pour le bien le plus grand de l'humanité, de l'espoir, d la résurrection, et tu vas en faire partie. A ceci près qu c'est une antirésurrection que nous créerons, une imag des ténèbres incarnées. »

Il fit un pas en avant ; dans ses yeux brûlait un fe terrifiant.

— Tu ne reviendras pas d'entre les morts, Bird, et s seuls péchés pour lesquels tu vas mourir sont les ens.

Je me déplaçais déjà vers la droite quand il tira. Je :ntis une piqûre aiguë au côté gauche quand la :ringue m'atteignit, et j'entendis les pas de Woolrich ui se rapprochaient sur le parquet. De la main gauche arrachai la seringue, sans me soucier de la douleur. La ose de kétamine était massive : je sentais déjà son effet lors que je tendais la main vers mon arme. Je refermai s doigts sur la crosse et me retournai pour mettre Voolrich en joue.

Il éteignit les lampadaires. Il se trouvait au centre de pièce, loin de Rachel. Je l'entendis sur ma droite et aperçus une forme qui passait devant la fenêtre. Je ressai deux fois la détente. Un grognement de douleur ccompagna le tintement du verre brisé. Un rai de umière fusa dans la pièce.

Je battis en retraite jusqu'à l'entrée du deuxième couir. Je m'efforçai de repérer Woolrich, mais il semblait être fondu dans l'ombre. Une deuxième seringue vint ficher dans le mur tout près de moi et je plongeai sur gauche. Mes poumons fonctionnaient de plus en plus fficilement, de même que mes bras et mes jambes. avais l'impression qu'on écrasait ma poitrine et je me ivais déjà incapable de soutenir mon propre poids si tentais de me relever.

Je continuai de reculer, assis, m'aidant des talons, et haque mouvement me demandait un réel effort, mais avais la certitude que si je m'arrêtais je ne pourrais us jamais bouger. Les lattes du plancher grincèrent ans la pièce principale et j'entendis la respiration urde de Woolrich. Il eut un rire aigre où je discernai souffrance.

— Enfoiré, Bird ! lança-t-il. Ah, merde, ça fait al... (Il rit de nouveau.) Vous allez me payer ça, toi la femme. Je vais réduire en charpie vos putains âmes.

Sa voix me parvenait comme à travers un épais

brouillard qui aurait déformé le son et rendu impo sibles l'évaluation des distances et l'orientation. Le murs du couloir ondulèrent et se craquelèrent. Un substance noire suinta des fissures. Une main se tend vers moi, une main de femme avec une fine alliance e or. Je me vis répondre au geste et toucher cette mair alors que les miennes restaient plaquées sur le sol sou moi. Une deuxième main de femme apparut, qui che chait à l'aveugle dans l'air.

bird

Je reculai, en secouant la tête pour m'éclaircir l'e prit. C'est alors que deux petites mains émergèrent d l'obscurité, de délicates mains d'enfant. Je fermai le yeux et serrai les dents.

papa

— Non, grinçai-je.

Je plantai mes ongles dans le parquet jusqu'à ce qu j'en entende un casser. La douleur déchira mon inde gauche. J'avais besoin de la souffrance pour combattı les effets de la kétamine. J'appuyai sur le doigt bless et je retins un gémissement. Des ombres se mouvaie toujours le long du mur, mais les images de ma femm et de ma fille avaient disparu.

Je pris conscience de la lueur rougeâtre qui baigna le couloir. Mon dos cogna contre un obstacle dur pesant qui pivota lentement quand j'accentuai la pre sion de mes épaules. J'étais appuyé contre une por blindée partiellement ouverte, munie de trois serrures l'intérieur. La serrure centrale était monstrueuse. El faisait bien trois centimètres de diamètre et un lou cadenas en cuivre ouvert y était accroché. Une lumiè rouge faible filtrait par l'entrebâillement.

— Bird, c'est presque terminé, dit Woolrich.

Sa voix semblait très proche, mais je ne le voyais to jours pas. Je supposai qu'il se tenait au coin du coulo et qu'il attendait que je cesse complètement de bouge

— La drogue va bientôt t'immobiliser. Jette to arme, Bird, et nous pourrons commencer. Plus vite nou nous y mettrons, plus vite nous en aurons fini.

Je m'arc-boutai contre le panneau métallique et le ntis qui se dérobait. Je glissai en arrière une, deux, ɔis fois, jusqu'à ce que je me retrouve adossé contre ɛs rayonnages. La pièce était éclairée par une unique npoule rouge nue qui pendait au centre du plafond. ɛs fenêtres avaient été murées, sans qu'on prenne la ɛine de recouvrir les briques et le mortier. Aucune mière naturelle ne pénétrait dans cette pièce.

En face de moi, à gauche de la porte, se trouvaient ɛs étagères métalliques aux montants ajourés. Sur ıaque rayonnage étaient alignés des bocaux et, dans ıacun d'entre eux, luisant dans la lueur rouge, flotıent les restes d'un visage humain. La plupart étaient npossibles à identifier. Dans leur bain de formol, la ɛau s'était recroquevillée. Des cils étaient encore sibles chez certains, des lèvres décolorées chez d'auɛs. Sur le rayonnage du bas, deux visages noirs étaient esque collés contre le verre et, malgré l'outrage subi, reconnus Tante Marie Aguillard et son fils. Je compı quinze bocaux devant moi. Dans mon dos, l'étagère ɔugea légèrement et je perçus le cliquetis mat du verre le clapotis du liquide.

Je levai la tête. Des rangées et des rangées de bocaux, r des rayonnages jusqu'au plafond, chacun contenant ; restes diaphanes d'un visage humain. Près de mon ıl gauche, un visage était pressé contre le verre d'un ɔcal, ses yeux vides béants comme s'il essayait de perr l'éternité.

Et je savais que quelque part parmi ces visages se ɔuvait celui de Susan.

— Que penses-tu de ma collection, Bird ?

La silhouette sombre de Woolrich avançait lentement ıns le couloir. Je voyais dans une de ses mains la rme du pistolet. Dans l'autre il caressait du pouce le alpel.

— Tu te demandes où se trouve ta femme ? Sur l'étare du milieu, c'est la troisième en partant de la uche. Merde, Bird, tu es probablement assis à côté ɛlle en ce moment…

Je ne bougeai pas. Je ne clignai même pas des pa
pières. Je restai affalé contre les rayonnages, entou
des visages de tous ces morts. Le mien viendrait l
rejoindre bientôt, pensai-je, le mien, celui de Rachel
celui de Susan, côte à côte à jamais.

Woolrich arriva sur le seuil de la pièce. Il leva s
pistolet à air comprimé.

— Personne n'a tenu aussi longtemps, Bird. P
même Tee Jean, et pourtant c'était un garçon sacréme
résistant. (La lumière créait des reflets rouges dans s
yeux.) Il faut que je te dise, Bird : à la fin, c'est tr
douloureux.

Il appuya sur la détente et j'entendis le claqueme
de la seringue expulsée du canon. Je braquai mon ar
quand la douleur me frappa en pleine poitrine. Mon br
pesait une tonne, ma vision était brouillée par l
ombres qui dansaient devant moi. Je crispai le doigt s
la détente, rassemblant toute mon énergie. Woolri
s'approcha d'un pas. Il était conscient du danger
brandissait le scalpel pour me frapper au bras.

La détente recula avec une lenteur incroyable, et
monde entier ralentit avec elle. Woolrich me sembl
flotter dans l'air, et la lame du scalpel descendait da
sa main comme si elle s'enfonçait dans l'eau. Il av
ouvert la bouche et un son pareil au vent hurlant da
un tunnel montait de ses poumons. La détente recu
d'un millimètre de plus et mon doigt se raidit qua
l'arme aboya. Woolrich, à moins d'un mètre de m
sursauta lorsque la première balle le toucha en pl
torse. Les huit coups suivants parurent tirés en mê
temps. Les détonations se succédèrent en un seul rug
sement tandis que les balles déchiraient ses chairs. P
ce fut le silence. L'arme était vide. Les projecti
avaient transpercé le corps de Woolrich et fait écla
des bocaux. Le sol était inondé de formol. Woolri
tomba à la renverse. Son corps fut parcouru de spasm
Il redressa une fois la tête et les épaules, et la lueur fo
s'éteignit lentement dans ses prunelles. Alors il se lai
aller en arrière et ne bougea plus.

Mon bras ne put supporter plus longtemps le poids de l'arme, et il retomba mollement sur le sol. J'entendais du liquide qui gouttait des rayonnages, et je sentais la présence des morts alors qu'ils se rassemblaient autour de moi. Très loin monta le hululement croissant des sirènes et je sus que Rachel au moins serait saine et sauve. Quelque chose effleura ma joue, aussi légèrement qu'un tulle arachnéen, comme la dernière caresse d'une amante avant de s'endormir, et une sorte de paix m'envahit. Je fermai les yeux et attendis que vienne le calme.

EPILOGUE

A l'intersection de Scarborough, j'ai tourné à gauche, j'ai descendu la pente de la colline, suis passé devant l'imposante église catholique et le vieux cimetière, en laissant la caserne des pompiers sur ma droite, tandis que le soleil mourant baignait d'une lumière fade l'étendue des marais à l'est et à l'ouest de la route. La nuit tombera bientôt et les fenêtres des habitations s'illumineront, mais les résidences d'été sur Prouts Neck Road resteront dans l'obscurité.

La mer est calme à Prouts Neck, et le ressac vient doucement mourir sur le sable et les rochers. La saison est terminée, à présent, et derrière moi la forme massive du Black Point Inn se dresse, sombre. Sa salle de restaurant est déserte, comme son bar, on a verrouillé les portes du dortoir du personnel. En été, les personnes âgées et fortunées venues de Boston et du nord de l'Etat de New York y séjournent. Elles déjeunent au buffet installé au bord de la piscine, se mettent en habits de soirée pour le dîner, et les chandelles font briller leurs bijoux voyants quand elles dansent autour des tables.

De l'autre côté du fleuve, j'aperçois les lumières d'Old Orchard Beach. Un vent frais vient de la mer, qui freine et chahute les dernières mouettes. Immobile sur la plage, je resserre les pans de mon manteau et j'observe les grains de sable soulevés en tourbillons devant moi. Ils produisent un son comparable au chuchotement d'une mère grondant son enfant pour qu'i se tienne tranquille, quand le vent les arrache au dunes en leur donnant la forme évanescente de vieu fantômes, avant de les déposer de nouveau.

Je me tiens près de l'endroit où Clarence Johns s trouvait il y a tant d'années quand il regardait l'homm de main de Daddy Helms déverser de la terre et de fourmis sur mon corps. Ce fut une dure leçon apprendre, et il fut encore plus dur de l'apprendre deu fois. Je me souviens de son expression alors qu'il s tenait là, tout tremblant, devant moi, et de son affliction en comprenant ce qu'il avait fait, ce qu'il avai perdu.

Et j'aimerais passer mon bras autour des épaules d Clarence Johns, lui dire que tout va bien, que je comprends, que je ne lui en veux pas pour ce qu'il a fait J'aimerais entendre le bruit de ses semelles en caoutchouc sur l'asphalte. J'aimerais le voir lancer un pierre plate sur la surface de l'eau, et savoir qu'il es toujours mon ami. J'aimerais refaire le long trajet jusqu'à la maison à côté de lui et l'entendre siffloter le trois seules mesures qu'il connaît d'une mélodie qu'i ne peut chasser de sa tête, une mélodie qui revient toujours le hanter quand il marche le long de la route.

Au lieu de tout cela, je vais remonter dans ma voitur et retourner à Portland dans la lumière mourante de c jour d'automne. J'ai pris une chambre sur St John, ave de grandes baies vitrées, des draps blancs et une sall de bains extérieure, à deux portes de la mienne dans l couloir. Je vais m'allonger sur le lit pendant que la circulation ronronnera sous mes fenêtres, pendant que le bus Greyhound arriveront et partiront de la gare d l'autre côté de la route, pendant que les gens dans l rue passeront avec leurs sacs remplis de bouteilles e de conserves sur le trottoir, et que les chauffeurs de tax attendront en silence dans leurs voitures.

Et dans les ténèbres grandissantes, je vais compose le numéro de Rachel, à Manhattan. Il y aura une, deu sonneries, puis le répondeur récitera : « Salut, personne ne peut répondre pour l'instant, mais... » J'ai entendu ce message encore et encore depuis sa sortie de l'hôpital. Sa réceptionniste prétend qu'elle ne peut pas me dire où trouver Rachel. Elle a annulé ses cours à l'université. Alors, de ma chambre d'hôtel, je vais parler au répondeur.

Je pourrais la retrouver, si je voulais. J'ai retrouvé les autres, mais ils étaient morts quand je les ai retrouvés. Je ne veux pas la traquer.

Ce n'était pourtant pas supposé se terminer ainsi. Elle devrait être à mes côtés, avec sa peau blanche parfaite que n'aurait jamais entaillé le scalpel de Woolrich ; ses yeux brillants de désir, et non pas méfiants et hantés par les visions qui la tourmentent jusque dans son sommeil ; ses mains qui se tendraient vers moi dans l'obscurité, au lieu de se dresser pour me repousser, comme si même mon contact était une souffrance. Nous finirons tous les deux par nous accommoder du passé, de tout ce qui s'est produit, mais pour l'instant nous devons guérir chacun de notre côté.

Au matin, Edgar aura allumé la radio, il y aura du jus d'orange et du café sur la table, dans l'entrée, et des muffins enveloppés dans du plastique. Ensuite je prendrai la voiture, je me rendrai chez mon grand-père et je me mettrai au travail. Un type du coin a accepté de m'aider à réparer le toit et les murs. La maison devrait être habitable pour l'hiver.

Et je m'assiérai sur la terrasse quand le vent agite les arbres, qu'il presse et tord leurs branches pour leur donner de nouvelles formes, qu'il tire une chanson de leur feuillage persistant. J'écouterai les aboiements d'un chien, ses pattes qui crissent sur de vieilles planches, sa queue qui bat paresseusement dans l'air frais du soir ; ou bien le tapotement sur la rambarde quand mon grand-père vide sa pipe avant de la bourrer, un verre de whisky auprès de lui, aussi doux et chaleureux qu'un baiser familier ; ou encore le froissement de la robe de ma mère contre le bord de la table de la cuisine quand elle met la table pour le dîner, une robe bleue et blanche, plus vieille qu'elle, aussi vieille que la maison.

Ou le bruit de semelles en caoutchouc qui décroît au loin, qui disparaît dans la nuit, et je goûterai la paix qui descend enfin sur tout ce qui est mort.

REMERCIEMENTS

Un certain nombre d'ouvrages se sont révélés particulièrement utiles lors de mes recherches pour la rédaction de ce roman. En premier lieu *The Body Emblazoned* (Routledge, 1995), la fort brillante étude de Jonathan Sawday sur la dissection et le corps humain à l'époque de la Renaissance. D'autres travaux m'ont beaucoup servi, dont *Suspended Animation*, de F. Gonzalez-Crussi (Harcourt Brace & C°., 1995), *Policing the Southern City*, de Denis C. Rousey (Louisiana State University Press, 1996), *The Devil* de Luther Link (Reaktion Books, 1995), *Dark Nature* de Lyall Watson (Hodder & Stoughton, 1995) et *The Crime Classification Manual* de Ressler, Douglas, Burgess and Burgess (Simon & Schuster, 1993).

Sur un plan plus personnel, je tiens à remercier mon agent, Darley Anderson, sans qui ce roman n'aurait pas vu le jour. Je veux aussi témoigner ici de la confiance, des avis judicieux et des encouragements de mon éditeur chez Hodder & Stoughton, Sue Fletcher, et de Bob Mecoy, mon éditeur chez Simon & Schuster à New York.

Les coulisses de la justice"

Délit d'innocence
Brad Meltzer

Quel désastre ! Ben Addison venait enfin d'être nommé clerc à la Cour suprême des États-Unis, quand il s'est fait rouler – en beauté – par Rick Fagen, qui a réussi à lui soutirer des informations sur des dossiers confidentiels. Délit d'initié, ça fait mauvais genre sur un CV. Pour se tirer de ce mauvais pas, Ben fait appel à sa jeune collègue, Lisa, et à trois de ses amis golden-boys. Tous vont vite comprendre qu'ils se sont attaqués à plus fort qu'eux...

(Pocket n° 11055)

"Un serial killer dans les Cévennes"

Mortels abîmes

Marc Sich

Trois cadavres de femmes découverts dans les gorges de l'Hérault en moins de deux mois ! Et tous charcutés de la même façon ! Cela ne peut pas être une coïncidence. C'est en tout cas ce que Victoire Camin Ferrat, chef de la police judiciaire de Montpellier, va tenter de prouver. Ses soupçons se tournent d'abord vers Maxime Linshi, ancien producteur de films X, chez qui on a retrouvé un des corps, et qui a déjà été mêlé à une affaire de meurtre il y a trois ans. Si ce n'est pas lui, qui cela peut-il bien être ?

(Pocket n° 10893)

Achevé d'imprimer sur les presses de

BUSSIÈRE

GROUPE CPI

à Saint-Amand-Montrond (Cher)
en avril 2002

POCKET - 12, avenue d'Italie - 75627 Paris Cedex 13
Tél. : 01-44-16-05-00

— N° d'imp. 17256. —
Dépôt légal : mai 2002.

Imprimé en France

pocket - 12, avenue d'Italie - 75627 Paris Cedex 13
Tél. : 01-44-16-05-00

N° d'imp. 17256. —
Dépôt légal : mai 2002.

Imprimé en France